Jelle Behnert

Das Haus der schwarzen Schwäne

atb aufbau taschenbuch

JELLE
BEHNERT

Das HAUS der schwarzen SCHWÄNE

ROMAN

atb aufbau taschenbuch

MIX
Papier aus verantwortungsvollen Quellen
FSC® C083411

ISBN 978-3-7466-3314-5

Aufbau Taschenbuch ist eine Marke der Aufbau Verlag GmbH & Co. KG

1. Auflage 2017

Umschlaggestaltung www.buerosued.de, München
unter Verwendung von Motiven von © Karolina Kumorek / Trevillion Images
und von © ajuga / Getty Images
Satz LVD GmbH, Berlin
Druck und Binden CPI books GmbH, Leck, Germany
Printed in Germany

www.aufbau-verlag.de

Ein Falke, ein Sturm oder ein großer Gesang.

Rainer Maria Rilke
Ich lebe mein Leben in wachsenden Ringen

Was ist schön?
Fragt den Teufel. Er wird euch sagen:
Das Schöne sind zwei Hörner,
vier Pfoten mit Krallen
und ein Schwanz.

Voltaire
Philosophisches Wörterbuch

1
DAS GRAUEN

Ein Mädchen ging in der Finsternis über den Meeresboden.

Wind drosch auf sie ein, Sand schmirgelte an ihrem Kleid. Es hing wie eine Rüstung an ihr, die sie mit jedem Schritt vorwuchtete, rechtes Bein und rechter Arm vor, linkes Bein und linker Arm vor, ein mühseliger, schwankender Gang, aber das Mädchen war an die Kräfte des Windes gewöhnt, es kam voran und stakte eine Grabschaufel in den Schlick. In dieser mondlosen Nacht verriet ihr nur der Wind, wohin sie ging, und nur mit den Füßen spürte sie, dass sie nicht die einzige Kreatur hier war. Die Würmer waren so zahlreich wie die Sterne und gingen nie zur Neige.

Ein bleicher Streifen erschien am Horizont, er war schmal wie eine Gräte. Als das Mädchen ihn sah, stand es still. Es trug eine Haube aus schwarzem Tuch, die den Kopf verhüllte und nur einen Spalt zum Spähen offen ließ. Der Stoff dämpfte das Windgeheul, und der Sand prallte davon ab. Aus der Tiefe seiner Haube schaute das Mädchen auf das Grauen, das zart zum Vorschein kam. Die gewaltige Nacht, die sich darüber türmte, wollte es erdrücken.

Da holte das Mädchen Luft und hauchte: »*Aaahhh Falkaaahhh*«, und machte das Morgengrauen zu seiner Schöpfung.

Die Gräte am Horizont dehnte sich in die Breite aus und bog sich in die Höhe. Die Finsternis wich immer mehr zurück, es wurde Licht. Eine endlose graue Ebene tat sich auf. Sie war übersät mit Sandschleifen, jede war das Werk eines Wurms.

Falka stieß mit der Grabschaufel zu. Es schmatzte, als sie die

Schaufel hievte und den Schlick darin umkippte. Mit scharfen Augen erspähte sie einen Wurm, so fett wie ein Finger. Der Wurm hatte den Drang, wieder ins Dunkel zu kommen. Falka pflückte ihn auf und warf ihn über ihre Schulter in den Korb. Unermüdlich schaufelte sie den bleischweren Schlick und entriss ihm seine Würmer. Als die Morgenröte kam, glänzte das Watt wie eine Perlmuttschale, in die sich Blut ergoss.

Am Mittag waren die Wolken weiß wie Fischbäuche. Falka saß daheim im Hof und schlitzte emsig Würmer auf. Sie hatte eine Holzplanke auf den Schenkeln liegen. Wenn sie die Würmer auf die Planke legte und zusah, wie sie sich wanden und ihre Mäuler dehnten, wunderte sie sich, dass diese Kreaturen ihr Leben lang in einer Höhle lagen und nicht das Geringste tun mussten, denn der Sand sackte ihnen ins offene Maul. Der Meeresboden sorgte für jeden Wurm und fütterte ihn immerfort mit Sand, dafür wälzten alle Würmer zusammen den Meeresboden um. Immer wenn Falka eine neue Handvoll Würmer aus dem Korb holte, liebkoste sie das lebende Gewimmel, das sie töten musste. Die aufgeschlitzten Würmer tauchte sie in den Wassertrog und wedelte den Sand aus ihren Eingeweiden. Dann kamen sie in den Topf.

Später zischten sie im Tranfett. So zerschnippelt und in Kräuter gemengt, sahen sie gar nicht mehr aus wie Würmer. Aber es waren Würmer. Sechs Kinderaugen starrten in die Pfanne. Falka hatte drei jüngere Schwestern. Die kleinen Mädchen hatten Hunger und Hass auf das Zeug, sie schlangen es feindselig herunter. Falkas Mutter steckte sich die Würmer in den Mund, als stopfte sie sie in ein knorriges Astloch. Sie waren so arm, dass sie Würmer essen mussten.

Nach dem Essen brachte Falka den Großteil ihres Fangs zum Hafen. Sie ging vermummt durch schmirgelnden Sandflug. Der Sand bedeckte Äcker und Weiden und verdunkelte die Sonne. Er war bösartiger als jeder Heuschreckenschwarm, denn der flog davon, wenn alles kahl gefressen war, aber Sand flog nur bei Sandflug weiter. Derselbe Wind, der den alten Sand verwehte, brachte neue Verwüstung. Die Ältesten wussten, wie man manches Unheil bannte, sie kannten die letzten Mittel. Aber gegen Sand half kein Mittel.

Am Hafen ging Falka aufs Schiff und schüttete ihren Fang in den Köderbottich. Dann setzte sie sich vor die Hütte der Fischnetze und wartete auf Peder. Müde drehte sie den Kopf von der sandfahlen Sonne weg und dämmerte in ihrer Haube ein.

Als sie aufwachte, saß Peder neben ihr. Falka nahm die Haube ab.

Peder war der Sohn vom Bruder ihrer Mutter, dem Reusenonkel, der in den Prielen fischte. Sie waren zusammen aufgewachsen und waren nun einander versprochen. Mit Gottes Hilfe wollten sie ein Haus haben und Kinder bekommen. Falka wünschte sich ein Leben im Gleichmut der Gezeiten der Insel. Sie wollte immer hier bleiben. Aber Peder wollte seit dem Nebel nicht mehr in den Prielen fischen. Er wollte aufs Meer.

Das Meer hatte zwei Gezeiten, die sich abwechselten. Flut brachte Fische, Ebbe brachte Würmer. Falka mochte das Meer nur, wenn es weg war. Wenn sie seinen Boden plündern konnte.

»Bleib hier«, sagte sie flehend.

»Ich kann hier nicht mehr«, sagte Peder.

Er, als Sohn eines Reusenfischers, fürchtete das Watt.

Es war ein halbes Jahr her, als das geschehen war, was ihn um den Verstand brachte. Peder war bei den Prielen gewesen, um die Reusen zu leeren, die im Ebbstrom schwammen, als der Nebel kam. Er kam aus dem Prielwasser hoch, bauschte sich um die Reusen, die voll mit Fischkraut waren, und ließ sie im Nu verschwinden. Als Peder aufsah, war es weiß um ihn. Weißer, knochenweißer, leichentuchweißer Nebel hüllte ihn ein. Er wusste nicht mehr, wohin es zum Land ging. Nur die Schlittenhunde, mit denen er hinausgefahren war, konnten ihn jetzt noch heimbringen.

Dann geschah das, was ihm niemand glauben wollte. Etwas stieß von unten gegen seine Füße, etwas Lebendiges erhob sich und bebte unter ihm. Ein jähes Aufsieden von Angst. Das war kein Watt mehr, das war ein Wesen, auf dem er stand. Er konnte nur bis zu seinen Knien hinabsehen, aber seine Füße spürten, was seine Augen nicht sehen konnten. Er stand auf einem Wurm von unvorstellbarer Größe. Der Wurm wand sich durch den Priel und nahm Peder im Nebel mit. Peder wagte keinen Schritt, er stand schockstarr und fühlte es unter seinen Füßen rumoren. Da drin waren welche gefangen, im Wurm, in seinen Eingeweiden. Die Verschlungenen stießen gegen die Leibesgruft, in der sie alle zu einer Masse zusammenschmolzen. Und ihn konnte der Höllenwurm auch so verschlingen und zerschmelzen. »Glaub mir.«

Falka konnte nicht so tun, als wenn sie ihm den Wurm glaubte. »Du hast das im Schlaf erlebt.« Insgeheim war sie ihm böse, denn es war gefährlich, wenn man im Watt einschlief und die Flut kam.

»Ich war da, und das war da«, sagte Peder.

»Ein Wurm, der Menschen frisst?«

»Er presst sie, er schmilzt sie.«

»Wie groß soll denn dieser Wurm sein?«

»Wie mit tausend Männern voll.«

»So einen Wurm gibt es nicht«, sagte Falka.

»Doch. Die Hunde haben ihn angebrüllt.«

»Die haben dich wachgebellt.«

»Ich war wach!«

Wie ein dunkler Streif war der Hundeschlitten damals aus dem Nebel geschossen. Peder sprang drauf, und die Hunde hetzten mit ihm davon.

Seitdem stand für ihn fest: Nie mehr wollte er ins Watt hinaus, nie wieder eine Reuse einholen. Doch wegen Falkas Unglauben gab Peder dem alten Pfarrer Bericht, und der wusste sofort, um was es sich handelte. Es war der Leviathan, das biblische Ungeheuer, das sich vom Meeresboden erhebt, wenn das Ende der Welt kommt. Da fasste Peder den Entschluss, die Insel zu verlassen und zur See zu fahren.

»Aber da sind hohe Wellen und Wale«, bangte Falka.

»Lass mich von hier weg.«

»Aber wir wollten doch ein Haus haben. Das kann man nicht auf Wasser bauen.«

Auch nicht auf dem Ende der Welt. Doch davon sagte Peder ihr nichts, er heuerte auf dem Schiff ihres Vaters an, und Falka musste sich fügen.

Der Tag war gekommen, der sie trennte.

Hand in Hand gingen Falka und Peder in die Hütte, wo das Zwielicht durch Fischernetze fiel. Sie legten sich auf einen Netzhaufen. Es war ihre Abschiedsstunde.

»Ich will dir mein Haar schwören«, sagte Falka.

»Tu das nicht«, sagte Peder erschüttert.

»Doch. Ich schwöre dir mein Haar.«

Die Jungfern auf der Insel ließen ihr Haar bis zur Hochzeitsnacht wachsen. Ein Jungfernzopf sollte so lang sein, dass er dreimal den Hals des Bräutigams und der Braut umschlingen konnte. Bis dahin durfte kein Junge sehen, wie lang der Zopf eines Mädchens war. Sie musste ihn wie eine gerollte Schlange in einem Netz verborgen halten.

Falka tat ihr Netz auf.

Ihr Zopf entrollte sich und fiel herab. Wie eine braune Schlange lag er in ihrem Schoß. Ein Mädchen, das sein Haar schwor, schwor seine unendliche Liebe.

Falka hob ihr Haar und legte es um Peders Hals, dann schlang sie den Zopf um ihren Hals, schlang ihn um seinen, schlang ihn um ihren und legte um seinen Hals sein Ende.

2
DER ANGSTMANN

Falka begleitete Peder zum Schiff. Man rief Wilken Wilkensen, dass seine Tochter da war.

Falkas Vater war furchtlos wie einer, der den Tod nicht fürchtet, und gleichmütig wie einer, dem sein Leben gleich war. Obwohl er noch nicht alt war, war sein Haar ergraut und sein Gesicht vom Grübeln gefurcht. Seine Söhne waren gestorben. Sie waren beide hellblond gewesen, ihre Köpfe hatten gestrahlt wie Leuchtturmkuppeln, und er hatte sie auf den Schultern getragen. Vom Anbeginn ihres kurzen Lebens hatten sie Falka überstrahlt. Falka musste in den Schatten treten, als seine Söhne zur Welt kamen. Er hatte Falka nie auf seinen Schultern getragen. Weil sie ein Mädchen war, gebot sich das nicht.

Dann wurden die Söhne krank vom Bauchweh. Sie erloschen jäh. Erst der eine. Dann der andere.

Im Dorf flüsterten sie, dass es an der Ehe lag. Es sollte nicht sein, dass ein Mann und sein Weib so eng verwandt waren, da komme nichts Gutes bei raus, auch wenn die Inzucht auf der Insel gang und gäbe war. Mädchen brachte das nicht um, die wurzelten im Leben wie Giersch. Knaben dagegen waren verderblich, wenn sie aus solcher Saat kamen.

Als seine Söhne tot waren, kaufte Falkas Vater einen Strick. Er hängte den Strick über dem Bett auf, wo Falka mit ihnen geschlafen hatte. So tat man es, wenn man jemanden verdächtigte, aber keinen Beweis hatte. Dann hängte man einen Strick auf, damit die schuldige Person wusste, dass man sie für schuldig hielt. Wenn sie ein Gewissen hatte, nahm sie den Strick vom Nagel, ging damit in den Wald und hängte sich auf.

Falka hatte ein reines Gewissen, sie rührte den Strick nicht an. Er hing weiter an der Wand.

Sie hatte jetzt das Bett für sich allein. Die Brüder waren tot. Nie mehr ihre schnorchelnden Atemzüge, ihre wärmende Schmiegsamkeit. Dafür hörte sie den Vater schnarchen, als ertrinke er, wenn er schlief, im Unglück. Wie unter Wasser hielt er endlos lang die Luft an, bis er mit einem Röcheln der Todesangst auffuhr.

Er sah seine Söhne im Bett liegen, zutraulich an die Schwester geschmiegt, diesen mageren Mädchenstrunk. Hatte sie ihnen, wenn sie schliefen, Gräten in den Bauch gestochen? Es ließ ihm keine Ruhe. Er hätte die Bäuche seiner toten Söhne durchwühlen müssen für die Gewissheit. Seine Gewissheit stand gegen ihr Gewissen. Manches Mal sah er Falka so an, als wollte er ihr den Schädel auseinanderbrechen, um die Wahrheit zu finden.

Vater? Was suchst du? Sag doch! – Ich bin gut.

Seine drei jüngsten Töchter lagen ihm nicht am Herzen. Wenn er sah, wie liebevoll Falka sie hütete, sah er vier robuste Lebensfäden, die so eng verbunden waren, dass der Strick, der daraus gewirkt wurde, stärker war als jener, der für Falka an der Wand hing. An diesem Strick wollte Wilken Wilkensen sich aufhängen. Vier unbrauchbare Töchter wuchsen und gediehen auf dem Humus ihrer begrabenen Brüder.

Ermordete Kinder, so sagte man, suchten nachts ihre Mörder heim. Aber Falka schlief seelenruhig.

Sie kam mit Peder aufs Schiff.

»Vater«, sagte sie fordernd, damit er sich nach ihr umwandte.

Er tat es. Falka, seine älteste Tochter, liebte ihn von ganzer Seele. Ihr unerbittlicher Blick verlangte, dass er sie liebte wie zwei Söhne. Aber er konnte nicht. Er trat hinter sie und stopfte ein Fischnetz in ihren Wurmkorb. »Flick das, bis ich wiederkomm.«

Sie knickste und ging von Bord.

Er fuhr in den Herbststurm zum Fischfang und nahm Peder mit.

Falka ließ das Netz ein paar Tage ruhen. Dann nahm sie es sich vor und warf es im Hof aus.

Was da lag, war kein Netz mehr, gewaltige Löcher klafften darin, die Fäden waren vom Meersalz steinhart überkrustet, und es roch nach Fäulnis. Falka seufzte und kniete sich hin. Sie begann zu flicken und glaubte dabei daran, sich seine Liebe zu verdienen und eines Tages zu besitzen. Sie knotete, knüpfte, zurrte straff. Das Mühen machte ihr nichts, wenn der Lohn der Mühe seine Liebe war. Aber dann kam sie an einen Klaff, der tödlich war.

Ein Fischnetz war ein lebender Bauch. Wenn es prall gefüllt war mit Fischen, war es ein Glücksbauch. Es war rund wie ein voller Mond, den man aus dem Meer zog. Wenn ein solches Netz an Bord gehievt wurde, war das ein glanzvolles Geschehen. Für das Fischnetz war es der Sinn seines Lebens: ein Wasserfall Fische, der sich auf die Planken ergoss.

Ein verwundetes Netz dagegen litt furchtbar, wenn ein praller Fang aus ihm rausquoll wie aus einem aufgeschlitzten Bauch das Gedärm. Solch ein Netz war meist nicht mehr zu retten. Der Klaff war sein Tod. Aber ein Fischnetz war ein geliebtes Wesen, das man nicht so einfach aufgab. Es war oft älter als das älteste Kind, das ein Fischer hatte. Es diente ihm treuer als ein Hund und gehorsamer als ein Weib. Darum flickte man es mit einer Sorgfalt, der kein Schlupfloch entging. Man rettete es mit all seiner Hingabe.

Aber dieses Netz war nicht mehr zu retten.

Warum hatte Vater ihr das gegeben? Was sollte sie mit diesem Netz noch tun? Ein tausendköpfiger Fang würde herausgleiten. Sie gab das Netz auf.

Das Schiff kam nicht zurück. Das kalte Meer behielt es bei sich. Die Gewissheit vom Untergang ging um. Nach sechs Monaten wurden die Fischer für tot erklärt.

Falkas Mutter zog ihr Hochzeitskleid wieder an. Es war schwarz, mit dunkelvioletter Schürze, die innen hellviolett war. Eine Witwe durfte die Schürze nach geraumer Zeit wenden, was allgemein bedeutete, dass sie sich mit dem Tod ihres Mannes abgefunden hatte.

Falka schwärzte ihr Gesicht mit Ruß.

Der Steinmetz schlug die Jahreszahl **Anno 1693**.

Für Falkas Vater gravierte er schlicht: *W Wilkensen*.

Selig Peder Pederson, 16 ½ Jahr bekam die Inschrift:

Meine Fahrt ist zu Ende.
Mein Hafen ist gut.
Die Freude ist groß.

Es gab kein Schiffswrack, keine Trümmer und keine Toten, die an irgendeinen Strand gespült wurden.

Es war nicht zu begreifen. Nicht zu überwinden.

Falka spürte, dass ihre Seele um Jahre alterte. Unser Haus. Sie hatte gefühlt, wie es aus dem Nichts stieg, als sie Peder ihr Haar schwor. Nun war es für immer niemals. Und Vater, der sie niemals auf seinen Schultern reiten ließ, obwohl das ihr Liebstes gewesen wäre, mehr noch als die Gräte des Morgengrauens.

Ihr Gesicht wurde härter, strenger, das konnte sie ertasten. Sie hatte jetzt Wangenknochen und Augenhöhlen und Ruß auf der Stirn, auf die ihr Vater sie nie geküsst hatte. Nie und Nichts.

Eines Morgens ging Falka zur Schwele, wo das Pech gemacht wurde, mit dem die Schiffe kalfatert wurden. Die Luft in der Schwele war durchtränkt vom Pechdunst. Niemand sah, wie sie das Pech aus einem dampfenden Bottich in einen Topf schöpfte.

Falka trug ihr Pech zum Strand, dort stellte sie den Topf ab. Dann ging sie nach Hause, wo sie den Strick endlich vom Nagel nahm. Sie stopfte ihn zusammen mit dem Fischnetz in ihren Wurmkorb. In der Rumpelecke ihres Vaters durchstöberte sie sein altes Werkzeug. Sie fand Spieße und Haken, ein paar alte Lumpen. Alles kam in den Korb.

Was sie nun vorhatte, war böse, aber es ging nicht anders. Sie wartete, bis es dunkel war, dann machte sie sich auf zur Kirche.

Nicht einen Moment bedachte sie die Folgen ihres Tuns. In der Kirche angekommen, ging sie schnurstracks zum Kerzenständer. Dass sie ihre Fußspuren im Sand hinterließ, kümmerte sie nicht. Der Kerzenständer war ein Monstrum, doppelt so groß wie sie selbst. Zwei rote Kerzen steckten auf seinen Dornen, das Wachs glomm im Schein der Flammen wie Blut. Sie blies das Licht aus und packte den Kerzenständer an. Mit eiserner Entschlossenheit trug Falka ihn aus der Kirche.

Am Strand baute sie einen Angstmann. Über den Kerzenständer warf sie das Fischnetz und tränkte es mit Pech. Die Haken hängte sie an die Kerzenschalen und band sie mit den Lumpen fest. Den Pechtopf stülpte sie über die Eisenkrone. Die Spieße steckte sie zu Hörnern hoch. Der Strick kam als Letztes wie ein Schwanz dran.

Falka kniete vor ihrer Schöpfung nieder. Der Angstmann erhob sich aus dem Sand, er stand vor dem schwarzen Himmel, er stellte sich drohend vor das Meer. Ein Windstoß fuhr in das Fischnetz und blähte es weit. Die Fischhaken klirrten eisig. Mächtig wogend warf der Angstmann sein Netz aus, er hatte sogar den Mond in seinen Fängen. Dann konnte er auch ein Schiff wieder an Land holen. *Bring mir die Meinen wieder. Vater! Peder!*

Drei Nächte lang ging sie zum Angstmann und hoffte darauf, dass er das Schiff an Land zog. *Bittebittebitte, mach, dass sie wiederkommen.* Drei Nächte lang hoffte sie darauf, dass das Netz ihren Vater fing. *Flick das, bis ich wiederkomm,* hatte er sie gemahnt, und sie hatte das zerstörte Netz mit Pech geflickt. Drei Nächte lang wehte der Sand dem Fischnetz in die Fänge und blieb am Pech kleben. Dann kamen sie ihr auf die Spur.

»Was tust du da?«

Falka erschrak. Da stand die Mutter mit dem Reusenonkel. Er packte Falka und riss sie vom Angstmann weg.

»Ich wollt ihn in die Kirche zurückbringen«, beteuerte Falka.

Die Mutter zeigte auf das Gebilde und schrie: »Das hat Hörner! Krallen! Und einen Schwanz!«

Die Ältesten kamen zum Strand und sahen sich den Angstmann an. Sie rissen ihm das Netz ab. Sie stürzten ihn um. Bis zum Morgen saßen sie beisammen und besprachen, was Wilken Wilkensens Tochter getan hatte: Ein Standbild des Teufels erbaut, in Pech getränkt und vors Meer gestellt.

Gleiches zog Gleiches an. Konnte das Teufelswerk Unheil anziehen? Die Ältesten in der Versammlung hatten in ihren Kindertagen die Große Manndränke überlebt. Ganze Inseln waren für immer untergegangen. Das war anno 1634 gewesen, eine Apokalypse.

Was machte man mit dem Mädchen? Früher kam der Fingergucker, wenn eine es mit dem Teufel trieb. Der Fingergucker band die Hexe an ein Seil und zog sie hoch, bis ihre Füße in der Luft paddelten. Dann schnitt er das Büßerhemd auf. Die Hexe hing wie ein nacktes Schwein am Seil, wenn der Fingergucker sie untersuchte.

Daran wollte niemand erinnert werden.

Aber es war solch ein Fall eingetreten. Ein Fall von Teufelsanbetung und Schadenszauber. Die entscheidende Frage war, ob der Angstmann eine Manndränke herbeiholen konnte. Sie ließ sich nicht beantworten, obwohl Pfarrer Michelsen sie alle beschwor, das Schlimmste von jetzt an in Erwartung zu haben.

Als der Morgen graute, kamen sie zum Entschluss. Der Ältestenrat wollte sich nicht zu dem Aberglauben bekennen, dass der Insel von dem Teufelswerk ein Unheil drohte. Man hielt sich an die Straftat. Das Mädchen hatte einen Kerzenständer geraubt und entweiht. Es wurde verbannt.

Falka kroch zu ihrer Mutter und umschlang ihre Füße. »Bittebittebitte, hilf mir.«

»Ich habe kein Wort. Ich kann dir nicht helfen. Du musst fort.«

Falkas Mutter hatte für sich auch einen Umzug beschlossen. Nun, wo Wilken hin war und Peder auch und Falka fortging, waren zwei Häuser zu groß für eine Verwandtschaft. Eine Schwester konnte doch wohl zu ihrem Bruder ziehen, ohne dass die Leute lästerten, sie wolle Kinder mit Froschköpfen kriegen.

»Wo soll ich denn hin?«, fragte Falka.

»Wo sie die Spitzen machen.«

»Aber hier ist mein Zuhause.«

»Du hast dich an der Insel versündigt.«

Falka krümmte sich wie ein Wurm, der in die Muttererde zurückwollte.

»Falka! Das ist Schicksal. Ich kann dir nichts mitgeben, ich hab selber nichts. Du musst dein Schicksal lieben.«

3
DAS AUGE

Das Königreich Dänemark gierte nach Spitze. Von überall her kam sie ins Land, Brüsseler Spitze, Chantilly Spitze, Mailänder Spitze. Doch es musste erst ein Holländer nach Dänemark kommen, damit die Spitze auch aus Dänemark kam.

Niemand wusste, wie er ursprünglich hieß, nur dass er sein ganzes Vermögen, das er mit Spitzen angehäuft hatte, beim Tulpensturz in Holland verlor. 1637 war eine Handvoll Tulpenzwiebeln hunderttausend Gulden wert, ein Jahr später nichts mehr. Als der Spekulationswert seiner Tulpen wie ein Spuk verschwand, verschwand der Bankrotteur auch und floh vor seinen Gläubigern ins Ausland.

1640 tauchte er in Tondern auf, ein Habenichts mit nicht mal einem Namen. Er nannte sich Tondern Tondernsen. Sogleich machte er eine neue Spitzenfabrik auf. Gedüngt mit dem Humus eines Bankkredits, wuchs die Fabrik wie ein Baum. Von da an rühmte alle Welt die Tondernspitze. Als Tondern Tondernsen 1660 starb, wurde ihm der prächtigste Grabstein gemacht, der je auf dem Friedhof von Tondern stand, über und über verziert mit Worten zu seinem Lobpreis. Wer neu in die Stadt kam, musste glauben, dass Tondern nach Tondern Tondernsen hieß.

In jenen Tagen wurde der Welthandel erfunden. Waren wurden durch ganz Europa bewegt und über die Meere bis in die fernsten Kolonien verschifft. Es war ein merkantiles Wunder, wie aus jedem Zweig des Welthandels ein neuer Trieb spross, der sich um den alten rankte und bald noch üppiger blühte. Mit dem Verschiffen von Tabak aus Virginia nach Europa begann das große Verschiffen von Mohren nach Virginia zur Tabakernte.

Bei der Spitze lief es so ähnlich. Für ihre Herstellung benötigte man Mädchen. Mädchen waren überzählig, und jede Familie war froh, wenn sie eins loswurde. Wollte man ein Mädchen weghaben, brachte man es nach Tondern, in die Stadt der weißen Spitzen, wo es mit tausend Fäden an den Frondienst gebunden wurde wie ein Mohr mit Ketten.

Am Tag der Reise trug Falka ihr Festkleid mit den Bernsteinknöpfen. Der Reusenonkel hatte einen Koffer besorgt für ihre Habe, damit sie nicht mit einem Bündel in die Fabrik kam wie eine Ausgesetzte. Falka nahm ihre Sandmaske mit. Zum Andenken an den Vater wickelte sie sein Fischmesser in ein Tuch und legte es in den Koffer. Ein Wollkleid kam noch hinein und Falkas Leibwäsche. Der Koffer war so leer, dass der Onkel sagte, Falka könne sich auch noch mit hineinlegen.

Ein Fischer brachte Falka und den Reusenonkel mit seinem Kahn ans Festland nach Ribe. Dort bestiegen sie ein Schiff, wo sie inmitten vieler Leute saßen, die sich beim Wellengang aneinander rieben. Die Drangsal war furchtbar, das Schaukeln eine Qual. Vom Hafen, wo sie an Land gingen, nahm sie ein Karren mit nach Tondern.

Falka sah Dinge, die sie nie zuvor gesehen hatte, von denen sie gar nicht wusste, dass es sie gab. Häuser aus Granitstein, Tore mit Säulen, Dächer aus Schiefer und an den Regentraufen Fabelwesen. Eine Frau führte ein Hündchen, das wie ein Federwölkchen dahinhuschte. Ein Mann eilte vorbei, sein Kopf saß auf etwas, das wie ein riesiger gefältelter Teller aussah. Männer mit schwarzen Umhängen und schwarzen Hüten standen düster beisammen wie eine Mörderbande. Ein Affe in Ketten saß auf einem Kasten und machte Kapriolen. Mägde eilten in spitzengesäumten Trachten zu ihren Besorgungen. Die Pferdekutschen hatten die Herrschaft auf den Straßen, und Kutscher in Uniformen saßen darauf wie Obrigkeiten. Es war eine Mischung aus Pracht, Spiel und Zucht, dieses Tondern. Die Zucht war das Einzige, was Falka kannte von zu Hause, der feste Halt in all dem wahnwitzigen Getümmel.

Der Onkel zog sie durch Straßen auf der Suche nach einem Gasthof. Falka ging wankend im bleischweren Kleid, das sie bei jedem Schritt mühsam vorstoßen musste wie einen zurückpendelnden Sack. Das Kleid war nicht gemacht für diese hinhastende Eile, mit der der Onkel sie durchs Gedränge zog. Falka schwitzte in ihrer Wolle. Um ihren Hals saß das Bündchen mit den Bernsteinknöpfen wie ein Hunderiemen. Das Buckelpflaster war hart für ihre Füße, die an Sand und Schlick gewöhnt waren. Schließlich wurde sie in eine Schänke gezogen, wo man ihnen eine Kammer mit Wassertrog gab.

In der Kammer wusch Falka den Saum ihrer Sonntagstracht über dem Trog aus. Der Onkel lag auf dem Bett und sah ihr zu, dann befahl er: »Lass das und wasch dich.« Falka wusste nicht, wie er das meinte. Hier vor dem Onkel? Da ächzte sich der Onkel vom Bett hoch und knöpfte ihr das Kleid auf. Wie ein Schamgespenst stand Falka in ihrer Leibwäsche vor ihm. Wo er schon einmal dabei war, zog er sie gleich bis auf die blanke Haut aus. Ihr blieb nichts anderes übrig, als sich nackt vor ihm zu waschen, und er schaute ihr beim Waschen zu.

Die Fabrik hatte einen Eingangsbogen, der mit Spitzen aus Granitstein verziert war. Bevor sie da hindurchgingen, nahm der Onkel sich Falka noch einmal zur Begutachtung vor. Der Scheitel war in der Mitte. Der Zopf beulte sich in ihrem Nacken, als hätte sie hinten einen Kropf, aber da konnte man nichts machen. Die Bernsteinknöpfe waren ihr einziger Schmuck. In dem schwarzen Wollkleid sah sie aus wie ein schwarzes Schaf.

»Du sagst nichts. Ich spreche.«

Sie gingen durch das Tor und kamen auf einen Fuhrhof, wo

Männer Karren mit weißen biegsamen Paketen beluden. Der Onkel fragte einen, wo man ein Mädchen abliefern konnte. Der zeigte auf eine Tür. Sie betraten eine Halle. Dort saß ein Mann hinter einem Kontortisch. Der Onkel stellte Falka vor ihn hin.

»Das Mädchen will ich anbieten.« Er räusperte sich. »Ist vierzehn.«

Für Falka wurde etwas Unklares zu einer Zahl. Sie war vierzehn.

»Kann sie klöppeln?«, fragte der Mann.

»Die kann alles, was man ihr beibringt.«

»Krankheiten?«

»Gibt's bei der nicht. Gedeiht wie Giersch.«

»Name?«

»Heißt Falka. Nehmen Sie die. Schlicht für Schlicht.«

Der Mann schlug ein Buch auf und schrieb etwas hinein. Dann drehte er das Buch um und gab Falka die Feder.

»Hier soll sie zeichnen.«

Falka wusste nicht, was sie zeichnen sollte, und wagte nicht zu fragen. Sie setzte die Feder aufs Blatt und zeichnete ein Auge.

»Du solltest ein Kreuz zeichnen«, belehrte sie der Onkel, als sie auf dem Hof Abschied nahmen.

»Das wusst ich nicht.«

»Weißt du noch was nicht? Dann frag jetzt.«

»Was ist Schlicht für Schlicht?«

»Du arbeitest. Dafür darfst du da essen und schlafen. Ein Jahr.«

»Dann komm ich wieder heim?«

»Dann kriegst du Geld. Wenn die dich behalten wollen. Streng dich an.«

Falka knickste vor ihm. Sie hatten das Schiff durchgemacht und den Weg durch Tondern. Hier waren sie zum letzten Mal zusammen. Der Onkel legte die Hand auf ihr Zopfnest und zog sie sich an die Brust. Ihr war dabei zumute, als dürfte er ihr aus Erbarmen das Genick brechen.

»Leb wohl.« Der Onkel ging fort.

Falka sah ihm nach, als ginge mit ihm ihr Leben fort.

Der fremde Mann rief sie in die Fabrik.

Sie verharrte in der Halle, bis eine Frau mit einem Stock zu ihr kam. Falka folgte ihr durch einen Gang, um die Ecke, noch ein Gang.

»Warum gehst du so?«, fragte die Frau.

Wie geh ich denn?, dachte Falka.

Als hätte die Frau den Gedanken eingefangen, äffte sie Falka nach und wankte vor ihr her, dann nahm sie wieder ihren normalen Schritt an. Sie stieß eine Tür auf. Nun ging es eine Treppe hinunter, und es wurde grabkalt. Falka war jetzt froh, dass sie dicke Wolle trug, aber sie hatte auch Angst, denn sie war noch nie durch die Grüfte unter einem Haus gegangen. In solchen Tiefen ruhten die Toten. Der Gang hatte eine gewölbte, niederdrückende Decke und Wände, an denen Wasser glitzerte. Die Frau machte eine Tür auf und befahl Falka, indem sie den Stock wie eine Sperre vor sie hielt, auf ihrem Fleck zu bleiben. Dann ging die Frau da hinein und kam mit einem grauen Kleid über dem Arm wieder heraus.

»Dein Kleid. Das hast du gekauft. Du bist jetzt bei uns im Minus.«

Minus?

Die Stockfrau ging weiter und Falka hinter ihr her. Fast am Ende des Ganges stieß sie eine Holztür auf und zeigte mit dem Stock hinein. »Deine Nachtkammer.«

Sie betraten einen Pferch mit vier Bettgestellen. Jedes Gestell hatte drei Liegen übereinander, die mit Strohsäcken gepolstert waren. Die Frau zeigte auf die einzige Liege aus blankem Holz. »Deine.« Sie warf das graue Kleid auf die Liege. Falka stellte ihren Koffer ab.

Wieder ging es hinaus, aber nur ein kurzes Stück. Die Frau öffnete eine Tür am schwarzen Ende des Ganges und ließ Falka reinschauen. Falka sah einen langen doppelseitigen Waschtrog, darunter flitzten Tierchen über den nassen Boden wie lebendige Tränentropfen.

»Morgens um vier: Waschen. Um fünf: Klöppeln.«

Sie machte die Tür zu und ging zur nächsten, machte sie auf. Kübel standen um ein stinkendes Loch im Boden. Die Tür ging rasch wieder zu.

Eine andere Tür wurde aufgetan. Stroh stapelte sich dort. »Für dein Bett.« Die Frau legte Falka so viel Stroh in die Arme, wie Falka tragen konnte. Obendrauf kamen noch ein räudiger Sack und eine Wolldecke.

Sie kehrten zurück in die Kammer mit den zwölf Bettliegen.

»Du machst dein Bett. Ziehst das Kleid an. Gehst rauf. Arbeit beginnt, wenn's läutet, und endet, wenn's läutet. Niemand verlässt seinen Platz ohne Läuten.« Die Frau ging weg.

Die feuchten Wände standen um Falka wie ein Verlies.

Eine graue Masse Mädchen versammelte sich in der Halle. Falka stellte sich dazu. Die Mädchen waren alle still, aber Falka hörte sie im Chor atmen. Es läutete! Die graue Masse setzte sich in Bewegung, verengte sich und glitt wie ein Fluss durch die Gänge, Falka mit ihnen. Sie strömten in einen Lichtsaal, wo sich die Mädchen im Nu auf die Tische verteilten. Falka stand allein da.

Eine andere Stockfrau holte sie ab und nahm sie mit. In einer Hinterkammer musste Falka aufsagen, was sie über sich wusste.

»Falka. Vierzehn.«

»Blutest du?«

»Bluten?«

»Du bist zwölf.«

»Mein Onkel sagt, ich bin vierzehn.«

Die Frau seufzte. »Setz dich da hin.«

Falka setzte sich zaghaft. Vor ihr war das, was sie hier tun sollte, die Klöppelspitze. Ein langes, schmales, weißes, löchriges, luftiges Band.

»Daran übst du.«

Wo die Spitze anfing zu wachsen, war ein Nadelwald aus Fischgräten in ein Polster gesteckt. Von den Gräten liefen Fäden breit auseinander zu Holzklöppeln, um die sie sich wickelten. Die vielen Klöppel spreizten sich wie ein Fächer. Für so ein schmales Stück Spitze brauchte man so viele Fäden, so viele Klöppel? Ein großes Wirrsal. Nie würde sie das in den Griff kriegen.

»Was'n Gekröse, was?«, sagte die Frau.

Falka sah sie an.

»Guck da drauf, Kind.«

Sie zeigte Falka, wie es ging. »Vier Klöppel nimmst du, immer in zwei Paar. Den Faden von diesem Paar kreuzt du rüber ins andere Paar. Dann drehst du zwei Fäden vom anderen Paar in dieses Paar. Und wieder kreuzen. Drehen. Kreuzen. Drehen, kreuzen, drehen, kreuzen. Hier kommt die Gräte in den Fixpunkt. Faden rum.«

Falka sollte es jetzt selber machen.

Kreuzen, dachte sie und machte es. *Drehen. Kreuzen. Drehen, kreuzen, drehen, kreuzen. Gräte.* Und immer so fort. Falka drehte und kreuzte, und die Frau beobachtete, was sie tat. Es war gar nicht so schwer. Man hatte ja nur vier Klöppel in der Hand, nicht die ganze Hundertschaft. Falka sah ihre Spitze wachsen. Die Kirche schlug die Stunde. Sie hielt inne.

»Was hörst du auf?«

Kreuzen, drehen, kreuzen, drehen, kreuzen, drehen …, immerfort, die Kirche schlug die nächste Stunde, *kreuzen, drehen, kreuzen, drehen, kreuzen, drehen, kreuzen, drehen, kreuzen, drehen, kreuzen, drehen, kreuzen, drehen, kreuzen, drehen, Gräte,* die Kirche schlug abermals die Stunde, *kreuzen, drehen, kreuzen, drehen, kreuzen, drehen,* und der Stundenschlag der Kirche.

»Ich kann nicht mehr«, flüsterte Falka.

»Du kannst, bis Nacht ist.«

Nach sechs Stunden ertönte das Läuten. Falka durfte aufstehen. Die Mädchen waren eine getriebene und sich treibende Herde, und Falka wurde eingepfercht von der Mädchenmasse, die zur

Kloake drängte. Zehn Kübel standen für Hunderte von Mädchen da. Ein Mädchen ums andere hockte sich hin und ließ sein Wasser, derweil es von den anderen, die auch nötig mussten, beäugt und bedrängt wurde. Sie waren alle viel zu erschöpft, um sich voreinander zu schämen.

Danach gab es Essen. Falka konnte den Löffel kaum halten, so sehr zitterte ihr die Hand. Es war eine Suppe, in der etwas dümpelte, was wie Schwimmhäute von Entenfüßen aussah. Falka sah zu den anderen Mädchen hin, ob die das aßen. Alle aßen das. Alle aßen mit totem Blick. Alle vermieden, anzusehen, was sie aßen.

Abends wurden Glaskugeln, wie der Schuster sie hatte, auf die Tische gestellt. Um die Glaskugeln herum zündete man Kerzen an. Das Licht wurde von der Glaskugel zu den Spitzen gestrahlt, die die Mädchen im Kreis um die Schusterlampe herum klöppelten. Falka kam wieder in die Hinterkammer und musste klöppeln bis zum Läuten der Nacht.

4
DIE MÄDCHEN

Zwölf Mädchen schliefen zusammengepökelt im salzigen Dunst ihres Schweißes. Sie atmeten wie ein Wesen, das die kalte Nachtkammer mit seiner animalischen Wärme und seinen Ausdünstungen heizte.

Noch vor der Morgendämmerung wurde mit einer Keule gegen die Türen geschlagen. Der Gestank entwich auf den Korridor, als der Strom von Mädchen nackt zu den Kloaken zog. Frierend reihten sie sich an den Waschtrögen auf. Die Silberfischchen flohen, und die Mädchen wuschen sich, auf Gesicht und Hände legten sie alle Sorgfalt. Sie mussten rein aussehen, wenn sie in den Lichtsaal zu den Spitzen kamen. Als die Mädchen fort waren und der Fußboden ein Modertümpel, kam das Ungeziefer wieder in Massen hervor.

In den Nachtkammern zogen sie ihre grauen Kleider an. Jede Kammer hatte eine Älteste, die allen einen Zopf flocht, der so steif sein musste wie ein Henkerstrick. In Falkas Kammer war das Asta. Asta war sechzehn. Sie staunte über Falkas Haar. Es war so lang, wie sie noch nie welches gesehen hatte.

Die Jüngste war Gritt, ein kleines Kind und flink an den Klöppeln.

Die Schönste war Milla, sie hatte Haare wie Goldfäden.

Die Größte war ein Mädchen, das Stele genannt wurde, weil es alle Mädchen überragte wie eine Stele. Niemand wusste, wie sie wirklich hieß. Sie hörte auf Stele, als wäre sie mit dem Namen geboren. Stele machte sich immer krumm, damit sie kleiner wurde. Die übrigen Mädchen in Falkas Kammer blieben vorerst noch graue Gestalten.

Waren die Zöpfe geflochten, traten sie wie ein langer grauer Wurm den Weg nach oben an. Sie mussten sich wieder an die Schusterlampen setzen, denn es war noch stockdunkle Nacht. Diesmal durfte Falka in den Lichtsaal. Sie sollte sich hinter ein Mädchen stellen und ihr über die Schulter sehen. Später sollte sie dasselbe tun, was das Mädchen tat.

Das Mädchen arbeitete an einem Rankenmuster. Es klöppelte in einer rasenden Geschwindigkeit, es gönnte seinen Fingern nicht einen Moment Ruhe oder eine langsame Bewegung, es jagte so schnell, dass Falka kaum folgen konnte. Doch sie verfolgte, wie in der Spitze Löcher entstanden. Mit Spitzen wurde also ein Loch gefangen. Die Fäden kesselten es ein, und die Gräten bewachten die Einkesselung wie ein Spalier Soldaten, während die Klöppel wirbelten, bis sie ein Loch umzingelt hatten. So entstand eine Ärmelmanschette.

Wenn ein Mädchen einen Fehler machte oder müde wurde, kam die Aufseherin mit dem Stock. Das Mädchen musste seinen Zopf wie ein Viehseil nach vorn ziehen, dann bekam es Schläge auf den Nacken. Das Mädchen, dem Falka über die Schulter sah, machte keinen Fehler, aber es ermüdete allmählich und wurde gleichzeitig rastlos. Als der Mittag endlich nahte mit seiner Unterbrechung dieser stundenlangen Gebundenheit an eine Arbeit, die durch ihre Spitzfindigkeit überreizte und durch ihre Eintönigkeit unterjochte, wollte das Mädchen noch einmal alles aus sich rausholen. Es jagte die Klöppel mit letzter Kraft in die Treibjagd, es stach die Gräten wie eine Wespe ihren Stachel ins Kissen hinein, es kreuzte und drehte die Fäden, als ginge es um Leben und Tod.

Die Aufseherin ließ sie die Plätze tauschen. Falka musste sich an das Klöppelkissen setzen. Das Mädchen zeigte ihr, was ein Halbschlag war, ein Ganzschlag, ein Umkehrschlag. Wenn Falka einen Fehler machte, erkannte sie bald selber, was der Fehler war.

Da hab ich den nicht geholt. Von da geht der rüber. Die müssen hier rüber. Dann geht der da rüber. Nach einer Weile wussten ihre Finger, welche Klöppel schon darauf warteten, genommen zu werden. Bald kreuzten und drehten sich die Fäden wie von selbst und wuchsen zu einer Spitze um ein Loch, und die Gräten standen an ihren Fixpunkten wie Wachsoldaten, bis das Loch sich schloss. Das monotone Brummen der Klöppel ließ die Zeit zerfließen. Falka hörte gar nicht mehr die Stundenuhr, sie ließ sogar ihre Gedanken ein Stück weit frei. Sie klöppelte ein Loch um Asta, die die Goldhaare von Milla zum Viehstrick kreuzte und drehte. In einem anderen Loch stand Stele, das lange Mädchen, das Kopf und Nacken wie vor dem Scharfrichter nach unten bog. Das Läuten schreckte sie jäh auf von der Arbeit.

Es gab Essen. Falka setzte sich zu dem Mädchen, das die ersten drei Stunden wie ein vom Wolf gehetztes Reh geklöppelt hatte und die letzten drei Stunden wie der Wolf, der das Reh hetzte.

»Ich bin Falka.«

Der Blick, den das Mädchen hochschnellen ließ, war feindselig. »Norla«, sagte sie so böse, als wenn ein Hund knurrte.

Sie hatte stechende Augen, vorspießende Wangenknochen und eine dornenheckige Art, sich breitzumachen. Alle Mädchen aßen mit eng angezogenen Ellbogen. Norla stieß ihre Ellbogen wie Krebsscheren ab. Die Mädchen rechts und links von ihr nahmen sich in Acht, dass sie ihr nicht ins Gehege kamen, und bogen sich wie Weidenschösslinge von ihr weg. Falka war trotzdem entschlossen, Norla zu mögen. Sie hatten dasselbe Schicksal. Sein Schicksal liebte man und auch die, mit denen man es teilte.

Nach dem Essen durften die Mädchen in den Hof. Der Hof lag mitten in der Fabrik wie eine enge, düstere Schlucht. Die Klöpplerinnen gingen dort alle hintereinander im Kreis herum und legten ihre Hände auf die Schultern der Vorgängerin. Falka stand allein in einer Ecke und schaute sich den Mädchenwurm an, da trat ein Mädchen auf sie zu.

»Wir sind in einer Nachtkammer«, sagte es und knickste.

Das Mädchen hatte strohtrockenes Kraushaar und eine durchsichtige Papierhaut, unter der blaue Adern durchschienen. Seine großen runden Kulleraugen waren prall von Neugier.

»Lucie, hihi.« Sie zeigte sich kichernd auf die Brust.

»Falka.«

»Ich hab dich mit Norla gesehen«, sagte Lucie fröhlich. »Norla ist auch in unserer Kammer.«

Falka wurde bang, als sie das vernahm. Es entging Lucie nicht.

»Norla ist immer *krrh!*« Sie machte einen Krallenhieb durch die Luft.

»Warum?«, fragte Falka.

»Warum ist der Frosch grün?«

Falka schaute zum kreisenden Mädchenstrom. »Warum machen die so?« Sie hob die Hände und berührte damit Lucies Schulter.

»Sie graben das Weh aus.«

Jetzt sah Falka, dass jedes Mädchen seine Finger in die Schultern des Mädchens vor ihm hineingrub, als wollte es Würmer herausziehen, die sich unter die Haut gebohrt hatten. Alle gruben in allen herum.

Ausgraben, dachte sie. *Wie daheim.*

Sie wurden reingeläutet. Jede nahm an ihrem Klöppelkissen Platz. Norla stellte sich hinter Falka auf, und Falka schlug die Klöppel. Es war gar nicht mehr zu tun, als die Luft zu fangen und um sie herum die Fäden zu schlingen, dann wuchs aus dem Nichts eine Spitze.

Da gab Norla ihr einen Schlag auf den Nacken.

Falka sah den Fehler jetzt auch. Da war eine Lefze in der Spitze, das durfte nicht sein. »Weg!«, scheuchte Norla sie. Falka sprang vom Stuhl. Norla beugte sich über Falkas Geklöppeltes und zog wütend die Gräten raus, löste alles wieder auf. Die Stockfrau kam herbei. Norla holte ihren Zopf nach vorn und zog ihn straff. Der Stock peitschte Norlas Nacken.

Als die Stockfrau so weit weg war, dass sie kein Flüstern mehr hören konnte, fragte Falka: »Warum hat sie dich geschlagen?«

»Weil wir gleich sind«, sagte Norla.

Falka achtete darauf, dass ihr kein Fehler mehr passierte, und es passierte auch kein Fehler mehr. Sie konnte nun mit vielen Klöppeln zugleich wirbeln, aber die Routine hatte etwas Ruinöses. Ihre Hände schmerzten, als würden darin Steine für Brennfunken gerieben, jeder Griff entzündete einen Schmerz. Bald hatte sie einen Krater in der Hand, in dem es brodelte. Falka konnte die Hand nicht schonen, sie musste kreuzen, drehen und Gräten einstecken. Sie merkte, dass es ihr besser erging, wenn sie den Ellbogen hochstellte und die schmerzende Hand leicht hängen ließ. Doch bald wurde der Ellbogen schwer wie Blei, und der ganze Arm fing an zu leiden. Sie ließ den Ellbogen sinken, und sofort explodierte der Schmerz wieder in der Hand. Als sie den Arm in der Schulter rollte, durchzuckte sie ein Blitz, der ein langes böses Grollen hinterließ. Falka wusste jetzt, was das Weh war.

Abends schleppten sich die Mädchen im langsamen Strom durch die Gruft. Falka war sterbensmüde von sechzehn Stunden Arbeit. Der Strom wurde schmaler. Rinnsale von Mädchen versickerten in den Nachtkammern. Als Falka in ihre Kammer geschlichen kam, trat Lucie zu ihr: »Weh?«

»Ja«, sagte Falka.

»Hihi.« Lucie klopfte mit der Hand auf ihr Bett. Ermattet sank Falka dorthin. Lucie packte sie an den Schultern, dann begann ein Gewühl, das Falka aufstöhnen ließ, aber sie ließ Lucie weitermachen, so weh es auch tat, denn Lucie grub tatsächlich den Schmerz aus ihrem Nacken wie einen Wurm.

»Wie lang bist du schon hier?«, fragte Falka.

»Drei Jahr.«

»Warum gehst du nicht heim?«

»Wohin heim?«

»Du kommst doch von wo.«

»Von wo ich komm, hat mich keiner mehr braucht. Hihi.« Ein Laut, wie ihn ein Vogel macht, der gegen eine Wand prallt.

Falka stellte keine Fragen mehr.

Eines Tages bemerkte Falka, dass sie über Kreuz ging: linkes Bein und rechter Arm vor, rechtes Bein und linker Arm vor. Sie hatte ihr Wanken verloren. Zuerst dachte sie, das hinge zusammen mit dem Kreuzen und Drehen der Fäden, dass sie jetzt auch so ging, wie sie klöppelte. Dann aber merkte sie, dass es keinen Grund mehr gab, zu wanken. Der Grund waren die bleischweren Inselkleider gewesen, die man trug wie eine Ritterrüstung gegen die Sandpfeile, die der Wind schleuderte. Der graue Arbeitskittel war federleicht im Vergleich zu der Last ihrer Tracht. Sie musste keinen widerspenstigen Stoff mehr mühsam mit der ganzen Wucht ihrer rechten Seite und dann mit der ganzen Wucht ihrer linken Seite vorstoßen. Ein neuer leichter Gang war ihr zu eigen geworden.

Sie kannte jetzt Norla, die Feindselige, und Lucie, die Freundliche. Sie kannte Asta, die Mütterliche, und Gritt, das Kind. Sie kannte Milla, die Schöne, und Stele, die Große. Dann gab es noch vier Mädchen, zu denen man nur »Du« sagte, wenn man etwas von ihnen wollte. Falka dachte sich, dass sie wohl keine Namen brauchten, weil sie mehr Monstren waren als Mädchen. Eine hatte einen Buckel, eine war eine Zwergin, eine war schief gewachsen, und eine hatte ein Feuermal. Die vier »Dus« wurden von den anderen behandelt wie Dienstmädchen, sie mussten die Nachtkammer rein halten und das Ungeziefer töten. Und dann gab es Ragga. Ragga war ein Troll, ein Schrat und eine Wortmächtige. Vom Troll hatte sie die buschigen Augenbrauen. Vom Schrat hatte sie einen Mund wie mit dem Spaten ins Gesicht gestoßen. Aber Ragga konnte als Einzige der zwölf lesen und sprach viel Kluges, auf das man hörte und dem man gehorchte. Sie war die Anführerin.

Eines Tages erzählte Falka von ihrem Versehen mit dem Auge, wo sie eigentlich ein Kreuz hätte machen sollen. Ragga sagte, dass das kein Versehen war, sondern eine Vorsehung. Sie erklärte Falka und den anderen, dass ein Auge mehr bedeuten konnte, als man annahm. Ein Auge konnte eine schlafende Knospe sein, die für lange Zeit nicht trieb, oder das Loch in der Mitte des Mühlsteins oder die Schlinge am Seil. Es konnte auch das Nichts sein, aus dem alles hervorgeht, wie bei den Wirbeln und Stürmen, die aus dem Auge in ihrer Mitte hervorgehen. Ragga und die anderen nannten sie von nun an »Falka Auge«.

Zwölf Mädchen pökelte nicht nur Schweiß zusammen, sondern auch Zeit. Alle hatten mit der Zeit dieselbe Blutung, dasselbe Schicksal und denselben Gott. Ein Mädchen, das insgeheim zu Frau Holle betete und immer zum Vollmond blutete, blutete bald so wie alle anderen zum Neumond und betete zum Nachtkammergott.

Jede Nachtkammer hatte einen anderen Gott, an den die zwölf Mädchen inbrünstig glaubten.

In einer Nachtkammer glaubte man an den Gott der Heirat. Tondern war nicht nur die Stadt der weißen Spitzen, sie war auch das Zentrum des Viehhandels. Massen von jungen Männern verdingten sich als Stallburschen, Pferdeknechte, Schlachter und Gerber. Früher oder später würde jede Klöpplerin hier einen Mann finden. Einen Kutscher zu heiraten war das Höchste, was ein Mädchen für sich erhoffte. Dann würde sie eine angesehene Kutscherfrau sein. Die Mädchen, die zum Gott der Heirat beteten, waren besonders erpicht auf schmückende Habseligkeiten, mit denen sie den Männern zu gefallen trachteten.

Eine Nachtkammer weiter glaubte man an den Gott der Macht. Zu ihm beteten Mädchen, die gerne Macht besaßen so wie die Stockfrau, die im Lichtsaal herrschte und strafte. Sich hochzuklöppeln zu einer Herrscherin, die die Schlechten peitschte und die Guten lobte, war das Herrlichste, was diese Mädchen sich von Gott erhofften.

Woanders betete man zum Gott, der die Meisterinnen machte. Eine Meisterklöpplerin konnte mehr verdienen als ein Kutscher und brauchte keinen Mann mehr. Aber nur die Allerbesten ließ man ihre eigenen Schöpfungen fertigen. Von tausend Mädchen war vielleicht eines dazu auserwählt.

An den Gott der Kirche glaubten die allermeisten.

Und ob ich schon wandre im finstern Tal, fürchte ich kein Unglück, denn du bist bei mir, dein Stecken und Stab trösten mich, raunte es in den Nachtkammern.

Das Göttliche hatte viele Gesichter, aber das Elend zerfurchte alle, und das Ende konnte schnell kommen. Wenn sie an der Schusterlampe einschliefen, wenn sie die Spitze beschmutzten, wenn sie die Schwindsucht bekamen, dann mussten sie die Fabrik verlassen. Mit nichts als den Kleidern am Leib, mit denen sie vor zwei, drei, fünf Jahren hergekommen waren, wurden sie vor die Tür gesetzt. Wohin sollten sie gehen? Zu den Eltern, denen sie Schande machten? Zu den Brüdern, die ihnen Gewalt antaten? Dann doch lieber einem Knecht schöne Augen machen. Das hielt ein paar Wochen, dann war es vorbei, und der böse Blick richtete sich endgültig auf einen. Es kamen die letzten Versuche, das Leben zu schaffen. Es ging nicht mehr darum, Glück zu finden. Es ging darum, nicht den Tod zu finden. Bevor man ganz verhungerte, ging man zu den Huren in die *Verwunschene Grotte*. Und wenn man dort abgewiesen wurde, ging man zugrunde. Es gab Mädchen, die nachts in der Gasse standen wie lebende Tote und morgens tot in der Gosse lagen.

Jede Spitzenklöpplerin musste fürchten, dass es ihr auch so erging bei einem Missgeschick. Doch solange die Klöppel ihnen Stecken und Stab waren, hatten sie Hoffnung.

Falka ging im Grau der Mädchen, wie sie früher im Grauen auf dem Meeresboden ging. Wie im Watt Himmel und Erde verschmolzen, verschmolzen beim Klöppeln Hingabe und Erfolg. Falka strengte sich an. Sie war geschickt und achtsam. Als sie ihr erstes eigenes Zierband fertigen durfte, fühlte sie sich stolz und gehoben.

In den Nächten lag sie so genügsam wie ein Wattwurm im stickigen, salzigen Sud der Kammer. Sie ließ den vergangenen Tag noch einmal in sich einrieseln, und wenn sie sich zum Einschlafen umwälzte, war sie ein glücklicher Wurm, der ein göttliches Werk tat. Sie lebte nun in einer Welt aus Spitzen und Mädchen, aus Kreuzen und Drehen. Bis Ragga ihr eine Gräte zu schlucken gab.

»Willst du wissen, was für ein Mädchen vor dir in deinem Bett lag?«

»Ja«, sagte Falka.

»Spätabends ist ihr der Kopf auf die Gräten gefallen.«

Alle Mädchen hatten Angst davor, dass ihnen vor Müdigkeit der Kopf runterfiel, in die Gräten, und sie das Augenlicht verloren.

»Das Unglück nahm sie uns weg«, sagte Ragga, wie man letzte Worte sagt, die schonungslos sind. Eine Gräte ist eine Gräte. Ein Auge ist ein Auge. Eine Gräte im Auge ist eine Gräte im Auge.

5
DER SONNTAG

Seit ihrer Ankunft in Tondern war ein Monat vergangen. Zum ersten Mal hatte Falka am Sonntag frei. Die Mädchen, die kein Sonntagskleid für die Kirche hatten, konnten sich eins aushändigen lassen, das Kleid kam dann auf ihr Schuldkonto. Es war aus demselben grauen Stoff wie das Arbeitskleid, aber es hatte einen Spitzenkragen.

Am Morgen striegelten sich die Mädchen ihre Haare. Die, die glanzloses Haar hatten, setzten sich Hauben auf. Die anderen ließen sich von Asta kunstvoll flechten. Milla trug ihr Haar offen.

Sie zogen in langen Reihen aus der Fabrik hinaus. Auch Tondern trug sein Sonntagskleid. Die Kutschen waren gewienert, die Pferde hatten Brokatschabracken. Die Frauen hielten Sonnenschirme aus Spitze, und ihre Kleider bauschten sich wie weiße Wolken.

Jede Stunde Arbeit war mit den Glocken der Kirche verklungen. Nun durfte Falka zum ersten Mal in die Kirche gehen. Sie freute sich. Alles an diesem Sonntag erschien ihr schön. Nur der Nacken des Mädchens, das vor ihr ging, war narbig vom langen Stock.

Sie kamen durch die Hintertür in die Kirche hinein und nahmen auch hinten unter der Empore Platz. Die Bänke waren himmelblau. Vom Altar konnte Falka nur das goldene Gottauge sehen. Lucie stieß den Finger zur Decke. »Schau mal nach oben.« Falka sah dort ein Gerippe, das einen vornehmen Herrn und eine vornehme Dame an den Händen hielt. »Der Tod tanzt mit den Reichen, hihi.«

Die Reichen kamen herein und nahmen vorne in den Nischen Platz, wo ihre Namen auf dem Holz der Schwingtüren standen. Es kamen die Händler und Krämer und Viehleute. Das Gotteshaus füllte sich.

In der Bank vor Falka saß Milla, ihre Haare hingen über die Lehne. Ein einzelnes Haar hatte sich gelöst und war in Falkas Schoß gefallen wie ein goldener Faden. Falka war entzückt davon und schob es unter den Ärmel ihres Kleides.

Mit dem Orgelklang schritt der Pastor ein. Alles, was Falka von ihm sehen konnte, waren sein Kahlkopf und sein Duttenkragen, der so groß war wie ein Mühlstein. Falka konnte sich mittlerweile ausrechnen, wie lange man daran klöppeln musste. Hunderte von Stunden.

Nach dem Gottesdienst stand Pastor Gregor Siemssen am Kirchentor und gab seiner Gemeinde das Geleit nach draußen. Er bestellte Herrn Jakobson einen Gruß an die kranke Gattin. Er beglückwünschte die Andersens zur Geburt ihres Kindes. Er hielt lange die Hand der alten Witwe Toftersen, deren Sohn bei einem Scharmützel sein Leben ließ. Schwarz verschleiert stand sie vor ihm und suchte Trost. Er sprach das Hebräer-Wort: »*Wir sind nicht von denen, die verdammt werden, sondern von denen, die die Seele erretten.*«

Siemssen glaubte, aber das ließ er niemanden wissen, dass Tondern verdammt gehörte wie Sodom und Gomorrha. Seine Gemeinde ging in ein grausames Zeitalter und benahm sich, als ginge es in ein goldenes. Reichtum, wohin man blickte. Die Damen passten kaum noch in die Kirchenbänke, so breit machten sich ihre Spitzen. Für diese Pracht mussten andere sich plagen.

Früher hatten die Mädchen auf den Höfen ihrer Eltern gearbeitet, bis sie heirateten. Heutzutage wurden sie in die Fabriken getrieben. Nicht einmal Barbaren taten ihren Töchtern das an: schickten sie in solch ein Elend. Sie hausten in Schmutzlöchern wie Ratten. Sie fraßen Dreck wie wilde Hunde. Sie waren Kreaturen ohne Wert und Würde. Sie mussten schuften von morgens bis mitternachts. Zwei bis sechs Jahre konnte man ein Mädchen schinden, dann war es zerschunden. Keiner konnte behaupten, dass er nicht wusste, wie es in den Fabriken zuging. Das Perpetuum mobile, jene sagenhafte Maschine, die sich immerfort antrieb, war entstanden. Für die Armen war es eine Höllenmaschine, aber das war ganz im Sinne der Geldmenschen. Das war die bejubelte neue Weltidee. Man nannte sie Kapitalismus.

Pastor Siemssen sah mit dem Kapitalismus eine Katastrophe über die Welt kommen. Er warf jeden Sonntag etwas Sand in das Perpetuum mobile, er predigte von Demut und Barmherzigkeit und ließ Gottes Mühlen gegen die Höllenmaschine arbeiten. Aber Gott konnte nicht im Sichtbaren wirken wie das Geld. Derzeit tat der Kapitalismus die guten Werke. Die Kirche hatte lange Zeit die schlechten getan.

Der Dreißigjährige Krieg hinterließ ein zerstörtes Europa, das der Kapitalismus wieder aufbaute. Die Tribunale gegen Hexen zeigten, was für ein Schreckensregime die Kirche war, während der Kapitalismus Schönheit erschuf. Die Kirche hatte rundum versagt. Der Kapitalismus triumphierte. Das Einzige, worauf die Kirche noch fest und sicher stand, war die Frömmigkeit, war der Glaube an das Jenseits. Die himmlische Gerechtigkeit war nicht mit Geld zu erkaufen. Wen der Tod an die Hand nahm, der konnte nur hoffen, dass er ein guter Mensch gewesen war, wenn Gott über ihn richtete, und dass die Freude groß war bei seiner Ankunft im Himmel.

Gottes Mühlen mahlten zu langsam, Gott brauchte einen Savonarola. So wie jener Mönchskrieger gegen das sittenlose Florenz wollte Gregor Siemssen in Tondern sein.

Die Armen glaubten ja immer gern, dass der Teufel am Werk war, wenn ein Reicher sich das Geld gefügig machte, so dass es zu ihm strömte. Geld floss durch dunkle, unheimliche Kanäle. Reichtum ging nicht mit rechten Dingen zu. Macht war im Bund mit dem Bösen.

Die Kreise der Menschen, die Geld hatten oder Geld wollten,

waren nie so groß gewesen, dass der ganze Weltkreis im Geldrausch lebte. Nun war es so. Ihm war bewusst, dass er in einer Schicksalsstunde der Menschheit lebte. Es ging um alles. Gott rüstete sich für sein Gefecht gegen den Mammon. Auf beiden Seiten formierten sich die Heere. Das Heer der Habgier gegen das Heer des Glaubens. Er war dazu berufen, das Heer des Glaubens zum Sieg zu führen.

Dabei sah Gregor Siemssen gar nicht wie ein Berufener aus. Eigentlich war er rothaarig wie ein Eichhörnchen, aber das wusste hier kein Mensch. Sein Rotschopf hatte anfangs jede Hoffnung vereitelt, die er sich auf eine große Gemeinde machte. Er fing als Dorfpastor an, doch seine Predigten hatten Donnerhall. Er meinte, dass er eine große Gemeinde verdiente, aber die, die über sein Fortkommen das Sagen hatten, sahen nur seine roten Haare. *Der Mann sieht aus wie ein Eichhörnchen,* dachten sie. Das Eichhörnchen hatte keinen guten Ruf, man glaubte, es stünde mit dem Teufel im Bunde. So blieb ihm ein Aufstieg versagt.

Bis ihm eines Tages die Eingebung kam, sich den Kopf kahl zu scheren. Das brachte die Wende. Mit fünfundzwanzig Jahren wurde Gregor Siemssen Pastor der Kristkirche von Tondern und tat jetzt schon ein Jahr lang im Sodom des Kapitalismus Gottes Werk.

Die noblen Damen in ihren Schaumkronen aus Tondernspitze und die Fabrikmädchen, die der letzte Abschaum waren, mischten sich auf dem Weg ins Freie. Kleine Hände legten sich in seine große Hand. Ein Fabrikmädchen, so klein, dass es kaum älter als acht sein konnte, ließ eine Spuckeblase platzen, als es ihm die Hand gab. Er gab dem Kind seinen Segen. Es sah böse zu ihm auf. *Sie verdammt mich,* dachte Gregor, *und sie verdammt Gott. Sie weiß, dass weder ich noch Gott ihr helfen werden.* Ein Fabrikmädchen mit goldblonden Haaren empfing seinen Segen, als schüttete er Asche auf ihr Haupt. Er empfand Scham vor ihrer Schönheit, *nichts kann sie retten.* Ein Mädchen in Grau, ein Mädchen in Grau, ein Mädchen in Grau. Er segnete die grauen Mägde, den ganzen trostlosen Strom. Zuletzt hielt das Leitmädchen des Rudels vor ihm an, legte die Hand in seine, dass es ihn kalt ergriff, und sagte frech zu der anderen, die bei ihr stand: »Das ist unser Pfaffe, Falka.«

»Geh in Frieden«, wies er sie fort. Ihm war immer unwohl, wenn diese Gestalt auf ihn zukam. Sie hatte Hass auf ihn, Hass auf alle, und ihre Hand war kalt wie ein Dolch.

Nun sah er endlich einmal Liebende kommen: Lily am Arm von Martin Martensen. Gregor bedankte sich im Stillen bei Gott, dass er auf eine Kanzel gekommen war, wo er diesen reichen jungen Menschen wie ein noch viel Hochgestellter gegenüberstand. Wäre Lily nicht die Nichte von Willem Tondernsen, hätte sie sein Wohlwollen gehabt. Aber Willem Tondernsen gehörte die Spitzenfabrik, darum gehörte Lily leider zum Heer der Habgierigen.

Willem Tondernsen war der Sohn des Holländers. Er nannte sich selber den Mann der weißen Spitzen. Lily, die Tochter seiner seligen Schwester, wuchs ihm wie ein eigenes Kind ans Herz und wohnte in seinem Haus.

»Gott segne Sie, Lily«, sagte Gregor gebieterisch.

Ihre Spitzen rauschten über seinen Talar, als sie vorüberging.

»Gott segne Sie, Martin.«

Lily und Martin waren verlobt, in einem Jahr sollte ihre Hochzeit sein.

Martin war der jüngste von den drei Söhnen des alten Martensen, der mit seinem Fuhrunternehmen reich geworden war.

Martin und Lily wuchsen in Geldhäusern mit Säulenportalen auf, aber sie gaben sich einigermaßen volkstümlich. Kein Unfrieden sollte durch Neid entstehen. Tondern war eine reiche Stadt, aber keine große Stadt. Hier konnte jeder jedem beim Spaziergang begegnen, die Ärmsten der Armen den Reichsten der Reichen, und jeder sollte sich seines Lebens sicher fühlen.

Der Platz um die Kristkirche war ein elegantes Oval. Auf der Straße, die ihn wie ein Ring umgab, reihten sich die Kutschen. Kutscher saßen auf den Böcken wie auf Ausschauposten und suchten die vielen Mädchen nach den wenigen ab, die eine Betrachtung lohnten. Die Klöpplerinnen flanierten vorbei wie Früchte zum Greifen und blickten zu ihnen hoch: zum Anbeißen verlockend bis hoffnungslos unappetitlich, es kamen alle Blicke vor, die ein Mädchen einem Mann geben konnte, und nur die wenigsten bekamen einen Blick zurück. Falka sah, wie gleich drei Kutscher nach Milla schauten, doch Milla sah nicht hin. Auch die anderen aus Falkas Nachtkammer hatten kein Auge für die Kutscher, sie standen im Kreis zusammen, Schulter an Schulter, mit den Gesichtern nach innen. Falka wäre gern umhergegangen, aber sie blieb im Kreis ihrer Freundinnen stehen und spähte nur scheu auf das, was sich um sie herum tat.

Ein Menschenbausch in Wolkenkleidern versammelte sich vor der Kirche. Perlen, Hälse, Wangen, Locken, Stimmen, Spitzen. Aus dem hellen und heiteren Getändel stach der Pastor heraus wie ein schwarzer Kreuzritter. Eine junge Frau stand bei ihm und war so schön, dass Falka ganz gebannt von ihr war. Sie hatte das Antlitz einer Fee mit erstaunlich großen Augen. In ihre aschblonden Haare waren Spitzen eingeflochten. Der junge Mann neben ihr trug seine Haare als langen Schweif. Sein Kinn war männlich angeraut vom Bart, sein Gesicht hatte eine liebliche Sanftmut, und mit seiner ganzen Erscheinung trug er gelassen etwas Gesegnetes zur Schau.

Auf einmal wandelte eine Frau im schwarzen Schleier an Falka vorbei, und Falka sah jetzt einzig nur ihr nach. Sie war alt, sie hatte weißes Greisenhaar, sie war in Trauer, aber der schwarze Schleier machte sie schön. Sie ging gebrechlich, aber der Schleier tollte jung im Wind. Schwarze Blumen verzierten ihn, die Blütenköpfe waren nach unten gesenkt. Da wandelte die Nacht mitten durch den Tag, und alles Taghelle verblasste vor der einen Gestalt, die auf dem Meeresboden ihrer Trauer in Finsternis ging. In Falka tat sich ein Auge auf, und zum ersten Mal sah sie das Element, in dem sie leben wollte: im Finsterreich aus schwarzer Spitze. Sie wünschte sich, sie könnte eines Tages solch ein Wunder klöppeln.

Die Mädchen beschlossen zu gehen. Langsam schlenderten sie an den Häusern um den Kirchplatz vorbei. Asta zeigte verstohlen auf ein Fenster. Im Vorbeigehen sahen sie hinein. Eine Frau deckte den Sonntagstisch. Zinnteller kamen auf die Spitzendecke.

Lucie hakte sich bei Falka ein, als sie sich vom Kirchplatz entfernten. »Tondern ist eine Hexe«, sagte sie fröhlich. »Jede Spitzendecke ist ein Hexenmal.«

»Aber die Spitzen machen wir doch.«

»Oder müssen verhungern, hihi«, sagte Lucie.

»Falka, findest du das gerecht, dass die sich was zur Zier hinlegen, wo wir für schuften müssen?«, fragte Ragga. »Denk nach.«

Nachdenken? Sie nahm alles, wie es geschah, und so war es eben.

»Wir können heiraten«, gab Falka zur Antwort, denn sie dachte an die vielen Kutscher, die wie auf Brautschau auf die Mädchen herabsahen.

»Wollen wir nicht«, sagte Ragga.

»Ihr wollt nicht heiraten?«

»Nicht heiraten. Nicht hoffen.«

Schweigend kamen sie auf den Marktplatz, wo auf einem gewaltigen Sockel ein eiserner Mann in roter Uniform stand. Er hielt eine Peitsche in der erhobenen Faust, eine siebenschwänzige Katze. Die Mädchen blieben vor dem Standbild stehen und guckten es an.

»Das ist der Zuchtmann von Tondern«, sagte Lucie zu Falka.

»Er steht für Zucht und Ordnung«, sagte Milla.

»Wer will ihn schänden?«, fragte Norla.

»Ich«, sagte Gritt.

Sie schauten sich um, ob jemand es sah, dann rotzte Gritt einen Spuckebatzen auf den roten Mann. Milla spuckte gleich hinterher. Lucie spuckte. Norla spuckte.

Warum spuckt ihr einen an, der für Zucht steht?, fragte Falka sich im Stillen. *Zucht ist doch was Gutes.*

Hinter ihnen rollte eine Kutsche heran und blieb stehen. Der

Mann mit dem Schweif stieg aus und hielt seine Hand in die Kutsche hinein.

Sie kam aus der Kutsche wie eine Schaumgeborene. Kaskaden von Kräuselspitzen umschäumten sie. Volants flatterten im Wind wie weiße Schmetterlinge. Sie raffte ihr Kleid vor der Treppe hoch und erklomm an seiner Hand die Stufen. Dann traten sie in das Haus ein und waren fort.

Ihre Wirkung war noch da: eine Schwingung, die in Wellen über die Mädchen hinwegging.

»Wer ist das?«, fragte Falka.

»Lily«, sagte Ragga.

»Und er?«

»Martin Martensen. Sie heiratet ihn bald.«

Eine Stille trat ein, eine Stimmung von Feindseligkeit.

»Mögt ihr sie nicht?«, fragte Falka.

»Hihi.«

Sie wendeten sich ab und zogen Falka mit.

Ihre grauen Kleider schleiften über das hohe Gras. Sie gingen zu zweit Hand in Hand und ließen die Arme schaukeln. Sie strebten zu einem mächtigen Baum. Unter seinem Blätterdach lagerten sie sich hin. Falka, die zum ersten Mal hier war, bekam den Platz auf einer Baumwurzel, die wie ein Thronsitz geformt war und als Rückenlehne den Stamm hatte. Die Mädchen teilten Brot aus und reichten Schinkenröllchen rum. Zum Durstlöschen kauten sie Waldklee. Gritt hatte sich an einem Dorn geritzt und lutschte ihr Blut. Asta holte eine Spinnwebe herbei und legte sie auf Gritts Wunde, die sogleich aufhörte zu bluten.

Durch das Blätterdach wurden sie mit Lichttupfen gesprenkelt. Die grauen Mädchen saßen im Gras, eine begann leise zu summen, eine andere summte mit, dann summten alle, und die kleine Gritt sang: »Gullalla-gullalla-gullalla ...« Falka fielen die Augen zu, sie sank in einen Traum. *Lilys Antlitz schwebte vor einer weiten grauen Ebene. Am Horizont ging ein Sonnenball blutrot unter. Die Nacht warf einen schwarzen Schleier aus. Lily wandelte wie die Nacht durch Tondern. Ton~dern! Ton~dern!*

Vom Geläut der Kirchenglocke wachte Falka auf. Das Licht war nun wie Bienenhonig, wenn der Tag zur Neige ging. Die anderen saßen um sie herum, als hätten sie ihren Schlaf bewacht.

»Du hast was Schönes geträumt«, sagte Lucie. »*Aaahhh!* hast du gesagt.«

Falka setzte sich beschämt auf. Ihr war zumute, als würde sich ein Brunnenschacht um ihren Traum schließen.

Zwölf Mädchen lagen in den Betten. Sie waren alle noch wach und selig von ihrem Tag in der Sonne. Ragga machte den Vorschlag, dass sie sich ihr Liebstes anvertrauten, bis die Letzte von ihnen eingeschlafen war. »Was war euch das Liebste auf Erden?«

Asta begann. Sie war mit ihrem Vater, einem Messerschleifer, immer unterwegs gewesen. Einmal an einem nächtlichen See sahen sie am Himmel grüne Wogen und Wellen. »Das sind Engel«, sagte ihr Vater, »sieh sie dir an.« Die Nacht am See mit ihrem Vater und den Engeln war Astas Liebstes. Ihr Vater starb an einer Wundvergiftung, und Asta wurde als Waise nach Tondern geschickt.

Milla lebte an einem kreideweißen Steilkliff zum Meer hinunter. Dort war das Land abgebrochen und hatte den weißen Knochen der Welt bloßgelegt. Es gab einen Kletterpfad nach unten zum Strand, wo Milla Bernstein sammelte und mit Kreide Bilder auf die Steine malte. Bilder malen war Milla das Liebste. Dann zitterte ihre Stimme, und sie sagte nichts mehr.

Norla wurde einem Mann als Magd mitgegeben, weil sie daheim zu viele waren. Er war Elchjäger, nahm sie in die Wildnis mit und nannte sie »Weib«. Einmal erlegte er eine trächtige Elchkuh. Er schnitt ihr den Bauch auf und zog das Kalb raus. Es lebte. Das Kalb war ihr das Liebste, doch es verweilte nur drei Tage auf Erden.

Gritt gehörte zu einer Schar Kinder, die im Winter Reisig sammelten fürs Herdfeuer. Auf dem Heimweg kamen sie an einem See vorbei. Der See war zauberhaft zugefroren. Jeder legte sein Reisigbündel weg und lief aufs Eis. Eislaufen war für Gritt das Liebste. Die anderen waren alle schon auf dem See, ballten sich dort zusammen wie ein dunkler Klotz und warteten auf Gritt. Gritt war noch nicht bei ihnen, da brachen sie ein. Der Klotz ging unter. Keiner kam je wieder. Gritt musste fort wie der Sündenbock.

Lucie verliebte sich in einen Jungen. Es war zur Augusternte, als er ihr Liebster wurde. Im November merkte sie, dass sie ein Kind bekam. Sie vermummte sich mit einem Filzmantel bis zum Frühjahr. Ostern stach die Sonne durch. Im Mai machte ihr Liebster sich davon. Lucie musste weiter durchhalten mit Vermummen. Man sah sie wie eine Witwe in die Wälder gehen. In einer Höhle, wo niemand sie mehr sah, gebar sie das Kind. Lucie vergrub es.

Ragga war das einzige Kind von einem Gerichtsbüttel. Wenn ein Urteil oder ein Gesetz beschlossen wurde, trat ihr Vater mit einem Stab vors Volk und las es laut vor, und wenn er den Stab entzweibrach, war es gültig. Er war oft gegen die Urteile, die er dem Volk vorlesen musste. Er sagte, dass, solange die Menschen ungleich waren, sie Tieren gleich waren, einer fraß den andern. Die größte Ungleichheit war zwischen Mannsvolk und Weibsvolk. Das Mannsvolk herrschte, das Weibsvolk war leibeigen. Eher wurde ein Weib aufgehängt, als dass es sein Recht bekam. Als Raggas Vater starb, wurde Ragga arm. Alles ging an den nächsten männlichen Verwandten. Gleichheit war ihr Liebstes. Ragga liebte die Gleichheit so sehr, dass sie sogar den Tod liebte, der alle Menschen gleichmachte.

Die Gräte des Morgengrauens war das Liebste von Falka. Aber hier in der Nachtkammer kam ihr ein neuer Gedanke.

»Habt ihr die schwarze Frau auf dem Kirchhof gesehen?«

»Welche schwarze Frau?« Keine hatte die schwarze Frau gesehen.

»Am liebsten möcht ich schwarze Spitzen machen«, sagte Falka.

»Von schwarzen Spitzen wird deine Seele schwarz«, sagte Stele.

Stele war ein hoffnungsloser Fall. Krumm wie eine Sense, dürr wie ein Schilfrohr, ein Mund wie eine Qualle und immer die Größte, auch wenn sie sich noch so klein machte. Sie hatte nichts Liebstes, sagte Stele, nie gehabt, niemals im Leben.

Es wurde still in der Nachtkammer.

6
DAS BRAUTKLEID

Viele Wochen sahen die Mädchen den Tag nur durch die Fenster des Lichtsaals. Nachts waren sie zu erschöpft, um sich noch was zu sagen. Alle litten. Die Fäden krochen durch ihre Haut. Sie bohrten sich in die Augen. Und immer die Angst, dass man einnickte und mit dem Kopf in die Gräten sank.

Falka klöppelte ihre erste Rose. Sie folgte dabei einem Muster, das genau vorzeichnete, wie die Rose zu sein hatte. Das war der Klöppelbrief. Jeder Grätenpunkt war dort markiert und jeder Lauf eines Fadens. Sie musste nur nachmachen, was der Plan vorsah, und im Gespinst der Spitzen blühte eine Rose auf.

Sie war keine schlafende Knospe mehr.

Falka liebte es, wenn sie emsig vor sich hin klöppelte und aus Fäden Rosen machte. Andere Mädchen schafften das nicht, so in Liebe mit den Fäden verbunden zu sein.

Es gab Mädchen, die furchtbar litten. Die Fäden waren ihre Feinde, und mit diesen Fäden waren sie gefesselt, mussten an ihnen sitzen für Stunden und Aberstunden. Es gab so viele Schmerzen. Eine Krätze in den Fingern. Ein glühender Eisenring, der sich um den Kopf legte. Stiche im Kreuz, die das Stillsitzen zur Tortur machten. Ein irres Zittern der Augenlider. Ein Bohren in den Handgelenken. Die marternde Not, wenn man sein Wasser halten musste bis zum Läuten. Und der ewige Hunger. Mädchen, die das nicht aushielten, gingen still und leise zugrunde. Man war erleichtert, wenn so eine wegkam. Je erbärmlicher eine litt, umso entschiedener wandte man sich davon ab. Alle Mädchen waren im Elend, alle in Erschöpfung, alle dem Zugrundegehen geweiht, aber gleichzeitig auch dem Durchhalten und Davonkommen. Alle, die durchhielten, sahen Mädchen neben sich verenden, und niemand wollte eine, die sich aufgab, in seiner Nähe haben. Ihr Verschwinden lastete auf keiner Seele. Wenn es mit einer Klöpplerin aus war, wurde sie wie Asche aus der Fabrik gekehrt.

Auch so was kam vor: dass ein Mädchen nachts starb, und keine hatte etwas gehört. Die Nacht deckte Dinge zu, die niemals ans Licht kamen. Die elf Mädchen, die eine Tote bei sich hatten, wurden geächtet. Man behandelte sie wie Aussätzige. Elf war ein Fluch. Sie konnten von dem Fluch nur erlöst werden, wenn ein neues Mädchen dazukam und sie wieder zwölf in der Nachtkammer waren.

Die Angst war in der Nacht ein Höllenhund. Sie konnte ein Mädchen zerfleischen.

In Falkas Nachtkammer hatten die Mädchen einen guten Schlaf. Sie waren miteinander verzapft wie die Speichen eines Rades. Dass sie hier zusammen waren, sollte so sein. Ihr Kreis beschützte sie vor Heimweh und Elend.

»Elend«, erklärte Ragga ihnen, »ist das Land, in das Verdammte kommen. Wir sind Verdammte.«

Falka war in der Fabrik daheim. Manchmal gab das Fischmesser ihr noch einen Stich. Wenn sie es ansah, sah sie ihr früheres Leben. Wenn sie es aber in die Hand nahm, sah sie, dass sie es nicht mehr brauchte. Sie machte jetzt aus Fäden Spitzen. Ein Messer aber schnitt Fäden durch.

Außerdem hatte sie ein schönes Geheimnis. Millas Haare. Wenn Asta Milla kämmte, fielen immer ein paar Haare aus. Sie lagen dann wie Goldfäden auf dem Boden. Falka erspähte jedes Haar, das Milla verlor. Heimlich hob sie es auf. Sie war so glücklich, als wenn sie wirklich Gold gefunden hätte. Die Haare versteckte sie in ihrer Sandhaube. Schon bald schimmerte dort ein goldener Schatz.

Eines Morgens mussten sich die Mädchen im Lichtsaal zum Spalier aufstellen, die Großen kamen nach hinten, die Kleinen nach vorn. Als alle akkurat standen, ging die Stockfrau hinaus, um Besuch in den Lichtsaal zu führen.

Lily trat ein.

Sie trug ein Kleid im Rosaton der Morgenröte. Sein Knistern lud die Mädchen mit Spannung auf. Es braute sich eine Atmosphäre zusammen, wie wenn kalte und warme Lüfte aufeinanderprallten. Neid auf Bewunderung. Furcht auf Staunen. Freude auf Hass. Viele Mädchen schlugen die Augen nieder, als würden sie von Lily geblendet. Aber die meisten sogen mit gierigen Blicken alles auf, was Lily ihnen von sich zeigte.

Ihr Dekolleté war ein Milchschaum aus Spitzen. Ihr Haar rieselte gelockt herab. Von solchen Mädchen sagte man, dass sie ein Cranach waren, nach dem Maler Cranach, der solche Mädchen gemalt hatte. In ihrem Gefolge trugen vier Dienerinnen große Körbe in den Lichtsaal.

Lily sprach. Ihre Stimme war leise oder zum Flüstern erzogen, wie bei allen sehr Vornehmen, um die herum es feierlich still wird, wenn sie den Mund auftun.

»Am Anfang war das Nichts. Dann kam die Spitze. Die Spitze schuf Himmel und Erde, und der Geist schwebte auf ihr. Der Geist erhob den Menschen über das Tier. Die Spitze erhob ihn zum Götterliebling.«

In der Stille, die darauf folgte, schien Lily selber über ihre Worte nachzusinnen, als hätte ein fremder Geist aus ihr gesprochen oder ihr das eingegeben. Dann hauchte sie: »Ich heirate.«

Jetzt waren die Mädchen gespannt.

»Am 21. März werde ich Martin Martensen ehelichen und wünsche mir, dass ihr mein Brautkleid anfertigt. Es soll das schönste Brautkleid werden zwischen Himmel und Erde.«

Ein Seufzen ging durch die Mädchen. *21. März. Tagundnachtgleiche in der Hochzeitsnacht.*

Lächelnd empfing Lily den Segen, der aus der grauen Masse

kam. Dann dankte sie den Mädchen anmutig für die Güte ihrer Arbeit am Brautkleid im kommenden Winter. Am heutigen Tag sollten sie alle freihaben. Ein jedes durfte sich nun ein Geschenk aus dem Korb nehmen.

Daraufhin traten die Korbträgerinnen aus dem Hintergrund an Lilys Seite.

Kein Mädchen wollte das erste sein, das sich sein Geschenk holte. Also zeigte die Aufseherin mit dem Stock auf ein Mädchen in der vorderen Reihe und gab ihr den Befehl, zum Korb zu gehen. Die vordere Reihe kam in Bewegung, ein Mädchen ums andere griff in einen der Körbe, trat vor Lily, knickste und nahm sein Geschenk wieder mit in die graue Masse hinein. Das ging sehr schnell. Griff und Knicks. Griff und Knicks. Griff und Knicks. Die Reihen mäanderten auf Lily zu. Nun näherte sich auch Falka dem Korb. Sie war so beschwingt von Hochgefühlen, dass es ihr schien, als würde sie im Himmel über Lily kreisen. Zwei Mädchen waren noch vor ihr. Ein Mädchen noch. Dann stand sie vor dem Korb. Darin lagen weiße Bündel. Falka griff sich eins. Sie hatte nur einen Moment, nichts durfte ihrem Auge entgehen. Jäh stieß sie im Steilsturz auf Lily herab. Blitzschnell war ihr Blick, er riss Lilys Antlitz in seine Fänge. Knicks. Als Falka fortging, hatte sie jede Einzelheit in den Klauen ihrer Erinnerung.

Die Mädchen gingen wieder zu der Wiese mit dem Baum. Es war ein bedrückter Zug trotz des unverhofft freien Tages. Nur Falka war auf einsame Weise erregt. Im Strom der anderen genoss sie diese eigene geheime Unterströmung. Lucie ging neben ihr. Sogar sie war von der schwarzen Stimmung erfasst, die wie eine Finsternacht war, in der man aus Wut mit Brandfackeln wirft.

Die Vogelbeeren waren reif. Das Ende des Sommers war gekommen. Konnte es wirklich sein, dass ein ganzer Sommer vergangen war? Wenn der Sommer verendete, blutete er Vogelbeeren.

Falka hatte gelernt, Rosen zu klöppeln, aber an keiner echten Rose gerochen.

Sie setzten sich im Kreis auf die Wiese. Jede hatte ihr Bündel im Schoß. Asta war die Erste, die es aufmachte. Sie brachte einen Apfel zum Vorschein und eine kleine Schatulle. Asta öffnete sie und zog ein Zierband aus Spitze heraus. Ein leichter Wind ließ die Spitze erzittern.

Es stellte sich heraus, dass jede dasselbe in ihrem Bündel hatte. Keine sagte ein Wort. Falka schaute zu, wie der Reihe nach jede ihr Geschenk anguckte. Es böse anguckte. Nicht einmal dem kleinen Kind Gritt entwich ein Freudenlaut.

Allein Falka war bezaubert von ihrem Zierband aus schneeweißen Apfelblüten. Wie schaumig-schön es sich um ihr Handgelenk kräuselte.

Als sie aufschaute, sah sie den Hass in den Gesichtern. Anders als die Wut loderte der Hass nicht wie eine Fackel, er brandmarkte das Tier im Menschen.

Ragga sagte: »Am 21. März. Dann soll es geschehen. Stimmt ihr zu?«

»Die soll büßen«, sagte Norla wölfisch.

»Verfluchtes Götterliebchen«, sagte Lucie hasserfüllt.

Gritt spuckte auf ihr Apfelblütenband. »Pfui.«

»Wir sind uns einig«, sagte Asta.

»Das wird ein toller Tag«, sagte Milla.

»Einer, den sie nie vergisst«, sagte Stele.

»Das Brautkleid wird unser Winter«, sagte Ragga.

Der Herbst schlich heran wie eine Schlange, die die letzten süßen Tage des Sommers verschlingen wollte. Frühmorgens trotteten die Mädchen durch die Kellerflure. Selbst wenn der Strom sich staute und sie dicht aneinandergedrängt standen, wollte jede für sich sein und von keiner angesehen. Nur Stele ragte unübersehbar aus der grauen Masse heraus.

»Stele.«

Das lange Mädchen bekam einen Katzenbuckel.

»Warum machen wir hier keine schwarzen Spitzen?«, fragte Falka.

»Die sind schaurig«, murmelte Stele.

»Aber wenn man sie schön macht?«

»Für Witwen?«

Falka war still und ging mit den anderen.

Sie gingen in eine Schreckenszeit. In Tausenden Stunden musste ein Brautkleid für ein einziges Mädchen und einen einzigen Tag erschaffen werden. Tausend Lilien und eine Myriade Apfelblüten sollten geklöppelt werden. Der Faden, der dafür verwendet wurde, konnte den Erdkreis umspannen. Lily wollte als die Windsbraut des Frühlings zum Altar schreiten. Davon würde man von Paris bis Moskau reden: *Ein Wunder von Brautkleid!*

Wie der Erdkreis hatte auch der Farbkreis seine weißen Pole.

Der Südpol von Weiß war *Blonde*, ein cremefarbenes Weiß, das so viele Nuancen wie die menschliche Haut hatte. Seine Schönheit lag in der Abstufung der Schatten. Seine Eleganz war so schlicht, dass sie fast schon als schlecht galt, aber der Makel war gewollt. Das Blonde schmückte besonders die reifen Frauen, die betonen wollten, dass sie nicht mehr betören mussten. Blonde war bei den Klöpplerinnen der beliebteste Weißton. Das Auge konnte sich darin ausruhen, in seine Schatten eintauchen und sich am Spiel seiner Nuancen erfreuen. Mit Blonde zu klöppeln, war, als legte man ihnen ein Baby in die Hände.

Hafermehlweiß war heller und kühler, aber ein Geisterton ohne Glanz. Solche Spitzen verzierten die Bettwäsche, an die Kleidung kamen sie nur bei der Gesindetracht. Hafermehlweiß war friedlich und arglos, es sorgte für erquickende Nachtruhe und seligen Schlaf. Die Gardinen hatten große Lochmuster wie eine Einladung, ins Fenster zu schauen auf das Hauswesen in der Stube, wo poliertes Zinn auf kühlen Spitzen stand. Hafermehlweiß war der Soldat unter den Weißtönen und verpflichtete zu Ehre und Anstand. In hafermehlweißen Spitzen gingen Helden der Selbstzucht zu Bett. Die Klöpplerinnen mochten das Hafermehlweiß, weil es ihnen die Hoffnung gab, vielleicht auch eines Nachts in so einem Bett zu liegen. An hafermehlweißen Spitzen zu arbeiten war wie beten. *Gott, lass mich keusch und rein bleiben.*

Noch heller war *Muschelweiß*. Wenn eine Frau muschelweiße Spitzen trug, bezeugte sie damit, dass es in ihrem Leben nur Sonntage gab. Sie flatterten wie luftige Brisen an Müßiggängern und machten jede Jungfer zu einer Schaumgeborenen. Sie beschworen den arkadischen Zauber von Schäferidyllen herauf, wo Glück etwas Einfaches war, wenn man alles hatte und nichts mehr brauchte. Der Quell ewiger Freude lag in edler Einfachheit, diese Weisheit verschenkte das Muschelweiß.

Auch der Duttenkragen der Männer war muschelweiß. Er trennte den Kopf vom Körper, das Geistige vom Gekröse. Mädchen, die einen Duttenkragen klöppelten, legten ihre ganze Hingabe hinein, als hofften sie, dass der zukünftige Träger sie heiratete, bis sie hörten, was so ein Kragen kostete. Ein Mann trug also den gesamten Verdienst, den ein Mädchen nach fünf Jahren schwerer Arbeit sein Eigen nennen konnte, als federleichten Mühlstein um den Hals. Wenn sie das erfuhren, klöppelten sie ihren ganzen Hass in den Kragen und wünschten dem Mann, der ihn bald trug, alles Unglück an den Hals. Duttenkragen wurden von Ehrenbürgern getragen. Ein Duttenkragen war die Insignie für Ruhm und Reichtum.

Muschelweiß, Hafermehlweiß und Blondeweiß gehörten zum Südpol. Der Nordpol von Weiß war *Schneeweiß*. Man trug es, wenn man blenden wollte oder wenn man bald beerdigt wurde. Debütantinnen und Greisinnen liebten es. Und Höflinge am Königshof, wo es eisig war wie am Nordpol. Schneeweiße Spitzen konnten die Augen einer Klöpplerin verderben. Sie wurde davon schneeblind.

Aber am schrecklichsten war *Brautweiß*.

Eine Braut musste in schockartiger Helligkeit erscheinen und etwas Überirdisches ausstrahlen. Im himmlischen Licht schritt sie zum Altar. Nichts als gleißendes Weiß. Weiß, das glitzerte und blitzte. Von diesem irrlichternden Weiß wurde man irre. Ein

Brautkleid zu klöppeln war eine Katastrophe für die Augen. Die Mädchen litten so, als risse man ihnen die Augenlider ab. Weiße Fäden kreuzten und drehten sich in einer Lichthölle.

Nach sechzehn Stunden Arbeit an schneeweißen Lilien und Apfelblüten waren die Augen so überreizt, dass Blitze in ihnen zuckten, als die Mädchen längst in der Nachtkammer lagen. Sie konnten sich gar nicht tief genug in die Finsternis krümmen.

Gritt weinte. »Mir tun die Augen weh.«

»Uns auch«, kam von Norla.

Gritt wimmerte. »Ich will heim-m-m.«

»Da will dich keiner mehr«, sagte Norla.

»Do-hoch.«

»Norla, lass sie in Ruh«, sagte Asta scharf. »Gritt, du hast uns. Willst du in mein Bett?«

»Ja«, kam es kläglich. Ein Rascheln, als Gritt aus ihrem Bett schlüpfte. Ihre Füße tappten über den Boden wie huschende Ratten. Das kleine Kind legte sich in Astas Arme und schluchzte bitterlich. Es war nicht auszuhalten, dieses Weinen, die ganze Nachtkammer war hellwach.

»Bei mir daheim heiratet nie eine Braut in Weiß«, sagte Falka. »Wir heiraten in Schwarz.«

»Erzähl uns von Schwarz«, flüsterte Lucie. Sogar Gritt wurde leise.

»Mutters Brautkleid ist so: ein schwarzer Rock mit schwarzem Samt am Saum, der funkelt wie Pech. Eine schwarze Nachtjacke, und da drüber zieht sie eine schwarze Bluse und schnürt sie mit schwarzen Bändern, die Silberspitzen haben. Um die Mitte kommt eine schwarze Schärpe.« Falka drückte das Brautkleid ihrer Mutter im Geiste auf ihr Gesicht. »Es roch sogar schwarz.«

»Es war wirklich ganz schwarz?«, fragte Milla verträumt.

»So schwarz wie im Arsch eines Bären.«

»Schön.«

»Bei uns trägt die Braut auch keinen Schleier. Unsers ist ein Kranz aus Stoffblumen.«

»Warum heiraten eure Frauen in Schwarz?«, fragte Milla.

»Weil das Meer unsere Männer ertränkt, darum heiraten wir gleich wie Witwen. Die Stoffblumen sind der Grabkranz für unsere toten Männer. Eines Tages werd ich auch so heiraten: dasselbe Kleid anhaben an meinem Hochzeitstag und an meinem Witwentag.«

»Da würd ich nicht drauf hoffen«, sagte Ragga. »Wir sind nachts hier eingeschlossen. Wenn's brennt, sind wir gefangen.«

»Ragga, sei still«, sagte Asta.

»In den Klöppelkissen ist Stroh, und drum rum ist Kerzenfeuer. Denk nach, Falka Auge. Denk an einen Feuerdrachen. Eher verbrennst du hier, als dass du heiratest.«

Falka wälzte sich zur Wand und starrte mit offenen Augen dagegen.

7
DIE VERSCHWÖRUNG

Ausgelöst durch die grellweißen Tage der Lilien und Apfelblüten, nahm etwas Dunkles zu. So wie der Jahreskreis sich zur dunklen Hälfte neigte, gingen im Kreis der Mädchen dunkle Machenschaften vor.

Der September hatte einen blauen Himmel mit Federwölkchen. In der Hofpause umstanden die Freundinnen im Kreis ein Unkraut, das aus dem Boden spross. Alle starrten die kleine Pflanze auf dem Grund ihres Brunnenschachts an. Im Hof, der so tief war wie eine Schlucht und wo alle umhergingen, reckte sich der Spross dem Licht entgegen, denn noch war niemand auf ihn draufgetreten. Die Mädchen hegten die kleine Pflanze, weil sie ihnen Hoffnung gab. Norla kratzte sich die Haut vom Finger. Milla war bleich. Lucie sehr ernst. Asta betete lautlos. Gritts Gesichtchen witterte wie eine Maus.

Immer wenn Falka etwas nicht verstand, sah sie zu Ragga hin. Ragga betrachtete eingehend das Unkraut. Als die Glocke tönte, ging Ragga auf die Knie und riss es aus. Ein Ruck ging durch die Mädchen. »Nicht hoffen«, sagte Ragga zu ihnen und gab die Pflanze Stele.

An diesem Tag verdarb Stele eine Spitze wie noch nie. Die Stockfrau kam und sah sich den Schaden an. Da waren Löcher, wo keine sein durften. Zwei Lilien hatten keine Kelche, sondern Krater. Stele musste alle Gräten rausziehen. Manchmal war die Spitze noch zu retten, aber diese war ruiniert. Die Stockfrau brüllte Stele an, dass sie die Spitze als Blutwindel haben konnte! Ihre Unachtsamkeit kostete Stele den Lohn von einer Woche Arbeit. Das war bitter, und der lange Stock peitschte ihren Nacken blutig.

Die Schusterlampen wurden früh aufgestellt. Schon bald drückte sich die Nacht an die Fenster.

Seit Ragga das vom Feuer gesagt hatte, fürchtete sich Falka vor der Nacht. Wenn alle Mädchen in den Nachtkammern der Fabrik lagen, ging die Tür zum Keller mit einem Hall zu. Ein Schlüssel drehte sich eisern im Schloss. Sie hatte den Schlüssel viele Male gehört, aber nicht darüber nachgedacht, dass sie eingeschlossen wurden und es kein Rauskommen gab.

Wie Ragga gesagt hatte: Die Spitzen steckten an Kissen fest, die gepolstert waren mit Stroh, und drum herum brannten Kerzen. Wenn es mit dem Teufel zuging, dann stieß die Stockfrau, die im Lichtsaal die Kerzen löschte, aus Versehen eine um. Ein brennendes Klöppelkissen war ein Zunderball, der auf alle anderen übersprang.

Falka hatte als Kind einmal ein glühendes Holzscheit angefasst und es schreiend losgelassen. Danach häutete sich ihre Hand. Brandblasen platzten auf. Warum hatte Ragga das mit dem Feuer gesagt? Alles war doch gut gewesen. Aber jetzt fuhr ihr der Schrecken ins Herz, wenn die Kellertür mit einem Hall zuging. *Der Lichtsaal steht in Flammen – das Feuer brandet in den Keller hinab – Qualm dringt ein – wir rennen aus den Kammern raus zur Tür, die verschlossen ist – wir stoßen dagegen – aber die Tür geht nicht auf – wir rennen zurück zu den Waschtrögen am schwarzen Ende –*

Hier hörte Falka auf. Nachdenken war nie ihr Verlangen gewesen. Nicht über Vater und den Gewissensstrick. Nicht über Peder und den Nebelwahn. Nicht über Ragga und den Feuerdrachen. Nachdenken war, wenn man allen Ungeheuern sein Herz aufschloss, damit sie darin hausten. Lieber wollte sie arglos dumm sein. Aber das ging jetzt nicht mehr. Eine bleierne Angst vor der Nacht legte sich auf Falkas Gemüt.

Dann war das Tagewerk getan. Es war Nacht.

Die Mädchen zogen in die Nachtkammer ein. Die Tür schloss sich. Der Keller wurde zugeschlossen.

Falka sah ein weißes Licht hinter sich und fuhr herum.

Da stand ein graues Mädchen mit Totenkopf.

Es war Stele.

Stele hatte die Spitze vorm Gesicht, die sie im Lichtsaal verdorben hatte, sie trug sie als Maske. Zwei Lilien waren die Augenhöhlen. Der Knochenmund war wild zerfranst. Der weiße Schädel schwebte wie ein Kugelblitz in der Nachtkammer. Gritt hielt sich beide Hände vors Gesicht und spähte durch die Finger auf den Tod.

Da steht der Tod.

Durch die Knochenhöhlen der Augenkrater blickte der Tod auf sie.

Ragga war die Erste, die niederkniete. Dann kniete Asta. Gritt kniete. Norla, Lucie und Milla knieten. Die Missgeburten knieten. Als Letzte ging Falka in die Knie.

Ragga sagte: »Wir sind dein Gefolge.«

Der Tod krümmte sich wie eine Sense zu ihnen herab.

»Schwört ihm Gefolgschaft«, mahnte Ragga.

Alle Mädchen nahmen sich an den Händen. »Wir schwören.«

»Er hat uns zwölf erwählt«, sprach Ragga. »Wir sollen Nachtmahre werden.«

Der Tod richtete sich zu seiner ganzen Größe auf und zeigte auf Ragga.

Ragga verneigte sich. »Ich bin nicht mehr Ragga, ich bin Nachtmahr.«

Der Tod zeigte auf Asta.

Asta verneigte sich. »Ich bin nicht mehr Asta, ich bin Nachtmahr.«

»Ich bin Nachtmahr«, »Ich bin Nachtmahr«, »Ich bin Nachtmahr«. Jedes Mädchen verneigte sich, als es seinen Geburtsnamen aufgab und seinen Todesnamen empfing. »Nachtmahr«, »Nachtmahr«, »Nachtmahr«, »Nachtmahr«, »Nachtmahr«, schworen sie.

Falka verneigte sich. »Ich bin nicht mehr Falka, ich bin Nachtmahr.«

In dieser Nacht gingen sie mit dem Tod eine Verschwörung ein. Zwölf Mädchen. Ein Name. Nachtmahr.

Am nächsten Morgen ging Falka an Steles Seite durch den Keller. Sie war voller Bewunderung. Stele hatte es fertiggebracht, einen Totenkopf zu klöppeln, und es aussehen lassen wie ein Missgeschick. Und welch eine Gabe sie hatte, ihn zu tragen! Es war die Gabe der größtmöglichen Wirkung.

Ragga hatte erkannt, dass Stele diese Gabe hatte. Und etwas von dieser nächtlichen Gabe behielt Stele auch am Tag. So wie sie sich bei Nacht in den Tod verwandelte, verwandelte sie sich nun bei Tage in eine Lebensmutige.

Es war mittlerweile Oktober geworden. Herbststürme suchten sie heim. Ein Mädchen hustete Blut auf die weiße Spitze, an der es zehn Stunden lang geklöppelt hatte. Die Stockfrau brachte das Mädchen weg und das Stroh, auf dem es geschlafen hatte.

Nachts stellte sich der Tod in ihren Kreis und ließ sie Rache schwören für das Blut spuckende Mädchen. Zu zwölft konnten sie gegen das Böse nichts ausrichten. Aber im Bunde mit dem Tod konnten sie es besiegen. Der Tod siegte immer. Und sie mit ihm. Die Mädchen hatten im Tod ihren Nachtkammergott gefunden.

»Alle Geschöpfe sind gleich vor dem Tod«, sagte Ragga.

Falka weihte sich der Verschwörung, ohne zu wissen, welch ein Werk damit erschaffen wurde. Es hatte zu tun mit der Tagundnachtgleiche. Sie durfte dabei sein und alles mit anschauen. Wie die Mädchen an den Tod glaubten und für den Tod lebten. Die Nachtmahre. Falka konnte das nicht.

Ich bin Falka, die Angst hat, dass sie im Keller verbrennt, jede Nacht.

Kalte Winde und Graupelschauer kamen nach Tondern. Die Mädchen hatten nichts Warmes anzuziehen. Aus Wolldecken durften sie sich Umhänge schneidern, die vor Wind und Kälte schützten. Aber wenn es regnete, sogen sich die Decken mit Wasser voll. Die

Nachtkammern waren so feucht, dass die Wolle nie mehr trocknete, sie verschimmelte.

Falkas Nachtkammer bekam ihren freien Tag. Es war ein finsterer Tag. Schwere Regenwolken drohten sich zu entladen. Die Mädchen standen in der Halle, in Wollumhängen, die Kapuzen hoch und unterm Kinn zugeschnürt. Sie hatten nur einen Tag im Monat frei, und den wollten sie feiern. Lucie schlug vor, in die *Goldene Kutsche* zu gehen. Alle schauten auf Ragga.

»Wir gehen hin«, sagte Ragga.

Sie machten sich auf den Weg, pfeilförmig, wie ein Zug Graugänse. Milla ging voran. Sie sollte als Erste in die *Goldene Kutsche* rein, die Galionsfigur.

Die Schänke war verräuchert. Bierfässer lagen in Futterkrippen. An einem langen Tisch saßen Männer auf langen Bänken. Als sie die Mädchen sahen, rückten sie auseinander und breiteten sich um den ganzen Tisch herum aus. »He ihr! Kommt her!« Falka ließ die Kapuze auf, um wie ein Wattwurm in seiner Höhle sicher zu sein. Lucie stieg kühn über die Bank und sank in eine Lücke zwischen zwei Männern. Asta suchte sich die nächste Lücke aus. Dann bestimmten die Männer, welches Mädchen wohin sollte. »Kleine Maus: hierher.« »Ja, dich mein ich.« »Meine Beste?« »Das Kindchen kommt zum Papa.« Schnell waren die Mädchen in die Mannschaft eingesunken. Als alle Platz gefunden hatten, trommelten die Männer zur Begrüßung mit Bierkrügen auf den Tisch. Lucie lachte schon mit einem.

»Nimm mal die Kapuze ab«, sagte ein Mann zu Falka.

Falka streifte die Kapuze vom Kopf. Er gaffte auf ihr Gesicht und verlor gleich das Interesse. Suchend sah er sich nach einer anderen um und entdeckte Milla. Den Mädchen wurden Bierkrüge hingestellt. Falka wunderte sich, dass ihre Freundinnen mit den fremden Männern redeten. Freimütig erzählten sie, dass sie das Brautkleid für Lily machten, aber nicht verraten würden, wie es aussah, auch nicht für einen Kuss. Es sei denn, die Jungs hatten Neuigkeiten, die gleich viel wert waren.

Und was für Neuigkeiten sie hatten! Der König wollte zur Hochzeit kommen. Und der Zar von Russland. Es soll eine Kutschparade geben, achtzehn Kutschen, für jedes Lebensjahr der Braut eine.

Falkas Ellbogen stieß an den Ellbogen des Jungen, der links von ihr saß. Sie schaute ihn an. Er war so alt wie Peder und ließ sie an etwas denken, was lange her war.

»Wer bist du?«, sprach sie ihn mutig an.

»Pferdsknecht.«

Er kam nicht aus Dänemark, das hörte sie sofort. *Pferdsknecht*, ein ausgemergeltes, peitschendes Wort. So hart sprachen die Deutschen.

»Wo kommst du her?«, fragte sie ihn.

»Pommern.«

»Warum bist du da weg?«

»Da ist Krieg«, sagte er.

»Was ist das?«

»Äh … Krieg?«

Sie wartete, ob er noch was sagte. Er tat es nicht. Es schien ihr, als wenn er verwundert von ihr war.

»Ich heiß Falka.«

»Till.«

Der Name klang wie ein Regentropfen, der aufprallt. Aufs Herz prallt.

Falka zog an ihrem Apfelblütenband, damit es unter dem Wollärmel hervorblitzte. Sie waren zusammen still. Es war die Stille vor dem Anbeginn, so kam es ihr vor. Oder war da nichts? Doch. Da war der Wunsch, der unbedingt wollte, dass Till sie sich merkte, und da war die Frage, wie sie das anstellen sollte. Was konnte sie zu ihm sagen, damit Till sie in Erinnerung behielt?

»Ich hab Haare bis zu meinen Füßen.«

Da lachte er, und Falka sonnte sich darin.

Die Mädchen waren auf dem Heimweg, immer zwei gingen zusammen, Falka ging mit Stele.

»Hat deiner was gesagt über die Hochzeit?«, fragte Stele.

»– Hochzeit?«

»Lilys Hochzeit.«

»Da hab ich gar nicht dran gedacht.«

Stele drehte sich um. »Wie war deiner, Gritt?«

»Pfui.« Gritt spuckte.

Die Luft strich feucht um ihre Wolldeckenmäntel, Falka sog sie mit tiefen Atemzügen ein. *Aaahhh!* Sie war berauscht. Plötzlich verstand sie, wovon die Mädchen in den anderen Nachtkammern träumten. Von Jungs. Von Jungs. Von Jungs. Nur in ihrer taten sie das nicht.

»Siehst du das Haus da?«, flüsterte Stele auf einmal und wies auf ein rußschwarzes, krummes Balkenhaus. Die Fenster waren mit Tuch verhängt, und ein schwefelgelbes Licht glomm hindurch.

»Was ist da?«, fragte Falka.

»Da klöppeln sie schwarze Spitzen, die Todgeweihten.«

»Warum sagst du die Todgeweihten?«

»Weil die Trauerschleier machen müssen, bis sie tot sind.«

»Regen!«, gellte Gritt.

Als Falka die Hand ausstreckte, fiel ein Tropfen drauf, *Till.* Sie rannten heim. Ihr war, als würde sie vom Himmel geküsst, *Till. Till. Till. Till. Till.*

In der Nachtkammer setzten sie sich im Kreis zusammen.

»Was wissen wir?«, fragte Ragga.

»Die Trauung in der Kirche ist um zwölf«, sagte Asta.

»Unser König kommt zur Hochzeit«, sagte Milla. »Und ein Zar.«

»Willem Tondernsen will die Welt erobern mit dem Brautkleid«, sagte Norla. »Das macht ihn dann noch reicher.«

»Der ist nicht so reich, wie wir denken«, sagte Ragga. »Und

Geld ist auch nicht immer Reichtum. Ich hab heut gehört, dass er um die Hochzeit einen riesigen Schuldenturm baut. Er häuft verdorbenes Geld an und vergiftet damit sein gedeihliches Geld. Es ist aus mit ihm, wenn irgendwas die Hochzeit verhagelt.«

»Nachtmahre«, sagte Norla.

»Hihi.«

Lucies Lachen stieß zu wie ein Messer.

8
DER WINTER

Eines Morgens wurde Falka unrein. Es geschah am Waschbottich, dass plötzlich Blut kam.

»Lucie«, flüsterte Falka, und als Lucie zu ihr hinsah: »Ich hab das Blut.«

Lucie brachte sie zu Asta. »Sie hat das Blut.«

Man musste das der Stockfrau sagen. Ein unreines Mädchen konnte die Spitzen beschmutzen, darum wurde es an seinen Bluttagen in die Kloake gesteckt. Die Unreinen mussten da reinemachen.

Asta sah Falka prüfend an. »Weißt du Bescheid?«

»Dass ich jetzt Kinder kriegen kann?«

»Du musst wissen, wann es kommt. Meistens zum selben Mond. Sorg dafür, dass du es verheimlichst. Es gibt Frauen, da weiß deren Mann nicht, dass die überhaupt mal bluten.«

Asta holte einen Sack hervor. Moosscheite lagen darin. Die Mädchen sammelten das Moos, trockneten und pressten es. Asta brach einen Brocken ab und gab ihn Falka.

»Den tust du unten rein. Lass ihn drin, der saugt sich mit Blut voll wie ein Schwamm. Wenn er voll ist, hol ihn raus. Dann tust du einen neuen rein. Keiner merkt was.«

Falka roch misstrauisch an dem staubtrockenen Scheit. Sie schob es hinein und wusch sich danach das Blut von den Beinen. Ihr war nicht wohl. Sie kam sich vor wie ein waidwundes Reh, das die Wölfe anlockte.

Der bitterkalte Winter war da, die Zeit des Darbens und Duldens. Die Mädchen mergelten aus zu hungeräugigen, gramgebeugten Gestalten. Die Kälte drang bis in die Knochen. Jedes Aufstehen am Morgen war ein kaltes Entsetzen, Waschen war wie das Einbrechen in einen zugefrorenen See. Man hauchte seine Hände einmal an und arbeitete stundenlang. Die Fäden drehten und kreuzten sich in einer Eiswüste. Sie schliefen nun zu zweit, um Wärme vom anderen Körper zu kriegen.

Winter war die Zeit der Stille. Man sagte kein unnötiges Wort. Man sah lange geistlos vor sich hin. Man wurde stumpfsinnig. Man fürchtete sich vor Frostbeulen. Wenn ein Mädchen wegen Frostbeulen fortmusste, war es verloren, dann ging es hinaus in den eisigen Tod. Kein Mädchen wollte im Winter aus der Fabrik gejagt werden.

Im Winter aß man das Eingepökelte. Salzige Brocken in einer grauen Lauge. Der Magen saß einem im Bauch wie ein wilder Hund. Man hörte den wilden Hund knurren. Im Lichtsaal kam das Knurren von überall. Sie hungerten wie wilde Hunde.

Der Winter war die Zeit von Muff und Gestank. Man musste alles anziehen, was man hatte, und nie war es genug. Die Wollsachen bekamen Löcher, in die die Kälte kroch, und sahen bald aus wie etwas, an dem die Ratten gefressen hatten. Die Haare wusch man sich bis Weihnachten nicht. Man achtete nur darauf, dass die Hände sauber waren, aber an den sauberen Händen waren die Fingerkuppen immer blau vor Kälte. Asta verteilte nun ihre Regenwurmsalbe.

Im Winter erkannte der Mensch, wie sehr er dem Tier glich. Die Mädchen waren wie Wölfe, zäh, bitter und scheu. Im Rudel streiften sie durch eine harte Zeit. Sie waren auf der Witterungsspur, die sie zum 21. März führte. Der Tag war noch weit, der Winter noch lang. Sie klöppelten ein Brautkleid, bei dem sie sich schworen: Das wird ein Leichentuch.

Dann war Weihnachten da. Falka suchte ihren Umhang nach Löchern ab, als Milla nach ihrer Hand griff. Sie legte etwas hinein. *Goldfäden*. Milla hatte um ihre Haare eine Efeuranke geschlungen.

Du weißt das?, staunte Falkas Blick.

Ja, blickte Milla zurück, *ich schenk sie dir, sie sind dein*.

Falkas Augen füllten sich mit Freudentränen.

Es gab Räucherspeck am Weihnachtsmorgen. Die Stockfrau sprach über die Jungfrau Maria. »Die Jungfrau Maria war ein Mädchen wie ihr und war grad beim Klöppeln, als ihr der Engel des Herrn erschien. Sie werde ein Kind gebären, einen Sohn aus reinem Schoße, verkündete ihr der Engel, denn sie war schwanger. So geschah es. Sie gebar ihren Sohn, wickelte ihn in Windeln und legte ihn in eine Krippe.«

Nach dem Essen machte Asta die Mädchen für die Kirche schön. Sie striegelte allen die Haare, flocht und band sie mit der Apfelblütenspitze zusammen. Gritt bekam eine Schleife auf den Kopf.

»Wenn Lucie die Maria wär, hätt sie ihn verbuddelt«, sagte Norla.

»Hihi.«

Sie hüllten sich in ihre Umhänge und machten sich auf den Weg zur Kirche. Falka ging mit Gritt. Das Kind war ganz aufgeregt, immer wieder fragte es Falka, ob die Schleife noch schön war.

Vom Hunger hatte Gritt ein hässliches Rattengesicht bekommen, und ihre Haare sahen räudig aus. Auf diesem Kopf machte das Schleifchen einen zum Himmel schreienden Eindruck. Gritt sah damit aus wie der Engel der Verkündigung ihres baldigen Hungertodes.

Die Kirchenglocken erklangen, Falka war randvoll mit Freude. Millas goldene Haare gehörten alle ihr, und gleich im Gottesdienst würde sie Lilys Antlitz sehen. Sie hatte schrecklichen Hunger auf Schönheit. Nicht einmal Milla war noch schön. Und Gritt war scheußlich, Gritt hatte das Gesicht einer Ratte. Wenn Gritts Gesicht ihr Schicksal war, gab es für Gritt nur ein scheußliches Schicksal. Am liebsten hätte Falka dem Kind ihre Sandmaske über den Kopf gestülpt. Mit der Sandmaske hatte sie sich immer frei gefühlt. Wenn es nach ihr ginge, sollten alle Mädchen ihr Gesicht verhüllen. Niemand sollte sich ein Bild von ihnen machen und daraus ein Schicksal vorhersehen. Wer sein Gesicht verhüllte, war befreit von der Vorsehung.

»Ist meine Schleife noch schön?«, fragte Gritt wieder.

»Ja, ganz schön.«

Sie kamen zur Kirche. Weil sie noch nicht hineindurften, stellten sie sich zum Brunnenschacht zusammen. Falka hörte, wie eine Frau voller Abscheu ausrief: »Da ist ein Rattenkönig!« Sie schauderte und sah sich um, ob sie einen sah. Ein Rattenkönig war ein Wurf Ratten, bei dem die Schwänze mit Kot und Fellhaaren derart verfilzt waren, dass die Ratten nicht mehr voneinander loskamen, das zappelnde Knäuel musste elend umkommen. Ein Rattenkönig war wohl das Scheußlichste, was man erblicken konnte, zehn, zwölf Ratten, die wie ein Höllenrad kreisten und sich auffraßen, ein Gewimmel kannibalischen Grauens. Aber da war nirgendwo ein Rattenkönig.

Meint die uns?, dachte Falka. *Hat die uns Rattenkönig genannt?*

Die Hintertür der Kirche stand jetzt offen. Unter den abweisenden Blicken der Bürger von Tondern trappelten die Mädchen zu den letzten Bänken und kauerten sich hinein. Die Bürgerschaft trat durch das Hauptportal ein und nahm Platz je nach Stand und Vermögen. Die einfachen Leute trugen Elchfell, die Krämer Lammfell, die Vornehmen Schneefuchs. Lily kam als eine der Letzten, ein weißes Hermelin.

Das Orgelspiel begann, es wurde gesungen. Vor dem Altar stand ein Futtertrog, darin lag das Jesuskind, eine dick mit Gänsedaunen gemästete Stoffpuppe.

Gritt trat aus der Bank heraus. Das kleine Kind ging zielstrebig nach vorn. Falka durchfuhr ein Schreck. *Was tut sie da?*

Gritt erklomm die Stufen zum Altarraum. Der Pastor starrte sie an, als wäre eine Ratte zum Vorschein gekommen.

Die Gemeinde war beunruhigt. Was machte dieses entsetzliche Kind?

Gritt ging zur Krippe und guckte hinein. Es sah aus, als würde eine riesige Ratte am Jesuskind schnüffeln. Dann kam das Unerhörte: Sie griff nach Jesus. Eine Frau schrie entsetzt auf. Der Pastor ging auf Gritt los. »Rühr ihn nicht an!«

Gritt schaute zu ihm hoch. »Darf ich das Jesuskind haben?«, bat sie.

»Nein. Du gehst.«

»Ich frier nachts so. Das sind Daunen.«

»Geh weg«, sagte er eisig. So ein Kind sollte es an Weihnachten nicht geben, es stand da wie ein Spuk, den ein Schleifchen verzierte.

Aber Gritt ging nicht weg. Sie gierte nach den Daunen. Mit dem Mut der Verzweiflung fasste sie wieder nach Jesus, doch bevor sie ihn packen konnte, gab ihr der Pastor einen Schubs. Gritt taumelte. Aber sie fing sich. Eine Spuckeblase platzte aus ihrem Mund, und dann ein einziger kleiner Laut: »Pfui.«

Falka musste nach vorn. Das beenden.

Gritt sah sie kommen und sah aus, als wollte sie Falka dafür ins Gesicht beißen. Falka packte sie, drehte ihr die Arme nach hinten und hielt sie wie ein Schild vor sich. Da saß Lily. Mit ihrer ganzen Gier nach Schönheit wollte Falka nun Lilys Augenmerk an sich reißen. Aber die junge Frau blickte nur Gritt erschüttert an. Dann verkroch sich ihr Gesicht im Hermelinkragen, und Falka schleppte die sich sträubende Gritt nach hinten.

Nach dem Gottesdienst sammelten sich die Mädchen in einer Gasse.

»Gritt«, sagte Ragga. »Du warst gut.«

»Ja?«, fragte das kleine Kind eifrig.

»Ja.« Ragga küsste Gritt auf den Kopf.

Die anderen taten es ihr nach. Jede küsste Gritt.

»War das von euch ausgedacht?«, fragte Falka verblüfft.

»Die sollen Gritt sehen«, grollte Norla.

Gritt lächelte stolz.

»Warum Gritt sehen?«, fragte Falka.

»Weil Gritt bald tot ist, schau sie an.«

»Wir wollten der frommen Gemeinde Gritt mal zeigen«, sagte Asta.

»Die sollen wissen, dass Gritt ihre Gardinen klöppelt«, sagte Milla.

»Gritt ist denen ihr Kindsmord«, sagte Lucie.

Sie standen um das Kind rum, ein schmutzgrauer Mädchenklumpen, ein Rattenkönig.

»Warum habt ihr mir das nicht gesagt?«, fragte Falka.

Die Mädchen wechselten Blicke, dann sahen sie auf Ragga.

»Du bist noch keine von uns«, sagte Ragga. »Solange du dumm bist, bist du keine von uns.«

Empörung wallte in Falka auf. »Ich bin nicht dumm.«

»Dann sag uns, wie viele Mädchen aus der Fabrik verschwunden sind, seit du da bist.«

Falka erschrak. Beschuldigte Ragga sie, dass sie daran schuld war? Sie wusste die Antwort nicht.

»Asta hat sie gezählt. Sag du es ihr.«

»Siebenundzwanzig«, sagte Asta.

»Was glaubst du, wo die sind?«, wollte Ragga wissen.

Falka schwieg.

»Denk nach«, drängte Ragga.

Falka weigerte sich.

»Siebenundzwanzig tote Mädchen von Mai bis Dezember. Das merkt man nicht, weil gleich neue kommen, das Stroh wird gewechselt, und eine andere liegt drauf. Bevor du kamst, war Gulla bei uns. Die andere wurdest du.«

Gulla. Falka hörte zum ersten Mal den Namen des Mädchens, das vor ihr da war, das zwölfte Mädchen in der Nachtkammer. Da begriff sie mit einem Unbehagen, dass sie das dreizehnte war.

»Ihr seid meine Freundinnen.«

»Du hast keine Freundinnen. Wir sind Nachtmahre.«

Falka sah von Ragga zu den anderen und fand bei allen nur stumpfe Ausdruckslosigkeit.

»Du willst nicht, was wir wollen«, sagte Ragga. »Du willst deins.«

»Ich will auch, was ihr wollt.«

»Wir wollten Gritt zeigen. Du wolltest dich zeigen. Tu das nie wieder, Falka Auge.«

»Ich wollte Gritt vorm Pastor beschützen.«

»Gritt war unser Dolch gegen den!« Ragga griff nach Gritt. Daraufhin hakten sich die anderen Mädchen auch ein.

»Du kommst nicht mit uns mit«, sagte Ragga.

Sie zogen davon, und es schien, als ginge Gritt mit Gulla, denn sie trällerte: »Gullalla~Gullalla.« Falka sah ihnen ungläubig nach.

Der Brunnenschacht der Freundinnen war ihre Höhle gewesen, jetzt war sie schutzlos. Niemand war da, dem sie folgen konnte, bei dem sie sicher war. Warum war sie aus der Höhle gekommen? Warum musste sie nach vorn? Weil –

Lily ist mein Liebstes.

Falka war nun ganz im Bann dieses Gedankens.

Verwirrt ging sie los. Sie wusste nicht wohin, aber sie war nicht mehr allein, sie ging mit einem Gedanken. *Lily ist mein Liebstes.*

Sie ging ziellos umher, und es war eine Entdeckung, denn sie sah die Stadt zum ersten Mal mit eigenen Augen. Falka spähte in ein Fenster. Ein Tannenbaum war mit roten Äpfeln behängt. Wie lange war es her, dass sie einen Apfel gegessen hatte? Lilys Apfel im Sommer. Diese Leute hatten so viele Äpfel, dass sie sie an einen Baum hängten, anstatt sie zu essen. Der Baum konnte nichts für sein Bösesein, aber Falka guckte ihn böse an.

Die Dämmerung machte die Gassen zu Tunneln. Windschiefe Häuser drängten sich aneinander, und ihre Giebel warfen schwarze Schatten auf Falkas Weg. Doch ein Haus stand eigentümlich allein.

Falka hatte zu dem rußschwarzen Haus mit den verhängten

Fenstern gefunden, die schwefelgelb glommen. *Da drinnen machen sie schwarze Spitzen.* Sie zog die Kapuze über ihr Gesicht, als hätte sie gefährliche Absichten. Aus dem Dunkel blickte sie auf die schwefelgelben Fenster und dachte: *Ich werde einen schwarzen Schleier für Lily machen.*

Es schneite. Die Stadt wurde weiß wie ein Brautkleid. Kinder bettelten bei den Schlachthöfen um Ochsenknochen. Die schliffen sie zu Kufen, banden sie sich unter die Schuhe und glitten damit übers Eis. Das Blut des Schlachtviehs wurde zu Wurst verarbeitet. Man aß viel Fettes in den Raunächten. Hinter den hafermehlweißen Gardinen war es heimelig in den Stuben. Der Winter mochte grausam sein zu denen, die nichts hatten, aber er schenkte denen, die es gut hatten, andächtigen Grusel. In den Raunächten flog das wilde Heer von Frau Holle heulend durch die Nacht. Es wurden Kindertotenlieder gesungen, und die Stuben dufteten nach Bratäpfeln. Man war freundlich zu den garstigen Kobolden, legte ihnen Süßigkeiten hin, damit sie keinen Schabernack trieben, aber sie trieben ihn trotzdem, brachten das Silberbesteck durcheinander, leckten die Teller klebrig, angelten sich Räucherfleisch, klauten Kerzen und erschreckten Kinder. Gevatter Frosts langer, weißer Bart wuchs wie ein Gletscher über die Stadt. Die Schusterlampen wurden schon mittags angezündet. Das monotone Brummen ging bis in die Nacht. Falka gab ihr Bestes für die Spitzen und für die Freundinnen, und bald war alles wieder so wie früher. Sie war das zwölfte Mädchen.

Am letzten Tag des Jahres zog sich Lucie einen Zahn. Er wackelte, und Lucie tastete vorsichtig nach ihm. Er ließ sich mühelos aus dem Zahnfleisch drehen. Plötzlich hatte sie ihn in der Hand. Sie eilte wie ein verwundetes Kind zu Asta, die alles heilen konnte.

Große gefiederte Schneeflocken sanken in den Hof. Sie standen dicht zusammengedrängt, als Lucie ihnen den Zahn zeigte.

»Hihi«, machte sie. Falka sah, dass Lucie der Eckzahn fehlte.

Das war die Vernichtung. Ein Mädchen, das einen Zahn verloren hatte, war schlimmer dran als ein Mädchen, das seine Unschuld verloren hatte. Lucies Lachen war erloschen. Lucie, die so gern lachte. Der Zahn lag in ihrer Hand wie ein kleiner blutiger Eiszapfen. Alle waren stumm vor Mitleid. Es war schrecklich anzusehen, wie Lucies Hand in der Kälte zitterte und der Zahn auf ihr wackelte.

Am letzten Abend trug Pastor Gregor Siemssen das Letzte von 1693 ins Kirchenbuch ein. Es war ein gutes Jahr gewesen. Gute Ernte. Keine Schlagwetter. Der letzte Hingang betraf die alte Witwe Toftersen. Nach ihrem Willen wurde sie im Trauerschleier in den Sarg gelegt. *Frau Hilla, Witwe des Stellmachers Ugonis Toftersen, geboren 1629 in Ribe, gestorben am 27. Dezember 1693 in Tondern,* schrieb Pastor Siemssen ins Kirchenbuch.

Am 24. Dezember stand: *Heilige Christmesse in hoher Frömmigkeit.*

Dass ein Kind in den Altarraum eingedrungen war und dort auf ihn gespuckt hatte, stand nicht da, aber es war in sein Gewissen geschrieben: *Sie hat mich bespuckt wie einen Scheinheiligen.* Auch das »Pfui« konnte er nicht vergessen, diesen kleinen Laut gegen die Schlechtigkeit der Welt.

Das Kind war bestimmt nicht aus eigenem Antrieb nach vorn gegangen. Er war überzeugt, dass die Rudelführerin es zum Altar geschickt hatte, damit es alle attackierte mit seinem Anblick. Ein Kind wie ein Fluch: *Zur Hölle mit euch!*

Die Fabrikmädchen wurden gefährlich. Das waren Sirenen.

Diese mythischen Wesen, halb Frauen, halb Schwäne, galten als der Schrecken der Seefahrer. Der Sage nach lockten sie mit ihrem großen Gesang die Schiffe an, damit sie an den Meeresklippen zerschellten. In Dänemark wurden Sirenen in Grabsteine gemeißelt als Sinnbilder der Totenklage.

Gregor Siemssen war der Einzige, der den Gesang der Sirenen

hörte, alle anderen im Kirchenschiff hatten Wachs in den Ohren. Ein hasserfülltes Halleluja wurde angestimmt vom Chor der Klöpplerinnen.

Es war nicht auszudenken, was noch kommen mochte. Die Sirenen konnten Dolche unter den Umhängen in die Kirche bringen und auf das Kommando ihrer Anführerin sich damit auf die Gemeinde stürzen. Wenn er sich das vorstellen konnte, konnte die Grausamgehirnte es sich auch vorstellen, die Hexe mit den buschigen Augenbrauen.

Nein. Er verbot sich das Wort. Eine Hoffnungslose war sie. Alle waren hoffnungslos. Sie waren verlorene Seelen. Gesandte an sein Gewissen.

Die Frage, ob die Hölle, in der Menschen auf Erden leben mussten, vom Teufel gemacht war oder von Menschen gemacht, hatte Siemssen für sich entschieden. Er lebte in einer Zeit, deren Götze das Geld war. Für diesen Götzen wurden Menschen wie Tiere geschunden. Dass sie zu Untieren wurden, wen wunderte das? Das Böse kam von den Menschen. Der Teufel hatte damit nichts zu tun. Das war Willem Tondernsens Werk.

Vier Spitzenklöpplerinnen aus der Fabrik lagen bretthart gefroren im Friedhofsschuppen. Man konnte sie nicht verscharren, solange dieser Frost herrschte. Ins Kirchenbuch schrieb er keine Namen von toten Klöpplerinnen, sie konnten ja nicht mal selber ihre Namen schreiben.

Warum hatte er nicht aus Barmherzigkeit dem Kind die Daunenpuppe geschenkt? Es war so, wie es war. So vertan. So unbarmherzig vertan.

Er hörte die Krähen auf dem Kirchhof krächzen, große, kriegerische Krähen im schwarzen Federkleid. Der letzte Laut, den er in diesem Jahr vernahm, war der Schrei einer Krähe. Er schlug das Kirchenbuch zu. Das Jahr war dahin. Im neuen Jahr wollte er besser werden.

Am Silvesterabend gab Willem Tondernsen ein Essen für Lily und Martin. Es wurde Fasan aufgetischt, er selbst zog sich bald zurück, damit das junge Paar sich genießen konnte.

Die abgenagten Knochen lagen zierlich auf Lilys Teller. Martin erbot sich, das Geschirr in die Gesindeküche zu bringen.

Dass sie im kommenden März Hochzeit feiern sollten, kam ihm fatal vor. Er hatte die lächerliche Angst, dass er vom Anblick ihrer Nacktheit blind werden könnte, denn er hatte nie etwas anderes in Lily gesehen als eine Art Schwester. Früher hatte er mit ihr getobt. Jetzt sollte sie ihm teuer sein. Sein Vater und ihr Onkel waren die Drahtzieher der »Heirat«. Eigentlich nannte man so die Verbindung von zwei Buchrücken zu einem Buch, nun auch die von Mann und Weib zu dem Tier mit den zwei Rücken. Die Hochzeitsnacht bereitete ihm schon jetzt Kopfzerbrechen.

Er trug das Tablett hinunter in die Gesindeküche. Dort war die alte Matrona dabei, aus den Eingeweiden des Fasans die Zukunft zu lesen. Die Küchenmägde fuhren hoch, als er hereinkam. Martin rieb seine raue Wange an der Wange der Matrona. Sie kannte ihn von klein auf, hatte ihm die triefende Nase abgeschnäuzt und ihn groß werden sehen. Jetzt wurde sie selig von seinem Anblick, als wäre ihr der Heiland erschienen. Sie betete ihn an.

Martin war allen wohlgesinnt, und alle sonnten sich in seiner Nähe. Sein bestes Talent war die Leutseligkeit, er trat feinsinnig auf unter Frauen und derb unter Männern. Nur in der Küche der Matrona benahm er sich wie ein Zwölfjähriger.

»Eingeweideschau! Darf ich mitmachen?«

»Da darf ein Mann gar nicht bei sein«, sagte die Matrona.

»Aber der Fasan ist auch bei, und der ist ein Hahn«, schmollte er.

Die Matrona ließ sich erweichen. Feierlich gab sie ihm den Kelch mit den Eingeweiden. Er kippte ihn auf den Tisch. Als er ihn vorsichtig hob, glitten die Eingeweide auseinander.

»Ogga, sag mir, was du siehst.«

Ogga Gundatter blickte ihn an wie eine Mutter, deren ganzer Stolz er war, dann beugte sie sich über die Eingeweide.

»Leber und Herz berühren sich nicht«, stellte sie fest, enthielt sich aber der Deutung. »Herz liegt unten, Leber oben. Jaje, du bist Knecht und nicht der Herr deines Herzens.«

»Hm.«

»Die Leber neigt sich nach links, siehst du? Links ist die tolle Seite, da treibt's der Hase im Gebüsch.« Die Mägde kicherten.

»Am Herzen hängt ein Sack nach unten«, zeigte sie ihm.

»Ein Geldsack?«, fragte Martin.

»Kann ein Kind sein, was bald kommt.« Die Matrona zwinkerte ihm zu, und die Mägde umklammerten sich prustend.

Als er wieder zu Lily kam, erwartete er eigentlich, dass sie einer Katze gleich am Kaminfeuer lag und sich mit behaglicher Seligkeit in ihrem wohligen Frauenleben rekelte. Aber sie saß immer noch auf dem Stuhl. Es schien ihm so, als wenn sie etwas Anstrengendes da tat.

»Was tust du?«, fragte er.

»Ich sinne.« Ihre Stimme klang unfroh.

»Was sinnst du?«, fühlte er sich verpflichtet zu fragen.

»Ach.«

Lily hatte Silvesterschwermut. Mühsam musste er sie überreden, mit der Schlittenkutsche ins neue Jahr zu fahren.

Der Stalljunge hörte die Glocken läuten. Das Jahr war vollbracht.

Martin Martensen kam in den Stall, er führte das Pferd am Zügel und brachte es in den Pferch. Es geschah, worauf der Junge geharrt hatte. Der Mann schloss ihn in seine Arme, er küsste ihn, er wünschte ihm Glück, er sagte, dass er ihn liebte, in so ehrlicher Bewunderung, dass der Junge ganz scheu wurde von der Würde, die der Mann ihm gab. Zuletzt gab er ihm Geld. Als er fort war, rieb Till das Pferd trocken.

9
DIE TAGUNDNACHTGLEICHE

Anno 1694

Das neue Jahr brachte die Erlösung. Die Stockfrau teilte den Mädchen mit, dass sie nicht mehr fürs Brautkleid klöppeln mussten, sie hatten ihr Soll erreicht. Noch am selben Nachmittag begannen sie Duttenkragen zu klöppeln.

Im Januar wütete ein Eissturm. Ein Reiter, der davon überrascht wurde, schlitzte sein Ross auf und verkroch sich im dampfenden Gedärm, um nicht zu erfrieren. Ein Mann, der im Freien Wasser ließ und auf dem Glatteis ausrutschte, wurde von seinem Strahl, der blitzschnell gefror, wie von einer Lanze aufgespießt. Eine Frau gebar ein in ihrem Bauch vereistes Kind. In einem Dorf soll es geschehen sein, dass die Menschen ihre Toten aßen. Man wusste nicht, ob das Spinnweiberspuk war oder ob man wollte, dass das Spinnweiberspuk war.

Es galt zu überleben, auf mehr durfte man nicht hoffen. Die Mädchen bluteten nicht mehr, sie behielten den Lebenssaft bei sich wie das Letzte, was sie noch hatten. Eine schrie eines Morgens im Hof, dass sie *brenne,* und riss sich alle Kleider vom Leib. Sie wälzte sich im Schnee, um die *Flammen* zu löschen. Man brachte sie hinein. Da sank sie um und war tot.

Es war das erste tote Mädchen, von dem Falka sicher wusste, weil sie es mit eigenen Augen daliegen und nicht mehr aufstehen sah.

Im Winter konnte man Tote nicht begraben, auch nicht verbrennen, denn Holz war kostbar. Man lagerte die Toten im Schuppen auf dem Friedhof, bis der Frost wich. Elf bretthart gefrorene Leichen stapelten sich dort. Keinem war wohl dabei, dass die Toten noch so lange ihr menschliches Aussehen behielten und vielleicht den bösen Blick bekamen.

Als der Februar dahinging, wähnten sich die Menschen in der ewigen Eiszeit. Die *Mannsnacht*, das beliebte Narrenfest, bei dem die Männer durch einen Tunnel von Weibern Spießruten liefen, wurde abgesagt. Die Schusterlampen brannten nun von morgens bis nachts.

Zwölf Mädchen waren ein Stamm. Wie Jahresringe wuchsen sie fest umeinander. Von Asta, der Ältesten, bis Gritt, der Jüngsten, stammten sie nur voneinander ab und hatten keine anderen Wurzeln mehr. Gemeinsam glühten sie für den Tag der Frühlingswende, den Tag ihrer Rache. Das ließ sie den mörderischen Eiswinter überstehen.

Anfang März lockerte sich der eisige Klammergriff. Es taute. Eis wurde Schnee, Schnee wurde Schlamm, Schlamm wurde Matsch. Es regnete ununterbrochen. An den Küsten fürchtete man eine Manndränke.

Die Alten, die zäh den Winter überstanden hatten, raffte nun eine kleine Erkältung hin. Fast jede Familie verlor einen Greis, und manch eine Mutter konnte die Last eines ungewollten Kindes loswerden. In der Tundrazeit nach dem Eiswinter waren die Menschen am schwächsten. Das Matschgrau der Tage legte sich wie Blei auf ihre gebrechlichen Geister. Es gab keine Freude, keinen Lichtstrahl. Kein Baum trug Blätter, aber manch einer einen Aufgehängten.

Nun galt es noch, die Ratten zu überstehen. Sie kamen aus den Kloaken und liefen in die Nachtkammern. Sie nagten am Holz der Stockbetten. Am Tag waren sie leicht totzutreten, aber bei Nacht waren sie gefährlich. Kein Mädchen wollte nachts unten schlafen, wo Ratten ihr die Finger auffressen konnten. Sie quetschten sich nun zu dritt ins oberste Bett. Falka schlief mit Lucie und Stele zusammen. Am Morgen kamen sie nicht mehr voneinander los, ihre Haare klebten zusammen. Sie waren zu einem Rattenkönig verfilzt. Falka musste sie mit dem Fischmesser voneinander trennen.

Als schon niemand mehr an den Frühling glaubte, kam er endlich. Die Schlammwege wurden fest, die Ratten verkrochen sich, die Mädchen wuschen sich die Haare. Millas Haare glänzten jetzt wieder, und Falka erhielt eine Handvoll goldener Fäden.

Dann war der erste freie Frühlingstag. Ragga sagte den anderen, dass sie mit Falka allein sein wollte. Falka hatte eine Ahnung, was das bedeutete.

Die Luft duftete nach Weißwäsche. Bleichtücher lagen aus. Es wurde geschrubbt und gefegt und gewienert. Die Stadt machte sich schön.

Sie wanderten aufs offene Feld. Die Bäume waren noch ohne Blätter, aber die ganze Natur drängte danach, zu knospen. Sie gingen in den Wald. Es war nicht überall im Lande so üblich, dass zwei Mädchen alleine in den Wald gingen. Wer im Wald war, war unter den Wölfen. Aber in Tondern war man im Wald unter den Rehen. Die Stadt der weißen Spitzen war ein Refugium von Wohlstand, Sicherheit und Frieden. Hier waren alle Wölfe ausgerottet und alle Wüstlinge im Gefängnis.

Zweige knackten unter ihren Pantinen. Ragga wies auf eine gefallene Buche, einen mächtigen Baum, noch im Liegen eine Majestät. Sie setzten sich drauf.

»Unser Tag ist bald«, sagte Ragga. Sie fasste nach Falkas Hand. »Am Tag der Hochzeit, wenn Tagundnachtgleiche ist, in ebendieser Stunde geschieht es. Wir kommen nicht in den Lichtsaal zurück. Nur du.«

Der Baum unter ihr zerfloss.

»Ich will dahin, wo ihr hingeht.«

»Wir brauchen dich aber im Lichtsaal«, sagte Ragga eindringlich. »Eine muss dableiben.«

»Wo geht ihr hin?«

»Hinaus.«

»Und ich?«

»Du gehst mit den anderen wieder in den Lichtsaal zurück.«

»Und ihr?«

»Wir nach woanders«, sagte Ragga.

»Wo ist woanders?«

»Wir gehen in Tondern um.«

»Ihr müsst mir sagen, was ihr macht«, begehrte Falka auf.

»Wir machen aus Tondern eine Nachtkammer.«

Flehend sagte Falka: »Lasst mich mit.«

»Du bist ausersehen zu was anderem.«

»Ihr seid elf. Elf bedeutet Fluch. Ihr müsst mich mitnehmen.«

»Wir wollen ein Fluch sein.«

Der Wald verschwamm.

»Falka. Wenn du uns liebst, willst du nicht deins. Wein nicht. Tu dein Ohr auf.« Falka war jetzt Ohr.

»Du gehst in den Lichtsaal wie immer, setzt dich an deinen Platz. Du wirst sehen, dass unsere Stühle leer sind. Dann geschieht es. Alle laufen zum Fenster. Wenn alle am Fenster sind, machst du Feuer. Du hast nur diesen Moment dafür. Du zündest die Klöppelkissen an. Wenn das Stroh brennt, bist du im Gewühl der anderen und rennst raus.«

Ihr Kopf fühlte sich heiß an. »Ich soll die Fabrik verbrennen?«

»Ja.«

Falka wagte einen Widerspruch: »Wenn ich die Fabrik verbrenne, bauen sie die wieder auf. Es ist nur ein Strohfeuer.«

»Aber am Tag der Hochzeit wird es Willem Tondernsen für alle Tage ruinieren.«

Falka hob ihren Kopf. »Und Lily?«

»Die ist uns gleich«, sagte Ragga.

»Ihr geht in Tondern um. Was tut ihr?«, fragte Falka argwöhnisch.

»Was tut die Tagundnachtgleiche? Sie macht Tag und Nacht

gleich. Willst du, dass Lily ihren Hochzeitsbraten frisst, wenn Gritt verhungert? Wenn wir nicht fressen dürfen wie sie, soll sie hungern wie wir. Sie soll in der Nachtkammer hausen wie wir. Tagundnachtgleiche kriegt sie.«

»Aber ihr macht sie nicht tot?«

»Was kümmert dich die?«

»Ich will nur wissen, ob ihr Lily was tut.«

»Gleich um Gleich. Auge um Auge. Zahn um Zahn.«

»Lily hat uns nichts Böses getan«, sagte Falka.

»Nichts Böses? Denk an Lilys Brautkleid und wie uns das gequält hat. Gulla wurden die Augen ausgestochen, und ihre sind weiter schön blau. Hier gehört keinem Mädchen sein Leben. Wir sind Leibeigene oder Tote. Martert dich das nicht? Wirst du da nicht böse? Wüten da nicht die Toten wie Nachtmahre in dir? In mir wütet Gulla. Wenn ich an Gulla denk und an Lily, dann tröstet mich nur ein Gedanke: Der Tod macht alle Menschen gleich. Hast du nie was gemacht, zu was die Toten dich gezwungen haben?«

Falka wurde rot.

»Also hast du was gemacht«, sagte Ragga.

»Für die Meinen«, gab Falka zu, »hab ich einen Angstmann gebaut. Der Angstmann sollte dem Meer Angst machen, solche Angst, dass das Meer mir die Meinen wiedergibt. Ich gab ihm ein schwarzes Fischnetz. Er sollte das Netz nach den Meinen auswerfen und sie aus dem Meer ziehen. Ich wollte sie wiederhaben.«

»Dann weißt du ja jetzt.«

»Was weiß ich?«

»Die Toten sind tot? Glaub das nicht. Glaub das nie. Die Toten sind unsere Nachtmahre. Wir sind ihre Nachtkammern. Sie hausen in uns, damit wir sie rächen.«

Falka sah auf ihre Hände. »Die Fabrik ist unser Zuhause.«

»Unser Kerker ist sie.«

»Ihr seid mein Zuhause. Aber ihr lasst mich alleine.«

»Wir kommen wieder«, sagte Ragga.

»Zu mir? Versprich.«

»Wir kommen wieder«, versprach Ragga ihr fest.

Pracht ist Macht. Nach dieser Maxime ging Willem Tondernsen vor. Er scheute keinen Aufwand für die Hochzeit. Die Welt sollte wissen, dass es in der Spitzenstadt Tondern einen Sonnenkönig gab.

Ein Jahr zuvor hatte er die Königliche Goldschmiede in Kopenhagen mit der Herstellung eines feuervergoldeten Tafelservices beauftragt. Die Kosten waren königlich, aber das Service war eine Kapitalanlage zur Sicherung von Bankkrediten. Es umfasste fünfhundert Teile, und der Prunkschmuck der Tafel war eine Lilie aus Diamanten. Gedeckt wurde im Goldenen Saal des Rathauses. Die Servietten waren aus Spitze, die Gläser aus Bergkristall. Ein Meisterkoch komponierte den Reigen der Speisen, die alle blattvergoldet waren. Darüber hing ein Taghimmel aus goldenem Brokat. Die Wände wurden mit Gobelins behängt, auf denen Fabeltiere weideten. Das alles in einem Lichtermeer von Kandelabern. Die ganze Liebe zum Weiß, der ganze Sonnenglanz von Gold und das ganze Glitzern von Kristall ergaben eine vollkommene Huldigung an den Himmel auf Erden. Die Feierlichkeiten sollten drei Tage dauern, mit Jagden, Bällen, Banketten, und in einem Feuerwerk gipfeln, wie es die Nacht noch nicht gesehen hatte.

Es war so geplant, dass Lilys Hochzeit Aufsehen erregen sollte als ein Gipfeltreffen von Königshäuptern. Dänemarks König Christian V. und Zar Peter I. von Russland beehrten die Stadt der weißen Spitzen. Mit Christian war Willem in alter Freundschaft verbunden. Der Zar kam, um zu erfahren, was seinem Land Fortschritt bringen konnte. Russland war eine weite Wildnis. Um zu erkunden, wie man ein Reich erbaute, machte der Zar eine *Grand Tour* durch Europa. In Dänemark wollte er sich über die Spitzenfabrikation schlaumachen. Dänemarks Reichtum kam von den Spitzen, darum kam der Zar von Russland zu Lilys Hochzeit.

Alle Häuser waren mit weißen Girlanden aus Lilien geschmückt, alle Straßen mit Spitzenhimmeln überspannt. Weiße Zauberschleier wehten in der Luft. Die Stadt der weißen Spitzen sollte an Lilys Hochzeitstag ein himmlisches Gefilde sein.

Asta kämmte allen die Haare und flocht sie zu Zöpfen. Sie hatten ihre grauen Kleider an. Nichts war anders an diesem Morgen. Die Mädchen waren so in sich gekehrt wie an jedem frühen Morgen.

Die Hochzeit war ein weißes Fabeltier, das jetzt erwachte. Sie spürten sein Erwachen wie ein Grollen in ihren Herzen. Keine hatte je solch eine Hochzeit gesehen, und nun durften sie nicht auf die Gassen, um zu staunen. Wo sie doch die Spitzen für das Brautkleid geklöppelt hatten und sehen wollten, wie schön es an Lily aussah. Den ganzen Tag mussten sie in der Fabrik bleiben wie Gefangene. Sie trugen hart an der Verbitterung. Ihre Schritte stampften. Der Gang dröhnte von ihrem Kommen.

Falka ging hinter Ragga. Der Zopf hing an Ragga wie ein Glockenseil. War es wirklich gewiss, dass heute die Stunde schlug? Falka war heilfroh, dass ihre Freundinnen nicht rauskonnten. Dann konnte kein Unglück geschehen.

Sie war hierhergeschickt worden, um Spitzenklöpplerin zu sein, nicht um die Fabrik zu verbrennen. Wenn sie ein Schicksal wählen könnte, würde sie genau dieses Schicksal wählen und ihm ewige Treue schwören. *Mein Haar würd ich ihm schwören.* Darum verstand sie nicht, warum die anderen, die dasselbe Schicksal hatten, es hassten. Ja, es gab Ratten. Es gab den Keller und die Angst vor dem Feuer. Es gab den Hunger und den langen Stock. Aber es gab auch die Sonne im Lichtsaal, den Tanz der Fäden und die reine Seligkeit, wenn eine Rose sich vollendete. Gottes Vorsehung hatte sie in dieses Schicksal geschickt, und dafür dankte sie Gott. Aber wenn es ein teuflischer Plan wäre, hätte sie dem Teufel gedankt.

Doch mehr als alles liebte sie ihre Freundinnen. Die einen liebte sie mehr, die anderen weniger, doch es mussten genau diese zwölf sein, sonst war der Kreis nicht vollkommen. *Ragga Asta Milla Norla Lucie Stele Gritt Du Du Du Du Falka.* Wenn Falka sich an letzter Stelle sah, machte das nichts, denn sie waren ein Kreis, der keinen Anfang und kein Ende hatte.

Sie kamen in den Lichtsaal und setzten sich an ihre Plätze. Es war fünf Uhr morgens, stockfinstere Nacht. Die Schusterlampen brannten. Falka beugte sich über ihr Werk, ihre Finger wirbelten die Klöppel, doch sie empfand wohltuende Ruhe dabei. Ihre Gedanken gingen auf dem Meeresgrund. Sie merkte nicht, wie die Zeit verging. Draußen wurde es hell, Sonnenstrahlen stachen wie Lanzen durch die Fenster. Die Kerzen wurden ausgemacht.

Zeitweilig vergaß sie ganz, dass heute ein Tag war wie kein anderer. Draußen begann ein Hochzeitsfest, wie es Tondern noch nicht gesehen hatte. Lilien wurden auf die Straßen gestreut. Lily wachte auf und nahm ein Bad, oder was man sonst tat, wenn man Lily war.

Wir wollen ein Fluch sein. Ragga klöppelte. Asta klöppelte. Norla klöppelte. Lucie klöppelte. Gritt klöppelte. Milla klöppelte. Stele klöppelte. Ihre Gesichter verrieten keine Erregung, keinen Zorn und keinen Zweifel. Sie waren alle eins mit ihren Spitzen. Das Tagewerk brummte.

Mittags läutete der Gong.

Es gab Fleisch, ein Hochzeitsessen! Danach vertraten sie sich im Hof die Beine. Sie schnupperten in die Luft, ob sie Lilien rochen. Oder Jubel und Musik hörten. Aber die Mauern waren zu mächtig. Kein Duft und kein Klang kamen zu ihnen. Was mochte sich jetzt auf den Gassen Schönes tun? Ob Lily im Brautkleid in der Kutsche saß und durch den Jubel des Volkes zur Kirche fuhr? Das Gerücht machte die Runde, dass der Pastor sie nicht da draußen haben wollte, darum gingen sie wie eingepferchte Gefangene hier im Hof umher.

Sie waren immer noch zwölf, Falka hatte alle im Auge, keine

war verschwunden. Gritt umarmte Asta, Asta wiegte Gritt. Das Kind war bis auf die Knochen abgekämpft, aber sein Totenkopf strahlte wie ein kleiner Frühlingsgeist. Die Freundinnen standen beisammen, hielten sich an den Händen und schaukelten die Arme. Sie waren gestimmt, als freuten sie sich auf etwas Schönes.

Das Läuten rief sie wieder in den Lichtsaal. Die Sonne strahlte festlich hell durch die Fenster. Die Stockfrau gönnte ihnen einen Blick hinaus. Auf dem Platz lagen Lilien, überall weiße Lilien, der Hochzeitszug war vorüber. Enttäuscht schauten sie auf das, was ihnen anzuschauen verwehrt worden war, kehrten ihm schließlich den Rücken und setzten sich nieder zur Arbeit. Das Brummen der Klöppel begann. Falka liebte das Geräusch fleißigen Wütens und grub sich darin ein wie ein Wurm. Sie war auf dem Meeresgrund ihrer Seele, wo Schaffenslust und Schöpfung sich kreuzten und drehten in einem wirbelnden Tanz. Die Stunden vergingen, die Sonne sank.

Der Gong. Sie durften hinaus. Im Mädchenstrom, der zu den Kloaken trieb, kämpfte Falka sich zu Ragga vor.

»Ich hab nachgedacht.« Falka tippte sich an die Stirn. »Über meinen Namen Falka Auge. Ich seh so auf die Spitze wie Gott mit seinem Auge auf die Welt, und ich mach sie schön.«

Ragga sah sie finster an. »Wir sind Fliegen in einer Jauchegrube.«

»Ragga, nein, wir sind Spitzenklöpplerinnen!«

Die Mädchen stauten sich vor den Kloaken. Im Gewühl fasste Falka nach Raggas Hand.

»Du musst dein Schicksal lieben, dann ist es schön.«

Ragga ließ Falkas Hand los und schlug beide Fäuste vor dem Herzen zusammen. »Krieg!«

In der Kloake verlor Falka sie aus den Augen.

Auf dem Rückweg trieb sie in einem grauen Mädchenfluss dahin. Unter all den Rücken, Nacken und Zöpfen hielt sie nach Millas goldenem Zopf Ausschau und nach Steles Kopf, der immer herausragte. Sie sah keine ihrer Freundinnen, aber das war noch kein

Grund zum Fürchten, sie konnten weiter vorne oder ganz hinten sein, im dämmrigen Gang waren alle Mädchen grau.

Das Abendrot glühte, als die Mädchen in den Lichtsaal kamen. Der ganze Himmel brannte in loderndem Feuerrot.

»Tagundnachtgleiche!«, riefen ein paar. Sie sahen andächtig ins Himmelsrot und setzten sich dann um die Schusterlampen.

Elf Stühle blieben leer.

Mit schwarzen Dornen stach jetzt die Angst in Falkas Herz.

Nein! – bittebittebitte.

Die Stockfrau ging zur Tür und spähte in den Gang. Die Mädchen hörten auf zu klöppeln und sahen verwirrt auf die leeren Stühle. Es wurde still im Lichtsaal.

Nur weil es so still war, wurde es überhaupt gehört.

ph

Die ersten Mädchen schauten zum Fenster, weil ihnen so war, als sei ein Schatten dort gewesen. War das – der Schatten???

Ein Mädchen fiel draußen vorbei.

ph

Schreie gellten! Alle stürzten zum Fenster. Im glühenden Abendrot fiel Lucie! Alle sahen Lucie fallen. Lucie fiel draußen am Fenster vorbei, mit offenen Augen, die Haare in der Luft.

ph

Ihr Aufprall ließ allen den Atem stocken, sie standen erstarrt am Fenster, und vor ihren Augen fiel Gritt.

ph

Norla fiel.

ph

Es riss Falka die Finger ab. Norla riss einen ab, Lucie riss einen ab, Gritt riss einen ab. Die Mädchen stürmten aus dem Lichtsaal, die Stockfrau konnte sie nicht aufhalten, eine Lawine brüllender Mädchen dröhnte durch die Gänge und die Treppe hinab. Nur ein paar wenige standen noch mit Falka am Fenster, schockstarr, als raste ein Komet mit Höllenschweif.

Ragga.

ph

Der Aufprall gab den Anstoß. Wie von Ragga gestoßen, ging Falka vom Fenster weg zu den Tischen, wo die Schusterlampen brannten. Dort blieb sie stehen und dachte an Raggas Wort. *Krieg!*

Auf dem Tisch lag ein Duttenkragen. Ein Schwarm weißer Schwäne stieg von der Reliefspitze empor, sie flogen aus allen Fältelungen. Die Schwäne waren so schön, dass alles um Falka herum still wurde. Sie konnte das nicht verbrennen. Da lag das Meisterwerk einer Spitzenklöpplerin. Falka sah es an, und die Schönheit der Spitze und die Schönheit des Lebens waren eine Gleiche.

Sie ließ die Lampen stehen und ging wieder zum Fenster und zum Feuerhimmel. Der Himmel mochte brennen, sie vermochte das nicht. Falka blickte hinab auf den Platz, der weiß war von Lilien, und lenkte dann langsam ihren Blick auf das furchtbare blutig-graue Knäuel eines Mädchenhaufens, das ein dunkles Auge war in all dem Weiß. Sie hörte Wehklagen wie aus weiter Ferne.

Eine Schar Mädchen kam weinend in den Lichtsaal zurück. »Zehn sind tot«, wimmerte eine.

Zehn? »Hast du zehn gesagt?« Falka stürmte hinaus. *Zehn!* Sie jagte durch den Gang, die Treppe hinunter, in die Halle. Ein Mann fing sie und stieß sie zurück. Falka nahm wieder Anlauf. Der Mann fing sie nochmals ab und schleifte sie über den Hallenboden, zeigte ihr drohend die Faust. Falka floh in den Keller.

Wer?

Sie hatte Ragga fallen sehen, Norla, Lucie und Gritt. Falka jagte die Treppe hinunter. *Asta? Lass es Milla sein, bittebittebitte, Milla!*

Sie kam in die Nachtkammer gestürmt.

Auf ihrem Bett lag ein goldener Zopf.

»Milla schenkt dir dein Liebstes«, sagte es hinter ihr.

Falka fuhr herum.

Es war Stele.

10
DER SCHOCK

Es wurde Nacht. In Willem Tondernsens Reich herrschte Schockstarre.

Wie war die Hochzeit schön gewesen! So prächtig wie sein Leben mit all seinen Schätzen. Als im Ballsaal das Feuer des Abendrots leuchtete, schlugen sie ihm den Kopf ab.

Willem rauchte mit dem König und dem Zaren. Der junge Zar war zukunftstrunken. An der Mündung des Flusses Newa wollte er eine neue Residenz erbauen, Sankt Petersburg sollte sie heißen.

Der König von Dänemark hörte dem Eifer des Einundzwanzigjährigen zu, dann wandte er etwas ein. Den Küstenbrocken, den der Zar dafür brauchte, hielten die Schweden besetzt. Der Zar stimmte unverhohlen zu. Für sein fabelhaftes Sankt Petersburg wollte er in den Krieg gegen Schweden ziehen und von Dänemark einen Kredit kriegen.

Da spürte Willem, dass etwas gegen ihn im Gange war. Als der Zar von »Krieg« sprach, da wehte ihn ein Windhauch an wie von einem Henkersschwert, das von irgendwoher auf ihn zuraste.

Der alte Martensen kam auf ihn zu und flüsterte ihm etwas ins Ohr:

»Zehn Mädchen sind vom Dach deiner Fabrik gesprungen, alle tot.«

Ein törichtes Glotzen aus nichtssagenden Gesichtern umzingelte ihn. Er saß weiterhin ruhig auf seinem Platz, besonnen und weise wollte er scheinen. Man musste das geheim halten, nichts durfte die Hochzeit stören. »Wohin gesprungen?«, fragte er leise, »in den Innenhof?«

»Auf den Platz vor deiner Fabrik.«

Da durchfuhr ihn das Schwert.

Als er aufstand, knirschte die ganze Hochzeit bis ins innerste Gefüge und stand still. Die Musik spielte weiter, die Tänzer drehten sich weiter, aber das waren nur Haare und Fingernägel, die an einem Leichnam weiterwuchsen. Willem Tondernsen ging würdevoll aus dem Saal.

»Ich hab meine Männer hingeschickt«, sagte Martensen im Vestibül zu ihm. »Die bringen die Mädchen in eine Scheune, damit die nicht mehr da liegen wie Schlachtvieh.«

Willem Tondernsen fühlte die kalten Wasser der Panik um sich herum anschwellen.

Als er in den Goldenen Saal zurückkam, spielte Musik, aber niemand tanzte mehr, als würde ein Leichenhaufen auf der Tanzfläche liegen. Lily sah ihn mit Augen an, in denen das Entsetzen stand.

Pastor Siemssen kam in die Scheune, um sie sich anzusehen. Sie lagen in einem Pferch, zehn tote Mädchen, von Martensens Mannen bewacht. Er kniete nieder und strich jeder ein Kreuz auf die Stirn, selbst da, wo die Köpfe zertrümmert waren. Nur zwei erkannte er, die Grausamgehirnte und das Spukkind.

Die Sirenen waren für immer stumm.

Jetzt hatte er das Wort. So schrieb er es ins Kirchenbuch:

Anno 1694. Der 21. März. Am Hochzeitstage des sich anvertrauten Ehepaares Martin und Lily Martensen sprangen zehn hierorts fleißtätige Spitzenklöpplerinnen vom Dach der Fabrik des Kapitalisten Willem Tondernsen in den Tod.

Gott hatte ihm endlich einen Grund gegeben, Tondernsen und seinen Kapitalismus zum Teufel zu schicken. Zehn tote Mädchen waren ein Grund. Pastor Siemssen wollte die Wucht dieses Selbstmordes packen und auf Willem Tondernsen schleudern. Er würde dem ganzen Volk eine Lehrstunde der Gewissheit erteilen, wer der Schuldige war.

Das Volk versammelte sich in der Kirche. Der Pastor stieg auf die Kanzel und sprach zu seiner Gemeinde:

»Wir alle miteinander sind bestürzt. Noch lange wird Tondern davon gezeichnet sein. Von zehn heiligjungen Mädchen, die ihr Leben opferten, um ein großes Zeichen gegen den Mammon zu setzen.

Mammon ist ein grausamer Götze der Geldgierigen, und die, die seine Macht mehren, sind Mörder! Die Todmädchen sind unschuldige Opfer! Ich will sie rühmen mit den Worten des Apostels Paulus: *Ich habe viel gearbeitet, bin gefangen gewesen, ich habe Schläge erlitten, bin in Todesnöten gewesen, in Hunger und Durst, in Frost und Blöße. Wenn ich mich denn rühmen soll, will ich mich meiner Schwachheit rühmen!*

Der Tod dieser zehn Mädchen ist ein Fingerzeig Gottes. Gott will den Kapitalismus nicht. Zehn ist die heilige Zahl seiner Gebote. Es braucht zehn Gerechte, um ein Volk aus der Schlechtigkeit zu führen. Wir waren schlecht zu ihnen. Wir waren Kinderschinder!«

Das Kind. Alle erinnerten sich an das Kind.

»Wir haben das Blut dieser Schwachen vergossen. Was war ihr Leben wert? Für uns nichts. Für Gott alles! Diese zehn Gerechten waren die Jungfern Gottes. Wir haben die Jungfrau Maria in zehnfacher Zahl auf dem Gewissen! Lasst uns büßen für unsere Sünden, büßen für unseren Abscheu vor den Armen. Jede Frau, die sich mit Tondernsens Spitzen schmückt, soll Buße tun dafür. Ihr tragt Blutspitzen!«

Der Pastor hatte die Mädchen zu Märtyrerinnen gemacht. Auf den Straßen wurden die Lilien zusammengekehrt. Eine niederschmetternde Dämmerung kroch in die Menschenseelen. Die Stadt hüllte sich ins Bußgewand.

Ein Selbstmord, für den es keine Gleiche gab. Wie sollte man mit so etwas umgehen? Das Wort vom *Schwarzen Schwan* ging um. Einen schwarzen Schwan, glaubte man, konnte es nach Gottes Gesetz nicht geben. Wenn man das nicht mehr glauben konnte, weil es ihn doch gab, war man allen Höllentieren ausgeliefert.

Martin Martensen ging zu den Ställen. Wenn jemand etwas über die Todmädchen wusste, waren es Stallburschen. Er fragte jeden, was er gesehen oder gehört hatte, was er sich dachte, und erfuhr, dass die Mädchen allen verdächtig vorgekommen waren, unheimlich, böswillig, verschworen. Kein Stallbursche hatte etwas mit einem dieser Mädchen gehabt, sie waren den Männern nicht geheuer gewesen.

Nebenbei flüsterte Martin Till zu, wann er abends kommen sollte.

Sein Junggesellenhaus hatte Martin noch, es war jetzt sein *Bureau*. So wie er den Fall sah, hatten sich zehn Klöpplerinnen in den Tod gestürzt, um Willem Tondernsen zu schädigen. Aber in der Stadt ging die Mär um, dass sie Opfer waren, sogar Märtyrerinnen. Es gab keine vernünftige Instanz mehr, die über die Todmädchen urteilte, nur das Pfaffengeschwätz, und das Volk glaubte, was es gepredigt bekam: Willem Tondernsen war ein Kinderschinder. In dem rechtlosen Chaos, das um den Fall entstanden war, war das Recht ein Kosmos, den es sich gelohnt hatte zu studieren.

Ein Bruder von ihm war bei der Königlichen Garde in Kopenhagen, der andere war Teilhaber am Fuhrunternehmen des Vaters. Martin erhielt einen Vermögensanteil, als er volljährig wurde, darum hatte er kein Bestreben nach einem Beruf. Am liebsten wollte er zeitlebens müßig bleiben und in seiner Seele ruhen. Aber damit kam er nicht durch. Müßiggang war eine Todsünde. Auf Muße folgt Buße. Man verlangte Taten von ihm. Martin überlegte, welche Tätigkeit seiner Berufung zum Müßiggänger am ehesten entsprach. So war er auf die Gesetzeslehre verfallen. Das Recht diente der Seelenruhe. Sein Vater war angetan und schickte Martin zum Studium der Juristerei.

Die Juristerei war ein Gebiet, in dem Gott ebenso herumspukte wie in der Theologie, obwohl er nach Martins Meinung dort nichts zu suchen hatte. Gott sollte im Gewissen sein, nicht im Gerichtssaal. Solange Gott über dem Gesetz stand, richtete das Gesetz allzu oft Gottessünder hin. Ein Gesetz musste Menschenmaß haben und über die Unmenschen richten.

Martin brauchte eine Minute für sein Urteil über die Todmädchen. *Selbstmord war eine Mordtat.* Punktum. Das Richteramt war wahrhaftig seine Berufung. Man erledigte die Arbeit in einer Minute und konnte danach Muße treiben.

Nun wartete Martin auf seinen Liebsten.

Zuerst kam die Dunkelheit, dann kam Till. Der Junge roch nach Stall und ging sich waschen. Martin wollte Till schön haben, Till sollte duften. Sie sollten einander gleich sein, zwei Jünglinge, die schön waren und dufteten.

Meistens vertieften sie ihre Seelen ineinander, manchmal ihre Körper. Die körperliche Liebe war mehr nach Martins Neigung, die seelische mehr nach Tills. Till hing an ihm in keuscher Liebe wie ein Freund an einem Freund. Aber manchmal konnte Martin nicht von ihm lassen. Till war sein Eros. Nur ein einziger Makel störte ihn. Tills Hände schwitzten wie Tranöl.

Eines Tages vertraute Till ihm an, warum seine Hände nicht aufhörten zu weinen. Es war so fürchterlich, dass Martin besser nicht gewusst hätte, was die Schweden in Pommern taten, was sie in Tills Heimatdorf taten, was überhaupt Männer im Krieg taten.

In Martins Armen fand Till eine Vergessenheit aller Dinge, und Martin in Tills Armen genauso. Wenn sie beisammenlagen, kehrten sie der Welt den Rücken. Doch heute ging das nicht.

»Bist du den Todmädchen mal begegnet?«, fragte Martin.

»Ja. In der *Goldenen Kutsche*«, sagte Till.

»Was für einen Eindruck hattest du?«

»Mädchen nur.«

»Ist dir irgendetwas aufgefallen an denen?«, fragte Martin.

»Nein«, aber Till zögerte. »Jeder hat Angst vor Tod. Die nicht.«

»Ich auch nicht«, sagte Martin.

»Du hast keine Angst vor Tod?«, fragte Till.

»Wer das Nichtstun schätzt, den kann der Tod nicht schrecken. Ich muss nie mehr was tun, wenn ich tot bin.«

Till war verwirrt davon.

»Ich schlaf auch gern lang«, fuhr Martin fort. »Der Tod ist der ewige Schlaf. Ich sehne ihn herbei.« Er lachte dazu.

Till wirkte bedrückt.

»Was denkst du?«, fragte Martin.

»Wenn man so fällt wie die Todmädchen, bricht dann der Kopf auseinander?«, fragte Till bang. »Kommt das raus, was drin war im Kopf von denen? Ist das jetzt überall?«

»Soll ich mir darüber jetzt den Kopf zerbrechen?«

»Sag.«

»Sie sind mausetot«, sagte Martin.

»Es haben aber schon welche das Kind gesehen.«

Das Kind, vor dem man Augen und Herz verschließen wollte und nicht konnte. Das Kind mit dem Spitzenschleifchen war das tragische Opfer. Es war, als hätte Willem Tondernsen es eigenhändig vom Dach gestoßen.

»Keiner, der tot ist, kommt jemals wieder«, sagte Martin, »und was bei denen im Kopf war, ist weg.«

Sie lagen beieinander, bis Martin Till hinausließ in die Nacht.

Till ging durch eine Geisterstadt. Er streifte an den Häusern entlang, um so nah wie möglich bei den Menschen zu sein. Wo in einem Fenster ein Lichtschein war, fühlte er sich sicher. Geister fürchteten das Licht. Er fürchtete sich vor Geistern. Das Kind konnte in jedem Dusterwinkel stehen. Man raunte, es halte seinen Kopf mit der Schleife in den Händen. Bislang hatte Till sich in Tondern immer sicher gefühlt. Hier wurden die Menschen alt. Die Stadt der weißen Spitzen war gesegnet mit Frieden.

In Pommern lebten die Menschen so karg, dass das Leben immer ein Kampf um ganz wenig war, und wenn sie gestorben waren, wurden ihre Gräber geplündert wegen Leichentüchern, die man noch als Lumpen tragen konnte. Menschen endeten im Krieg wie das Gras durch die Sense, sie wurden weggemäht, aber sie wurden keine Geister.

Das Todmädchen Falka. Es war vor seinen Augen, wenn er nachts im Dunkeln lag. Es war vor seinen Augen, wenn er tagsüber die Pferde abrieb. Es kam in jedem glanzbraunen Fell zum Vorschein. Es kam im Nachtglanz der Sterne zum Vorschein. *»Ich hab Hhhhaare«*, hauchte es in seinen Träumen, *»bis zu den Füßen.«*

Lily hatte sich in einer Welt gewähnt, die durch nichts zu erschüttern war. Langweilig ging die Zeit dahin, sie war wie ein blasser Mensch, der nichts bewirkte, den niemand wahrnahm und der wesenlos verging. Die Zeit sich so zu wünschen, war bescheiden, als wünschte man sich nichts, aber auch weise, als wäre man wunschlos glücklich.

Tausendmal hatte der Onkel ihr erzählt, dass Klöpplerinnen dankbar waren, wenn sie für ihn klöppeln durften. Er erklärte ihr, dass der Kapitalismus gegen jedes Elend war, denn er erfüllte alle Wünsche. Ihr Onkel pries sich als Eroberer, der in Kriegen siegte, die die Besiegten glücklich machten, denn sie erlagen seinen Spitzen. Er brachte die Tondernspitze nach Flandern, er siegte über die Brüsseler Spitze. Ihr Onkel behauptete, dass die einzig wahre Kriegskunst der Kapitalismus war.

Die Todmädchen hatten ihrer Welt den Todesstoß versetzt. Lily war immer noch in derselben Fassungslosigkeit wie in dem Moment, als sie es erfahren hatte. Von da an klaffte die Zeit auseinander in ein Vorher und ein Nachher. Vorher war ihr Leben eine wundervolle Langeweile. Nachher war es ein wahnsinniger Totentanz.

Martin kam spät heim. »Liebes«, sagte er und setzte sich zu ihr ans Kaminfeuer.

Lily sah in die Flammen und sagte: »Ich seh immer dieses Kind. So darf doch kein Kind aussehn. Hier bei uns.«

»Du sollst kein Mitleid mit Mördern haben«, wies Martin sie zurecht. »Es hat ihnen niemand so was Schlimmes angetan wie sie sich selbst.«

»Trotzdem darf ein Kind nicht so aussehen.«

»Zwei von der Mörderbande sind noch übrig.«

»Was für zwei sind übrig?«, fragte Lily.

»Zwölf waren in der Nachtkammer, zehn sind gesprungen, zwei nicht. Die wird Willem morgen in die Zange nehmen.«

»Zwölf Mädchen schlafen zusammen?«

»Ja«, sagte Martin geduldig.

Lily war noch nie in den Nachtkammern gewesen, aber sie hatte gehört, dass sie nicht größer als Schweinekoben waren. Zwölf hatte ihr Onkel da eingepfercht. Ihre Seele sank auf die Knie vor Scham.

Die beiden, die nicht gesprungen waren, wurden von der Stockfrau bewacht. Hinter Falka und Stele ging die Tür auf. Sie hörten Mannstritte und mochten sich nicht ausdenken, was ihnen bevorstand. Gebieterisch stellte sich ein Mann vor sie.

»Das sind gute, fleißige Mädchen«, sagte die Stockfrau. »Zwei meiner besten Klöpplerinnen.«

»Du gehst raus.«

Die Stockfrau verließ den Raum.

Sie wagten aufzuschauen. Willem Tondernsen war alt in ihren Augen. Er trug die Haare schulterlang, sie waren teils dunkel, teils grau und wirkten wie düstere Vorhänge mit Spinnweben darin.

Auch Willem Tondernsen machte sich ein Bild. Es waren armselige Mädchen, so fahl, als hätten sie nie das Licht der Sonne gesehen. Eine war so hoch wie der Hochmut und so krumm wie die Unterwerfung. Die andere war eine ausgemergelte Madonna. Beide verhielten sich wie Rudelhunde, die alleine übriggeblieben waren und in ihm ihren Totschläger witterten.

»Ihr habt eure Mitgeschöpfe in den Tod getrieben!«

Die Kleine machte einen Angstlaut. Eine Zopfschlange hing ihr bis zu den Kniekehlen herab.

Tondernsen bedauerte, dass man nicht mehr die alten Mittel hatte, um Übeltäter zum Geständnis zu zwingen. Nicht in Tondern, nirgendwo mehr in Dänemark.

»Warum ist euer Rudel in den Tod gesprungen?«

»Sie wollten Nachtmahre werden«, sagte die Lange und krümmte sich dabei.

»Warum wurdest du kein Nachtmahr?«

»Mein Liebstes hat mich beschützt. Darf ich zeigen ...?« Das Mädchen nestelte etwas Weißes hervor, ballte es in seine Hand und küsste es. »Das hat mein Leben gerettet.« Als das Mädchen die Hand öffnete, war es ein Lumpen Spitze mit Löchern und Fransen. Sie band sich den Lumpen vors Gesicht, richtete sich zu ihrer ganzen Lebensgröße auf und bot ihm seinen Anblick.

Willem Tondernsen war zu seiner Verwunderung sofort fasziniert von der Darbietung. Mit der Maske hatte das Mädchen die Großartigkeit und Grazie eines Todesengels. Er sah ein selten schönes Memento mori.

»Ich hatte niemals was Liebstes im Leben«, sagte das Mädchen, und die Fransenzähne der Maske flatterten im Atemstrom. »Dann durfte ich die Totenkopfmaske tragen, und sie wurde mein Liebstes. Wer etwas Liebstes hat, will leben.«

Die Maskierte gefiel ihm. Er stellte sich eine Witwe vor mit solch einer Totenmaske vorm Gesicht. Sie hätte bald den nächsten im Bett.

Auf einmal fiel ihm wieder ein, dass diese Mädchen seine Spitzen zu Blutspitzen gemacht hatten. Auch wenn sie nicht gesprungen waren, gehörten sie in die Wüste gejagt wie Sündenböcke.

»Ihr zwei verschwindet aus diesem Haus.«

Da rief die Kleine, als ginge es um ihr Leben: »Herr! Ich kann Wunder klöppeln!«

Kein Wunder konnte seinen Ruin abwenden. Er war so bankrott wie das Brautkleid, dessen Schmuck nur noch Schmutz war. Hastig verließ er den Raum, damit niemand die Größe seines Unglücks sah.

Sie begriffen es auch dann noch nicht, als sie vor der Fabrik standen mit ihren Habseligkeiten in Koffer und Bündel, dass sie nie mehr da reindurften.

»Wo sollen wir denn hin?« Falka schluchzte.

»Hast du Geld?«, fragte Stele.

»Geld?«

»Ich hab ein bisschen. Komm, wir müssen hier weg.«

»Aber hier ist mein Zuhause«, sagte Falka.

»Wir gehn zur Wiese. Da überlegen wir.«

Die Sonne schien. Falka trug ihr Inselkleid, es hing schwer an ihr. Mit jedem Schritt musste sie eine Last nach vorn wuchten. Sie hatte ganz vergessen, wie es war, so zu gehen, als hingen Gewichte an ihr. Wieder und wieder strich sie über ihr Kleid, als könnte aus einer Falte die Rettung kommen.

Stele hatte ein Kleidchen an, das viel zu kurz und zu eng war. Sie trug ihren zerlöcherten Umhang darüber.

Auf der Wiese setzte sich Stele auf die Baumwurzel. Sie holte ihr Geld raus und zählte es, steckte es wieder ein. »Kannst du heim zu den Deinen, Falka?«

»Wie eine Landstreicherin zurück? Ich bin in Tondern daheim.«

»Ich geh hier auch nicht weg«, sagte Stele.

Falka machte ihren Koffer auf und schaute, ob sie etwas besaß, das sie verkaufen konnte. Eine Sandhaube, die hier niemand brauchte. Ein Fischmesser, das sie nicht hergab. Millas Zopf. Als sie ihn sah, brach ihr das Herz.

»Warum war Milla bei uns?«, fragte Falka. »Sie war wunderschön. Was machte Milla in unserer Nachtkammer?«

»Beim Bernsteinsuchen hat ein Mann sie geschändet. Milla kam weg, weil sie eine Schande war.«

Falka war entsetzt. Sie schloss den Koffer, damit Stele nichts mehr sagte. Sie wollte die Arme um Milla legen, Milla trösten, aber Milla war tot. Da schlang Falka die Arme um sich selbst.

»Eigentlich wollten wir ja die feinen Leute in der Kirche totmachen«, sagte Stele.

»Was wolltet ihr?«

»Wir hatten Äste zu Pfeilen angespitzt. Wenn jede von uns fünf damit töten kann, wären das sechzig Tote. Ein Schock, das wollten wir schaffen. Aber dann passierte das mit Gulla. Da ließen wir es sein.«

»Hättet ihr doch.«

»Dann wären wir die Bösen und Lilys Sippschaft die Guten. Jetzt sind wir die Guten, und der Kinderschinder ist der Böse.«

Ein Vogel zwitscherte im Baum. Der Wind wiegte die Blätter. Falka war plötzlich sehr müde, sie war lebensmüde.

»Ich weiß jetzt, was ich tu«, sagte Stele. »Ich geh in die *Verwunschene Grotte.*«

»Ins Hurenhaus? Nein!«

»Wo willst du denn heut Nacht hin?«, fragte Stele.

»Weiß ich nicht.«

»Dann komm mit. Sonst geh ich alleine.«

Falka fing wieder an zu weinen. »Geh da nicht hin, Stele.«

»Das ist nicht für immer. Nur für jetzt.«

»Da macht einer mit dir dasselbe wie mit Milla. Schändet dich.«

»Nein. Der bezahlt mich dafür, dass ich seinen Klöppel nehm.«

»Du siehst aus wie eine Sense. Wie willst du denn einen anlocken?«

Stele äffte Falka nach: »Herr! Ich kann Wunder klöppeln!«

Falka wurde rot.

Entschlossen stand Stele auf. »Falka Auge, ich geh.«

Sie zögerte noch einen Moment, ob Falka mitkam, dann ging sie einsam davon.

Als Stele fort war, setzte Falka sich auf die Baumwurzel, die noch warm war von Stele. Sie hatte einen Faden Hoffnung und spürte sein Ziehen. Da, wo Stele hinging, gab es nichts zu hoffen. Ihre Hoffnung hing jetzt am Haus der Todgeweihten. Seit dem Morgen hatte sie nichts mehr gegessen, und die Nacht drohte.

Als die Dunkelheit kam, ging sie dahin. Sie war in Not und gestattete sich kein Zaudern. Sie schlug an die Tür.

Drinnen tat sich ein Geräusch. Die Tür wurde einen Spalt geöffnet, und ein Gesicht voller Furchen sah hinaus.

»Ich bin Spitzenklöpplerin. Ich bitte um Arbeit. Schlicht für Schlicht.«

»Geh zur Fabrik von Tondernsen.«

»Bitte. Ich kann Wunder klöppeln.«

»Nicht hier, Kind.«

»Bittebittebitte«, flehte Falka, »nehmen Sie mich, sonst häng ich mich auf. Ich bin arm, hab nichts, nicht mal 'n Strick. Ich häng mich auf an meinem Zopf.« Sie schlang sich den Zopf um den Hals und zog ihn straff.

»Ja«, sagte der Greis und sah Falka ohne Ausdruck an, weil sein Gesicht so zerfurcht war wie Totholz.

Sie verlor alle Hoffnung. Da sagte er: »Komm rein.«

»Dank für Euer Erbarmen.«

Sie folgte dem Greis in einen dunklen Schlund. Der Greis tat die Tür zu einer Kammer auf. Falka hielt den Atem an bei dem Gestank, der herauskam. Die Kammer war voller Greise, die in verpesteter Stickluft klöppelten. Der Greis erklärte ihr, diese Uralten verdienten sich so ein Obdach und einen Bissen Brot. Die meisten hatten nicht einmal mehr Zähne. Sie lebten in einem Massengrab.

Falka ahnte, dass es noch ein schlimmeres Überleben gab als ihrs. Sie hatte den Tod ihrer Liebsten überlebt, aber diese hier hatten ihren eigenen Tod überlebt. Sie waren noch am Leben, obwohl sie längst tot sein sollten. Niemand brauchte sie mehr, niemand wollte sie mehr. Sie waren zu nichts mehr nutze, außer um

Trauerschleier zu klöppeln. Nur den Todgeweihten gab man die schwarzen Fäden in die Hand, von denen die Seele schwarz wird.

Als sie wieder auf der Gasse stand, setzte der Regen ein. Mit dem Mut der Verzweiflung ging Falka zu den Pferdeställen. Sie ging von einem Stall zum anderen und fragte nach einem Jungen mit Namen Till, einem Deutschen. Sie wollte schon aufgeben, als endlich ein Mann in den Stall hineinbrüllte:

»Till!«

Er kam aus dem Dunkel.

Gebannt blieb er stehen und starrte sie an wie einen Geist.

»Kennst du mich noch?«, fragte sie gequält.

»Du hast Haare bis zu den Füßen.«

»Ich hab kein Obdach. Nimm mich zu dir.«

Er konnte nicht Nein sagen. Aber Ja sagen auch nicht. Mit stummer Gebärde teilte er ihr mit, dass er hilflos war.

»Bittebittebitte«, flehte sie.

Zaghaft fragte Till: »Du lebst?«

Falka sah an sich herab, wie wenn sie in einen Brunnenschacht fiele, tiefer und tiefer hinunter. Als Till das sah, fing er sie auf.

11
DIE SANDHOCHZEIT

Die Pferdeknechte hatten ihre Schlaflager in einer Baracke bei den Ställen. Jeder hauste in einem Verschlag. Manchmal nahm einer ein Mädchen mit unter die Decke. Bei den meisten ging es leise zu, aber manche machten dabei Geräusche, die an Schlachtungen denken ließen. Man nahm nur solche Mädchen in die Baracke mit, die mit allen Wassern gewaschen waren. Und nur solche, die kein Wässerchen trübten, gingen mit einem in eine Baracke, wo noch zwanzig Mann lagen.

Ein Mädchen, das man vielleicht heiraten wollte, brachte man in den Schuppen, wo die Satteldecken lagen, denn den konnte man von innen verriegeln. Dorthin brachte Till Falka.

»Ich hol dir was zu essen.«

An der Tür sah er sich noch einmal um. Sie stand kohlrabenschwarz im goldenen Serail. All der Brokat schien um sie herum zu kreisen, ja sie zu umfließen wie geschmolzenes Gold.

Draußen begriff er, dass ihm schwindlig war vor Liebe.

Er kam zurück mit einem Brotknust, einem Räucherschinken und zwei Eiern. Als Erstes schlürfte sie die Eier und leckte sie aus. Dann nagte sie den Knust weg. Zuletzt kostete sie den Schinken.

»Ich hab dich gefunden«, sagte sie wie ein Gebet. »Regen klingt wie dein Name, *Till Till Till*. Wenn du mich magst? Ich bin dein.«

Er brachte kein Wort heraus, er konnte nicht glauben, dass sie ihn meinte, ihn wollte, dass sie seinen Namen behalten hatte, dass ihnen beiden das geschah. Seine Hände schwitzten, darum wagte er nicht, sie zu berühren, sie musste glauben, er wollte sie nicht.

Sie gab ihm einen Kuss und schaute ihn an, *bittebittebitte.* Er berührte ihr Wollkleid. Es hatte viele Falten, er konnte seine Hände darin trocknen, die Wolle sog den Schweiß ein. Die Bernsteinknöpfe glühten, er drückte sie aus den Wolllöchern und machte das Kleid auf, damit ihre Haut hell leuchten konnte. Mit jedem Knopf, der sich löste, löste sich die Enge, die ihre Brust einpferchte. Je weiter er ihr Kleid öffnete, umso befreiter atmete sie, ja seufzte sie. Er sah an dem hellen Streifen Haut, der sich hinabzog, dass sie unter dem Kleid nackt war. Da hörte er auf, es aufzuknöpfen.

»Ich will dir mein Haar zeigen.«

Sie holte ihren Zopf nach vorn und löste die Flechten. Noch nie hatte er solche Haare gesehen, wirklich bis zu den Füßen. Sie hüllte sich ganz in ihre Haare ein und streifte das Kleid ab. Nun war sie behaart wie ein Felltier, sie hätte Krallen und Reißzähne und Hörner haben können, aber auch so wirkte sie ganz und gar unmenschlich. Dieses Mädchen, das im glänzenden Kokon seiner Haare kauerte, ließ ihn erschaudern.

Er wollte sie nicht berühren, aber nicht mehr seiner Hände wegen, sondern weil er diesen außerordentlichen Anblick nicht zerstören wollte. Da warf sie ihr Haar über ihn, und es machte *gauchhhh,* ein Geräusch, das er nie mehr vergaß. Sie lagen in einer Höhle aus Haaren und waren so eng umschlungen, dass es nur einen einzigen Weg gab, noch inniger zu ihr, und es geschah einfach.

Falka konnte nicht länger als drei Tage im Schuppen bleiben. Till hatte etwas Geld gespart, das wohl reichen würde für eine kleine Hütte. Doch bevor sie sich irgendwo zusammentun konnten, mussten sie verheiratet sein. Till fragte Martin um Rat.

»Möchtest du sie heiraten?«, fragte Martin.

»Ja.«

»Heiraten ist, wie wenn du ein Pferd kaufst. Ist sie das beste Pferd? Überleg's dir.«

»Willst du sie dir anschauen?«, fragte Till unsicher.

»Wo kann ich sie denn sehen?«

»Sonntagmittag sind wir in der *Goldenen Kutsche.*«

Plötzlich kam Martin ein Einfall. »Ich kauf dich, Till, du wirst mein Kutscher.«

Die *Goldene Kutsche* war sonntagmittags ein frommes Gasthaus voller Kirchgänger. Martin Martensen trat an den Tisch, wo das junge Paar saß. Er machte eine Verbeugung und stellte sich dem Mädchen vor, dann nahm er Platz. Martin fand Vergnügen daran, wie erschrocken das Mädchen von ihm war und wie es vor ungläubiger Freude strahlte, als er Till zu seinem Kutscher beförderte. Galant legte er den Vertrag auf den Tisch. Während Till ihn unterzeichnete, beurteilte Martin das Mädchen. Er fand es reizlos.

Sie konnte das Glück nicht fassen. »Du bist Kutscher!«, rief Falka immer wieder laut aus und fragte: »Du bist Kutscher? Wirklich Kutscher?«, und Till zog zur Bestätigung am Zügel ihres Zopfes. Sie sonnten sich in ihrem Glück und schlenderten hinaus auf die Felder. Till hatte Falka ein Kleid aus braunem Leinen gekauft in der Farbe ihrer herrlichen Haare, aber eigentlich hatte er es vor allem für Martin gekauft, damit er Falka schön fand. Sie bogen in den Wald ein. Er ließ sie vorangehen, hielt sie locker am Zügel und bewunderte ihre Gestalt. Falka führte ihn zu einem Ort, wo Lichtstrahlen durch die Bäume fielen wie durch Kirchenfenster. Eine gefallene Buche wurde ihre Kirchbank. Hier fragte er sie: »Wollen wir heiraten?«, und sie hauchte: »*Jaaahhh.*«

Falka sandte einen Brief nach daheim, dass sie mit einem Bräutigam zurückkomme zum Heiraten. Die Mutter sollte das Brautkleid anfertigen, und die Hochzeit sollte im Juli sein.

Für Liebende flog die Zeit dahin.

Es war Sommer, und sie fuhren in einer Kutsche über Landstraßen, in Staubwolken. Am Weg dörrten Sträucher, das ganze Land war trocken, nur Tills Hände waren immer nass. Falka hielt sie umschlungen. Sie saß an ihn gelehnt im Wiegen der Kutsche, die zum Meer fuhr.

Auf einem Karren war sie einst mit dem Reusenonkel nach Tondern gekommen. Nun kehrte sie als Kutscherfrau zurück. Sie brachte sich wie einen Goldklumpen heim. Schon damals, als sie in der Finsternis über den Meeresboden ging, hatte sie gefühlt, dass die Vorsehung ein Auge auf sie hatte. Aber nun war ihr, als wenn sie selbst das Auge der Vorsehung war. Sie sah wieder den Angstmann in der Nacht am Strand stehen und sein Netz auswerfen zum Meer. *Bring mir die Meinen wieder,* hatte sie ihm befohlen, und er hatte ihr Till gebracht. Till war so alt wie Peder, er hatte blonde Haare wie Peder und die feuchten Hände eines Reusenfischers. Falka liebte sich dafür, dass sie ihr Schicksal liebte.

Till wusste nicht, was ihn erwartete. Ein Schiff setzte sie über. Die Insel erschien wie eine Wolke, gelb und dunstig, in sandigen Rauch gehüllt. Er dachte, der erste Eindruck müsste sich ändern, je näher sie der Insel kamen, eine Insel sollte grün sein. Aber das Gelb wurde immer dichter. Das Schiff steuerte auf einen Hafen zu, der völlig im Sanddunst lag. Till hielt erschrocken den Atem an, als das Schiff in den Sandsturm einfuhr. Als er wieder Luft holte, flog Sand in seinen Mund, Sand prasselte gegen sein Gesicht. Die ganze Luft war aus stürmendem Sand.

Sie legten an. Der Hafen blieb schemenhaft im gelben Sandsturm. Falka holte etwas aus dem Koffer und band es sich um den Kopf, ein Ding, das er noch nie gesehen hatte. Es glich einem Ritterhelm, war aber aus Tuch. Es vermummte das ganze Gesicht und ließ nur einen Spalt für die Augen offen.

Sie gingen von Bord. Till konnte nur einen Schritt weit sehen, er kam an Schuppen vorbei, wo sich Sandverwehungen türmten. Falka ging zielstrebig durch den Hafen und stieg eine Dünenböschung hoch. Auf der Düne war anscheinend ein Weg. Falka marschierte voraus, Till ging fast blind hinter ihr her und stemmte sich gegen wuchtige Sandböen. Sie waren in einem Wüstensturm.

Endlich tauchten dunkle Schemen im gelben Dunst auf. Dorfhäuser.

Sie gingen durch ein Dorf, das in der Wüste lag. Alle Gärten waren versandet, nirgendwo blühte etwas. Sanddünen drängten sich an die Häuser. Falka zeigte auf eines. »Mein Zuhaus!«

Sie packte einen Stein, der an einer Schnur hing, und rammte ihn gegen die Tür. Eine Frau öffnete. Die Frau und Falka sprachen, dann verzog sich die Frau ins Haus. Falka kam zu Till zurück und brüllte ihm gegen den pfeifenden Wind ins Ohr: »Mutter lebt beim Onkel!« Wieder ging es gegen den Sturm, und er musste ihr folgen.

Die Mutter öffnete, dann waren sie im Haus. Falka beugte den Kopf, damit die Mutter ihren Scheitel küssen konnte. Drei kleine Mädchen kamen angerannt und warfen sich in Falkas Arme, und Falka küsste sie ab.

»Klopft den Sand weg«, mahnte die Mutter.

Sie klopften, strichen, schüttelten, stampften den Sand ab. Die Mutter fegte ihn zusammen. Dann nahmen sie an einem Tisch Platz, der aus Bootsplanken gezimmert war.

»Das ist Till von Pommern«, sagte Falka stolz. »Er ist Kutscher.«

Die Mutter erforschte ihn zurückhaltend.

»Hast du mein Kleid gemacht?«, fragte Falka.

»Ja, Kind.«

»Darf ich's anziehn?«

Sie ließen Till bei den Schwestern sitzen. In der Schlafkammer holte die Mutter die Brauttracht aus der Truhe und breitete sie auf dem Bett aus. Ein schwarzer Rock mit Samtsaum, eine schwarze Nachtjacke, eine Bluse aus schwarzem Tuch, die mit schwarzen Bändern geschnürt wurde, und die Bänder endeten in Silberspitzen.

Ehrfürchtig nahm Falka den schwarzen Rock und stieg hinein. Sie zog sich die Nachtjacke an, darüber die schwarze Bluse. Die Mutter schnürte. Als Falka ganz in Schwarz vor ihr stand, holte die Mutter die bodenlange weiße Brautschürze und band sie Falka um. Dann legte sie ihr das weiße Brauttuch um den Hals. Zuletzt kam die *Bul*, der Kranz aus Stoffblumen, den setzte sich Falka selber auf den Kopf.

»Ist er gut zu dir?«, fragte die Mutter.

»Ja, Mutter.«

»Ein Kutscher. Ist das was Rechtes?«

»Er ist Kutscher von einem reichen Edelmann.«

Die Mutter ging um sie herum und prüfte die Brauttracht. Draußen rüttelte der Sturm am Haus.

»Wie lang weht es schon so?«, fragte Falka.

»Nichts gedeiht. Wir leben von Meertang. Wir verzweifeln.«

Falka umarmte sie. Unter der schweren Wolle des Mutterkleides wölbte sich ein Bauch. Die Mutter war schwanger. Der Reusenonkel kam mit einem Windstoß rein. Er brachte Sand mit und Meertang. Falka machte einen Hofknicks in ihrer Brauttracht.

Es war ein merkwürdiger Menschenzug, der sich singend durch das Dorf wand und immer länger wurde. Falka und Till gingen voran. Falka trug das schwarze Brautkleid mit der weißen Schürze und dem weißen Halstuch. Der Zopf war ihr um den Hals gelegt als Brautgeschmeide. Auf dem Scheitel saß der Brautkranz. Till trug eine schwarze Hose und ein weißes Hemd. Man hatte ihm einen Hut auf den Kopf gesetzt, der ihm zu groß war.

Dem Brautpaar folgten Falkas Schwestern und Falkas Angehörige. Sie gingen durch das ganze Dorf, durch jeden Weg und Winkel, an jedem Haus und jeder Hütte vorbei. Frauen traten aus ihren Behausungen und liefen dem Zug hinterher, alle hatten die Köpfe mit Hauben vermummt und einen sonderbaren Schaukelgang. Till bekam das Gefühl, eine Parade von torkelnden Weibern mit Wasserköpfen anzuführen. Die Männer hatten Wettersturmgesichter, sie gingen hinter dem ganzen Mummenschanz wie die Treiber der Herde. Der Weg zur Kirche war freigeschaufelt, die Kirche ausgefegt worden, aber da die Kirchentüren weit aufstanden, wüstete es hinein. Falka und Till schritten durch den Mittelgang zum Altar. Die Hochzeit begann. Sand knirschte zwischen ihren Zähnen, als sie »Ja« sagten.

Auf dem Dorfanger fand das Hochzeitsmahl statt. Man hatte ein Podest gezimmert und Bänke dorthin gestellt. Eine hohe Umzäunung stand als Sandschutz. Es gab Fladen mit Meergemüse und schweren süßen Met. Falka schwirrte von hier nach da, um allen zu erzählen, wie es ihr in der Stadt der weißen Spitzen ergangen war, wie sie im Lichtsaal Klöppeln gelernt hatte und wie eines Tages eine Rose erblühte. Sie erzählte gleisnerisch von der *Goldenen Kutsche*, wo Till in ihr Leben kam. »Seine Hände sind mein Liebstes …«, das weitere war geflüstert, aber die Dorfmädchen echoten es mit Gelächter, also hörte Till, dass Falka seine Finger so schön wie Wattwürmer fand. Die Dorfmädchen stimmten Liebeslieder an.

Falka zeigte sich mit ganzem Stolz vor den Ältesten, die sie seinerzeit in die Verbannung geschickt hatten. Mit Furchengesichtern wie aus Totholz starrten sie auf Falka. Nicht wie auf eine Heimkommende, sondern wie auf eine Heimsuchung. Als stünde das Teufelswerk wieder da und hielte seine Krallen hoch.

Falka strotzte vor Gelingen und Gedeihen. Sie war die Glücksbraut, sie genoss ihr Hochzeitsspektakel. Alle sollten sehen, dass Falka alles gewonnen hatte. Ihr Glück hatte sie gemacht. Alle waren gekommen, um ihr Glück zu sehen, bis auf die Toten, zu denen musste sie selber gehen.

Die Grabsteine auf dem Friedhof standen in Sandverwehungen. Falka kniete vor einem nieder. Sie fuhr mit der Hand unter den Sand.

»Vater. Ich bin Braut.«

Als sie sich aufrichtete, tat sie es mit hohem Stolz. Sie schmiegte ihre Hand in Tills und zog ihn zu einem anderen Stein.

Selig Jungges

Was da noch stand, war versandet.

Abends wurde der Anger zum Tanzsaal. Als es Mitternacht wurde, gingen die Älteren schlafen. Die Jugend rückte ums Feuer zusammen. Da fragte ein Mädchen: »Stimmt es, dass sie dich verjagt haben, weil du eine Zauberin bist?«

»Was soll ich sein?«, fragte Falka.

»Eine, die Wetter zaubert.« Das Mädchen schaute zu den anderen, ob es davon sprechen durfte oder schweigen sollte. »Was du an den Strand gestellt hast, hat ihn herbeigeholt. Den Sand.« Wieder schaute das Mädchen nach Bestätigung heischend zu den anderen. »Ein Fischnetz hast du mit Pech getränkt, damit der Sand an uns kleben bleibt.«

»Ich kann nichts für den Sand«, sagte Falka.

»Aber seit du das gemacht hast, ist hier Sandsturm.«

»Sand war immer hier.«

»Pfarrer Michelsen sagt, du bist schuld.«

Falka griff nach Tills Hand, er sollte ihr Beschützer sein. Till spürte etwas, das ihm nicht gefiel, und legte seinen Arm um sie.

Ein anderes Mädchen fragte: »Hast du deine Brüder besucht?«

Falka antwortete nicht.

»Du hast Brüder?«, fragte Till.

»Tote Brüder«, sagte das Mädchen an Falkas Stelle.

Die Dorfjugend, die um das Feuer saß, schaute stumm auf Falka. Ihre jungen Gesichter waren jetzt den zerfurchten der Ältesten ähnlich.

»Wir gehen jetzt in die Hochzeitsnacht«, sagte Falka und stand auf. »Habt noch Freude.«

Till hätte gern noch mehr erfahren, aber die Stimmung gemahnte nicht mehr an ein Fest, sondern an ein Femegericht.

Arm in Arm gingen sie in die Nacht.

»Warum hast du das über meine Finger gesagt?«, fragte Till.

»Was hab ich denn gesagt?«

»Dass die wie Würmer …«

»Wie Wattwürmer, so hab ich gesagt. Sie sind prächtig.«

Es ließ ihm keine Ruhe. »Wattwürmer …«

»Hast du noch nie welche gesehen?«

»Nein«, gab er zu.

Falka schlug die Richtung zum Meer ein. »Wattwürmer sind hier überall. Wo man einen sucht, findet man einen.« Sie schob ihre Hand in seine Hose und ergriff sein Glied. »Ein Wattwurm.« Die andere Hand schob sie unter ihren Brautrock. »Eine Schlickhöhle – ach, sie ist leer.«

»Falka …«, warnte er. Sie gab ihm einen Kuss und leckte sein Gesicht ab, bis er lachen musste. So kamen sie in die Dünen.

Dort attackierte der Sand sie von vorn. Falka ließ von ihm ab. Sie nahm den Brautkranz vom Kopf und gab ihn Till zum Halten. Aus der Brautschürze holte sie die Sandmaske und band sie sich um. Der Wind wehte zwei Tuchzipfel oben am Kopf hoch, dass es aussah, als stellte sie die Ohren auf wie ein Tier, das in die Nacht lauscht.

»Wo willst du hin?«, fragte Till.

Sie sah ihn durch den Augenspalt an. »Zum Meeresboden.«

Es ging durch eine weglose Wüste in stockfinsterer Nacht. Sandböen peitschten sie. Irgendwo musste das Meer sein. Er konnte es riechen, aber er hörte es nicht rauschen. Der Boden glänzte tückisch. Till bückte sich, um ihn zu betasten. Matschig. Er zog einen Brocken heraus. Das Schlickloch sah aus wie die Pore von einem Seeungeheuer. Hier war ihm alles unheimlich. Aber er hatte keine andere Wahl, als ihr zu folgen. Falka führte ihn hinaus. Er wusste, dass sie das war. Aber er sah ein Untier vor sich, das Hörner hatte.

12
DIE TODSÜNDER

Lily stickte. Wenn sie den Faden durchs Tuch zog, war in der Stille ein Geräusch wie von einer Amsel, die im Blätterlaub raschelt. Draußen war Sommer, aber sie mochte nicht raus, nicht angesehen werden. Sie hatte ihr Ansehen verloren.

Ob sie je wiedergutmachen konnte, was sie niemandem angetan hatte? Ihre ganze Schuld lag darin, Lily Martensen zu sein. *Ich wollte nie so prahlsüchtig heiraten.*

Sie legte die Stickerei hin und ging ruhelos von Zimmer zu Zimmer. Sie ordnete Dinge. Sie verbarg sich hinter Gardinen und schaute scheu aus dem Fenster. Das Kind, das kleine Todmädchen, es war immer bei ihr, es wollte nicht weichen.

Wenn sie es doch hätte retten können. Aber es war zerbrochen.

Lily kannte ihren Zustand nicht, es gab nichts dergleichen in ihrer Erfahrung. Es war, als ginge sie völlig verrückt an Dingen vorbei, die sie schön gefunden hatte, und wunderte sich, dass alle Dinge noch da waren, aber sie selbst war nicht mehr von dieser Welt. Dinge, für die sie einst eine Vorliebe hatte, waren ihr nun zuwider. Sie sah eine Tasse an und bekam Kopfschmerzen davon. Weil die Tasse heile war, aber ihr Seelenheil zersprungen.

Seit jenem Tag predigte der Pastor gegen die Verschwendung. Er sagte es nicht, aber alle verstanden es: Ihre Hochzeit war eine Todsünde.

Scham kroch in ihre Seele und machte sie zu einer Verschlossenen. Sie war nicht mehr offen für das Leichte und Schöne. Lily sah sich im Spiegel an und wollte den Spiegel verhüllen.

Sie hatte Martin gefragt, wie er über Verschwendung denke. Nach Martins Ansicht leistete sich jeder, was er sich leisten konnte. Die Armen sich eine Hungersuppe, die Reichen sich die Verschwendung. Der Spatz sich ein kleines Nest, der Storch sich ein großes. Dann musste ja der Storch böse sein, wenn es nach dem Spatz ginge.

Die Stadt war verwirrt, fand Martin. Die Kornfelder lagen ja auch da wie ein wogender Goldschatz, und keiner beschuldigte die Bauern der Verschwendung. Nur den Spitzenfabrikanten.

Es war jetzt drei Monate her. Die Jahreszeit hatte gewechselt, der Sommer stand in seiner Pracht. Aber alles war trostlos. Die Stadt war im Sünderjoch, man meinte fast, dass die Menschen bald anfingen, sich mit Geißelungen zu peinigen und in Büßerzügen durch die Straßen zu ziehen.

Tondern lag an einem Geldfluss. Der Geldfluss strömte glanzvoll und mächtig durch die Stadt, und reichlich war darin zu holen. Die Quelle des Geldflusses waren die Spitzen, und das Geld floss zu den Spitzen. So würde es immer weitergehen, hatte Lily zeitlebens geglaubt, weil sie ihrem Onkel glaubte. *Am Anfang war das Nichts. Dann kam die Spitze. Die Spitze schuf Himmel und Erde, und der Geist schwebte auf ihr. Der Geist erhob den Menschen über das Tier. Die Spitze erhob ihn zum Götterliebling.* Wie oft hatte sie diese Worte schon aufgesagt mit der ganzen Inbrunst ihres Glaubens, dass sie wahr waren. Nun zermarterte sie sich den Kopf, wie sie weiterleben sollte, ohne den Glauben. Sie hatte nichts mehr, sie war so leer wie ein Spitzenkleid ohne Mensch.

Spitzen machten schön. Aber das Ansehen, das sie gaben, war nicht natürlich. Die Natur des Menschen war etwas, das man ahnte, wenn man ungesehen sein wollte. Der Mensch war seiner Natur nach einsam.

Abends ging Lily im Garten umher, einsam und ungesehen. Wenn es doch immer so dunkel um sie wäre, auch am Tag. Dann könnte sie in einer weltentrückten Eigenwelt leben und Zuflucht finden in ewiger Umnachtung.

Sie schaute zum Lichtschein im Fenster ihres Onkels und fragte sich, wann sein Reichtum versiegte. Willem rang mit Gläubigern. Er hatte mit Geistergeld ihre Hochzeit bezahlt.

Wie mochte es sein, wenn man arm war? Wenn keiner mehr Spitzen kaufte, musste der Geldfluss doch versiegen, oder? In der Übelgegend um das Hurenhaus lebten die Armen in einer Delle, wo sich alle Übel versammelten: mit dem Hunger die Bettelleute, mit der Armut die Diebsleute, mit dem Hass die Halsabschneider. Konnte das alles auch in ihren Garten eindringen?

Das Kind zupfte an ihr. *Pfui.*

Wo war ihr Gewissen? Sie dachte nur an sich.

Zur selben Stunde, als Lily durch den Garten ging, war Martin die Schuldpapiere durchgegangen. Das brachte ihn um die Seelenruhe. Er war mit der Erbin eines Bankrotteurs im Ehebund. In dieser Stimmung kam er zu Lily. Sie saß am Kamin und bot einen schönen Anblick. Er fragte sich, was wohl wäre, wenn er sie mit einem Sauftrog Viehwasser übergösse.

»Was tust du?«, fragte er, obwohl er sah, dass sie nichts tat.

»Ich ringe mit mir.«

Warum war es immer so mühselig, sich mit ihr zu befassen? Warum war sie nicht ein Bild im Goldrahmen, das ihn an sie erinnerte?

Lily begann eine Moralrede, angetrieben durch die Zahnräder der allgemeinen Überzeugung. »Die Todmädchen haben wie Messer glatt hindurchgeschnitten durch meine Eitelkeit, bis in die verrottete Fäulnis meines Gewissens.«

»Red nicht mehr. Ich brauch Ruhe.«

»Ich weiß nicht, was mit mir ist«, sagte sie entschuldigend.

»Schwermut.«

Sie fasste sich an die Stirn, als ob sie Fieber hätte. »Schwerer Mut. Ja, das ist genau das, womit ich ringe.«

»Lass es.«

»Ich weiß, dass das kleine Kind mich braucht«, sagte sie.

»Es ist tot.«

»Aber es spricht doch immer mit mir.«

Ihr Verstand war aus der Verzapfung gefallen. Martin nahm ihren Kopf zwischen seine Hände und sagte, und dabei atmete seine Stimme den eisigen Hauch einer Drohung: »Pass auf, was du sagst. Zu wem du's sagst. Du bist wüst im Kopf von dem Kind. Lass es endlich tot sein! Sei nicht so von diesem verrotteten Wesen besessen.«

Sie schlang die Arme um ihn. »Buhle mit mir.«

Warum konnte man ein Weib nicht wie eine Kerze auspusten und einschlafen? Er fühlte, wie ihre Beine unter ihm auseinandergingen.

Pastor Siemssen tat sein Werk, und es gedieh. Tondernspitzen standen jetzt für Hochmut und Fall. Sein Wort von den Blutspitzen ging überall um. Tondern war die Blutspitzenstadt.

Er predigte über die Todsünden. Die Älteren konnten sie noch alle aufzählen. Wer sie nicht mehr kannte, der lernte sie jetzt kennen.

Die sieben Todsünden

Superbia. Hochmut und Eitelkeit.

»Wer der Selbstergötzung frönt und prächtiger sein will, als es ihm zusteht, ist ein Todsünder!«, rief er in die Gemeinde.

Avaritia. Habgier und Geiz.

»Wer immer mehr haben will, als er braucht, aber denen, die nichts haben, nichts abgibt, ist ein Todsünder!«

Gula. Völlerei und Maßlosigkeit.

»Wer ein Prunkfest feiert, wer an maßloser Verschwendung Gefallen findet, ist ein Todsünder!«

Invidia. Neid und Missgunst.

»Wer seinem Nächsten sein Glück nicht gönnt und will, dass ihn ein Unglück trifft, ist ein Todsünder!«

Ira. Zorn und Rachsucht.

»Wer Schrecken verbreitet und sich der Vergebung verweigert, ist ein Todsünder!«

Luxuria. Wollust und Genusssucht.

»Wer die Ehe bricht, wer ins Hurenhaus geht, wer Unzucht treibt, wer Spitzen trägt, ist ein Todsünder!«

Acedia. Trägheit und Trübsinn.

»Wer mit gleichgültiger Teilnahmslosigkeit das Böse gedeihen lässt und darüber in tatenlosen Jammer verfällt, ist ein Todsünder!«

Alle waren Todsünder. Frömmigkeit und Buße verlangte der Pastor von den Leuten. Um nichts falsch zu machen, schrieben sie fromme Worte aus der Bibel auf einen Zettel und trugen ihn in einem Amulett um den Hals. Sie verbrannten in ihren Stuben übelriechende Kräuter, die ihre Todsünden ausräuchern sollten. Sie malten Pentagramme auf die Schwellen, um gegen die Heimsuchungen des Teufels gefeit zu sein. Der Aberglauben griff um sich wie ein Lauffeuer. Eine Frau kam schreiend zur Kirche gerannt, weil sie in ihren Beeten Abdrücke von Bockshufen entdeckt hatte. Es stellte sich heraus, dass Kinder auf Stelzen dort umhergegangen waren.

Wer wusste schon, ob Kriege, Fluten, Hunger und Seuchen nur von der Natur oder nicht doch auch vom Wirken böser Geister kamen. Man besänftigte die Geisterschar mit Opfergaben. Man geißelte sich. Man zermürbte sich in Selbstquälerei. Die Todmädchen gingen über alles Gefürchtete hinaus, in jene vom Menschengeist gemiedenen Regionen, wo die Nachtmahre herrschten. Nachtmahre fielen über die Stadt der weißen Spitzen her wie eine Kriegshorde. Niemand entkam ihnen. Sie lauerten im Gewühl eines jeden Tages und konnten jäh zuschlagen. Man lebte ständig in Angst, dass sie die Treppenstiegen durchnagten oder den Heuboden morschen ließen, damit man der Sense in den Rachen fiel. Es war anstrengend, immer wachsam und gewarnt zu sein. Es raubte einem das Vertrauen. Es machte aus Menschen, die im Gutglauben ihre Tage verbrachten, Tagelöhner des Argwohns. Das Verderben zog immer engere Kreise um Haus und Hof. Es stand in den dunklen Winkeln der Stuben und in der kalten Luft hinter dem Rücken. Es war ein Bangen, als wenn alle zusammen im Schiffsbauch steckten, und das Schiff ging unter.

13
DER GAUCH

Falka und Till fanden eine Holzhütte bei den Viehstallungen. Die Hütte hatte einen kleinen Garten, in dem ein Apfelbaum stand. Sie zogen im August ein.

Falka kratzte die Schlacken aus der Feuerstelle. Sie bereitete aus Binsen und Stroh ein Lager zum Schlafen und Lieben. Sie schmückte die Wände mit Kränzen aus Kornähren. Zum ersten Mal in ihrem Leben gab sie Geld aus für zwei Zinnbecher, einen Eisentopf und eine Schar Hühner.

Till zimmerte Stühle, einen Tisch und eine Truhe. Auf Falkas Geheiß baute er einen Hühnerstall und einen Zaun aus Weidenruten.

Es war eine Drachenhitze diesen Sommer. Die Abende verglühten in feuerbrünstigen Sonnenuntergängen. Sie konnten immer noch nicht fassen, dass sie zueinander gehörten, dass sie Mann und Frau waren vor Gott und vor dem Gesetz. Denn was sie miteinander trieben, kam ihnen gesetzbrecherisch vor und gotteslästerlich. Sie buhlten so wild, als wollten sie brandschatzen, sie liebten sich wie Feuerteufel. Falka holte ihr Haar hervor und schlang es um sich. Wenn ihre ganze Blöße mit Haaren bedeckt war, begann sie sich vor Till zu drehen wie ein Karussell, ihre Haare erschufen einen Schleier um ihren Leib, und es machte *gauchhh.*

War das bei anderen auch so? Dass der Mann liebestoll wurde, wenn das Weib die Haare löste? Dass das Weib nackt tanzte, umtost von Haaren? Dass der Mann sein Weib anbetete: »*Du großer göttlicher Gauchhh.*« Dass sie sich manchmal nur mit Tierlauten verständigten und zu ebensolchen Tieren wurden? In den schwülen Hundsnächten nach der Liebe setzten sich Libellen auf ihre Haut und tranken das Salz ihres Schweißes.

Sie glaubten, die Drachenhitze käme von ihnen, dass ihre Liebe den Sommer so heiß machte. Sie fühlten sich wie Götter, die das Wetter machten. Umeinander geschlungen schliefen sie ein, und wenn sie sich drehten, drehte sich das ganze Weltall mit ihnen.

Eines Morgens ging Till zum Fluss und schnitt ein Staudenrohr vom Knöterich. Er schnitzte aus dem Rohr eine Flöte. Abends, als Falka sein Gauch war, blies er die Flöte zu ihrem Tanz. Als Falka die rauchigen Töne hörte, sank sie auf die Knie und lauschte. Sie wusste gar nicht, dass Till so was konnte: wie ein Faun Flöte spielen. Und welch ein Grün! Welch ein wundervolles Grün! Die Flöte war so grün wie ein Smaragd-Edelstein.

Von nun an wollte sie nur zu seiner Flöte tanzen. Die Töne waren wie Rauchgirlanden. Falka fühlte sich beweihräuchert. Ihr Haar wirbelte. Till trieb sie mit seinen Faunsmelodien an, wenn sie im Auge des Sturms ihrer Haare tanzte. Am Ende warf sie ihre Haare über ihn und sank in seine Arme.

»Du Gauch, du Gauch.«

Wie reich einen das Glück machte. Ihr kostbarster Besitz war seine Flöte, sein kostbarster Besitz waren ihre Haare.

In der Tageswelt waren sie ganz gewöhnliche Menschen.

Till kutschierte Martin zu Gläubigern. Falka fand Arbeit beim Korndrusch. Manchmal blieb Till tagelang fort. Die Korndrescherinnen sagten Falka, dass das bei Kutschern eben so war und sie nicht traurig sein sollte. Falka sagte, dass sie von einer Insel kam, wo die Fischer mitunter monatelang fortblieben. Aber sie sehnte sich so nach Till, dass sie nur mit der Hand in ihrer Schlickhöhle einschlafen konnte.

Im September wurde die Flöte braun. Falka entsetzte sich darüber. Till erklärte ihr, dass die Flöte verging wie jede Pflanze. Falka wollte nicht einsehen, dass sie vergänglich war. Er sollte sie weiter spielen.

Till machte sich auf, um ein neues Rohr zu schneiden, aber er fand keinen Knöterich mehr, der etwas taugte, und kehrte ohne heim.

Bald konnte er die Flöte gar nicht mehr spielen, es kamen nur noch Misstöne heraus. Falka legte sie betrübt an einen Platz, der ihr teuer war: auf den Koffer, wo sie sie immer ansehen konnte. Aber die Flöte wurde immer unansehnlicher, Fasern stachen aus ihr raus wie Dornen und splitterten ab. Schließlich barst die Flöte in ganzer Länge auf, und Falka tat sie in ihren Koffer.

Draußen wurde der Oktober grau wie ein Stein. Kalte Winde kamen. Drinnen hörte Falka ihr Heulen. Sie war heut Nacht allein und lauschte dem Wind und dachte nach. *Ich liebe mein Schicksal.* Mehr als das fiel ihr nicht zum Nachdenken ein, aber es gehörte viel dazu. Die Hühner, die Eier legten. Die Hütte, die nach Äpfeln duftete. Der Korndrusch, der getan war. Der Wind, der sang. Nichts davon half. Falka wälzte sich um und schluchzte. Sie weinte, wie sie es niemals konnte, wenn Till da war, weinte um ihre Freundinnen und flüsterte ihre Namen in die Nacht.

Im nasstriefenden November brachte Till einen Ochsenknochen heim, aus dem er für sich und Falka Eiskufen schnitzen wollte, dabei war der Fluss noch gar nicht zugefroren. Falka bat ihn, ob er vielleicht Klöppel schnitzen könnte?

»Du willst klöppeln?«

»Ja«, sagte sie schüchtern.

Sie wussten beide, dass das verboten war. Ein Gesetz stellte das

Verkaufen von Spitzen unter Strafe, wenn sie nicht aus Tondernsens Fabrik kamen. Man durfte sich mit Spitzen nicht auf den Markt stellen, die konnte man nur heimlich verkaufen. Aber jetzt wollte keiner mehr Tondernsens Blutspitzen kaufen.

Till mahnte Falka eindringlich, dass es ihn seine Stellung als Kutscher kosten konnte, wenn man sie mit Spitzen unter der Schürze erwischte.

»Ich will nichts verkaufen«, sagte Falka. »Nur klöppeln.«

Er glaubte ihr nicht.

»Ich möcht unser Haus schön machen. Da soll ein Deckchen hin«, sie zeigte zum Tisch, »und da«, zur Truhe. »Bettzeug könnt ich machen, wo wir Daunen reintun. Das ist warm. Und wichtiger als Schlittschuhe.«

»Bettzeug kannst du aus'm Sack nähen, das muss nicht Spitze sein.«

»Ich kann aber klöppeln.«

Till genügte es vollends, wenn sie in der Seide der Liebe beisammenlagen. Er brauchte kein Bettzeug aus Spitze.

»Bittebittebitte. Ich tanz auch den Gauch. Für jeden Klöppel.«

Falkas Gesicht war eine Perle in einer dunkel glänzenden Muschel. Ihr Knie kam durch die gewellten Flechten zum Vorschein und lud ihn ein, in die Muschel zu fassen.

Also Klöppel. Hundert brauchte sie.

Till hatte eine Fahrt nach Ribe. Fünf Tage würde er mit Martin dort bleiben.

Martin hatte natürlich gefragt, wie Falka denn so war? Till wusste, dass Martin Falka reizlos fand. Ihre Lippen waren schmal, ihr Gesicht war schlicht, ihre Gestalt war streng. Nicht üppig, nicht lieblich, nicht sündhaft, sondern wie ein Eisenspieß, mit dem man Feuer schürte. Wie sollte er es erklären? Dieses Gottgefühl des Glühens für ein Mädchen? Er hatte einen Gauch geheiratet, er paarte sich mit einem Gauch, einem Fabelwesen. Wenn er mit

Martin buhlte, war er in Geborgenheit. Wenn er mit Falka buhlte, war er in einer Feuersbrunst. Mit Martin nie. Martin war sein Freund. Falka war sein Gauch. Ein Freund war ein Daheim. Ein Gauch kam aus den Gefilden des Unheimlichen.

Falka machte aus einem Heusack ein Klöppelkissen und kaufte einen großen Fisch vom Markt. Er hatte stabile Gräten.

Abermals ging sie zum Haus der Todgeweihten. Das Greisenwesen öffnete.

»Bitte verkauft mir schwarze Fäden.« Sie hielt dem greisen Geschöpf ihr Geld hin.

Die oder der Todgeweihte legte ihr ein schwarzes Knäuel Garn in die Hände, auf das Geld. »Behalt 's.«

»Dank für diese Güte.«

Daheim prüfte sie das Garn. Es war nicht so schön wie weißes. Das war Nesselgarn, stumpfschwarz wie Fliegenbeine, armselig, ohne jeden Glanz. Falka wollte einen glanzvollen Schleier machen.

Als sie Millas Zopf aus dem Koffer holte, war es einfach nur ein Schatz goldener Fäden, und sie freute sich darüber, dass sie ihn hatte. Sie zog eine Strähne aus der Flechtung heraus und tat den Zopf wieder in den Koffer.

Das schwarze Nesselgarn und Millas Goldhaare. Falka war damit noch nicht zufrieden. Sie hatte mehr im Sinn: einen Trauerschleier, der glänzte von Tränen.

Ohne lang zu überlegen, holte sie das Fischmesser. Sie zog ihren Zopf straff. Er glänzte wie nasses Holz. »Ich will dir mein Haar schwören, Schleier«, sagte sie und riss das Messer durch den Zopf. Jetzt konnte sie einen Schleier mit Tränenglanz machen. Die Gräten standen bereit.

In aller Ruhe drehte sie die Fäden auf die Klöppel, die schwarzen Nesseln, das Gold und den Gauch. Nun hatte sie einen Dreiklang und fünf Tage für ihr Werk. Sie küsste ihre kribbelnden Fingerspitzen.

Holz glühte. Die Hühner liefen in der Hütte herum. Falka klöppelte einen Trauerschleier über Lilys Antlitz. Dies hatte sie tun wollen, seit sie Lily zum ersten Mal sah. Lily sollte aussehen wie die schwarze Frau auf dem Kirchhof.

Erzähl uns von Schwarz.

Sie klöppelte Tränen auf Lilys Wangen, mit Tauperlen benetzte sie Lilys Stirn, einen Goldhauch tupfte sie auf Lilys Mund. Am Ende des ersten Tages war der Schleier über Lilys Gesicht gewachsen.

Am zweiten Tag wuchs der Schleier über Lilys Brust. Ein Glanzregen ergoss sich über zwölf Mädchen aus Nesselgarn, die hintereinanderher über Lilys Herz gingen. Zwei goldene Spiralen rankten hinüber zu einer Schar Kinder auf einem zugefrorenen, glänzenden See.

Am dritten Tag wuchs der Schleier über Lilys Schenkel. Eine Klippe spannte sich wie eine goldene Schärpe um Lilys Taille, Bernsteine funkelten am Strand, ein Mädchen zerfloss in Tränen.

Am vierten Tag wuchs der Schleier bis zu Lilys Knien. Wogen und Wellen von Nordlichtern wiegten sich am Himmel. Ein Elchkalb und ein Säugling schmiegten sich in einer dunklen Mulde aneinander. Ein glänzender Baum wiegte seine Apfelblüten im goldenen Wind. Der Schleier wehte ins Glück und ins Grabesdunkel. Die Fäden nahmen ihren Lauf durch Verzierungen und Verzweiflungen, sie drehten sich um Lebenswut und Todgeweihtes, sie durchkreuzten alle Wonnen damit, dass sie zu Tränen wurden.

Am fünften Tag wurde der Schleier vollendet. Sein Saum war aus schwarzen Schwänen. Sie stiegen hoch in einen goldenen Himmel und verwandelten sich in Nachtmahre.

Till kam heim und erschrak. Falkas Haar –

»Was hast du getan?«

»Meine Haare sind ab«, sagte sie ruhig.

Einen Moment war er nur schockstill. Dann schrie er sie an: »Du hast Haare bis zu den Füßen! Das war ein Gelöbnis!«

»Ich hab nicht gelobt, dass ich sie mein Lebtag hab. Das galt nur bis zur Hochzeit.«

»Du hast mir dein Haar geschworen!«

»Sie wachsen ja wieder.«

»Du hast den Gauch umgebracht.«

»Du tust, als hätt ich ein Kind umgebracht. Es sind nur Haare ab.«

»Wo ist er?«

Falkas Blick ging zum Koffer.

Er wollte gerade drauf zugehen, da stellte sich Falka ihm in den Weg und sagte warnend: »Meine Haare sind meins.«

»Mach den Koffer auf«, befahl er drohend.

Sie hatte keine Wahl. Sie musste ihn aufmachen.

Etwas Schwarzes bauschte sich heraus.

»Was ist das?«, fragte er, obwohl er ja alles sah. Das war ein Schleier für eine Witwe. Plötzlich war er auf das Schlimmste gefasst. »Willst du den tragen?«

»Ich? Nein.«

Sein Herz fing an zu rasen. »Du machst einen Witwenschleier, und ich bin dein Mann.«

»Er ist nicht für mich. Ich will ihn verkaufen.« Sie hob den Schleier. »Da liegt dein Gauch.«

Ihm wurde schlecht, als er ihn im Koffer liegen sah. Till sank auf die Knie. Er wand den Gauch um seine Hände. Seine Hände weinten. Sein Gauch war ein Witwenschleier geworden.

»Für *das* hast du dein Haar abgetan.« Er stand auf, zeigte auf sie und sagte mit lauter Anklage: »Du bist nicht mehr schön!«

»Ich bin mein Eigen.«

»Eine Lügnerin bist du.« Till lief aus dem Haus, zu Martins *Bureau*.

Er kam in die Wärme hinein wie in einen Mutterschoß. Feuer brannte im Kamin. Till sank ächzend in einen Sessel.

Martin goss Wein ein. »Macht dein Weib Ärger?«

»Sie hat einen Schleier gemacht. Ich hab's ihr verboten, aber sie hat's trotzdem gemacht.«

Wieder eine Klöpplerin, dachte Martin, die jetzt fleißig zu Werke ging, wo keiner mehr die Blutspitzen vom Kinderschinder kaufen wollte. Rührend, dass Till ihm das gestand. Wenn bald jedes Mädchen Spitzen unter der Schürze verkaufte, war die Fabrik am Ende. Statt eines Monopolisten herrschte dann wieder die Unzucht des Marktes, und jeder trieb es mit jedem.

»Sie hat mir versprochen, sie wollt unser Heim schön machen.« Till wand sich. »Sie lügt, und für einen Witwenschleier hat sie ihr Haar zerstört. Haare bis zu den Füßen. Ab! Nichts gesagt zu mir. Ihr Haar war mein Grund, warum ich sie genommen hab.«

Hier schweiften Martins Gedanken ab. Fünf Tage war er unterwegs gewesen, um Gläubiger zu besänftigen und einen Geduldsvorschuss von ihnen zu bekommen für Willem den Eroberer, der der ganzen Welt die Tondernspitze brachte, den Frieden und die Schönheit, aber seine Schulden kurzfristig nicht tilgen konnte. Er hatte tatsächlich Vertrauen gestiftet, aber die Todmädchen gingen schon auf Flugschriften im Land um. Tondern war die berüchtigte Stadt der Blutspitzen. Lily wagte sich nun gar nicht mehr aus dem Haus.

Drüben auf dem Tisch lagen die Schuldpapiere des Größenwahns. Willems Vision, nach der seine Fabrik eine Weltmacht werden könnte, kam Martin nun wie eine Hybris vor. Aber es war eine schöne Vision, eine schöne Hybris.

Spitzen seien kurzlebig wie Eisblumen, nichtig wie ein Nebelhauch und nur zur Zierde, dachten die meisten Männer. Welch ein Irrtum, dachte Martin. Denn Spitzen waren die Sendboten des Fortschritts. Ihr Luftgewebe glich dem männlichen Geist, der zum Höchsten strebte. Dieser Geist hatte Wissensdurst, Forschungsdrang und Erkenntnislust. Er hatte den Barockstil erfunden, der die irdische Welt mit Engeln füllte. Spitzen machten diesen Geist sichtbar und fassbar. Sie waren ein käuflicher Nimbus für jeden, und sie verherrlichten die Menschenwürde.

»... und ich hab ihr noch die Klöppel geschnitzt, hundert Klöppel aus'm Ochsenknochen«, klagte Till.

Martins Gedanken kehrten zu Till zurück.

Till rang sich noch ein Geständnis ab: »Auf der Insel, wo wir Hochzeit hatten, da war ein Sandsturm. Die sagen dort, dass Falka den gemacht hat mit Wetterzauber.«

»Inseln sind gewöhnlich aus Sand«, sagte Martin.

»Du hast den Sturm nicht gesehn.«

»Ich hab dein Weib gesehn. Die verzaubert nichts und niemand.«

Martin hatte seine Meinung etwas drastisch kundgetan, aber Till hatte es gar nicht gehört.

»Warum macht sie einen Witwenschleier?«, quälte sich Till. »Wie ein Hexending sieht der aus. Wie eine Hexe sieht sie jetzt aus.«

Das brachte Martin auf. Die Deutschen hatten unzählige Frauen hingemordet, weil sie angeblich Hexen waren, aber in Wahrheit, weil die Deutschen im Schraubstock des Aberglaubens steckten. War Till auch so? Ihm war Tills Weib egal, aber Tills Aberglauben war ihm nicht egal. Darum machte er sich zum Anwalt von Tills Weib.

»Lass sie klöppeln, wenn sie will. Vor allem red nicht so über sie.«

»Wie red ich denn?«

»Wie man nicht redet über seine Ehefrau«, befahl Martin ihm streng.

Till war still.

»Die Weisheit liegt im Schweigen«, sagte Martin besänftigend.

Till vergrub das Gesicht in den Händen.

Martin fragte sich, wie man irgendein Glück bei einem Weib finden konnte, das seinen Mann dazu zwang, ihr Klöppel zu schnitzen. Gab es etwas Öderes? In einer Welt von unbeschränkten Möglichkeiten hatte sich Till die beschränkteste ausgesucht: das Ochsenjoch der Ehe. Der Junge tat ihm leid. Er tat sich selber leid. Martin fand, dass die Ehe zwischen Mann und Frau ein dummer Aberglauben war.

Er wollte jetzt allein sein und dem Gedanken nachgehen, warum der Hexenwahn sich in Deutschland austobte, aber nicht in Dänemark. Martin glaubte nämlich, dass das mit den Spitzen zu tun hatte. Wo es Spitzenfabriken gab, gab es keine Hexenmorde, denn Spitzen waren die Lichtboten gegen den finsteren Aberglauben. Eine Frau, die Spitzen trug, hatte Menschenwürde. Vielleicht sollte er darüber ein juristisches Traktat schreiben. *Spitzen contra Hexen.*

Zusammengesunken saß Till im Sessel. Sein Honigmond war vorbei. Er hatte einen Drachen geheiratet.

»Geh heim«, sagte Martin sanft. »Vertrag dich mit ihr.«

Till nahm die Hände vom Gesicht. Im Feuerschein sah er wie aus Elfenbein aus, aber Martin sah jetzt einen Ochsen in ihm.

Als Till heimkam, lag Falka im Bett. Er zog sich aus und legte sich neben sie. Vom Schleier sprach niemand mehr.

14
DIE EISKINDER

Die Wintersonnenwende war an einem Sonntag. Ganz Tondern traf sich auf dem vereisten Fluss. Falka zog ihr Hochzeitskleid an und Till seinen Kutscheranzug. Sie mummten sich noch in Fellwesten ein. Nur Eiskufen hatten sie nicht.

Kürzester Tag des Jahres. Die dunkle Zeit lag hinter ihnen. Von heut an wurden die Tage wieder länger. Das beglückte alle, die hinauszogen mit Schlitten und Fässern, um übers Eis zu wimmeln. Falka konnte nicht glauben, dass so viele Menschen in Tondern lebten. Man sah sie ja nie alle auf einmal, nur an einem Tag wie heute.

Ein spitzenweißes Licht lag über der Welt. Zwischen den Weiden am Ufer hatte man Buden für allerlei Gesöffe aufgestellt. Kinder schleppten Schilfbündel herbei für die Kochfeuer, die überall brannten und Suppen heiß machten, Wein glühten, Maronen rösteten. Die Menschen hatten sich fein gemacht wie zu einem Fest. Kostbare Teppiche lagen im Schnee, der sie reinigte vom Dreck des vergangenen Jahres und auf denen ganze Sippschaften ihre Gelage feierten. Till kaufte Maronen.

Um ein brennendes Fass standen Zunftgenossen von der Schafzucht und politisierten, alle hatten Halskrausen aus Wolle um. Falka und Till hörten beim Maronenessen mit zu. Der Herzog von Schleswig-Holstein war hinüber, im Bordell tat er den letzten Schnaufer. Jetzt hatte man es mit seinem Hurensohn zu tun: Friedrich IV. Der war mit der Tochter des Schwedenkönigs verheiratet und Oberbefehlshaber der schwedischen Truppen in Schleswig.

Schleswig war einstmals dänisch gewesen. Dann verbündete sich das Herzogtum Gottorf mit dem Königreich Schweden, und sie griffen Dänemark an. Dänemark verlor den Krieg und wurde halbwegs zerrissen. Schleswig und Holstein fielen an Schweden. Das war fast ein Menschenalter her, aber alle Schäfer am Fass schimpften über den Schandfrieden von Roskilde, denn seitdem war Dänemark von Feinden umzingelt und saß wie eine Nuss im Zangengriff von Schweden und Schleswig. Seine einzigen Verbündeten waren in weiter Ferne. Polen und Russland.

Als sie die Maronen aufgegessen hatten, hakte Falka sich bei Till ein und ließ sich von ihm auf das Eis führen.

Ein winterweißes Liebespaar flog auf Eiskufen an ihnen vorbei. Sie stoben wie Schwäne durch die eisige Luft. Neidisch schaute Till ihnen nach. Falka wusste, wie gerne er mit ihr so geflogen wäre. Sie gab ihm einen Kuss.

Aaahhh, es war verwunschen, wundersam. Das Himmelsgewölbe war eine Schneekugel, und sie standen in ihrer Mitte. Ein kleines Mädchen ließ sich in einem Kochtopf übers Eis ziehen. Gleitende Männer mit kohlschwarzen Umhängen krächzten ihre Geschäftszahlen hinaus wie Raben. Ein Pulk Jungen trieb mit Knüppeln eine Holzscheibe übers Eis. Ein Jäger mit einem Bausch erlegter Otter und Bisamratten pries auf Schlittschuhen seine Felle an. Ein Mann saß in einem roten Samtsessel vor einem Eisloch und angelte in Gemütsruhe, während Eisraser wie Blitze vorbeischossen. Ein Bauchladenverkäufer wurde umgeworfen, Süßigkeiten hagelten aufs Eis, Kinder schnappten sie sich. Mädchen glitten in langen Girlanden dahin. Das ganze Volk vergnügte sich beim Eislaufen, und die Winterröte des Himmels war die reinste Unschuld. Man fühlte sich wie neugeboren.

»Falka!«

Ein Mädchen, lang wie ein Höhlentropfstein, schlitterte auf sie zu.

»Stele!«

Sie schauten einander eine Ewigkeit lang an.

Dann fiel Falka ein, dass Till auch da war, und sie stellte ihn Stele vor: »Mein Mann Till.« Stele gab Till knicksend die Hand, Till machte eine Verbeugung. Wieder schauten Falka und Stele sich an. Jede suchte im Gesicht der anderen nach einem Andersgewordensein.

Steles Gesicht war knochig, ihr Mund prall. Das Erstaunliche fiel Falka als Letztes auf: Stele krümmte sich nicht mehr. Falka sah das erst, nachdem Stele sich gebückt hatte, um ihre Eiskufen abzubinden. Danach richtete sie sich zu gerader Höhe auf.

Till bat: »Magst du mir die leihen?«

Stele gab ihm ihre Kufen. Till setzte sich aufs Eis und band sie sich um. Die Mädchen schauten ihm zu wie Mütter. Till streckte die Arme zu ihnen hoch. Sie halfen ihm auf, und Till sauste davon.

»Du hast also einen Mann«, sagte Stele.

Falka wollte nicht das Blendfeuerwerk des Beeindruckens abprasseln. »Er ist mein«, sagte sie schlicht. Sie wollte wissen, wie es der Freundin ergangen war. »Stele, sag –«

»Ich heiß Maximalia.«

»Wieso?«

»Ich heiß jetzt so: Maximalia.«

»Wieso heißt du anders?«

»Die in der Grotte haben mir den Namen gegeben. Er bedeutet, ich bin die Größte.«

»Dann bist du noch in der *Verwunschenen Grotte?*«, fragte Falka.

»Ja.«

»Aber krumm bist du nicht mehr.«

»Nein.«

»Erzähl mehr. Du bist grade!«

»Die haben gesagt: Wenn ich da bleiben will, muss ich grade sein.«

»Und wie ist es dort?«

»Wie in einer Wunderkammer. Ich bin eine Spinne. Ich bin ein Dolmen. Du glaubst nicht, in was ich mich alles verkleide. Ich bin sogar glücklich.«

»Dann haben wir beide unser Glück gemacht«, sagte Falka.

Sie wurden still. Das Fauchen der Eisläufer war plötzlich sehr laut. Als fauchten sie die Toten an, die von unten durchs Eis guckten und die Welt umkippen wollten, damit sie auf das Eis kamen und die Lebenden unters Eis.

»Denkst du noch an sie?«, fragte Falka.

»Asta«, sagte Maximalia.

»Lucie«, sagte Falka.

»Norla.«

»Milla.«

»Gritt.«

»Ragga.«

Sie sprachen die Namen aus wie etwas Ewiges. Dabei waren es nur Laute in der Luft, die sich im Nebel ihres Atems verloren. Falka und Maximalia fassten sich an den Händen und setzten schweigend ihren Weg fort.

Sie kamen zu einem Zelt, wo heißer Schlehenwein ausgeschenkt wurde. Die Ehrenbürger von Tondern saßen auf Schlitten und wärmten ihre Hände an dampfenden Bechern. Die Damen waren eingewickelt in weiße Pelze wie Säuglinge in Windeln. Die Ratsherren nuckelten an ihren Gesöffen. Der Winterhimmel war jetzt rosahellblau.

»Sie feiern ihre Geburt«, sagte Maximalia.

»Wie meinst du das?«

»Das böse Jahr ist alt geworden und gestorben. Es fällt ab von der Welt, und alles, was drin geschehen ist, ist weg. Guck doch. Sie sind alle wie Kinder.«

Falka fand auch, dass alle aussahen wie Eiskinder.

»Heut ist ein neues Jahr geboren. Immer an Wintersonnenwende wird alles neu.« Maximalia stupste sie an. »Wir sind auch neu. Und die«, sie zeigte auf die Eiskinder, »haben das Büßen satt und wollen unschuldig sein.«

Falka schüttelte den Kopf, das durfte nicht sein. »Dann sind sie umsonst gestorben.«

»Ja.«

»Du sagst Ja?«

»Letztes Jahr waren sie die Todmädchen. Dieses Jahr kommt was Neues. Sie sind weg.«

»Aber das ...«

»Das ist Zeit, Falka.«

»Das will ich nicht!«

»Was willst du machen gegen die Zeit?«

»Ich will, dass sie wiederkommen. Ragga hat's mir versprochen. *Wir kommen wieder.*«

»Guck mal, wer da wiederkommt«, sagte Maximalia.

Im Geleitschutz von Martin Martensen und seinen zwei Brüdern kam Lily. Jeder sah, dass Lily lieber unsichtbar sein wollte, als angesehen. Sie hatte ihr altes Ansehen verloren und musste um neues Ansehen bitten, im grauen Büßermantel.

Die Gebrüder Martensen trugen struppige Pelzjacken. Sie erweckten den Eindruck, als kämen sie aus jahrelanger Verwilderung zurück und erwarteten einen staunenden Empfang.

Die Eiskinder lachten die Neuankömmlinge an. Alle freuten sich, dass neue Eiskinder hinzukamen und mit ihnen Neuanfang feierten. Das Eis war gebrochen. Lily wurde empfangen wie eine Schneekönigin. Es war die Wiedergeburt der Lebensfreude.

15
DER NACHTMAHR

Anno 1695

Falka und Till machten Minnegänge in der Abendstimmung. Er legte wie ein Beschützer seinen Arm um sie, als drohte in Tondern, wo jeder sich seines Lebens sicher fühlen konnte, einem Mädchen Gefahr.

Im Zwielicht eines Abends kamen sie auch in die vornehme Straße, wo Martins *Bureau* war, Falka wollte es angucken. Das Haus hatte eine eigene Feuerlaterne. Der Lichtschein beflackerte die ganze Fassade, aber wo viel Licht war, war auch viel Schatten. Die Haustür stand in einer Höhlennische, der Giebel warf eine Schattenpfütze, aber am dunkelsten war es im schmalen Durchgang zum Garten. Da hinein fiel das Licht nur ein kurzes Stück, dahinter war ein finsterer Schlund.

»Wann geht er denn nach Hause?«, fragte Falka.

»Mal so, mal so.«

»Was macht er eigentlich da? Warum wohnt er nicht bei ihr?«

»Geschäfte.«

»Mit wem?«

»Er ist Tondernsens Anwalt.«

Falka prägte sich den Durchgang ein, sein Schiefersteingemäuer, das fast schwarz war. Aber durch die Feuerlaterne hatte das Schwarz auch eine Nuance von angelodertem Dunkelbraun, die sanft da hineinwehte wie ein *Gauchhh*. Sie hatte ihren Hinterhalt gefunden.

Es gab noch vieles, über das sie nachdenken musste. Sie konnte nicht abends alleine weggehen, auch nicht heimlich verschwinden, wenn Till schlief, denn er wachte oft von schlimmen Träumen auf. Und wenn Till auf Reisen war, brachte er Martin Martensen aus ihrer Reichweite.

Martin Martensen musste sterben, sonst würde Lily den schwarzen Schleier niemals tragen. Das stand fest wie eine eingestochene Gräte. Aber bis zu diesem Fixpunkt war der Weg schwer. Ein reicher junger Mann starb nicht so leicht wie das Mädchen, das Blut hustete, und das Mädchen, das im Schnee brannte. Falka hoffte auf ein Unglück. Dass die Kutsche einen Unfall hatte, den nur Till überlebte. Dass Martin Martensen an einer Fischgräte erstickte. Dass er sich beim Reiten den Hals brach. Dass er irgendwie einging. Es war vergebliche Hoffnung. Sie musste selber handeln.

Nur wie konnte Martin Martensen sterben?

Es durfte kein Verdacht auf Till oder sonst einen Unschuldigen fallen. Falka zermarterte sich den Kopf, wie das möglich wäre, ein Mord ohne Mörder. Etwas, das nur ein Mensch tun konnte, durfte von keinem Menschen getan worden sein.

Der Einfall kam ihr in einem ganz schlichten Moment, als sie sich die Zähne mit Wildschweinborsten putzte. *Aber von einem Tier.*

Ein Wildschwein hatte gefährliche Hauer. Es trieb in dem Gang sein Unwesen, Martin hörte es rumoren und ging, um nachzuschauen. Jäh wurde er angefallen. Sie musste nur noch Wildschweinkot finden und in den Gang tun, damit man das glaubte.

Drei Tage lang prüfte Falka, ob das Wildschwein tauglich war, dann verwarf sie diesen Plan. Ein Wildschwein war zu klein, um einem Mann die Hauer in den Bauch zu stechen, so dass er starb.

Ein Wolf vielleicht? Der würde Martin an die Kehle gehen. Aber sie hatte noch nie einen gesehen.

Grübelnd wanderte sie im Mondschein um die Hütte. Flehend wandte sie sich an den kalten Knochenmond des Winters. *Mond! Mein Schleier ist so schön wie Gottes Nacht. Ich habe ein Wunder geklöppelt. Aber es ist nichts ohne Lily. Lilys Antlitz muss darin scheinen, bittebittebitte! Wie dein Antlitz, Mond, in der Nacht.*

Der Mond half ihr nicht, gab ihr nichts.

Da bat sie die Todmädchen um Hilfe. *Milla! Deine goldenen Haare sind im Schleier. Willst du, dass Lily ihn trägt, dann hilf mir! Asta! Kannst du meinen Schleier beschützen? Dann mach! Gritt! Lucie! Norla! Im Schleier ist euer Liebstes. Ragga! Ihr kommt alle wieder.*

Sie lauschte ins All, ob von dort eine Antwort kam. Das Weltall war still.

Was kann ihn nur wegnehmen von der Welt? Niemand darf schuld sein, kein menschliches Wesen.

Niemand! Kein menschliches Wesen! Die Eingebung war da.

Falka klöppelte eine Tarnhaube. Nichts glich so den Schatten der Nacht wie schwarze Spitze, sie war die beste Tarnung.

Seit Weihnachten hatte sie einen Spiegel im Haus. Im Dunkeln setzte sie sich die Tarnhaube auf. Durch die Spitze konnte sie alles sehen, nur nicht ihren Kopf. Sie sah aus wie geköpft.

Als Nächstes klöppelte Falka aus Blonde und Haaren in Reliefspitze einen Kopf. Sie gab dem Kopf Gritts Gesicht, so wie sie es erinnerte, und polsterte ihn mit Stroh aus. Als er fertig war, legte sie ihn auf den Tisch und ging hinaus.

Falka fütterte die Hühner und versuchte, den Kopf zu vergessen. Für eine Weile hörte sie dem fernen Grollen des Viehs von den Ställen zu, bis ihr Gewissen rein war. Als sie dann wieder in die Hütte kam, lag auf dem Tisch – *Gritts Kopf.*

Die lebendige Wirkung ließ sie erschaudern. Nun galt es nur noch den Zeitpunkt zu finden.

Mit dem Februar kam die Mannsnacht. Da durfte sich das Mannsvolk eine Nacht lang wild austoben. Der Pastor fand, die Mannsnacht sollte verboten sein, weil dann der Teufel los war.

»Möchtest du zur Mannsnacht?«, fragte Falka.

Till sah sie unsicher an.

»Ich lass dich.«

Till grinste.

Falka fragte, ob Martin Martensen wohl da hindurfte?

Till zuckte mit den Achseln.

»Sitzt er bei ihr, hält Händchen?«, spottete Falka.

»Im Bureau wohl.«

»Aber abends geht er doch nach Hause? Was denkt sie sonst?«

»Tut er wohl.«

Mit der Mannsparade begann jede Mannsnacht. Das Weibsvolk bildete einen Tunnel. Die greisesten und am grausigsten aussehenden Weiber kamen nach vorne, dahinter standen alle anderen. Die Männer mussten durch den Tunnel paradieren, und dort züchtigten die Weiber sie mit Peitschen. Wer wollte, konnte einem Mann in die Hosen greifen. Männer kreischten wie Mädchen, wenn ein Weib nach ihren Klöten langte und sie nicht mehr losließ. Es war ein wüster Brauch.

Falka und Till machten eine Wette, wie viele Weiber sich wohl Till griffen.

»Fünf«, wettete Falka.

»Du kennst ja nur fünf Zahlen«, neckte Till sie. »Eins, zwei, drei, viele, alle.«

»Dann alle. Wehe, du bist heut Nacht einen Moment ohne Buhlschaft.«

Als er ging, sagte Till, er würde wohl erst am Morgen wiederkommen.

Falka zog sich ihr schwarzes Hochzeitskleid an, dann nahm sie das Fischmesser aus dem Koffer. Sie fühlte nichts Mörderisches, sie fühlte Liebe für den Schleier. Martin Martensen oder ihr Schleier. Zusammen konnten sie nicht auf der Welt sein, einer musste weichen, und das war Martin Martensen. Sie stieß die Fäuste vor dem Herzen zusammen. »Krieg!«

Martin Martensen trat aus dem Haus. Unter der Feuerlaterne überlegte er, ob er heimgehen sollte oder noch ein wenig durch die Mannsnacht schlendern? Die Gasse war menschenleer, aber wo sie in die Straße zum Marktplatz einmündete, trollten sich Mannsnächtler mit Lampions und Feuerfackeln. Wie ein Glühwürmchenschwarm sah das aus.

»... *aaahhh*«, wehte ein Stimmchen zu ihm.

Er meinte, es kam aus dem Gang, denn es war niemand zu sehen, und er lauschte, ob es sich noch einmal hören ließ.

»... *aaaaaahhhhhh.*«

Ein Kinderstimmchen. War da ein Kind? Weinte es? Martin stellte sich vor den dunklen Gang und spähte hinein. Weit sah er nicht, aber er hatte gehört, was er gehört hatte, da jammerte ein Kind. Er traute den Mannsnächtlern zu, dass sie sich Kinder griffen und Schurkereien trieben.

»Ist da jemand?«, rief er.

»... *aaaaahhhhhh*«, wimmerte es, und im tiefen Dunkel dahinten zeigte sich ein Köpfchen.

Ein Kind. Ein kleines Kind, das wimmernd an der Hauswand stand und Hilfe brauchte. Es zog ihn hinein.

»Wer bist du denn?«

Modrigkeit umfing ihn, die Wand war von Moosflechten überwachsen, das Laub, das hier reingeweht war, raschelte. Das Kindchen wagte sich nicht wieder hervor, Martins große Gestalt, die sich näherte, ängstigte es wohl. Er blieb stehen. »Ich will dir doch helfen«, sagte er sanft.

Plötzlich lugte das Köpfchen wieder, sein Haarflaum war goldig, und es weinte: »*Aaaaaaaaahhh.*«

Oder sang sein kleines Ziegenlied.

Von diesem tragischen Flötenton wurde Martin mit einem Aufwall von Mitleid in den dunklen Gang eingesogen. Er ging blind drauflos, bis er es sah, an die Wand gedrückt, ein Kindlein, mutterseelenallein in seinem kläglichen Unglück. Er war schon ganz nah, als ein Kopf auf ihn zuflog. *Was –?* Jäh sprang ihn ein Nachtmahr an und schlitzte ihn mit Krallen auf.

Es tötet mich!

Mannsnächtler hörten Schreie gellen. Im gelben Schein ihrer Lampions sahen sie einen Mann liegen, dann erkannten sie ihn. Eine Blutspur führte in den Gang hinein. Martin Martensen konnte mit letzter Kraft sagen, wer ihn getötet hatte.

Er sollte es noch einmal sagen.

Er sagte es noch einmal, so laut, dass alle es hörten und glauben mussten, denn es waren die letzten Worte eines Sterbenden.

Es wurde an Türen gehämmert. Der alte Martensen erfuhr es zuerst. Er stand in zerstörter Nachtruhe vor der Ermordung seines Sohnes. Wie ein Lauffeuer heizte der Mord durch die Gassen. Wie eine Brandfackel flog er in die *Goldene Kutsche*. In der *Verwunschenen Grotte* wurde der mittlere Bruder von einer Hure wach gerüttelt. Die alte Matrona Ogga Gundatter wurde vom Mordsgeschrei auf der Straße wach und sah aus dem Fenster. Man warf es zu ihr hinauf. Mit der Nachtmütze auf dem Haupt und der Kerze in der Hand brachte sie es zu Willem Tondernsen. Lily erfuhr es in ihrem Bett aus Seide und Daunen. Falka erfuhr es auf ihrem Strohlager, als Till zu ihr kroch.

Pastor Siemssen machte dem Lärmgehämmer auf und stand vor einer Meute mit Fackeln. »*MORD!*«, brüllte es. »*MORD!*« Er glaubte, die Meute wollte ihn holen.

Der Gerichtsvogt trat vor, räusperte sich und sprach. Für diesen Mord gab es kein irdisches Gericht. Es war kein menschliches Wesen. Das Gericht wollte diesen Fall darum in die Hände des Pastors legen.

16
DER SCHLEIER

Der Leichnam war im Doktorhaus aufgebahrt. Martin Martensen lag auf einem Tisch unter einem Leichentuch. Gregor Siemssen konnte nicht begreifen, dass dieser Mann da lag und nicht mehr lebte.

Er nickte dem Doktor mit grabesernster Miene zu. Der zog das Tuch mit Schwung weg. Der blutige Teil der Leichenschau war der klaffende Bauch. Der beschämende Teil hatte damit zu tun, dass er den Mann in seiner Nacktheit sah. Martin Martensen war der Anwalt von Willem Tondernsen gewesen, der Anwalt von Hochmut, Habsucht, Völlerei und Verschwendung. Siemssen empfand zu seiner Beschämung ein fast euphorisches Überlegenheitsgefühl. Den Schönling hatte es getroffen, den Günstling. Um das Gefühl auszunüchtern, betrachtete er den Klaff. Er reichte vom Magen bis fast zum Geschlecht und war von oben nach unten geführt worden, wie man Stoff aufschlitzt. Der Mörder hatte ein Messer reingestoßen und runtergerissen.

»Kann das ein Kind getan haben?«, fragte er.

Der Doktor wiegte erst den Kopf, dann schüttelte er ihn.

Siemssen faltete einen Zettel auseinander, wo draufstand, was Martin Martensen im Sterben zu den Zeugen gesagt hatte.

Ein Nachtmahr tat's. Ein Kind ohne Kopf.

Er nahm diese Worte persönlich. Als Mann, nicht als Pastor, hatte er Martin Martensen beneidet. Neid war ein Nachtmahr. Neid war ein Kind ohne Kopf.

Dann ging Pastor Siemssen zum Ort der Mordtat. Hier in dem Gang hatte das Kind ohne Kopf gestanden. Es war zu schön, um wahr zu sein. Das Volk von Tondern hatte sich seine Sünden vergeben und frönte wieder offen der Lebensfreude. Ein Nachtmahr konnte es zurück zur Buße führen.

Als Nächstes nahm sich Siemssen die Kutscher vor. Martin Martensen hatte sechs Kutscher, die im Wechsel für ihn Dienst taten. Alle waren am Abend des Mordes in der *Goldenen Kutsche* gewesen. Er konnte mit ihnen nicht wie mit Männern reden, das waren weinerliche Jungs.

Das ganze Volk stand unter Schock. Und kein männliches Wesen war in der Mannsnacht allein gewesen, außer ihm selber.

Schließlich begab er sich zur Witwe. Sie saß am Kaminfeuer und sah in die Flammen. Alle Spiegel im Haus waren verhängt, alles, was blank war, war mit schwarzem Tuch bedeckt. Seine Glatze war hier fehl am Platz.

Er setzte sich zur jungen Witwe und sprach die Trostformel: »Die Freude ist groß bei seiner Ankunft im Himmel.«

Sie war gefasst, vielleicht war es auch jene sagenhafte Contenance, die die Reichen hatten. Er fragte behutsam: »Hatte Martin Feinde?«

»Ich weiß, was ihn getötet hat«, sagte sie ganz ruhig. »Das kleine Todmädchen.«

Er glaubte, sich verhört zu haben. »Wie kommen Sie darauf?«

»Sie haben es weggejagt, ich habe es eingelassen«, sagte Lily. »Ich bin von dem Kind bestoben wie eine Lilie von einem Nachtmahr, es wühlt mich im Innersten auf. Ich sehe das Todmädchen manchmal hier und da stehen, und ich sinne darüber nach, ob es in dem Gang war.«

»Hier und da stehen?«

»In den Pforten, in den Übergängen, auf den Schwellen.«

»Ist es jetzt da?«, fragte er vorsichtig.

»Nein, jetzt sind Sie da.«

Er musste sich einen Weg durch ihr Denken bahnen. »Wie kann es sein, dass ein totes Kind Ihren Mann tötet?«

»*Ein Nachtmahr. Ein Kind ohne Kopf.* Warum sollte Martin so etwas sagen? Er hat auch diese Erscheinung gesehen.«

»Diese Erscheinung hat ein Messer benutzt«, sagte Siemssen.

»Entweder die Erscheinung oder Martin.«

Er war erschrocken, was deutete sie da an? Sie schwieg und ließ die Stille währen.

Schließlich sagte er: »Lassen wir das Kind einmal. Gibt es jemanden, der von Martins Tod einen Nutzen hat?«

»Sie, Herr Pastor.«

»Ich?«

»Ein reicher Sünder hat bekommen, was er verdient. Die Freude ist groß in Ihnen.«

Röte schoss ihm in den Kopf. »Sie verkennen mich.«

»Ich kenne Sie. Wir haben beide dieselbe Muse. Homers Gesang vom Trojanischen Krieg beginnt so: *Singe mir, Muse, den Zorn.*«

Er wusste, welchen Zorn er hegte. »Und welchen Zorn hegen Sie?«

»Gegen mich.«

Singe mir, Muse, den Zorn. Mit einem Mann hatte Martin es in dem Gang getrieben. Ein Nachtmahr tat's? O, du Mannsbuhler!

Niemals durfte das in die Welt kommen.

Ein Todsünder der Trägheit war er und ein Liebesmüder. Lily dachte, dass seine Wollust schon noch kommen würde. Sie dachte falsch.

Als hätte er's im Stall getrieben, mit so einem Geruch kam er oft heim. Was machte er im Stall? Wenn ein Mann so abstoßend war, dass kein Weib es mit dem schweinsköpfigen, kuhglotzigen, schafsblöden, ziegenmuffigen Kerl treiben wollte, dann trieb ihn die Wollust zu den Ziegen, Kühen, Schafen und Schweinen, also zu seinesgleichen. Aber Martin doch nicht.

Es hatte ihr keine Ruhe gelassen. In der Silvesternacht war sie ihm zum Stall gefolgt. Er küsste dort einen Stalljungen.

Darum kamen die alle auf den Bock. Sechs Kutscher hatte der Mann.

Sie konnte die Hochzeit nicht mehr abwenden. Wie eine Galionsfigur stand Lily auf dem Schlachtschiff, das sie in den Hafen der Ehe fuhr. Die Ehe verlangte Bündnispflicht.

Singe mir, Muse, den Zorn. Den Zorn, der die Trauer zertrümmert.

Zur Muse wurde ihr ein totes Kind. Mit welch einem Mut es zum Altar gegangen war und sich dem Pastor entgegenstellte. Sie dagegen hatte nie den Mut aufgebracht, Martin das zu sagen, was sie von ihm dachte. Sie hatte feige geschwiegen, als er einen sechsten Kutscher meinte zu benötigen.

Ein Kind musste ihr zeigen, was Mut war. Manchmal sah Lily es als erschütternde Elendsgestalt, aber meistens war es verklärt von seinem Schleifchen, das leuchtete wie ein Heiligenschein. Sie selbst hatte dem Kind das Apfelblütenband einst geschenkt, ach. Also gab es ein Band zwischen ihnen. Lily glaubte an Zeichen und Sinnbilder, und das Band war ein Zeichen und ein Sinnbild.

Das Kind besuchte sie. Heimsuchung, so nannte man den Besuch von Nachtmahren. Aber auch heiliger Besuch war eine Heimsuchung. Wie ein Todesengel der Verkündigung kam das Kind zur Heimsuchung und bedrängte Lily mit Fragen. *Warum hast du mir nicht geholfen? Musste ich darum sterben? Ist dein Reichtum deine Schuld? Oder ist es deine Gabe, um die Welt besser zu machen? Was kannst du für mich tun?*

Das kleine Todmädchen war ein Nachtmahr. Wenn Lily sagen sollte, wie es geschah, dass sie bedrängt wurde vom Schicksal der Armen: *Ein Nachtmahr tat's.* Sie wurde bedrängt, aber sie band sich auch an das Kind. Mit dem Schleifchen wurden sie verbunden zu einem Geist.

Es klopfte an die Tür. Ihr Onkel kam herein.

Willem Tondernsen ließ sich auf dem Sessel nieder, wo eben noch der Pastor gesessen hatte.

»Es ist ein Krieg gegen uns.«

»Aber wir sind eine Festung«, sagte Lily.

Till war zertrümmert. Martin war sein Freund gewesen, er hatte ihm Würde gegeben, einen Broterwerb und seine Liebe. In einem Abgrund von Trauer gab es keine Fragen. Da war nur das Felsgestein seines Todes.

Falka liebkoste ihn, wenn er weinte, sie pflegte ihn wie einen Hund, der seinen Herrn verloren hatte. In Falkas Armen irrte seine Seele zu Martin und wünschte ihm den ewigen Schlaf, fürchtend, dass seine eigene Seele darüber nie zur Ruhe kommen würde.

Die Totengaben bekam eine Witwe am Vortag des Begräbnisses. Nicht jede Witwe wollte sich dem aussetzen, nicht jede konnte in ihrer Trauer so viele Besucher empfangen. Die Menschen brachten ihr Gebackenes, Geschnitztes und Geklöppeltes. Manche Witwe gab ihre Totengaben später den Armen.

Die Sonne warf Lichtrauten aufs Parkett. Lily stellte sich auf so eine Raute und faltete züchtig die Hände.

Als Erstes kam eine Familie im Sonntagskirchgewand. Vater, Mutter, sieben Kinder. Jedes Kind trug ein Weidenkörbchen. Sie legten ihre Totengaben vor Lily nieder. Der Vater machte eine Verbeugung. Die Mutter breitete die leeren Hände aus, um zu zeigen, wie hilflos sie vor Lilys Leid stand. Still gingen sie hinaus. Es war Brauch, dass nur sprach, wer von der Witwe angesprochen wurde.

Ein Mädchen trat ein.

Als Lily sie sah, ging es ihr durch und durch. *Das ist sie.*

Das Mädchen hielt seine Totengabe Lily entgegen. Schwarze Spitze.

Lily sprach sie an. »Wie ist dein Name?«

»Falka Auge.«

Scheu streckte Lily die Hände vor, um die Totengabe zu empfangen, und das Mädchen legte sie hinein mit den Worten:

»Herrin, ich kann Wunder klöppeln.«

Ich muss sie fragen, muss wissen.

»Ich erinnere mich an dich«, sagte Lily. »Ich sah dich an Weihnachten. Du und das kleine Kind. Was kannst du mir sagen über sie?«

Das Mädchen zeigte auf den Schleier und sagte schlicht: »Sie ist da.«

Lily warf den Schleier aus. »Wo?«

Falka Auge glättete eine Schwingung. Ein Teich schimmerte eisig im Winter, darauf vergnügte sich eine entzückende Schar von Kindern. Die Klöpplerin tupfte die Spitze an. »Da ist Gritt. Eislaufen war ihr das Liebste.«

Gritt. So also hieß ihre kleine Muse.

Lily war allein. Gedanken gingen durch ihren Geist. Sie sah sich als Kind mit Martin am Geländer der Flussbrücke stehen, jeder warf ein Holzstöckchen ins Wasser, dann rannten sie über die Brücke zum anderen Geländer und warteten gespannt, welches Stöckchen wohl als erstes angetrieben kam. »*Wer wen am meisten liebt!*« Die Stöckchen trieben unter der Brücke durch und kamen wieder zum Vorschein, ihrs als erstes. »*Ich!*«

Morgen war seine Beerdigung. Sie war seine Witwe. Wer würde sie in ihrem weiteren Leben sein? Sie war mit Martin vertraut seit Anbeginn. Man heiratete ja nur seinen Nächsten.

Ihr kleiner Nachtmahr. Sie breitete den schwarzen Schleier aus und suchte den Teich. Da. Sie staunte. Falka Auge hatte ein vollkommenes Winterbild mit Eiskindern geklöppelt, von denen eines Gritt war. Ein Tüpfelchen Glanz. Sie drückte den Schleier an ihr Herz. »Ich liebe dich.« Dann umnachtete sie sich mit ihm und trat vor den Spiegel.

Martin ist tot. 16. Februar 1695. Wie wird es nächstes Jahr am selben Tag sein? *Wer bin ich dann, Gritt?* Eines Tages sind es zehn Jahre, eines Tages ist er seit zwanzig Jahren tot, eines Tages werden es dreißig Jahre her sein seit dem Tag seines Todes. Die Zeit zählt unerbittlich weiter. Sie konnte selbst gestorben sein, und die Zeit zählte ohne sie weiter. Die Zukunft gebar immer neue Tage.

»Ich will ihn achten und ächten, für gute und für schlechte Tage.«

Damit hatte sie ihr Soll getan für den Mann. Nur sie wusste, dass sie den Schleier nicht aus Trauer um Martin trug. Lily trug ihn aus Trauer um Gritt.

Die Kirche war voll, als wäre sie geflutet worden. Ein Menschenmeer. Von Furcht gepeinigt saßen die Leute in der Kirche, weil draußen ein Kind ohne Kopf umging. Wie nach einer Manndränke retteten sich die Schutzlosen in das Gotteshaus. Am Ende half ihnen kein Geld mehr. Da flohen sie zu Gott.

Pastor Siemssen sprach: »Der Mensch folgt seinem Glauben. Wenn er an Geld glaubt, wird er Geld anbeten. Wenn er an Gott glaubt, wird er Gott anbeten. Martin und Lily beteten einander an. Jetzt ist Lily an einem einsamen Ort. Nur der Glaube wird ihr hier helfen. Martin wird auferstehen und an einen ewigen Ort gehen! Die Freude ist groß bei seiner Ankunft im Himmel. Lasset uns beten.«

Die Menschen schwiegen erbittert, als hätte er es totgeschwiegen.

Was wollt ihr von mir?, dachte er. *Ich kann euch nicht davon erlösen.*

Eine Bürgerin stand auf und stampfte mit dem Fuß.

»Wie sollen wir damit leben?!«, schrie sie und zeigte auf den Sarg. »Hier tötet ein Nachtmahr!«

»Kein menschliches Wesen!«, schrie jemand.

»Sie reden von Auferstehung, aber draußen geht was um, was uns tötet!«

»Kann's auch meine Söhne holen?«

»Mit was haben wir's zu tun?«

»Es kann uns alle holen!«

»Das Kind ohne Kopf!«

»*Schluss!*« Lily fuhr aus ihrer Bank hoch. Schwarz verschleiert stellte sie sich vor den Sarg und vor die ganze Gemeinde.

»Mein Mann war kein glücklicher Mensch.«

Lily sprach mit sehr klarer Stimme. Der Schleier, der sie vor der Welt verhüllte, ließ sie erscheinen wie nicht von dieser Welt. Sein Gold gab ihrem Antlitz die Heiligkeit einer Ikone.

»Martin litt seit Jahren an Schwermut. Seine Seele war verdüstert von Trübsal. Sein Gram war ein Nachtmahr. Dieser Gram hat ihn getötet. Martin wünschte sich den Tod. Er sehnte ihn herbei. Er nannte seinen Todeswunsch: *Das Kind ohne Kopf*. Es ist das Sinnbild seiner letzten Worte, und es ist nicht von dieser Welt, es ist das Wahngebilde seines Geistes. Mein Mann wollte sterben und hat sich mit eigener Hand so schrecklich entleibt. Aber er war auch ein frommer Christ und wünschte sich ein kirchliches Begräbnis. Vergebt ihm, was er gesagt hat, aber glaubt seinen Worten nicht. Sein Nachtmahr war die Schwermut.«

Lily küsste ein Holzstöckchen und legte es auf den Sarg.

Martins Kutscher trugen den Sarg aus der Kirche. Lily folgte dem Sarg, und ein Strom von Menschen folgte seiner Erlöserin, denn man wusste nun, dass man nichts zu fürchten hatte.

17
DIE WINDMÜHLE

Till und Falka kamen in die Hütte, da riss er am Stummel ihres Zopfes.

»Au!«

»Du hast ihr den Schleier gegeben!«

»Du hast mir wehgetan.«

»Wieso machst du das?«, brüllte er. »Gegen mein Gebot!«

»Weil du denkst, *ich* will ihn, *ich* will die Witwe sein. Da hab ich Lily den gebracht. Damit du *das* nicht mehr denkst.«

»Der sollt verbrennen!«

»Jetzt ist er ja weg«, sagte Falka beschwichtigend.

»Ist er nicht! Sie läuft ein Jahr damit rum!«

Sie guckte ihn so schafsblöde an, dass seine Wut auf sie nur gegen Weiches prallte, sie tat wie ein Unschuldslamm. Weil er seine Wut nicht an ihr auslassen konnte, ließ er sie an der Witwe aus.

»Die lügt! Am Sarg von ihrem Mann, die Lügenwitwe!«

»Sie kennt ihn mehr als du«, sagte Falka. »Ich auch.«

»Wie? Du auch? Du kennst ihn gar nicht!«

»Doch. An dem Tag, als er in die *Goldene Kutsche* kam und dir den Vertrag brachte. Da hab ich gedacht: Das ist ein trauriger Mann. Er sah wirklich ganz traurig aus, als er bei uns war. Er hat sein Schicksal nicht geliebt.«

Till packte den Schürhaken und hieb damit durch die Luft, dann ging er zur Kochstelle, um das Feuer anzufachen.

Später aßen sie am Feuer, schweigend.

Falka brach das Schweigen.

»Scheint die Sonne wieder über uns beiden?«

Till brachte mit Mühe »ja« heraus.

Er wollte nicht glauben, dass es Selbstmord war, wenngleich er es von Martin so gehört hatte. *Der Tod ist der ewige Schlaf. Ich sehne ihn herbei.*

Die Windmühle stand auf einer Anhöhe und wirkte von fern wie ein Mahnmal. Die Mühlenflügel durchschaufelten die Luft, und immer war sie am Knarren und Ächzen, dass man gar nicht mehr wusste, was Stille war. Till schleppte Säcke die Anhöhe hoch, erklomm die Stiege und schüttete das Korn in das Auge des Mühlsteins. So verdiente sich Till nun sein und Falkas Brot. Sie hatten kaum genug Geld, darum ließ er zu, dass Falka Spitzen unter der Schürze verkaufte. Während er in der Mühle schuftete, klöppelte sie ihre Luftgespinste. Einmal legte sie ihm eines um und ließ ihn in den Spiegel sehen. Er hatte einen federleichten Mühlstein um den Hals. Sie verkaufte ihn für mehr Geld, als was er für einen ganzen Monat Knechtarbeit an seinem Mühlstein bekam.

Eines Abends klopfte es, und Till ging zur Tür, um zu öffnen. Eine Frau fragte nach Falka Auge.

Falka kam zur Tür. »Ich bin Falka Auge.«

»Mein Mann ist tot. Ich brauch einen Trauerschleier, wie Lily ihn hat. Machst du mir auch einen?«

Die Frau hielt Falka ein pralles Säckchen hin, und Falka nahm es.

Als die Frau fortgegangen war, schüttete Falka das Säckchen aus. Geld prasselte auf den Tisch.

»Sie zahlt dir 'ne Menge«, sagte Till.

»Sie hatte ihren Mann auch 'ne Menge lieb.«

Er musste nicht dabei zusehen, wie sie wieder einen Trauerschleier machte. Sie klöppelte nur tagsüber, wenn er zur Mühle ging. Wenn er heimkam, war alles weggeräumt. Auf dem Tisch wartete das Essen auf ihn, und manchmal standen auch Blumen im Krug.

Aber sie buhlten nicht mehr miteinander. Es war nicht so, dass ihre Liebe verwelkte, sie verschloss sich eher zu einer schlafenden Knospe.

Zermalmt von der Mühlenarbeit, schlief er sogleich ein, schlief wie ein Toter und wachte jäh auf, mitten in der Nacht. Falka lag in seligem Schlaf, er dagegen konnte nicht wieder einschlafen. Etwas raubte ihm den Schlaf.

Als Falka das nächste Mal zum Markt ging, machte er ihren Koffer auf. Da tat sie den Trauerschleier hinein. Er war schon zur Hälfte fertig, ein Wirrwarr aus Klöppeln hing an ihm. Till hob das Hexending heraus, das voller Gräten steckte, und tat es beiseite. Auf dem Grund des Koffers lagen sie einträchtig beieinander wie ein Liebespaar: Goldzopf und Gauch. Das, was er suchte, lag gleich daneben und war eingehüllt in ein Tuch: Falkas Fischmesser. Es hatte ihrem Vater gehört und war das Einzige, was Falka von ihm geblieben war. Till hatte gar nichts mehr von den Seinen. Aber hätte er etwas, und wäre es nur eine rostige Gabel, er hätte sie gehütet, wie Falka das Fischmesser hütete. Er hielt sich das Messer dicht vor die Augen. Es hatte eine blitzblanke Klinge. Ein Messer wie die reine Unschuld. Was hatte er sich nur dabei gedacht? Till legte alles wieder in den Koffer hinein.

Es war ein durchwehter Apriltag, Wolkenungetüme wurden über den Himmel getrieben. Die Windflügel der Mühle drehten sich, und die Mühlenknechte saßen auf einem Feldsteinhaufen beisammen.

»Ist sie nicht schön?«, sagte einer. »Unser Weib.«

Es gab Gelächter, aber der, der das gesagt hatte, sagte nun erst recht: »Ich will sie haben.«

Er war ein junger Knecht, kräftig wie ein Ochse. Er hieß Laust.

»Was findest du an der schön?«, wollte Till wissen.

»Sie ist eine Windgöttin. Egal, woher der Wind weht, er ist in ihren Fängen.«

Till dachte darüber nach, da war etwas dran. Der Wind, den man nicht haschen konnte, wurde von der Mühle beherrscht. Er war ihr immer zu Diensten und ließ den Mühlstein kreisen, der das Korn mahlte, aus dem das Mehl wurde, mit dem man das Brot backte, das alle wollten.

Mit einem Mal war ihm klar, dass er Falka nicht mehr wollte. Er sah sie nun mit Martins Augen und fand sie reizlos.

Die Ehe war ein Mühlstein. Die Liebe ein Haschen nach Wind.

Das Jahr wehte in den Sommer, und die Klöppel brummten wie Bienen. Falka hatte mehrere Trauerschleier in Arbeit. Es wurde schwierig, die Klöppelkissen so zu verstecken, dass Till sie nicht sah. Sie musste nun auch die Truhe damit füllen.

An den Juniabenden machte Falka ihre Gänge nunmehr allein. Sie ging in der Minne mit ihrer Schaffenslust umher, sie kostete etwas aus, das sich Einsamkeit nannte und so anfühlte, als würde die Seele ein Honigbad nehmen. Das Vergängliche war in allen Dingen, die sie ansah. Ein Sonnenuntergang war ein Requiem. Ein Dornenstrauch, der von Brombeeren troff, war der Plünderung geweiht. Die Natur war voller Schlingen und Ranken. Falka sah Ornamente in rauschhafter Fülle, und sie sah Witwen auf den Straßen. Sie gingen in Gauchs, ihr Unglück war golddurchwirkt, sie mussten ihr Schicksal lieben.

18
DIE TOLLSCHÖNEN

Wieder musste Pastor Siemssen einen Mann beerdigen.

Er begab sich zum Doktor, weil er wissen wollte, woran der Mann gestorben war.

»Im Schlaf. Gott gibt, Gott nimmt«, sagte der Doktor.

»Ich meine, dass hier irgendwas im Argen ist.«

»Was soll das sein?«

Siemssen wusste es auch nicht.

Nach dem Besuch beim Doktor wanderte er nachdenklich an den abgeernteten Feldern entlang. Schnitter Tod machte in diesem Jahr reiche Ernte.

Er hatte Lily noch einmal nach der Beerdigung besucht. Eine Frage war noch offengeblieben. Wenn Martin sich entleibt hatte, wo war das Messer? Die Wachtmänner hatten es tagelang gesucht.

Lily sagte, es war ein Messer mit einer Silberklinge und einem Griff aus Elfenbein, so wertvoll wie der Monatssold eines Wachtmanns. Er hörte daraus hervor, ein Wachtmann habe es an sich genommen und längst in einer anderen Stadt versilbert. Dagegen konnte er nichts einwenden, denn das traute er den Wachtmännern zu.

Woher sie das Messer so genau kenne?

Martin habe es ihr gezeigt mit den Worten: »Das ist mein Schnitter Tod.«

»Tatsächlich?«

»Ja. So war er.«

Und sie war da nicht alarmiert?

Sollte sie etwa die Sturmglocke läuten? Sie konnte nichts gegen seine Schwermut tun.

Er verabschiedete sich von Lily. Die alte Matrona Ogga Gundatter geleitete ihn hinaus, und dabei sagte sie zu ihm: »Martin war die reine Lebensfreude. Der liebe Junge hat sich nicht totgemacht, nein, nein, nein. Sie spricht falsch Zeugnis gegen ihn.«

Er wollte aus dem Haus treten, da stellte sich die Matrona ihm in den Weg. »Sie, Herr Pastor, müssen für seinen Seelenfrieden sorgen.«

Das war jetzt ein halbes Jahr her, und es ließ ihm keine Ruhe.

Till und Laust saßen beim Mittagsschmaus. Am Feldrand sahen sie den Pastor schon eine ganze Weile hin und her wandeln. Der Wind ließ die Kutte wehen.

»Ich war Martins Kutscher, ich weiß, wie er war«, sagte Till. »Er hat das Leben geliebt, und alle liebten ihn. Wieso will so einer sterben? Wieso glauben alle der Lügenwitwe?«

»Wieso wollten die Todmädchen sterben?«, fragte Laust zurück. »Die sitzen taglang fein rum und klöppeln. Dafür bringen die sich um?« Er spuckte verächtlich aus. »Mein Vater hat im Steinbruch Fels gebrochen und zu Mühlsteinen gekloppt. Da werden die Knochen von morsch, Schmerzen ohne Ende, und hat trotzdem weitergekloppt.«

»Gram, Trübsal, das ist gelogen, alles gelogen«, sagte Till. »Es hat ihn jemand umgebracht.«

Laust kratzte sich und sagte nichts dazu. Till schaute über das Feld, wo der Pastor umging, so ruhelos wie das, was ihm keine Ruhe ließ.

Lily hatte ihr Leben lang Spitzen getragen, war damit verziert worden, davon umwölkt und aufgebauscht worden, aber für sie selbst hatte es sich ganz anders angefühlt. Die weißen Spitzen umrankten ihren Leib wie Schlinggewächse und erdrosselten seine Lebenskraft. In Wahrheit waren sie Fesseln, dass Lily sich vorkam wie ein Mohr in Eisenringen. Die Spitzen, mit denen man den Tag über nichts anderes tun konnte, als eine Teetasse zum Mund zu führen und im Buch eine Seite umzublättern, hingen wie Gewichte an ihr, obwohl sie gar kein Gewicht hatten. Wie konnte etwas so Leichtes so bedrückend sein? Ihr Leben lang wurde sie für ihre Schönheit gerühmt, aber Ruhm war eine Bürde, wenn man scheu war. Eigentlich war sie niemals ihr Eigen.

Nun trug Lily einen schwarzen Schleier und wusste nicht, wie ihr geschah. Sie schritt durch Einsamkeit, als würde sie schweben, als sei sie nur noch Seele.

Sie war Witwe.

Es sollte sich schwer anfühlen, aber das tat es nicht. Es gefiel ihr in der Finsternis, sie lebte in einer Höhle aus Hauch, in der ein goldenes Funkeln war. Das kam von ihrer Muse.

Seit die Todmädchen an ihrem Hochzeitstag starben, hatte Lily sich gefühlt, als trüge sie ein Schandmal auf der Stirn. Martins Tod nahm es von ihr. Sie war wieder rein wie eine Jungfer und hatte auch wieder die Scham einer Jungfer, denn es gehörte sich nicht, was unter dem Schleier vor sich ging. Trauer war es nicht, es war zu ihrer Beschämung – Lust.

Sie hätte sich scheu verhalten müssen bei der Beerdigung, aber sie hatte Lust, sich zu zeigen. Es überkam sie eine Euphorie, bei der man die Engel spürt. Lily hörte sich mit Engelszungen sprechen: *mein Mann, seine Schwermut, sein Todeswunsch*, und als sie nach ihrem Auftritt hinter dem Sarg herging, nachthimmlisch umweht, fühlte sie sich wie eine Führerin. Ruhm war eine Leichtigkeit, wenn man Lust auf ihn hatte. Als sie über die Schwelle der Kirche trat, sah sie hinab zum Goldsaum, zu den schwarzen Schwänen, und als sie wieder hochschaute, spürte sie eine nie dagewesene Lust, von der die Schwäne die Sendboten waren.

Seitdem hatte sie Lust, wie ein schwarzer Schwan das Unsagbare zu verkörpern: die Schönheit des Witwentums. Ihr neues Gefühl bewirkte, dass sie nach Bewunderern und Verbündeten suchte. Mit Lust wagte Lily sich hinaus und gauchte durch Tondern.

Drei Frauen lehnten am Geländer der Brücke, sie trugen Sommerkleider und Häubchen mit Flatterbändern. Sie sahen Lily kommen und blickten sie an mit jenem Mitleid, das für Witwen vorbehalten war, aber es trat auch etwas in ihre Augen, das kein Mitleid war, sondern Mitlust.

Lily blieb bei ihnen stehen. Sie tauschten Freundlichkeiten aus, dann wurden sie still. Andächtig beäugten die Frauen Lilys Schleier. Keine sagte ein Wort, aber ihre Blicke huldigten seiner Schönheit. Aus der Nacht des Nesselgarns trat eine Schöpfung hervor, die nicht ihresgleichen hatte. Es war so viel auf dem Schleier zu finden, dass man im Rausch von Schaulust versank.

Lily spürte den Wunsch in sich, den Schleier zu preisen, aber das war unmöglich und auch gar nicht nötig, denn er glänzte ohnehin und erregte Bewunderung bei den Frauen. Aber auch eine heilige Scheu wie vor einer Eremitage.

Zu den Eremiten zog es immer schon Menschen, die nach Sinn suchten. Sie kamen in ihre Höhlen, um eine Bekehrung zu erfahren, die ihre Sicht auf die Welt auf den Kopf stellen sollte. Lily lächelte die Frauen an, damit sie Mut fanden.

Eigentlich ziemte es sich nicht, einer Witwe zu sagen, dass man ihren Trauerschleier schön fand. Das war, als wollte man den Tod loben. Mit einer Witwe sprach man nur über die Verdienste des Mannes, den sie verloren hatte. Aber die Frauen wollten wissen, wie es war, in diesen Verzückungsspitzen zu wandeln.

»Wie fühlst du dich?«, begann es zaghaft und unbestimmt.

Lily hauchte: »... ich fühle Lust.«

Das war so leise gesprochen wie eine kühne Entdeckung, die man streng geheim halten musste, weil sie eine Umwälzung aller gültigen Werte war, ja geradezu eine Sprengung der Welt, wie sie sich gehörte.

Die Frauen waren nun Mitwisserinnen eines Geheimnisses. »Wie ist das?«

»Wie ein Wunder«, flüsterte Lily und drehte sich einmal euphorisch um sich selbst, damit der Schleier sie umwehte und die Schwäne im Wind flogen. Nun standen die drei Frauen vollends in ihrem Bann und waren bekehrt, denn das Wunder tat sich ja vor ihren Augen. Dann kam die unvermeidliche Frage.

»Wer hat den Schleier gemacht?«

»Falka Auge heißt sie.«

Der Name schuf eine Stille, aber sie dauerte nicht lang.

»Wo kann man sie finden?«

»Auf dem Markt, frühmorgens.«

Für einen Moment wollten alle drei frühmorgens zum Markt. Dann befiel sie der Schreck. Sie konnten wohl einen Trauerschleier kaufen, aber um ihn zu tragen, mussten sie Witwen sein.

Lily bekam Mitleid, als sie sah, dass sie jetzt das Undenkbare dachten. Schwarze Schwäne schwärmten durch ihre Gedanken, und sie konnten nichts dagegen tun.

Ein halbes Jahr später waren sie ein Schwarm, der sich schweigend verstand und aufs Schweigen verstand.

Um die Zeit der Fliederblüte sah Pastor Siemssen sie auf dem Kirchhof stehen wie schwarze Dolden. Sie waren viele. Er zählte dreiundzwanzig Witwen, eine Zahl, die ungewöhnlich hoch war für den Sommer, denn er hatte sie mit anderen Jahren im Kirchenbuch verglichen. Er kannte jede von ihnen, alle kamen aus guten Häusern, wo Spitzengardinen die Fenster zierten. Aber nun waren sie aus der Welt der weißen Spitzen verschwunden. Wie Abtrünnige tauchten sie ins Dunkel und lebten jetzt in Grabhöhlen. Wenn er sie sah, musste er an den Besessenen aus der Bibel denken.

»Toll« waren die Besessenen, die Schamlosen, die Fallsüchtigen und die Irrenhäusler. Darum waren die Witwen für ihn »Tollschöne«.

Lange hatte er es nicht für möglich gehalten, was da vorging. Ein Weib nach dem anderen wurde seiner Bestimmung abtrünnig, eines Mannes Weib zu sein. Sie waren lustige Witwen, sie spielten und tändelten mit ihren Schleiern wie Verliebte und lächelten aus den Grabhöhlen heraus, um andere in sie hineinzulocken.

Als Machthaber der Kirche verfolgte Pastor Siemssen die Abtrünnigen mit Argwohn. Sie verließen einsam die Übereinkunft, die ein Volk sich geschaffen hatte. Sie wandelten in Richtung Wandel. Und manche zog es zur Gesetzlosigkeit.

Viel zu lange hatte er das tatenlos beobachtet. Doch wie sollte er es verbieten? Er musste sie endlich abkanzeln.

Die Gemeinde horchte ihrem Pastor, der das Evangelium verlas.

»Als er aus dem Schiff trat, lief ihm von den Gräbern entgegen ein Besessener, der seine Wohnung in den Grabhöhlen hatte. Niemand konnte ihn mehr binden, auch nicht mit Ketten; denn er war oft mit Fesseln und Ketten gebunden gewesen und hatte die Ketten zerrissen und die Fesseln zerrieben; und niemand konnte ihn bändigen. Und er war allzeit in den Grabhöhlen und auf den Bergen, schrie und schlug sich mit Steinen. Da er aber Jesus sah von ferne, lief er hinzu und fiel vor ihm nieder, schrie laut und sprach: Was willst du von mir, o Jesus, du Sohn Gottes, des Allerhöchsten? Ich beschwöre dich bei Gott, dass du mich nicht quälest! Jesus sprach zu ihm: Fahre aus, böser Geist, von dem Menschen! Und er fragte ihn: Wie heißest du? Und er antwortete: Legion heiße ich, denn wir sind viele. Und er bat Jesus sehr, dass er sie nicht austriebe. Es war aber daselbst am Berge eine große Herde Säue auf der Weide. Und die Geister des Besessenen baten ihn und sprachen: Lass uns in die Säue fahren! Und er erlaubte es ihnen. Da fuhren die bösen Geister aus und fuhren in die Säue, und die Herde stürzte sich den Abhang hinunter ins Meer, ihrer waren zweitausend, und ersoffen im Meer.«

Nach dem Gottesdienst mussten sie alle an ihm vorbei. Als die erste Tollschöne zu ihm trat, fragte er, als wenn er sie unter dem Schleier nicht erkannte oder sie ihr Ansehen verloren hatte: »Wie heißest du?«

Verdutzt gab sie Antwort: »Ylva Norden.«

»Legion heißt du.«

Bei der nächsten dasselbe: »Wie heißest du?«

»Ich? Bodel Nielsdatter.«

»Legion heißt du.«

Sie ging weg, als hätte er sie als Sau beleidigt.

»Wie heißest du?«, fragte er jede Tollschöne.

»Caritas Olsen.« »Janna Loor.« »Sannye Nielsen.« »Runa Brunsen.« »Yngve Michelsen.« »Manda Imsen.« »Astrid Andersen.« »Alis Traf.« »Unna Bor.« »Grafhild Sörendatter.« »Levke Nissen.« »Norrit Gummer.« »Ordis Carlsen.« »Bibi Fredersen.« »Albeona Ruffsen.« »Fricka Gordatter.« »Rhiannon Anderson.« »Anna Lorson.« »Cordelia Sondersen.« »Fidelia Frykk.« »Lily Martensen.«

»Legion heißt ihr, denn ihr seid viele.«

Till war nicht in der Kirche gewesen. Er hörte es von Laust, der es vom Müllermeister hatte. Der Pastor hatte die Verschleierten zu Geächteten erklärt. Die Tollschönen waren vom bösen Geist besessen und hausten in Grabhöhlen.

Tills Herz schlug, als er heimkam. *Endlich spricht es einer aus!*

Nun, wo es endlich einer aussprach, einer von Rang und Namen, da fühlte Till: Die Unruhe, die ihn quälte, war seine Gewissensnot. Denn seine Frau klöppelte die Witwenschleier.

Falka war nicht da. Till machte Falkas Koffer auf.

Ein schwarzer Schleier bauschte sich heraus wie ein Wesen, das Luft holte, um zu leben. Es war mit hundert Nabelschnüren aus Nesselgarn ans Klöppelkissen gebunden, aber seine Entbindung stand bald bevor. Das Ding war so gut wie fertig. Es wollte aus dem Koffer raus und um eine Tollschöne gauchen.

Tills ganzer Hass schlug dem Hexending entgegen.

Falka war Kerzen kaufen. Sie kam mit dem Kerzenbündel in die Hütte und stockte. Ihr Koffer stand offen, der Schleier war draußen.

»Das hat jetzt ein Ende!«, brüllte Till.

Er zerrte sie zum Koffer. Ihr Kerzenbündel polterte auf den Boden. Till duckte Falka zu ihrer Schandtat hinunter wie eine Katze in ihren Haufen Kot.

»Du machst nie wieder was Schwarzes!« Er drückte ihr den Arm hinten hoch, dass sie vor Schmerz jaulte. »Die Tollschönen sind Säue!« Er spuckte auf den Schleier. »Das sind Grabhöhlen! Du wirfst den ins Feuer!«

Seine Hände schwitzten so, dass Falkas Arm ihm entglitt. Sie fuhr hoch und empörte sich:

»Da ist das Liebste drauf, was meine Freundinnen auf Erden hatten. Das Liebste, das sie verloren. Das Liebste, um das sie Tränen vergossen.«

Er brüllte: »Das Sauding kommt ins Feuer!«

Doch die Feuerstelle war grad kalt.

Till wollte hin, um Feuer zu machen, da stolperte er über das Kerzenbündel und knallte auf den Boden.

Sie guckte auf ihn runter. »Ich bin Spitzenklöpplerin, das wusstest du. Ich mache Schleier so schön, wie ich kann.«

»Du machst den Tod schön.«

»Ich hab ein Auge für das Schöne, ob's lebendig ist oder tot.«

»Soll ich dir sagen, was Tod ist?«

Ungeheure Trauer wallte in ihm auf, ein Verlassensein von aller Welt.

Falka sah das und sank vor Mitleid nieder. Er verbarg sein Gesicht in ihrem Schoß, als er ihr sagte, was Tod ist.

Es war das Jahr der Sommerstürme gewesen, den ganzen August wetterleuchtete es über Pommern. Die Schweden hatten alle Männer rekrutiert zum Kriegsdienst, auch kein Junge war mehr sicher. Till war dreizehn.

Die Schweden siegten in ganz Deutsch-Pommern und machten es zu Schwedisch-Pommern. Das reichte von Stralsund bis Stettin und weit in die Mark Brandenburg, bis nach Fehrbellin. Dort hatten die Deutschen endlich einmal gegen Schweden gesiegt, darum endete bei Fehrbellin das Schwedenreich. Aber für alle kommenden Feldzüge sammelten sich schwedische Kampftruppen in Pommern.

»Pommerland ist abgebrannt. Hast das mal gehört?«

»Ja.« Das hatte Falka gehört.

»Das waren die Schweden«, sagte Till.

Von Pommern aus zog das schwedische Heer in seine Schlachten. Die Feldzüge machten aus Tills Heimat eine Kriegshölle.

Die größte Garnison war Stralsund. Grimmen war einen Tagesmarsch von Stralsund entfernt. Eine Wegstunde von Grimmen entfernt lag Tills Heimatdorf. Fortwährend zogen Kriegstruppen da durch. Die Schweden nahmen sich, was sie brauchten. Sie nahmen den Frauen die Männer weg und den Müttern die Söhne. Sie nahmen den Säuglingen die Milch weg und den Alten das Brot. Sie fraßen, bis nichts mehr da war. Dann zogen sie weiter.

Der Dreißigjährige Krieg war schon vor einem Menschenalter zu Ende gegangen. Nur in Pommerland nicht. In Pommerland war ewig Krieg.

Till bewachte die Schafherde des Dorfes auf einer Weide. Dort gab es ein Dolmengrab. Ein Gang führte in eine Höhlenkammer, da hinein trieb Till die Schafe, wenn die Schweden heranmarodierten. Er schlief auch bei den Schafen. Rosalind besuchte ihn und brachte immer Kirschen mit. Diese eine Kirschenstunde am Tag war sein Alles. Sie saßen in Wolken von Schafen beisammen. Rosalind war seine Liebste. Rosalind bekam Schlitzaugen, wenn sie lachte. Rosalind kannte sich mit Pilzen aus.

Till wusste von dem Plan. Rosalind hatte sich vorgenommen, die Schweden zu töten mit Giftpilzen.

Die Schweden kamen, fraßen und zogen weiter.

Vor Einbruch der Nacht kamen sie zurück. Sie traten gleich die Tür vom ersten Haus ein. Die Tür kippte ins Haus, die Schweden obendrauf wie Tobsüchtige. Sie schleppten die Frauen und Kinder raus, Haus für Haus. Als sie das ganze Weibsvolk beisammenhatten, rissen sie einer Mutter ihr Kind weg und banden es an einen

Baum. Dann schnitten sie dem Kind den Hals durch. Der Mutter steckten sie ein Sperrholz in den Mund und trichterten ihr Jauche ein. Das war der »Schwedentrunk«.

In jener Nacht töteten die Schweden alle Kinder aus Tills Dorf. Sie trichterten allen Frauen den Schwedentrunk ein. Sie trichterten und töteten bis zum Morgengrauen. Nur ein paar Alte ließen sie am Leben zum Begraben der Leichen.

Einer der Alten kam schließlich zu Till. Er hockte sich auf die Fersen. Schonungslos sagte er Till, dass alle tot waren. Die Schweden hatten das ganze Dorf in einer Nacht ausgelöscht.

Till krallte die Finger ins Gras. *Wo war Rosalind?*

Rosalind war tot, sagte der Alte.

Till zog das Gras mit den Erdklumpen raus, ballte es in seine Fäuste und wimmerte. Nach einer Weile nahm der Alte Tills Hand. Er strich die Erde ab und legte einen Geldbeutel hinein.

»Geh fort von hier. Geh weit fort.«

»Ich m-mmmm-«, er würgte, »muss ins Dorf.«

»Da lebt niemand mehr. Geh nicht hin. Geh fort.«

»Wohin?«

»Wo Frieden ist. Da gehst du hin.«

Till ging ins Dorf. Wenn er Rosalind in seine Arme nahm, würde er den Abschied ertragen können, glaubte er. Als er ins Dorf kam, hörte er keine Menschenseele, er sah niemanden auf der Straße.

Der Alte, der ihn nicht hindern konnte, Rosalind zu suchen, hatte ihm gesagt, wo Rosalind begraben lag. Im Garten von ihrem Elternhaus. Till würde sie ausscharren müssen, um sie ein letztes Mal zu umarmen.

Als Till in den Garten kam, sah er sogleich einen Sonnenfleck. Ein milchiger Schimmer lag auf dem Erdboden. Er ging darauf zu. Das Licht auf dem Fleck wurde lebendig. Till stand vor einer Madenpfütze. Seine Hände wurden nass vor Entsetzen.

Hier brachen seine Worte ab.

Er stützte sich mit den Händen ab, um sich aufzurichten. Als er sie vom Boden nahm, hinterließen sie patschnasse Flecken. Sie weinten für immer um Rosalind.

»Das ist meine Geschichte«, sagte er. »Das ist Krieg. Das ist Tod.«

Sie sagte leise: »Es tut mir leid um Rosalind. Sie war eine Heldin.«

»Krieg ist die Hölle, Falka. Es gibt den Teufel, es muss ihn geben. Das kann nicht von uns kommen. Der Teufel macht uns tollwütig. Du darfst ihn nicht anlocken.«

»Ich lock ihn an?«

»Mit deinen Hexenschleiern. Dem Teufel gefällt, was du tust. Damit du es noch toller treiben kannst, schickt er dir seine Helfer: Verwüstung, Seuche, Krieg. All das kommt, wenn du nicht aufhörst.«

Falka rückte von ihm ab und sagte: »Krieg ist, was Männer tun. Ich hab mit Krieg nichts zu tun, weil ich ein Mädchen bin.«

»Deine Schleier machen die Frauen toll. Der Pastor sagt, sie sind vom bösen Geist besessen.«

Falka schaute seelenruhig ihren Schleier an. »Sie wollen ihn, weil er schön ist.«

»Das Ding tötet! Glaubst du, dass die Männer alle von selber sterben? Du bist schuld! Du machst die Witwen zu Hexen!«

Da trat sie mit dem Fuß gegen sein Herz. Und es brach.

»Du hast Martin auf dem Gewissen!«, schrie er.

Sie waren beide schockstill.

Dann sagte Falka streng: »Er hat sich selbst entleibt.«

»Das lügt sein Weib!«

»Halt dein Schandmaul!«

In erbittertem Zorn zeigte Till auf sie. »Bist du sein Mörder?«

»Mein Gewissen ist rein.«

Till sah sie an. Falka hielt seinen Blick aus. Er hatte noch nie einem Menschen so hilflos ins nichtssagende Gesicht gesehen.

Die Weisheit liegt im Schweigen. Hätte er doch nichts gesagt. Jetzt war er ihr Feind. Er konnte nicht mehr mit ihr leben.

Heiser brachte Till hervor: »Ich will, dass du gehst. Wir sind aus. Geh weg. Mit Koffer und all deinem Zeug. Komm nie wieder.«

»Aber hier ist mein Haus.«

»Wenn du nicht gehst, brenn ich's ab!«

19

DAS HURENHAUS

Über die Schande sprach das Hurenhaus das letzte Wort. Schande ist dein Schicksal, sagte das Haus. Wer hier eintrat, trat in Schande ein.

In ihrer Not klopfte Falka bei der *Verwunschenen Grotte* an.

Eine fette Frau tat die Tür auf. Falka machte einen demütigen Knicks.

»Darf ich bittebittebitte zu Maximalia?«

Die fette Frau schaute auf den Koffer, als wollte Falka eine Krankheit einschleppen. Aber sie ließ Falka eintreten und ging ihr schwabbelnd voraus durch einen Höhlengang, der in eine Höhlenkammer führte. In abgeschiedenen Grotten standen üppige Sofas, Huren saßen rum und waren mit einer brütenden Art von Nichtstun beschäftigt. Die fette Frau gebot Falka, in einer der Grotten Platz zu nehmen.

»Maximalia empfängt gerade. Wen darf ich melden?«

»Ich bin Falka Auge.«

Ein Geräusch, als raschelte ein Federkleid. Die Huren kamen wie Paradiesvögel aus ihren Grotten und sahen Falka neugierig an.

Dann musste Falka warten. Nicht lange, und die Huren machten ihr Komplimente. Ein paar bekannten, dass sie früher auch Klöpplerinnen gewesen waren, beim Kinderschinder.

Die fette Frau geleitete einen Mann nach draußen, der ihr nachtrapste wie ein Mönch, der berauscht aus dem Weinkeller kam.

Maximalia war empfangsbereit.

Sie glich einem Knochen, der aus einem Hungertuch ragte, nur ihr Mund war von üppiger Pracht, als seien die Brüste, die sie nicht hatte, dorthin geraten.

Schluchzend warf sich Falka in die Arme der Freundin. »Till hat mich weggejagt!«

Maximalia ließ sie weinen und summte leise mit.

Dann kam die Zeit, sich umzusehen. Ein gewaltiges Bett stand an der einen Wand, ein wuchtiges schmiedeeisernes Gestell an der anderen. Falka hatte so etwas noch nie gesehen, aber sie konnte sich vorstellen, zu welchem Gebrauch es gemacht war: um ein Mädchen breitbeinig dranzuhängen.

»Das ist ein Barren«, sagte Maximalia.

Beisammen auf dem Bett liegend, hechelten sie durch, was es Neues gab. Der Nacktkopf hatte zu den Frauen gesagt, dass sie Säue waren. Ersaufen wollt er sie.

»Der Pastor ist ein böser Mann«, sagte Falka.

Sie schmiegte sich an die Freundin wie einst in der Nachtkammer. »Denkst du noch manchmal an früher?«

»Damals, das war eine Gnade«, sagte Maximalia.

»Was ist Gnade?«, fragte Falka.

»Wenn man gesegnet ist mit einer Gabe. Wie du begnadet bist zum Klöppeln, bin ich begnadet zum Verkleiden.«

»Aber Verkleiden ist kein Tagewerk.«

»Doch. Zu was ich mich hier schon alles verkleidet hab. Gnade ist, wenn man etwas kann, was sonst kein anderer kann. Das ist Gnade. Ich bin für was Großes vorgesehen.«

»Was denn Großes?«, fragte Falka.

»Wie in der Nachtkammer, wo ich der Tod war. Ich war etwas Großes, und ich wusste, dass die Gnade mir zeigt, wo ich im Leben hinsoll.«

»In die *Verwunschene Grotte*?«, sagte Falka zweifelnd.

»Die Gnade wirkt auch hier«, sagte Maximalia.

Falka zog in eine Klöppelstube im Hurenhaus. Von den Buhlern bekam sie keinen zu Gesicht, sie sah nur die Flecken, die von ihnen in Maximalias Bett zurückblieben. Einmal führte Maximalia ihr am Barren die *Spinne* vor. Sie trug ein schwarzes Nichts und hing mit einem Knie über jeder Stange. Der Mann begattete die Spinne. Danach musste Maximalia so tun, als wenn sie ihn auffraß.

Ein ältliches Schwesternpaar hatte hier das höchste Ansehen. Die Kräuterschwestern konnten Zaubermittel zubereiten. Männer ließen viel Geld da nur für eine Rezeptur wie diese: *Nimm je einen Liter Karottenöl und Rettichöl, einen Viertelliter Senföl, vermische alles und gib einen Halbliter Ameisen hinein, die du vorher mit Zucker bestäubst. Stell das Öl drei Tage in die Sonne. Gieß es durch ein Sieb. Dann kann es benutzt werden. Massiere damit deine Mannszierde vor dem Beischlaf. Dann mit Wasser abwaschen. Du wirst ein Herkules an Manneskraft.*

Das Hurenhaus war auch eine Doktorstube.

Männer ließen sich Blutegel aufsetzen. Versackte Gedärmschlingen wurden gerichtet, Beinschwären gesalbt, Ohren gespült, Nierensteine ausgeschwemmt. Väter eilten ins Hurenhaus, wenn ihre Töchter Pickel bekamen. Dagegen half Sperma, denn es wühlte sich in die Poren und lockerte den Pfropf. Sie ließen es sich von den Huren abzapfen und reichten es sogleich an ihre Töchter weiter, damit diese es für ihren *teint* benutzten. Frauen kamen ins Hurenhaus für Kindsaustreibungen.

Das Weibsvolk schuldete den Huren Dank. Dafür, dass sie den Wasserlasser in den Mund nahmen. Dafür, dass sie die Kanone in ihr Hinterloch ließen. Dafür, dass sie den Spritzer zwischen ihre Brüste quetschten und rammeln ließen. Die meisten Ehefrauen duldeten das nicht, aber sie hatten Verständnis dafür, wenn ihr Mann ins Hurenhaus ging, wo sich andere mit ihm abplagten, damit sie ihre Ruhe hatten.

Ein neuer Gauch kam zur Welt. Wenn die Huren nichts zu tun hatten, schauten sie Falka beim Klöppeln zu. Bald fragten sie, ob sie mithelfen durften. Falka übertrug ihnen Aufgaben, sie zeichnete Klöppelbriefe, damit die Huren die Kirschen und Pilze, die den Schleiersaum verzieren sollten, nachmachen konnten. Die Huren waren gelehrig. Die Schleier wuchsen schnell, denn den Huren war alles Allmähliche fremd, sie wollten immer rasch die Arbeit hinter sich haben. Falka brachte ihnen bei, dass das Allmähliche wertvoller war als das Plötzliche. Das Plötzliche verweilte nie lang. Das Allmähliche vollendete sich langsam und hielt sich für lange Zeit. Man trug einen Trauerschleier ja nicht nur einen Tag, sondern ein Jahr, damit man allmählich mit ihm eins wurde.

Draußen nahm die kalte Jahreszeit ihren Lauf, und schon am Mittag versanken die Tage in der Dämmerung. Die Huren vergruben sich im Hurenhaus. Sie saßen so eng beieinander, dass sie gar kein Feuer mehr machen mussten, denn ihre Körperhitze wärmte sie wie Daunen, wenn sie eifrig am Werk waren. Bald konnten auch die Huren Wunder klöppeln. Glänzende Heerscharen zogen über das Nesselgarn, Dörfer verbrannten in goldenen Flammen. Schlachten und Schäferidyllen. Der Rosalind-Gauch hatte die Pracht von einem Gobelin.

Ein langer Winter zog wieder ins Land. Nachts schlief Falka bei Maximalia im Bett. Winde rüttelten am Hurenhaus, Regen peitschte die Hurengasse, bis sie zu Schlamm wurde. Eines Nachts beschien der volle Knochenmond den Barren. Falka wachte auf und bewunderte, wie er im Mondlicht und im Regenspiel da stand wie ein eiserner Götze.

In dieser Nacht fasste sie einen Plan. Sie trug ihn noch für eine Weile allein mit sich herum, dann weihte sie Maximalia ein.

»Ich will die Rosalind-Schleier zeigen.«

»Wem willst du die zeigen?«

»Allen. An Allerheiligen. In der *Verwunschenen Grotte.*«

»Du willst die den Buhlern zeigen?«

»Nein. Dem Weibsvolk natürlich«, sagte Falka.

»Huren?«

»Allem Weibsvolk. Wenn die hören, dass meine Schleier hier sind, dann kommen die her wie Buhler.«

»Die kommen nur in der Not, sonst schmähen sie uns.«

»Sie werden um die Schleier buhlen, weil du sie trägst.«

»... ich?«

»Maximalia die Große.«

»Was hast du vor?«

»Wir bauen ein Reich aus Spitze. Wie Männer eine Burg auf einen Felsen bauen.«

Maximalia lachte. »Ein Reich bauen willst du? Das ist tollkühn.«

»Das ist nur noch nicht da«, sagte Falka ernst.

Für den Schmaus zur Schleierschau zogen die Kräuterschwestern alle Register. Sie rösteten Bilsenkraut, sie verquirlten Honig mit Hanfblüten, sie ließen die Alraune sich vollsaugen mit Wein. Sie kochten einen Sud aus Eisenkraut und brieten darin Hornissenlarven und die Schenkel von Fröschen. Sie buddelten Hirschschwamm aus, einen Pilz, den Hirsche fraßen, die sich einer starken Potenz erfreuten, und mahlten daraus ein Pulver, das liebestoll machte. In alle Speisen träufelten sie den Urin von Rentieren, die Fliegenpilze gefressen hatten, das sagenhafte Soma des Rausches.

Es sollte eine Zeremonie werden wie die, in der Salome tanzte. Die Huren waren alle in Mythologie geschult, weil sie schon das eine oder andere mythische Wesen verkörpert hatten. Sie wussten, wie sehr Falka ihr Schicksal liebte, darum sollten neun Göttinnen des Schicksals in ihren Schleiern tanzen.

Wie Eulenrufe aus dem Verborgenen, so tat es sich kund. Am Abend von Allerheiligen machte sich eine Legion stillschweigend auf den Weg. Sie strebte auf das tiefste Haus von Tondern zu. Wer hier wohnte, war im Hades. Nun lockte der Hades eine Buhlschaft an.

Die Tür vom Hurenhaus stand offen, die Frauen strömten hinein. Sie kamen in ein Gelüster von Kerzen. Sofas standen im Rund um ein eisernes Gestell. Die Frauen nahmen Platz. Gewisper war.

Ein Fleischkoloss schlug die Trommel.

Die Huren zogen ein. Man konnte sie für die Allerheiligen halten mit ihren Kränzen aus Kornähren auf den Häuptern. Jede trug eine Schale mit Köstlichkeiten. Einladend boten sie davon an.

Die Fette tanzte nun mit Schellen an den Füßen, ihre Fleischmassen wogten. Die Damen aßen stillvergnügt, so verging eine Stunde beim Schmaus. Dann sammelten die Huren die Schalen wieder ein und trugen sie fort.

Trommelgedröhn!

Ein Mädchen kam in die Mitte.

Diejenigen, die Falka Auge kannten, raunten den anderen zu, dass dies *Falka Auge* war, *Falka Auge, Falka Auge.*

Ein Mädchen von ganz schlichter Art stand da. Sie trug ein schwarzes Kleid und hatte ackerbraunes Haar. Man war allseits verwundert, wie jung sie war und wie streng sie wirkte. Als sie zu sprechen anfing, beugten sich alle zu ihr vor.

»Habt Dank für Euer Kommen, gnädige Damen. Ihr ehrt uns. Ich bin Falka Auge und habe für Euch eine Schau vorgesehen. Die Hohepriesterin zeigt meine Schleier. Gleich zu Beginn seht Ihr: *Die drei Grazien. Aglaia*, die Glänzende, *Euphrosyne*, die Frohsinnige, und *Thalia*, die Festfreude. Weidet Eure Augen!«

Falka Auge trat ab.

Herein kam die Hohepriesterin im Sphärenklang ihres Schleiers: *gauchhh – gauchhh – gauchhh* -, und aus dem Hintergrund kamen Töne von Flöte, Zimbel und Maultrommel hinzu. Sie raffte ihren Schleier hoch und schwang sich auf das Eisengestell. Oben breitete sie die Arme aus und ließ den Schleier prunken. Wie ein Glanzregen ergoss er sich um sie, und sie ergötzte sich an ihm, *Aglaia*, die Glänzende.

Plötzlich schlug sie ein Rad! Und noch eins! Und noch eins! Sie flog wie ein schwarzer Schwan und setzte leichtfüßig am Boden auf. Barfuß, aber majestätisch schritt sie um das Eisengestell, und ein Saum aus goldenen Kirschen und Pilzen umflatterte ihre Knöchel. Sie tänzelte in das Doppelgestänge hinein, ergriff die Eisen und schaukelte luftig darin, *Euphrosyne*, die Frohsinnige.

Die Hohepriesterin hängte ihre Knie über die beiden Stangen, nun schaukelte sie lüstern und begann ein Buhlspiel mit ihrem Schleier, der sie liebestoll machte. Es war ihre Hochzeitsnacht, und sie war *Thalia*, die Festfreude.

Als die Hohepriesterin ins Dunkel gauchte, folgten ihr alle Blicke.

Falka Auge kam hervor.

»Der eiserne Götze, den die Damen sehen, nennt sich Barren. Daran stählt man sich, bis der Menschenleib so hart ist wie ein Goldbarren. Die Hohepriesterin wird Euch nun *Die drei Moiren* vorführen. Sie halten die Fäden des Schicksals in Händen. *Klotho* spinnt den Lebensfaden. *Lachesis* bestimmt seine Länge. *Atropos* schneidet ihn ab. Weidet Eure Augen!«

Falka Auge entschwand.

Die Hohepriesterin kam hervor. Sie ging in die Sitzreihen der Damen hinein und zeigte ihnen den Schleier von ganz nahem, setzte sich fast zu ihnen auf die Schöße, damit sie alles darauf erkennen konnten. Ein Junge und ein Mädchen saßen auf einer Schafweide, und *Klotho* spann einen goldenen Lebensfaden um ihre Schäferstunde. Ein Reiterheer in glänzenden Rüstungen mäanderte zu einem Dorf. Das Dorf brannte lichterloh. Ein Land loderte in goldenen Flammen. Die Liebenden aßen Kirschen, doch *Lachesis* bestimmte, dass es kein Verweilen mehr für das Mädchen gab auf Erden. *Atropos* schnitt.

Die Hohepriesterin wehte hinaus und ließ eine erschütternde Stille zurück.

Falka Auge kam hervor.

»Einst war das Weibsvolk nicht so duldsam und demütig wie heute. Einst bestand es aus mächtigen Kriegerinnen. Wir jagten den Männern Angst ein. Wir waren gefürchtet. Wir waren Furien!

Seht nun die letzte Schau. Die Hohepriesterin zeigt Euch: *Die drei Furien*. Sie ist *Tisiphone*, die Rächende. *Megäre*, die Eifersüchtige. *Alekto*, die Wütende.«

Falka Auge verschwand.

Die Huren warfen Mannsleichen aus Strohpuppen auf den Boden, durchbohrten sie mit Dolchen und gossen aus Kübeln Blut darüber. Wütend stürmte die Hohepriesterin in das Massaker hinein. Ihr Schleier ballte sich um sie wie ein kugelrunder Spinnenbauch. Doch plötzlich wurde er von unsichtbaren Händen auseinander- und emporgezogen zu einem monströsen Spinnennetz. Mit einem Trommeldonner, der alle durchbebte, begann der Furientanz. Eine Rächerin zerstampfte die Gebeine des Mannsvolkes, und das Blut tanzte mit ihr. Eine Tobsüchtige schlachtete im Gemetzel, und der Tod tanzte mit ihr. Welch ein grausames und glorioses Wüten! Und bei all dem Schrecken, den sie anrichteten, umstürmte die drei Furien ein tollschöner *Gauchhh*.

Am Ende trat Falka Auge noch einmal vor.

»Es gibt dreißig Schleier«, sagte sie. »Wer einen möchte, kann einen erwerben.«

Sie trat beiseite und überließ das Schlussbild der Hohepriesterin. Auf dem Barren stand die Göttin der Nacht in Siegespose und segnete alle mit ihrer Gnade.

Nach der Schau umringten die Frauen den Barren. Sie befühlten ihn und streichelten ihn, als dankten sie dem eisernen Götzen dafür, dass auf ihm die Gnade tanzte.

Die Huren zählten das Geld von sechzig Buhlerinnen. Sie hatten alle Schleier verkauft und dreißig Schleier mehr, die es noch gar nicht gab. Das war ein Erfolg, der die kühnsten Erwartungen übertraf. Maximalia war die Größte.

Die Kräuterschwestern steckten sich den Erfolg an. Ihre Kochkünste hatten die Frauen schon verführt, bevor Maximalia ihre Schau gab.

»Dann könnt ihr zwei Knollen ja nächstmal die Schleier vorführen«, sagte Maximalia.

Die Buhlerinnen kauften den Rosalind-Schleier, um Grazien zu sein, sie kauften ihn, um Moiren zu sein, und sie kauften ihn, um Furien zu werden. Wer einen Trauerschleier von Falka Auge sein Eigen nannte, lebte in der Vorfreude auf den Tag, an dem man ihn tragen konnte. Noch nicht in diesem November der Dreckpfützen und Schlammkuhlen. Über den harten Winter wollte man das zarte Gespinst auch noch schonen. Aber im Frühjahr, wenn die ersten warmen Sonnenstrahlen auf den Schleier fallen würden, dann sollte es so weit sein.

20
DER SCHREI

Anno 1696

Der Januar brachte andauernde Regenfälle. Feuchtigkeit drang in alle Kammern, das Brot schimmelte, das Vieh bekam Huffäule.

Eines nassen Abends klopfte es an die Tür des Pfarrhauses. Pastor Siemssen machte auf und stand vor einem jungen Mann, der ihn dringlich zu sprechen wünschte, weil er etwas beichten wollte.

Siemssen warf sich den Regenumhang über und ging mit dem Mann zur Kirche. Die Wegsteine waren glitschig. Die Gräber auf dem Friedhof ersoffen. Er hätte auch vom Pfarrhaus durch die Sakristei direkt in die Kirche gekonnt, um dem Mann dort zu öffnen, aber ein Gang durch den Regen war erquicklich. Regen war für ihn das Sinnbild himmlischer Einwirkungen auf die Erde.

Er schloss die Kirche auf und ließ den Mann eintreten. Der Mann ging gleich nach hinten, wo es am dunkelsten war, und rutschte in eine Bank hinein. Siemssen sprach ein Gebet und fragte, was er beichten wollte.

»Meine Frau macht die Schleier, die töten.«

Siemssen erstarrte. Der Mann sprach das aus, was ihn seit langem in Sorge umtrieb: die Schleier, die töten.

»Die kommen aus der Hurengrotte. Alle machen da mit, die Huren, die Tollschönen, alle. Aber meine Frau ist ihre Meisterin.«

»Wer ist deine Frau?«, fragte Siemssen.

»Sie heißt Falka Auge. Sie wohnt im Hurenhaus.«

»Warum holst du sie nicht zu dir?«

»Sie ist ihr Eigen.«

»Kein Weib ist sein Eigen. Wenn sie dein Weib ist, ist sie dein Eigen.«

»Sie ist ein Sturm, Vater, sie verwüstet hier bald alles.«

Vater. Siemssen war daran gewöhnt, als Pastor für älter gehalten zu werden, als er war. Dieser Junge, fand er, sah alt aus durch sein Leid.

»Wie ist dein Name?«, fragte Siemssen.

»Ich bin Mühlenknecht«, wich er aus.

»Ich bin Gottesknecht«, sagte Siemssen.

»Ich beichte noch was«, sagte der Junge. »Falka Auge hat Martin Martensen getötet. Tun Sie was.«

Siemssen hatte einen Befehl bekommen von einem Knecht, aber es kam ihm vor wie ein Befehl von Gott, etwas zu tun. Doch er brauchte Beweise. Er musste die Dinge durchschauen. Aber wie konnte er etwas durchschauen, das heimlich war? Wie etwas verstehen, das sich toll gebärdete?

Er besuchte eine der Tollschönen, die eine große Wortschwallerin war, und hörte sich an, dass sie tags und nachts Gottes Willen erforschte, warum er ihren Mann zu sich geholt hatte. Als Siemssen fragte, wie ihr Mann gestorben war, hob sie an zu einer Wetterklage.

Eine andere Tollschöne fragte er direkt, wo sie ihren Trauerschleier herhatte. Ihr Blick schweifte zum Fenster hinaus, als hätte er sich nach der Hofgans erkundigt. Spröde sagte sie, ihr toter Mann habe sie verschleiert.

Aus den Damen war nichts herauszubekommen. Er stand vor einer Mauer des Schweigens. Also besuchte er das Gesinde und hörte sich das Leid von Wäscherinnen, Köchinnen und Mägden an, und er hörte, was sie alles mitbekamen. Im Hurenhaus feierten sie Hexensabbat.

Pastor Siemssen und Falka Auge begegneten sich auf einem Feldweg, frühmorgens.

»Guten Tag, junge Magd«, sprach er Falka an.

Das Mädchen knickste, es trug einen Korb, der mit einem Tuch verdeckt war.

»Darf ich dich ein Stück begleiten?«, fragte er.

»Ja.«

Gemeinsam gingen sie weiter. Ihr Kopf reichte ihm grad bis zur Schulter. Das war die Urheberin des Unheils. Er musste es sich still vorsagen, damit er es selber glaubte, denn eigentlich wirkte Falka Auge auf ihn wie eine fromme Klosternovizin. Er schätzte sie auf sechzehn Jahre.

»Darf ich deinen Korb tragen?«, bot er sich an.

»Ich will zum Schuster.« Sie behielt ihn bei sich.

Vielleicht lag ein schwarzer Schleier im Korb, dann brachte sie dem Schuster den Tod.

»Gib mir deinen Korb«, verlangte Siemssen.

»Warum?«, fragte sie verdutzt.

Er nahm ihr den Korb weg und schlug das Tuch auf. Im Korb lagen Schuhe.

»Ich möchte dir eine Empfehlung geben«, sagte er.

»Mir? Was denn?«

»Du verlässt Tondern. Packst dein Bündel und gehst von hier fort. Ich gebe dir das«, er zeigte ihr ein Geldsäckchen, »für eine Reise ohne Wiederkehr.«

»Aber hier ist mein Zuhause.«

»Nein. Denn ich verstoße dich aus dieser Stadt.«

Sie hatte Furcht vor ihm. Aber sie hatte auch Sturheit. Er musste aufs Ganze gehen.

»Du bist eine Mörderin.«

Er beobachtete genau, was jetzt mit ihr geschah. Erschrecken ergriff sie. Aber sie raffte auch ihre ganze Empörung zusammen.

»Ich hab nie was Böses getan!«

»Gott sieht alles.«

Das machte sie still. Er sah ihr blankes Entsetzen.

»Du nimmst das Geld und gehst, wenn dir dein Leben lieb ist«, drohte er ihr.

»Was wollen Sie mir denn tun?«, fragte sie.

Ja. Das war die Frage.

»Fürchte dich.« Er legte den Geldsack in den Korb und gab ihr den Korb zurück.

»Und wenn ich nicht geh?«, fragte sie.

»Hast du die Gewissheit, dass ich dein ärgster Feind bin.«

Falka floh in heller Angst zu Maximalia.

»Der Pastor hat mir gedroht!«

Die Freundin lag lang hingegossen auf dem Bett.

»Er jagt mich weg! Er will mir ans Leben!« Falka warf sich neben sie und schluchzte.

Maximalia ließ sich die Begegnung erzählen. Sie dachte nach. Dann sagte sie: »Der Pastor tut stark, ist aber schwach.«

»Aber ihm gehört Gott. Gott ist mächtig.«

»Findest du Gott mächtig, wenn der dem Nacktkopf gehört?«

»Gott sieht alles.«

»Dann soll der mal mich sehen.« Maximalia schwang sich auf den Barren und posierte wie eine Grazie. »Ich bin die Hohepriesterin. Du bist Falka Auge. Weißt du eigentlich, wie berühmt wir sind? Wie viel hat er dir denn angeboten?«

Falka schüttete das Geldsäckchen aus.

»Pah«, machte Maximalia.

Pastor Siemssen fand das Geldsäckchen sonntags im Oboluskorb. Mit einer Schleife war es zugeschnürt. In die Spitze waren gekreuzte Säbel geklöppelt.

Zur selben Zeit hörte Willem Tondernsen ein Gespräch Lilys mit der Magd. Es fand im Garten statt, wo die Magd Laub zusammenkehrte, als Lily zu ihr trat. Sie standen unter seinem Fenster, als er das Wort »Trauerschleier« hörte. Als er dann noch das Wort »Hurenhaus« vernahm, lauschte er mit.

Lange war er nur mit seinen eigenen Sorgen beschäftigt gewesen. Er hatte seinen guten Namen verloren, er hatte seinen Anwalt verloren. Aber sein größter Schmerz war das Brautkleid. Es lag in einer Truhe. Wozu brauchte Lily noch einen Trauerschleier? Sie sollte für ihre nächste Hochzeit tätig werden, damit das Brautkleid aus der Truhe kam.

Noch am selben Abend stellte er Lily zur Rede.

»Du schickst unsere Magd also ins Hurenhaus.«

Er sah, wie sie rot wurde. Im Haus trug sie keinen Schleier, da war ihr Gesicht nackt und bloß.

»Seit wann werden im Hurenhaus Schleier geklöppelt?«, fragte er.

Sie blieb stumm.

»Du hast einen schwarzen Schleier dort bestellt. Für enormes Geld.«

»Es ist mein Witwengeld«, sagte Lily.

»Wer soll den Schleier tragen?«

»Ich.«

Da wurde er wütend. »Bist du geistesgestört? Du brauchst keinen Schleier mehr. Dein Trauerjahr ist bald aus!«

Aufgewühlt verließ Lily das Zimmer. Der Jahrestag seines Todes kam immer näher. 16. Februar. Bald musste sie den schwarzen Schleier ablegen. Dann war sie wieder die Handelsware für eine Hochzeit. Ein Balzvogel, für den ein goldener Käfig gefunden werden musste. Wenn ihr doch der Geist verginge. Wenn sie doch umnachtet wäre, als so düsterwach zu wissen: Bald aus!

Ich kann ihn nicht ablegen.

Es ging nicht. Noch nicht. Es war zu früh. Sie war noch nicht fertig, sie wollte noch für eine Weile ihr Eigen sein. Sie hatte den Sinn ihres Lebens ja noch gar nicht gesehen. Aber sie spürte, dass er sie sah. Sie musste so lange unter dem Schleier verweilen, bis ihr das Auge der Einsicht aufging. Einsicht bekam man, wenn man einsam war.

Ich will es bleiben.

Sie wollte doch nur in Ruhe gelassen werden. In Ruhe ihre eigenen Wege gehen, die einsamen, die tollschönen.

Lass es noch eine Weile um mich dunkel sein. Nicht das grelle Weiß der Brautspitzen.

Lily betrat ihre Kammer und sank aufs Bett, wo ihr Schleier lag. Sie rollte ihn zusammen, bis er in ihrem Schoß lag wie ein Kind.

Lily&Gritt.

Entsetzliche Unmöglichkeit. Sie konnte sich nicht trennen, sie war mit Herz und Haut daran gebunden. Das ließ sich nicht aus dem Herzen reißen, ohne dass es ihr Herz zerfetzte. Das schwarze Gespinst war zu ihrer Haut geworden. Bald aus. Es häutete sie bei lebendigem Leibe.

Sie schmiegte ihr Gesicht an das Tüpfelchen Glanz, das Gritt war.

Meine Muse. Mein Nachtmahr.

Getrieben ging sie in der Kammer umher und trug den Schleier wie ein Kind. Der Schleier war wie ein Segen über sie gekommen. Ohne den Schleier war alles ein Fluch. Sie brauchte den Schleier mehr als den Schutz von Gott. Ohne Gott konnte sie leben, aber nicht ohne den Schleier.

Aber es musste nicht dieser Schleier sein. Es konnte ein neuer sein.

Er lag auf der Truhe, der Rosalind-Schleier.

Wenn sie die beiden miteinander verglich, dann liebte sie den Gritt-Schleier wie ein Kind, aber den Rosalind-Schleier wollte sie wie einen Mann lieben. Er eroberte sie mit seinen Heerscharen, seinen Flammen, seiner Sturmgewalt.

Ich habe Lust auf ihn.

Lily legte ihr Kind aufs Bett und nahm den Mann von der Truhe. Sie umnachtete sich mit ihm und stellte sich vor den Spiegel. Sie drehte sich, bog sich vor und zurück, und der Schleier folgte jeder Bewegung wie ein Hauch und streichelte ihre Haut. Die Härchen auf ihren Armen richteten sich auf, als spürte jedes einzelne eine Verzückung. Sie stand in seiner lodernden Finsternis und erschauderte vor Lust. Wie konnte etwas so Zartes wie ein Sturm über sie kommen?

Buhle mit mir!

Sie sank nieder und rollte sich mit dem Rosalind-Schleier auf dem Boden herum. Der Schleier umfing sie wie ein Geliebter, er liebkoste und überwältigte sie, er sengte und brandete und schürte Glut, er war feurig wie Mars, der Gott des Krieges, und machte Lily so heiß, als buhlte sie mit dem Teufel.

Danach schlief sie ein.

In einer Traumwelt konnte man Gott oder dem Teufel oder den Toten begegnen.

Lily lief über die Brücke in der schwarzen Sturmwoge des Schleiers. Der Himmel wand sich in Flammen, und das Brückengeländer war ein rasender Sturz. Da stand ein Mann, schwarz wie ein Grabstein, und griff nach ihr, riss ihr den Schleier ab. Er bekam ein Gesicht, sah sie selig an, und sie erkannte Martin. Martin hatte ihren Schleier an sich gerissen. Lily fasste sich an den Kopf, wie das sein konnte. Ihr Kopf war – kahl, sie war – gehäutet. Sie stürzte sich auf Martin und kämpfte, um ihm den Schleier zu entwinden, aber er wollte nicht loslassen, er wollte ihr den Schleier wegnehmen und zu ihr zurückkommen, lebendig. Lily tat den Mund auf zum Schrei: *Nein!!!*

Und so geschah es, dass Lily sich dem Sittengesetz fügte, wonach man einen Trauerschleier nur ein Jahr tragen durfte. Sie legte den Gritt-Schleier ab. Und trug fortan den Rosalind-Schleier.

Das erregte Aufsehen und Missfallen.

Eine Witwe sollte nicht mit ihrer Trauer so verfilzen, dass sie sie gar nicht mehr loswurde. Besonders die Männer fanden, dass Lily es zu toll trieb. Nun war aber mal genug mit dem Mummenschanz, Lily sollte ihre Schönheit wieder zeigen. Man beschwerte sich sogar beim Pastor über ihre Maßlosigkeit.

Mit dem Ende von Lilys Trauerjahr, so hatte Siemssen gehofft, würde die Seuche bald vorbei sein. Er setzte auf den 16. Februar, an dem Lily den Schleier ablegen musste, wie es Brauch und Sitte war. Wenn die Tollschönen sie nicht mehr als Vorbild hatten, würden sie auch die Schleier nach und nach aufgeben. Aber es kam anders, es nahm kein Ende.

Siemssen sah sich gezwungen, mit Lily zu sprechen. Willem Tondernsen ließ ihn zu ihr vor. Sie empfing ihn im Trauerschleier.

Er setzte sich zu ihr und kam ohne Umschweife zur Sache.

»Es gibt Beschwerden über Sie, Lily.«

»Das mag sein.«

»Sie vergötzen den Tod, sagt man.«

»Haben Sie den Philosophen Heraklit gelesen, Herr Pastor?«, lenkte sie ab.

»Habe ich nicht.«

»Ein Satz von Heraklit geht mir nicht aus dem Sinn. *Sterbliche und Unsterbliche, lebendig in ihrem Tod, tot im Leben des anderen.* Ich, die ich lebe, bin eine Sterbliche. Martin, der tot ist, ist ein Unsterblicher. Ich bin lebendig als Sterbliche. Martin ist lebendig als Unsterblicher. Wo ist dann der Tod? Wo ist er?«

»Heraklit war ein heidnischer –«

»Pastor Siemssen«, fiel sie ihm ins Wort. »Die Menschheit aus allen Zeiten, sie besteht doch mehr aus Toten als aus Lebenden, ja?«

»Vermutlich.«

»Glauben Sie Newton? Dem Physikus Isaac Newton?«

»Ich bin hergekommen, weil die Maßlosigkeit Ihrer Trauer –«

»Newton sagt, dass eine Schwerkraft auf alles wirkt. Alles fällt nach unten. Wie kommen dann die Toten in den Himmel?«

»Sie kommen in den Himmel«, sagte Siemssen unwirsch.

»Was ist Schwerkraft? Ich glaube, was wir Schwerkraft nennen, ist der Hades der Toten. Die Schwerkraft kommt von seiner Masse. Es ist die dunkle Masse der Toten, in die alles fällt. Durch Schwerkraft, durch Schwermut. Gleiches will zu Gleichem. Ich habe Martin im Traum auf der Brücke gesehen. Er sah mich an wie ein Unsterblicher eine arme Sterbliche.«

Er hatte nichts von ihrer tollen Rede verstanden.

»Lily. Es gibt Brauch und Missbrauch. Sie treiben Missbrauch, wenn Sie den Schleier weiter tragen«, sagte er streng.

»Ich werde ihn weiter tragen.«

»Dann sind Sie eine Besessene.«

»Ich bin eine Trauernde, Herr Pastor.«

»Ich befehle Ihnen, die Unsitte zu beenden!«

»Nein.«

Er konnte nicht fassen, dass sie Nein gesagt hatte. Das war eine Rebellion gegen seinen Befehl und gegen die Weltordnung.

Lilys Worte, *die dunkle Masse*, gingen ihm nicht aus dem Kopf, als er heimging. Aber Gregor stellte sich darunter keine Toten vor. Für ihn waren die Armen die dunkle Masse, die im Hades der Weltordnung hauste. Er begann jetzt zu fürchten, dass die Weltordnung bedroht war, denn sie war auch seine. Wenn die Armen aus dem Hades ausbrachen und sich gegen die Herrschenden erhoben, war die Weltordnung umgestoßen. Die Armen mussten im Hades bleiben, dann war die Weltordnung gesichert. Man musste die Armen schwächen und die Reichen stärken.

Dass Martin Martensen zu Tode kam, war gegen die Weltordnung, deren Gesetz lautete, dass die Reichen ein langes Leben vollendeten und die Armen früh verendeten. Das war nicht gut und nicht gerecht, aber so war die Weltordnung. Es gab nun einmal wenig Platz für Reiche auf der Welt. Dafür gab es viel Platz für Arme im Totenreich. Mochten sie im Hades über ihr Schicksal grollen. Aber der Groll war aus dem Hades gekommen. Die Duldsamen waren jetzt Nachtmahre.

Martin war tot. Willem Tondernsen war ein Schuldenknecht. Und Lily war eine arme Sterbliche.

Hingegen die Todmädchen waren Märtyrerinnen. Gregor selbst hatte sie dazu gemacht, um Willem Tondernsen zu schaden, dem Todsünder der Habgier. Was hatte er nur angerichtet? So ein schlechter Mensch war Willem Tondernsen gar nicht, denn er brachte den Wohlstand. Mit dem Wohlstand wurden die Menschen vornehmer, die Gassen sicherer, die Genüsse feiner. Das Leben war eitel Freude. Die Liebe zu weißen Spitzen war die Liebe zum Frieden. Das alles war dahin durch seine Worte. *Kinderschinder. Blutspitzen. Todmädchen.* Er wollte, er könnte das alles zurücknehmen, aber das ging nicht mehr.

Auge um Auge, Zorn um Zorn. Die Rache der Todmädchen traf die ganze Stadt. Aber vor allem traf es die Tondernsens und Martensens. Ihren Häusern galt der Angriff. Sie verloren die Macht und das Leben, und aus dem Machtvakuum stieg Falka Auge auf. Wer war sie? Was trieb sie an? Ihr Wirken zeigte sich überall. Es drang unaufhaltsam vor, in jedes Haus, in jeden Herzenswunsch. Ein Weib nach dem anderen brachte sie in ihre finsteren Fänge. In den Grabhöhlen wurden ihre Geister toll. Aber diese Tollheit, das war sein Problem, fiel unter keine der sieben Todsünden. Nicht Habgier, man ging doch in Trauer über einen Verlust. Nicht Eitelkeit, man verschleierte ja seine Gestalt. Nicht Völlerei, man entsagte den Genüssen der Welt. Nicht Neid, denn alle wollten gleich sein. Nicht Zorn, denn die Abgeschiedenheit unter dem Schleier stimmte harmonisch. Nicht Trübsinn, denn sie waren ja Begeisterte. Nicht einmal Luxus konnte er ihnen vorwerfen, denn ihre Schleier waren aus ärmlichem Nesselgarn. Im Grunde konnte er ihnen nichts vorwerfen. Aber er glaubte, dass sie eine Legion waren, die über Leichen ging.

Er musste sich der Legion entgegenstellen.

Ihm graute davor, denn er wollte beliebt sein und seinen Ehrenplatz in Lilys Gunst und aller andern Frauen behalten. Wer das Herz eines Menschen hatte, hatte sein Gehorchen. Wer den Hass eines Menschen hatte, hatte seinen Ungehorsam. Lily war ungehorsam, und wenn Lily damit anfing, würden alle es ihr gleichtun.

Pastor Siemssen stieg auf die Kanzel. Grabhöhlen schauten auf ihn. Mit Donnerhall verkündete er: »Es ist keiner Witwe mehr erlaubt, einen Trauerschleier zu tragen! Dieses Verbot gilt ab sofort als Gesetz von Gott.«

Danach war Stille.

War es die Stille vor dem Sturm? Hatte er ihre Herzen? Würden sie gehorchen?

Ein Weißbärtiger begann langsam und laut die Hände aufeinanderzuschlagen. Das einsame Klatschen verlor sich im Kirchraum. Ein anderer Mann stand ermutigt auf und klatschte hohlhändig mit. Als er auf die Bank zurücksank, war es in der Kirche noch stiller als zuvor.

Die Verzagten saßen zusammengekauert in ihren Grabhöhlen. Sein Machtwort, das Gottes Gesetz sprach, hatte sie ins Mark getroffen.

Eine Verschleierte schoss hoch. »*Was* wolln Sie uns verbieten? Nach unserm Brauch um unsere Männer zu trauern?«

»Wir sollen keine Schleier mehr tragen?«, rief eine andere.

»Das können Sie nicht!«

»Ihr habt zu gehorchen!«, gebot er ihnen.

»*Sie* –« Eine Tollschöne wollte aus der Bank hinaus. Die daneben riss sie zurück.

»Schande!«, schrie eine wutentbrannt.

Wie ein Schwelbrand fraß sich die Wut durch die Reihen. Die Weiber erhoben ihre Stimmen zum Aufstand.

»Sie haben uns nix zu befehlen! Sie sind nicht von hier!«

»Mein Mann ist tot, und ich soll nackt gehn?«

»Wir sind Witwen.« Das Weib stieß einen blitzhellen Schrei aus!

Da ging es mit ihm durch. Er konnte seinen heiligen Zorn nicht mehr zügeln. Savonarola fuhr in ihn ein. »Ihr Tollschönen seid wie die Huren! Ihr geht ins Hurenhaus! Ihr tragt Hurenschleier!«, brüllte Siemssen.

Schockstill waren die Weiber.

»Sie Scheusal.« Ein zartes Stimmchen aus einer Grabhöhle.

Siemssen donnerte sie an: »Gott befiehlt dir, Sünderin, dass du den Schleier verbrennst!«

Sie hielt sich das Herz.

Er packte die Bibel und hielt sie hoch.

»Gott vergibt euch, wenn ihr umkehrt! Ihr seid Todsünder, solang ihr die Hurenschleier tragt! Legt sie ab für euer Seelenheil.«

Eine Tollschöne drängte sich durch die Bank und trat in den Gang. Die Frau verneigte sich vor ihm. Als sie wieder hochkam, schleuderte sie ihm ihren Schuh entgegen. Siemssen duckte sich, der Schuh verfehlte ihn knapp. Schon war der andere Schuh auf ihn im Anflug. Er warf sich zur Seite, der Schuh flog an seinem Kopf vorbei. Barfuß stampfte die Frau aus der Kirche.

Siemssen sah das Unheimliche, und das Unheimliche hatte es auf ihn abgesehen. Eine nach der anderen warf erbost ihre Schuhe auf ihn. Holzpantinen krachten gegen den Altar. Kerzenleuchter schepperten. Am Ende kehrten sich alle von ihm ab und zogen hinaus, Hand in Hand, zu zweien, zu dreien, barfuß.

Geschlagen stieg Siemssen von der Kanzel herab. Er ging durch das Geröll der Schuhe, und dabei war ihm, als ginge er durch ein zertrümmertes Gotteshaus.

Schockwellen liefen durch Tondern. Eine Weibsmeute hatte den Pastor gesteinigt! Mit Fußlatschen!

Am Tag danach standen die Schuhe in langer Reihe am Rande des Kirchwegs, wo ihre Besitzer sie abholen konnten.

Doch es kam niemand.

Die Kirche war sonntags leerer. Aber wie zum Trotz kamen jetzt jene, die man sonst selten im Gottesdienst sah und die dem Pastor Beistand gaben. Der Pastor hatte zu Recht die Tollschönen abgekanzelt und ihrem Treiben ein Verbot erteilt. Das dachten viele, die sonst nicht viel vom Pastor hielten.

Dreiundfünfzig Paar Schuhe. Weil niemand sie abholte und weil er nicht wusste, was er sonst mit ihnen tun sollte, schenkte er sie einer Zigeunersippe, die grad durch die Gegend zog.

21
DAS FEUER

Falka triumphierte! Sie hatte mit einer Legion den Pastor besiegt.

Die Huren rieben sich die Augen, dass sie jetzt so angesehen waren. Wenn sie am helllichten Tag durch Tondern gingen, kamen sie sich vor wie Damen, denn die Damen grüßten sie wie ihresgleichen. Sie galten nun als gerühmte Künstlerinnen, und sie begriffen schnell, dass sie das Eisen schmieden mussten, solange es heiß war.

Sie waren neunzehn Frauen in der *Verwunschenen Grotte.* Elf waren ständig am Klöppeln. Vier empfingen die Buhler. Falka und Maximalia hatten ihre Sonderstellung. Die Kräuterschwestern besorgten neben der Heilkunde auch das Geschäftliche.

Es wurden Anschaffungen getätigt. Neue Kleider kamen ins Haus und neue Bilder. Ein Fruchtkorb des Malers Balthasar van der Ast. Obwohl Früchte an sich unbescholten waren, quoll der Korb über von Geilheit. Weintrauben glänzten wie geleckte Lippen, Zwiebeln spreizten ihre Knollen, Birnen hatten saftige Pobacken, Aprikosen zeigten ihre Vulva. Nicht alle Früchte waren so appetitlich. Manche waren welk und verschrumpelt, manche sahen vom Stiel bis zum Strunk verdorben aus, und auf dem fauligsten Apfel saß die fetteste Fliege.

Falka war zu Hause im Hurenhaus. Sie und Maximalia schliefen jede Nacht zusammen ein.

»Maximalia, glaubst du, dass Ragga stolz auf uns ist? Wir haben den Nacktkopf besiegt.«

»Ja.«

»Damals hatten wir nur eine Nachtkammer. Jetzt haben wir ein Haus.«

Etwas tat sein Kommen durch Zeichen kund. Drei Wäscherinnen sahen auf dem Heimweg eine weiße Amsel. Sie hielten an und wunderten sich über den Vogel. Eine Amsel, schneeweiß.

Nach altem Aberglauben waren Vögel die Boten himmlischer Mächte. Wenn ein schwarzer Vogel im weißen Gewand erschien, brachte er die Botschaft, dass bald nichts mehr so sein wird, wie es war.

In einem Stall wurde ein sechsbeiniges Kalb geboren. Aus seinem Nacken sprossen zwei Beine mit Hufen. Waren das Teufelshörner? Das Kalb war gesund. Man besprach, ob man es leben lassen oder töten sollte. Es wurde dem Viehdoktor vorgeführt. Der fand, dass die Natur sich einen groben Scherz erlaubt hatte.

In der *Verwunschenen Grotte* kam es auch zu einem denkwürdigen Vorfall. Die Fette fand ein Rattennest, der ganze Wurf war tot. »Wollt ihr einen Rattenkönig sehn?!« Die Huren kamen herbeigelaufen. Mit einem Krummstock hievte die Fette das Bündel hoch. Wie Klöppel an Fäden hingen die Ratten an ihren Schwänzen, die zu einem Filzbalg verklumpt waren. Man mochte die Wuhling nicht angucken und musste doch hinschauen, hinschaudern. Dann setzte die Fette sich die Ratten wie eine Krone auf den Kopf. Alles kreischte!

Es war Frühling, das Reich des Mars. Man hörte Gerüchte von Feindseligkeiten. In Schleswig sollte es zu Ausschreitungen gegen Dänen gekommen sein.

Das ganze Land südlich von Tondern hatte einst Dänemark gehört. Nun begann man sich wieder vorzustellen, wie es wohl wäre, wenn Tondern mitten in einem Großkönigreich Dänemark läge, das vom Skagerrak bis nach Sachsen reichte.

Die Leute glaubten, dass im Schloss von Gottorf Kriegsräte tagten, ja dass Schweden und Schleswig zusammen vorhatten,

Dänemark zu zermalmen. In Tondern ging die Angst um, weil man in einer Grenzstadt Gefahren witterte, wovon in Kopenhagen noch keiner einen Riecher hatte. Es waren vor allem Frauen, die den Krieg zu wittern meinten. Es machte die Frauen irgendwie selig, sich bedroht zu fühlen. Es war fast so, als buhlten sie um einen Feind. Dass er endlich komme und sie überwältige!

Unter rosaweißen Apfelblüten gingen die Frauen mit schwarzen Prophezeiungen hausieren: Söldnertruppen fallen über Tondern her. Feuerteufel werfen Brandkeulen in die Fenster. Das Königreich Dänemark verschwindet aus der Weltgeschichte, weil sein Mannsvolk nicht zeitig in den Krieg zieht gegen die Schweden.

Das Frühlingserwachen des Krieges wurde herbeigesehnt. Aber die Männer ließen sich nicht in Rage sprechen.

»Wenn man auf die Angst der Weiber hören würde«, meinte Willem Tondernsen, »dann müssten wir gegen ihre Falten Krieg führen.«

Falka und Maximalia saßen im Garten hinter dem Hurenhaus in den abendlichen Strahlen der Frühlingssonne.

»Ich möchte, dass er kommt«, sagte Falka. »Der Krieg.«

»Hast du mal auf einer Landkarte gesehen, wie Dänemark aussieht?«, fragte Maximalia.

»Wie denn?«

»Wie ein Grasbüschel. Wenn der Krieg kommt, kommt Schweden wie ein Schaf und frisst uns.«

»Ich glaube, der Krieg ist schön«, sagte Falka versonnen.

»Ich hab noch keinen gesehen«, meinte Maximalia.

»Der Kriegsgott Mars ist schön, er ist der schönste Gott von allen. Und er ist nicht nur Gott des Krieges, auch Gott des Frühlings. Sein Element ist das Feuer. Mars gebietet über Eisen und Erz und alle Waffen, die man daraus schmiedet. Seine Pflanze ist die Nessel, und sein Stein ist der Magnet mit seiner Anziehungskraft.«

»Sag doch gleich, er ist wie du.«

Falka erzählte weiter: »Von den Vögeln sind seine die Nachtjäger wie Eulen und Käuzchen, die Unglücksvögel wie Raben und Krähen und Raubvögel wie der Falke.«

»Heirat ihn doch, dann hast du alles, was du brauchst.«

»Ach, er ist ein Gott.«

Als die Sonne weg war, ging Maximalia rein.

Falka blieb draußen. Sie zog ein wollenes Tuch um sich und schaute zu, wie die Dunkelheit sich vertiefte. Ein leichter Wind fuhr ihr durch die Haare. Sie hatte ein Gefühl, als wäre sie verliebt. In Mars verliebt, den Kriegsgott, den Frühlingsgott. *Komm, schöner Gott, komm!*

Till war einsam und hielt die Sorgen, die er hatte, verborgen. Er ging mit gesenktem Kopf durch die Gassen, sein Haar fiel ihm tief ins Gesicht. Er überlegte, wie er alldem ein Ende bereiten konnte. Aber wer war er schon? Ein Mühlenknecht. Er konnte nicht sprechen, wie man können musste, um das Wichtige so zu sagen, dass ein Wichtiger Alarm schlug. Diese Frauen, die von Falka verschleiert wurden, kamen aus Häusern, wo man Geld hatte. Wer Geld hatte, lebte auf großem Fuße, und wer keins hatte, war zertreten.

Sie überquerten aus verschiedenen Richtungen den Marktplatz, Till kam von hier, Lily von dort. Heere und Brände, er sah sie im schwarzen Schleier kommen wie den Krieg.

Am Denkmal des Zuchtmannes gingen sie aneinander vorbei. Jetzt sah Till auch die Kirschen und Pilze. Falka war verflucht! Wie konnte sie es wagen, mit Rosalinds Schicksal die Tollschönen zu schmücken! Erschrocken blieb Till stehen und sah ihr mit Mörderaugen nach. Die Lügenwitwe eilte über den Marktplatz, als liefe sie vor ihm davon. Der Wind blies in ihren Schleier.

Als Mühlenknecht kannte Till sich mit Winden aus. Mit dem Nordwind Boreas kam die Melancholie über das Land, er brachte Vergänglichkeit und Wandel, seine Jahreszeit war der Herbst, sein Lebensalter die Reife, sein Planet der von Trümmern umringte Saturn. Der Südwind Auster war ein Phlegmatiker, er ließ dem Land seine friedliche Ruhe und seinen müden Wohlstand, sein Wesen war wie Winterstarre, Abend und Alter, und sein Planet der silberweiße Mond. Der Westwind Zephyr war ein Sanguiniker, er wehte mit Frohsinn, er blies alle Wonnen des Frühlings in die Welt, er war wie Kindheit und Morgen, und sein Planet war der Jupiter. Der Wind, der in Lilys Schleier blies, war der Ostwind Eurus, der Choleriker, er brachte den Sturm, seine Temperatur war die Hitze, sein Temperament die heißblütige Jugend und sein Planet der rote Mars.

Alle Mühlen fingen den Wind, und ihre großen Flügel drehten sich, wenn er herbeiwehte. Ebensolches taten auch die Schleier, sie fingen den Wind und trieben eine Todesmühle an.

Till kam in die *Goldene Kutsche* und hielt Ausschau nach Laust.

»Till, alter Teutone!«, brüllte Laust aus dem Grölen der anderen.

Till sackte in eine Lücke, die zwei Weiber ihm schufen. Das Grölen ging um Feuer und Schwert. Die Weiber glaubten, dass morgen die Schweden sie meuchelten, und die Männer redeten ihnen nach dem Munde. Alle erbosten sich über den König, der das halbe Land verloren hatte. »Wir sind Wikinger! Wir sind Wikinger!«, brüllten sie und donnerten die Krüge auf die Tische. Das Beben ließ die Brüste hopsen. Die Weiber kamen in Wallung, sie gaben Küsse und Bisse und ließen sich die Männer munden wie Kanonenfutter.

Tills Hände schwitzten. Sie weinten um Rosalind.

Lily saß vor dem Mausoleum der Martensens. Eben war sie Martins Lustknecht im Stall über den Weg gelaufen. Der Wind spielte mit ihrem Schleiersaum, aber es konnte auch sein, dass Gritt an den Kirschen zupfte.

Gritt war ein Geist, aber Lily durchschaute den Geist bis auf den Grund, und da war Gritt und wollte etwas bewirken. Gritt gab ihrem Sinnen ein Geleit.

Eine wundervolle Welt war das Witwentum. In der Eremitage einer Verschleierung brachte man sich selbst zur Welt. Als was für ein Mensch würde sie zur Welt kommen, wenn sie den Schleier eines Tages ablegte? *Singe mir, Muse, den Sinn meines Lebens.*

Der Sommer liebkoste das Land. Das Leben war leicht, es hatte Libellenflügel. Schmetterlinge tanzten im Wind. Im Hurenhaus planten sie ein Fest. Sie hatten den ganzen Winter fleißig geklöppelt und durch den Frühling bis in den Sommer hinein. Zweihundert Schleier waren fertig für eine Schau. Die Schau sollte an Mittsommer sein.

Es waren himmlische Newton-Schleier aus Sternen und Galaxien.

Alle Welt kannte Sir Isaac Newton. Er hatte die Schwerkraft entdeckt und war geadelt worden. Die Frauen schwärmten für den Physikus.

In den lauen Nächten saßen Falka und Maximalia wie ein Liebespaar im Hurenhof beisammen. Sie schauten zu den Sternen und wünschten sich, die jeweils andere wäre Sir Isaac Newton. Ehrfürchtig sannen sie über den Himmel nach, der wie ein Uhrwerk funktionierte.

»Er hat uns ein Himmelreich geschenkt«, sagte Maximalia.

»Ich will uns ein Mädchenreich schenken«, sagte Falka.

»Haben wir nicht eins hier?«

»Im Hurenhaus? Nein. Ich will uns ein großes Haus schenken.«

»Wem, den Huren?«

»Ich will es dem Weibsvolk schenken. Ein Haus, in dem wir die Herrschaft haben.«

»Das hat es noch nie gegeben.«

Mit einem Gefühl, als würde sie zu den Sternen greifen, sagte Falka: »Es ist Zeit.«

»Zeit ist gegen uns«, meinte Maximalia.

»Mir erschuf sie mein Schicksal«, sagte Falka. »Die Zeit ist ein Meister aus dunkler Hand.«

Die Huren kamen raus und gesellten sich zu ihnen.

Wie tollschön die Nacht war, und wie weit wohl die Unendlichkeit des Himmels ging? Sie fanden, dass nur ein schwarzer Schleier ihr gleichkam. Newton konnte das Himmlische erklären. Aber sie konnten es klöppeln.

In dieser Nacht kam Till zur Kirche. Er sah Licht in den Bleiglasfenstern und trat ein. Der Pastor betete.

»Vater.«

Siemssen verstummte. Der Mühlenknecht sah ihn an, als würde die Welt brennen. »Es kommt Krieg!«

Siemssen nahm die Kerze, die er sich angezündet hatte. Sie gingen zu den Armenbänken. Der Knecht kroch in die letzte hinein und bis zur hintersten Ecke, als wollte er auch noch ins Gemäuer hineinkriechen. Siemssen rückte mit der Kerze in die Bank, da drehte der Knecht sein Gesicht von der Flamme weg, und Siemssen stellte die Kerze auf die Bank vor ihnen, damit der Lichtschein von der Holzlehne verdunkelt wurde.

»Was für ein Krieg soll denn kommen?«, erkundigte er sich mit ruhiger Stimme.

»*Der* Krieg, Vater, der Weltenbrand.«

»Was die Leute reden, ist Torheit. Glaub das nicht. Nichts dergleichen wird hier geschehen.«

»Vater, die Mühlen drehen sich zum Wind des Mars.«

Siemssen wusste, wie abergläubisch die Armen waren und an was für Unheilszeichen sie glaubten. Darum sagte er, als sei dies seine eigene Überzeugung: »Ein Krieg wird durch einen Kometen angekündigt. Hast du einen Feuerschweif am Himmel gesehen, mein Sohn?«

»Nein.«

»Dann sei getrost.«

Der Mühlenknecht sah auf seine Hände herab. »Vater. Einer muss was dagegen tun. Geben Sie mir Ihren Segen dafür. Ich bin verflucht, wenn ich's tu ohne Gottes Segen.«

»Für welch eine Tat soll ich dir den Segen geben?«

»Segnen Sie mich einfach. Dann tu ich's.«

Siemssen sah auf das Auge an der Spitze des Altars und legte dann dem Knecht die Hände aufs Haupt. »Du bist gesegnet.«

Die Holzkohle glühte im Feuer. Die tiefste Stunde der Nacht brach jetzt an. Till kniete zu einem Gebet nieder. Dann stand er auf und stopfte Strohbündel in seine Hose. Er zog die Holzkohle aus der Glut und tat sie in einen Topf, nahm den räuchernden Topf in seine Hände und ging hinaus.

Es war die tiefschwarze Neumondnacht, in der die Sterne am hellsten leuchten. Ein Fähnchen Rauch wehte ihm voraus.

Till trug die Gewissheit in sich, dass er das Richtige tat.

Er brachte das Feuer zu den Hexen.

Vor der Tür des Hurenhauses stellte er die Brennschale ab. Hier drin schürten sie den Weltenbrand. Till zog die Strohbündel aus der Hose und entfachte sie an der Glut der Kohle. Als sie Feuer fingen, schob er sie unter der Tür durch und stieß sie tief ins Innere. Das war Falkas Ende.

»*Wacht auf!*«

Plötzlich war sie wach. »Es brennt!«, schrien die Huren. Falka schrak auf. Sofort roch sie beißenden Qualm. Sie schoss aus dem Bett. Als sie die Füße auf den Boden setzte, war er warm. O *Gott.* Sie jagte zur Treppe. Dichter Qualm, im Qualm loderten Flammen. Die Treppe war ein Feuerschlot, da konnte niemand mehr hinunter. Hinter ihr stand Maximalia im Nachthemd, geisterhaft still war ihr Grauen.

Was sollen wir tun? Der Boden wurde immer wärmer. Sie musste mit den Füßen trippeln, um das auszuhalten. Maximalia riss an ihr. »Sieh!«

Die Huren trugen den Barren aus Maximalias Zimmer.

»Was wollt ihr damit?«, fragte Falka.

»Brücke zum andern Dach, dann hangeln wir uns rüber.«

»Das ist zu fern!«, schrie Falka.

»Macht schnell!«, schrie Maximalia.

Die Stärksten von ihnen wuchteten den Barren die Stiege hoch. Ein Mädchenknäuel stand am Fuße der Stiege, alle spähten hinauf. Sie standen mit den Füßen im Qualm wie in einem Gefecht, hatten die Gesichter von Kriegern und schworen sich, dass keine von ihnen starb.

Der Barren war ein langes Gestell, vielleicht reichte er doch bis zum anderen Dach rüber. Wenn nicht, waren sie auf ihrem Dach gefangen, und das Dach war aus Stroh.

Falka fing wild an zu schluchzen. »Ich will nach unten.«

»Wir können nicht runter«, sagte Maximalia neben ihr.

»Nicht da rauf!«, brüllte Falka. »Wir machen ein Seil!«

Sie drängte sich durch die Mädchen am Fuße der Stiege und lief in das Zimmer, wo zweihundert Schleier in Haufen lagen. Maximalia kam hinterher. »Was willst du?«

»Wir flechten sie zusammen und rutschen dran runter.«

»Falka.«

»Was!«

»Die sind mehr aus Luft als aus was, das uns hält.«

»Die halten ein Jahr! Die halten uns!«

Sie lud Maximalia einen Haufen auf die Arme und drängte sie hinaus.

Als sie wieder auf den Korridor kamen, war der Barren schon auf den Dachboden gehievt, und die Huren stiegen hintereinander hinauf.

»Wir wollen aus dem Fenster!«, brüllte Falka. »Kommt alle runter!«

»Kommt rauf!«, gellte es von oben.

Flammenbüschel stoben auf den Korridor. Maximalia schrie! Falka stieß sie ins Zimmer und schlug die Tür zu.

»Wir flechten einen Zopf!«, kommandierte Falka.

»Es kommt Rauch rein, wir sterben!«

»Halt fest!«

Sie drückte Maximalia ein ganzes Bündel Schleierzipfel in die Fäuste. Falka flocht sie zusammen. Maximalia krümmte sich, ihr Gesicht war eine Fratze der Furcht, aber sie hielt den Schleierzopf fest und brüllte mit Falka so laut um ihre Leben, dass alle Schutzgeister sich um sie scharten.

»*Asta*!!!«

»*Norla*!!!«

»*Lucie*!!!«

»*Milla*!!!«

»*Gritt*!!!«

»*Ragga*!!!«

Der Zopf war geflochten. Sie schoben das Bett zum Fenster. Falka knotete den Zopf am Gestell fest, bis ihr der Qualm die Luft nahm. Sie riss hustend das Fenster auf.

Da stürmte der Feuerdrache hinein!

Maximalia stieß schrille Todesschreie aus! Falka warf alle Schleier, die sie noch packen konnte, in die Nacht hinaus. Sie flogen mit dem Wind davon. Zuletzt warf sie den Zopf aus dem Fenster. Sie schubste Maximalia auf den Wind zu, der von draußen hereinwehte.

Maximalia sah sich um. Hinter Falka war *Feuer*, da packte sie den Zopf und schwang sich aus dem Fenster, rutschte dran hinunter und ließ sich, wo er endete, fallen.

Hart schlug sie am Boden auf.

»Falka!«, schrie sie vor Schmerz.

Da kam Falka. Maximalia sah sie mit brennendem Haarschweif den Zopf runtersausen und dachte: *Wie ein Komet.*

22
DIE ZERRISSENEN

Mit einem Schleier erstickte Maximalia Falkas brennendes Haar.

Überall in der Gasse lagen schwarze Schleier und blähten sich im Nachtwind. Einige davon konnten sie retten. Die übrigen hingen wie Netze in den Bäumen, zerrissen und zerfetzt, oder flogen brennend durch die Nacht und zerstoben mit einem Fauchen. Falka und Maximalia hetzten aus der Brandgasse raus, im schreienden Strom der anderen Flüchtlinge. Sie rannten über die Brücke und kauerten sich auf dem Grashang hinter dem Fluss zusammen. Dort zerschmolzen sie vor Angst um die anderen.

Die Nacht verbrachten sie am Flussufer, mit Schleiern zugedeckt und aneinandergeschmiegt. Im Morgendunst wachten sie auf. Sie ließen die Schleier in einem Gebüsch. In zwei hüllten sie ihre Blößen ein und machten sich auf den Weg, um die anderen zu finden.

Glutnester schwelten in verkohlten Ruinen, aber das große Feuer war gelöscht. Ameisengleich machten sich verrußte Männer da zu schaffen. Falkas Kopf juckte, sie fasste auf Brandstacheln. *Meine Haare –?*

Ein verrußter Mann hielt sie auf. »Hier geht's nicht weiter.«

»Aber wir sind von hier.«

»Hier sind Brandleichen. Haut ab.«

Er ließ sie nicht durch.

Sie kehrten zum Fluss zurück. Eine Weile saßen sie still auf dem Gras.

Dann sagte Maximalia: »Das Unglück hat sie uns fortgenommen.«

Falka sah taubstummblind vor sich hin.

Maximalia erhob sich und holte die Schleier aus dem Gebüsch, teilte sie unter ihnen auf. »Lass uns gehn.«

»Wohin? Wir haben kein Haus mehr«, klagte Falka.

»Ich versuch was. Komm. Steh jetzt auf.«

Zielstrebig machte sich Maximalia auf den Weg. Sie war in solch einer Gewissheit, was jetzt zu tun war, dass Falka ihr einfach folgte. Sie wurde gar nicht gewahr, wohin sie gingen.

Plötzlich gingen sie unter schattenspendenden Bäumen. Maximalia humpelte auf ein herrschaftliches Haus zu.

»Was willst du da?«

»Anklopfen.«

Brandopfer? Lily war grad aus dem Schlaf erwacht. *Ein Feuer? Heut Nacht?* Blitzschnell kam sie aus dem Bett und lief im Morgenmantel hinter ihrer Magd her zur Haustür.

Zwei Elendsgeschöpfe, zwei Bußgestalten standen da. Die eine hatte verkohlte Haarstrünke, die andere war eine Schmerzensreiche. Beide umklammerten etwas schwarz Geballtes. Es sah aus wie ein Gemälde, auf dem zwei geschundene Heilige ihre Leidensattribute trugen. Wollten diese Kreaturen etwa zu ihr? Dann erkannte sie Falka Auge.

Sie gebot der Magd, die Schleier hereinzutragen. Lily führte Falka Auge ins Haus. Die andere humpelte hinterher.

Sie ließ die Magd Wasser anheizen.

»Ihr wascht euch.« Lily bemerkte, dass die Lange einen Fuß anhob. Er war geschwollen. »Du brauchst den Doktor.«

Das Mädchen nickte ergeben.

Lily schickte die Magd zum Doktor. Lily selber machte das Bett im grünen Zimmer. Es sollte eines Tages das Kinderzimmer sein für ihren Sohn. Nun zogen hier zwei Waisenmädchen ein. Als sie sauber waren, gab Lily ihnen Gewänder, damit sie schicklich aussahen, wenn der Doktor kam.

»Legt euch hin.«

Falka Auge tat es taubstummblind. Maximalia sagte: »Sie sind gütig.«

»Ich bin Lily. Sag du.«

Nach einer Stunde führte die Magd den Doktor herein. Er besah Maximalias Fuß. Gebrochen, die Schwellung musste erst abklingen, dann konnte er etwas richten. Maximalia sollte ihn schonen. Vier Wochen Bettruhe. Dann schaute er sich Falkas Kopf an. Sie hatte keine Hautverbrennungen erlitten, aber ihr ganzes Haar war verbrannt. Er musste sie kahlscheren.

Lily überließ die Mädchen dem Schlaf. Mehr konnte sie nicht für sie tun. Sie ging in ihr Gemach. Durch ihre Seele strömte Begeisterung.

Gritt hat sie mir geschickt.

Willem Tondernsen kam gegen Mittag zurück. Seine Fabrik hatte nichts abbekommen. Aber siebenunddreißig Häuser und Stallungen gingen in Flammen auf. Alles Heu verbrannte. Schweine, Kälber und Geflügel kamen um. Als Opfer waren siebzehn Weibspersonen zu beklagen. Dem todesmutigen Pastor war es gelungen, den Firstbalken des an der Spitze brennenden Glockenturms durchzusägen und die Turmspitze nach unten zu stoßen, wo sie gelöscht wurde. Seine Heldentat rettete das Gotteshaus.

Lily ließ ihn ausreden. Dann sagte sie, dass sie zwei Brandopfer hier hatten.

»Brandopfer«, wiederholte er das Wort.

Lily sagte es so sachlich, wie sie konnte, um nicht in den Verdacht der Gefühlsseligkeit zu kommen, und so herzergreifend, wie es sein musste, um an seine Barmherzigkeit zu appellieren: »Zwei Mädchen, die kein Obdach haben.«

»Du lässt Läuseknacker aus der Übelgegend in unser Haus?«

»Sie sind beide gebadet, eine geschoren. Zwei Klöpplerinnen.«

»Huren?«, fragte er drohend.

»Nein. Schlichte Mädchen. Eine ist Falka Auge.«

Als der Name fiel, schuf er einen Bann von Stille um sich.

»Wo sind sie?«

»Im grünen Zimmer.«

»Geh sie mir zeigen.«

Lily ging ihm voraus. Lautlos öffnete sie die Zimmertür. Willem Tondernsen warf einen Blick auf die schlafenden Mädchen. Lily machte leise die Tür wieder zu.

»Ich kenne diese Mädchen«, sagte Willem Tondernsen. »Sie gehörten zum Bund der Todmädchen.«

»Jetzt gehören sie mir«, sagte Lily.

Falka war zerstört in tiefster Seele, ihre Seele war entzweigerissen. Siebzehn Freundinnen waren verbrannt. Falka litt furchtbar. Warum hatte sie zugelassen, dass alle in ihr Verderben gingen? Sie sah die Freundinnen hochsteigen aufs Zunderdach. Ihre Seele zerriss.

»Das Glück war mit uns«, sagte Maximalia. »Die anderen hatten Pech.«

»Glück?«

»Ich mein die Gnade.«

Die Vorhänge im grünen Zimmer waren immer zugezogen, schwere grüne Samtvorhänge. Die Wände waren aus seidenen Blätterranken. Hin und wieder kam die Magd rein, brachte ihnen Essen und nahm die Nachttöpfe mit. Maximalia kühlte ihren Fuß mit nassen Tüchern.

Alle waren tot. Man konnte so viel Tod nicht überleben. Falka wollte tot sein.

Plötzlich riss sie ein Schock ins lebendigste Entsetzen.

Mein Koffer! Die Flöte! Vaters Messer!

Verbrannt.

Der Gauch!

Verbrannt.

Millas Zopf!

Das Gold für die Schleier, Millas Vermächtnis, Falkas kostbarster Besitz. Verbrannt. Der Verlust war so grausam, dass alle Lebensgeister der Verzweiflung in ihr tobten.

Falka lag auf dem Grund einer zugrunde gegangenen Welt. Es gab kein Morgen.

»Es gibt Gnade.« So versuchte Maximalia ihr beizustehen. »Es gibt sie im rettenden Moment und im helfenden Wesen.«

Wenn Lily zu ihnen kam, brachte sie immer etwas mit. Beim ersten Besuch Orangensaft. Argwöhnisch schluckten Falka und Maximalia das fremdartige Getränk. Es schmeckte nach Bitterkeit.

Beim nächsten Besuch hatte Lily Weintrauben dabei. Sie sahen aus wie gelierte Tränen und schmeckten auch so.

Dann kam Lily mit einer Melone. Die Melone sah aus, als würde Lily die Morgensonne ins grüne Zimmer tragen. Aber Falka drehte den Kopf weg. Sie wollte nichts Schönes mehr sehen, wenn ihre Freundinnen tot waren. Einst hatte sie ein Auge für das Schöne gehabt. Sie hatte auf ihre Schöpfungen geblickt wie Gott auf die Welt. Jetzt wollte sie nichts mehr von der Welt sehen, und Spitzen waren ihr gleichgültig. Sie wollte nur noch schlafen, aber Maximalia redete sie dauernd wach.

»Du denkst jetzt mal an die Schönheit der Nacht.«

»Nein«, sagte Falka.

»Dann denk an die Schönheit des Morgengrauens.«

»Nein.«

»An die Schönheit geklöppelter Rosen.«

»Lass mich.«

»Ich lass dich aber nicht wie ein Flaschenkürbis auf den Wassern der Trübsal treiben. Ich hol dich da raus und gieß dir was Schönes ein. Was magst du am liebsten?«

»Ich mag nicht mehr«, sagte Falka bitter.

Hinter den grünen Vorhängen wurde es Tag und Nacht und Tag und Nacht. Das Licht im grünen Zimmer war eine Lichtung im Wald.

Lily brachte selbstgebackene Kekse. Falka kaute sie taubstummblind.

Maximalia stellte Fragen: »Weiß man, wie das Feuer kam?«

»Nein«, sagte Lily.

»Untersucht das jemand?«

»Nein.«

»Macht das keiner, weil nur Huren verbrannt sind?«

Lily schaute stumm auf die grüne Wand.

»Hat der Pastor eine Totenmesse gehalten?«

»Er lag mit Erschöpfung nieder. Er hatte die Kirche gerettet.«

»Diese Huren«, sagte Maximalia, »haben mich aufgerichtet.«

Sie lebten wie Pflanzen im grünen Zimmer. Jenseits der Samtvorhänge zogen die unterschiedlichsten Wetter vorbei. Lily brachte Malven herein und stellte sie in eine Vase.

Maximalias Fuß heilte.

Falka stand Höllenqualen durch. Wieder und wieder ging sie durchs Feuer und versuchte, die anderen zu retten. Dann erinnerte Maximalia sie daran, dass ihre Haare lichterloh gebrannt hatten. Niemand nach ihr wäre dem Feuer entkommen.

»Du musst wieder ans Leben kommen«, sagte Maximalia.

»Ich muss bei ihnen sein«, sagte Falka verzweifelt.

»Wo sind sie denn?«

»... tot.«

»Hast du sie tot gesehen?«, fragte Maximalia.

»Nein.«

»Dann denk sie dir schön, ein letztes Mal. Und dann hör auf, an sie zu denken.«

Falka nahm den Rat an. *Das Hurenhaus brennt, ich werf die Huren, um sie zu retten, aus dem Fenster, und sie fliegen davon wie schwarze Schwäne. Aaahhh!*

Ein schwacher Lebensgeist begann sich in ihr zu regen.

Sie waren zwei klägliche Zimmerpflanzen, um die sich Lily kümmerte wie eine geduldige Gärtnerin. Hinter den samtenen Vorhängen verging der Sommer. Lily brachte ihnen seine letzten Rosen.

Man wollte nächstes Jahr alles neu aufbauen, erzählte sie ihnen.

»Der weise Heraklit hat gesagt: Das Feuer holt am Ende alles und macht alles neu.«

Eines Tages regte sich in Falka eine Frage. »Warum sind wir hier?«

Lily hatte auf diese Frage gewartet. Endlich! Sie tat ihr Herz auf:

»Ich liebe Gritt.«

»… Unsere Gritt?«, fragte Falka verwirrt.

»Ja. Ich liebe Gritt, wie ich den Fluss liebe. Martin liebte ich wie ein Holzstöckchen. Ich bin selber ein Holzstöckchen im Fluss, und Gritt treibt mich. Sie hat etwas mit mir vor, und dahin soll ich. Eines Tages wird sie meinem Leben einen Sinn geben.«

Lily ging aus dem grünen Zimmer und ließ diese Worte bei ihnen.

»Was meint sie?«, fragte Falka.

»Sie meint so was wie Gottseligkeit«, sagte Maximalia. »Bei ihr ist es Grittseligkeit. Sie findet da Gnade.«

Nach so einem Liebesgeständnis gab es keine Geheimnisse mehr. Lily kam zu ihnen ins grüne Zimmer mit der Sehnsucht eines verliebten Wesens nach dem geliebten Wesen. »Sagt mir etwas über Gritt.«

Es gab nichts Schönes, was man über Gritt sagen konnte. Falka und Maximalia mussten sich alles ausdenken. Wie Gritt einem hungrigen Kind ihren Teller gegeben hatte. Wie Gritt die schmerzenden Finger der Klöpplerinnen nur mit einem Antupfen geheilt hatte. Wie um Gritt manchmal ein Licht war, als leuchtete ein Engel aus ihrer Seele. Lily glaubte es und nahm es beseligt mit, als sie ging. Kurz darauf kam sie mit einem verrückten Gedanken wieder: Gritt hatte so ein Schleifchen auf dem Kopf gehabt, das gebunden war wie die liegende Acht, die das Zeichen der Unendlichkeit war. »Ihr habt es doch auch gesehen, auf Gritts Kopf saß die Lemniskate.«

Falka und Maximalia sahen sich an, sollten sie zustimmen?

»Auf Gritts Kopf saß ein Lemming«, stimmte Maximalia zu.

Falka musste lachen.

»Du lachst«, sagte Lily beglückt, und Maximalia sagte: »Halleluja.«

Falkas Miene wurde streng, sie gestattete sich noch kein Lachen.

Hinter den grünen Samtvorhängen färbten sich die Bäume golden. Lily brachte Ahornblätter von draußen rein, dann legte sie sich zu den Mädchen in die Mitte und nahm sie in ihre Arme mit dem ergreifenden Gefühl, ihre Mutter zu sein. Sie erzählte ihnen von Heraklit, einem alten Weisen. »Alles fließt.« Das Sein ist ein Fluss. Ein Menschenleben treibt im Fluss wie ein Holzstöckchen. Der Fluss trägt es eine Zeitlang, und schließlich ist es fort. Aber es kommt wieder, es kommt wieder und wieder. Es ist noch derselbe Fluss, in den das Holzstöckchen wieder hineinfällt. »Das ist das ewige Sein«, sagte Lily. »Aber wir fallen jedes Mal in das Wasser einer anderen Zeit.«

Falka dachte darüber nach. *Das Wasser einer anderen Zeit.*

»Warum wissen wir nichts davon?«, fragte Maximalia.

»Wenn wir das wüssten, dann wären wir der Fluss. Aber wir sind die Holzstöckchen.«

Im Oktober durfte Maximalia am Krückstock gehen. Ein leichtes Hinken blieb. Lily und Falka mussten sie trösten.

Die Bäume warfen ihre Blätter ab. Draußen wurde es karg und kalt.

Im grünen Zimmer waren sie auf einer zeitlosen Frühlingswiese.

Lily legte sich aufs Bett, und die beiden Mädchen schmiegten sich an sie wie Kinder, die einer Märchenerzählerin lauschten.

»Unsere Leiber sind Schleier, und unsere Seele hüllt sich darin ein. Wenn wir sterben, zerreißt der Schleier. Er zerreißt durch Alter und Abnutzung, durch Krankheit und Unglück, durch Messer und Feuer. Der Seele macht es nichts, wenn ein Schleier zerreißt. Sie bekommt einen neuen.«

Maximalia zog an der Schnürung von Lilys Kleid. »Ich will deinen Leib anschauen.«

Lily entblößte ihren Busen. Maximalia und Falka legten ihre Wangen an Lilys Brüste und ließen sich von Lilys Atem wiegen. Sie nahmen Lilys Beeren in ihre Münder und saugten daran. Lily nannte es *Luxuria*, Wollust.

Draußen entlud der November Hagelschauer.

Das grüne Zimmer war ein Garten der Lüste.

Manchmal fühlte sich Lily wie eine Mutter, die zwei Säuglingen die Brüste gab, manchmal wie ein Mann mit zwei lüsternen Mätressen. Sie konnte nicht sagen, welche von beiden sie reizvoller fand. Maximalias Lippen waren weiche Kissen, in die sie sich hineinschmiegte. Falkas Mund war eine feine Tuschzeichnung, die sie bewunderte.

Eines Tages verlangte Falka ihre Schleier zu sehen. Lily brachte sie ihr, und Falka begann, die zerrissenen zu heilen.

Lily schaute gedankenvoll zu, wie Falka sich der Heilung hingab. Die Schleier behielten Nähnarben, aber sie waren ja auch durchs Feuer gegangen und hatten den Mädchen das Leben gerettet. Falka liebte sie mehr als alles. Zusehends fand Lily heraus, dass die große Liebe einer Frau gar kein Mann sein musste. Falkas große Liebe war Klöppeln. Maximalias große Liebe war Verkleiden. Lilys große Liebe war Gritt. Mit Gritt als Geleit und ihren Lieblingen als Gefährtinnen konnte sie zu ihrer Bestimmung gelangen. Von Maximalia wollte sie lernen, charismatisch zu sein. Von Falka wollte sie lernen, fanatisch zu sein. Eine Fanatische hatte nur ihr Werk im Auge. Eine Charismatische verkündete es der Welt.

Falkas Hände arbeiteten, Falkas Haare wuchsen. Weil sie von keiner Länge mehr glatt gezogen wurden, schmiegten sie sich in Locken um ihre Stirn. Falka wurde anmutig. Von nun an tat sie alles, was sie mit Spitzen tat, für das Wasser einer anderen Zeit.

23
DER DUTTENKRAGEN

Lily hatte ihren Trakt, Willem Tondernsen seinen. Sie lebten in einem Haus, aber so getrennt wie Lutherische von Katholiken. Darum erfuhr er Neuigkeiten von den Mädchen nur aus Lilys Mund. Keine hatte er seit einem halben Jahr zu Gesicht bekommen.

Aber er hatte einen der zerrissenen Schleier mit in sein Schlafzimmer genommen und untersucht. Aus welch ärmlichen Mitteln der Schleier geschaffen war, nur aus Nesselgarn und Menschenhaar. Nachdem er ihn befühlt hatte, warf er ihn sich über, um seine Wirkung zu verstehen. Alles um ihn herum bekam einen schönen Dämmerglanz. Was für ein Menschenwesen war Falka Auge? In Tondern glaubte man, sie sei tot. Umgekommen im Hurenfeuer. Seit dem Sommer hauste sie im grünen Zimmer. Jetzt war bald Weihnachten.

Da kam Lily zu ihm mit einer Bitte. Ob die Mädchen zu Weihnachten beim Festmahl dabei sein durften?

»Wie Ochs und Esel?«, fragte er.

Sie nickte, und damit war es entschieden.

Mit Lily in der Mitte kamen sie herein, zwei Mädchen, sehr blass, sehr scheu. Lily hatte sie in mittelalterliche Gewänder aus den *Très riches heures* gekleidet, damit sie aus einer mythischen Zeit kamen, nicht aus einem Hurenhaus. Sie führte sie ihm vor wie Fabelwesen: Meine zwei Einhörner. Zuerst wurde ihm die Lange vorgestellt.

»Maximalia.«

Das Mädchen machte einen tiefen Knicks und richtete sich wieder hoch auf. Sie war ein Hungerturm mit wulstigem Ochsenmaul.

»Falka Auge.«

Lily hatte ihr ein samtschwarzes Gewand mit weißem Pelzsaum und königsblauem Rock zugedacht. Um den Kopf trug sie eine schwarze enge Kappe, deren Samtband ihr Kinn einfasste. Das Gesicht wurde präsentiert wie eine Perle auf schwarzem Samt. Und wie eine Perle war es von taufrischer Makellosigkeit.

Sie nahmen am Tisch Platz. Das Mahl wurde aufgetragen, es gab Rebhuhn mit Dinkelklößen und Bratäpfeln. Die Mädchen konnten mit Messer und Gabel umgehen. Niemand erwähnte, dass man sich schon einmal begegnet war. Die verdorrten Nachtkammergewächse von einst hatten nichts mehr gemein mit diesen gezüchteten Mädchenblüten aus dem grünen Zimmer.

Lily hatte ihn gewarnt, auf was das Gespräch nicht kommen durfte: nicht auf die Nachtkammern, nicht auf die Todmädchen, nicht auf die Huren, nicht auf das Feuer. Sie sprachen über dies und das, sie hielten das Gespräch in Fluss und mieden die Untiefen.

Falka Auge wagte kaum, ihn anzusehen, und wenn es doch einmal geschah, dass sie verstohlen zu ihm hinäugte und er das sah, floh ihr Blick davon wie ein Reh. Sie war das Vexierbild aus einem Mädchen und einem Mythos. Das Mädchen sah er. Den Mythos suchte er. Er war in ihren Schleiern und im Ruhm, der sie umwehte, und mittlerweile auch in ihrem tragischen Tod.

»Was gefällt dir nicht an weißen Spitzen?«, fragte er sie.

»Sie blenden«, sagte das Mädchen schüchtern.

»Das sollen sie.« Er erklärte ihr, dass in weißen Spitzen das Ideal der Menschenwürde aufblendete.

»Sie machen schneeblind«, sagte Falka Auge.

»Ich würd eher meinen, schwarze Spitzen verderben das Augenlicht«, sagte Willem Tondernsen.

»Dann müssten die Menschen ja auch von der Nacht blind werden.«

»Der Mensch meidet die Nacht. Er verschläft sie.«

»Ich nicht. Ich ging bei Nacht über den Meeresboden. Die Finsternis machte mir nichts.«

»Was wolltest du dort?«, fragte er.

»Würmer ausgraben.«

Falka lud sich ein Stück Fleisch auf die Gabel und führte den Bissen manierlich in den Mund.

»Du könntest die schönsten Brautspitzen machen«, sagte Willem Tondernsen. »Warum tust du das nicht?«

Falka zerkaute den Bissen und antwortete: »Brautspitzen sind nur für einen Tag. Trauerspitzen trägt man ein Jahr. Eine Braut ist nach einem Jahr unglücklich. Eine Witwe wird dann wieder glücklich.«

»Das stimmt«, sagte Lily.

»Ein Brautkleid ist wie die Sommersonnenwende«, fuhr Falka fort. »Der schönste Tag im Jahr. Aber danach werden die Tage immer kürzer, und es kommt der Winter. Ein Witwenschleier ist wie Wintersonnenwende. Der Tag, der am dunkelsten ist. Aber dann kommt das Licht wieder.«

»Das hast du schön gesagt«, sagte Lily.

»Ich mach den Tod schön«, sagte Falka bescheiden.

»Tod ist nichts Schönes«, sagte Tondernsen schroff. »Der Tod verdirbt einem alles. Nur dir bringt er mehr Gedeih als Verderb.«

Falka Auges Perlengesicht war die Stille selbst.

»Aber Essen ist auch tot, und man mag es«, sagte Maximalia.

Willem Tondernsen hatte sich noch nicht entschieden, ob Falka Auge dumm war oder denkwürdig. Er fühlte ihr weiter auf den Zahn.

»Dann stört dich, was der Tod hier so treibt, nicht besonders?«

»Wie kann ich dagegen sein, dass es den Tod gibt?«, sagte sie.

»Man kann sehr wohl gegen den Tod sein«, entgegnete Willem. »So wie man gegen den Krieg ist.«

Es trat eine Stille ein.

Dann sagte Lily: »Der Tod hat den Sinn, dass wir uns erneuern.

Er hilft uns, das Alte zu überwinden. Allein würden wir's nicht loslassen.«

»Was ist das Alte?«, fragte Willem.

»Der Frieden ist alt.«

»Lily, der Frieden ist weise.«

»Ich wünsche mir andere Zeiten. Mal etwas Neues.«

»Was denn Neues?«

»Krieg wäre etwas Neues.«

»Krieg ist das Urälteste. Du hast Homers *Ilias* gelesen, Lily.«

»Für mich wäre ein Krieg etwas Neues.«

»Etwas Neues ist noch nichts Gutes«, sagte Willem.

»Ich habe lange über den Tod nachgesonnen«, sagte Lily, »und fürchte ihn nicht mehr, ich freue mich seiner.«

»Aha.«

»Der Tod macht die Menschen neu. Das Leben macht sie alt.«

»So was glaubst du?«, fragte Willem.

»Ja. Das ist mein Glaube: Wir steigen in den Jungbrunnen, wenn wir sterben. Wir werden wieder neu geboren.«

»Das ist Tollzeug.«

»Das ist meine Überzeugung.«

Er sagte grob: »Tod ist Vernichtung. Danach kommt nichts. Nicht der Himmel und nicht der Jungbrunnen. Nichts.«

In seinem Furor hatte er preisgegeben, dass er ein Gottloser war.

»An was glauben Sie denn, Herr?«, fragte Falka Auge.

»An weiße Spitzen. Ans Diesseits.«

»Ihre Schleier sind ein Lobpreis des Tages.« Falka sah Willem an. »Meine Schleier sind ein Lobpreis der Nacht.«

Sie hatte gelernt, sich auszudrücken. Er lauschte gern ihrer Stimme. Sie klang. Er wunderte sich über den tiefen Ernst des Mädchens.

»Wenn wir den Schleier lüften könnten, der das Jenseits verdeckt, würden wir den Tod gutheißen und alles, was er vollbringt«, sagte Lily.

»Gutheißen? Was deinen Mann geholt hat?«

Er sah es kurz in Lilys Gesicht zucken, dann kam ihre Antwort.

»Amor Vincit Omnia.«

»Was heißt das?«, fragte Maximalia.

»Liebe siegt über Alles«, sagte Lily.

»Amor heißt Liebe?«

»Ja.«

»Und Omnia?«

»Alles.«

Maximalia lächelte. »Schön.«

Falka neigte sich zu Lily und flüsterte etwas in ihr Ohr.

»Falka hat ein Geschenk für dich«, sagte Lily.

Sie holte es unter ihrem Stuhl hervor und gab es ihm. »Für Ihre Güte.«

Er machte das Geschenk auf.

Da lag ein Duttenkragen, schneeweiß und federleicht. Er war mit Tulpen verziert. Willem erkannte die *Semper Augustus*, die *Admiral van der Eijck*, die *Visco Roy*, die *Mère Brune*, ihre Flammungen waren in Blonde. Das Mädchen hatte die kostbarsten Tulpen geklöppelt, lebende Wunder, verführerisch wie Aphrodite.

So einen Duttenkragen anzusehen, war wie Verlieben. Der Wunsch, ihn sich um den Hals zu legen, war nah an der Liebe. Einen Duttenkragen zu entjungfern, war fast ein Liebesakt.

Er legte sich den Duttenkragen um den Hals. Als Falka Auge ihn so sah, küsste sie ihre Finger.

24
DIE KINDHEIT

Anno 1697

Willem Tondernsen wachte auf. Ein obskures Licht hatte die Nacht. Am Fenster sanken Schneeflocken herab. Er empfand Glück, als er es sah. Sein erstes Gefühl am Neujahrsmorgen war Glück. Ein gutes Omen. Er betete ein Dankgebet zu einem Gott, an den er nicht glaubte. Mit Behagen stieg er aus dem Bett und trat ans Fenster, sah in den Garten. Im Schneetreiben stand Falka Auge. Was tat sie da?

Er kämmte sein Haar, zog einen warmen Pelz an und setzte einen breitkrempigen Hut auf. Sodann ging er in den Neujahrsmorgen hinaus.

Schnee knirschte unter seinen Schuhen, sie hörte das und schaute ohne Überraschung ihn an, als hätten sie sich in dieser frühen Stunde verabredet. Um ihr Gesicht waren Locken, in die die Schneeflocken sanken wie in Wiegen.

»Magst du auch Schnee?«, fragte er freundlich.

Sie strahlte. »Wenn der Hahn kräht, will ich siebzehn werden.«

»Du willst siebzehn werden?«

»Ich bin unterm Besen geboren.«

»Aha?«

»Weiß der Besen, wann ich geboren bin. Mutter hat Schnee gefegt, dann kam sie mit mir nieder. Besen und Schnee, mehr weiß ich nicht von meinem Anbeginn.«

»Ich bin in einer Tulpe geboren«, sagte Willem Tondernsen. Es war ihm einfach als ein schönes Sinnbild seiner selbst eingefallen, denn er war von seinem Naturell her ein Frühlingsmensch und

Optimist. Es ging wieder aufwärts. Spitzen kamen nie aus der Mode.

Falka tat seinen Augen wohl. Ihr Perlengesicht war züchtig, aber malerisch. Als hätte ein Maler es ersonnen. Eine zarte Röte lag auf ihren Wangen. Frühlingsgefühle wallten in ihm auf.

Ein Hahn krähte!

Sie jauchzte im weißen Glück des Anbeginns. Siebzehn war sie jetzt wie frisch gefallener Schnee, in dem es noch keine Spur von ihr gab. Aber nun machte sie eine. In den Schnee stapfte sie ein Auge.

Willem Tondernsen hatte Lily zu sich gebeten. Im Kamin brannte Feuer. Ein Holzscheit knackte, Funken stoben.

»Wie lange willst du die Mädchen noch verstecken?«, fragte er.

»Ich verstecke sie nicht.«

»In Tondern glaubt man, sie sind tot.«

Er trat ans Fenster. Im Schnee war immer noch das Auge. Er sah es an, und es sah ihn an.

»Was soll aus dir werden, Lily?«

»Was meinst du? Was aus mir werden soll?«

»Du wirst dir Gedanken machen müssen über einen neuen Mann.«

»Ich habe Martin geliebt und sonst keinen«, sagte Lily abweisend.

»Willst du eine alte Jungfer werden? So eine mannslose Vettel?«

»Ich bin noch nicht so weit.«

»Ich dulde nicht, dass in deiner Witwengrotte der Wein versauert. Von heut an kümmerst du dich um einen Mann.«

Empört kam Lily ins grüne Zimmer. »Er will mich verheiraten.«

»Mit wem?«, fragte Maximalia.

»Es gibt keinen.« Sie sank aufs Bett. Wenn doch das grüne Zimmer nie zu Ende ginge. Luxuria für immer mit Falka und Maximalia. Und dem Onkel als gutem König. Aber heute war der Onkel ein böser König.

»Ich hätte nichts gegen einen Mann«, sagte Maximalia.

»Bin ich noch verheiratet, wenn mein Brautkleid verbrannt ist?«, fragte Falka.

»Die Ehe ist aus, wenn der Mann hinüber ist, nicht das Brautkleid«, sagte Maximalia.

»Die Ehe endet, wenn die Liebe stirbt«, sagte Lily.

»Falka, woran ist bei dir die Liebe gestorben?«, fragte Maximalia.

»Er wollt mir das Klöppeln verbieten.«

»Willst du mal wieder einen neuen haben, Falka?«

»Wenn ich noch wüsste, wie man einen Mann liebt, vielleicht.«

»Und du, Lily?«

Lily lächelte verkrampft. Sie wollte keinen Mann mehr. Aber wenn ihre Liebsten sich im Frühling aus dem grünen Zimmer herausrankten und wieder Männer umschlangen, was blieb dann ihr? Sie hatte von Luxuria gekostet. Luxuria schmeckte nach Leichtsinn. Die Ehe war Schwermut gewesen. Nie wieder wollte sie in Schwermut leben.

»Ich will neu heißen«, sagte Maximalia plötzlich. »Mein Name ist von heut an *Omnia*.«

Lily und Falka schauten sie an. »Wieso?«, fragte Falka.

»Maximalia, den Namen haben sie mir im Hurenhaus gegeben. Da klebt das Hurenhaus dran. An Omnia nicht.«

»Wie Amor Vincit Omnia?«, fragte Lily.

»Ja. Omnia klingt schön.«

»Ich will mich nicht wieder an einen neuen Namen gewöhnen«, maulte Falka.

»Du gewöhnst dich ja auch an ein neues Jahr.«

Lily gab Falka einen Stoß. »Sie heißt Omnia.«

Du wirst dir Gedanken machen müssen. Als wenn sie das nicht tat. Lily gauchte zur Brücke. Sie stellte sich ans Geländer und sah hinab in den Fluss. Derselbe Fluss, anderes Wasser. *Wer wen am meisten liebt?*

Sie bekannte Martin, dass sie zwei Mädchen liebte. Martin würde sie verstehen. Ein Mannsbuhler und eine Mädchenbuhlerin verstanden sich. Was für wunderbare Komplizen sie gewesen wären, wenn sie sich nur erkannt hätten.

»Verzeih mir meinen Zorn. Ich wusste nichts von dir. Ich wusste nichts von mir.«

Was soll aus mir werden? Sie lauschte, ob eine Antwort von ihm kam, ein irgendwie anderes Murmeln des Flusses. Nein. Das Wasser war nichtssagend.

Sie gauchte hinüber. Auf dem Weg zum Markt wollte sie in die Kirche hineinschauen, wie weit die Schäden vom Feuer schon getilgt waren.

In der Kirche roch es nach Muschelkalk und Holzleim. Der Kirchturm hatte ein neues Gebälk bekommen. Lily setzte sich in eine Bank.

Hier wurde sie mit Gritt verbunden. Lily&Gritt. An Heiligabend war ihre wahre Hochzeit. Das Heilige an dem Abend war nicht Gott, es war Gritt.

Lily gab ihr ein Versprechen:

»Ich will dir mein Leben weihen. Verzeih mir, dass ich es nicht tat, als du eine Sterbliche warst. Aber jetzt will ich es tun. Zeige mir, wie. Was soll aus mir werden, Gritt? *Singe mir, Muse.*«

Sie lauschte, ob eine Antwort kam, ob die Luft im Altarraum irgendwie anders wurde und Gritt ihr eine Einsicht gab. Sonnenlicht brach sich in den Bleiglasfenstern. Staub schwebte in der Luft.

Nichts.

Lily schritt zügig aus der Kirche, um der Schwermut zu entkommen.

Sie trat beim Tuchhändler ein, wo sie Ware aus Kopenhagen

bestellt hatte: feinstes schwarzes Seidengarn in mehreren Nuancen, Goldgarn und schönstes Mädchenhaar. *Falka wird staunen.*

Als sie aus dem Laden kam, zog es sie ins Markttreiben.

Eine alte Vettel mit frostblauer Nase saß vor ihrem Blumenladen. Lily kaufte einen Strauß.

Warum darf ich nicht eine alte Jungfer sein? Eine mannslose Vettel, die ihre Ruhe hat.

Müßig streifte sie an den Marktständen entlang und betrachtete das Dargebotene. Doch was hatte sie zu bieten? Ihr Leben war ohne Sinn. Sie war nicht Eheweib eines Mannes und nicht Mutter eines Kindes. Sie war die Lilie im Tal, das war ihr Dasein.

Damit die Schwermut nicht überhandnahm, ging Lily gradewegs auf eine lachende Kinderschar zu, die vor einem Mäusetheater stand. Drei Mäuseriche im edlen Wams buhlten um eine weiße Mäusin. Sie mussten um ihre Gunst mit dem Säbel kämpfen, Prüfungen bestehen, Höhen erklimmen, Abgründe überwinden, bis der Sieger ohne sein Wams mit der Mäusin ins Bett fiel. Vorhang. Die Kinder jubelten.

Zum Schluss wurde ein Lied gesungen, und etwas geschah mit Lily, es kam von dem Lied. *Singe mir, Muse.* Einer ging zum Geldsammeln um. Lily warf eine Münze in den Krug, *Pling* machte es, und plötzlich sah Lily den Sinn ihres Lebens. Die Muse hatte gesungen.

»Ich gründe ein Waisenhaus für Kinder.« Das war ihr erstes Wort zum Onkel. Das war ihr letztes Wort zum Onkel. Dazwischen lagen Stunden des Unfriedens. Der Onkel wütete. Lily hielt tapfer dagegen. Sie konnte auch ein Kloster stiften, wenn sie das wollte. Sie konnte mit ihrem Witwenerbe machen, was sie wollte.

»Du willst dein Geld in ein Tollhaus werfen?!«

Lily fühlte, wie in ihr der Fanatismus geboren wurde für ein großes Werk. »Ich will mein Leben Kindern weihen.«

»Dann heirat und krieg endlich selber welche, sieh zu!«

»Du wirst sehen.«

Nach eisigen Winterwochen hatte die Schneeschmelze eingesetzt, überall tropfte es, triefte, sickerte, zerrann und zerfloss. Regen fiel auf das Trommelfell eines jeden Tages.

Es war die Zeit zwischen Winter und Frühling. Der Nachwinter. Der Vorfrühling. Das vergangene Jahr war vergangen, das kommende noch nicht gekommen.

Falka klöppelte mit den Garnen und Haaren aus Kopenhagen. Omnia lag eingerollt bei ihr wie eine Katze und döste.

Lily träumte zum Fenster hinaus. Seit sie ihre Bestimmung gefunden hatte, war sie frei. Frei von allem, was nicht ihre Bestimmung war. Und doch fragte sie Falka: »Ist es unnatürlich, wenn man keinen Mann mehr will?«

»Ein Wattwurm ist immer alleine«, sagte Falka. »Ich hab noch nie in einer Höhle zwei zusammen gesehn.«

»Wie paaren sie sich dann?«

»Weiß ich nicht«, gab Falka zu. »Sie wachsen wohl im Meeresboden wie das Gras in der Erde.«

Ein Wurm war kein ebenbürtiges Beispiel. Dennoch fragte Lily: »Was tut so ein Wurm in seiner Einsiedlerhöhle?«

»Nichts tut der. Das tut alles der Sand. Der rutscht dem Wurm ins Maul, füttert ihn und kommt als Sandkringel wieder raus. Der Sand benutzt die Würmer, um sich umzuwälzen.«

»Wie wundersam.«

»Ja, es ist wundersam«, sagte Falka. »Aber wenn ich klöppel, geschieht mir Gleiches. Ich bin wie ein Wurm. Die Spitze kommt einfach aus mir raus. Nichts tu ich. Das tut alles das Schicksal.«

Ihre Hände wirbelten die Klöppel. Am liebsten wollte sie immer hier im grünen Zimmer bleiben. Wie der Wurm in der Höhle. Aber bald musste sie herauskommen und Wirbel machen in Tondern.

Falka graute vor dem Tag. Was, wenn man sie vergessen hatte? Wenn schwarze Schleier nicht mehr schön waren? Sie gab alles für Lilys letzten Schleier. Der Newton-Schleier sollte ein Wunder werden. Das grüne Zimmer war eine Wiese gewesen. Die Welt draußen war ein wankender Sumpf. Sie hatte Ruhm um sich aufgewirbelt. Aber die Welt da draußen wandelte sich und wühlte den Ruhm wieder unter.

Am ersten Frühlingssonntag nach der Schneeschmelze wurde die neu renovierte Kirche feierlich wieder zum Gottesdienst aufgetan. Lily hatte diesen Tag für Falkas Auferstehung auserwählt.

Falka wurde ein Kleid aus schwarzem Samt geschneidert. Um den Kopf trug sie die Kappe, unter der ihr Haar verschwand. Lily fand, Falka sah aus wie eine Mondnacht.

Omnia zog ein brandrotes Kleid an.

Lily hüllte sich in den Newton-Schleier.

Sie standen zusammen vor dem Spiegel, eine Mondnacht, eine Feuersäule und eine, die das Weltall war.

Die Leute sonnten sich auf dem Kirchhof, niemand erwartete, dass der Blitz ihn traf. Plötzlich begann die Atmosphäre zu knistern.

gauchhh – gauchhh – gauchhh

Wie ein Weltall gauchte Lily den Weg hoch zur Kirche. Sie gauchte durch ein Spalier des Staunens. Die Frauen gafften das Wundervolle unverwandt an.

So wie der Schutzengel ein Kind über die gefährliche Brücke führt, führte sie Falka durch die Ungewissheit ihrer Auferstehung.

Falka sah nur auf den Schleier. Aber die Frauen begannen jetzt auch sie zu sehen. Ein Flüstern erfüllte die Luft.

falkaaahhh – falkaaahhh – falkaaahhh

War die schwarze Dame, die hinter dem Schleier ging – *Falka Auge?*

Sie war doch tot, das konnte sie unmöglich sein. Nein. Ja! Seht doch!

Von ihrem Tod war eine leere Augenhöhle geblieben. Als Falka Auge jetzt an ihnen vorüberging, widerfuhr ihnen ein Wunder. Die Frauen vergewisserten sich mit Blicken dieser unglaublichen

Auferstehung. Manche spürten wahrhaftig, wie der ganze Kirchhof um das Auge kreiste. *Falka Auge lebt!*

Die Männer hingegen stierten Omnia an, als müsste das erregende Geschehen von ihr ausgehen, denn man sah nicht alle Tage ein Weib, das wie eine Feuersäule wandelte.

Omnia kannte die Männer hinreichend, um zu wissen, dass Falka wie ein Schatten durch ihre Wahrnehmung ging. Die meisten wussten nicht einmal, wer Falka Auge überhaupt war. Das Wunderspektakel konnte beileibe nicht von der Schlichtesten im Triumvirat ausgehen. Zwischen dem Trauerschleier und der Feuersäule war die schwarze Dame fast nicht da.

Schillernd schritt Lily in die Kirche hinein. Falka kam schmal hinterher. Am Eingang drehte sich Omnia noch einmal um. Sie meinte so etwas Absonderliches zu sehen wie eine stillschweigende Freudenorgie.

Pastor Siemssen erkannte sie grausam klar. Da saß die Leibhaftige. Sie war keine Novizin mehr, sie war eine Nymphe. Ihr Blick traf ihn wie ein Säbel, der sich mit seinem Gefechtsblick kreuzte.

Lily erhob sich und wallte in den Gang.

»Falka Auge ist auferstanden!«

Es sanken tatsächlich Weiber auf die Knie. Selbst als Tote hatte sie die Frauen noch verrückt gemacht. Ihre Anhängerinnen verbreiteten, dass sie verbrannt worden war. Das Weibsvolk grollte. Der Mord an Falka Auge war eine Morddrohung gegen alle Frauen, die sich selbst zur Welt brachten. Die Weiber hatten ihre Meisterin verloren. Um ihren Tod wirbelte ein Sturm, und sie war das Auge vom Sturm.

Nun war sie wieder da. Auferstanden von den Toten. Er mochte sich den Sturm nicht ausmalen, der jetzt um sie losbrach.

Till schindete sich. Jeder schwere Mehlsack, den er sich auflastete, wog nichts gegen die niederschmetternde Neuigkeit, dass Falka wieder am Leben war. Er lud die Säcke auf den Karren. Der Esel sah ihn aus erschöpften Tieraugen an. Till packte das Halfter und zog. Es war die letzte Fuhr. Bei der Backstube angekommen, zog er den Mehlsack vom Karren und lud ihn sich aufs Kreuz. Er schleppte ihn in die Mehlkammer und warf ihn sich vom Leib.

Draußen hatte der Esel gekotet. Till schippte die Ladung in den Misttrog. Er zog den Karren zur Mühle zurück, brachte den Esel in den Stall, leerte den Misttrog aus.

Als er heimkam, ging er zum Apfelbaum im Garten. Er hatte sonst keinen. Till umschlang den Baum mit seinen Armen. Er flüsterte seine Angst in ein Astloch.

Sie war wiedergekommen wie ein lebender Nachtmahr.

Lily gauchte viel durch Tondern, und ihr Schleier machte Aufsehen.

Mehr als fünfzig Geldsäcke kamen ins grüne Zimmer.

Die Frauen, die einen Schleier gekauft hatten, legten ihn in Truhen, wie man Tulpenzwiebeln in ein Beet pflanzt. Sie düngten die kostbare Saat, indem sie den Krieg herbeisehnten.

Die Mannsnacht wurde abermals verboten. Am lautesten murrten die Weibsschrate, weil sie wieder keine jungen Männer kriegen durften.

Das Weibsvolk harrte auf den Krieg.

Der Frieden war ein zahnloser Greis. In seinem weißen Bart nisteten Motten. Seine Würde war dahin, und Krähen fledderten seine Werke. Was machte man, um ihn loszuwerden? Die Weiber konnten nichts weiter tun, als zu harren und zu hetzen. Aber die Männer ließen sich nicht in den Krieg hetzen. Die waren zufrieden mit dem Frieden.

Im März fand Lily einen Zweiflügelhof. Aus den Scheunen konnte man Schulsäle und Schlafsäle machen. Als sie sich entschlossen hatte, ihn zu kaufen, nahm sie Omnia mit.

»Hier soll mein Gritthaus sein, hier sollen Kinder gedeihen«, sagte Lily.

»Was denn für Kinder?«, fragte Omnia.

»Waisenkinder. Ich hol sie her und lass sie hier aufwachsen.«

»Ich weiß immer noch nicht, was du mit denen tun willst.«

Lily überlegte, wie es sich am besten sagen ließ, und sagte es so: »Ich will ihr Hirte sein und sie auf grünen Auen weiden.«

Omnia war immer noch verständnislos. »Aber was sollen sie tun?«

»Lesen und Schreiben lernen.«

»Kinder von Säufern und Strolchen?«

»Meine Kinder sind's. Und sie werden nicht arbeiten.«

»Wofür holst du sie dann her?«

»Damit sie den ganzen Tag Muße treiben.«

Omnia blieb der Mund offen stehen, dann beschwor sie Lily: »Du darfst nicht für so einen Leichtsinn dein Vermögen verschwenden.«

»Newton hat die Schwerkraft entdeckt. Ich entdecke den Leichtsinn.«

»Aber was du tust, ist töricht.«

Aus Lily sprach der Fanatismus: »Was ich tue, ist revolutionär. Ich bin die Erfinderin der Kindheit.«

Schon eine Woche später war das Gehöft ihr Grund und Boden. Bald würde hier ein Wirbel von Geschäftigkeit ausbrechen. Zimmerleute und Maurer mussten den Viehhof in ein Gritthaus verwandeln. Monate unermüdlicher Arbeit lagen vor ihr, und mehr noch, ein Leben für Gritt und ihresgleichen.

Lily war alleine in der Scheune, als sie ihren Schleier ablegte. Ein einsamer Moment, den sie ihr Leben lang nicht vergessen würde. Sie küsste ihn zum innigen Dank. Nun war ihr Werden vollendet, und all ihr Sinnen hatte seine Bestimmung gefunden.

Auf dem Stampflehmboden ließ sie sich nieder. Sie saß eine Weile still da und dachte an Falkas Meeresboden.

Was tut der Wurm in seiner Einsiedlerhöhle?
Nichts tut der. Das tut alles der Sand.
Das tut alles das Schicksal.

Zwei Jahre lang hatte sie in einer Einsiedlerhöhle gelebt. Es war die Geburtshöhle für ein gutes Werk. Nun mussten sie und ihr Werk in der Welt bestehen. Lily fühlte sich so stark wie nie.

»Wohlan!«

Erstaunt sahen die Menschen Lily ohne Schleier gehen. Viele sahen sie wie eine Fremde an, an die man sich erst wieder gewöhnen musste. Hatte Lily sich verändert in diesen zwei Jahren? Sie war irgendwie charismatisch geworden in ihrer Art. Aber dafür war sie nicht mehr so schüchtern. Wollte sie gar wieder heiraten?

Lily pries nun durch ihr Charisma die Schleier, auch wenn sie selber keinen mehr trug. »Ich verdanke ihnen, was ich bin.« Sie war beileibe nicht so charismatisch wie Omnia, die die Gabe der größtmöglichen Wirkung hatte, aber sie war charismatisch wie eine Frau auf dem Zenit ihres Seins. So wie Lily wollten alle Frauen sein.

In diesem Frühling brach eine Heiratsepidemie aus. Frauen nahmen den Erstbesten und den Hinterletzten zum Ehemann. Der Kriegsgott Mars machte Frühlingsgefühle. Auch Lily wollte sich Mars in die Arme werfen. Sie hatte eigentlich immer für den Trojanischen Krieg geglüht. Als Mädchen hatte sie für Achilles geschwärmt und sich eingebildet, sie wäre Helena. Der Krieg war der Vater aller Dinge. Für Falka machte er Witwen, für Lily Waisenkinder.

Lily fühlte sich wie eine Feldherrin, wenn sie sah, dass ein Heer von Holzdielen den Lehmboden überwältigte. Sie sammelte Verbündete für ihren Feldzug für die Kindheit. Wenn sie nicht auf der Baustelle war, machte sie Besuche. Sie traf sich mit müßigen Greisen und bat, ob sie wohl Spielzeug schnitzen wollten? Sie besuchte weise Frauen, ob sie ihr helfen wollten? Manchmal wusste sie nicht, wo ihr der Kopf stand. Aber stetig wuchs das Werk, das sie sich in den Kopf gesetzt hatte.

Der März verging im Arbeitsrausch.

Der April rauschte ihm nach.

Die Schleier lagen in den Truhen wie die Hoffnung in der Büchse der Pandora. Alle Frühlingsbräute warteten, dass bald der Krieg kam und sie zu Witwen machte.

Dann geschah auf der Weltbühne etwas vollkommen Unerwartetes. Der König von Schweden war tot.

Karl XI. starb am 15. April 1697 mit erst 42 Jahren.

Sein Sohn und Thronerbe, Karl XII., war ein unbeschriebenes Blatt. Es gab kein Bildnis von ihm. Man munkelte, er habe eine Pockenfresse.

Das Königreich Schweden wurde jetzt von einem Fünfzehnjährigen regiert.

Auf dem Marktplatz von Tondern wurde ein Freudenfeuer entzündet. Das ganze Volk tanzte um den lodernden Brennhaufen. Jetzt war der Kairos, der günstige Augenblick zum Krieg.

25
DER FALKE

Willem Tondernsen erinnerte sich seiner Jünglingsjahre in Türkis. Er hatte türkise Hemden und Beinkleider getragen. Er hatte einen türkisen Mantel und türkise Schnallenschuhe gehabt. Er liebte die Farbe Türkis, wie man einen Talisman liebte.

Von all dem türkisen Tanderadei war ihm nur ein Ring in Gestalt einer Gemme aus türkisem Edelstein geblieben. Auf der Gemme ging Eros hinter einem Pflug einher, der von zwei Bienen gezogen wurde. Willem hatte sich diesen Ring einst selber angesteckt und die weißen Spitzen geheiratet.

Als Mann der weißen Spitzen mochte er es leicht und luftig. Sein Motto war: *Wenn Treue, dann Treue. Wenn Untreue, dann Untreue.* Darum war er nie eine Ehe eingegangen. Die Ehe brachte einen Mann in die sieben Höllenkreise. Den Höllenkreis der Gefangenschaft. Den Höllenkreis der Geschwätzigkeit. Den Höllenkreis der Eifersucht. Den Höllenkreis der Einöde. Den Höllenkreis der Hinterlist. Den Höllenkreis der Frauenleiden. Den Höllenkreis der Entmannung. Am Ende erlag man dem Herztod. Die Ehe war bitter. Die Arbeit war süß. Darum trug Willem den Eros der Schaffenslust am Ringfinger. Seine Klöpplerinnen waren fleißige Bienen. Sein Leben war randvoll mit Pracht und Politik. Er war Ratsherr von Tondern, Freund des Königs von Dänemark. Er war im August seines Lebens. Wenn er als Zeitmaß eine Woche nahm, hatte er den Donnerstag erreicht und noch ein langes Wochenende vor sich.

Mit solchen selbstgütigen Gedanken stand er am Fenster und

sah in den Garten. Falka Auge saß auf der Bank und hielt ihr Gesicht in die Frühlingssonne. Plötzlich musste Willem daran denken, wie einmal vor sehr vielen Jahren auf einem Hofball des Königs eine Dame einen Fötus verlor. Ein Fötus lag auf dem Tanzparkett, und es wurde gerade ein Menuett getanzt. Die Röcke schweiften über den Fötus, bis Willem sich des Geschöpfes erbarmte. Er tat eine tiefe Verneigung zur Ehre seiner Dame und nahm nebenbei den Fötus auf. Diskret ließ er ihn in der Hosentasche verschwinden. Nach dem Ball, als er allein war, schaute er sich den Fötus an. Er empfand Neugier und Abscheu. Etwas Ähnliches empfand er auch bei Falka Auge. Gleich nach dem Fötus war sie das Seltsamste, was er jemals aufgenommen hatte.

Sie kam aus der Nachtkammer der Todmädchen, daher der Abscheu. Sie konnte Wunder klöppeln, daher die Neugier. Draußen wirbelte ein Sturm um sie, die Auferstandene. Hier war nichts davon zu merken. Hier stand die Zeit um sie herum still.

So still, dass er seine Laute mit in den Garten nahm.

Falka Auge erhob sich, als sie ihn kommen sah, und stellte sich in das Laterna-magica-Licht des Kirschbaums. So gesprenkelt von Licht und Schatten wie ein Rehkitz rührte sie an etwas sehr Weiches in ihm. Er hatte nie eine Tochter gehabt.

Über was konnte er mit ihr reden? Sie war dumm. Aber sie war so denkwürdig, dass ihre Dummheit nicht zählte.

Er sagte: »Unter einem Kirschbaum gibt es keine Feinde«, als könnte es nur Liebende dort geben. Obwohl er nichts von ihr wusste, wusste er, dass sie nichts mehr liebte als ihre Spitzen. Sie hatten die gleiche Liebeswahl getroffen. Sie hatten verwandte Seelen.

Er brachte die Laute zum Klingen. Unter dem Kirschbaum spielte er ihr eine Melodie vor. *Greensleeves.*

Ein inneres Gefühl sagte Falka, dass der Kinderschinder um sie buhlte. Er war zu ihr in den Garten gekommen und hatte für sie die Laute gespielt. Wenn das kein Minnelied war?

Unter einem Kirschbaum gibt es keine Feinde, hatte er gesagt.

Aber die Todmädchen waren seine Feinde.

Sie hatte schon lange nicht mehr gefühlt, dass die Todmädchen bei ihr waren. Falka zwang sich, an Raggas Versprechen zu glauben: *Wir kommen wieder.* Ragga musste ihr zürnen, weil sie mit dem Kinderschinder unter dem Kirschbaum stand, so minniglich. Falka hatte immer ein reines Gewissen, aber diesmal war ihr Gewissen ganz schmutzig von Schuld, denn sie war fest entschlossen, Willem Tondernsen zu gefallen.

Falka neigte sich zum Duft einer Blume hinab und steckte ihre Nase in den Blütenkelch. Als sie sich aufrichtete, hatte sie unter der Nase einen Flaum aus Blütenstaub.

»Die Blume hat dich bemalt«, sagte Willem Tondernsen zärtlich zu ihr. Sie wollte hinfassen, da fing er ihre Hand wie einen Schmetterling. Er gab ihr einen Kuss auf die Hand und blies den Blütenstaub weg.

Er erzählte ihr von Tulpen. Sie erzählte ihm von Würmern. Manchmal sagten sie sich nur, wie schön sie ihr Zusammensein fanden und wie schön die Laute klang. Der Kinderschinder und sein Wunderkind waren im Garten irdischer Freuden.

Sie war beeindruckt, dass er den König kannte. »Kennen Sie auch Newton?«

»Nein.« Er überlegte, ob ihm etwas zu Newton einfiel, was ihr gefallen konnte. »Newton ist ein Genius. Doch er sagt, er sei ein Zwerg, der auf den Schultern von Riesen sitzt. Von Kopernikus, Galilei, Tycho Brahe.«

»Was ist ein Genius?«, fragte sie wissbegierig.

»Wenn der Geist eines Mannes bis zum Himmel reicht.«

»Ich hatte Haare, die reichten mir bis zu den Füßen«, sagte sie und lüpfte ihr Kleid bis zur Wade. »So lang waren die.«

Ihm wurde ein wenig schwindlig.

Greensleeves was all my joy, Greensleeves was my delight, Willem liebte das Lied, das der Legende nach Heinrich VIII. für Anna Boleyn geschrieben hatte, *Greensleeves was my heart of gold*, und Falka Auges Schleier waren herrlich, darum hatte er sein Herz an das Mädchen verloren. Aber es waren Trauerschleier, Schleier für Unglück, Leid und Tod, und er hatte Abscheu davor. Doch Unglück, Leid und Tod kamen unabwendbar zu den Menschen. Es gab in der Natur dieses unerklärliche Zusammenspiel von Grausamkeit und Güte, und ihre Schleier waren von allererster Güte.

Er wollte, dass sie seine Geliebte wurde. *My Lady Greensleeves.*

Aber sie kam aus solcher Tiefe, dass es ihn ratlos machte, wie sie zu solch hoher Gunst aufsteigen sollte. Sie kam vom Meeresboden, wo die Würmer waren. Sie kam aus der Nachtkammer, wo sie verbündet war mit den Todmädchen. Er konnte die Todmädchen nicht von ihr trennen. Sie war mit Blutgeruch umweht, doch auch mit duftigem Blütenstaub.

Im Garten hielt sie ihr Gesicht in die Sonne, wartend, dass sein Schatten darauf fiel. Sie bat ihn, ihr das Lied zu singen, das Lied von Greensleeves, dem Mädchen des Königs. »Was singt er ihr, Herr?«

»Alas my love. Er nennt sie Greensleeves, seine …«

Grünärmelige, dachte er, was darauf anspielte, dass sie leicht zu haben war und sich willig ins Grün legte, wovon ihre Ärmel Kunde gaben.

»Greensleaves«, sagte Willem galant, denn für ihn war Falka Auge das Mädchen unter den grünen Zweigen des Kirschbaums. »Sie ist jung und unreif, aber er ist gern mit ihr zusammen, *delighted in your company.* Er riskiert sein Leben und sein Land für sie, *I wagered both life and land*, aber sie ist so unhöflich, ihn zu verlassen, ja, sie schüttet seine Liebe in die Gosse, *she cast me off discourteously.* Da fällt sie in Ungnade.«

»Und dann?«, fragte Falka.

»Das ist ihr Ende. Am Ende besingt er ihr goldenes Kleid.«

»Dann endet es mit einem goldenen Kleid?«

»Mit einem Sinnbild. Die Liebe trägt ein goldenes Kleid, nicht sie.«

Im grünen Zimmer sagte Falka zu Omnia: »Willem Tondernsen ist ein kluger Mann. Er weiß alles, was ich wissen will.«

Omnia fragte: »Wie weit seid ihr?«

»Er minnt mich im Garten mit Lautenklängen.«

»Und was machst du?«

»Ich tu ihm schön.«

»Du brauchst bald seine Fabrik. Wie willst du alleine tausend Schleier klöppeln, wenn der Krieg kommt?«

»Er ist der Mann der weißen Spitzen«, sagte Falka. »Er ist gegen den Krieg. Er sieht nicht sein goldenes Kleid.«

Krieg kam über ein Land wie eine Heuschreckenplage. Ein Heer von zehntausend Mann vertilgte am Tag tausend Zentner Brot, fünfhundert Zentner Fleisch, zweitausend Fässer Bier. Ein Tross von zehntausend Pferden zog mit Rindern und Schafen durch die Lande. Zweihundert Hektar weideten die Tiere täglich ab. Das alles kostete ein Vermögen.

Im großen Räderwerk der Kriegsfinanzierung wurden die Bauern am ärgsten gerädert. Wenn der Bauernstand geplündert und geschunden daniederlag, hungerte das ganze Volk. Was ein Krieg anrichtete, war *Ruina mundi*, die Verwüstung der Welt.

Dänemarks König Christian V. trachtete danach, den Reichtum seines Landes zu vermehren, nicht ihn zu verheeren. Als Letztes wollte er in einen Krieg geraten. Er hatte an der schönen Langeweile des Friedens genug, und so sollte es bleiben. Das hatte er Willem Tondernsen mehr als einmal versichert.

Willem war auch so außerstande, sich einen Krieg vorzustellen. Er hatte schon recht lange gelebt und noch nie einen gesehen, darum hielt er den Krieg für in etwa so wahrscheinlich wie einen schwarzen Schwan.

Seine Spitzenfabrik war eine Kirche des Kapitalismus, und der

Kapitalismus war ein Heilsplan für die Menschheit. Mit seiner Hingabe an diesen Heilsplan hielt Willem sich für einen Friedensfürsten.

Die Interessen des Kapitalismus waren so weit entfernt von einem Krieg wie eine Manufaktur voller Klöpplerinnen von einem Massengrab voller Landsknechte. Krieg und Kapitalismus stießen sich gegenseitig ab wie gleichgepolte Magnete, die jeder für sich ihre Massen anzogen. Der Krieg die Masse der Toten. Der Kapitalismus die Masse der Tüchtigen. Zwischen diesen Massen gab es keine Anziehungskraft. Weder wollten die Tüchtigen tot sein, noch konnten die Toten tüchtig sein. Willem Tondernsen machte sich daher keinerlei Sorge, dass ein Krieg ihn und sein Land heimsuchen könnte. Wie alle wusste er natürlich auch nicht, was man vom neuen Schwedenkönig halten sollte. Ein Fünfzehnjähriger war ein Joker. Aber auch ein Kind seiner Zeit, also des Friedens.

Willem besaß einen Gobelin, der eine Allegorie des Friedens war.

»Ich möchte dir etwas zeigen, Falka«, sagte er eines Tages. »Es befindet sich in meinem Salon.«

Er führte sie in das Herz seines Hauses. Der Salon war dämmrig von den Bleiglasfenstern, und die Wände waren golden von den Büchern. Willem Tondernsen führte Falka zu einem Teppich, der an der Wand hing und über und über mit Tieren bevölkert war. Er ließ sie in aller Ruhe die Tiere betrachten. Pfau, Lamm, Löwe, Hirsch, Truthahn, Wildschwein, Gans, Fuchs und noch viel mehr. Sie waren alle so dicht beisammen wie ein Blumenbukett.

»Ganz hoch oben auf dem Gobelin ist er«, sagte Willem.

»Wer?«

»Dein Tier.«

»Mein Tier?«

»Der Falke.«

Falka schaute neugierig hoch. Sie stellte sich auf die Zehenspitzen. Der Falke war am Himmel des Gobelins, über allen anderen

Tieren und hoch über ihr. Sie konnte ihn nicht sehen. Enttäuscht sank sie auf die Füße.

»Möchtest du auf meine Schulter?«, fragte er.

Sie blickte ihn ungläubig an, dann sehnsüchtig zum Falken hoch.

»Komm.« Er nahm ihre Hand und führte sie zum Sofa. An seiner Hand stieg sie auf das Sofa, und als er sie dazu ermunterte, auch noch auf den Tisch. Er bot ihr seine Schulter zum Aufsitzen. Falka zögerte. Dann raffte sie ihr Kleid und hob das Bein. Es umschlang seinen Hals von links. Das andere Bein kam von rechts. Willem war entsetzt, er hatte gedacht, sie ließe sich im vornehmen Damensitz auf seiner Schulter nieder. Stattdessen spreizte sie schamlos ihre Schenkel und hockte sich breitbeinig auf sein Genick wie eine Pisserin. Doch er verhielt sich, als wäre das völlig normal. Er stellte sich gerade hin, und ihr Schoß schmiegte sich an seinen Nacken. So trug er sie zum Gobelin.

»Siehst du den Falken?«

Als sie sich hochreckte, wurde in ihrem Bein ein Muskel hart. Er stand reglos betört im Bann dieser Spannung.

»Ich seh ihn«, jauchzte sie.

Fortan durfte Falka sich den Falken ansehen, wann immer sie wollte.

»Er ist dein Tier«, versicherte er ihr.

»Mein Tier«, wiederholte sie ehrwürdig.

Es wurde zu einem Ritual. Mit feierlichem Ernst stieg sie an seiner Hand auf. Auf das Sofa. Auf den Tisch. Ihr Händchen war warm, ihre Wangen glühten vor Freude. Er beugte sich nieder und lauschte auf das Flüstern ihres Kleides, wenn sie es hochraffte. Dann überstieg ihr Bein seine Schulter. Es war immer ein erregender Schock, wenn es kam, ihr linkes Bein. Dann kam das rechte Bein, es sank an seiner Brust nieder und entblößte sich dabei. Sein Hals war ganz von ihren Schenkeln eingenommen. Er umfasste ihre Waden und begann, mit ihr umherzugehen, sogar zu tänzeln.

Falka war ein Leichtgewicht, ein Schoßäffchen, das vergnüglich auf seiner Schulter saß.

Willem hatte einen Rubens in seinem Schlafgemach hängen. Wenn er sich seine Rute vornahm, war die Dame auf dem Bildnis seine Gespielin. Falka war das Gegenteil von einer Rubensdame, doch sie gefiel ihm so. Ihre dünnen Beine gemahnten ihn an herrliche Degen, wenn er sie auf seinen Schultern zum Falken trug.

Er glaubte, dass er schon alle Stellen erkundet hatte, die sich zum Liebesspiel eigneten, und dachte eigentlich, es gäbe an seinem erfahrenen Körper keine erotische Zone der Unschuld mehr. Aber er hatte noch nie mit dem Nacken ein Liebesspiel genossen.

Unverzüglich ließ er sich vom Perückenmacher die Haare scheren, auf dass eine Perücke draus gemacht wurde, wie sie alle Männer über fünfzig anfertigen ließen, wenn ihnen die Haare schwanden. Bei ihm war noch kein Schwund festzustellen, aber die Perücke diente auch nur zur Erklärung, warum er nun Kurzschur trug wie ein Läuseknacker.

Er musste im Nacken jetzt nackt sein.

Wenn Falka ihr Tier sehen wollte, ließ sie die Arme schwingen, damit Willem sie zum Gobelin trug. Was vor dem Gobelin mit ihnen beiden geschah, gehörte in diese phantastische Fauna, wo der Löwe mit dem Pfau schmiegte und das Wildschwein mit dem Schwan. Falka zupfte an ihrem Kleid. So als wollte sie nur bequemer sitzen, befreite sie sich von dem Bausch, der ihren Schoß von seinem Nacken trennte, und dann schmiegten sich ihr Schoß und sein Nacken zusammen zum Liebesakt. Sie beleckte ihn mit ihren Weichteilen und kitzelte ihn mit ihrem Haarschopf und vergnügte sich selbst an seinem phallischen Hals mit allem, was ihr dafür zu Gebote stand. Er suchte in den Bleiglasfenstern nach einem Widerschein ihres selbstsüchtigen Liebesspiels. *Mein Nymphchen nympht,* nannte er es. An ihren Entzückungslauten hörte er, wie sie zu Honig zerging. Das verwunderte ihn sehr, denn das Weibsvolk war ja ärmlich ausgestattet dort unten, darum konnte es nicht viel Lust empfinden. Aber Falka vermochte sich ausschweifende Genüsse zu verschaffen. Es war gut, dass sie sich bei diesem Treiben nicht ins Gesicht sahen.

Wenn sie sich selig genympht hatte, trug er sie wieder zum Tisch. Sie schwang die Beine nach hinten, das Kleid fiel herab. Als er sich einen Moment später nach ihr umdrehte, stand sie zuchtstreng vor ihm. Er bot ihr seine Hand. Sie stieg vom Tisch, bedankte sich für den Falken mit einem Knicks und ging zum Klöppeln.

Sie war immer wissbegierig und wollte mehr über den Falken wissen. Vor dem Gobelin erteilte Willem ihr eine Lehrstunde in Falkenkunde.

In seiner Bibliothek befand sich ein Exemplar des Falkenbuches, das Friedrich II. verfasst hatte. Es hieß: *Von der Kunst, mit Vögeln zu jagen.*

»*Der ideale Falkner*«, las er ihr vor, »*benötigt Disziplin, Sachkenntnis, Hingabe und Unermüdlichkeit … wie der ideale Mensch … um sich den freiesten aller Vögel zum Jagdgefährten zu machen.*«

»Disziplin?«, fragte sie. Ein Perlenklang aus ihrem Munde.

»Zucht«, übersetzte er es.

»*Aaahhh*«, machte Falka, und in dem Atemlaut war Selbsterkenntnis.

»Die Ägypter glaubten, dass ihr Sonnengott am frühen Morgen die Gestalt eines Falken annimmt«, erzählte er ihr. »Er wird zum Horus am Horizont, wenn die Sonne aufgeht.«

»Das Grauen«, flüsterte Falka und lauschte gebannt seinen Worten.

»Der Falke ist das Sinnbild des Herrschertums. Alle Könige Ägyptens sahen sich als Falken. Weil das Auge des Horus die ganze Welt sieht.«

»Das Auge des Horus«, wiederholte Falka.

»Unsere Kirche hat daraus das Auge Gottes gemacht. Ursprünglich war es das Auge eines Falken.«

»Falka Auge«, sagte sie.

»Du hast einen hohen Namen«, bestätigte er ihr.

»Erzähl mehr«, wollte sie.

»Auf dem Götterolymp der Griechen hielt Apollon sich einen Falken als Boten. Ein Falke war auch das Idol der unwiderstehlichen Zauberin Circe. Vielleicht verzauberst du mich darum so.«

»Mehr.«

»Wusstest du, Falka, dass unser höchster Gott Odin sich in einen Falken verwandelt, wenn er über sein Reich fliegt? Und Freya, unsere Frühlingsgöttin, trägt ein Falkengewand.«

»Mehr.«

»Der Falke brachte den Göttertrunk Soma vom Himmel herab.«

»Mehr.«

»Der Falke war das Feldzeichen des Hunnenkönigs Attila.«

»Mehr.«

»Der Falke war das Wappentier der Kreuzritter.«

»Mehr.«

»Der Falke ist das Sinnbild der Kriegskunst.«

»*Aaahhh!*«

Falka hatte gedacht, sie sei nach dem schlichtesten aller braunen Vögel benannt. Wie sollte sie auch wissen, wie hoch er von Göttern, Königen und Kriegern geschätzt wurde? Sie war jetzt ein Fabelwesen aus Falka und Falke, ein Göttervogelwunderkindtier.

Willem ließ sie im *Mundus Symbolicus* blättern, einem Emblembuch mit Sinnbildern von Tieren, die auf die Menschenwelt verwiesen. Bei den Sinnbildern standen lateinische Moralsprüche, die er ihr übersetzte und erklärte. Falka hatte Freude am Bilderlesen. Alles war beseelt, alles war durchwirkt von einem anschaulichen Sinn. Jedes Geschöpf konnte eine Weisheit verkünden. Ein Falke fliegt zum Falkner zurück: *Sponte mea* – freiwillig komme ich zu dir.

»Sponte mea«, sagte sie zu ihm.

»Der Himmel hat dich mir geschenkt.«

»Haben Sie eine Weltkarte, Herr?«

»Was möchtest du denn sehen?«

»Dänemark und Schweden«, sagte sie. »Aus dem Himmel.«

Willem rollte eine Karte für sie auf. »Das ist Dänemark.« Er tippte es an. »Alles andere ist Schwedenland.«

»Dänemark ist ein Wurm«, befand Falka. »Schweden ist ein Krebs mit Scheren um die ganze Ostsee.«

»Ja, leider.« Die Ostsee war das Binnenmeer des schwedischen Imperiums.

»Der Wurm ist in seiner Höhle, und der Krebs will ihn fressen.«

»Aha?«

»Aber da kommt ein Falke geflogen und schnappt sich den Krebs.«

»Aha.«

»Ein Falke muss kommen«, sagte Falka. »Ein feindseliges Land, was Appetit auf Schweden hat.«

»Russland hat Appetit auf Schweden«, sagte Willem.

»Wo ist Russland?«, fragte Falka.

»Das ist nicht auf der Karte.« Er schritt mit ausgebreiteten Armen vom Kartentisch durch den ganzen Raum bis zur Wand. »Das ist Russland. Es ist riesig.«

»Dann ist Russland der Falke.«

Die kleine Wurmgräberin wusste viel über die Weltmächte. Das Politisieren mit ihr machte Willem Spaß, und er war immer in Vorfreude, wenn sie »Hoher Herr« sagte, weil sie auf seine Schultern hinaufwollte, und es war herrlich, wenn sie da oben die Arme wie Flügel schwang. Sie war auf kindliche Weise begeistert. Sie jauchzte, wenn er sie wiegte, wenn er sich mit ihr drehte und wenn er trabte wie ein Pferd. Ihre Ritte wurden immer länger und immer wilder. Wenn er meinte, es war genug gevögelt, brachte Willem sie zum Höhepunkt des Gobelins, zum Falken.

Dort fragte sie: »Was soll der Falke seinem Herrn fangen?«

»Rebhühner, Fasane, Tauben, das ist die Beute, aber das Wichtigste ist die geistige Verbindung zwischen Falke und Falkner. Es geht um Gehorsam, Vertrauen, Treue. Der Falke könnte ja fortfliegen. Aber er kehrt zurück auf die Hand seines Herrn. Das macht die Beizjagd so edel.«

»Herr, wenn ich Ihr Falke bin, müssen Sie mir was zu fangen geben. Sonst bin ich ein Huhn, was über Ihrem Kopf brütet.«

Er lachte. »Was möchtest du denn für mich fangen?«

»Den Zar von Russland.«

»Aha. Und wie willst du den fangen?«

»Ich kann ihm sein Liebstes klöppeln, wenn ich nur weiß, was es ist.«

Willem ließ sich zu einer Antwort hinreißen. »Er will eine Stadt bauen, eine neue Residenz. Sankt Petersburg.«

»Dann klöppel ich ihm Sankt Petersburg.«

»Du weißt doch gar nicht, wie er Sankt Petersburg haben will.«

»Herr, ich kann Wunder klöppeln.«

»Aber der Zar ist in weiter Ferne«, sagte Willem.

»Ein Falkenauge sieht die ganze Welt.«

Da gab er ihr den Befehl: »Fang mir den Zaren!«

»Halt mich fest, Herr.« Falka ließ sich hinabfallen wie ein Falke im Steilsturz. Kopfüber baumelte sie hinter ihm.

Willem war zutiefst ergriffen, dass sie ihm so vertraute. Er ging auf die Knie und ließ sie sanft auf den Boden runter. Da schmiegte sie sich an ihn.

»Es ist so schön auf Ihrer Schulter, Herr, wie nirgendwo sonst auf der Welt«, sagte sie beglückt.

»Wie machst du das, Mädchen, dich so zu beglücken?«

Sie zeigte unbefangen auf ihren Schoß und sagte: »Ich hab da drin eine Wonnenknospe.«

Von da an war Falka seine Wonnenknospe.

Falka vergaß nie, wem sie ihr Glück verdankte. Im grünen Zimmer kniete sie nieder, machte die Augen zu und dachte zurück an die Nächte, als der Angstmann vor dem Meer stand und sie ihn bat, ihr den Vater wiederzubringen. Weit hatte er sein Netz ausgeworfen, so viele Jahre von damals hinaus in die Zeit, und ihr einen Mann gebracht, der ihr Vater sein konnte. Er trug sie auf seinen Schultern, wie sie es sich immer gewünscht hatte. Falka empfand die Seligkeit der Erfüllung.

Vier Vergangenheiten hatte sie verloren. Eine auf dem Meeresboden. Eine in der Nachtkammer. Eine in der Ehe. Eine im Hurenhaus. All ihr Hab und Gut war verbrannt. Aber in dem Feuer verbrannten auch alle Stricke, mit denen Althergebrachtes an ihr hing. Sie war der freieste aller Vögel und treu nur dem Verbündeten ihrer Seele.

26
DAS BILDNIS

Willem Tondernsen hatte sich dem gesellschaftlichen Parkett entzogen. Er privatisierte. Man sah ihn nie mit Falka Auge, aber alle Welt wusste, dass sie in seinem Haus lebte. Man ging davon aus, dass sie seine Mätresse war.

Manchmal verspürte Willem den törichten Wunsch, mit ihr zu prahlen. Er wollte sie schmücken wie einst Lily und sich dann mit ihr schmücken. Aber Falka war eine Einsiedlerin und wollte zu Hause bleiben.

So horchte er auf, als er vernahm, dass David von Krafft auf dem Wege nach Hannover durch Tondern kam. David von Krafft war der Hofmaler des schwedischen Königshauses.

Die Wege von Willem Tondernsen und David von Krafft kreuzten sich 1684, als David zu seiner *Grand Tour* aufbrach, wo er sich bei allen Königshöfen als Meisterporträtist vorstellte. Willem und David hatten eine legendäre Woche mit Saufen und Raufen verbracht und schworen sich ewige Freundschaft. Zuletzt hatte Willem seinen alten Freund vor fünf Jahren in Kopenhagen gesehen. Er sandte ihm gleich eine Einladung zu mit einer Bitte um ein Bild. Aus dem Rubens hatte er alle seine Säfte gepresst. Er brauchte ein Bildnis von Falka Auge.

Kurz zuvor hatte David von Krafft das offizielle Repräsentationsporträt des Jungkönigs von Schweden gemalt. Karl XII. in seiner Königswürde. Ein schlafender Löwe lag ihm zu Füßen. Willem kam gleich zur Sache: »Was verlangst du für ein Porträt von meiner Wonnenknospe?«

Von Krafft nannte eine Summe, und Willem war einverstanden.

Das Gemälde sollte zu seinem privaten Ergötzen sein Schlafzimmer schmücken. Von Krafft schlug diverse Themen aus der Bibel und der griechischen Mythologie vor. Willem wollte keine Leda mit Schwan und keine Susanna im Bade. Schlicht Falka. Aber eine Jungbrunnennymphe sollte sie schon sein oder ein geflügelter weiblicher Genius mit einem Falken als Sinnbild der edlen Jagd.

Am Abend wurde sie dem Maler bekannt gemacht. Willem hatte ein Fünf-Gänge-Menü auftafeln lassen, bei dem Falka fünfmal ihr Kleid wechseln sollte und ihre Haartracht. Falka führte sich vor mit Kappe, Haar offen, Hut mit Falkenfeder, Barett aus Samt, Haube aus Spitze. Sie führte sich vor im taftschwarzen, spitzenweißen, damastgrünen, seidenblauen und im samtroten Kleid.

David von Krafft hatte in seinem Leben etliche Mächtige und deren Mätressen gemalt. Die Könige besaßen Macht von Geburt, der Hofstaat von seiner Prominenz, die Heerführer von ihren Heldentaten, die Bürger von ihren Leistungen und die Mätressen von ihrem Pomp.

Falka Auge erfüllte die Kleider, die sie trug, wie einen Befehl. An ihr wirkte jedes Kleid wie ein Söldner, dem es gleich war, in welche Schlacht man ihn schickte. Für kein einziges Kleid empfand sie Liebe oder luxuriösen Stolz.

Ihr Haar glänzte wie nasses Holz. Ihre Haut war wie Alabaster. Augen vom Grau des Morgens. Ein Mündchen von rosafarbener Morgenröte. Ihre Anmut war erst jüngst gesprossen. Er hatte eine Wonnenknospe zu malen, keine Wonnenblüte.

Falka schwieg die meiste Zeit und zierte die Tafel. Der berühmte Maler begaffte sie wie ein Fohlen auf dem Pferdemarkt. Er sah aus wie ein Bierbauchmönch mit Tonsur und einem Hinterkopfschleier aus vergilbten Haarfransen.

»Er hat grad vor dir den König von Schweden gemalt«, machte Willem Falka klar. »Als Nächstes malt er einen Welfenprinzen.«

»Sie kennen den König von Schweden?«, fragte Falka.

Von Krafft lächelte das Mädchen väterlich an. »Ich kenne alle Könige.«

»Kennen Sie auch den Zaren von Russland?«, fragte Falka.

»Auch den.«

»Kennen Sie Sir Newton?«

»Falka«, mahnte Willem sie.

»Bedauerlicherweise nicht, ich habe aber gehört, er sei ein seltener Fall von einem nicht zu malenden Menschen. Man sagte mir, er sei aus reinem Geist gebildet. Was soll man da malen?«

»Wie ist denn Karl so?«, wechselte Tondernsen das Thema.

»Ein Großer.«

»In was?«

»Im Wachstum.«

»Warum der schlafende Löwe?«

»Der soll euch Dänen sagen: *Quieta non movere.*«

»Heißt?«

»Was schläft, soll man nicht wild machen.«

»Und wenn ich schwarze Spitzen auf dem Bild trage?«, fragte Falka.

Die Männer sahen sie an.

»Du trägst mir keinen Trauerschleier«, sagte Willem.

»Nicht wie einen Schleier. Aber wie mein Falkengefieder.«

Tondernsen hatte sich in sein Rauchzimmer zurückgezogen. Von Krafft war allein mit Falka Auge. Sie entblößte sich vor dem Gobelin. Er saß derweil in einem Sessel, dessen Rückenlehne ihn ganz verbarg.

»Sie können jetzt.«

Von Krafft erhob sich. Sie saß auf einem Stuhl. Den Schleier hatte sie um sich geschlungen, einen schwarzen Schleier, der wie ein Nachthimmel funkelte. Jäh kam ihr Bein aus dem Schwarz wie ein blitzheller Säbel und spreizte sich vor ihm hin. Jäh kam das andere Bein heraus und stellte sich ebenso kriegerisch vor ihm auf. Sein Malerauge sah eine Kriegsgöttin, die ihre Trümpfe ausbreitet: die blanke Furcht und den nackten Schrecken.

David von Krafft räusperte sich und bat um eine Nachfrage bei Willem Tondernsen.

Er kam ins Rauchzimmer.

»Geht es darum, eine Mätresse für einen Mann zu malen? Oder es als das herauszustellen, was es eigentlich ist?«

»Was ist es?«

»Eine unheimliche Art Mensch.«

»Ja.« Willem gab sein Einverständnis.

Er schindete sich an dem Schleier. Er jagte ihn, aber er fing ihn nicht. Seine Malkunst musste kapitulieren vor dem Unerschöpflichen. Das mannigfaltige Obsidianschwarz der Klöppelspitze war ein Tohuwabohu von Schönheit. Er konnte Schönheit malen, aber nicht ihr Tohuwabohu. All die filigranen Verästelungen gingen ins Übersinnliche. Der Schleier war ein nicht malbares Mysterium. Er hatte alles gegeben. Mehr ging nicht. Aber das Mädchen war ein Meisterwerk geworden. Eine Nymphe mit breit auseinanderklaffenden Schenkeln. Um an Kühnheit mit ihr gleichzuziehen, hatte er in ihr Allerheiligstes einen kleinen rosa Tupf gesetzt. Ansonsten war das Bildnis aus Alabasterhaut, Braunhaar und Mysterienschwarz komponiert, vor dem sonnengoldenen Gobelin mit dem Falken.

Als David von Krafft es vor Willem Tondernsen enthüllte, malte sich Schaulust auf dem Gesicht seines Freundes.

»Das hast du gut gemacht.«

Sie nahmen den Rubens runter und hängten Falka Auge hoch.

Willem Tondernsen legte sich unter dem Bildnis zu Bett. Falka Auge breitete ihre Beine für ihn aus. *Hier sind Drachen*, hatte David ihr zu Füßen geschrieben, wie es auf fernen Seekarten, die ins Unbekannte führten, als Warnung stand.

Wie meinte David das? War der Schleier ein Drache, gegen

den selbst ein David von Krafft nicht ankam? David hatte versucht, das Höchstmögliche zu malen. Er versuchte sich daran, einer Mätresse eine Drachenhaut zu geben und einem Mädchengenius ein Gefieder. Doch der Schleier triumphierte als eine *terra incognita* des Unmalbaren. Dies einzusehen, musste für David ein unbekannter Schrecken sein. Aber das Gemälde war ein Lobpreis der Nacht.

Sein Leben lang hatte Willem die weißen Spitzen geliebt. Nun verführte ihn drakonisches Schwarz. Aus Liebe warf er dem Bild eine Perlenschnur von Samentropfen zu.

Von September an wurden in Tondernsens Fabrik schwarze Schleier geklöppelt.

Im Oktober war das erste Tausend Himmlischer fertig. Willem wollte, dass Falka in die Fabrik kam, es begutachtete und die Klöpplerinnen lobte. Er wollte sogar, dass sie eine Rede hielt. Falka sträubte sich. »Ich mag nicht. Was soll ich denn sagen?«

»Du sagst: Am Anfang war das Nichts. Dann kam die Spitze. Die Spitze schuf Himmel und Erde …«

An einem regnerischen Morgen fuhr Falka mit Willem im Einspänner durchs Tor in den Fabrikhof. Von den Traufen rann der Regen in Fässer und wurde als Waschwasser, Spülwasser und Trinkwasser verwendet. Falka fröstelte, als sie das wieder sah.

Als Erstes wurde sie in einen Schausaal geführt. Die Himmlischen hingen an hölzernen Gestellen. Falka schritt die Reihen ab. Eigentlich sollte sie sich wie ein stolzer Feldherr fühlen, der einer kriegerischen Legion die Ehre erwies. Aber sie fühlte sich wie ein Schwein im Strom einer Horde, die auf den Abgrund zulief.

»Sie sind alle schön.« Ihr war kalt.

»Dann kommt jetzt dein Auftritt.« Willem bot ihr seinen Arm. »Du weißt, was du sagst.«

Ihr wurde schlecht.

Er führte sie in den Lichtsaal.

»*Falka Auge!*«, posaunte Tondernsen.

Falka verneigte sich vor dem grauen Klöpplerinnenheer. Als sie sich aufrichtete, tat sich der Abgrund auf.

Die Mädchen waren Martergestalten. Alle hatten Hungerköpfe mit Höhlenaugen. Die Kälte der Nachtkammern zermorschte ihre Knochen. Falka sah ihre Torturen, ihre stummen Qualen. Das waren Erschöpfte am Ende ihres Lebens. Dabei waren sie jünger als Falka. Grau wie Wattkringel waren ihre Gesichter. Jedes dieser armen Würmchen hatte eine kleine Seele, die sich nach Erlösung sehnte.

»Wir sind Spitzenklöpplerinnen! Wir werden ein Mädchenreich haben!«

Das war keine Rede. Es war ein Schwur.

Danach wurde Falka krank. Sie zog sich ins grüne Zimmer zurück und verkroch sich im Bett. Schroffe Schatten beugten sich über sie. Um sie herum standen die Todmädchen, sie schauten in Falkas Gewissen wie in einen Brunnenschacht. Ragga sagte: *Denk nach.*

Nichts hatte sich geändert. Es war immer der gleiche Fluss, dem stets neues Wasser zuströmte. Eine stetige Flut von Verlorenen kam in die Fabrik und kam darin um. Alle schindeten sich, und Willem Tondernsen schöpfte daraus sein Vermögen. Falka weinte. Die kosmischen Spiralen auf ihren Himmlischen waren Vernichtungsstrudel.

Asta! Norla! Lucie! Milla! Gritt! Ragga! Ich will ihm Böses! Ich will allen Männern Böses! Ich will, dass der Krieg sie alle totmacht! Ich will die Große Manndränke!

27
DIE GLUTNESTER

In jedem Krieg der Menschen siegte das Reich der Würmer.

Till hatte es erlebt. Die Schweden marterten und mordeten, ohne zu denken, dass sie Menschen waren und mit Menschen umgingen. Würmer labten sich an den Leichen, die sie hinterließen.

Das alles lag lange hinter ihm und verfolgte ihn unerbittlich. Er konnte sich an alles erinnern, nichts war aus seinem Gedächtnis zu tilgen, was er einmal mit angesehen hatte.

Till ließ die kleine Schafherde, die er behütet hatte, bei dem Alten. Er ließ sein Dorf, das es nicht mehr gab, hinter sich und ging nach Grimmen. Doch Grimmen war ein schlechter Ort. Hier wurden Hexen hingerichtet.

Als die Magd Maria geköpft wurde, war das ganze Volk zugegen. Es strömte in aller Frühe zu dem Hügel. Maria kam in ihrem schwarzen Sonntagskleid auf den Richtplatz. Ein Gatter war dort gezogen, dahinter war das Volksgewühl, in dem Till stand. Der Scharfrichter verlas das Urteil. Die Verurteilte schaute ins Gewühl, nicht einmal ihr Name konnte ihr Gnade geben. Dann setzte sich Maria auf den Richtstein, der ein großer Findling war, und die Augen wurden ihr zugebunden. Sogleich schlug das Schwert ihr den Kopf ab. Zwei Schergen sprangen vor und packten sie, bevor sie vom Stein fallen konnte.

Till hatte noch nie gesehen, wie ein Mensch geköpft wurde. Der geköpfte Leib saß weiter auf dem Stein, an den Armen festgehalten von den Schergen. Das Gatter wurde geöffnet, um die Menschen hinaufzulassen. Viele hatten Becher zur Hinrichtung mitgenommen. Das frische Blut einer Geköpften, glaubte man, hatte heilende Kräfte.

Till ging mit hinauf. Wer keinen Becher hatte, tunkte seinen Finger in den blutigen Krater und leckte ihn ab. Till blieb vor der Geköpften stehen und gaffte sie an. Hier war kein Bleiben.

Im großen Kriegsstrudel, der um Pommerland kreiste, hatten die Menschen die Gewohnheiten von Fluchttieren angenommen. So viele flüchteten, dass Till fast immer einen Tross fand, der ihn in die eine oder andere Richtung mitnahm und vor einem Stadttor absetzte. Der Alte hatte ihm geraten, da hinzugehen, wo Frieden war. Aber wo war das? In Frankreich herrschte der Sonnenkönig. In die Richtung zog er.

Schon vor Wismar hing ein Mann an einem Galgen. Von weitem sah es aus, als trüge er einen schwarzen Pelz. Doch der Pelz lebte, er war aus Krähen.

An solchen Wegzeichen erkannte Till, wo Glutnester schwelten. Er mied Wismar und wich nach Süden aus. Auf einem Karren, der nach Magdeburg wollte, ließ man ihn mitfahren. Es ging durch Grafschaften, Fürstentümer, Herzogtümer, und überall hatten die Schweden gehaust. Wenn ein Bauer nicht verriet, wo er seine Habe versteckt hatte oder wenn er ein falsches Versteck angab, wurde sein Hof abgebrannt. Vor dem Glutnest hing ein Schild am Baum zur Warnung an alle. *Responsio mortifera.* Tödliche Antwort.

Das Landvolk lebte, als könnten die Schweden jederzeit kommen und sie alle wie Treibwild in die Wälder jagen und abschlachten.

Till kam nach Magdeburg und fand eine Stellung als Küchenknecht. Die Stadt war fast zu Tode geschunden worden von den Katholischen. In Magdeburg lebten die Menschen auf einem Massengrab und kamen nicht hinweg über die Gräueltaten an ihren Vorfahren. Hier konnte Till keinen Frieden finden. Er machte sich wieder auf den Weg.

Er zog durch ein Land des Unfriedens, wo kein Krieg mehr war, aber auch kein Frieden wurde. Der Krieg der Heere hatte sich umgewandelt in einen Krieg gegen Hexen. Frauen mussten für den Unfrieden büßen.

In Halberstadt fand Till Arbeit in einer Schmiede. Die Stadt schien ihm halbwegs friedlich. Dann kamen Kühe bei einem Gewitter um. Der Bauer, dem sie gehört hatten, benannte das Weib des Landvogts als Schadenszauberin. Das Weib kam ins böse Geschrei. Sie wurde peinlich befragt und gab zu, dass sie im Bach stand und ihre Haare über dem Wasser schüttelte, um Gewitter zu machen. Man hängte sie auf und kerbte in den Galgen die Worte: *Magisch Delikt.* Die Bauernschaft zog wie ein Heer gegen die Gehängte und stieß sie mit Forken, dass sie wild baumelte.

Ein Fuhrtross nahm ihn mit nach Goslar. Einen Winter lang arbeitete Till im Bergwerksstollen. Dann kam es zu einem Wolfspogrom. In weiter Umgebung wurden alle Wölfe erlegt und am Wege nach Goslar an Schandpfählen aufgehängt. Der Grund für das Wolfspogrom waren drei bestialisch zerfleischte Kinder. Die Wölfe wurden aufgehängt für den Stadtfrieden, damit in Goslar keine Menschenjagd ausbrach, wo jeder in jedem einen Werwolf sah.

Das Harzgebirge hatte keinen Frieden. Till wanderte nach Norden. Er machte Umwege um die Glutnester. Wo es ihm vorläufig sicher schien, blieb er. Aber er fand keinen Ort, wo er das Gefühl bekam, daheim zu sein.

Nach langem Umherziehen erreichte er Bremen. Till fand Arbeit am Flusshafen, er machte dort Schiffstaue. Die Schweden hatten auch hier Teile der Küste erobert, waren aber vertrieben worden. In Bremen hörte er zum ersten Mal von Dänemark. Das war ein Land, das mit Frieden gesegnet war.

Bremen lag in den Sümpfen. Eine Seuche kam über Nacht. Die Stadt richtete ein Ghetto ein. Alle Kranken und ihre Hausgenossen wurden da eingepfercht. Es war bei Todesstrafe verboten, das Ghetto früher als nach vierzig Tagen zu verlassen. Eines Nachts brachen die Gesunden aus dem Ghetto aus. Alle Entflohenen wurden wieder eingefangen, mit Schiffstauen gefesselt und in die Sümpfe gebracht. Dort ließ man sie endgültig verschwinden.

Till glaubte nicht mehr, dass irgendwo Menschen lebten, die eine andere Antwort füreinander hatten als die tödliche. Von sich glaubte Till, dass er niemals ein Glutnest legen würde. In seinem Herzen war er ein Hirte. Auch um ihn herum sehnten sich die Menschen nach Frieden. Aber sie lebten in dem Kriegsstrudel, der immerfort Menschenströme ins Verderben drehte. Wenn er Dänemark entgegenginge, musste er doch einmal aus dem Kriegsstrudel herauskommen.

Über Schleswig gelangte Till nach Tondern. Er konnte noch genau sagen, woran er den Frieden erkannte. Aus einem offenen Fenster wehte eine weiße Spitzengardine zu ihm hinaus. Till hatte den Frieden gefunden.

Pastor Gregor Siemssen harkte das Laub von den Gräbern. Nebel war um ihn. Er fühlte sich wie in Himmelswolken. Nicht mal den Kirchturm konnte er sehen.

»Vater.«

Niemand außer dem Mühlenknecht nannte ihn so. Die Gestalt kam jetzt aus dem Nebel und störte seine Ruhe. »In Tondernsens Fabrik machen sie Trauerschleier. Sie müssen was dagegen tun.«

Siemssen stützte sich auf die Harke. »Was soll ich tun?«

»Zünden Sie ein Glutnest um Falka an, damit sie ins böse Geschrei kommt. Nur Sie können das.«

»Von was redest du?«

»Sie müssen aus ihr eine Hexe machen.«

Schon das Wort war eine Versündigung an der Vernunft. Kalt strömte der Nebel in Gregor ein, als er Atem holte für sein Widerwort.

»Nein.«

»Aber Falka ist eine Hexe.«

»Lass mich hier meine Arbeit tun«, sagte er abweisend.

»Behüten Sie uns vor Krieg«, bat der junge Mann inständig. Er harrte auf ein Ja von Siemssen. Weil keins kam, brachte er es noch einmal wie in Todesnot heraus: »Behüten Sie uns vor Krieg!«

Siemssen ergriff die Harke und machte weiter. Der junge Mann ging in den Nebel hinein.

Der soll mich mit seinem Teufelszeug in Ruhe lassen!

Doch jetzt war das Teufelszeug in seinem Kopf. Satan. Luzifer. Diabolus. Beelzebub. Antichrist. Der Teufel war der Affe, der sein böses Spiel spielt. Er war die Schlange, die zum Ungehorsam verführt. Er hatte Hörner wie ein Ziegenbock, Hufe wie ein Gaul und einen Schwanz wie ein Esel. Er war behaart wie ein Hund. Sein Glied war ein Eiszapfen.

Siemssen glaubte nicht, dass noch ein Mensch an den Leibhaftigen glaubte. Die Teufelsgestalt setzte sich aus den Todsünden zusammen. Die Krallen waren die Habgier. Die Hörner der Hochmut. Die Hufe der Zorn. Der Schwanz war die Wollust.

Die Todsünden und ihre Versuchungen waren teuflisch.

Es beschlich ihn der Gedanke, dass es schwer sein würde, aus Falka Auge eine Hexe zu machen. Sie hatte so gar nichts Sündhaftes an sich. Nach allem, was man über sie hörte, war sie nicht habgierig, nicht hochmütig, nicht zornig, nicht neidisch, nicht verschwenderisch, nicht maßlos, nicht träge. Falka Auge war, er musste es widerwillig zugeben: makellos rein. Sie erinnerte in ihrer Art an die Jungfrau von Orléans.

Als Johanna das schwache Franzosenheer gegen die Engländer in den Krieg führte, begeisterte sie es mit dem Ruf: »*Courage!*« Falka Auge begeisterte auch ein Heer von Schwachen. Das ganze Weibsvolk.

Er dachte an die Schuhe, mit denen die Furien ihn beworfen hatten. Falka Auge hatte sie dazu aufgehetzt. Und wenn der Leibhaftige doch am Leib von Falka Auge haftete?

Was wollte der Teufel verwirklichen, wenn es ihn gäbe? Gottlosigkeit und Teufelsanbetung. Es war Gottlosigkeit und Teufelsanbetung, was unter den Schleiern vorging.

Das alles ließ ihm jetzt keine Ruhe mehr, es trieb ihn vom Kirchhof.

Unruhig wanderte er im Nebel und dachte nach über Dinge, an die er lieber nicht denken wollte. Er konnte sich noch erinnern, dass in der schwedischen Stadt Mora unfassbare zweiundsiebzig Frauen als Hexen hingerichtet wurden. Er war ein Knabe gewesen, als das geschah. Niemand mochte ihm sagen, was die Frauen Böses getan hatten, dass man solche Angst vor ihnen hatte.

In Neuengland kam es vor fünf Jahren zu einem Hexenpogrom unter den ausgewanderten Puritanern. Salem hieß die Stadt, die bald überall berüchtigt war, weil in ihr der Hexenwahn ausbrach.

Immer wieder brach er aus, obwohl Papst Urban ein Machtwort gegen die Hexenverfolger gesprochen hatte. Er nannte sie »Blindwütige« und ihre Gerichtsprozesse ein »Austobungsgebiet von Abergläubischen«. Seitdem verbrannten die Blindwütigen keine Hexen mehr, sie hängten sie kurzerhand auf. Aber egal, ob sie aufgehängt wurden oder in den Brandöfen des Hexenwahns umkamen: Es war eine Schande, dass Frauen so verfemt waren.

Ich kann nicht gegen eine Hexe Geschrei machen. Niemals!

Ihm war, als liefe er durch den Nebel vor dem Mühlenknecht davon, der ihm eine Brandfackel hinhielt, die er nicht haben wollte. Wollte er sie wirklich nicht haben? Wollte er sie nicht doch haben? Was wollte er? Und wo war er? Er hatte wahrhaftig die Orientierung verloren.

Gregor merkte erst wieder, wo er war, als er das Armesünderschmalz roch, das die Abdecker herstellten. Da schlug er den Weg aufs offene Feld ein.

Bald kam er an eine Wegkreuzung. Nichts als Nebel umfing ihn, aber er kannte die Wegkreuzung. Hier ging es zu dem Haus, das Lily gehörte. Er war noch nicht dort gewesen.

Als er in den Zweiflügelhof kam, trat eine Magd aus der Tür und ging mit einem Eimer zum Ziehbrunnen. Sie blieb stehen und schaute auf den dunstumwehten schwarzen Mann, als der er durch den Nebel näher kam.

»Pastor Siemssen?« Sie erkannte ihn an seinem Pastorenumhang.

Nicht mal als er vor ihr stand, erkannte er Lily. Doch nach einem verwunderten Moment war sie es. Obwohl sie im Nebel stand, hatte er ihr Gesicht lange nicht mehr so klar gesehen. Zwei Jahre lang hatte sie Trauerschleier getragen, jetzt war nur noch ihr Haar unter einer Haube. Ihr Kleid war blau wie ihre Augen.

»Gott segne Sie, Lily!«, entfuhr es ihm.

»Ist etwas passiert?«, fragte sie besorgt.

»Nein. Ich – besuche Sie nur.«

Sie ging weiter zum Brunnen und er mit ihr. Dort erbot er sich, das Wasser zu schöpfen. Er ließ den Brunneneimer hinab und brachte ihn mit Wasser wieder hoch, das Wasser goss er in ihren Eimer.

»Wo soll ich es hinbringen?«, fragte er.

Sie lud ihn mit einer Kopfbewegung ein, ihr über den Hof zur Scheune zu folgen. Zusammen traten sie in eine von Balken gestützte Halle.

»Hier sollen meine Kinder lernen«, erklärte sie ihm. »Der Dielenboden, ist er nicht schön? Da war vorher nur gestampfte Erde.«

Unbefangen machte sie ein paar Tanzschritte.

»Wann kommen die Kinder?«, fragte er.

»Im Frühling hol ich sie her. Ich habe fünfzig Betten. Wollen Sie die Kämmerchen sehen?«

Sie nahmen die Stiege. Oben schritt Lily einen langen Flur ab und stieß dabei Türen auf, so wie ein Schmetterling seine Flügel ausbreitet. Er sah in lichte Kammern hinein, bei jeder geöffneten Tür wurde der Flur heller und heller durchflutet von einem Licht, das eine milchige Trübung hatte und dennoch gleißte. Am Ende des Flurs drehte sie sich euphorisch zu ihm um. Sie stand in einer Lichtstimmung, die ihn an flämische Kacheln denken ließ mit der lasurblauen Zeichnung einer Magd. Als sie mit Schwung wieder auf ihn zukam, pochten ihre Schritte, als würde sie in seinem Herzen spazieren gehen.

Sie tat noch eine Kammer auf und ließ ihn hineinsehen.

»Die Kammer der Hofmeisterin. Treten Sie ein, Herr Pastor.«

Er bückte sich unter dem Türrahmen durch. Sie schritt hochgestimmt hinein. Die Bücher, die er hier sah, erschienen ihm wie eine Kulisse. Er konnte ihr die Hofmeisterin nicht abnehmen.

»Und wenn die Kinder da sind, was geschieht ihnen hier?«

»Glückseligkeit und Geisteskunde.«

»Das ist ein hohes Vorhaben.«

»Das ist ganz einfach.«

»Was genau werden Sie ihnen denn beibringen?«, fragte Siemssen.

»Homer. Heraklit.«

»Das waren unwissende Heiden.«

»Wenn Sie das sagen.«

»Was hat Heraklit denn Wissenswertes von sich gegeben?«, fragte er.

»Er spricht in Gleichnissen wie Jesus. Er sagt, es ist immer derselbe Fluss, in den wir hineinsteigen, aber nie dasselbe Wasser. Alles fließt.«

»Das kann Ihnen jeder Angler sagen.«

»Ich sagte ja: Das ist ganz einfach.«

Es trat eine kühle Stille zwischen ihnen ein.

»Was meint dieses Gleichnis?«, fragte er.

»Dass es das Unwandelbare gibt und die Verwandlung.«

Sie schaute ihn unverwandt an, die Augen hellblau illuminiert, als sei ihre Seele festlich erleuchtet.

»Sie haben sich verwandelt, Lily.«

»Und Sie sind unwandelbar.«

»Nein«, sagte er, »ich bin dreißig geworden.«

»Oh.« Sie sah sich suchend um, dann ergriff sie ein Buch und schenkte es ihm. Es war der Kommentar über das Hohelied von Papst Gregor dem Großen. Nicht mal als er der Pastor der Kristkirche wurde, hatte Gregor das Gefühl, solch eine Ehre zu empfangen.

An einem Regentag im späten November wollte Falka den Ort sehen, wo ihre Freundinnen verbrannt waren.

»Was willst du da sehen?«, fragte Omnia.

Falkas Gesicht wurde streng.

Sie fuhren mit dem Einspänner dorthin. Als sie ankamen, erkannte Falka nichts wieder. Sie stiegen trotzdem aus. Im Regen gingen sie eine Gasse hinunter, in der neue Häuser mit Schieferdächern standen. Falka sah zu den Bäumen hoch, in denen sich die schwarzen Schleier verfangen hatten. Die Bäume waren ohne Laub, die Häuser alle fremd. Omnia stand bei ihr, bis Falka sagte, dass sie heimwollte.

Vor Tondernsens Haus stiegen sie aus der Kutsche. Sie waren noch nicht die Treppe hoch, da kam ein Ruf.

»Falka!«

Till stand plötzlich da.

Stolz nahm Falka die Kapuze ab, damit er sehen konnte, wie sie jetzt war. Wie ein Falke. Ihr falkenbraunes Haar stob fedrig im Wind auf.

Till setzte seinen Fuß auf die unterste Stufe und sagte das, wozu er hergekommen war.

»Wenn ihr den Krieg herholt, dann töten die Schweden euch. Erst trichtern die euch Jauche ein. Dann reißen die euch das Gedärm aus dem Bauch.«

Er hatte die Tollschönste entsetzt, das sah er. Sie krallte die Hände in ihren Mantel, als wenn dort ihr Bauch aufklaffte. Er sprach jetzt nur zu ihr und gab ihr eine Ermächtigung, so wie sie ihm einst ihre Kufen gegeben hatte.

»Du musst Falka daran hindern, dass sie uns alle in den Krieg schickt.«

Falka stieß ein Fluchwort gegen ihn aus: »Deutscher!« Das hieß, er sollte verschwinden in sein Land mit dem Höllenkrieg, er hatte kein Recht, hier zu leben, er war ein Rechtloser, ein Feind, ein böser Mann.

Sie stürmte die Treppe hoch ins Haus, Omnia lief ihr nach.

Im grünen Zimmer warf sich Falka schluchzend aufs Bett. Omnia stellte sie zur Rede: »Du hast gesagt, der Krieg tötet nur Männer.« Falka vergrub ihr Gesicht. »Die reißen uns das Gedärm raus?« Omnia drückte die Hände gegen ihren Bauch. »Ist das wahr, was er sagt? Sind wir voller Gedärme? Wie die Schlachttiere? Ich dachte, bei uns ist der Bauch eine leere Höhle für ein Kind?«

Falka zeigte Omnia ihr Gesicht, das verwüstet war vom Weinen. »Ist er noch da?«

»Du weinst um ihn«, sagte Omnia erstaunt.

»Nein«, widersprach Falka.

»Liebst du ihn denn noch?«

»Ich liebe mein Schicksal. Keinen Mann.«

Omnia sah hinunter, wo Till wie ein Hiobsbote vor dem Haus stand

»Ja. Er ist noch da.«

Es war der Gesprächsstoff bei allen Gesellschaften. Zum Tee wurde die Meinung gereicht, dass Dänemark endlich seine verlorenen Landesteile mit einem Angriffsfeldzug zurückerobern sollte. In den Ehebetten wurde darüber spekuliert, wie potent der junge Schwedenkönig war? Frauen fragten ihre Männer, ob sie geschändet würden, wenn die Schweden einfielen?

Die Männer beschwichtigten. Dänemark hatte drei Bündnisgefährten: Sachsen, Polen und Russland. Schweden hatte nur Schleswig.

Dann sind wir ja von Feinden umzingelt, erschraken die Frauen. Und unser König lässt das zu?

Dänemarks König war alt. Ein alter König war ein schwacher König.

Der alte König von Polen war unlängst gestorben. Der neue war ein junger Augustus. König August von Polen hatte den Zaren zu einem Königstreffen in sein Land eingeladen. Beide waren so herrlich jung, schwärmten die Frauen. Sie priesen Todesmut und Tollkühnheit. Sie ergötzten sich an den Urgewalten, die ein Krieg entfesselte beim Aufeinanderprallen der Heere. Ein König, stichelten sie, konnte nur als Kriegsherr ein Großer werden. Die Größe eines Krieges hob ihn empor und setzte ihn auf die Schultern eines göttlichen Geschehens.

Am 14. Dezember 1697 wurde Karl XII. zum König von Schweden gekrönt. Der Reichstag hatte den Fünfzehnjährigen für volljährig erklärt. Karl setzte sich die Krone eigenhändig aufs Haupt. Die Selbstkrönung des Knaben tilgte jeden Zweifel an seiner Eignung zum Herrscher eines Imperiums.

In der letzten Nacht des alten Jahres saß Pastor Siemssen beim Licht einer Kerze in seiner Kammer und las im Hohelied-Kommentar Gregors des Großen.

Eigentlich wollte er in der Offenbarung des Johannes lesen und sich mit den apokalyptischen Worten in Feuer sprechen: *Es war der große Drache, die alte Schlange, die da heißt Teufel und Satan, der die ganze Welt verführt.*

Aber die Worte wollten nicht zünden, da legte er die Bibel beiseite und sah zur Finsternis hinter dem Fenster hinaus. Falka Auge hatte die Gabe, die Welt zu verführen. Der Teufel hatte sie ihr verliehen. Mit seiner Hilfe hatte sie das Feuer im Hurenhaus überlebt. Mit seiner Hilfe hatte sie die Fabrik von Tondernsen übernommen. Jeder Schleier, den sie dort fertigten, würde eines Tages einen Mann töten. Die Weiber töteten aus Habgier und würden nicht damit aufhören, solange sie in Falka Auges Fängen waren. Satans Höllenmaschine lief und lief und lief. Und wenn er der Letzte war, der sie stoppen konnte, und wenn das letzte Mittel dazu die Beseitigung der Hexe Falka Auge war, dann war das seine verdammte Aufgabe, und er musste sie tun!

Aber er hatte grad gar keinen Sinn dafür. Er konnte jetzt nicht an den Drachen denken.

Er dachte an Lily. *Ein Weib, mit der Sonne bekleidet.*

Wie eine Lilie unter den Dornen, so ist meine Freundin unter den Mädchen.

Sie hatte ihm das Hohelied geschenkt, auf dem sein Name stand.

Gregor der Große.

Mit einem Gefühl erhöhten Wohlbefindens stand er auf. Leichtfüßig stieg er den Kirchturm hinauf. Oben hängte er sich an das Glockenseil, so unbeschwert, dass er sich wunderte, dass er die Mitternachtsglocke zum Donnern brachte. Er sang aus vollem Herzen:

»Trotz dem alten Drachen,
Trotz dem Todesrachen,
Trotz der Furcht dazu!
Tobe, Welt, und springe,
ich steh hier und singe
in gar sichrer Ruh.«

28
DIE MANNSNACHT

Anno 1698

Falka wird achtzehn. Der Zufall hatte Willem Tondernsen ein Geschenk für sie in die Hände gespielt. Bierbrauer Anders Andersen aus dem Ratsherrenkreis hatte in Amsterdam das Gemälde eines Delfter Malers erworben, das ihm, als er es daheimhatte, mit einem Mal missfiel. Die Haartracht des Mädchens und seine gelbe Hausjacke waren vor dreißig Jahren in Mode gewesen und wirkten heute ein wenig mottig. Da er es nun besaß, lud Andersen Tondernsen ein, es zu besichtigen, denn auf dem Gemälde war eine Spitzenklöpplerin. Willem sah auch, dass das Mädchen keine zeitgenössische Schönheit war, tatsächlich sah es aus wie eine Kartoffel. Die Kartoffel war auch vor dreißig Jahren auf den Speiseplan gekommen. Man war einträchtig der Meinung und machte sich darüber lustig, dass der Maler Jan Vermeer sich von der Kartoffel inspirieren ließ für seine Spitzenklöpplerin. Willem Tondernsen kaufte sie Andersen ab. Er ließ das Bild neu rahmen und hielt es bereit für Falkas Geburtstag am Neujahrstag.

Als er es enthüllte, sank Falka vor dem Bild auf die Knie und brach in Tränen aus. Sie war nicht zu beruhigen und schrie nach Omnia. Omnia sollte kommen!

Omnia war beim Doktor, wo sie sich über Gedärme erkundigte. Ob dergleichen wirklich in ihr drin war wie beim Schwein. Die Bejahung des Doktors war ein Schock. Sie war völlig davon aufgewühlt, als sie heimkam. Dort war etwas noch viel Aufwühlenderes geschehen.

Falka stürzte auf sie zu. »Lucie ist wiedergekommen!«

Omnia erschrak fast zu Tode.

»Sieh sie dir an!«

Omnia scheute zurück. Falka zwang sie, sich Lucie anzusehen. Es war nur ein Bild, gottlob, keine leibhaftige Wiederkehr.

»Das ist Lucie«, sagte Falka.

»Ja«, gab Omnia zu, wenngleich Lucie nie so schöne Haare hatte und nie so volle Wangen und schon gar nie so eine sonnengelbe Hausjacke mit Spitzenkragen. Aber wenn man nur das Gesicht sah, war es Lucie.

Falka wiederholte immer wieder: »Es ist Lucie. Es ist Lucie. Es ist Lucie.«

»Wer ist Lucie?«, wollte Tondernsen wissen.

»Sie war eine von uns«, sagte Omnia.

Ein Todmädchen, dachte Tondernsen.

Man konnte Falka nicht mit Vernunft beikommen. Der Maler Jan Vermeer war seit zweiundzwanzig Jahren tot. Da konnte Lucie noch gar nicht geboren sein. Falka sah, was sie sah. Lucie war wiedergekommen von den Toten.

Das Bild hing jetzt im grünen Zimmer, so hatte Falka es tagaus, tagein vor Augen. Lucie, wie sie sich über die Spitze beugt. Ihre Konzentration richtet sich auf den einen Punkt, wo die Fäden sich kreuzen wie Säbel. Aus dem königsblauen Nähkissen quellen Gedärme. Wenn Falka ganz still ist, kann sie auf dem Bild das Blut fließen hören. Ein roter Faden Blut fließt herab, wann immer Falka hinsieht. Wenn Lucie ihr Werk vollendet hat, werden auf der Spitze ein dänischer Drachen und ein schwedischer Löwe gegeneinander kämpfen. Es ist ein ganz und gar kriegerisches Bild, auch wenn auf ihm eine Spitzenklöpplerin ihr stilles Werk tut.

Krieg ist der Vater aller Dinge. Krieg ist aller Dinge König. Weil Falka noch nie einen Krieg gesehen hatte, stellte sie sich den Krieg vor wie einen Rattenkönig, den Mars auf seinem Haupt trägt wie eine Krone. Ein Krieg bindet die Lebensfäden von Tausenden Männern zu einem Todesknäuel zusammen. In einer einzigen Schlacht können alle miteinander verschlungen sein.

Dann wird ein Mädchenreich kommen.

Lucie war wiedergekommen, damit Falka sich ein Bild machte von ihrer Bestimmung: *Krieg!*

Seit Omnia wusste, dass sie Gedärme im Bauch hatte, und daraus schloss, dass Till womöglich auch recht hatte mit seiner Warnung, meinte sie, einen Beschützer zu brauchen. Darum hielt sie Ausschau nach einem Ehemann. Ein Todesfall kam ihr zu Hilfe.

Der alte Martensen wurde vom Schlag gefällt, drei Wochen lang siechte er dahin. Man setzte dem Sterbenden Tauben an die Füße, damit seine Seele leichter in den Himmel kam. Schließlich war er hinüber. Er hinterließ seinen zwei Söhnen ein üppiges Erbe. Markus Martensen, der älteste Sohn, war bei der Königlichen Garde in Kopenhagen und galt als Hagestolz. Michael Martensen, der mittlere Sohn, trat die Nachfolge im Fuhrunternehmen an. Martin Martensen, der jüngste Sohn, empfing den Vater im Himmel.

Nur bei Begräbnissen konnten Fremde sich nah kommen, ohne dass man daran Anstoß nahm. Sie lagen sich in den Armen und benässten einander mit Tränen. Dabei konnte es nicht ausbleiben, dass Männer in Wallung gebracht wurden von Weibern, die ihnen danach nicht mehr aus dem Kopf gingen.

Lily trug eine schwarze Haube und ein schmuckloses Trauergewand. Willem Tondernsen präsentierte einen schwarzen Duttenkragen, den Falka geklöppelt hatte. Falka blieb daheim, als Mätresse durfte man nicht zu Traueranlässen. Omnia wählte ein hautenges Kleid, in dem sie wie eine Trauerstele aus Obsidian glänzte.

Pastor Siemssen hielt das Requiem.

Omnia hielt nach Michael Martensen Ausschau.

Sie kannte ihn aus der *Verwunschenen Grotte* und hoffte, dass er sie nicht als *Spinne* wiedererkannte. Ihr Name war anders, ihr Aussehen war anders. Aber ihre Anziehungskraft war noch die gleiche.

Er war ein Mann, der die Aura eines Rechtschaffenen hatte, er wirkte wie ein Beschützer, der sich bescheiden gab. Er war Ratsherr und reich und kein Hurenbock, wenn man von seltenen Abstechern absah.

Omnia war heute heilfroh, dass das Hurenhaus abgebrannt war. So ein Feuer reinigte ein Mädchen doch vollkommen von seinem sündigen Ruf.

Der Pastor sprach ein Gebet.

Omnia betete, dass Michael Martensen ihr Beschützer wurde.

Falka hatte Willem Tondernsen insgeheim den Krieg erklärt für das, was er den Klöpplerinnen antat. Aber sie hatte ihre Gründe, warum ein Burgfriede war zwischen ihr und dem Kinderschinder. Sie wollte so gern noch eine Weile auf seinen Schultern reiten. Nur er konnte ihr den Falken zeigen und ihr die Welt zeigen, wie sie von oben aussah, aus einem Falkenauge.

Willem rollte seine Weltkarten aus. Mittlerweile fand Falka gar nicht mehr, dass Dänemark ein Wurm war. Für ihre Pläne war Dänemark eine schlafende Knospe, die gewappnet war mit Dornen. Wenn die Knospe erblühte, würden alle Länder, die rundum lagen, zu ihren Blütenblättern.

Sie nahmen jeden Abend das Mahl zusammen ein. Er brachte ihr Manieren bei, aber er mochte es auch, wenn sie aß wie ein Kind, das alles einmal mit der Zunge anstupste, bevor es etwas probierte. Ihr zierlicher Umgang mit Messer und Gabel war bezaubernd. Wenn er sie dafür lobte, stieg Freudenröte in ihr Gesicht. Wenn er sie verbesserte, war sie sich selbst böse, denn sie wollte ihm gefallen. Es entzückte ihn, wenn sie »mein Krieg« sagte, wie Frauen sonst »mein Kleid« sagten. Dann wollte er ihr den Krieg kaufen, egal was er kostete.

Sie war noch nicht seine Mätresse, auch wenn alle das dachten. Er war ihr Herr und sie sein Falke. Doch das sollte sich nun ändern.

Als sie wieder einmal von seinen Schultern herabstieg auf den Tisch, nahm er sie auf seine Arme. Er trug sie aus dem Zimmer und brachte sie in sein Schlafgemach, legte sie aufs Bett. »Alas my love.«

Er machte das Kleid auf, und sie schlängte sich gehorsam heraus, dann rollte sie sich auf den Bauch. Er schob das Leibchen hoch und entblößte ihre Hinterbacken. Aus der Beuge ihres Ellbogens äugte sie auf ihn. Geruhsam fuhr er mit der einen Hand um ihr Gesäß und zog ihr mit der anderen das Leibchen aus. Ihre ganze Rückenansicht war nun nackt. Er entblößte sich selbst. Mit einem Griff drehte er sie um.

Aha.

Ihr Schoßhaar war ein schwarzer Tupfen. Ihre Brüste waren klein wie Feldmausköpfchen. Er schob seine Hand in ihren Schoß und erkundete ihr Soma. Falka sonderte ein Gelee ab, das klebrige Fäden an seinen Fingern zog. Wenigstens das. Er gestand sich nicht ein, dass sie eine armselige Nackte war. Er selber war ein alter Nackter, aber er stieg ja auch in den Jungbrunnen. »My Lady Greensleaves.« Er legte sich auf sie und drang in sie ein.

»Warst du glücklich?«, fragte Falka danach.

»Ja.«

»Ich war auch glücklich.«

»Dann sind wir ja handelseinig geworden«, sagte er.

Im Bett war sie sein unterlegenes Weib. Auf den Schultern war sie sein gehorsamer Falke. Sie ließ die Arme schwingen wie Falkenflügel und stieß jäh im Sturzflug hinab, um kopfüber an ihm zu baumeln. Er drehte sich wie ein Karussell mit ihr, und sie flog.

Von Sonnenaufgang bis Sonnenuntergang klöppelte Falka das Netz, mit dem sie den Zaren fangen wollte. Es war das erste Mal, dass sie einen Schleier für einen Mann klöppelte. Sie hatte ein Vorbild für das fabelhafte Sankt Petersburg: das Bild von Vermeer. Aus der gelben Jacke wurde ein gelber Palast mit weißem

Gesims. Aus der Haarkuppel wurde eine Tempelkuppel. Aus dem Messingknauf machte Falka einen goldenen Zwiebelturm.

Das Fenster war mit Frostblumen zugewachsen. Falka hatte das grüne Zimmer mittlerweile ganz für sich allein.

Omnia war in Lilys Zimmer eingezogen, seit Lily im Gritthaus wohnte. Sie ging auf jedes Fest. Von ihr erfuhr Falka Neuigkeiten. Es gab endlich wieder eine Mannsnacht.

Als der Januar endete, war der Schleier vollendet. Willem hängte ihn vor sein Fenster und sah ihn zu allen Tageszeiten an. Eine Morgenröte aus Mädchenhaaren umspielte Paläste und Türme. Am Tag gleißte ein kristallines Schneelicht in den Straßen. Abends funkelten die Goldfäden, als würde ein barocker Festsaal erleuchtet. Nachts war die Stadt eine Ikone zum Anbeten. Wenn es Sankt Petersburg jemals so geben sollte, wäre sie die schönste Stadt der Welt.

Pracht ist Macht! Willem war wieder ein Sonnenkönig. Wenn Mannsnacht war, wollte er mit Falka nach Kopenhagen reisen und ihr den König zeigen. *Grünblättrige Wonnenknospe.* Er war verliebt.

Am Morgen der Mannsnacht lag gefrierender Nebel in der Luft. Schon früh flanierten närrische Männer durch Tondern. Pastor Siemssen wurde von ihnen bis zum Kirchhof verfolgt, sie wollten mit ihm den Wein fürs Abendmahl saufen. Er musste sie in die Schranken weisen. Der Kirchhof war für das sittenlose Narrenvolk verboten.

Der Nebel begünstigte die Ausschweifungen. Jünglinge gebärdeten sich wie Meerjungfrauen, sie banden sich lange Algen ins Haar oder setzten sich Kraken auf den Kopf und trugen die Krakenarme als Zöpfe. Die Weiber kamen und schauten, was sich darbot. Die Männer im Nebel züngelten nach ihnen und entblößten ihre Haut. Anfassen war verboten. Erst bei der Parade durften die Frauen zugreifen. Manch eine Frau hatte schon einen Favoriten, dem sie sagte, was sie mit ihm tun würde, wenn er ihr in die Hände fiel. Weiber brüsteten sich damit, dass sie schon Katzen zerquetscht hatten. »He! Hier! Mit meinen Brüsten!« Niemand nahm das ernst.

Mittags versammelte sich das Weibsvolk auf dem Marktplatz. Dort stellte es sich auf zum Tunnel für die Mannsparade. Nach vorn kamen die Greisinnen und verhutzelten Moosweiblein, ihnen zur Seite standen die Hässlichen und Scheußlichen. Dahinter bauten sich die Zänkischen, die Gehässigen und die Prügelmütter auf. In vierter, fünfter, sechster Reihe standen die Verschmähten, Verschatteten, Verdorrten und alles, was sich sonst noch für eine alte Jungfer hielt. Dahinter stellten sich die Ehefrauen auf, allein diese Schicht war fünf Reihen stark. Die Jugend hatte das Nachsehen, sie stand am weitesten hinten. Zuletzt kamen die Schönen dran wie eine dünne Lackschicht. Die lebenden Tunnelwände bauten sich aus zweimal fünfzehn Frauenreihen auf, in deren wogender Peristaltik sich Buchten einstülpten, wo Weiber sich über den Männerfang hermachen konnten. Die Alten an vorderster Front wedelten mit siebenschwänzigen Katzen, die die Männer zu spüren bekämen. Ihre Peitschen hatten Knoten, die ziemlich weh tun konnten. Der Tunnel zog sich diagonal über den ganzen Marktplatz.

Die Mannsparade kam angestampft wie ein Rammbock und drang in den Weibstunnel ein. Jetzt durften die Weiber ihre Wut rauslassen. Das Peitschen ging los, die Knoten *blitzten*.

Wer die Katastrophe überlebt hatte, meinte hinterher, dass in den Peitschen scharfe Klingen und Glassplitter waren. Mit Morgensternen droschen die Frauen auf die Männer ein. Doch niemand konnte sagen, welches Weib den tödlichen Hieb tat, noch welcher Mann von ihm getroffen wurde. Der Mann musste im Tunnelgedränge der andern gelaufen sein, ohne zu merken, dass sein aufgeschlitzter Hals eine Blutfontäne sprühte. Wahrscheinlich brach der Verletzte zusammen und brachte dadurch andere zu

Fall. Fest steht, dass es plötzlich nicht mehr weiterging. Der Tunnel war mit einem Pfropf verschlossen. Keiner, der in den Kessel geriet, konnte sagen, wie es geschah, ob die Weiber den Tunnel verbarrikadierten oder ob der Männerhaufen den fatalen Pfropf bildete. Die ganze Mannsparade drückte gegen den Pfropf und presste ihn zusammen. Männer türmten sich nun auf Männer. Die zuunterst Liegenden wurden zerquetscht. Die nächste Lage konnte unter dem massiven Druck keinen Atem mehr holen und erstickte. Es tobte eine Schlacht: Mann gegen Mann. Jeder wollte der mörderischen Enge entkommen. Gleichzeitig drückten die Frauen den Kessel zusammen, um den Männern zu Hilfe zu kommen und auch weil sie dem Druck aus den Reihen hinter ihnen nicht standhalten konnten. Die Tunnelwände zogen sich zusammen, der Kessel wurde immer enger. Männer kletterten an Männern hoch, um von oben aus dem Kessel rauszuspringen. Viele fielen herab oder wurden herabgerissen und vermengten sich wieder mit dem lebenden Haufen auf dem Leichenhaufen, wo jeder Tote eine Trittstufe war für jeden, der um sein Leben kämpfte.

Siebenundzwanzig Männer starben bei der Mannsparade. Die Toten hatten Dämonenfratzen wie die steinernen Wasserspeier der gotischen Kathedralen.

Nach der Leichenschau kehrte Siemssen auf den Marktplatz zurück. Der ganze Platz war gefegt und mit Kübeln Wasser geschrubbt. Es war keine Spur vom Unglück mehr da. Keine Peitsche, keine Klinge, kein Splitter, nichts.

Die Überlebenden, die Siemssen befragte, konnten bis zum Pfropf das Geschehen nacherzählen. Danach war alles ein Tohuwabohu.

Man war im Tunnel. Plötzlich eine Hürde von Männern. Gleichzeitig von hinten ein gewaltiger Druck. Der presste alle zusammen. Um einen herum versteinerte eine Masse, aus der es kein Entrinnen gab. Wer konnte, kämpfte sich auf den Haufen rauf. Wer nicht hochkam, wurde runtergestampft. Es war eine

Zerdrückung. Man konnte die Brust kaum dehnen in dieser Fleischpresse. Die Stärkeren hielten noch stand, die Schwächeren wurden derweil zermalmt. Viele sahen welche neben sich sterben. Aber die meisten kannten in der Gefahr keine Gefährten mehr. Alle waren im Massengrab, aber jeder steckte in seinem eigenen Leib. Wer am Rand war, wurde von den Tunnelwänden niedergewalzt. Da standen Baumstammfrauen, ein bleierner Wall aus Weibskörpern.

Siemssen wollte sich jede Frau alleine zum Verhör vornehmen. Aber die Frauen versammelten sich. Zu fünfzig und mehr saßen sie in den geräumigsten Häusern beisammen und hatten schon eine Wortführerin auserkoren. Die Hausherrin hatte ein Schaf geschlachtet und sein Blut in eine Schale gegossen. Die Blutschale stand auf dem Boden, um sie herum saßen Weiber in rauen Mengen und krakeelten Klagegesänge. Es blieb Pastor Siemssen nichts anderes übrig, als mit der Wortführerin zu sprechen.

Er fragte, wer von diesen Frauen hier einen Mann verloren hatte?

Hier gottlob keine.

Warum sie dann klagten und nicht dem Herrn dafür dankten?

Na also, Herr Pastor. Man leidet doch mit.

Wie es sein konnte, dass keine Frau ernstlich verletzt wurde, nicht einmal die Greisinnen?

Es wurden sehr wohl welche ernstlich verletzt, sie machten nur kein Aufhebens davon.

Waren in den Peitschen scharfe Klingen?

Das waren nur Peitschen für harmlose Klapse.

Warum war man so eilig zu Werke gegangen, den Marktplatz zu säubern?

Um die Witwen zu verschonen vom Anblick des Blutes.

Warum sie dann hier um eine Blutschale herumsaßen?

Ein althergebrachter Brauch der Beweinung.

Danach ging Siemssen zu den Witwen. Auch die hatten sich in einem Haus versammelt, saßen dort im Halbrund vor einem toten Schafsbock und schwiegen. Für Siemssen waren sie ein Chor von Sirenen, der die Männer ins Verderben gelockt hatte.

Sie gaben dem Nebel die Schuld.

Aber mittags war doch gar kein Nebel mehr.

Oh doch. Mittags war noch starker Nebel.

Nicht mal über den Nebel bestand Klarheit.

Der Trauergottesdienst begann um sechs Uhr abends, wenn sonst die Mannsnacht begann. Pastor Siemssen stieg auf die Kanzel.

»Die Freude ist groß!«, schallte es ihm entgegen.

Ihre Männer waren noch nicht begraben, aber die Witwen konnten es nicht abwarten, alle miteinander waren Tollschöne.

»Ich sehe glückliche Weiber, und ich sehe Weiber voller Gram. Gott weiß, in welchen das Glück wohnt und in welchen der Gram.«

Gregor Siemssen hatte heute viel Furchtbares gesehen, an das er in der Nacht nicht mehr denken wollte, aber das Allerfurchtbarste ging ihm nicht aus dem Kopf. Es waren nicht die Toten auf dem Marktplatz und auch nicht die Tollschönen in der Kirche. Es waren die vielen Frauen in einem Haus. Es war furchterregend, wenn so viele Frauen in einem Haus waren.

Was sollte er ins Kirchenbuch schreiben? Lange dachte er darüber nach. Wollte er die Wahrheit hineinschreiben, wie er sie glaubte? Oder wollte er nur das hineinschreiben, was er sicher wusste? Am Ende wollte er den Ruf der Stadt für die Nachwelt schonen.

Tondern in Trauer.
Anno 1698. Sechzehnter Februar.
Wir glauben an die Auferstehung der Toten.

Wotan Alsen
Knut Arnsen
Peder Asmussen
Ole Broling
Björn Brunsen
Klaas Burgson
Christian Christiansen
Gustav van Glan
Fryk Gustafson
Niss Hylandsen
Ennis Johannsson
Peer Jonassen
Christian Lornsen
Pidder Lursen
Brook van Moolen
Omme Nielsen
Noor Noorson
Freder Nyland
Martin Oberon
Mats Oberon
Jes Peddersen
Christian Runneson
Claas Ryssen
Martin Skager
Pit Snee
Frederik Sykstyn
Thor Thomasson

Du hast den Namen, dass du lebest, und bist tot.
Offenbarung Joh 3,1

Das war Falka Auges Werk. Pastor Gregor Siemssen schwor, ihr das Handwerk zu legen, der Teuflischen.

29
DER KÖNIG

In Kopenhagen sah Falka Teppiche auf Gehsteigen liegen und einen Leichnam, an dem die Ratten fraßen. Es gab Paläste aus Gold und Kanäle voll Dreck. Sie wohnten in einer Herberge, von wo sie durch einen Park zum Königsschloss gehen konnten. Das Wetter war schön.

Willem ging zu Geschäftsverhandlungen, denn das Geld floss wieder zu seinen Spitzen. Falka streifte anmutig durch den Park. Sie aß im Speisegarten. Sie führte das Leben einer reichen Mätresse.

Ihr wurde ein teures Kleid geschneidert. Es war unten aus purpurnem Brokat und oben aus purpurner Spitze, hochgeschlossen, aber ihre Brüste waren nur von Spitzen umhaucht. Bei so kleinen Brüstchen, versicherte ihr Willem, konnte man so ein Spektakel wagen.

Falkas Haare reichten mittlerweile wieder bis zur Schulter. Ein Barbier türmte sie zu einem Nest hoch, das auf Falkas Kopf kam. In das Nest legte er ein goldenes Ei. Dann steckte er noch eine Falkenfeder auf seine Kreation.

Sodann malte er Falkas Gesicht an. Auf die Augenlider kam grauer Schatten, auf die Lippen tupfte er eine Errötung, über die Wangen puderte er ein Rosa, zuletzt bestäubte er die Augenbrauen durch ein Blasrohr mit Gold. Dann durfte Falka vor den Spiegel treten.

Sie blickte auf sich wie auf eine wunderschöne Figurine aus Porzellan und wagte kaum zu atmen, damit sie keine Risse bekam.

Willem trat ein. Der Schneider und der Barbier führten ihm Falka vor. Willem breitete die Arme aus. »Meine Wonnenknospe!«

»Für was bin ich so schön?«, fragte Falka.

»Für den König.«

Sie war ganz still.

Willem bot ihr seinen Arm an. »Alas my love.«

Die Kutsche hielt in einem korallenroten Hof. Ein Diener geleitete sie in das Schloss. Sie kamen in ein Vestibül und von dort in eine Halle aus Marmor mit einer Treppe, die breit genug war für eine ganze Armee. Sie blieben aber unten und wandelten durch eine Galerie, wo Hunderte von Bildern hingen. Gerüschte Damen schaukelten unter Bäumen. Wind wehte in die Gewänder. Engel und Amoretten hingen in den Lüften. Pan spielte einem Ziegenbock die Flöte. Der Diener führte sie in einen Saal, dort stampfte er mit dem Stab auf den Boden und rief aus: »Willem Tondernsen, Spitzenmeister aus Tondern!«

Willem schritt ein wie ein Fürst, Falka spazierte zierlich mit.

Ein Kabinettsaal mit Blick ins Grüne. Die Wände waren aus Intarsien, die Früchte darstellten. Falka war weit die Jüngste. Die anderen Frauen waren maskenhafte Mummen. Die Herren erhoben sich zu ihrem Empfang. Falkas Brüste bekamen von dem Aufsehen, das sie erregten, stolze harte Beeren.

Willem brachte sie zu einem Weißbart, der sich hochwuchtete.

»Christian.« Er umarmte den Mann, dann stellte er ihm Falka vor. »Meine Meisterklöpplerin: Falka Auge. Falka: dein König.«

Falka sank zum Hofknicks nieder. Als sie hochkam und aufblickte, hatte der König Lefzen wie ein alter Bluthund.

»Welch hochedler Name: Falka«, sagte der König und blickte auf Falkas Brüste. »Habt Ihr diese zauberhaften Spitzen geklöppelt?«

Falka errötete. Willem schwoll vor Stolz, dass der König Falka mit dem Pluralis Majestatis nobilitierte. Damit galt Falka als Mätresse und nicht als ein Mitbringsel. Das war ein Unterschied wie zwischen einem Seerosenteich und einer Wasserpfütze.

Der König lud seine Gesellschaft an den Tisch. Die Gäste waren zwei weißbärtige Minister und die angehörigen Ehemummen. Es wurde über das Königliche Hoftheater geplaudert. Willem drehte das Gespräch bald gen Russland. Der Zar werde im Sommer nach Rawa kommen. Das böte sich doch gut an als Bühne für die dänisch-russische Allianz.

Der eine Minister war der Meinung, dass die Russen ein Räubervolk waren und nur Dänemarks Reichtum anzapften, wenn Dänemark sich in Russland engagierte. Der andere meinte, dass Dänemark den Russen Aufbaukredite geben sollte und selber am meisten davon profitierte. So wogte das Gespräch hin und her. Der König hörte zu. Dann fragte er die drei Damen, was sie denn glaubten?

Die eine sagte, dass Moskau eine Schatzkammer voller goldener Ikonen war, die große Meister gemalt hatten. Andrej Rubljow war ein russischer Michelangelo. Die andere sagte, dass der Zar in seiner neuen Residenzstadt, wenn er sie denn erbaute, eine Universität gründen wollte. So einen Mann brauchte es, um ein mittelalterliches Land in die Neuzeit zu führen.

Falka machte sich sehr grade, damit ihre Brüste ihren Worten eine Winzigkeit voraus waren. In ihrem Haarnest lag das goldene Ei, und die Falkenfeder stand hoch über der Festung, als sie sagte: »Wir sollten zusammen mit dem Zaren gegen Schweden in den Krieg ziehen.«

Krieg. Es war eine gewaltige Härte um das Wort. Aber aus dem Munde des Mädchens klang es so zart, als zerrisse man die Weltkarte, um eine neue zu machen.

»Wie wenig die Vernunft in der Welt zählt«, sagte der König, »und wie viel die Verführung.«

Willem war hochzufrieden. Der König war geneigt, sich mit dem Zaren in Rawa zu treffen. »Zieht der König nun in den Krieg?«, wollte Falka wissen. Willem wusste, dass es mit Christian keinen Krieg gab. Solange es diesen König gab, lebten sie in der schönen Langeweile des Friedens.

Er rauchte eine Pfeife im Mondschein und bewunderte sein Leben. Sein Leben war ein Stundenbuch, farbenprächtig und friedvoll.

In den folgenden Tagen lustwandelte er mit Falka in Kopenhagen. Sie erschien ihm so graziös wie eine *Mère Brune*-Tulpe. Im Überschwang seines Glücks kaufte er ihr eine Sonnenuhr, für jede glückliche Stunde hatte sie einen Spruch.

Ein Uhr. *HORAS NON NUMERO NISI SERENAS.*
Ich zeige nur die heiteren Stunden.

Zwei Uhr. *SIT FAUSTA QUAE LABITUR.*
Diese Stunde sei dir günstig.

Drei Uhr. *TEMPUS BREVE EST.*
Die Zeit ist kurz.

Vier Uhr. *VIDI NIHIL PERMANERE SUB SOLE.*
Nichts ist ewig unter der Sonne.

Fünf Uhr. *SOL OMNIBUS LUCET.*
Die Sonne scheint für alle.

Sechs Uhr. *UTERE NON REDITURA.*
Nutze die Stunde, sie kommt nicht mehr.

Sieben Uhr. *TEMPUS EDAX RERUM.*
Die Zeit verzehrt alles.

Acht Uhr. *TEMPUS OMNIA DABIT.*
Die Zeit gewährt alles.

Neun Uhr. *VER NON SEMPER VIRET.*
Der Frühling bleibt nicht ewig grün.

Zehn Uhr. *UNA EX HIS ERIT TIBI ULTIMA.*
Eine davon wird deine letzte sein.

Elf Uhr. *VIVERE MEMENTO.*
Vergiss nicht zu leben.

Zwölf Uhr. *SOL REX REGUM.*
Die Sonne herrscht über Könige.

Sie kamen bei Nacht in Tondern an. Willem trug die schlafende Falka ins grüne Zimmer. Er ging in sein Rauchzimmer. Die Matrona brachte ihm einen Nachtschmaus, sie seufzte.

»Was leidest du?«, fragte Willem.

»Ach, unsere Jungs, unsere armen Jungs.«

Er erfuhr, was geschehen war. Die verfluchte Mannsnacht. Er musste es sich wieder und wieder sagen lassen. Bei jedem Namen stand ihm einer vor Augen. Brook van Moolen war holländischer Abstammung. Freder Nyland hatte ein verrücktes Zweirad konstruiert. Niss Hylandsen war Silberschmied. Pit Snee ein Musikant. Die fabelhaften Oberon-Zwillinge sollten tot sein, alle beide? Willem löschte die Kerzenflamme. Wahrhaft eine Manndränke.

Normalerweise war heute Markttag, aber der Marktplatz war leer. Die Menschen mieden ihn.

Sie standen beim Denkmal des Zuchtmannes.

»Zehn und siebzehn macht ...?«, fragte Falka.

»Was rechnest du?«, fragte Omnia.

»Zehn Todmädchen und siebzehn tote Huren macht ...?«

»Siebenundzwanzig«, sagte Omnia.

»Es sind siebenundzwanzig Männer tot. Das ist eine Gleiche.«

»Ja. Eine Gleiche. Wie merkwürdig.«

Sie sahen einander staunend an.

»Auge um Auge«, sagte Falka.

Der Pastor kam über den Marktplatz geschritten, eine bodenlange schwarze Kutte mit Kapuze umwehte ihn.

»Uns will er die schwarzen Schleier verbieten, aber selber …«, raunte Omnia.

Er rauschte an ihnen vorbei wie ein schwirrendes Schwert.

Siemssen war auf dem Weg zur Ratsversammlung, als er sie beim Denkmal stehen sah, die Teuflische und ihre hinkende Kumpanin.

Er hatte nicht vermocht, Falka Auge aus der Stadt zu vertreiben, und er vermochte nicht mal, dass sie zur Seite wich, als er im Furor an ihr vorbeischritt. Sie stand so stolz da, als wäre Tondern ihr Haus.

Der Rat kam zusammen, um die Schuldfrage bei dem Unglück zu klären. Als Erstes beschloss die Versammlung, dass die Mannsnacht für immer verboten werden sollte.

Dann traten die Ratsherren einzeln vor das Parlament. Viele Redner sahen im Tod der siebenundzwanzig ein Unglück, wie es immer wieder durch Naturgewalt hereinbrach.

Dann sprach der Pastor:

»Das Haus ist das Sinnbild der kosmischen Ordnung. Unsere Stadt war unser Haus, in dem jeder sich seines Lebens sicher fühlen konnte. Eine furchtbare Heimsuchung hat unseren Hausfrieden zerstört. Ich will beim Namen nennen, was uns heimsucht. Pan war auf dem Marktplatz von Tondern. Pan hat eine Gefolgschaft von Weibern, die er wild macht und in den Wahnsinn jagt. Durch Pan werden Frauen zu Bestien.

Wir kennen den Bocksgehörnten noch unter einem anderen Namen. Pan ist der Teufel. Er hat den Weibern Teufelskräfte verliehen. Panik ist eine Teufelskraft. Wo sie ausbricht, rast alles auf den Abgrund zu.

Das absolut Böse ist unter uns. Der Teufel ist in unser Haus gelangt. Wir müssen den Teufel finden! Er ist's, der unsere Jünglinge tötete! Er ist's, der unsere Weiber verfinsterte! Seht den Teufel am Werk!

Der Teufel braucht einen Menschen als Behausung. Wer in unserer Stadt ist sein Leib-Haus? Wir müssen den Leibhaftigen austreiben, bevor er uns alle tötet. Pan ist Alles! Das Ganze! Die Apokalypse! Seht es! Seht der Apokalypse ins Auge.

Ich sage euch: Der Teufel singt in Tondern sein Ziegenlied.
Die Toten der Mannsnacht waren sein kleines Ziegenlied.
Fürchtet euch vor dem großen Bocksgesang!
Uns allen steht eine Manndränke bevor.«

Nachdem er gesprochen hatte, schritt der Pastor wie ein schwarzer Prophet aus dem Saal. Er hinterließ eine verdutzte Stimmung. Ein Grinsen verzerrte manch ein Gesicht, aber keiner lachte. Das Lachen blieb allen im Halse stecken.

Willem Tondernsen sah sich um. Was war in den Pastor gefahren? An den Teufel glaubte doch kein vernünftiger Mensch mehr. Oder? Wie hatte König Christian gesagt? Wie wenig die Vernunft zählt und wie viel die Verführung.

30
DIE HEIMSUCHUNG

Till umarmte den Apfelbaum und flüsterte seinen Kummer in ein Astloch. Sein Herz war schwer von den Toten, sein Herz war ein Mühlstein und das Menschenleben ein Mehlhauch. Aber endlich zündete der Pastor ein Glutnest an. Till versprach dem Baum, dass er erst Frieden finden würde, wenn Martins Tod gerächt war.

Till war ein Hirte des Friedens, doch die Fäden des Schicksals hatten ihn mit Falka verbunden, ihn, der den Krieg hasste, mit ihr, die den Krieg liebte. Vielleicht kam er nie. Aber wenn er kam, war nirgendwo mehr Frieden. Till wollte hier in Frieden leben bis ans Ende seiner Tage. Er hoffte von ganzem Herzen, dass der Pastor mit Gottes Hilfe über Falka siegte.

Till vertraute jetzt nur noch auf Gott, denn er verstand die Welt nicht mehr. Sie drehte sich wie ein Mühlrad um Falkas Willen. Falka saß an der Tafel des Königs, und währenddessen zermalmte das Mühlrad die Männer. So sah Till das.

Krieg lag in der Luft, und auf den Krieg baute Falka ihr Haus. Noch war es ein Lufthaus, doch wenn der Krieg wirklich kam, dann würde sich eine Todesmühle drehen, die so groß war wie die Welt. Ganze Mannsvölker würde sie zermalmen. Und Falka liebte das, sie lockte das herbei.

Till konnte nur auf Gott vertrauen. »Vater unser im Himmel …« Der Himmel hatte Wetter, Wind und Sturm. Das Schicksal wollte, dass Till hier war, im Auge des Sturms. Till hasste sein Schicksal.

Im Garten blühte der Kirschbaum wieder, er wiegte sein rosa betupftes Blätterdach über Falka und Omnia. Sie schlürften Saft mit Strohhalmen. Es war ein himmlischer Frühlingstag.

Falka trug ein Kleid in einem Farbklang aus Sepia und Altrosa. An ihrer Büste kräuselten sich Spitzen. Die Ballonärmel waren eine Pracht.

»Du schmückst dich wie der Kirschbaum«, sagte Omnia.

»Willem schmückt mich.«

»Ich will auch so geliebt werden wie du. Ich will einen Mann heiraten. Ich will Kinder haben.«

»Du musst dein Schicksal lieben«, sagte Falka. »Wenn du dein Schicksal liebst, heiratest du den Sinn deines Lebens. Wir werden niemals glücklich, wenn wir Männer lieben.«

»Ich möchte aber in Sicherheit sein«, sagte Omnia.

»Sicher bist du nur als Witwe«, antwortete Falka.

»Wer soll uns denn beschützen?«

»Ein Mädchenreich.«

»Bis das da ist, sind wir nicht mehr da.«

»Die ganze Menschheit wird von Frauen geboren. Dann sollen Frauen auch über die ganze Menschheit gebieten.«

»Wann denn?«, fragte Omnia.

»Nach der Manndränke.«

»Es gab immer Kriege«, sagte Omnia, »und immer noch herrschen die Männer über uns. Ein Krieg ändert nichts.«

»Aber eine Manndränke.«

»Was macht die anders?«

»Männer töten Männer für so etwas Törichtes, wie ob sie zum Papst gehören oder Protestanten sind. Wir töten sie, weil sie Männer sind«, sagte Falka.

Omnia fischte eine Kirschblüte aus ihrem Saft. »Wir haben gar nicht die Kräfte dafür. Wir sind schwach. Unser Geschlecht ist den Männern unterlegen. Wie sollen wir denn hochkommen?«

»Wir wälzen die Männer unter«, sagte Falka. »Der Wattwurm braucht auch keine Kraft. Das tut alles der Sand. Würmer trachten nicht nach Hochkommen, die tun ihr Werk mit Niedertracht. Wir tun das auch. Niedertracht, List, Tücke, das sind unsere Kräfte. Wenn wir mit List die männlichen Säuglinge vermindern, sind mit jedem Jahr mehr Mädchen in der Mehrzahl. Wir sind doch allmächtig gegen Säuglinge. Die werden niemals Männer, denn wir ertränken sie, sobald sie auf die Welt kommen. Das mein ich mit Manndränke. Ein Junge darf leben, wo zehn sterben. Dann ist das Mannsvolk bald untergewälzt. Dafür brauchen wir nicht mal einen Krieg. Nur eine Verschwörung: das ganze Weibsvolk gegen die männlichen Säuglinge.«

»Vielleicht hassen die Männer uns darum so«, überlegte Omnia. »Weil wir sie gleich von Anfang an totmachen können, wenn wir das wollen.«

»Ja«, sagte Falka. »Das wollen wir.«

»Und wenn eine Mutter ihren Sohn behalten will?«

»Das will sie nicht, weil ein Sohn eine Missgeburt ist.«

»Eine Mutter soll ihr eigen Kind hassen?«, zweifelte Omnia.

»Sie soll den Mann hassen, der daraus wird. Sie soll ihn töten, solang er noch klein ist.«

Als Falka die Hände im Schoß sittsam zusammenlegte, knisterte ihr prächtiges Kleid. Sie sah hoch zu den Kirschblüten.

Unter einem Kirschbaum gibt es keine Feinde. War Willem Tondernsen ihr Feind? War Till ihr Feind? Nein. Sie fühlte keinen Hass. Sie empfand eine innige Liebe, gleichsam als glitten die Männer durch sie hindurch wie Sand. Sie durchklangen ihr Leben mit Flöte und Laute, liebkosten sie mit Namen wie *Gauch* und *Greensleaves*. Das war für eine Weile ein schönes Sandschleifchen, bis die Flut kam und es hinwegnahm. Liebe verging. Falka trachtete nicht mehr nach flüchtigen Wonnen. Sie trachtete nach einem ewigen Werk.

»Er macht mir den Hof«, sagte Omnia plötzlich. »Michael Martensen.« Sie holte tief Luft, als atmete sie Glück ein. »Es gibt auch Männer, die gut sind.«

Wie schlau der Teufel war, dass er zu seinem Werkzeug ein Mädchen machte, das einer Madonna glich. Bleichgesichtig und braunhaarig, von fleißiger Hingabe und schlichter Demut. Eine unbefleckte Begnadete. Er musste sie als Hexe an den Galgen bringen.

Aber Gregor Siemssen war auch schlau. Er machte sich den Teufel zum Werkzeug, um Falka Auge an den Galgen zu bringen.

Als er ihr vor zwei Jahren auf dem einsamen Feldweg begegnet war, wäre es ein Leichtes gewesen, sie zu töten. Er hätte das schmächtige Mädchen ohne Mühe in den Wald zerren und zunichtemachen können. Jetzt konnte man ihr nirgendwo mehr alleine begegnen. Sie wurde immer von der Humpelnden begleitet. Und in Tondernsens Haus war sie so sicher wie in einem Tresor. Er musste sie ins böse Geschrei bringen.

Siemssen suchte nun das Gespräch mit den Abergläubischen. Wenn er ein Moosweiblein sah, das Weidenkätzchen pflückte, aus denen es sich eine Hungersuppe kochen wollte, half er dabei. Die Kopfweiden waren unheimliche Trolle. Hier erfuhr er, was das Weibsvolk im Geheimen für gottlose Dinge trieb. Es tat sich Hostien in den Schoß zum Kindersegen. Es sagte Psalme rückwärts auf, um eine Empfängnis rückgängig zu machen. Es betete zur heidnischen Zaubergöttin Frau Holle. Aber an den Teufel glaubte keine mehr. Wenn er die Möglichkeit ansprach, dass nur eine Teufelskraft die Mannsparade zerquetschen konnte, ermahnte man ihn, so etwas nicht zu sagen, nicht einmal zu denken.

Eines Abends kam Siemssen zu der kargen Hütte, in der Falka Auges Mann lebte. Er schlug an die Tür. Ihm wurde aufgetan.

Sie setzten sich an einen Tisch, Mühlenknecht und Gottesknecht.

Siemssen sagte: »Ich brauche mehr als dein Wort, dass Falka Auge Martin Martensen getötet hat. Lilys Wort steht dagegen. Ihr Wort gilt.«

»Aber mein Wort ist wahr.«

»Du könntest ihr übelwollen und darum falsches Zeugnis reden. Das tut ein verlassener Ehemann.«

»Ich habe sie verstoßen«, sagte Till.

»Sie hat Tondernsen an ihrer Seite. Er ist Ratsherr. Du bist der Einzige, der sie anklagt.«

»Auf der Insel klagen alle sie an«, sagte Till.

»Für was?«

»Für die Verwüstung. Dass sie die macht.«

»Was heißt alle?«, fragte Siemssen.

»Die Ältesten. Die Jüngsten. Der Pfarrer.«

»Was für eine Verwüstung hat sie da gemacht?«, fragte Siemssen.

»Fanø geht im Sand unter.«

Die Insel lag zwei Tagesreisen entfernt.

»Ich werde hinfahren«, sagte Siemssen.

»Wenn es Fanø noch gibt.«

Es war Mai. Der Säuselwind Zephyr verbreitete eine Liebesgeschichte. Michael Martensen und Omnia waren ein Paar. Man sah sie innig auf dem Ratsherrenball tanzen.

Der Wind drehte. Es kam Eurus. Der Choleriker der Lüfte blies die Schleier der Tollschönen an und weitete sie zu großen Kelchen, dass es schien, als wollten sie sich über jeden Mann stülpen und ihm sein Lebenslicht auslöschen.

In Schleswig rasselten schwedische Truppen mit Säbeln. Man spürte den Feueratem des Drachen.

Die Ratsversammlung besprach das Manöver hinter der dänischen Landesgrenze und beschloss, eine Gesandtschaft zum König zu schicken.

Falka war ganz aufgeregt. »Wir fahren wieder nach Kopenhagen?«

Wie zwei Feldmausköpfchen lugten ihre Brüste hervor. Da bekam ein Mann ja Angst, sie zu verscheuchen, und dann hatte man gar nichts mehr in der Hand.

»Der König muss uns jetzt beschützen«, verlangte Falka.

Er tätschelte ihr das Hinterteil. »Das macht er.«

»Ich finde nicht, dass er uns beschützt. Er macht gar nichts.«

»Er macht nichts Unüberlegtes.«

»Er ist alt«, sagte Falka missbilligend. »Er geht nicht raus, darum spürt er den Wind nicht.«

Willem wollte, dass ein Friedenskönig auf dem Thron saß. Er wollte, dass der Kapitalismus das Land regierte. Er wollte, dass der Profit den Palast baute, in dem die Zukunft wohnte. Er wollte nicht, dass dort Feldmäuse ihr Unwesen trieben.

»Ich fahre nach Kopenhagen«, sagte Willem. »Du bleibst hier.«

König Christian empfing die Gesandten im Früchtezimmer.

Kronprinz Frederik nahm an der Versammlung teil.

Der König sah ungesund aus. Seine Gesichtsfarbe ging ins Purpurne, seine Tränensäcke glichen Pflaumen. Christian sah aus wie ein Kessel, der unter Hochdruck stand.

Der Kronprinz war mittlerweile siebenundzwanzig, glich aber immer noch einem Putto. Er hatte ein pausbäckiges Gesicht und war in Creme gekleidet.

Es wurde dem König vom schwedischen Manöver berichtet und von der Sorge der Stadt Tondern, dass sie die erste war, in die die Schweden einfielen. Sollte man auch Gefechtsbereitschaft zeigen?

Der König wollte wissen, was die Geschäfte so machten.

Es wurde hinlänglich über Silber, Viehzeug und Spitzen gesprochen.

Dann kamen die Gesandten wieder darauf zurück, dass gleich hinter Tondern ein schwedisches Heer Manöver abhielt. Wie musste man das einschätzen? Als Provokation? Man konnte sich kein klares Bild von Karl XII. machen.

Der König meinte, dass das Bild eines Sechzehnjährigen naturgemäß verschwommen sein musste.

»Schleswig ist ein Aufmarschgebiet, Majestät.«

Der König legte seine Hand auf die Lehne des Sessels, den sein feister Sohn ausfüllte. In der Stille war ein Rascheln. Der Kronprinz strich über seine Beine, wie eine Katze, die ihr Fell pflegt.

Plötzlich wusste Willem, dass der Prinz auf dem Präsentierteller saß. Mit Prinz Frederik war die Zukunft anwesend. Der alte König zeigte, dass ihn die Zukunft nichts mehr anging. Seine Herrschaft reichte nicht mehr weit. Willem befiel ein stilles Entsetzen vor der Zukunft.

Er sah den König an. Nichts konnte seinen Frieden stören. Es war der Grabesfrieden.

Die Delegation fuhr wieder nach Tondern zurück. Abends traf Willem ein. Die Matrona brachte ihm Essen. Falka kam nicht. Er aß in Ruhe. Dann machte er sich auf zu ihr.

Als er in das grüne Zimmer eintrat, wusste er, dass sie Groll gegen ihn gehegt hatte. Sie saß im Nachthemd auf dem Bett, sehr streng.

»Wonnenknospe«, begrüßte er sie.

Sie wehrte seine Zärtlichkeiten ab. »Hast du mit dem König über Krieg gesprochen?«

»Du hättest dich gelangweilt. Wir waren alle für den Frieden.«

»Du fährst nach Kopenhagen hin nur für den Frieden? Für Frieden kann man auch im Bett bleiben.«

»Hätt ich tun sollen.«

Er drückte sie aufs Bett nieder. Falka gebärdete sich widerspenstig. Dann gab sie auf. Sie ruhte still.

Willem wollte nicht im grünen Zimmer, ihrer Einsiedelei, buhlen. Hier war es ihm zu puritanisch. Er packte Falkas Beine und zog sie ruckartig über seine Schultern. Schon schmiegte sich ihr Schoß an seinen Nacken, während Falka sich immer noch spröde gab. Willem kam sich vor wie ein Dragoner, der die Klosternonne wegschleppte. Mit Falka auf den Schultern hievte er sich vom Bett hoch. Er trug sie zur Tür.

Vom grünen Zimmer bis zu seinem Schlafgemach war es ein Weg durch mehrere Flure. Er war noch nie außerhalb seiner Gemächer mit ihr geritten, aber der Gang bot die Verlockung einer langen Rennstrecke. Falka trug nur ihr dünnes Nachthemdchen und fächelte ihrem Schoß damit Luft zu. Er spähte in den Gang, ob er es wagen konnte, und trat hinaus. Kaum hatte Falka sich unter dem niedrigen Türrahmen hindurchgeschlängelt, trieb sie ihn schon mit einem Schenkeldruck an, sie wollte auch die wilde Jagd. Willem stürmte los, den Flur hinunter! Falka jauchzte und ließ sich nach hinten fallen. Das Nachthemd glitt wehend von ihr ab. Wie ein Schweif flog es hinter ihnen her, Falka war splitternackt, und er raste wie ein wildes Ross –

Da stand die Matrona im Flur.

Willem scheute. Die Matrona sprang in eine Kammer, wie man aus dem Fenster springt, wenn das Haus lichterloh brennt.

Als wäre es damit rückgängig zu machen, lief Willem zurück ins grüne Zimmer. Er lud Falka auf dem Bett ab. An Buhlen war nicht mehr zu denken.

Die Matrona trug um sieben Uhr morgens das Frühstückstablett herein. Willem hatte sich dem Fenster zugewandt. Er konnte sie nicht ansehen.

Während Ogga Gundatter das Geschirr vom Tablett auf den Tisch stellte, war für eine kurze Weile eine Geräuschkulisse, aber dann wurde es still. Sie war nicht hinausgegangen, sie stand noch da, in mehlweißer Matronentracht, und wartete auf sein Wort.

»Das Wetter will sich nicht entscheiden«, sagte er zum Fenster hinaus.

»Jaje, das Wetter«, gab sie ihm recht.

»In Kopenhagen war recht kühler Seewind.«

»Jaje, Kopenhagen.«

»Was gibt es Neues bei uns?«

»Ein Lämmchen wurde geboren. Gestern zur Nacht.«

Er hielt das für eine Aussage in dem Sinne, dass eh und je sowieso immer dasselbe geschah.

»In Nichelsons Stall. Das sollten Sie sich ansehen.«

»Warum?«, fragte er.

»Es hat zwei Köpfe.«

Eine große Volksmenge kam zu Nichelsons Stall und stand in langer Schlange an. Es lag jene prickelnde Erregung in der Luft, die immer einhergeht mit spektakulären Missgeburten.

Das Lamm saugte mit zwei Köpfen an zwei Zitzen. Es blökte aus zwei Mäulern. Es äugte mit dem einen Kopf nach seinen Bewunderern, der andere Kopf äugte zum Mutterschaf. Alle bekamen Gänsehaut.

Die Menschenschlange zog sich den ganzen Feldweg hinunter. Die, die das Lamm sehen wollten, hielten die an, die es schon gesehen hatten und heimgingen. *Wie sieht es aus? Lebt es noch?*

Alle glaubten, dass das Lamm bald tot sein würde. Aber es starb nicht.

Eine Woche verging.

Das Lamm lebte immer noch, und Nichelson verlangte mittlerweile Eintritt für seinen Stall. Von weit her kamen Pilger, die sich nach Tondern aufmachten, alle wollten in Nichelsons Stall. Nichelson musste die Schlange antreiben, wenn sie zu lange gaffte.

Das Lamm lag auf weichem Stroh und schlief gesättigt. An beiden Mäulern klebte Milchrahm. Es versprach kräftig zu werden. Der Bauer tat alles, damit es gedieh und ihm Geld einbrachte.

Dann war es tot.

Wie ein Lauffeuer eilte die Nachricht vom Tod des Lamms durch Tondern. Alle strömten herbei. Nichelson hatte das Lamm aufgebahrt, als wäre der Heiland dahingegangen und nicht ein Monster.

Der Südwind brachte den Sommer. Libellen sonnten sich auf den Grabsteinen im Kirchgarten. Dort zupfte die Matrona Unkraut am Mausoleum der Martensens. Pastor Siemssen gesellte sich zu ihr.

»Wollen wir ein wenig ausruhen?«

Die Matrona kam der Einladung nach. Sie setzten sich zusammen auf eine Bank am Sonnengemäuer der Kirche. Ogga Gundatter schloss die Augen und ließ ihr altes Gesicht von der Sonne bescheinen.

»Jaje«, gab sie von sich.

»Ist das ein Seufzen?«, fragte er.

»Herr Pastor, ich hab etwas gesehen. Es geht um meinen Herrn und sein Anhängsel.«

»Was liegt dir auf dem Herzen?«

»Jaje, wie soll man's sagen? Es war Mitternacht, da sah ich meinen Herrn und sie. Ihr Gebeins war über seine Schultern gehakt, sie selber hing hinterrücks an ihm runter, und ihr Gesicht war an seinem Hinterteil. Ich bin so bedrückt. Das Mädchen war nackt wie die Hex, und es buhlte mit meinem Herrn ganz so, wie's die Hex mit dem Bocksfüßigen tut.«

»Hast du das wirklich so gesehen?«

»Ja, bei meinem Augenlicht, ich sah's.«

»Sahen sie dich auch?«

»Ja, und mein Herr war ganz anders am nächsten Morgen.«

»Wie anders?«

»Er konnt mich nicht ansehen. Herr Pastor, da war doch das Lamm geboren mit den zwei Köpfen, in genau der Nacht, wo sie wie Teufel und Hex –, da kam das Monster zur Welt.«

»Ich verstehe.«

»Ja? Tun Sie's …?«

»Auch ich bin erschüttert, dass so ein Monstrum zur Monstranz wird.«

»Es war viehisch, was sie taten.«

»Du hast recht getan, es mir zu sagen.«

»Es fällt wohl wieder in taube Ohren.«

»Nein. Aber Gottes Mühlen mahlen langsam«, sagte Siemssen.

»Jaje«, seufzte sie.

Eine Libelle flog herbei und stand in der Luft, im glänzenden Azurblau der Klarheit.

»Ich habe dir auch etwas zu sagen, Ogga Gundatter«, entschloss sich Siemssen. »Aber bewahre bitte Stillschweigen darüber.«

»Ich tu's.«

»Es kam ein Mann zu mir. Er wollte, dass ich ihm eine Beichte abnehme. Die Beichte ist ja kein Sakrament mehr, aber sollte ich ihn abweisen? Er machte mir klar, dass Falka Auge Martin getötet hat.«

»Die Hex tat's –«, keuchte die Matrona aus.

»Ich habe keinen Beweis dafür, nur das Wort von dem Menschen. Ich glaube ihm.«

Die Matrona ballte die Faust und schlug sich mehrmals damit aufs Herz und stieß bei jedem Mal ein schmerzvolleres Stöhnen aus. Erst als sie von sich abließ, sagte Gregor: »Ich muss wissen, was in dem Haus vorgeht. Willst du für mich Ohr und Auge dort sein?«

»Ich will ihren Tod«, sagte sie hasserfüllt.

Die Libelle machte eine blitzschnelle Wendung und war weg.

Falka dachte nun nach, so wie Ragga das wollte. Sie dachte an die Klöpplerinnen, die von dunkelfrühmorgens bis Finsternacht für ihre Schleier arbeiteten. An Mittsommer musste sie erneut vor diese armen Geschöpfe treten und ihnen etwas schenken, so wie Lily ihr und den Todmädchen einst Apfelblütenbänder geschenkt hatte. Halskettchen aus Spitze sollten es sein, und diesmal musste Falka alleine da durch.

Sie dachte an das Lamm mit den zwei Köpfen, das Wundertier. In Willems Emblembuch war das Lamm ein Sinnbild für ein Opfer. Die Klöpplerinnen waren Opfer, daher beschloss Falka, ihnen das Lamm mit den zwei Köpfen in die Halskettchen zu klöppeln.

Über den einen Kopf kamen zwei gekreuzte Klöppel und über den anderen Kopf zwei gekreuzte Säbel. Jedes Mädchen sollte wie das Lamm zwei Köpfe haben: einen für das Klöppeln und einen für den Krieg, damit die Klöpplerinnen zu Kriegerinnen wurden.

Mittsommer kam. Falka hatte fünfhundert Halskettchen geklöppelt.

In den Augen der Mädchen glühte fiebrige Freude bei Falkas Eintritt.

Sie stellte sich vor die graue Masse, und ihr wurde schlecht von dem Anblick des Elends. Aber sie durfte jetzt nicht daran verzweifeln, dass das Schicksal sie liebte und diese Mädchen lynchte. Eines Tages wollte sie ihnen ein besseres Schicksal schenken, aber zuvor musste ein Halskettchen genügen. Vier Dienerinnen hielten die Körbe.

»Ich bin Falka Auge und habe für jede von euch ein Geschenk. Es ist aus Spitze und soll ein starkes Band zwischen uns sein.«

Mehr konnte sie nicht sagen, denn die Dienerinnen standen bei ihr, und die Stockfrauen standen bei den Mädchen. Nun kamen die Reihen in Bewegung, und jede Klöpplerin blieb kurz vor ihr stehen. Falka legte jeder ein Spitzenkettchen um den Hals und flüsterte: »Denk nach.« Sie hoffte, dass die Klöpplerinnen sich die Spitze sehr genau anschauten und die Sinnbilder verstanden: Klöppeln und Krieg.

Der König war alt und krank, er forderte den Tod heraus, wenn er in seinem Zustand eine Reise tat. Es konnte seine letzte sein.

In Rawa trafen sich der König von Polen und der Zar von Russland, um ihre Allianz mit allem Pomp zu feiern, derweil in den Hinterzimmern Absprachen für einen Krieg gegen Schweden getroffen wurden.

Christian V. hatte jeden Krieg gegen Schweden verloren. Gegen Schweden gab es nichts zu gewinnen. Nur mit Schweden konnte man gewinnen. Mit Schweden stand ein Turm, der Stabilität garantierte. Wenn eine Riesenmacht herrschte, gab es keine Zwietracht. Es war ein starker Turm aus einem Riesen und einem Zwerg. Mochte der Riese ein Riese bleiben, der Zwerg überragte ihn doch an Höhe. Dänemark saß friedlich auf Schwedens mächtigen Schultern, und Christian sah für beide ein goldenes Zeitalter voraus.

Aber jetzt, wo dieser schwächliche Knabe auf dem Schwedenthron saß, witterten Russland und Polen ihre Chance, Schweden anzufallen, und Dänemark sollte das Rudel anführen.

Die Welt hing jetzt in den Waagschalen zweier Zukünfte: Krieg und Frieden.

Um für den Frieden einzustehen, musste er nach Rawa. Schweden musste ein Riese bleiben. Wenn Schweden Schwäche zeigte, dann fielen alle übereinander her. Dann kam wieder die ewige Heimsuchung: KRIEG.

Ein Brief mit königlichem Siegel wurde Willem überbracht. Er brach das Siegel auf und überflog die Botschaft.

»Wonnenknospe. Wir fahren nach Rawa!«

Er zögerte den Besuch immer wieder hinaus. Nun war es Mittsommer. Als Gregor Siemssen in den Zweiflügelhof kam, vernahm er etwas, das dem Sirren von Grillen glich. Er lauschte. Es kam von den Wiesen hinter dem Haus, ein taghelles Sirren, das er so noch nie gehört hatte. Gregor ging um das Anwesen herum und spähte in den Garten. Kinder machten das Sirren. Es kam von den Holzwägelchen, die sie hinter sich herzogen, immer im Rund um einen Sandhaufen mit Palisaden.

Lily saß auf einer Bank und schaute den Kindern zu.

»Lily!«, rief er.

Sie gingen sich entgegen.

»Pastor Siemssen«, sagte Lily und geleitete ihn in den Garten. Überall waren Kinder, sie rannten sinnlos umher, sie saßen müßig im Gras. Er sah ein kleines Mädchen, das ein Stück Holz innig mit sich herumtrug, zu welchem Nutzen, blieb unklar.

»Was tun die?«, fragte er.

»Was sie möchten«, sagte Lily.

»Wie versteh ich das?«

»Sie tun, was sie möchten.«

»Kinder tun, was man ihnen befiehlt.«

»Ich hab ihnen befohlen zu tun, was sie möchten«, sagte Lily.

Er zeigte auf das Kind mit dem Holz. »Was tut sie genau?«

»Sie liebt ihre Puppe.«

»Was liebt sie?«

»Eine Puppe ist eine Art Ikone.« Lily ging zu dem Kind. Sie nahm es an die Hand und führte es zu Siemssen.

»Das ist der Pastor, der die Kinder tauft. Zeigst du ihm deine Puppe?«

Das Kind hielt sein Holz hoch, behielt es aber bei sich. Ein rundlicher Holzklumpen, der in seiner Form einem Säugling glich.

»Wenn die Puppe geliebt wird, ist sie beseelt«, sagte Lily nun wieder zu ihm.

Er verstand nichts. »Beseelt?«

»Für das Kind hat die Puppe eine Seele. Das Kind liebt dieses Holz abgöttisch.«

»Ist das Ihre Erziehung? Sie lassen Kinder ein Holz vergöttern?«

»Sagen Sie nicht, das ist gottlos«, warnte Lily ihn, »sonst sage ich Ihnen, was Jesus sprach: *Lasset die Kinder.*«

»Das erlaubt nicht die Anbetung eines Holzgötzen.«

»Die Puppen machen sie aber glücklich.«

Er war nicht hergekommen, um mit ihr zu streiten. Darum fragte er: »Was machen die da mit den Wägelchen?«

»Sie sind die Hellenen und rennen mit Kampfwagen um Troja rum.«

»Das ist närrisch.«

»Sie finden es wichtig, Troja Angst einzujagen.«

Das Sirren der Kinder erfüllte die Stille, die sich unbehaglich zwischen ihnen auftat.

»Lily, ich bin hergekommen, um Sie etwas zu fragen.«

»Ja?«

»Ich wollte Sie fragen ... es ist lang her ...«

Sie wartete.

»Waren Sie bei der Mannsparade?«, fragte er.

»Was denken Sie? Ich war hier.«

»Die Witwen der Mannsnacht, ich mache mir über sie Gedanken. Ich mache mir überhaupt Gedanken. Was geht im Weibsvolk vor?«

»Der heilige Augustinus hat gesagt: Behandle mit Ehrfurcht, was deiner Einsicht verborgen ist. Sei umso ehrfürchtiger, je dichter der Schleier.«

»Ihre Belesenheit ist erfreulich. Aber was geht in den Schleiern vor?«

»Sehen Sie mich an«, sagte Lily. »Ich habe mich erschaffen. Das geht darin vor.«

»Das kann nur Gott.«

»Ein Schleier kann das auch.« Lily legte die Hand auf ihr Herz. »Gott sagt: Ich bin. Das konnte ich unter dem Schleier auch sagen: Ich bin.«

Er starrte sie an. Ihm fehlten die Worte.

»Der Schleier verwandelte mein Wesen. Es geschieht Alchimistisches darin. Ich hatte ein Hirn aus Blei und bekam ein Herz aus Gold. Der Schleier tat ein Wunder.«

»Jeder Schleier ist ein Menschenfresser«, sagte Siemssen.

»Sie sind Schöpfungswunder«, sagte Lily, »und die Kindheit ist meine Schöpfung. Ich habe jetzt fünfzig Kinder.«

»Die Krieg führen und Götzen anbeten«, sagte er zornig.

»So sind Kinder.«

»So ist die Geisteskrankheit Criminalis.«

»Pastor Siemssen. Ihnen fehlt jede Einsicht in die Seele von Kindern.«

»Und Ihnen, Lily, fehlt jede Eignung, um Kinder zu erziehen.«

Lilys Gesicht wurde von der Kränkung fahl. »Danke für Ihren Besuch«, sagte sie schroff.

Damit war er vom Hof gewiesen.

Die Freudenfeuer der Mittsommernacht räucherten in seine Kammer hinein. *Humana fumus* – die menschlichen Dinge sind Rauch.

Er schämte sich und schalt sich, dass er solche Zwietracht gesät hatte.

In der Nacht ging er zu Lily zurück.

Als er in den Hof kam, war im Fenster noch Licht. Er ging zur Tür und schlug dagegen.

Es dauerte lang. Dann fragte Lily von drinnen, wer draußen war.

»Gregor Siemssen.«

Die Tür wurde entriegelt und tat sich auf. Lily stand vor ihm. Sie hielt eine rote Lampe, in der eine Flamme pulsierte.

»Lily. Verzeihen Sie die späte Heimsuchung.«

Sie schwieg ihn an. Da legte er seine Hand auf die rote Lampe.

»Ich will dein Herz. Ich habe dich je und je geliebt.«

Als es gesagt war, entschwand er in die Nacht.

31
DIE REISE

Die Insel tauchte als schwefelgelber Streifen aus dem Meer auf. Gregor Siemssen stand am Bug des Fischerbootes, das ihn übersetzte. Die Fischer sagten, die Insel war ein gottverlassenes Sandgrab. Jahr um Jahr schaufelte der Wind Sand über ihre Gebeine, aber sie ragten noch auf, die bleichen Knochen von einem Geisterhafen, einem Geisterdorf, einer Geisterkirche.

Der Wüstenwind trieb sie in den Hafen. Siemssen ging von Bord. Er hielt Ausschau nach Menschen. Keine Menschenseele war zu sehen. Die Schuppen sahen aus, als wären sie aus Knochen gezimmert. Als er den Hafen hinter sich hatte, stand er vor einer Wüste. Alles lag unter Sand. Die Fischer hatten ihm den Weg gezeigt zur Kirche. Der Sand trieb ihn vor sich her, schlug ihm ins Genick, rieselte in seinen Kragen. Er ging durch ein stickiges Nebelgelb, allein wie Adam, und fragte sich, warum er hergekommen war?

Um die Verwüstung mit eigenen Augen zu sehen. Falka Auges Werk.

Ein graues Massiv tauchte schemenhaft im Sanddunst auf. Es war die Kirche. Siemssen ging zum Pfarrhaus. Eine Sandverwehung stemmte sich zwei Fuß hoch gegen die Tür, an die er schlug.

Krächzend ging die Tür nach innen auf. Sand fiel über die Schwelle. Der alte Mann, der ihm gegenüberstand, glich einem Treibholzstrunk. Seine Augen waren zu Schlitzen zusammengekniffen.

»Ich bin Pastor Gregor Siemssen. Ich komme von Tondern her.«

»Ich bin Pfarrer Michelsen«, sagte der alte Mann und hustete.

Siemssen trat in eine düstere Stube ein. Dort sah er eine Totentür, die mit prachtvollen Paradiesblumen bemalt war.

»Eine wunderschöne Totentür«, sagte er.

»Durch diese Tür wurden dreihundert Jahre lang die seligen Pfarrer herausgetragen«, erzählte ihm Pfarrer Michelsen. »Sie war schon im alten Pfarrhaus, das 1590 abgerissen wurde.«

»Ein Jammer, dass dieses Brauchtum ausstirbt. Wer macht sich noch heutzutage eine Totentür in sein Haus?«

»Ja«, pflichtete der Inselpfarrer ihm bei. »Das Himmelreich wird einem zum ersehnten Paradies, wenn man so eine schöne Himmelspforte immer vor Augen hat. Hier sehen Sie die letzten Blumen auf der Insel.«

Sie setzten sich.

»Ich bin hergekommen, um etwas in Erfahrung zu bringen«, sagte Siemssen. »Über ein Mädchen von hier, das nach Tondern kam.«

»Wilken Wilkensens Tochter«, sagte der alte Mann, als sei nur ein Tag seitdem vergangen.

Willem und Falka waren viele Tage unterwegs gewesen. Hier war das Ziel. Rawa.

Ein breiter Strom Kutschen musste durch das Nadelöhr des Stadttors. Pferde scheuten im Gedränge, Räder kamen sich ins Gehege, Kutscher brüllten Unflätigkeiten. Stadtwächter leiteten sie durchs Tor hindurch.

Die Gasse war mit Wappen aus prächtigem Gobelinstoff geschmückt. Sonnenblumen standen in goldenen Kübeln Spalier für die einrollenden Kutschen, ihre Köpfe schauten in die Kutschen hinein, dass es den Insassen ganz sonnig im Gemüt wurde.

Sie bezogen eine Herberge. Am Abend spazierten Willem und Falka durch Rawa.

Alle Gildezeichen waren blank poliert, alle Giebelsprüche vergoldet. Willem las sie Falka vor. *Der Herr ist mein Hirte. Ps 23,1. Ich danke dir ewiglich, Herr, denn du hast das alles vollbracht. Ps 52,11. Küsst die Füße des Herrn mit Zittern. Ps 2,11.* Immer wurde da ein Herr gelobt, nie eine Dame oder ein Mädchen.

Der Marktplatz war ein wogendes Sonnenblumenfeld. Alle Mädchen trugen Sonnenblumen und verteilten sie an Mädchen, die noch keine hatten. Falka ließ sich auch mit Sonnenblumen beschenken.

Als es dunkel wurde, schwärmten Trommler mit Widdermasken aus, *trommtromm*, und die Menschen tanzten ihnen nach. Falka war müde von der langen Reise und lehnte sich an Willem. In einem dunklen Toreingang hielt er sie umarmt. Als sie seinen Klöppel fühlte, stellte sie sich auf die Zehenspitzen und rieb ihren Schoß daran. Sogar auf Zehenspitzen war sie kleiner als Willem. *Mein Mädchenreich soll groß werden*, dachte Falka, während sie seinen Klöppel rieb. Noch war es eine schlafende Knospe, aber wenn sie erblühte, würde jedes Land ein Blütenblatt davon sein. Auf Zehenspitzen stand Falka in Polen.

Im Pfarrhaus von Fanø ließ sich Gregor Siemssen Falka Auges Leben erzählen. Sie war die älteste Tochter des Fischers Wilken Wilkensen. Nach ihr kamen zwei Knaben, die beide starben, und drei Mädchen. Falka war Peder versprochen, dem Sohn des Bruders ihrer Mutter. Das Schiff, mit dem ihr Vater und ihr Verlobter anno 1693 hinausfuhren, liegt wohl auf dem Meeresgrund. Aber Falkas Vater war schon lange vorher zugrunde gegangen.

Seine Söhne waren gestorben, beide innerhalb weniger Wochen. Erst bekamen sie Bauchweh, dann fiebrige Entzündung, dann gingen sie ein. Wilkensen glaubte, dass Falka sie auf dem Gewissen hatte. Gräten soll sie ihnen in die Bäuche gestochen haben, als sie arglos schliefen.

Nachts kam Wilkensen zur Kirche und verlangte, in die Gruft

gelassen zu werden, wo sein zweiter Sohn tot aufgebahrt lag. Er wollte ihm mit dem Fischmesser, das er in der Hand hatte, den Bauch aufschlitzen, dem eigenen Kind, und im Leichnam nach den Gräten wühlen.

»O Gott«, entfuhr es Siemssen.

»Ich vergebe mir nicht, was ich im Zorn zu ihm sagte. Der Mann war gramzerstört, doch er wusste, was er wollte. Ich stellte mich ihm in den Weg und nannte ihn grob einen Leichenschänder. Am Ende ließ er von seinem Vorhaben ab. Aber ich konnte den Mann nicht so heimgehen lassen. Wenn ich den fortgehen lass, schlachtet der zu Haus seine Familie ab. So bin ich mit ihm gegangen. Ich brachte ihn heim. Falka öffnete uns die Tür. Sie zog ihrem Vater die Schuhe aus wie eine Maria Magdalena. Er ließ sie gewähren.«

»Was glauben Sie? Hat sie das getan? Mit den Gräten?«

Der alte Pfarrer neigte den Kopf abwägend hin und her. »Glauben wir, dann harren wir aus in Geduld.«

»Sie harrten auf was?«

»Eine Wiedertat.«

»Sie warteten, dass sie es wieder macht?«

»Ich harrte in Geduld«, sagte der Pfarrer. »Aber ihren Schwestern hat sie nichts angetan.«

»Was war der Grund, warum sie hier fortmusste?«, fragte Siemssen.

Der alte Pfarrer legte seine knöcherne Hand an die Stirn. »Wie soll ich es beschreiben?«

»Sagen Sie, was Sie wissen.«

»Ja, wenn man das wüsste.«

»Dann, was Sie glauben.«

»Ich sage Ihnen, was sie tat. Sie stahl einen mannshohen Leuchter aus meiner Kirche, den stellte sie nachts an den Strand. Sie bewaffnete ihn mit Krallen und Spießen und errichtete Hörner über seinem Haupt. Sie hängte einen Strick dran als Schwanz. Dann warf sie dem Untier ein Fischnetz über. Es war geteert, damit der Sand dran kleben bleibt. Sie hat uns eine Plage geschickt, die schlimmer ist als alle biblischen.«

»Sie glauben, die Verwüstung kommt von diesem –«

»Teufelswerk.«

Der Pfarrer von Fanø bückte sich zu Boden und fegte mit der einen Hand Sand in die andere. Er schüttete den Sand auf den Tisch.

In den Sand zeichnete er eine Teufelsfratze.

»Wir Inselmenschen fürchten Manndränken. Wenn eine Manndränke uns heimgesucht hätte, ja, das wäre unser Los. Aber diese Verwüstung ist nicht unser Los. Sie ist gottlos.«

Schweigen tat sich auf, darin war Gesagtes und Ungesagtes.

»Der Teufel ist heutzutage so altertümlich wie die Totentür«, sagte der Pfarrer. »Aber wenn man hier lebt, dann weiß man, dass dieser Sand teuflisch ist. Nur wir werden davon heimgesucht. Keine andere Insel. Ich dokumentiere das Wüsten seit nunmehr sechs Jahren. Sehen Sie ins Kirchenbuch, was es mit den Menschen macht. Meine Vernunft muss schwach sein, denn ich glaube an den Teufel. Und ich glaube, dass es aufhört zu wüsten, wenn das Mädchen aufhört zu leben.«

Siemssen war erst einen Tag auf der Insel, und sein Geist wurde schon trüb. In was für einer geistigen Verfassung war dieser alte Mann?

»Wo ist Wilkensens Familie? Ich möchte sie sehen.«

»Ich bring Sie hin.«

Die beiden Geistlichen warfen sich Umhänge über. Der Pfarrer ergriff einen Besen. Sie traten aus der Tür in den pfeifenden Sandsturm und gingen durch ein teuflisches Schwefelgelb. Der Pfarrer führte ihn auf den Friedhof. Dort blieben sie vor einem Feldstein stehen, er war mit Sand zugeschüttet. Der Pfarrer fegte den Sand weg und legte die Inschrift frei.

1693

W Wilkensen

Und die Seinen

»Falkas Mutter ist nach einer Totgeburt gestorben. Die drei Mädchen lebten beim Onkel. Sie gingen wie Falka Würmer graben. Eines Nachts sind alle drei in der Flut ersoffen.«

Rawa war ein Taumeln von Spektakel zu Spektakel. Es gab Seiltänzer und Schwertschlucker, Feuerspucker und Wassernixen, Missgeburten und Heldensänger, einen kohlschwarzen Mohren aus Afrika und eine schneeweiße Frau mit karneolroten Augen von der Insel Atlantis. Ein Kakadu konnte ein Lied krächzen. Falka sah Wunder über Wunder. Alle möglichen Gerüche lockten sie zu allen möglichen Genüssen. Das Gelb der Sonnenblumen, das Rot der Wappen, das Blau des Himmels. Rawa war ein Königsfest von sieben Tagen. Der siebente Tag musste alle an Pracht übertrumpfen mit den Posaunen zum Krieg.

Die schönsten Mädchen waren in Rawa. In betörenden Gewändern, mit Zauberstäben aus Sonnenblumen, wandelten sie durch die Gassen. Jeder junge Mann in Rawa konnte der Zar von Russland sein. Darum wollte jedes junge Mädchen die Sonnenblume sein, die er pflückte. Er war der Gott Mars. Alle Mädchen reckten sich zum Himmel und buhlten: *Komm über mich!*

Falka kam sich ganz klein vor. Warum waren die Mädchen alle so groß? Die ganze Stadt war voll von hochragenden Mädchen, jede eine Maximalia. Falka zerbrach sich den Kopf, wie das zugehen konnte. Bis sie es sah. Die Mädchen stolzierten auf Zehenspitzenschuhen. Eine Säule hob die hintere Hälfte vom Fuß hoch. Damit konnte man den ganzen Tag auf Zehenspitzen gehen, sogar auf Zehenspitzen tanzen. Da wollte Falka auch Zehenspitzenschuhe haben. Willem kaufte ihr ein Paar in Türkis. Sie brauchte einen halben Tag, um sich an die Höhe zu gewöhnen, dann konnte sie auch so hoch erhaben stolzieren wie alle. Auf Zehenspitzenschuhen, so türkis wie der Himmel, ging Falka durch Rawa. Rawa war ein Mädchenreich. Rawa war eine Reise nach Utopia.

Die Insel lag unter einem Fluch. Hier war aller Tage Abend. Es gab nur die schwefelgelbe Dämmerung. Die Häuser standen in Sandkuhlen und waren schwarz vom Teer, mit dem man jede Holzritze abgedichtet hatte. Alles Jungvolk war fort. Kein Kind konnte an einem Ort gedeihen, wo es keine Milchkühe mehr gab. Die Alten ernährten sich von den Würmern, die sie bei Ebbe ausgruben, und vom Fang aus den Reusen.

Der letzte lebende Angehörige von Falka Auge war ihr Onkel. Nach Wilkensens Tod waren Falkas Mutter und ihre Töchter zu ihm gezogen.

Über den Tod der drei Schwestern ging eine Legende um. Sie sollten sich gemeinsam ertränkt haben, um ein Menschenopfer darzubringen, das den Sand speienden Höllenwurm endlich besänftigte. So stand es auch im Kirchenbuch geschrieben. *Sie opferten sich für den Leviathan.* Als Siemssen das las, überkam ihn ein fragwürdiger Verdacht. Opferten sie sich freiwillig? Der Leviathan war ein Fabelwesen, das außer in der Bibel nirgendwo sonst existierte. Was für ein grausamer Aberglauben suchte diese Insel heim?

Zum Gottesdienst kamen sieben Alte. Alle hatten Schlitzaugen vom Sandflug und saßen in der Kirche wie verwittertes Treibholz. Nach dem Gottesdienst machte der Pfarrer an der Kirchenpforte Siemssen und den Onkel miteinander bekannt.

»Pastor Siemssen ist ganz von Tondern hergekommen, wo Falka als Klöpplerin dient. Er wünscht sich ein Wort mit dir.«

Siemssen machte eine Verbeugung.

Der Reusenfischer sah ihn schief an.

»Darf ich Sie begleiten?«, fragte Siemssen.

»Nimm den Mann mit«, befahl der Pfarrer.

Der Onkel stieß einen Gackerlaut aus. Er gab Siemssen einen Wink und stiefelte weg. Siemssen ging mit.

Flugsand drang von der Meerseite auf sie ein. Der Reusenfischer eilte seitlich wie ein Krebs dahin. Der jahrelange Sandsturm hatte seinen Körper verbogen. Siemssen hatte Mühe, mitzukommen. Er musste den Kopf auch seitlich verdreht halten, damit er nicht so viel Sand schluckte und einatmete.

Durch die Verwehungen führte ein Hohlweg. Der Mann gackerte und kroch plötzlich auf allen vieren weiter. Ein Kuppeldach bedeckte eine Erdhöhle. Er kroch in sie hinein. Siemssen ging auf die Knie und kroch ihm hinterher. Zur Meerseite hin war der Unterschlupf eine teerschwarz abgedichtete Festung gegen den Sand, der sich dagegentürmte. Zur Landseite gab es eine Scharte als Fenster. Siemssen fühlte sich wie im Inneren eines Lehmofens. Der Alte hockte auf einem Lager aus Stroh und Kuhhäuten.

»Was war Falka für ein Mädchen?«

Der Mann stierte wie ein Menschenfresser auf ihn. Siemssen überlief es kalt. Dieser abscheuliche Kerl hatte hier mit drei Mädchen gehaust.

»Erinnern Sie sich noch an Falka?«

Der Mann stierte nur.

»Sie waren der Onkel von Falka«, sagte Siemssen mutlos, denn der Mann war umnachtet.

»Genau! Sau!« Er gackerte und griff in seine Hose. Vor Siemssens entsetzten Augen melkte er sein Organ. »Säue! Kommt und sauft, ihr Säue!«

Siemssen wandte die Augen ab.

Fahre aus, böser Geist, aus diesem Menschen!

Da fuhren die bösen Geister in die Säue, und die Herde stürzte sich den Abhang hinunter, und alle ersoffen im Meer.

Der Schlosshof war ein Menschenmeer. Falka stand auf dem Balkon und schaute verzaubert nach unten. Sie trug ein schwarzes Kleid aus Tondernspitze. Ihre Brüste waren in einem Dekolleté, an dem weiße Schwanenfedern vibrierten. Ihr Lidschatten war aus Blattgold.

Willem trat zu ihr auf die Galerie und reichte ihr seinen Arm. Er führte Falka in den Ballsaal zum königlichen Entrée.

August II., König von Sachsen und Polen, und Christian V., König von Dänemark und Norwegen, schritten zusammen in den Ballsaal. Beide trugen Paradeuniformen, Lockenperücken und Säbel. Neben dem jungen Polenkönig sah der Dänenkönig aus wie ein verwittertes Friedhofskreuz. Hinter ihnen schritt die polnische Königin ein. Sie stellte sich an die Seite von König Christian, den ihr ausladender Rockbausch zum Großteil verschluckte. Silbern gekrönt und mehlweiß gepudert stand die junge Königin in ihrem hellblauen Kleid da wie eine Fontäne in einem Teich. Zuletzt schritt der Zar ein.

Er war groß von Wuchs und sah aus wie ein kraftstrotzender Bauer, der einen Baum ausreißen konnte. Eine Perücke trug er nicht, alles Haar war sein Eigen. Mit derben Bauernhänden umrahmte er den Quell seiner Manneskraft und wippte energiegeladen, als er zu sprechen begann. Er pries den polnischen König für seine Gastfreundschaft und die polnische Königin für ihre Grazie. Und das polnische Volk dafür, dass es die Krone der Schöpfung war.

Applaus! Jubel! Das Königspaar eröffnete den Ball.

Falka hatte die Tänze geübt, aber nun, wo es losging, war sie verwirrt von den Formationen. Aber sie fasste Mut. Tanzen war wie Klöppeln, *drehen kreuzen drehen kreuzen*, ein Jüngling tanzte frohlockend auf sie zu, Falka umtänzelte ihn anbetend und verließ ihn kokett für ein Viererkarussell, das sich galant umkreiste und auseinanderstob in eine neue kaleidoskopische Arabeske.

Es war in der Stunde des Sonnenuntergangs, als Willem sich wieder zu ihr gesellte. »Wonnenknospe«, sagte er und zog sie aus dem Saal. Er führte sie durch eine Galerie mannshoher Rittergemälde und trat mit ihr in ein Gemach ein.

»Zieh dein Kleid aus.«

»Mein Kleid aus?«

»Der Zar will dich sehen.«

»... der Zar.«

Als sie nackt war, schüttete Willem aus einem Flakon etwas Rosenöl und verrieb es an ihr. Dann warf er den Sankt-Petersburg-Schleier über sie.

»Ich soll ihm den Schleier so geben?«

»Den Schleier und dich.«

»... und mich?«

»Der Zar will mit dir buhlen.«

»Mit mir.«

Willem drückte gegen einen Spalt in der Wand. Eine Geheimtür tat sich auf. Er ließ Falka vorgehen und trug ihren Schleier, damit der sich nicht beschmutzte und sie nicht stolperte. Der holzgetäfelte Gang führte zu einem Licht, das an seinem Ende glomm. Falkas Herz klopfte bei jedem Schritt. *Der Zar. Der Zar. Der Zar.* Sie traten in eine Kemenate ein.

Ein samtrotes Alkovenbett öffnete dort seinen Rachen.

Davor stand ein schlichter Stuhl.

»Setz dich hin wie auf dem Bild.«

Willem drapierte den Schleier um Falka. Er nahm auf dem Bett Platz, um sie prüfend zu betrachten. Vergnügt hopste er auf der Federung.

Falka saß reglos da.

»Ich geh ihn jetzt holen«, sagte Willem. »Alas my love.«

Das Bildnis hatte jene Art Ruhm, die vom Raunen kommt. Es existierten Kopien und Kupferstiche, die David von Krafft diskret Liebhabern zur Verfügung stellte, die das Vermögen besaßen, sich seine dunkle Dame zu leisten. Die klaffenden Beine waren ein Sakrileg und der schwarze Schleier ein sakraler Schatz. Es wurde geraunt, dass man durch die Spitze ins Allerheiligste schauen konnte, wo eine Wonnenknospe zu bewundern war.

Der Zar hatte eine Kopie in Öl erstanden. Seitdem versuchte er, die Wonnenknospe zu sehen, die anscheinend alle sahen. Peter sah nur ein Tohuwabohu aus Klöppelspitzen. Aber er entbrannte für die Breitbeinige. Irgendwo musste es sie in Fleisch und Blut geben. Zu ihren Füßen stand eine Warnung: *Hier sind Drachen!* Davon ließ sich der Zar nicht schrecken. Es lockte ihn.

Mit geheimen Nachforschungen gelang es dem Zaren schließlich, die dunkle Dame des Bildes ausfindig zu machen. Die Breitbeinige, von der David von Krafft behauptete, allein seine Inspiration habe sie ersonnen, existierte leibhaftig. Sie lebte in Dänemark. Sie war die achtzehnjährige Mätresse des Kaufmanns Willem Tondernsen aus Tondern. Dem Zaren kam die Erinnerung an die Todmädchen von Tondern.

Als er wusste, wem die dunkle Dame gehörte, versuchte Peter, ihr nahe zu kommen. Er überredete August, auch den dänischen König nach Rawa einzuladen zum Dreikönigstreffen. Als Christian zugesagt hatte, schrieb der Zar ihm, dass er sich mit Wohlwollen an den Spitzenmogul Willem Tondernsen erinnerte, dessen Gastfreundschaft er genossen hatte. Allzu gern würde er ihn in Rawa wiedersehen mit seiner jungen Weibsgefährtin.

Es klopfte an seine Tür. Willem Tondernsen trat ein.

»Falka Auge sitzt bereit für Ihre Hoheit.«

»Sieht sie aus wie ihr Bildnis?«

»Wie David von Krafft sie schuf«, antwortete Willem.

»Ich werde mich für diese Gunst großzügig erweisen«, sagte der Zar und verließ den Raum durch den Geheimgang.

Im Gang, der ihn zur Kemenate führte, empfand Peter das heroische Götterlieblingsglück, wenn man unter unwahrscheinlichsten Umständen das Außerordentlichste erreicht.

Ich! Peter der Große!

Der Krieg ist der Vater des Großreiches Russland. Dafür war Peter hergekommen zum Säbeltausch mit König August in Rawa.

Er war nicht als Zar gekommen, sondern als Bauer, um Krieg zu säen. In dieses wogende Feld von Sonnenblumen war in diesen Tagen die Saat gefallen. Nun musste sie wachsen von Worten zu Taten.

Der Krieg ist der Gang, durch den die Weltgeschichte hindurchmuss zu den Verheißungen der Zukunft. Während dieser Tage in den Palasträumen gefeiert wurde, wurde in den Hinterzimmern der Krieg gegen Schweden in Gang gebracht, wurde die Weltgeschichte mit vielen Worten umgewälzt. Ein großer Sturm wurde hier entbunden.

Aber das Auge vom Sturm war ein junges Mädchen.

Jetzt stand er vor der Tür, hinter der sie sein musste, die Leibhaftige. Peter fühlte sich so fiebrig wie ein Jüngling beim ersten Rendezvous. Dabei hatte er dieser Tage ein ganzes Sonnenblumenfeld beackert.

Ungestüm ging er hinein ins Auge des Sturms.

Sie war es.

Sie saß wirklich so da, wie David von Krafft sie gemalt hatte.

»Ich bin Peter.«

Er lehnte sich an das samtrote Bett und betrachtete sie eingehend. Gleichsam eingehend ließ sie sich betrachten. Sie war malerisch und menschlich, eine lebende Ikone. Sie saß breitbeinig, als ritte sie auf einem Drachen. Sie war drapiert in Spitzen und duftete nach Rosen. Anmutig kam ihre Hand hervor und streichelte die goldenen Kuppeln auf dem Schleier.

»Peter, ich kann Wunder klöppeln. Das ist dein Sankt Petersburg. Alles ist dein, wenn du es in Angriff nimmst.«

Peter nahm sie auf seine Arme und warf sie in den roten Rachen des Bettes.

Aus der Grabhöhle des Umnachteten ging Gregor in die Nacht. Es zog ihn zum Meer. In den Sandfängen der Finsternis setzte er sich nieder. Er war am Ende seiner Reise angelangt. Aus seinem betrübten Geist lösten sich drei Mädchen und gingen ins Meer, um miteinander zu sterben. Todmädchen. Das war das Schicksal, in das Mädchen geschickt wurden. Er glaubte nicht, dass Gott dieses Schicksal billigte. Er wollte, dass es Gott erzürnte. Vielleicht war Falka Auge eine Gesandte Gottes, um ihren Schwestern beizustehen. Und er war ein Teufel, das zu hintertreiben.

Sie reisten ab. Die Kutsche fuhr am Schloss vorbei. Falka streichelte ihr Morgenschlafhaar. Sie hütete sich, es zu kämmen, hatte es doch die ganze Nacht den Zaren begaucht.

32
DER FISCHREGEN

Gregor Siemssen kehrte geschwächt von seiner Reise zurück. Wenn man ihn fragte, wo er gewesen war, sagte er, bei den Seinen. Ein Onkel sei dahingegangen. Man bekundete Beileid und legte ihm nahe, sich auszukurieren.

Er hielt sich für eine Weile von Menschen fern.

Sein Geist war versandet, sein Zorn war verwüstet. Er sah keinen Schritt weit. Dafür sah er Gespenster. Den Pfarrer mit der Teufelsfratze. Den Vater mit dem Fischmesser. Den Besessenen auf dem Bettlager. Die Mädchen auf dem Meeresgrund.

Er stand vor Fragen, die sein Geist nicht lösen konnte. Er war in die Fänge des Zweifels geraten.

Fragen, die Gregor nicht lösen konnte, musste Gott für ihn lösen. Gott weiß den Weg und weist ihn. *Gib mir ein Zeichen!*

Der Sommer wollte nicht weichen. Den ganzen September schwitzten Volk und Vieh im Hitzeglast. Die Menschen sehnten sich nach Abkühlung. Wenn doch nur etwas Regen fiele.

Eines Morgens fiel dem Barbier ein Fisch auf den Kopf. Er glaubte, jemand habe den Fisch auf ihn geworfen, und drohte mit der Faust nach oben. Da blieb ihm fast das Herz stehen.

Zur gleichen Zeit auf dem Marktplatz fielen der Filzmacherin drei Fische in die Auslage. Wutschnaubend kam sie aus ihrer

Bude hervor, um sich den Strolch zu schnappen. Da hörte sie ein Schwirren in der Luft und schaute hoch. *O Gott!*

Fische prasselten vom Himmel.

Die Dränke ging über ganz Tondern nieder. Es regnete Fische!

Das Marktvolk rannte durch den Fischregen und rettete sich unter die Arkadenbögen. Von dort staunte es verdutzt hinaus und genoss ein Schauspiel des Aberwitzes. Leute rutschten tölpelhaft auf Fischen aus und lachten schrill wie Irrenhäusler. Am verrücktesten waren jedoch die Leute, die den Fischregen stoisch über sich ergehen ließen wie jeden anderen Niederschlag auch.

Wer in seinem Bett schlief, wachte jetzt auf vom Klatschen aufs Dach. Wer aus dem Fenster schaute, sah bestialisch große Regentropfen, und sein Herz raste in apokalyptischer Angst. Wer es wagte, neugierig die Haustür aufzumachen, dem schwappte eine glitschige Zunge in die Diele.

Die Fischdränke dauerte wohl fünf Minuten. Nach dem Schock brach Tollheit aus. Die Leute lachten übereinander. Fischschuppen hingen in Haaren und Dekolletés, Kleider waren tranig, aber noch herrschte ein schillerndes Vergnügen.

Doch bald senkte die Sonne ihre Hitzeglocke herab und begann, die Fische zu bebrüten. Mittags platzten ihre Bäuche, Eingeweide leckten heraus und gelierten die Gassen. Männer wateten knöcheltief durch die stinkende Schwemme und trugen kotzüble Weiber auf ihren Armen heim. Bei jedem Schritt zerquetschte man Fische zu Schlick. Es stank zum Himmel.

Die Sturmglocke läutete. Der Rat kam zur Krisensitzung zusammen. Schnell musste etwas geschehen, was die Fische beseitigte. Aber wohin damit? In den Fluss kippen? Verbrennen? Vergraben? Seit Menschengedenken war so etwas nicht vorgekommen. Womit hatte man es zu tun? Der Menschenverstand verlangte eine Erklärung für diese biblische Plage.

Der Doktor, ein Possenreißer, fand, das war ein feines Zeichen. Das volle Netz, der reiche Fang. Fische fliegen einem in den Kragen wie im Schlaraffenland.

Der Uhrmacher, ein Witzbold, meinte, dass das Getriebe der Stadt nun wie geschmiert lief bei so viel Fischöl.

Ein Wetterprophet erzählte die Mär, wonach ein Seesturm einen Rüssel bekommen hatte, welcher die Fische aus dem Wasser saugte. Solch ein Rüssel hat eine Sogkraft, die Kühe fliegen lässt, also erst recht Fische. In den Wolken gefroren die Fische zu Eis. Die Wolken zogen über das Land. Als die Sonne aufging, tauten die Fische auf. Der Fischregen ging genau über Tondern nieder.

Ein Sturmrüssel? Fliegende Kühe? Das war zu viel des Guten.

Der Pastor, ein Untergangsprophet, glaubte, das Vorzeichen für die Apokalypse war gekommen in Massen von toten Fischen. »Traut euren Augen! Was seht ihr? Massentod wird über uns kommen, die Große Manndränke!«

Willem Tondernsen fragte: »Wer räumt das nun weg?«

Ganz Tondern machte sich ans Aufräumen. Man band sich parfümierte Tücher vors Gesicht und zog mit Schaufeln und Spießen ins Verderben. Die Fische rutschten von den Schaufeln runter. Wer sie aufspießte, musste sie vom Spieß rupfen. Also raffte man sie gleich mit bloßen Händen hoch und warf sie in Tröge, jeder erst vor seiner eigenen Tür, dann beim Nachbarn, dann kam er der Allgemeinheit zu Hilfe.

Auf dem Marktplatz war der schlimmste Fischregen niedergegangen. Es strömten viele herbei, um zu helfen. Der Fischregen schuf ein ganz eigentümliches Massenerlebnis, ein Manschen und Panschen, das trotz seiner Schaurigkeit das Volk begeisterte. Die Halbwüchsigen trieben es besonders ungestüm und bewarfen sich und andere mit Fischen, bis die Schergen dagegen einschritten.

Siemssen fing sogleich an, die Treppe vom Rathaus zu säubern. Die Fische schmolzen zusehends ins Formlose, sie zergingen, wenn er sie am Schwanz packte, er zog nur die Hinterflosse mit den Gräten aus der fauligen Masse, aber der ganze stinkende Sud blieb liegen, und überall schillerten Schmeißfliegen. Da übermannte Gregor der Ekel. Er beugte sich über einen Kübel und kotzte sich fast die Seele aus dem Leib. Erst als er nichts mehr von sich geben konnte, hob er den Kopf aus dem Kübel und erblickte Lily.

»Sie sollten heimgehen, Pastor Siemssen.«

Ihr Kleid schillerte von Fischschuppen. Mochten noch so viele Fische um ihn herum verderben, da stand eine Meerjungfrau.

Falka trug den Keimling des Zaren in ihrem Schoß.

Nicht in ihren kühnsten Tagträumen hätte sie so etwas fabuliert. Aber nun glaubte sie, dass das Kühnste wahr werden konnte.

Es konnte allerdings auch der Keimling von Willem sein.

Doch Willem hatte noch nie ein Kind gezeugt, darum musste es vom Zaren sein.

Sie dachte in dieser Zeit wieder viel an die Gräte des Morgengrauens. Der Keimling war auch so ein Lichtstreif in ihrem Schoß, eingebettet in Finsternis.

In stiller Muße vollendete sie einen Drachen-Schleier. Sie säumte jede Schuppe mit karneolrotem Mädchenhaar. Ihre Zeit verging so still, dass sie sich wunderte, wo sie hin war. Eben war noch September und der Schleier angefangen, schon war November und der Schleier fertig.

Im Drachen-Schleier wehte sie in Willems Salon hinein. Die Matrona servierte gerade Tee und erstarrte in ihrer Bewegung. Falka gauchte um den Tisch. Die Schuppen des Drachens gemahnten an samtige Ascheflocken, um die ein Feuerrand glomm. Die Matrona zog sich still zurück.

»Gefalle ich dir, hoher Herr?«, fragte Falka.

»Ja«, sagte Willem.

Sie ließ die Arme schwingen, und er nahm sie auf seine Schultern. Sie tat einen Falkenschrei! Plötzlich war sein weißes Hemd mit Blut getränkt. Er ließ Falka hinab. Sie sank nieder, krallte die Hände in den Teppich und gebar unter Krämpfen. Willem war hilflos, er rief die Matrona, und sie trat ein. Der Teppich saugte das Blut auf, es blieb ein winzig kleines Geschöpf liegen.

»Mein Keimling.«

Mit angstverzerrtem Gesicht versuchte Falka, ihn wieder in ihren Schoß hineinzubetten, damit er wuchs und ein Kind wurde. Aber der Keimling war tot.

Siemssen zählte gerade die Kollekte, als die Matrona ankam. Sie war außer sich. Sie berichtete ihm alles.

»Wie ein Drache türmt sie sich hoch. Das Monster thront auf meinem Herrn. Dann leibt sie sich seinen Kopf ein.«

»Was tut sie?«, fragte er verwirrt.

»Die Hex hat ihre ganze Grotte über seinen Kopf gestülpt. Er sollt ihr den Keimling raussaugen, wo sie mit schwanger war.« Die Matrona machte ein Schlürfgeräusch, das Gregor zusammenfahren ließ. »Und er hat's getan, hat's im Maul gehabt und ausgespuckt, 's *Kind*. Auf den Teppich gespuckt hat er's!« Die Matrona zeigte wild fuchtelnd auf den Boden. »Da lag's!«

Was hörte er da? »Sie hatte seinen *Kopf* in ihrer –?«

»Hurengrotte!«

Das musste er erst einmal verdauen. »Ist so was möglich?«

»Jaje, ein Mannskopf ist so groß wie ein Neugeborenes, und da, wo ein Neugeborenes rauskommt, passt ja wohl ein Mannskopf rein.«

Siemssen wurde rot.

»Jetzt glauben Sie mir«, sagte die Matrona.

»Was geschah mit dem Homunkulus?«, fragte er.

»Tot ist's, wenn's raus ist. Auf den Misthaufen kommt's.«

»Du hättest ihn mitbringen sollen.«

»Ich hab das Hemd meines Herrn mit.« Triumphierend legte sie es auf den Tisch der Sakristei. Es war an den Schultern und im Nacken in Blut getränkt.

»Das ist ein blutiges Hemd«, sagte Siemssen, »aber das genügt nicht.«

»Was soll denn noch geschehen?«

33
DIE WEIHNÄCHTE

Lily legte ein Julholz in die Feuerstelle. Der Wurzelstock glomm die ganzen Raunächte hindurch und erwärmte die Herzen der Kinder, wenn sie um die Glut herumsaßen und es draußen stürmte. Im eisigen Wind ächzten die Bäume, aber am Feuer war es heimelig. Lily erzählte ihnen von Frau Holle.

»Frau Holle wohnt auf dem Mond und schüttelt Schneeflocken zu uns herunter. Wenn ihr den Sturm so heulen hört, dann reitet sie auf einem weißen Himmelshasen durch die eisige Nacht. An ihrem Zopf hängen die Heimchen, das sind die Kinder, die sie zur Welt bringt. Bis sie geboren werden, leben sie bei Frau Holle auf dem Mond. Ihr habt auch dort gelebt, bevor ihr geboren wurdet. Frau Holle weiß immer, welche Frau sich innig ein Kind wünscht und für wen welches Heimchen bestimmt ist. Sie empfangen ihr Kind von Frau Holle und legen es in eine Wiege.«

Die Kinder sollten sich vier Monde merken, einen für jede Jahreszeit. Blütenmond im Frühling, Honigmond im Sommer, Nussmond im Herbst, Knochenmond im Winter.

»Das Jahr hat dreizehn Monde, darum loben wir die heilige Zahl Dreizehn. Die Männer reden viel falsch Zeugnis über Frau Holle. Sie nennen sie sogar Frau Hölle. Wir aber heißen sie: die Frau im Mond.«

Sie zogen hinaus auf den Hof. Am Himmel stand der Vollmond. Lily scharte die Kinder um den Brunnen und holte den Eimer ein. Sie ließ ein Kind nach dem anderen in den Eimer sehen, wo der Mond sich im Wasser spiegelte, und jedes Kind sagte dem gespiegelten Mond einen Wunsch. Dann goss Lily das Wasser wieder in den Brunnen. »Frau Holle erhört uns.«

Am anderen Morgen war der Brunnen mit Lebkuchenherzen an roten Schleifen geschmückt, und jedes Kind pflückte sich gläubig eins ab.

Am Morgen von Heiligabend kam der Pastor zum Gritthaus und räucherte den Haussegen. Die Kinder zogen in feierlicher Prozession hinter ihm her. Gregor trug die Räucherpfanne, in der Wacholderbeeren auf glühenden Kohlen Duft verströmten. Mit einer Feder fächelte er den Rauch in alle Ecken und Winkel.

Danach tollten die Kinder wie junge Bären umher. Lily und der Pastor standen im Hof beisammen, der milchweiß war vom Frost.

»Danke, Herr Pastor.«

»Gregor.«

»Lily.«

Atemwölkchen schwebten von ihr zu ihm und von ihm zu ihr. Eine Befangenheit war jetzt zwischen ihnen, aber auch ein heiliger Ernst. Sie spürten beide, dass sie nicht einfach nur hier standen, sondern sich still und feierlich etwas Unsagbares gestanden.

»Ich liebe diesen Tag«, sagte Lily.

»Er liebt dich auch«, sagte er und sah dabei in den Himmel. »Was wohl die Zukunft bringt?«

»Treiben Sie an Silvester auch Abergläubisches, Gregor?«

»Ja, ich schlage die Bibel auf und zeige auf einen Spruch.«

»Da kommt doch nur Sintflut und Sodom bei raus.«

»Ich fühle es in den Fingern, dass bei mir das Hohelied kommt.«

Röte stieg ihr in die blassen Wangen, sie sah von ihm weg über das frostweiße Feld. Einen Moment lang war Stille. Dann fasste Lily sich ein Herz. »Gregor, möchten Sie …«

»Sag doch du.«

»… möchtest du an Silvester mit mir beisammen sein?«

»Ja, mit Freuden.«

Danach schaute der Pastor bei Till vorbei.

»Ich bin gekommen, um dir zu sagen, dass wir Verbündete haben. Die Matrona von Willem Tondernsen und den Pfarrer von Fanø. Er würde vor einem Tribunal bezeugen, dass Falka ihre zwei Brüder tötete.«

»Zwei Brüder«, wiederholte Till.

»Leider reicht das nicht.«

»Reicht nicht?«

»Es gibt keinen Beweis.« Siemssen preschte vor. »Die Matrona hat mir verraten, dass Falka Auge mit Willem Tondernsens Kopf Unzucht treibt. Verstehst du? Mit seinem Kopf.«

Till war still.

Siemssen fragte: »Tat sie's auch mit deinem?«

»Die Matrona ist –« Till fehlte das Wort.

»Es wäre anatomisch möglich. Wenn du bezeugen würdest …«

»Niemals sag ich so 'n Zeug.«

»Es wäre aber ein Glutnest gegen sie.«

»Nein.«

Die Idee zerfiel. Doch Siemssen gab noch nicht auf.

»Und wenn du nur sagst, dass ihr Kleid blutig war, als sie in der Nacht heimkam? Dass sie vielleicht ein Messer unter der Schürze hatte …?«

»Ich will nicht vor ein Tribunal«, sagte Till.

»Dann gilt Lilys Wort weiter«, sagte Siemssen. »Es war Selbstmord.«

»Die Lügenwitwe lügt. Es war Falka.«

»Sie weiß es vielleicht nicht besser«, gab Siemssen zu bedenken.

»Weiß sie, dass Falka es war?«, fragte Till.

»Nein, das weiß sie ganz sicher nicht«, sagte Siemssen.

»Dann müssen Sie's ihr sagen.«

»… ich?«

»Lily muss Falka ins böse Geschrei bringen. Sorgen Sie dafür.«

Am Silvesterabend konnte man den Knochenmond nicht sehen hinter dem Schneegestöber. Im Gritthaus gab es Bratäpfel, und es wurden Lieder gesungen. Als die Kinder zu Bett gingen, kehrte Ruhe ein.

Lily lud Gregor in ihr Kaminzimmer ein. Sie saßen traulich am Feuer.

Er erkundigte sich über ihr neues Leben. Lily wollte sich nicht rühmen, aber sie fand, dass ihre Ideen über die Kindheit ebenso viel Anerkennung verdienten wie Newtons Ideen über die Schwerkraft.

»Wissen Sie noch, woher die ursprüngliche Bedeutung des Wortes *Revolution* kommt?«

»Sag es mir, Lily, du Kluge.«

»Aus der Astronomie kommt das. Eine Revolution ist der Umlauf eines Himmelskörpers um ein Zentralgestirn. Es war ja auch eine Revolution, sich die Welt so zu denken. Manche sind dafür gestorben.«

»Dafür sind wir heute fast wieder wie die alten Heidenvölker und götzen die Sonne an.«

»Nun zu meiner Revolution«, sagte Lily. »Ich meine, dass von der Kindheit eine Anziehungskraft ausgeht, um die alle Altersstufen kreisen wie Planeten um die Sonne. Die Sonne leuchtet bis zum letzten Himmelskörper und die Kindheit bis zum Lebensende. Sie kann einen Menschen für sein ganzes Leben wärmen.«

Gregor hörte zu und behielt seine Meinung für sich. An seine frühen Lebensjahre wollte er sich nicht erinnern, und er glaubte, dass sich auch kein anderer Mensch daran erinnern wollte. Zucht und Kälte, mehr gab die Kindheit nicht her. Lily war verblendet.

Sie offenbarte ihm ihre Idee, wonach man aus Kindern ganz neue Menschen formen konnte, sogar eine ganz neue Gesellschaftsform. Die Kindheit war das Rohmaterial für eine Revolution. Man konnte sie nutzen für welchen Zukunftsplan auch immer.

»Was ist dein Plan?«, fragte er.

»Ich würde dich gern erstaunen.«

Zu ihrer eigenen Verwunderung hatte sie das gesagt. Sie sah von ihm weg in die Flammen, doch Gregor war in ihrem Augenwinkel. Wie er immer in einem Winkel ihrer Seele war. Er war ihr Beistand gewesen bei Martins Beerdigung. Er hatte sie beschützt, obwohl er sie hätte beschädigen können. Er hatte immer zu ihr gehalten. Gregor Siemssen war der Fels in der Brandung. Eine feste Zuflucht.

»Lily. Leg dich in meinen Arm.«

Konnte das sein, dass sie beide zusammengehörten? Dass die Liebe sich so lange Zeit gelassen hatte?

Mit einem Mal erkannte Lily, dass Gregor und sie eine Gleiche waren. Sie waren beide gebildet an Geist und Seele. Sie waren beide gleich erstaunlich.

Sie dachte, die Liebe zu einem Mann wäre in ihr gestorben. Nun wurde diese Liebe wiedergeboren. Derselbe Fluss, anderes Wasser. Ihr Herz war flüssig, wie Gezeiten vom Mond bewegt. Sie goss sich an seine Brust. Er umfing sie.

In seinen Armen fragte sie: »Du hast mich je und je geliebt?«

»Ja.« Er nahm eine Haarlocke von ihr und küsste sie.

»Das hast du gut vor mir behütet.«

»Ich hüte viele Geheimnisse«, sagte Gregor. »Du warst mein tiefstes.«

Seine Stimme klang so schön, und er roch nach allem, was sie liebte, nach Zedernholz und nach Entzückung, nach Salz und nach Erregung, nach Weihrauch und nach Bewunderung. Ihr fiel so viel Schönes zu ihm ein. Er hatte den Kirchturm gerettet im Feuersturm.

Sein zinngraues Hemd hatte Knöpfe aus Perlmutt. Mutig machte sie einen auf. Und dann noch einen. Und noch einen. Gregors Brust war spinnwebzart behaucht mit Härchen. Lily senkte ihre Lippen in den Flaum. Sie wollte, dass ihre Liebe durch seine Haut drang in sein Herz.

»Aber vor einem Geheimnis kann ich dich nicht behüten«, sagte er.

Er würde jetzt bestimmt etwas Schönes sagen.

»Es kam ein Mann zu mir«, sagte Gregor. »Er beichtete mir etwas. Es betrifft Martin.«

Martin?, dachte Lily unwillig.

»Der Mann und Martin kamen aus dem Haus, in der Mannsnacht. Da hörten sie eine Frau wehklagen im Gang. Martin ging hinein, um zu helfen. Der andere blieb vorm Haus stehen. Er sah die Mörderin, als sie fortlief.«

Mörderin?

»Mein Beichtender erkannte Falka Auge.«

Falka! Lily setzte sich auf.

»Dies beichtete er mir, aber ich kann sein Geheimnis nicht hüten.«

»Falka?«, fragte Lily. »Wer behauptet das?«

»Mehr kann ich nicht sagen.«

»Der Mann lügt.«

»Lily. Tu nicht so ahnungslos. Falka Auge hat deinen Mann gemordet, damit du Witwe Tollschön wirst.«

Feuerlicht umzüngelte den Mann, sein zinngraues Hemd klaffte weit auf. Er war ein ruchloser Verführer, der ihr das Herz brach und ihr die Unschuld raubte an Martins Tod. Als wollte sie Witwe Tollschön sein.

Lily schlug mit der Hand nach ihm. »Scher dich weg!«

Die hauchzarte Liebe war zerrissen.

34
DIE WINTERARIE

Anno 1699

Es schellte am Neujahrstag an Tondernsens Haus. Die Matrona tat die Tür auf. »Der Herr ist nicht daheim.«

»Und Falka?«

»Ja.«

Lily trat sich den Schnee von den Stiefeln und kam in die Diele. Sie wünschte der Matrona ein frohes neues Jahr und ließ sich von ihr zum grünen Zimmer geleiten. Die Matrona klopfte und spähte hinein. »Es ist Besuch erschienen.« Zu Lily sagte sie: »Die Herrin speist.«

Lily trat ein und zog die Tür hinter sich zu. Falka winkte von ihrem Frühstücksplatz am Fenster. »Ein frohes neues Jahr.«

»Ein frohes neues Jahr«, antwortete Lily.

»Ich hab Fasan, magst du auch?«

»Nein. Aber iss weiter.«

Lily legte ihren Mantel ab und setzte sich aufs Bett. Da fiel ihr ein, dass heute auch Falkas Geburtstag war. Sie wurde neunzehn. Ihr Haar fiel in braunen Wellen herab, und ihr Madonnengesicht war so malerisch, dass es weh tat, es zu hassen. Zuneigung und Zorn rangen miteinander.

»Hast du Martin getötet? In der Mannsnacht? In dem Gang?«

Falka schaute sie stillvergnügt an, den einen Herzschlag lang, den sie brauchte, um Lilys Worte zu erfassen. Dann drehte sie abrupt den Kopf zum Fenster und sah starr hinaus.

Lily ließ Falka nicht aus den Augen. *Was machst du jetzt? Was sagst du mir?*

Falka griff zum Fensterriegel und hob ihn. Sie stieß beide Klappen des Fensters auf.

»Wage es nicht zu springen«, drohte Lily, »ohne Geständnis.«

Kalte Luft kam ins Zimmer geweht.

»Hast du Martin erstochen?«

Ein jüngferliches Schweigen, als hätte Lily etwas Grobes gesagt, das Falkas Feingefühl zu nahetrat.

»Bist du Martins Mörderin?«

»Ich bin Spitzenklöpplerin«, sagte Falka kraftlos. Sie sah zum Fenster hinaus, als könnte keine Macht der Welt ihr jetzt mehr helfen. In ihrem Gesicht war ein Ausdruck, wie ihn Sterbende haben, die ins Nichts gehen müssen und sich mit letztem Willen an die Welt klammern.

Lily nahm ihren Zorn an die Zügel und fragte jetzt behutsam, als teilte sie mit Falka eine Komplizenschaft: »Hast du's getan, damit ich deinen Schleier trag?«

»Ja, ich tat's.«

Falka sank vor ihr auf die Knie.

»Aber ich tat's mit reinem Gewissen. Für dich tat ich's. Du warst sein Eigen, nicht dein Eigen. Sei nicht gegen mich. Sei für dich.«

Ein Klagelaut entwich Lily. »Du hast ihm sein Leben genommen.«

»Es war ein trübsinniges.«

»Nein. Es war herrlich.«

»Die Herrlichkeit der Männer muss vergehen«, sagte Falka streng. »Wir müssen zusammenhalten, dann bringen wir ein Mädchenreich zur Welt. Das ist kein Traum, das will ich tun.«

»Oh, Falka, Falka …«

Falka kroch zu Lily und barg sich in der Höhlung ihres Kleides vor dem Frostwind, der das Zimmer kühlte.

»Lang schon will ich's tun: mein Volk zur Macht führen. Ich wart nur noch auf die Gunst der Stunde.«

»Dein Volk?«, fragte Lily.

»Das Weibsvolk.«

Es war kalt im Zimmer. Martin war erloschen. Lily versuchte mehr zu fühlen als diese kalte Ferne von ihm. Einen Anhauch von Trauer. Aber da war keiner.

Sie fühlte nur, wie Falka sich in ihr Kleid schmiegte.

»Wann soll die Gunst der Stunde denn kommen?«, fragte Lily.

»Ich bereite sie vor, und sie kommt mir entgegen. Wer sein Ziel in sich trägt, der zieht es an.«

»So wie du wolltest, dass ich deinen Schleier anziehe, und ich hab ihn angezogen?«

»Ja, so. Und wie ich wollte, dass du noch mehr Witwen machst, und du hast es getan.«

»Sei still, du.«

»Unser großer Gesang braucht die Stimme von jedem Mädchen und jeder Frau. Sei mit uns, Lily.«

»Du bist allein, Falka.«

»Ich bin mit den Klöpplerinnen. Ich bin mit der Zukunft. Die Mädchen der Zukunft werden ihr Schicksal lieben.«

»Und wenn sie einen Mann lieben?«, fragte Lily.

»Das kommt ins Vergessen.«

»Hast du je einen Mann geliebt, Falka?«

»Ja. Wie das Land den Regen.«

»Hast du je geliebt wie eine Frau?«

»Ja. Die Frau liebt den Mann wie ein Kapital. Aber das Kapital ist untreu, es buhlt mit jedem, daher kann man es leicht verlieren. Lily, eine Frau kann nur verlieren, wenn sie einen Mann liebt. Du musst den Mann benutzen.«

»Weiß Willem das?«, fragte Lily.

»Wir sind uns da handelseinig.«

»Ja, so seid ihr.«

Schneeflocken stoben ins Zimmer hinein. Falka schmiegte sich tief in Lilys Kleid, nur ihre Stimme kam hervor.

»Es wird Winter für das Mannsvolk. Der Winter ihrer Herrschaft. Ich habe den König gesehn. So sieht es bald für alle aus.«

»Seit wann hast du diesen Plan vom Mädchenreich?«, fragte Lily.

»Seit ich zusehen musst, wie meine Brüder was Gutes in die Bäuche kriegten und meine Schwestern Würmer.«

Bitterkeit war in ihrer Stimme, aber auch etwas Stolzes, das Lily nicht verstand. Sie verstand es erst, als Falka sagte:

»Ich will, dass sie ein goldenes Kleid tragen, alle meine Schwestern.«

»Und dein Gewissen, wenn du an Martin denkst?«

»Lily. Er kam in den Gang, um mir zu helfen. Mein Gewissen ist voller Liebe für ihn.«

Lily seufzte, als sie aufgab, ihren Zorn aufgab. Sie legte ihre Hand auf Falkas Kopf.

»Ich will dich achten und ächten. Für gute und für böse Taten.«

Falka küsste Lilys Hand und fragte. »Scheint die Sonne wieder über uns beiden?«

Ein Ja wollte ihr nicht über die Lippen. Aber etwas musste sie doch loswerden: »Martin starb als Märtyrer für dein Mädchenreich.«

Dann griff sie nach ihrem Mantel und ging.

Die Matrona trug alles, was sie gehört hatte, zu Pastor Siemssen. Falka Auge hat gestanden. *Ja, ich tat's.*

Am Morgen des Dreikönigstages machte Gregor Siemssen sich auf den Weg zum Gritthaus. Er ging am Bachlauf entlang. Das Wasser strömte durch Kämme aus Eiszapfen. Hochgestimmt kam er in Lilys Hof. Er hatte noch nicht an die Tür geschlagen, da riss Lily sie auf und ging ohne ein Wort an ihn wieder zurück in ihre Räume. Er trat durch die offen gebliebene Tür ins Haus und schloss sie hinter sich. Lilys Schritte pochten. Gregor folgte dem Klang.

Als er das Kaminzimmer betrat, saß sie auf dem Sofa und hatte eine Stickerei ergriffen. Von da, wo sie saß, hatte sie Ausblick auf den Hof. Sie musste ihn erwartet haben. Er wagte nicht, sich zu setzen, denn sie bot es ihm nicht an.

»Martins Tod wird nicht zum Gerichtsspektakel«, sagte sie.

»Wenn du seine Totenruhe störst, bist du mein Feind. Wenn du ihm die Totenruhe lässt, will ich dich heiraten.«

Er war überwältigt. »Du willst mich heiraten?«, fragte er.

»Ich will dich heiraten, Gregor Siemssen. Aber nicht, wenn du meinen toten Mann wieder ans Licht zerrst. Lass ihn bei den Toten.«

»Er ist bei den Toten, weil Falka Auge ihn dahin gebracht hat«, sagte Gregor.

»Es gibt keine Verbindung zwischen ihr und seinem Tod.«

»Du schützt die Mörderin deines Mannes?«

»Ich bleibe bei meinen Worten.« Sie legte die Stickerei in den Schoß und sah hell zu ihm auf. »Wo du hingehst, da will auch ich hingehen. Dein Volk ist mein Volk, und dein Gott ist mein Gott.«

»Das sind nicht deine Worte.«

»Ja. Die sagt in der Bibel eine Frau zu einer Frau.«

»Liebst du mich oder Falka Auge?«, fragte er.

»Ich liebe dich.«

»Und was ist mit ihr?«

»Sie ist unschuldig.«

Er erbat sich Bedenkzeit.

Gregor quälte sich Stunde um Stunde damit. Wollte er Lily heiraten oder Falka hängen? Es war ein Dilemma, wie er noch nie eines erlebt hatte.

Am Ende traf die Matrona die Entscheidung. Sie war entschlossen zur Zeugenaussage.

Während Tondernsen mit Falka Auge wieder in Kopenhagen weilte, packte Ogga Gundatter ihre Habseligkeiten und verließ das Haus, in dem sie dreißig Jahre lang treu gedient hatte. Sie hatte niemals an Martins Selbstmord geglaubt. Nun, wo sie mit eigenen Ohren gehört hatte, wie die Mörderin gestand: *Ja, ich tat's*, gab es für sie kein Schweigen mehr.

Die Matrona befahl ihm, Martins Mörderin an den Galgen zu bringen.

Zunächst brachte Siemssen die Matrona in einem Kirchenstift unter, wo Ogga Gundatter eine Altenkammer bezog. Dann erbat er sich von ihr, Lily mit keinem Wort zu erwähnen. Auf das Geständnis allein kam es an. Das Geständnis hatte Falka Auge Willem Tondernsen gegeben. Nicht Lily. Willem Tondernsen war ihr Komplize.

Die Matrona war einverstanden.

Sodann verfasste Siemssen die Anklageschrift.

§ 1 Falka Auge gestand die Mordtat an Martin Martensen.

Die Frauensperson Falka Auge hat Willem Tondernsen gestanden: Mit einem Messer lauerte sie Martin Martensen in der Mannsnacht des 16. Februar 1695 im Durchgang auf und tötete ihn. »Ja, ich tat's.« Die Matrona Ogga Gundatter hörte als Ohrenzeugin jedes Wort.

§ 2 Die Trauerschleier Falka Auges sind ursächlich verantwortlich für eine Vielzahl von Todesfällen in Tondern.

Dies lässt sich mit dem Sterberegister bezeugen. Zuletzt starben aus selbigem Grund 27 Männer in der Mannsnacht.

§ 3 Willem Tondernsen trieb Mädchen in seiner Fabrik in den Tod.

Sie werden bis zum Erschöpfungstod ausgebeutet, geschlagen, zu Blinden verkrüppelt, in Kellerverliese eingepfercht. Solche Zustände wurden bezeugt durch die Verzweiflungstat der zehn Todmädchen anno 1694.

§ 4 Falka Auge hat ihre leiblichen Brüder ermordet.

Dies trug sich zu auf der Insel Fanø. Zeuge Gustav Michelsen, der Pfarrer der Insel, vernahm von Falka Auges Vater Wilken Wilkensen die Mordanklage gegen seine Tochter. Er weiß auch zu bezeugen, dass Falka Auge dem Teufel ein Denkmal errichtete, wofür sie verdammt wurde.

Der Ankläger fordert ein Inquisitionsverfahren.

Das Jahrhundert begann sein letztes Jahr auszuhauchen. Der Hof gab ein Fest. Ein Klavier sollte zur *Winterarie* von Henry Purcell erklingen. Das waren neue, nie gehörte Klänge. Das italienische Instrument, das sich Klavier nannte, wurde als Wunder gepriesen.

Der König lag in seiner Loge unter einem schneeweißen Hermelinfell. Seine Augen bewegten sich mit lebloser Mechanik in dem wächsernen Gesicht. Willem setzte sich bei ihm nieder.

»Mein König«, sagte Willem.

»Mein Freund«, sagte der König.

Er lag im Sterben. Willem war gleich nach Neujahr nach Kopenhagen gereist, um seinen König ein letztes Mal zu sehen.

Der König sprach mit gebrochener Stimme:

»Henry Purcell holte der Sensenmann schnell.

Zu Christian kommt der Sensenmann lahm.«

Willem rang sich ein Lachen ab. Henry Purcell war in der Blüte seiner Jahre dahingerafft worden von der Pest in London. Seit der König eine Oper des Engländers in der Westminsterabtei gehört hatte, war er seiner Musik verfallen. Er ließ sie zu allen Festen spielen. Nun war sie sein Requiem.

»Wo ist deine Wonnenknospe?«, fragte der König.

»Unten im Saal.« Willem deutete über die Logenbrüstung. Der König folgte seiner Hand mit den Augen. Sie rollten wie Murmeln in tiefen Wachsmulden.

»Wir müssen wohl über die letzten Dinge sprechen«, sagte der König.

»Die letzten Dinge?«

»Sterben ist die Mutter aller Qualen. Erschieß mich, Tondernsen.«

»Wir sind alle in Not beim Sterben«, sagte Willem.

Im Saal wurde gejubelt, der Chor kam auf die Bühne.

»Geh zu deiner Wonnenknospe«, befahl ihm der König. »Gott schütze dich.«

Willem erhob sich und salutierte. »Gott sei dem König gnädig.«

Im Festsaal setzte er sich zu Falka. Ihre Hand schmiegte sich warm in seine. Ihm war kalt. Das Klavier sah aus wie ein Sarg.

Der Kronprinz setzte sich ans Klavier und schlug neue, harte Klänge an. Der Chor sang die Winterarie.

Ahhh! Ahhh! Ahhh! Ahhh!
Ohhh! Ohhh! Ohhh! Ohhh!
Welche Macht bist du, die aus der Tiefe
Mich zu Wiederkehr und Auferstehung riefe
Aus meinem Bett von ewigem Schnee?
Lass doch mein Gebein erstarrt, uralt.
Lass mich liegen hier im Bitterkalt.
Kein Odem soll mich heben hin zur Not.
Lass mich! Lass mich!
Lass mich! Lass mich!
Lass mir meinen Tod!

35
DIE INQUISITION

Als Willem Tondernsen aus Kopenhagen heimkam, begab er sich in seinen Salon und erwartete, dass die Matrona ihm sein Essen brachte. Aber es trat die Küchenmagd ein. Er sah belästigt auf das Geschöpf, das hier nichts zu suchen hatte. Die Magd stammelte, dass die Matrona fort war. Er verlangte das noch einmal zu hören. Fort? Wo? Das wusste niemand. Während der Reise des Herrn war die Matrona verschwunden und nicht wiedergekehrt. Niemand gab mehr Anordnungen.

Willem sah sich im Gemach der Matrona um. Alle ihre Habseligkeiten fehlten. Er schaute in die Truhe. Da lag nicht ein Gewand.

Die Bediensteten mussten sich in der Diele versammeln. Wieder erfuhr er nur, dass die Matrona zu niemandem ein Wort gesagt hatte, warum sie ging und wohin sie wollte. Das war noch nie vorgekommen. Willem machte sich Sorgen.

Er beauftragte die Küchenmagd mit der Betreuung des Hauswesens. Doch die hatte nur auf Geheiß der Matrona gehandelt und war von der Aufgabe überfordert. Nichts ging mehr seinen rechten Gang.

Wer kochte jetzt seine Leibspeisen? Wer stellte brutwarme Pantoffeln für ihn hin und streute duftende Kräuter in sein Badewasser? Er fühlte sich verlassen wie ein Kind von seiner Mutter.

Ein paar Tage später wurde ihm ein versiegelter Brief überbracht. Darin stand, dass er zu einer Anhörung vor Gericht erscheinen musste.

Im Gewölbekeller des Rathauses gab es einen Saal, der für delikate Verhöre genutzt wurde, von denen nichts an die Öffentlichkeit dringen sollte. Die Inquisition prüfte unter Geheimhaltung, ob die Anklageschrift einen Gerichtsprozess erforderlich machte. Wenn ja, ging der Fall weiter, wenn nein, wurde die Anklage abgewiesen. Abgewiesen wurden Anklagen, die auf Lügen beruhten, Anklagen, für die es keine Beweise gab, und Anklagen aus niederen Beweggründen. Der zu Unrecht Angeklagte ging mit unbeschädigtem Ruf aus der Anhörung hervor. Es kam zu keinem Prozess. Dem Ankläger wurde ein Bußgeld auferlegt. Sein Name wurde im Sinne des Rechtsfriedens dem Angeklagten nicht mitgeteilt. Der Ankläger wurde als Anonymus vom Gericht vertreten. Der Angeklagte musste sich alleine verteidigen. Das war oft zu seinem Nachteil. Ein armer Sünder versuchte sich aus den Anschuldigungen herauszuwinden und wurde wieder zurückgeschraubt ins Gewinde der Inquisition.

Willem Tondernsen traf zeitig ein. Ein Wächter geleitete ihn zum Saal und skandierte seinen Namen.

»Willem Tondernsen!«

An der Stirnwand des Saals erhob sich das hölzerne Bollwerk, auf dem der Richter, der Vogt und die Schöffen saßen. Willem strebte dorthin. Der Wächter stoppte ihn und wies ihn zur Armesünderbank.

Er stand vor Gericht?

Der Richter verlautete, dass die Anklage eines Anonymus hier zur Anhörung kam. Willem Tondernsen habe als Zeuge auszusagen.

»Setze Er sich.«

Willem Tondernsen ließ sich auf der Zeugenbank nieder.

Der Vogt hob ein Schriftstück hoch. »Verlesung der Anklageschrift.

§ 1 Falka Auge gestand die Mordtat an Martin Martensen.

Die Frauensperson Falka Auge hat Willem Tondernsen gestanden: Mit einem Messer lauerte sie Martin Martensen in der Mannsnacht des 16. Fe-

bruar 1695 im Durchgang auf und tötete ihn. »Ja, ich tat's.« Die Matrona Ogga Gundatter hörte als Ohrenzeugin jedes Wort.«

Ogga Gundatter hört –? Falka soll Martin –? Er fuhr vom Zeugenstuhl hoch, außer sich vor Empörung. »Nichts davon ist wahr! Das ist Lüge!«

Ihm wurde gesagt, als wenn er das nicht selber wusste, dass Ogga Gundatter dreißig Jahre lang als vertrauenswürdige Matrona in seinem Hause für Ordnung sorgte.

»Sie missbilligt meine Verbindung mit Falka Auge«, sagte Willem. »Sie trachtet aus niederen Beweggründen danach, ihr zu schaden.«

Er sollte beantworten, was das für niedere Beweggründe waren.

»Altweiberneid auf eine junge Frau. Ogga Gundatter sorgt keineswegs für Ordnung in meinem Haus. Sie stiftet Unfrieden, wo sie nur kann. Sie handelt gehässig gegen meine Frau. Ich hatte sie verwarnt, dass ihr die Entlassung droht, wenn sie es weiter so treibt. Daraufhin muss sie sich diese Lügenmär ausgedacht haben.«

Ihm wurde erklärt, dass er als Zeuge der Wahrheit verpflichtet war und nicht seiner Frau.

»Das ist die Wahrheit. Falka Auge hat mir keinen Mord gestanden, so wahr ich hier stehe. Ogga Gundatter lügt aus Bosheit gegen meine Frau. Ich weise die Anklage zurück wegen niedriger Beweggründe.«

Während ein Schöffe das notierte, zermarterte sich Willem den Kopf über den unbegreiflichen Verrat, den die Matrona ihm antat. Aber er hatte sich gerächt und die Matrona ins Zwielicht der Heimtücke gestellt.

Der Vogt las wieder aus der Anklageschrift vor. »Verlesung.

§ 2 Die Trauerschleier Falka Auges sind ursächlich verantwortlich für eine Vielzahl von Todesfällen in Tondern.

Dies lässt sich mit dem Sterberegister bezeugen. Zuletzt starben aus selbigem Grund 27 Männer in der Mannsnacht.«

»Die Anklage behauptet ernsthaft, dass die Schleier daran

schuld sind? Na schön. Wenn meine Frau wegen der Schleier unter Anklage steht, dann verlange ich, dass Sie auch den Schuster anklagen wegen der Schuhe, die dabei waren. Die Schleier sind nicht schuldig. So wenig wie Schuhe und Knöpfe und Hüte. Ich weise das zurück als Blödsinn.«

Die Aussage wurde notiert.

Der Vogt las den dritten Paragraphen der Anklageschrift vor. »Lesung.

§ 3 Willem Tondernsen trieb Mädchen in seiner Fabrik in den Tod.

Sie werden bis zum Erschöpfungstod ausgebeutet, geschlagen, zu Blinden verkrüppelt, in Kellerverliese eingepfercht. Solche Zustände wurden bezeugt durch die Verzweiflungstat der zehn Todmädchen anno 1694.«

»Selbstmord ist keine Verzweiflungstat, sondern ein Mordverbrechen«, widersprach Willem.

Was sage der Zeuge zum Vorwurf?

»Die Mädchen sind Meisterinnen ihrer Kunst. Ich achte ihre Würde. Sie können jederzeit woanders ihr Glück suchen. Ich halte niemanden gefangen. Ich weise die Anklage als Lüge zurück.«

Zehn Mädchen seien aber vom Dach seiner Fabrik gesprungen.

»Sie haben sich selbst zerschmettert. Ich bin unschuldig daran.«

Die Anhörung war beendet.

Der Vogt und zwei Schöffen besichtigten Tondernsens Fabrik, um sich ein Bild zu verschaffen über die Zustände dort. Der Vogt wählte zehn Mädchen aus zum Verhör. Das Protokoll des Verhörs wurde versiegelt und dem Ankläger überbracht.

Siemssen war fassungslos. Diese Törichten »liebten ihr Schicksal«?

Der dritte Paragraph wurde aus der Anklageschrift gestrichen.

Falka stand am Fenster. Willem hielt sie umarmt.

»Mein Falke. Wer ist der Ankläger? Wen erspähst du?«

»Der Nacktkopf«, sagte Falka. »Er hasst uns. Mich dafür, dass alle Mädchen mir folgen. Dich dafür, dass du dein eigener Herrgott bist. Der Pastor ist unser Feind.«

»Der und die Matrona sind ein armseliges Gespann gegen uns.«

»Aber Gott hilft ihm«, sagte Falka.

»So einem Lügner hilft Gott nicht.«

»Aber er ist der Pastor. Was er predigt, ist Gottes Wort. Das glauben die doch mehr als mein Wort.« Sie barg ihr Gesicht an seiner Schulter.

»Wonnenknospe. Wann ist morgen deine Anhörung?«

»Um zwei.«

»Was sagt unsere Sonnenuhr um zwei?«

»Diese Stunde sei dir günstig.«

Eine junge Frau trat vor das Gericht. Sie wirkte wie eine Dienstbotin, die zum Einschenken der Krüge hereingekommen war. Dass sie so schlicht war, erregte Verwunderung. Man hatte eine hochgezüchtete Mätresse erwartet oder eine lusterregende Nymphe. Falka Auge trug ein graues Kleid. Sie war schmal, kleinbrüstig und unscheinbar. Anmutig war nur ihr Madonnenantlitz.

Der Vogt verlas ihr den Grund für die Anhörung. Falka Auge sei des Mordes an Martin Martensen beschuldigt worden. Die Matrona Ogga Gundatter habe ein Geständnis der Mordtat gehört, welches Falka Auge Willem Tondernsen gegeben habe.

»Sie redet falsch Zeugnis«, sagte die junge Frau. »Ich habe kein so ein Geständnis gemacht, weil ich nie so etwas getan habe.«

Was glaube sie, warum die Matrona dieses behaupte?

»Die Matrona tut das, weil sie mich vertreiben will. Ich soll weg. Mein Herr hatte viele Jahre lang keine Frau. Die Matrona war seine nächste Frau. Nun, wo er mich hat, will sie mir Böses. Sie ist die Böse.«

Gab es eine Verbindung zwischen ihr und Martin Martensen?

»Mein damaliger Mann war sein Kutscher. Er war ihm immer treu zu Diensten.«

Wo war sie in der Mannsnacht, als Martin Martensen zu Tode kam?

»Zu Haus.«

Habe sie dafür einen Zeugen?

»Aber in der Mannsnacht gehn die Männer doch fremd. Ich bin allein schlafen gegangen.«

Wann kam ihr Mann zurück?

»Nachts. Er hat mich aufgeweckt. Mir gesagt ...« Sie schluchzte und verbarg ihr Gesicht.

Sie solle die Hand vom Gesicht nehmen und die Frage beantworten. Habe sie Martensens Witwe einen Trauerschleier gegeben?

»Ja. Zum Dank tat ich's. Wir hatten Martin Martensen unser ganzes Glück zu verdanken. Er gab meinem Mann seine hohe Stellung.«

Sie möge das bitte noch einmal bestätigen. Gab sie der Witwe einen Schleier?

»Ja, ich tat's.«

Eine Pause entstand – und weiter ging es.

Tat sie es nicht vielmehr, um Lily Martensen für ihr Unternehmen zu gewinnen?

»Welch ein Unternehmen?«

Die Verbreitung ihrer Trauerschleier unter dem Weibsvolk.

»Das war meine Totengabe«, sagte sie ehrwürdig.

Mit Martin Martensens Tod habe Falka Auges Aufstieg begonnen.

»Nein. Das war ganz bitter für uns, wo Till nicht mehr sein Kutscher war. Wir mussten darben. Sein Tod war ein großes Unglück für uns.«

Sie habe ihren Mann verlassen und im Hurenhaus gewohnt.

»Ich bekam dort Obdach«, gab sie zu.

Was ging im Hurenhaus vor? Man hörte von schwarzen Messen.

»Wir hatten nur unsere Schleier gezeigt. An dem Abend konnten wir so viele verkaufen, dass kein Mädchen mehr sich verkaufen musste. Ich habe alle wieder in fromme Zucht gebracht.«

War sie selber Hure?

»Nein. Ich bin Spitzenklöpplerin. Ich liebe mein Schicksal und will kein anderes.«

Ihre Schleier sollen schuld sein an den Todesfällen der Mannsnacht.

»Die Mannsnacht ist eine böse Nacht. Das Gericht hat recht getan, sie zu verbieten. Nun kann nichts Böses mehr geschehen.«

Falka Auge könne jetzt ein Geständnis machen oder ihre Unschuld beteuern.

»Ich bin unschuldig. Mein Gewissen ist rein.«

§ 4 Falka Auge hat ihre leiblichen Brüder ermordet.

Dies trug sich zu auf der Insel Fanø. Zeuge Gustav Michelsen, der Pfarrer der Insel, vernahm von Falka Auges Vater Wilken Wilkensen die Mordanklage gegen seine Tochter. Er weiß auch zu bezeugen, dass Falka Auge dem Teufel ein Denkmal errichtete, wofür sie verdammt wurde.

Pfarrer Michelsen kam von Fanø nach Tondern. Er gab eine zutiefst erschütternde Schilderung davon ab, wie der Vater eine Leichenöffnung erzwingen wollte. Er selbst verwehrte ihm den Zugang zur Kindsleiche. Die Wahrung der Totenruhe verhinderte eine Aufklärung.

Vom Ältestenrat wurde Wilkensens Tochter wegen Teufelsanbetung von der Insel verbannt.

Die Verwüstung der Insel Fanø begann mit diesem Teufelswerk.

36
DAS MÄDCHENREICH

Es war das letzte Jahr des Jahrhunderts und höchste Zeit, das fast vollendete Zeitalter zu rezensieren.

Der Dreißigjährige Krieg brachte es ans Ende aller Tage. Doch dann entfaltete die Kunst des Barock ihre Pracht.

Aus den Abgründen von Terror und Horror waren die Völker Europas zu Glanz und Gloria gelangt. Das Jahrhundert war wie ein Phönix aus der Asche emporgestiegen. Wer vermochte abschließend zu sagen, ob es ein finsteres oder ein leuchtendes Jahrhundert war? Ein Jahrhundert des Todes oder ein Jahrhundert des Triumphes über den Tod? Einig waren sich die Historiker darin, dass aus der Apokalypse ein goldenes Zeitalter hervorging und dass der Dreißigjährige Krieg der Vater des europäischen Friedens war.

Das Jahrhundert des Louis le Grand! So riefen es die Franzosen aus. Ludwig XIV. war der Sonnenkönig. Es gab keinen anderen Herrscher von seiner Größe.

Den Königen von Dänemark und Schweden missfiel das französische Prädikat. Weil man aber ein Jahrhundert beim besten Willen nicht nach einem Siechenden und einem Siebzehnjährigen benennen konnte, prägten die Wortführer der Debatte das *bonmot* vom »Fin de Siècle«, was sich dem Sinn nach so übersetzte: Das Jahrhundert endet, wenn es am schönsten ist.

Der Papst schrieb eine Jahrhundertbulle. Mit seinem biblischen Alter von fast hundert war Innozenz XII. berufen, ein Zeugnis abzulegen über Gottes Reich im Wandel der Zeit. Zum ersten

Mal erkühnte sich ein Mensch, sein Leben an der Länge eines Jahrhunderts zu messen.

Auch Willem Tondernsen wollte mehr Lebenszeit. Er hatte die fünfzig überschritten, er war ein alter Mann, aber es galt die Devise: Zeit ist Geld. Langlebigkeit war ein profitables Unternehmen.

Wie musste die Zukunft beschaffen sein, damit mehr Menschen mehr Zukunft hatten? Um das zu erforschen, entwickelte die Mathematik die Wahrscheinlichkeitsrechnung.

Kirchenbücher verzeichneten Geburten, Hochzeiten und Todesfälle. Pastoren wie Gregor Siemssen waren Chronisten der Gegenwart. Nun gaben die alten Kirchenregister ihr Vermächtnis an die Zukunft weiter, und es erwies sich als Schatz. Das Alltagsleben und das Ableben von früheren Generationen ließen sich hochrechnen. Was man statistisch zählte, erzählte einem etwas. Mit der Wahrscheinlichkeitsrechnung konnte man wahrhaftig in die Zukunft sehen.

Volkszählungen wurden gemacht. Frankreich war überbevölkert und vertrieb seine Hugenotten. Pommerland war ausgeblutet und nahm sie auf. Statistik wurde Staatspolitik. Ein Flüchtling, der sein Heimatland verließ, um wie Till dem Krieg in Pommern zu entgehen oder dem Schuldturm in Holland wie Tondern Tondernsen, landete nicht mehr notgedrungen im Elend, er konnte in der Fremde sein Glück machen.

Für die Wohlhabenden erfand das 17. Jahrhundert die Versicherung. Man konnte mit seiner Lebensdauer Spekulation treiben. Rentenfonds zahlten jährliche Dividenden an langlebige Investoren aus. Man konnte sogar über sein Ableben hinaus Vorsorge für seine Angehörigen treffen. Witwen und Waisen erhielten Zuwendungen aus den Versicherungen.

Viele Sorgen vor den Ungewissheiten der Zukunft kamen damit zum Erliegen. Auch die Angst vor Himmelserscheinungen nahm ein jähes Ende. Der Astronom Edmond Halley fand heraus, dass Kometen in regelmäßigen Intervallen über den Himmel strichen. Endlich war der Aberglaube widerlegt, dass ein Komet ein Bote des Unglücks war.

Die kosmische Zeit lief mit der Genauigkeit eines Uhrwerks ab. Dafür geriet die kalendarische Zeit ins Wanken, denn sie lief der kosmischen Zeit immer langsamer hinterher, mittlerweile um elf Tage. Es musste ein Eingriff vorgenommen werden, um den Kalender wieder mit dem Kosmos in Einklang zu bringen. Das war die gregorianische Kalenderreform.

Um vom alten julianischen Kalender zum neuen gregorianischen zu wechseln, würde man bald in Dänemark elf Tage überspringen. Auf den 18. Februar 1700 sollte der 1. März fallen.

Es machte der Bevölkerung Verdruss, dass man ihr elf Tage stahl. Alle fragten sich: Wo blieben die Tage? Und wo blieben die Schicksale in diesen Tagen? Niemand konnte sich so richtig vorstellen, dass auf den 18. Februar der 1. März fiel. Dann verschob sich doch alles für alle Zeiten. Was geschah mit den Todestagen, die das Letzte waren, was von einem Verstorbenen blieb? Das waren doch Fixpunkte in der Zeit.

Auch Lily dachte so. Martins Todestag am 16. Februar. Wo war er nach der Kalenderreform? Elf Tage weiter? Oder elf Tage weniger? Eines war gewiss: Der 16. Februar lag nicht mehr auf dem 16. Februar. Das war entsetzlich. Alle Gestorbenen verloren ihren angestammten Todestag.

Man konnte den Menschen noch so geduldig erklären, dass nach der Kalenderreform die Himmelszeit und die Erdenzeit im Einklang waren, sie wollten den gregorianischen Kalender nicht. Es war verrückt, dass der Mensch sich anmaßte, die Zeit zu maßregeln.

Dafür wurde der Raum unermesslich erweitert. Der Merkantilismus wuchs über jeden Horizont hinaus. Warengüter wurden durch die ganze Welt bewegt. Die Weltwirtschaft war erfunden.

Auch Worte kamen von einem Land in ein anderes. Das französische *fabriquer*, was »fertigen« bedeutete, wurde als Nomen zur Fabrik. Und das englische *industry*, was »Fleiß« hieß, wurde zur Industrie.

Bei allem weltlichen Tatendrang, der das Jahrhundert auszeichnete, war es ein Zeitalter der Frömmigkeit. Nichts ging ohne Gott. Man befahl Gott seine Wege und hoffte auf ihn. Die Natur war voller Sinnbilder des göttlichen Willens. Ein Ameisenhaufen war das Sinnbild für Emsigkeit, und wer einen am Wege sah, empfing einen Hinweis von Gott, er solle emsig sein. Überall sah man Allegorien, in jeder Armenbibel und jedem Emblembuch, die den Menschen den Weg zum Heil wiesen.

Der Philosoph des Fin de Siècle war Gottfried Wilhelm Leibniz.

Leibniz sagte, dass alle Weltvorgänge von vornherein gut waren. Die Schöpfung zeichnete sich aus durch eine prästabilierte Harmonie. Alles geschah nach göttlichem Plan. Die Welt war, wie Gott sie vorgesehen hatte: vollkommen vollendet. Sie war von guten Geistern beseelt, die Leibniz Monaden nannte. Alles war im Einklang mit allem. Man lebte in der besten aller Welten.

Omnia hatte das immer gewusst. Die Welt war in Gnade.

Pessimisten hielten die prästabilierte Harmonie für ein Märchen. Aber die Menschen waren vernarrt in Märchen mit gutem Ende.

Das meistverkaufte Lesebuch waren die *Märchen von Mutter Gans*. Charles Perrault hatte darin die schönsten Märchen des Volksmundes aufgeschrieben. Besonders beliebt waren sie bei den Mädchen. Deren Gefühle, Wünsche, Träume und Ängste fanden bei *Rotkäppchen* und *Aschenputtel* einen Widerhall. *Dornröschen*, das für hundert Jahre in Schlaf fiel, war die Heldin der Herzen am Ende des Jahrhunderts. Wer lesen konnte, verschlang diese Märchen. Wer nicht lesen konnte, lauschte ihnen. Die wundersame Wirkung der Märchen ging so weit, dass Legionen von Mädchen sich selber das Lesen beibrachten. Auch Falka tat es, mit neunzehn Jahren konnte sie *Dornröschen* lesen.

Januar ging vorüber. Es taute. Februar kam. Die Mannsnacht jährte sich. Pastor Siemssen hielt eine Andacht für die Toten. Die Witwen trugen weiter ihre Schleier, obwohl das Trauerjahr zu Ende war.

Das Gericht wollte, dass der Entlastungszeuge der Angeklagten noch einmal zur Anhörung kam. Willem war nicht wohl dabei, aber er wusste, dass sein Wort die Wahrheit war. Falka hatte ihm nichts gestanden, sie war unschuldig.

So kam er noch einmal zum Gericht. Er stieg ins Gewölbe hinab und wurde in eine Kammer geführt, wo er warten sollte. Da wartete er. Man ließ ihn so lange warten, bis ihm der Verdacht kam, dass er in einen Hinterhalt gelockt wurde.

Zur gleichen Zeit stand der Vogt mit einem Trupp vor Willems Haus und donnerte der eingeschüchterten Küchenmagd seine Befehle entgegen. Männer trampelten ins Haus. Falka spähte in den Flur. Der Lärm zog zu Willems Wohnflügel. Sie lief in die Gesindeküche hinunter. »Was sind das für Männer?«

»Schergen«, flüsterte die Küchenmagd.

Endlich lud das Gericht Willem vor. Man verkündete ihm das Ergebnis der Anhörung. Es stand Aussage gegen Aussage. Der Richter sprach undeutlich, Willem verstand *Auge gegen Auge.*

Ob die Angeklagte schuldig oder unschuldig sei, werde ein Prozess erbringen müssen. Bis zum Urteil gewährte ihr das Gericht die Rechte einer freien Bürgerin.

Das Haus des Zeugen Tondernsen werde gegenwärtig durchsucht. Sollten Beweise gefunden werden, die an der Wahrheit seiner Aussage zweifeln lassen, behalte das Gericht sich vor, den Zeugen aufgrund von Falschaussage in Gewahrsam zu nehmen. Der Zeuge kann sich freiwillig in Gewahrsam begeben, um für die Glaubwürdigkeit seiner Aussage einzustehen mit Habeas Corpus. Der Zeuge muss jetzt die Entscheidung treffen.

Wenn Treue, dann Treue, wenn Untreue, dann Untreue. Diese Maxime hatte ihn immer vor dem Gefängnis der Ehe bewahrt. Aber nun würde sie ihn ins Gefängnis bringen.

»Ich entscheide mich für Habeas Corpus«, sagte Willem.

Falka überlegte, ob sie sich verstecken oder fliehen sollte. Aber sie bot den Schergen die Stirn. Sie blieb an der offenen Tür zum Salon stehen und wartete, bis man sie bemerkte. Willems Sekretär war ausgeweidet. Die Schergen wühlten alles um.

Der Vogt kam auf Falka zu und reichte ihr ein Schriftstück. Falka ließ es sich im Gepolter der Schergen vorlesen. Die Worte trafen sie wie Schläge. »Falschaussage! Gewahrsam! Prozess!« Da zog ein Scherge den Vogt von ihr ab, er sollte sich was ansehen. Im Schlafzimmer war die Hure Babylon.

Willem kam zurück. Falka stürzte in seine Arme.

»Die haben mein Bild mitgenommen.«

Er hielt sie lange fest. Dann löste er sich von ihr.

»Wonnenknospe. Ich muss eine Vollmacht schreiben.«

Als das getan war, versiegelte er sie.

»Ich gebe dir die Vollmacht«, sagte er zu Falka.

Sie sah furchtsam auf den Brief.

»Ich habe hier geschrieben, dass ich dich zur Führerin meiner Fabrik ernenne. Solange ich weg bin, hast du das Sagen. Du gehst mit diesem Schreiben zum Direktor und gibst es ihm. Er weiß, was zu tun ist. Aber was du bestimmst, wird getan. Das steht hier drin. Ich bin bald zurück.«

»Wo willst du denn hin?«

»Ins Gefängnis.«

Ihr Gesicht verzerrte sich zum Schrei. »Du lässt mich allein?«

»Ich geh ins Gefängnis, damit das Gericht weiß, dass ich die Wahrheit sage. Habeas Corpus meint: Habt meinen Körper, er bürgt für die Wahrheit.«

»Das darfst du nicht!« Sie klammerte sich an seinen Körper.

»Nur mein Wort spricht für dich. Drei sprechen gegen dich.

Ich muss für drei Monde ins Gefängnis, dann zählt mein Wort wie drei.«

»Bleib bei mir. Bittebittebitte. Du bist mein Zuhause.«

»Drei Monde. Dann bin ich wieder da.«

Sie schluchzte.

»Falka! Tu, was ich sage! Ein Falke gehorcht seinem Herrn!«

Als er sah, dass sie sich wieder in der Gewalt hatte, gab er ihr seinen Vertrauensbeweis, und Falka nahm die Vollmacht an.

Es gab Dinge, die ein Ehrenmann ohne Wenn und Aber tun musste. Ein Mann, der nicht das Möglichste tat, um sein Weib vor Unrecht zu beschützen, war ein Schandkerl. In seinem Alter wusste Willem, was Falka in ihrer Jugend nicht wusste: Drei Monde vergingen im Flug. Er hatte schon Schlimmeres durchgestanden. Die Rache der Todmädchen. Gegen diese Nachtmahre war der Kerker ein billiges Nachtasyl.

Gregor Siemssen ging, um sich das Bildnis anzusehen. Die Schergen hatten es in die Katakombe unter dem Rathaus gebracht. Als Ankläger hatte er Zutritt zu der Katakombe. Er folgte einem Wächter hinunter. Hier war im Mittelalter das Verlies gewesen. Der Wächter schloss eine verwitterte Tür auf und ging hinein, um Kerzen anzuzünden. Dann machte er sich davon. Gregor sah der schwankenden Laterne nach, bis sie um die Ecke entschwand und ihren Schein mitzog.

Er trat ins Verlies ein und schloss die Tür.

Gregor hatte noch nie mit einer Frau gebuhlt. Was er von der Liebe wusste, wusste er vom Hohelied Salomos. Das Bild wirkte auf ihn wie eine Gewaltwoge, wie eine Attacke, es trieb ihm den Schweiß auf die Stirn und ließ ihn das Schlimmste fürchten. Nur beim näheren Hinsehen war es das Hohelied auf ein Mädchen. Er sah Falka Auges Brüste hinter der Spitze *wie junge Zwillinge von Gazellen*. Er sah an ihrem Schoß *Locken voll Nachttropfen* und einen Tupfen Rosa. *Wende dich hin, wende dich her, dass wir dich schauen!* Gregor frohlockte, denn das Bild wendete sich vollends gegen Falka

Auge. Die lebende Falka Auge wirkte wie eine Unschuld, die gemalte wie ein Ungeheuer. Wer sie so sah, der sah den Hohlgang und wie dieses Ungeheuer nächtens da lauerte. Das Bild sang davon, wie die Sirene vorgegangen war. Breitbeinig offenbarte Falka Auge ihre Schuld. *Ja, ich tat's.*

Falka wanderte durch das Haus ihres Herrn. Es machte Bedrückung, ihr wurde ganz schwer von seinen vielen Sachen. Die Räume waren gefüllt mit Schätzen. Sie stand vor Willems Büchern mit den ins Leder geprägten Goldlettern. OVID VERGIL HOBBES, Papiersärge, in denen die Gedanken toter Männer moderten. Was für ein Totenkult das Lesen war. Sie trat vor seinen Sekretär, den die Schergen geplündert hatten. Alles war wieder aufgeräumt. Da standen siebzehn Pfeifen, jede ruhte auf einem Marmorgestell, das einem Zehenspitzenschuh glich. Wofür brauchte ein Mann siebzehn Pfeifen, wenn er nur einen Mund hatte? Sie machte einen Schrank auf, Gläser aus Bergkristall standen da wie für eine königliche Tafel. Von den Mädchen in der Fabrik hatte keines ein Glas, nicht mal einen Holzbecher hatte eine Klöpplerin als ihr Eigen. *Ein Mann hat alle Schätze an sich gerafft, und alle Mädchen sind Habenichtse.* Dieser Gedanke war von solch einer Klarheit, dass Falkas Gewissen ganz rein davon wurde.

In einem Mädchenreich hatte ein Mann kein Haus. Kein Hab und Gut. Hier würde dem Mann bald nichts mehr gehören.

Im Geiste stellte Falka ihn vor ein Tribunal.

»Hast du die vielen Gläser gesehn, Gritt? Was sagst du dazu?«

Pfui!

Was sagte Ragga?

Krieg!

Was sagte Lucie? Was sagte Norla? Was sagte Milla? Sie hatten nicht mal mehr ihr armseliges Leben. Die Todmädchen waren die ärmsten Habenichtse.

Noch ein Schrank bot die Versuchung, ihn zu öffnen, denn er

stand im Salon wie ein Altar. Falka tat die großen Flügeltüren auf und blickte auf den Prunk eines vergoldeten Tafelservices.

In diesem Schatz sah sie nichts als Schlechtigkeit.

Doch der Mann, dem der Schatz gehörte, war immer noch ihr Herr. Ein Falke ist seinem Herrn treu und hört den Ruf seiner Seele. Sie war an ihn gebunden, ob sie wollte oder nicht. Ihr Gehorsam war so stark wie sein Vertrauen.

Aber sie wollte ungehorsam sein und sein Vertrauen ausnutzen.

Warum war das so schwer? Ihr Gewissen war doch rein.

War es, weil sie und der Mann in ihren Seelen miteinander verwandt waren wie Vater und Tochter? Seine Seele liebte die Spitzen und den Frieden. Ihre Seele liebte die Spitzen und den Krieg. Durch die Liebe zu den Spitzen war sie mit ihm verbunden, aber nicht durch die Liebe zu dem Mann.

Ihr Blick fiel auf ein goldenes Tablett, sie nahm es an sich und setzte sich damit nieder. Falka scharte die Todmädchen um das Tablett wie einen Kriegsrat.

»Ich will ein Mädchenreich auf die Welt bringen. Der Krieg ist der Vater des Mädchenreichs.« Sie schlug beide Fäuste vor dem Herzen zusammen. »Krieg!«

Ragga rief: *Krieg!*

»Ruft es alle. Brüllt wie Kriegerinnen!«

KRIEG!

»Wir waren ein Drache mit zwölf Köpfen. Schlägt man dem Drachen zehn Köpfe ab, kommen tausend neue wieder. Wir sind Drachen! Wir kommen wieder!«

WIR SIND DRACHEN! WIR KOMMEN WIEDER!

Nutze die Stunde. Die Fabrik gehörte jetzt ihr. Sie stieg die Treppe zum Lichtsaal hinauf. Sie öffnete die Tür einen Spalt, schlüpfte hindurch und schloss sie leise. Mit zu Boden gesenktem Blick huschte sie wie ein grauer Schatten an den Tischen vorbei nach vorn. Dort hob sie den Blick. Wie jung alle waren. Sie war die Älteste.

Ein Mädchen schaute hoch. Noch eins. Ein drittes Mädchen. Alle. Das Klöppeln hörte auf.

»Ich bin Falka Auge. Ich liebe euch.«

Die Mädchen staunten.

»Ich war hier Klöpplerin, ich stamme von euch. Ihr seid die Meinen, meine Schwestern.«

Zarte, verhärmte, erschöpfte Gesichter sahen sie an. Falka sank in einen tiefen Knicks und erhob sich zum Aufstand.

»Ich stehe vor euch als ein Mädchen und ein Habenichts, als eine von euch. Wir Mädchen sind Habenichtse. Nichts auf der Welt gehört uns. Alles gehört den Männern. Männer haben die Welt an sich gerafft und geben uns nichts von ihr ab. Männer bestimmen, dass es so sein soll, dass Männer alles haben und Mädchen nichts. Findet ihr das gerecht?«

Stille.

Ein zartes Stimmchen: »… nein.«

»Ein Mann nimmt einem Mädchen, das nichts hat, auch noch Leib und Leben weg, wenn er es mit Gewalt nimmt.«

Falka spürte, wie sich Wut unter den Mädchen zusammenbraute.

»Wem von euch wollte ein Mann schon einmal Gewalt antun?«

Zaghaft gingen die Hände hoch. Es waren viele.

»Und wer konnte sich davor schützen?«

Alle Hände sanken.

»Schämt euch nicht, seid stolz, dass ihr es versucht habt. Gegen einen Mann kann sich kein Mädchen alleine schützen. Aber zehn Mädchen können ein Mädchen vor einem Mann beschützen!«

Die Mädchen drängten sich zusammen und suchten beieinander Schutz.

»Wir sind Klöpplerinnen! Wir müssen zusammenhalten! Hier hatte ich Freundinnen. Hört ihre Namen: Gritt! Milla! Asta! Lucie! Norla! Ragga! Sie waren mein Liebstes auf Erden. Sie wurden Todmädchen. Sie sollen eure Stammesmütter sein.«

Die Mädchen waren ergriffen.

»Ich möchte, dass alle Kinder zu mir kommen. Traut euch. Kommt zu mir.« Falka breitete die Arme aus.

Graugesichtige, greisenhafte Kinder tappten nach vorn.

»Gritt war unser Kind, darum sollt ihr auch unsere Kinder sein. Unsere Sonnenkinder, denn wir werden dafür sorgen, dass ihr es immer gut habt. Ihr gehört von heut an zum Stamm der Gritts! Ein Stamm ist, wenn ihr zusammenhaltet. Ihr seid Gritts!«

Sie führte die Kinder zur Fensterbank und hob ein jedes da drauf, bis alle in der Sonne saßen. Dann wandte sie sich wieder an die anderen.

»Milla war die Schönste von uns. Milla hatte Haare wie Gold. Mit Milla waren wir reich. Milla schenkte uns allen ihre Schönheit. Wer von euch ist wie Milla? Kommt her zu mir.«

Ein Mädchen mit zauberschönem Gesicht trat hervor. Ein anderes zeigte scheu seine Pracht. Weitere zog es nach vorn. Wer sich nicht schön fand, aber schön war, wurde von anderen auserwählt und nach vorn geschoben. Falka scharte die Schönen um sich und bat sie, ihre Zopfstricke aufzumachen. Die Mädchen schüttelten befreit ihre Haare, sie wallten und wellten sich in glänzenden und goldenen Kaskaden um ihre grauen Gestalten.

»Ihr gehört zum Stamm der Millas! Ihr seid unsere Schätze. Ihr seid die Goldfäden im Schleier. Ihr seid Millas!«

Falka führte jede Milla wie eine Braut an die Stirnwand des Lichtsaals.

Allein trat sie wieder vor. Die Millas standen wie ein Gobelin hinter ihr.

»Asta war unsere Mutter. Sie hat unser Leid gelindert, unsere Haare geflochten und unsere Hände gesalbt. Sie hat uns alle durch den Winter gebracht. Wer möchte unsere Mutter sein? Wer will sich um uns kümmern?«

Viele Mädchen kamen nach vorn, eine starke mütterliche Kraft ging von ihnen aus.

»Ihr gehört zum Stamm der Astas«, sagte Falka. »Ihr seid unsere Mütter. Wir sind eure Töchter. Ihr seid Astas!«

Falka schmiegte sich wie ein Kind in die Arme jeder Asta und führte sie zu den Gritts. Sie gab jeder Mutter ein Kind zum Behüten.

Allein trat sie wieder vor.

»Lucie war unsere Sonne. Es ist ein Segen, wenn man eine Freundin hat, die fröhlich ist. Wer lacht, liebt sein Schicksal. Wer von euch ist wie Lucie?«

Die Heiteren, die Frohgesinnten kamen zu ihr.

»Ihr gehört zum Stamm der Lucies«, sagte Falka. »Ihr macht uns Freude, wenn wir mal vor Furcht nicht weiterwissen. Euer Heldentum ist das Lachen. Ihr könnt den Tod auslachen, dass der gar nicht mehr weiß, wie er uns erschrecken soll. Ihr seid Lucies!«

Lachend und schwatzend zog Falka mit den Lucies zur Wand.

Die Klöpplerinnen, die noch an den Tischen saßen, waren ernste, düstere und verdrossene Mädchen. Falka sprach zu ihnen.

»Norla hatte Groll. Sie war eine Feindselige. Sie war immer im Kampf. Mit Norla legte man sich nicht an. Vor Norla hatte man Furcht. Wer von euch ist wie Norla?«

Mädchen traten vor. Alle hatten etwas Drohendes, vor dem man sich in Acht nahm. Sie verbreiteten um sich die geladene Wutstille vor einem Gewitter.

»Ihr gehört zum Stamm der Norlas. Ihr sollt wie Wölfe und Wespen Furcht verbreiten. Feindselige sollt ihr sein. Todesmut ist eure Tugend. Ihr seid Kriegerinnen! Ihr seid Norlas!«

Die Norlas standen wie eine Streitmacht. Eine trat heraus. Sie kniete vor Falka nieder. Stolz erhob sie sich und stieß die Faust hoch und einen Kriegsschrei aus. Mit hochgereckter Faust schritt sie zur Wand. Die anderen Norlas taten es ihr gleich.

Falka sprach nun zu den letzten Verbliebenen.

»Ragga war unsere Meisterin. Sie hat unsere Geschicke gelenkt. Wir hörten auf ihr Wort. Mir hat sie ein Machtwort hinterlassen: *Krieg!* Und ein Versprechen: *Wir kommen wieder!* Wir machen da weiter, wo die Todmädchen aufgehört haben!«

Falka stellte sich zu ihresgleichen, den Meisterinnen.

»Ihr gehört zum Stamm der Raggas. Euer Wort wird unser Gesetz. Ihr sollt mächtig sein, denn ihr müsst befehlen. Ihr sollt klug sein, denn ihr müsst herrschen. Ihr seid unsere Meisterinnen. Ihr seid Raggas!«

Die Raggas nahmen die Würdigung mit Würde entgegen.

Falka hatte alle Mädchen einem Stamm zugeteilt.

Aber es waren noch die Monster übrig. Falka versuchte sich an den Namen der Zwergin zu erinnern, er fiel ihr nicht ein, hatte sie ihn je gewusst? Die mit dem Feuermal, wie hieß die? Die Schiefe? Die Bucklige? Sie wusste nur, dass es vier waren, die den Todmädchen wie treue Mägde gedient hatten. Es gab einen Namen, den sie noch vergeben konnte. Den Namen ihrer Vorgängerin.

»Gulla war schon fort, als ich kam. Das Unglück nahm sie meinen Freundinnen weg. Gulla fiel mit dem Kopf in die Gräten. Sie wurde blind.«

Falka zeigte in die Schar der Übriggebliebenen.

»Ihr gehört zum Stamm der Gullas. Ihr sollt uns blinden Gehorsam leisten und die schwersten Arbeiten tun. Ihr seid Dienstmädchen. Ihr seid Gullas!«

Sieben Stämme waren es.

»Macht einen Kreis um mich. Umschlingt euch.«

Die Mädchen umschlangen einander und schlossen einen Kreis um Falka.

Falka breitete die Arme aus.

»Auf euch gründe ich mein Reich!«

Sie hob alle in die Euphorie.

»Drückt die Fäuste fest vor eurem Herzen zusammen. Zeigt mir euren Herzensmut!«

Jedes Mädchen drückte seine Fäuste vor seinem Herzen zusammen, und alle Mädchen waren dabei miteinander umschlungen.

»Männer sind unsere Feinde. Der Krieg wird sie alle töten. Der Krieg ist die Große Manndränke! *Krieg!*«, schrie Falka.

»*KRIEG!*«, antwortete die Euphorie.

»Ich bin von den Würmern des Meeresbodens gekommen.

Seht mich nun! Ich habe über dieses Haus die Macht bekommen. Aber ich habe ein viel größeres Haus für uns vorgesehen. Nach der Manndränke kommt das Mädchenreich. Wollt ihr, dass ich euch in das Mädchenreich führe?«

»FÜHR UNS, FALKA!«

37
DAS GEFÄNGNIS

Willem Tondernsen hätte sich in einem Spiegel, wenn er einen gehabt hätte, schon bald nach »Moskau«, wie sein Verschwinden offiziell hieß, nicht mehr erkannt. Er hatte alles abgetan, was zu seinem Wesen gehörte: Duttenkragen, Spitzenhemden, Manschetten, Stulpenstiefel, Siegelringe und Virginiatabak. Er trug ein Büßerhemd aus Nesseln und eine Hose aus Hanfgarn. Er ließ einen grauen Bart über sein Gesicht wachsen. Er wurde ein alter Mann. Als die Verwandlung vollzogen war, setzte er seinen Namen unter *Habeas Corpus* und überstellte sich den Schergen.

Sein Kerker war so groß wie sein heimischer Abort. Er ließ sich auf dem Stroh nieder und starrte dumpf auf den Kübel. War es eine Torheit, was er hier tat? Dann dachte er an Falka und versuchte, sein Schicksal zu lieben. Es konnte nicht schaden, einmal im Elend zu leben. Er sann darüber nach, dass Jesus vierzig Tage in der Wüste ausharrte. Willem beschloss, ein Eremit zu werden und sich einzubilden, er hause in einer Klause und nicht im Kerker.

Bald stank er wie ein Ziegenbock. Er war ohnehin ein Sündenbock. Nicht lange, und er war auch ein Läusehund.

Es gab etwas zu fressen, was sich »Schergenfladen« nannte. Zum Saufen gab es ein Gebräu aus Weidenblättern, das die sexuelle Begierde dämpfen sollte. Der Kübel kam einmal am Tag zum Entleeren raus, die übrige Zeit verbreitete er Gestank. Oben an der Kerkerwand war eine Luftscharte, durch die es hereinzog. Der Gestank vom Kübel rang ständig mit dem rauen Märzwind. Wenn der Kübel leer war, stellte Willem ihn umgekehrt unter die

Luftscharte und stand da drauf. So konnte er ins Freie sehen. Er sah auf die Bleichfelder, er sah die Windmühle, und er sah Wolken ziehen. Die Auguren im alten Rom pflegten mit einem Krummstab einen Kreis in die Wildnis zu zeichnen und sich da hineinzusetzen, um aus dem Vogelflug die Zukunft zu deuten. Willem tat das auch, wenn er auf dem Kübel stand und hinaussah. In langen Ketten zogen Vögel über den Himmel. Einen Falken sah er nicht. Er schob die Hand in die Luftscharte hinein, um den Wind zu fühlen. Im Wind war die wilde Freiheit des Falken und seine Wiederkehr auf die Hand des Herrn.

Wenn das Nachmittagslicht verdämmerte, wurde es trüb im Kerker. Bald saß Willem in völliger Umnachtung.

Was für Eingekerkerte noch hier hausten, wurde er nicht gewahr. Eigentlich hatte er sich vorgenommen, seine Barmherzigkeit an einem Leidensgenossen zu ertüchtigen. Er wollte sich mit irgendeinem Sünder verbrüdern. Aber er bekam keinen zu Gesicht. Man gestattete den Eingekerkerten keine Gefährten, denn die ansteckende Geisteskrankheit Criminalis sollte sich nicht verbreiten.

So blieben ihm nur die Schnitzereien seiner Vorgänger. Diese hatten Häuser, Schiffe, Fruchtbäume, Bienenkörbe, Spielkarten, Würfel und Weiber in die Kerkertür gekratzt. Die Gravuren waren ein Vermächtnis davon, was einer als Habseligstes im Leben hatte. Willem fuhr mit dem Finger die Einkerbungen entlang, aus denen ein Segelschiff geschnitzt war. In das Holz der Kerkertür hatte ein Gefangener tagaus, tagein mit dem Löffelstiel seinen Wunsch eingraviert, wieder auf ein Schiff zu kommen. Es war seine Ikone der Sehnsucht. Das Schiff segelte nach Westen. War es ein Walfänger? Ein Sklavenschiff? Was hatte der Mann verbrochen? An was im Kerker gedacht? An das Meer. An den Hafen. An die Mädchen. An die sehr reichen Stunden.

Im Kerker wurde Willem ihrer gewahr. Nicht er traf die Auswahl seiner sehr reichen Stunden, sie machten sich willkürlich über ihn her.

König Christian hatte im Park seines Lustschlosses eine Eremitage unter großer Geheimhaltung erbauen lassen. Als die Klause fertig war, wurde einer gedungen, der darin hauste. Eines Tages lustwandelte Christian mit einer Entourage, zu der auch Willem gehörte, durch den Park. Vor der Eremitenklause blieb er erstaunt stehen, als hätte er sie soeben entdeckt. Christian kam in eine Stimmung von Melancholie, er faselte über Einsamkeit und Vergänglichkeit. Da trat der Eremit heraus. Er schmückte wüst und zottig den Eingang der Klause, dann bewarf er die Höflinge mit Faulobst.

Dreißig Jahre war das her. Unversehens trat jener Eremit von einst aus seiner Erinnerung und behauptete, eine Bedeutung zu haben, vor der Willem sich ehrfurchtsvoll verneigte. Das war eine sehr reiche Stunde. Er lachte herzhaft und weinte hemmungslos. Wo war der Eremit hin? Wo waren die Höflinge hin? Bald war der König dahin. Sie waren alle Faulobst. Welch ein Memento mori die Stunde des Eremiten war.

»Mein König«, flüsterte er. Nun war der König selbst ein Eremit, der in der Klause seines Sterbens hauste.

Und die Stunde des Fötus. Plötzlich kam Willem der Gedanke, ja die Gewissheit, dass jener Fötus, den er beim Hofball aufgenommen hatte, vom König selbst dort hinplatziert wurde. Christian hatte sich daran ergötzt, wie alle vor Schreck aus dem Takt kamen, wie die Damen vor Scham vergingen und die Herren den peinlichsten Tanz ihres Lebens hatten, bis Willem Tondernsen sich den Fötus schnappte. Welch ein reiches Kaleidoskop das Leben im Kerker war. Eine Wunderkammer!

Willem hörte die Glocken der Osternacht.

Er wusste nicht, was sich draußen in der Welt tat, aber es wurden nach wie vor Tücher auf den Feldern gebleicht, und die Mühle drehte ihre Flügel. Seine Tage waren wie Trübsuppe, nur die sehr reichen Stunden würzten sie.

Eine lähmende Stumpfsinnigkeit befiel ihn. Dann dämmerte

er im Stroh wie ein Tier. Und schrak jäh auf. Die Plötzlichkeit, mit der die Intrige in sein friedliches Leben fiel, glich dem Fall der Todmädchen. Wer wollte Böses gegen ihn? Der Pastor, hatte Falka gesagt. Willem glaubte das auch. Der Pastor spann die Intrige.

Wie würde der Richter entscheiden, wenn drei Monate um waren? Diese Frage wand sich wie ein Wurm in einer Spirale, die nicht endete. Was ihm widerfuhr, war ungerecht.

Da kam ihm wieder eine sehr reiche Stunde in den Sinn.

Er war jung und streifte mit David von Krafft durch Tondern. Plötzlich lag eine Banknote auf der Straße, sie hatten doch wahrhaftig einen Hunderter gefunden. Willem hob ihn auf. »Du fünfzig, ich fünfzig.«

Der Maler nahm ihm den Hunderter weg und deutete auf das Bild des Königs auf der Banknote. »Du siehst doch, dass es nicht in der Mitte ist. Wir teilen nach dem Goldenen Schnitt: ich zwei Drittel, du ein Drittel.«

»Das ist ungerecht«, sagte Willem.

»Aber schön«, sagte der Maler.

Die Lehre, die ihm die Stunde erteilte, lautete: Ungerechtigkeit konnte schön sein.

Er hatte sehr reiche Stunden im Kerker. *Greensleaves was my heart of gold*. Aber eine Stunde stand mit ihrem Reichtum über allen, sie krönte sein Leben. Es war die Zwölf-Uhr-Stunde, als Lily im weißen Brautkleid zur Kirche schritt. *Sol rex regum*. Die Sonne herrscht über Könige. Er war der König dieser Stunde. Das Brautkleid war die Sonne. Es war seine Ikone der Sehnsucht, sein Liebstes im Leben. Mit dem Löffel kerbte Willem es in die Kerkertür.

Die Anklage steckte fest wie ein Ochse im Sumpf. Siemssen wurde ungeduldig. Sonntagnachmittags machte er sich zu einem Spaziergang auf. Der Richter hegte einen Garten und war vielleicht dort anzutreffen. Tatsächlich sah er ihn beim Bepflanzen einer Rabatte. Siemssen grüßte über den Zaun. Der Richter ächzte sich aus seiner Bückung hoch und lud den Pastor ein, etwas Most vom Vorjahr zu verkosten. Sie nahmen Platz auf einer Bank unter einer blühenden Kastanie.

»Willem Tondernsen ist nach Moskau gereist, hörte ich?«, begann Siemssen.

»Von den Frühjahrslämmern hat diesmal gottlob keines zwei Köpfe«, sagte der Richter.

»Aber Falka Auge hat zwei Gesichter. Ich sah sie im Verlies wie die Hure Babylon. Das Bildnis zeigt ihr wahres Gesicht.«

Eine Amsel zwitscherte. Der Richter trank Most und schwieg.

»Warum ist Falka Auge noch auf freiem Fuß?«, fragte Siemssen.

»Sie setzt keinen Fuß aus dem Haus, soviel ich weiß«, antwortete der Richter.

»Früher konnte man Mörder zum Geständnis bringen, wie man Most ausquetscht.«

»Tja«, meinte dazu der Richter.

»Die Zeit geht hin, und die Schleier töten weiter und weiter«, sagte Siemssen.

»Hörn Sie mir bloß auf mit den vermaledeiten Schleiern, Sie haben das Gericht damit zum Gespött gemacht. Apropos Blödsinn. Wussten Sie, dass man Tieren den Prozess gemacht hat? Sehr kurioses Gebiet, die Tierprozesse, aber ordentlich dokumentiert. 1494 haben die Franzosen ein Schwein aufgehängt, weil's Hostien gefressen hat. Kennen Sie den Fall der Rattenplage von Autun? Die zerstören böswillig die Gerste, werden mit Brief und Siegel vor Gericht geladen, doch die Ratten erscheinen einfach nicht. Hat man dafür Worte?«

Die Amsel ließ sich wieder hören.

»Das dürfte Sie als Pastor interessieren«, fuhr der Richter fort. »Ein Spatz wurde für sein Piepen in der Kirche verurteilt wegen Blasphemie.«

Siemssen fühlte sich nicht ernst genommen. Nachdrücklich sagte er: »Die Schleier sind Mordwerkzeuge. Falka Auge tut weiterhin ihr Werk. Das Gericht sollte sie daran hindern.«

»Wissen Sie, warum man Tiere heutzutage nicht mehr hinrichtet? Um schuldig zu sein, muss man einen Verstand haben. Frauen haben ja auch keinen.«

»Der Verstand des Weibsvolkes wird verwüstet von Falka Auge.«

Der Richter schaute geruhsam am Kastanienbaum hoch.

»Sogar mein Kastanienbaum hat einen Verstand. Ich verstehe mich besser mit ihm als mit meiner Frau.«

Siemssen lobte den Most und verabschiedete sich. Er hatte genug.

Zur gleichen Zeit machte sich Falka im grünen Zimmer Gedanken, wie ihr Mädchenreich zu regieren war. Ein Reich musste ein Recht haben. Mit was für Geboten? Es sollten zehn sein. »Ich denke nach, Ragga.«

DIE ZEHN GEBOTE DES MÄDCHENREICHS

ERSTES GEBOT
Du sollst an die Todmädchen glauben.

ZWEITES GEBOT
Alle Mädchen sind gleich.

DRITTES GEBOT
Du sollst über den Mann herrschen.

VIERTES GEBOT
Wo zehn Mädchen leben, soll ein Mann bei ihnen sein. Der Mann soll uns befruchten.

FÜNFTES GEBOT
Mädchen sind unsere Schätze. Die Knaben sollst du töten.

SECHSTES GEBOT
Du sollst dich nicht mit dem Kind aus deinem Leibe zusammentun. Das Kind kommt zu seinem Stamm.

SIEBTES GEBOT
Alles Hab und Gut gehört allen Mädchen. Den Männern gehört nichts.

ACHTES GEBOT
Alle Stämme sind gleich und halten Frieden im Haus.

NEUNTES GEBOT
Du sollst den Krieg lieben. Er ist der Vater unseres Mädchenreichs.

ZEHNTES GEBOT
Du sollst dein Schicksal lieben.

38
DIE FEINDSELIGEN

Die Ersten, die merkten, dass etwas nicht stimmte, waren die Kutscher.

Wenn sie auf dem Kutschbock saßen, äugten die Mädchen zu ihnen hoch und streiften an den Kutschen entlang mit der Hoffnung, einem Kutscher zu gefallen. Kein Mädchen zeigte einem Kutscher die kalte Schulter.

Mit einem Mal taten sie es. Wenn ein Mann zu ihnen hinsah, kehrten sie ihm feindselig den Rücken zu.

Jeder Mann fragte sich insgeheim, was er den Mädchen getan hatte? Keiner wollte vor den anderen damit heraus, dass er geächtet wurde. Alle taten so, als wäre nichts gegen sie im Gange.

Es war Mai. Süße Düfte wehten durch die Luft.

Wenn früher ein Mann ein Mädchen liebgewann, war es üblich, es zu einem Spaziergang einzuladen. Das war immer so gewesen von alters her. Jedes Mädchen hoffte auf einen Maispaziergang.

Diesen Mai jedoch sah man keine Paare lustwandeln. Den Männern wurde eine schroffe Abweisung erteilt. Das trug sich so zu:

Ein Mann näherte sich liebenswürdig einem Mädchen und sagte: »Du bist schön wie ein Maientag, ich möchte mit dir gehn.« Das Mädchen gab zur Antwort: »Mit dir will ich nicht gehn. Pfui! Du bist im Winter mausetot.«

Da war Schockstille. Ein Mann, der so etwas erlebt hatte, konnte das nur totschweigen. Doch es schabte sein Herz wund. *Du bist im Winter mausetot.* Der Satz ging keinem Mann mehr aus dem Kopf. Sie grübelten, ob sie krank aussahen, ob sie übel rochen, ob ein übles Gerücht über sie umging, von dem sie nichts wussten? Sie wussten nur, dass sie von einem Mädchen übel zugerichtet worden waren. Es fiel ihnen kein Grund ein, warum ein Mädchen so etwas Übles zu einem Mann sagen sollte, der es zu einem Maispaziergang einlud. Außer wenn der Mann abscheulich war. *Mit dir will ich nicht gehn. Pfui!*

Die schlimmste Kränkung bereiteten ihnen die Monster. Ein Mann hatte unversehens eine Krüppelgestalt an seiner Seite, die ihn beäugelte, als wäre er von ihresgleichen. Bald darauf stellte ihm eine Aussätzige nach, als wäre er der Einzige, den sie haben konnte. Wenn er dann auch noch von einer Zwergin angebuhlt wurde, glaubte er, sich nirgendwo mehr sehen lassen zu können.

Die Männer wurden geschwächt an Leib und Seele. Alle gerieten in Zweifel über sich. *Du bist im Winter mausetot.* Sie drehten und wendeten den Satz, bis die Schlichtheit, mit der er gesprochen war, und die Niedertracht, mit der er gemeint war, und die Seelenqual, die er anrichtete, sich zu einem Strick drehten.

Der Mai, sonst ein Monat der Wonne, war ein Monat der Schmach. Die Mädchen mieden die Männer, als hätten sie es mit Verpesteten zu tun.

Wenn sich zwei Mädchen in einer Gasse begegneten, stieß jede zum Gruß neuerdings ihre Fäuste zusammen. Das war nicht mädchenhaft. Früher wollten Mädchen die reine Tugend sein. Jetzt gebärdeten sie sich wie der blanke Terror.

Till und Laust gingen von der Mühle heim. Am Feldweg war ein Steinhaufen, da sackte Laust nieder. Till hockte sich neben seinen Freund. Die Vögel sangen ihr Abendlied. Laust ächzte.

»Laust, was ist?«

»Sie ist nicht mehr mein.«

Till hatte so was erwartet. Laust war seit Tagen nicht mehr der Alte. Sie war eine Spitzenklöpplerin mit wuchtigem Busen und weißblonden Haaren.

»Sie will nicht mehr mit mir gehn. Sie hat mir als Lebewohl gesagt: Ich bin im Winter tot.«

»Warum sagt die so was?«

Laust rieb sich das Kinn. »Das hab ich gefragt. Warum sagst du so was? Sie schweigt wie so'n Sumpf, wo man nicht rankommt. Verstehste?«

»Ja.«

»Dann macht sie so'n Knicks, wie wenn sie einmal mit mir getanzt hätt, und das war's.«

»Wie kommt sie auf Winter?«, fragte Till.

Laust stützte den Kopf in die Fäuste. »Ich bin tot für sie.«

Sie saßen noch lange auf den Steinen. Der Himmel verdunkelte sich. Die schwarze Nacht kroch auf sie zu.

Was beim Beten in den hinteren Bänken vor sich ging, sah der Pastor nicht, weil er sich zum Altar wendete. Aber es wurde ihm zugetragen.

Am nächsten Sonntag drehte sich Siemssen mitten im Vaterunser um, um es selbst zu sehen. Kein Mädchen hielt die Hände gefaltet, sie ließen sie müßig herabhängen, manche schlenkerten sogar frech mit den Armen. Und manche streckten die Zungen raus.

Nach dem Gottesdienst schürte er an der Kirchenpforte seinen Zorn, während er darauf wartete, dass die Klöpplerinnen herauskamen, wie immer als letzter Abschaum. Er wollte sich gleich die erste vornehmen, aber es schoss ein geballter Schwung Kinder aus der Kirche wie ein Korken aus der Flasche. Danach strömte die Schaumkrone der Schönen heraus, er ließ sie im schillernden Fluss vorbei. Hinter den Schönen kamen die Heimchen heraus wie die Beschützerinnen der gesamten Herde, die sich von ihm nicht aufhalten ließen. Ihnen folgte ein Rudel Unholdinnen, von denen er auch keine packte. Dann kamen die Gottseibeiuns, bei deren Anblick man sich bekreuzigen wollte. Dahinter zogen welche wie eine Prozession von Würdenträgerinnen aus der Kirche, er wagte es nicht, sie anzuhalten. Aber nun kamen endlich mal

Klöpplerinnen raus, die ihn anlächelten. Siemssen legte den Arm wie eine Schranke vor die Letzte und hinderte sie am Weitergehen. Das Mädchen fühlte sich sichtlich geschmeichelt, dass der Pastor mit ihm einen Schwatz halten wollte.

»Wie ist dein Name?«, fragte Siemssen streng.

»Lucie.« Sie streckte stolz ihren Busen vor.

»Ich sehe, was ihr dahinten treibt. Ihr betet nicht. Ihr lasst die Arme hängen wie faule Affen.«

»Wir klöppeln Tag und Nacht, wir können nicht auch noch beten. Mal müssen unsre Hände ausruhn.«

Er stach mit dem Zeigefinger auf den dummen, weißblonden Kopf der Kreatur ein. »Ihr werdet in meinem Gotteshaus beten! Und hütet eure Zungen! Sonst lass ich euch züchtigen für eure Gottlosigkeit!«

»Hihi.«

Sein furchtbarer Ernst wurde verlacht.

Plötzlich baute sich eine Masse Mädchen vor ihm auf. Sie umstanden ihn wie ein Gemäuer. Überall umlauerte ihn Feindseligkeit. Seine Angst wuchs. Als sie groß war, hoben alle die Fäuste und ließen sie aufeinanderprallen. Ihm wurde bang wie nach einem Erdstoß, der die Welt ins Wanken brachte.

Der Morgen graute, als er den Weidenkorb vor der Kirchentür fand. Gregor nahm ihn mit ins Pfarrhaus und zog das raus, was drin war. Ein schwarzer Schleier. Er brodelte von Tentakeln, sie umrankten sich und rangen miteinander. Aus den Tentakeln zweigten wieder neue Tentakel hervor, zu Spiralen eingerollt wie schlafende Knospen. Der Schleier war ein finsteres Meer, das eine Drachenbrut gebar.

Plötzlich ging ihm auf, was er da sah: Tohuwabohu.

Am Anfang schuf Gott Himmel und Erde. Und die Erde war wüst und leer, und es war finster auf der Tiefe. Was Luther mit »wüst und leer« übersetzt hatte, hieß ursprünglich »Tohuwabohu«. Das war der chaotische Zustand der Erde vor dem Anbeginn der Schöpfung.

Der Schleier ließ ihn an die furchtbarste Prophezeiung in der Bibel denken: Eines Tages wird der Drache Leviathan aus dem Meer kommen und gegen Gottes Schöpfung wüten. Das unterste Gewürm wühlt sich nach oben, und der Kosmos sinkt ins Chaos.

Wenn die Welt ein Kosmos war, regierte Gott. Wenn sie im Chaos war, wüteten die Dämonen. Gregor hatte genug gesehen. Die Feindseligen hatten ihm gezeigt, was sie konnten: Tohuwabohu.

Den Tag verbrachte Falka nun in der Fabrik und klöppelte bei den Mädchen im Lichtsaal. Sie liebte das Klöppeln im Chor, dann wurde sie die Bürde der Führerin los. Sie war am freiesten, wenn sie Spitzen aus Lüften klöppelte, aus Freiheitslüften. Sie setzte sich mal an den einen, mal an den anderen Tisch und lernte so die Mädchen kennen. Die Mädchen waren zutiefst berührt davon, dass Falka Auge bei ihnen saß wie eine Gleiche. Doch sie wurde keine Gleiche, denn die Mädchen vergötterten sie.

In der Fabrik waren Atmen und Arbeiten eins. Der Lufthauch der Spitze war ihr Lebensodem. Die Klöppel brummten, die Fäden tanzten, die Schleier fielen in Kaskaden von den Tischen herab. Die Mädchen plagten sich nun nicht mehr für den Profit eines Mannes, sie waren ihr Eigen, und alle waren Schöpferinnen. Zum ersten Mal wollten Mädchen sich ein Reich erschaffen, in dem sie die Macht hatten. Alle liebten ihr Schicksal. Die Mädchen arbeiteten im Schaffensrausch. Fleißig wie die Bienen klöppelten sie für ihr Mädchenreich.

Vieles hatte sich geändert, seit Falka hier die Vollmacht hatte.

Die Stockfrauen wachten nicht mehr im Lichtsaal, sie sorgten nun in der Küche für das leibliche Wohl. Feldblumensträuße standen auf den Tischen, wenn die Mädchen aßen. Das Mahl war nicht mehr karg, es war sättigend.

Die Nachtkammern wurden ausgeräuchert und geputzt. Neues Stroh kam hinein und duftende Kräuter wurden aufgehängt. Es schliefen jetzt freie Mädchen in den Nachtkammern mit tollen Träumen.

Kein Mädchen wurde mehr krank. Sie erblühten zusehends. Manch eine Lucie wurde so schön, dass sie in den Stamm der Millas kam.

Der Mai hatte viele warme Sternennächte. Sie erzählten einander von ihren Vergangenheiten. Von der Rübenernte im Gefrierregen. Von den Tritten, die sie täglich abbekamen. Vom Hunger, wenn die Eltern nicht genug Essen für alle Kinder hatten und nur den Söhnen was zu beißen gaben. Von der Männer-, Väter- und Brüdergewalt, die nichts von ihnen übrigließ als einen Trümmerhaufen. Wie gut sie es jetzt hatten.

Sie saßen im Hof unter den Sternen und gedachten ihrer Stammesmütter. Andere Mütter hatten sie nicht mehr. Niemand sprach mehr von den Meinen und meinte damit seine Familie von einst. Sie hatten jetzt einander. Sie waren alle Schwestern.

Ein Mädchen erhob sich und rief zum Himmel: »Ich bin Ragga!« Ihre Selbstpreisung war wild und ehrwürdig.

Alle Raggas riefen: »*RAGGA!*«

Falka saß inmitten der Mädchen. Nun fuhr sie hoch und jubelte:

»Ragga hat Wort gehalten. Ihr seid alle wiedergekommen!«

Zur Nacht kehrte Falka zurück in das Haus ihres Herrn. Es war viel zu groß für sie allein, aber nicht zu groß für ihre Pläne. Sie saß in Willems Salon inmitten seiner Anhäufung von Dingen und schätzte, dass fünfzig Mädchen hier klöppeln könnten. Und noch mal so viele in seinem Schlafzimmer.

In einem Mädchenreich hatte ein Mann kein Haus. Kein Hab und Gut. In einem Mädchenreich war ein Mann das Hab und Gut der Mädchen. Falka hatte den Mädchen versprochen, sie ins Mädchenreich zu führen. Die Mädchen glaubten, dass im Winter alle Männer tot waren. Doch das war nur zu schaffen, wenn ein Krieg kam. Sie sah zu ihrem Falken auf. Lockend streckte sie die

Hand aus, als könnte der Falke sich vom Gobelin lösen, durch die Lüfte jagen und seiner Herrin den Krieg bringen.

Morgens wachte Falka im grünen Zimmer vom Regen auf. Sie lauschte, *tilltilltilltilltilltill*. Von allem, was Till ihr gewesen war, war nur noch der Regen da. Aber bis zum Ende ihrer Tage würde Till mit dem Regen verbunden sein. Seine nassen Hände waren Regenhände. Die Zeit verzehrt alles.

Falka machte sich auf zum Gefängnis. Regen war gut, da konnte sie unterm Kapuzenumhang draußen umhergehen, ohne dass einer sah, dass sie darunter war.

Der Regen schüttete Glanz in die Gassen. Am Feldweg beugte sich der Klatschmohn unter dem Nass. Falka wanderte zur einzigen Anhöhe hinauf, die die Stadt bot. Dort trafen sich sonst die Wäscherinnen, aber heute war sie alleine hier. Sie ließ sich auf dem Wäschewalkblock nieder. Die Bleichwiese lag zwischen ihr und dem Gefängnis. Das Gefängnis war klein in ihren Augen. Der Mann, der darin saß, war alt. Das Alte musste gehen, damit Neues kam.

Treue zum Mann und Treue zum Mädchenreich, das ging nicht zusammen. Wenn sie dem Mann treu blieb, musste sie vom Mädchenreich lassen. Wenn sie dem Mädchenreich treu war, musste sie von dem Mann lassen.

In ein Mädchenreich wollte sie ihr Volk führen. Das war ihre Aufgabe in dieser Welt. Dann wird Glück herrschen über Unglück, Gerechtigkeit über Ungerechtigkeit, und Mädchen werden über Männer herrschen.

Falka ließ ihren Blick vom Gefängnis wegschweifen. Sie versuchte, die Fabrik zu erspähen, aber stattdessen pfählte sich der Kirchturm in ihr Auge. Aus der weitesten Ferne war er zu sehen. Die Fabrik sah sie gar nicht. Die Kirche triumphierte. Des Pastors Wort schallte überallhin.

Falka hatte ein Haus voller Klöpplerinnen, aber kein Reich. Was konnte sie tun, damit ihr Wort auch überallhin schallte? Die

Mädchen in der Fabrik hörten auf sie, aber das Weibsvolk außerhalb der Fabrik hörte sie nicht.

Sie senkte den Kopf, um den Kirchturm nicht mehr zu sehen.

Das Gras war voller Schnecken. Falka wurde betrübt. Der Krieg, den sie so lange schon ersehnte und von dem man sagte, dass er wie ein Sturm über die Welt kam, ließ sich die Zeit einer Schnecke. Wie sollte sie triumphieren ohne ihn?

Da stieß ein Sonnenstrahl wie eine blitzende Lanze durch die Wolken, ein helllichter Glanz fiel auf alle Schneckenhäuser, und Falka bekam einen Geistesblitz: *Schnecken tragen ihr Haus überallhin!*

Aaahhh. Jetzt ließ sie sich von der Sonne bescheinen. Von allem, was Willem für sie gewesen war, war nur noch die Sonne da.

In der Fabrik versammelten sich die Raggas auf ihr Geheiß. Falka trug ihnen auf, die Klöppelbriefe von ihren Schleiern überallhin zu tragen, in jeden Winkel Dänemarks.

Die Raggas tauschten Blicke, eine protestierte: »Dann verraten wir das Geheimnis deiner Schleier.«

»Das sollt ihr«, sagte Falka. »Ihr seid meine Gesandten.«

»Aber dann kann sie ja jede klöppeln.«

»Wir wollen ein Mädchenreich, und dafür brauchen wir jede.«

»Aber dann kauft sie niemand mehr.«

»Wir schenken sie allen. So gewinnen wir das Weibsvolk im ganzen Lande für uns.«

Hundert Mädchen machten sich nun ans Nachzeichnen von Falkas Spitzen auf tausend Papierbögen. Als sie damit fertig waren, gab Falka die Klöppelbriefe den Raggas. Bis ans Skagerrak sollten sie damit reisen und in jedes Dorf und in jede Stadt und auf jede Insel den Schöpfungsplan tragen für die Schleier und für das Mädchenreich.

39
DER RUIN

In der Nacht auf den 6. Juni verließ Willem Tondernsen das Gefängnis. Er ging nach Hause durch eine Nacht voller Düfte. Drei Monate Kerker hatten ihn am Körper geschwächt, aber im Geiste gestärkt. Er ging wie ein alter Mann, aber seine Lebensgeister waren hellwach und in Vorfreude darauf, wie er Falka wachküsste.

Er betrat sein Haus und sog den noblen Geruch des Holzes ein. Die edlen Teppiche ließen ihn auf Wolken gehen. Die Stille war königlich. Willem ging gradewegs zum Spiegel, um zu sehen, was für ein Wüstling aus ihm geworden war. Aus irgendeiner abartigen Lust erregte ihn sein Landstreicheranblick. Er hatte nun die Absicht, Falka aus dem Schlaf zu schrecken.

Als Erstes sah er in seinem Schlafzimmer nach, ob sie in seinem Bett lag. Es war leer. Auch die Wand war leer, wo ihr Bildnis gehangen hatte wie eine große und mächtige Wesenheit, die nun eine große und mächtige Abwesenheit war. Falka schlief nach schlichter Gewohnheit im grünen Zimmer. *My Lady Greensleaves.*

Er zog alles aus, was er am Leibe hatte, und trat leise wie ein Faun ins grüne Zimmer ein. Nackt kroch er zu ihr unter die Decke. Er roch an ihr, er presste sich an sie, er schob seine Hand über ihre Flanke zu ihrer Brust. Falka wachte auf. Da war er über ihr und küsste sie in wildem Rausch. Sie war eine Delikatesse. Er nahm sie im Dunkeln.

»Mach Licht«, sagte er danach.

Gehorsam ging Falka zum Klöppeltisch, über dem der Vermeer

hing. Sie zündete eine Kerze an. Willem schob ein Kissen unter sein Genick. Licht erglomm um seine Wonnenknospe. Er weidete seine Augen an ihrem Rücken, den falkenbraunes Haar umfiederte, und fand, dass sie schön war auf eine Weise, wie ein Falke schön war, berauschend und bestürzend schön.

»Hast du dir einen Liebsten angeschafft?«, fragte er sie im Scherz.

»Nein.«

»Keinen?«

»Nein.«

Er streckte die Hand aus. Falka ergriff sie. Sie hielten sich fest. Seine Wonnenknospe war so jung wie ein grünblättriger duftender Zweig. Er fühlte, wie die Lebenssäfte wieder in ihn einschossen.

»Im Gefängnis habe ich eine Bilanz meiner sehr reichen Stunden gemacht«, sagte er. »Ich wusste gar nicht, wie viele ich hatte.«

»Du bist schon so alt«, sagte Falka. »Du hattest bestimmt ganz viele.«

»Tempus omnia dabit. Die Zeit gewährt alles«, sagte er gönnerhaft.

Falka ließ seine Hand los und zog sich ein weißes Leibchen an. So leichthin, wie sie ihr Leibchen anzog, sagte sie, dass sie ihm etwas beichten musste. Sie hatte ein goldenes Tablett von hier fortgenommen und in die Fabrik gebracht.

»Schau an«, sagte er wohlwollend, weil er sie anschaute.

Und sie hatte die Klöppelbriefe ihren Gesandten anvertraut, die jetzt damit umherreisten.

»Du hast – Klöppelbriefe in fremde Hände gegeben?« Er krallte die Hand ins Bettzeug.

Sie zog ihr graues Kleid an. »Sie sind mein Eigen«, sagte sie schlicht.

»Wer reist damit umher?«

»Meine Legion.«

Ihm wurde übel vor Entsetzen. »Das ist Raub. Hol sie zurück!«

Falka schloss den letzten Knopf am grauen Kleid.

»Lebe wohl.« Sie stahl sich hinaus wie eine Magd, es fehlte nur noch ein Eimer, mit dem sie alles, was sie zusammen geschaffen hatten, aus dem Haus trug und vor die Gosse schüttete.

Wenn man eine Spitzenfabrik mit einem Staat verglich, dann waren die Klöppelbriefe ein Staatsgeheimnis. Sie waren Pläne zur Eroberung von Ländern und Märkten. Auf ihnen war bis ins kleinste Detail der Schleier aufgezeichnet, für den die vornehmen Damen ein Vermögen zahlten. Wenn jede bettelarme Magd, jede zahnlose Vettel, jede Kleinhäuslerin sich einen Schleier von Falka Auge klöppeln konnte, waren sie nichts mehr wert. Ihre Aura war dahin und ihre Mode zu Ende. Wenn eine Mode beim Pöbel ankam, war ihre Zeit vorbei. *RUINA MUNDI.*

Es war die schlimmste Stunde seines Lebens.

So karg Falkas Worte gewesen waren, so katastrophal war ihr Verrat. Willem zweifelte keinen Moment daran, dass Falka nicht wusste, was sie für ein Zerstörungswerk tat.

Er eilte wie von Furien gehetzt zur Fabrik.

Das Tor zum Fuhrhof war zu. Verwirrt stand er davor und konnte nicht hinein. Dröhnend schlug er gegen das Bollwerk.

Ein Fenster tat sich auf, und ein Mädchen fragte, was er wollte.

»Öffne die Pforte!«

Er sollte sich trollen.

»Ich bin Willem Tondernsen!«, donnerte er.

Das Mädchen zog sich zurück. Das Fenster blieb offen.

Falka spähte auf ihn herab.

»Mach mir auf!«, befahl er.

»Mit dem morgigen Tag gehört die Fabrik den Klöpplerinnen!«

Sie ließ das Fenster von ihrer Kumpanin schließen.

Als der Morgen graute, schickte er eine Hausmagd zu Lily.

Lily kam. Sie sah aus wie eine Hausmagd, trug ein derbes Kleid aus Linnen und ging auf Holzpantinen. Ihre edle Erscheinung war uneitel geworden, von der Lilie zum Lauch.

Lily war genauso verwirrt von seinem Anblick. Ein Landstreichergreis, unter dessen Bartgestrüpp sich ihr Onkel verbarg. Er hatte noch keine Zeit gehabt, sich zu barbieren. Sogleich erzählte er ihr alles. Dass Falka die Klöppelbriefe geraubt hatte und an den Weibspöbel verschleuderte. Dass sie sich seine Fabrik in die Klauen riss. Dass sie Geheimnisraub und Hochverrat beging.

Lily war schockiert. Es erschien ihr völlig abwegig, was sie vernahm.

»Du sollst zu ihr gehen«, bestimmte Willem. »Sage ihr das: Wenn mein Wort gegen sie spricht, ist es aus mit ihr.«

»Was hast du vor?«

»Ihre Hinrichtung, wenn's sein muss.«

Lily ergriff seine Hand. »Wegen der Klöppelbriefe? Es sind doch ihre.«

»Sie ist mein Geschöpf! Sie ist nicht ihr Eigen! Nichts ist ihr Eigen!«

»Willem. Ich weiß nicht, was sie dazu getrieben hat. Aber eines weiß ich, und du weißt es auch: Sie ist ein Falke, keine Taube. Es ist ihre wilde Natur, in der Gunst der Stunde grausam zu handeln und an nichts mehr zu denken. In der Natur geschieht das Fürchterlichste doch auch ohne Bedenken.«

»Dann sag ihr, dass das Fürchterlichste geschieht.«

Lily wurde Einlass gewährt. Auf dem Weg durch den Lichtsaal schritt sie durch die Blicke der Klöpplerinnen. Falka hatte sich in der Kammer der Stockfrauen eingerichtet. Lily trat ein.

»Was tust du! Du bringst dich um dein Leben.«

»Ich bringe das Mädchenreich«, sagte Falka.

»Die Schergen holen dich morgen hier raus.«

»Wenn sie hier reinkommen.«

Lily schüttelte den Kopf. »Du kannst hier nicht bleiben. Geh zu Willem zurück und bitte ihn um Gnade. Sag, du warst unwissend. Du hast mit deiner Vollmacht das Falsche getan. Dann wird er erkennen, dass er das Falsche tat, als er dir die Vollmacht gab.«

»Ich trachte nicht nach Gnade«, sagte Falka. »Ich trachte nach einem Reich.«

»Ich sehe nur Ruin«, sagte Lily.

»Wir werden ein Reich sein und reich sein.«

»Du vernichtest dein Werk«, entgegnete Lily.

»Ich beginne mein Werk. Ich schaffe ein Reich, in dem jedes Mädchen Würde hat. Wenn du mir hilfst, mein Werk zu tun, helf ich dir, dein Werk zu tun. Nie mehr sollen sich Kinder so schinden wie Gritt. Nie mehr sollen Mädchen zerstört werden von Männern.«

»Das sagt eine, die meinen Mann getötet hat.«

»Zähl all die Männer, die töten. Zähl das. Zähl den Sand. Zähl die Verwüstungen. Was ich hinzutat, war ein Sandkorn. Das Mannsvolk ist die Wurzel aller Übel. Man muss es an der Wurzel ausreißen. Dann reißt man alle Übel aus der Welt. Krieg. Sklaverei. Unterjochung.«

»Du sagst das, aber lässt Kinder klöppeln.«

»Ja.«

»Kinder sollen nicht klöppeln«, sagte Lily scharf.

»Sie klöppeln für ihr Mädchenreich.«

»Wie lang soll das weitergehen? Wann kommt dein Mädchenreich?«

»Hilf uns, dass es schnell kommt«, bat Falka sie.

»Was kann ich tun?«, hörte Lily sich sagen.

»Du und Omnia, ihr seid Vorbilder. Wenn ihr beide mein Beistand seid, vergrößert ihr meine Gefolgschaft. Werbt für mich. Ich habe die Raggas ausgesandt, damit sie die Kunde vom Mädchenreich verbreiten. Du und Omnia, ihr sollt das Mädchenreich verkörpern.«

»Du bringst alle Mädchen in Gefahr.«

»Wir lieben unser Schicksal.«

Lily sah ein, dass sie Falka nicht umstimmen konnte.

»Ich soll dir von Willem sagen: Wenn er gegen dich spricht, ist es aus. Das Fürchterlichste geschieht.«

Falka war unbeeindruckt.

»Weißt du, was er meint?«, fragte Lily.

»Ja.«

»Was ist das Fürchterlichste?«

»Für einen König der Gang nach Canossa. Er hat mein Mitgefühl.«

»Und was geschieht mit dir?«, fragte Lily bang.

Als Antwort schlug Falka die Fäuste zusammen.

Es kam zum Fürchterlichsten.

Willem Tondernsen kniete als Büßer vor einer Schale voller Asche. Er trug ein Sünderhemd, war barfuß und barhäuptig. Er gestand dem Gericht seine Schuld und gab zu, dass er falsches Zeugnis gesprochen hatte.

»Falka Auge gestand mir die Mordtat an Martin Martensen. Sie beritt mich wie eine Hexe, um mich zu unterwerfen. Sie beherrschte mich mit Hexerei, so dass ich außerstande war, mich gegen sie zu erwehren. Sie treibt mich jetzt durch Hochverrat in den Ruin.«

Er schöpfte Asche aus der Schale und schüttete sie auf sein Haupt. Dreimal tat er das, wie es die Buße verlangte. Zuletzt warf er sich ganz auf den Boden.

Er war ein gebrochener Mann. Sollten sie den Stab über ihn brechen.

»Er möge sich aufsetzen«, sagte der Richter.

Willem stützte sich hoch, so dass er kniete.

Der Richter sprach das Urteil:

»Drei Monate Kerkerhaft. Der Schuldige hat die Strafe verbüßt. Er ist ein freier Mann.«

Willem Tondernsen atmete aus. Es war ein Grollen im Gerichtssaal, man fand, dass er zu milde davonkam.

Da erhob sich der Pastor. »Wer von euch ohne Sünde ist, der werfe den ersten Stein auf diesen Mann.«

Wie ein schwarzer Ritter schritt Pastor Siemssen durch den

Saal auf ihn zu. Als er bei ihm war, reichte er dem reuigen Sünder die Hand und zog ihn in seine Arme. Nur Willem hörte, was der Pastor flüsterte: »Sie ist eine sterbende Schlange.«

Der Austrommler zog durch die Gassen. Er rief zur Mittagsstunde auf den Marktplatz.

Als die Zeit da war, versammelte sich dort eine Menschenmenge. Der Trommler kam, ihm folgte der Büttel mit dem Amtsstab, zwei Schergen trugen ein verhülltes Bildnis hinterher. Vor dem Zuchtmann blieb der Trommelzug stehen. Der Büttel erklomm die Stufen des Denkmals. Er entrollte ein Pergament und verlas es laut.

»Die Mörderin von Martin Martensen ist gefunden! Schuldig ist die Frauensperson Falka Auge! Das Gericht verurteilt Falka Auge zum Tod durch das Schwert! Falka Auge verschanzt sich in der Spitzenfabrik von Willem Tondernsen! Bis zur Vollstreckung des Urteils ist sie vogelfrei!«

Der Büttel brach den Amtsstab entzwei.

Die Schergen trugen das verhüllte Bildnis aufs Podest. Sie hängten es dem Zuchtmann an einem Seil um den Hals. Mit Trommelwirbel wurde es enthüllt. Das Tuch sank zu Boden. Die Menge drängte vor und gaffte.

Till stand im Gewühl. Ein Joch war von ihm genommen. Falkas Tage waren gezählt.

40
DER BEISTAND

Vom Marktplatz eilten die Frauen zum Gritthaus. Sie brachten Lily die Kunde, dass Falka Auge als Mörderin angeprangert wurde, dass ihr Bild auf schändliche Weise zur Schau gestellt war und dass diese Schau übelstes Mannsvolk anlockte und verboten gehörte. Man wartete auf Lilys Wort.

»Falka ist unschuldig«, sagte Lily. »Das ist eine Verschwörung gegen Falka. Die Männer hassen sie, weil sie unsere Heldin ist.«

Lily zog ihr frommstes Kleid an und begab sich mit den Frauen zum Rathaus. Zuvor wollte sie aber das Bildnis in Augenschein nehmen.

Auf dem Marktplatz stand ein lockerer Haufen um den Zuchtmann. Lily mäanderte hindurch. Zwei Schergen hielten Wache. Als sie dem Bild nahekam, wurde sie vom Schreck gebannt. *Falka ritt breitbeinig auf einem Drachen.* Nein, doch nicht, sie saß nur auf einem Stuhl. Die Spitze verhüllte das meiste von ihrer Blöße, aber wer wollte, der konnte hinter den Spitzen –

Ihr wurde heißkalt, sie trat einen Schritt zurück. Auch der Glotzhaufen hielt sich von dem Bild ferner als nötig, als ginge davon eine Warnung aus. Lily machte kehrt und stürmte aus dem Haufen raus, in heller Empörung hetzte sie ins Freie. Dort warteten die Frauen auf sie. Lily führte sie an. Sie zogen zum Rathaus. *Singe mir, Muse, den Zorn!*

Im Rathaus tagte das Tribunal. Hitzig wurde besprochen, wie man die Fabrik ausheben sollte. Da drang ein Weibstrupp in den Sitzungssaal, angeführt von Lily Martensen. Sie erhob das Wort.

»Es ist eine Schande! Das Bild auf dem Marktplatz! Es ist nicht auszuhalten! Sind wir so tief gesunken?«

Auch manche Ratsherren fanden, das unsittliche Bild musste da weg. Aber zunächst musste man sich mit der Fabrik beschäftigen, in der die Mörderin Zuflucht gefunden hatte.

Die Weiber ließen sich nicht abweisen.

»Wir möchten unsere Hilfe anbieten, bevor ein Unglück geschieht«, sagte Lily.

Der Richter ließ sie sprechen.

»Die Spitzenklöpplerinnen sehen zu Falka Auge auf. Sie werden alles für sie tun, wenn die Schergen kommen, sie werden sich notfalls in die Dolche stürzen. Das sind Kinder und junge Mädchen. Sie hängen nicht am Leben, sie hängen an Falka Auge. Dann haben wir Todmädchen in hundertfacher Zahl. Lassen Sie uns Frauen in die Fabrik. Wir schaffen Ruhe ohne Blutvergießen. Falka Auge wird ihre Strafe bekommen.«

Der Vogt ergriff das Wort. Er schlug eine Belagerung vor, er wollte die Aufständischen aushungern.

»Sie wollen die Mädchen verhungern lassen?«, fragte Lily streng.

»Das ist unchristlich!« Der Frauenchor empörte sich.

Der Richter neigte sich zum Vogt und tauschte Worte mit ihm.

Lily wartete bang.

Der Richter sprach. Es wurde den Frauen eine Frist gewährt. Sollten sie nichts erreichen, war die Geduld mit den Klöpplerinnen am Ende, und die Gewalt würde zuschlagen.

Beim Bild hatte sich der Richter unnachgiebig gezeigt. Es sollte zur Abschreckung am Zuchtmann hängen bleiben, bis es von den Elementen zerstört wurde.

Die Frauen hielten nun Rat im Gritthaus. Sie hatten nur Zeit gewonnen, aber nichts sonst.

»Dann ist jetzt die Zeit gekommen«, sagte Lily. »Wir haben nur diese Gnadenfrist. Nutzen wir sie.«

Die Frauen waren entschlossen zum Beistand. Eine Muse sang sie in den Zorn.

Am folgenden Tag erschien Lily mit drei Frauen vor der Fabrik, um die die Schergen einen Bewachungsring gezogen hatten. Zu viert trugen sie eine Bahre, auf der ein Hammel und ein Mehlsack lagen. Lily zeigte ihre Zutrittserlaubnis vor und durfte mit Hammel und Mehlsack hinein.

Sie brachten die Last in die Küche. Die Astas waren gerade beim Brotbacken, und das Mehl ging zur Neige. Staunend umstanden sie die Bahre, auf der so viel Unverhofftes lag. Lily schnitt ein Loch in den Mehlsack. Asta durfte hineinfassen. Zaghaft führte sie das Händchen ein und zog ein Bündel Wollfilz hervor, das etwas Hartes in sich barg. Es wurde aufgeschnürt. Ein Haufen Pfeile fiel dem Mädchen in die Hände. Es hielt sie wie Blumen und wusste nicht, ob es sich freuen oder fürchten sollte. Da begannen die vier Frauen sich auszuziehen. Sie legten ihre Umhänge ab und ließen die Kleider herunter. Jede hatte sich ein Bogengeschütz ans Kreuz geschnallt und schulterte es ab.

Falka wurde gerufen. Als sie in die Küche kam, hielt man ihr einen Strauß Pfeile und vier Bogengeschütze entgegen. Auf dem Tisch lag der Hammel.

»Schneid ihn auf«, sagte Lily.

Falka ergriff das Schlachtmesser. Zwei Astas packten den Hammel an den Keulen und legten seinen Bauch bloß. Alle sahen einen Schlitz, der zugenäht war. Falka errötete vor Aufregung, als sie die Narbe aufschnitt. Es war eine Spannung wie bei einer Geburt.

Falka krempelte die Ärmel hoch und griff in den Hammelbauch. Sie zog zehn Dolche heraus und zehn Schwerter. Mit schreckgeweiteten Augen sahen die Astas auf die Ausgeburt. Jetzt wurde ihnen gewahr, dass sie von den Todmädchen auferstanden waren zum Aufstand.

Als Nächstes stattete Lily Omnia einen Besuch ab. Sie saßen in Michael Martensens Gartenpavillon und tranken Tee.

»Wie geht es dir?«, fragte Lily.

Omnia reckte sich genüsslich. »Ich bin glücklich.«

»Hast du Falkas Bildnis gesehen?«

»Ja.«

»Sag was dazu«, verlangte Lily.

Omnias Wulstlippen taten sich auf. »Sie hat sich so malen lassen.«

»Willem hat sie so malen lassen.«

»Aber sie hat die Beine breit gemacht.«

»Das sagt eine, die Hure war.«

Omnia sah sich um, ob einer dies gehört hatte. Dann sagte sie scharf: »Ich bin jetzt.«

»Falka braucht unsere Hilfe«, sagte Lily.

»Warum hat sie Willem Tondernsen verlassen? Ich danke Gott, dass ich so leben darf, beschützt von einem mächtigen Mann.«

»Du solltest Falka danken. Ihr verdankst du deinen Ruhm.«

»Mein Mann beschützt mich, nicht Falka.« Omnia wies in den Garten. »Ich bin im Paradies. Sieh doch. Ich will ihr Mädchenreich nicht.«

»Denk nicht nur an dich, denk auch mal an die Mädchen in der Fabrik. Sie hoffen auf ein Mädchenreich. Wie lange sollen sie warten? Zehn Jahre?«

»Das Warten ist ein Garten«, sagte Omnia gelassen.

»Wirst du ihnen beistehen in der Not?«

Omnia blieb stumm.

»Falka ist unschuldig«, sagte Lily. »Sie braucht unsere Fürsprache.«

»Falka bringt Feuer über uns, wenn sie so weitermacht.«

»Dass du das Feuer überlebt hast, schuldest du Falka.«

Omnia wurde krumm. Lily sah sie versinken.

Als sie sich wieder aufrichtete, waren ihre Augen voller Leid.

»Sie bauen sich einen Selbstmordturm. Aber ich will tun, was ich kann, sie zu rühmen.«

Omnia hatte keine Hoffnung auf ein Mädchenreich. Aber war sie nicht selber einmal ein hoffnungsloser Fall gewesen? Hatte nicht gegen alle Hoffnungslosigkeit das Glück ihr beigestanden? Als wenn irgendetwas da oben es gut mit ihr meinte? Alle nannten es Gott. Omnia nannte es Gnade.

Sie konnte nicht anders. Sie war mit den Hoffnungslosen. Sie wollte nicht, dass sie in ihrem Selbstmordturm zu Fall kamen. Sie rühmte das Mädchenreich.

41
DIE HUNDSTAGE

Das Tribunal war duldsam mit den Klöpplerinnen. Es duldete, dass sie Fuhren von Fleisch bekamen. Weil es eine Eselei war, dass sie zu Falka Auge hielten, ging man mit ihnen wie mit Eseln um. Eseln kühlte man das Mütchen, indem man sie fütterte, dann waren sie nicht mehr störrisch. Mit der Peitsche prügelte man nur Hass in einen Esel. Ein Esel, der hasst, ist arglistig und harrt auf die Stunde des Jähzorns.

Außerdem lebte in Tondern die Erinnerung an die Todmädchen fort. Ein Massaker war das Letzte, was man riskieren wollte. Man hoffte auf baldige Kapitulation. Klöpplerinnen waren zart wie Spitzen. Für einen langen Widerstand waren sie gar nicht zäh genug. Ihre Natur war nicht der Aufstand, sondern das Stillleben. Wenn man ihnen hin und wieder etwas zu essen brachte, nährte man ihre Dankbarkeit. Dann würden sie ihre Dummheit einsehen. Die Weisheit weiß: Wenn man Geduld hat, lösen sich verschlungene Knoten, und scharfe Kanten werden rund.

So drängte niemand zum Handeln. Nicht einmal Willem Tondernsen. Er war ein niedergeschlagener Mann, der Zeit brauchte, um sich aufzurichten. Er vergrub sich in seinem Haus. Niemand wusste, wie es ihm erging.

Willem Tondernsen spielte die Laute. Was ein Minnegesang gewesen war, war nun ein Abgesang. Heinrich VIII. hatte *Greensleeves* für Anna Boleyn geschrieben. *Alas my love, you do me wrong.* Heinrich VIII. hatte Anna Boleyn köpfen lassen.

Nur dem Pastor ließ der Mann keine Ruhe. Er hatte dem Sünder aufgeholfen und gab ihn nicht auf. Tondernsen sollte wissen, dass er einen Freund hatte in der Not. Sie waren keine Gegner mehr, sie konnten Verbündete sein. Willem Tondernsen mochte meinetwegen ein Knecht des Mammons sein, Gregor Siemssen war ein Gottesknecht und vergab ihm. Unter dem Joch der Knechtschaft ließen sich ihre Kräfte vereinen wie die von zwei Ochsen, die den Karren aus dem Dreck zogen.

Der Pastor drängte zum Handeln. Ruhe zu bewahren, war genau das Falsche. Das verschaffte Falka Auge einen Vorteil, den sie nutzte. Das war die Ruhe vor dem Sturm.

Aber Willem Tondernsen verharrte in seinem Zustand von tatenloser Trauer, er stellte sich stur gegen die treibenden Beweggründe von Siemssen.

Als Siemssen wieder einmal zu Willem Tondernsen wollte, um ihn zum Handeln zu bewegen, teilte ihm die Hausmagd mit, dass der Herr nach Kopenhagen gereist war und wohl nicht so bald zurückkäme.

Aus einer Pflicht zur Barmherzigkeit brachten mildtätige Weiber kleine oder größere Gaben zur Fabrik. Körbe mit Geflügel, Erdbeeren, Eier, Brotlaibe. Die Mädchen ließen Seile herab, an denen sie die Körbe hochzogen. Alle paar Tage trugen vier Weiber ein geschlachtetes Vieh vor das Tor und wurden eingelassen. Es gab Kritik an dem Vorgehen. Doch die Wohltäterinnen waren Ehrendamen. Außerdem hatte man es ja nicht wirklich mit Feinden in der Fabrik zu tun. Nicht die Schweden hatten sie eingenommen. Mit Schweden darin hätte man die Fabrik sturmreif geschossen, aber angesichts der zarten Schönheiten, die sich an den Fenstern zeigten, befiel die Schergen eine fatale Friedfertigkeit. Niemand mochte sich vorstellen, dass er so schöne Mädchen totschoss. So setzte sich das durch, was erste Bürgerpflicht war: Ruhe. Man bewahrte die Ruhe und ließ Zeit dahingehen.

Im Juli hatten die Mädchen ein stattliches Waffenarsenal beisammen. Vierzig Bogengeschütze mit achthundert Pfeilen, fünfzig Dolche, dreißig Schwerter und acht Musketen. An den Musketen konnten sie sich auch bei allem Feuereifer nicht versuchen, denn der Schusslärm hätte den Besitz der Geschütze verraten. Doch sie machten sich mit den Waffen vertraut wie Jungfern mit der Hochzeitsnacht. Sie übten im Geiste, wie man mit der Zündpfanne das Schwarzpulver und die Kugel in den Vorderlader einführte, wie man mit dem Ladestock nachstopfte, wie man die Lunte entzündete, wie man zielte, wie man feuerte.

Sie ertüchtigten sich an den Schwertern und sangen dabei im Chor:

»Ich mach jeden Mann kopflos!
Im Himmel ist die Freude groß!«

Bogenschießen übten sie von den Fenstern des Lichtsaals auf eine Strohpuppe im Hof, die sie mit Seilen in Bewegung setzten. Um Kraft zu schinden, stemmten die Klöpplerinnen die kleinen Gritts empor. Für die Gritts war es ein Vergnügen, wenn sie hochgewuchtet wurden. Die Schinderei zeigte Wirkung. Sie konnten den Bogen länger halten und hielten ihn stiller, sie zielten reglos und trafen todsicher. Ihr Mut blähte sich auf zum Übermut. Sie wollten am liebsten sofort lostöten!

Die Fabrik stand wie eine Festung in der Stadt. Die Gasse, die auf ihre Front mit dem Tor zulief, mündete in einen Fuhrplatz. Von den Fenstern des Lichtsaals hatte man ein gutes Schussfeld auf den Platz. An den Seiten und an der Hinterfront der Fabrik gab es kein Tor, nur massige Mauern und in wehrhafter Höhe die Fenster des Lichtsaals.

An allen Seiten der Fabrik standen Schergen zur Bewachung. Kein Lüftchen rührte sich, kein Blatt regte sich an den Bäumen. In der Hitze lechzten die Schergen danach, dass sich ein Fenster auftat und ein Mädchen mit ihnen liebäugelte. Jeden Tag ließen sich Grazien sehen, so schön wie Schwäne, und jeder Scherge hatte eine, auf die er wartete. Wenn seine Schöne am Fenster erschien, erglänzte die Festfreude bei ihrem Anblick. Das Bewachen der Fabrik war ein Minnedienst geworden. Grazien, Grazien, Grazien. Sie bewachten einen Schatz. Jeder Scherge stand im Bündnis mit einer Grazie, die ihm von oben herab versprach: Eines Tages werde sie ihn liebkosen, am Weiher, bei den blauen Schwertlilien.

Sol omnibus lucet. Die Sonne scheint für alle.

Die Millas erzählten, was sie sahen beim Ausgucken. Da stand eine Axt an einem Holzhaufen, doch niemand rührte sie an bei der Hitze. Die Astas erzählten, dass eine Gurke sich selber dem Blattwerk entwunden hatte, wo es ihr zu stickig war. Unterm Schneckenfangtopf döste eine Maus. Still ruhte die Arbeit. Es war die Mußezeit vor der Feldernte, der *holy day.* Man heiligte das Nichtstun, man frönte der Faulheit. Rosen blühten rot wie Siegellack. Der Richter lag in der Hängematte unter der Kastanie.

Die Fabrik stand im Sonnenglast. Kaum ein Scherge glaubte noch, dass die Klöpplerinnen Criminalis hatten oder gegen die Sitten verstießen, im Gegenteil, sie lebten keusch wie im Kloster. Was hatten sie eigentlich noch mal getan? Ach ja. Falka Auge.

Ihr Bildnis verblich auf dem Marktplatz. Gregor Siemssen hielt jeden Tag kurz davor inne, um sich zu vergewissern, dass die Bedrohung noch da war. Beim Anblick des rosa Tupfs dachte er ans Hohelied: *Wer ist sie, die hervorbricht wie die Morgenröte, gewaltig wie ein Heer?*

Im Schweiße seines Angesichts predigte er von der Kanzel: »Die Klöpplerinnen wollen nicht dienen! Sie wollen herrschen! Das sind keine Schwäne! Das sind Sirenen!« Doch die Gemeinde ließ sich nicht in Feuer sprechen, sie suchte Kühle in der Kirche.

»Lasst euch nicht trügen vom schönen Gaukelspiel des Teufels! Wir müssen die Pforte der Hölle stürmen!«

Aber keiner mochte sich dazu aufraffen. Letztendlich war das Willem Tondernsens Fabrik, und wenn der nichts tat, tat sich eben nichts.

Als der Sirius am Himmel stand, starb in der Hitze der Hundstage der König.

Alle Begräbnisfeierlichkeiten waren nach ewigem Zeremoniell getaktet. Nichts konnte den Prozessionsverlauf aus der Ruhe bringen. Dachte man. Doch der König verschied in einer Augustnacht, die als die heißeste in die Geschichte der dänischen Wetterchronik einging. Von Sonnenaufgang bis Sonnenuntergang sollte der königliche Leichnam in einem Sarkophag aufgebahrt liegen. Doch sogleich nach der feierlichen Einkleidung des Königs in ein Totenhemd aus Tondernspitze kamen die Fliegen. Die Leibgardisten, die in regloser Starre dastehen sollten, mussten Fliegen verscheuchen. Bald wurde die Bruthitze so enorm, dass der Leichnam seine königliche Würde aufgab. Man musste ihn schnellstens aus der Welt schaffen, aber davor war noch der pompöse Trauerzug.

Die Kutsche mit dem Sarg wurde von acht Rössern gezogen, die beim Traben fast einnickten. Die Königliche Kavallerie ritt in Wolken von Schmeißfliegen. Das Volk am Straßenrand litt, aber es ließ sich nicht nehmen, seinem König im Hitzeglast der Hundstage das letzte Geleit zu geben.

Zwölf Uhr mittags. Willem Tondernsen stand im Schatten eines Lindenbaums. So war es nun zu Ende, sein und des Königs Zeitalter.

Der Lindenbaum beschirmte ihn mit seinem Blätterdach. Willem lief der Schweiß herab. Der König wurde zu Grabe getragen, Willem trug sein Lebenswerk auch zu Grabe. Er war fertig mit allem, so wie der König fertig war mit allem. Die Zeit gewährt alles, die Zeit verzehrt alles.

Er sah die schwarze Kutsche kommen, gezogen von Schlachtrössern. Ein Abgrund von Verzweiflung tat sich in ihm auf. Über ihm zwitscherte eine Amsel im Baum. Der ganze Baum war auf einmal Gesang. Willem hörte, wie der Baum jubilierte: *Greensleaves was all my Joy!*

Mit dem Abenddunkel kamen Glühwürmer angeflogen, sie schwebten über den Gritts, die im Hof nach ihnen haschten. Die Millas standen an den Fenstern des Lichtsaals und beobachteten ein Wetterleuchten im Osten. Unheimlich waren die Bäume, wenn kein Blatt sich regte vor dem Sturm. *Da!* Ein Blitzstrahl flammte. Sie lauschten dem Donner. *Ooohhh!* Nun dauerte es nicht mehr lang, und der heiße Gewitterwind wiegte die Malven. Als sich der Himmel mit Rauschen füllte, entblößten sich die Mädchen und liefen in den Hof. Mit hellem Blinken wurde alles nass. Sie wuschen sich im Regenschauer, auf den sie sehnlichst gewartet hatten und der sich endlich in rauschenden Kaskaden über sie ergoss. Die ganze Natur empfing ihn mit Blütenkelchen und sog ihn aus der quellnassen Erde in die Wurzeln, und das Wasser stieg bis in die Spitzen der Bäume, und die Mädchen standen trunken im Wasserfall und hüllten Wasser als Gewand um ihre Glieder.

Das Gewitter zog ab. Alle waren mit Himmelswasser begossen und nackt, wie Mutter Göttin sie schuf. Ihre Haare rankten sich triefnass um ihre Leiber wie Kletterwinden. Da rankte sich Milla auch um Gulla, und Ragga rankte sich um Norla, und Lucie rankte sich um Asta. Milla und Gulla küssten sich, Norla wälzte sich in einem Liebeskampf mit Ragga, Lucie verschmolz mit Asta zu dem Tier mit den zwei Rücken. In den feuchtheißen Pfützen schmiegte sich ein Mädchen ans andere. Die rauschende Flut hatte sich verzogen, sie sahen zum Mond auf und dann in das nächste Angesicht, das ihnen entgegenschmolz. Lippen liebkosten Lippen, Münder füllten sich mit Zungen, Hände füllten sich mit Brüsten, alle Leiber umschlangen sich. Der Schweiß machte sie glitschig, und sie begannen sich wie Würmer zu winden, immer inniger wollten sie ineinander hinein, jedes Geschöpf hatte den Drang, in tiefe, feuchte Schlupfwinkel zu gleiten, die die anderen Geschöpfe ihm darboten. Schamlippen taten sich wie Blütenkelche auf, Hände drangen hinein und wurden von lebenden Wänden wolllüstig umfangen. Alles wühlte in der nackten Leibermasse. Ihre

Wonnenknospen waren Glühwürmchen, und das Soma perlte in allen Schößen. Falka schlängte sich durch das Gewimmel, in dem sich Mäuler dehnten und Zungen wanden. Küssend wühlte sie sich in die Masse hinein, tiefer und tiefer grub sie sich ein, bis sie eine Schlickhöhle fand. Hier genoss sie alle Wonnen des Wurms. Nie war sie so tief geliebt worden wie von ihren Gleichen. In dieser Nacht trieben es die Mädchen miteinander bis zur Umwälzung des Meeresbodens. Nur der Mond sah das Geschehen.

42
DER ALTWEIBERSOMMER

Mit einem Mal war die Muße vorbei. Der Lärm vom Korndrusch war bis in die Fabrik hinein zu hören.

Auch Falka brachte jetzt ihre Ernte ein. Die Raggas kamen zurück. Weil sie nicht in die Fabrik hineinkonnten, mussten sie woanders unterkommen. Die Altweiber nahmen die Raggas als Mägde bei sich auf.

Die Raggas hatten die Kunde vom Mädchenreich weithin verbreitet. Überall klöppelte und konspirierte das Weibsvolk.

Wenn in Tondern etwas Neues geschah, traf sich eine Schar Lucies an einer Wegkreuzung. Dann strebten sie sternförmig auseinander. Nach einer Stunde war die Botschaft in sechs Dörfern, nach zwei Stunden in sechsunddreißig. Am Abend hatte sie den Radius von Ribe erreicht, nach drei Tagen war sie in Skagen. Jede Stadt und jedes Dorf stellten eine Kampftruppe bereit. Norlas im ganzen Land warteten nur auf den Ruf. Falka hatte ein Heer.

In der Festung streckten die Mädchen ihre Fühler immer nur einen Tag weit in die Zukunft hinein. Wann wohl der Krieg kam? Mochte er kommen mit dem Gesang von Nachtigallen oder mit dem Schrei einer Krähe im Morgengrauen, sie wachten zu jeder Stunde.

Die Altweiber ließen Wäsche machen. Am Wäschewalkblock schlugen ihre Mägde die nassen Tücher trocken. Sie wuchteten ein triefendes Ungetüm nach dem anderen aus dem Trog. Mit bloßen Armen, in denen kräftige Muskeln lebten, stemmten sie das schwere Tuch hoch. Sie verharrten so, damit das erfrischende Wasser an ihnen herabtroff. Wer die Reglosen sah, der konnte auf den Gedanken kommen, dass das Karyatiden waren, die ein Gewölbe trugen. Doch die steinerne Ruhe verging jäh. Es kam zu einem Wutausbruch. Sie schlugen das Tuch nieder, und ein Sprühregen toste. Die Mägde prügelten wie wilde Furien auf den Walkblock ein, bis das letzte Wasser aus dem Tuch geschleudert war.

War das Wäschewalken getan, breiteten die Mägde die Tücher auf der Bleichwiese aus, wo sie liegen blieben bis zum Sonnenuntergang. Dann würden sie wiederkommen und sie holen. Erst einmal gingen sie heim. Sie schlenderten im Trupp die Wiese hinunter auf das Gefängnis zu. An der Gefängnismauer teilte sich der Trupp, die einen Mägde gingen nach rechts, die anderen nach links, jede zum Haus ihrer Herrin. Der Trupp wurde immer kleiner, bis nur noch drei Mägde zusammen gingen. In breiter Front nahmen sie eine schmale Gasse ein. Der Mann, der ihnen entgegenkam, war mit Mehl bestäubt. Argwöhnisch sah er zu den Mägden, die auf ihn zu marodierten. Er wollte ihnen ausweichen, da bekam er einen Stoß in die Seite, dass er umkippte. Als er am Boden lag, griffen sie ihn an. Sie wälzten ihn mit Fußtritten vor sich her. Er igelte sich ein. Sie sprangen auf ihn drauf, federten von ihm ab und liefen davon.

Till lag im Schmutz der leeren Gasse. Als er sich aufrichtete, zuckte ein Schmerz in seiner Seite. Er riss sein Hemd hoch, er glaubte –

Es war nur eine Prellung. Die Furien hatten ihn nicht abgestochen.

Die Hundstage dauerten an. Der August brütete zum Ende noch einmal mächtige Hitze aus.

Der König war zu beneiden in seiner Gruft. Welch eine Kühle. Bis zum September sollte im Königreich Trauer herrschen.

In Tondern, der südlichsten Stadt im Königreich, glühte seit jeher der Altweibersommer am frühesten. Man glaubte, das Rot des Abends zu sehen, aber es war das Rot des Ahorns, zinnoberrot flammte es auf. Bald war der Feuerschein des Altweibersommers überall in der Natur. Bei sanftem Licht und rauchigen Nebeln wurden die Bäume langsam eichhörnchenfarben. In den milden Abendwinden wiegten sich die letzten Rosen. Über den Weihern gaukelten die letzten Falter. Die Libellen gaben ihr Leben auf.

Die Menschen liebten den Altweibersommer mehr als den blühenden Frühling und mehr als den üppigen Sommer. Wenn man sie fragen würde, warum, dann könnten sie nur sagen, weil er so malerisch anzuschauen war. Nach dieser Anschauung war ein Jahr nicht ein Zyklus, sondern ein Zeitgemälde, das sich allmählich vollendete und sein prunkvollstes Schlussbild im September hatte. Dies war die Zeit der Erfüllung. Jetzt ließ sich der süße Wein des Lebens genießen. In diesen Tagen war die Natur den Menschen das Liebste. Sie betörte die Seele mit glühenden Himmeln. Sie bereitete der Schaulust einen goldenen Gobelin. Die Altweibersommertage waren die heilige Hochzeit von Mensch und Natur. Unter dem Segen solcher Sanftmut gingen die letzten warmen Tage dahin. Man war so wohlgesinnt. Man war so wehmütig. Nur im September lebten die Menschen wie königliche Figuren in einem prachtvollen Stundenbuch. In diesen gloriosen Altweibersommertagen wurde Frederik IV. zum König von Dänemark und Norwegen gekrönt.

Willem Tondernsen kam in ein Haus zurück, in dem er keine Mätresse und keine Matrona mehr hatte. Er brauchte eine neue Matrona. Dazu wandte er sich an ein Altweib, das ihm zehn Mägde zur Begutachtung ins Haus schicken wollte. Schon die zweite gefiel ihm. Sie hatte ein Gesicht wie aus Fels gehauen, sie war kräftig und schien klug zu sein. Vor allem behagte ihm ihre Stimme, die einen rauchigen Wohlklang hatte, bei dem er an Virginiatabak dachte. Diese Frauensperson vereinte das Ehrwürdige einer Matrona mit der Fronwilligkeit einer Magd.

»Wie ist dein Name?«, fragte er sie.

»Ragga, gnädiger Herr.«

Willem Tondernsen stellte Ragga ein.

Eines Abends ging er unter dem roten Ahorn zum Markt. Er wollte Falka sehen.

Ihr Bildnis war von den Güssen wellig und von der Hitze rissig, es war grau von Schmutz, bleich von der Sonne, alt von den Wettern, aber es hatte sich gegen alle Elemente, die es angriffen, behauptet. Willem stand vor Falka, die am Zuchtmann hing, wie einst an ihm. Hier sah er, dass dieses Bildnis, ebenso wie das Mädchen, nie für ihn bestimmt und nie an ihn gebunden gewesen war, es war ganz und gar frei. Falka war die Frau der schwarzen Spitzen. Das Bildnis zeigte sie im Brautgefieder auf ihrer Hochzeit mit ihrem Schicksal, das sie mehr liebte als je einen Mann. Sie würde niemals zu ihm wiederkehren, aber es gab einen Trost. Sein Göttervogelwunderkindtier war vogelfrei. Und wenn sie eine Räuberin war, und wenn sie eine Mörderin war, er wollte, dass sie ihrer wilden Natur treu war, wie ein freier Falke.

Es geschah in der Nacht, als die Sichel des Nussmondes am Himmel erschien. Ein Donnern durchschlug die Nachtruhe.

Wer am Marktplatz wohnte, lag schreckstarr im Bett und äugte ins Finstere. Man lauschte, ob die Schweden kamen. Als man die ersten Stimmen von draußen hörte, hüllte man sich in einen Umhang und trat in die kalte Nacht hinaus. Dort stand man mit Nachtmützen um einen gefällten Koloss herum.

Der Zuchtmann lag zertrümmert am Fuße des Sockels. Das Donnern war sein erschütterndes Ende.

Der Morgen kam zutage mit Geisterschwaden. Der Zuchtmann lag in Trümmern. Raureif bedeckte ihn.

Mittags kam der Rat zusammen, um den Umsturz zu besprechen. Der Zuchtmann war gestürzt, und das Bildnis war fort. Das konnte kein Einzelner getan haben.

Der Pastor sprach wieder von den Teufelskräften, die das Weibsvolk hatte. Er beschwor sie mit Gottes Worten aus dem Wettersturm zur Vergeltung: »*Schautest du die Tore der Finsternis? Sahst du die Kammern des Hagels, den ich aufgespart habe für den Tag des Kampfes und des Krieges?*«

Auf den Umsturz des Zuchtmannes musste reagiert werden. Das Weibsvolk bedrohte den Stadtfrieden. Man wollte sich die Vergeltung nicht länger aufsparen.

Als der Pastor endlich Glauben bekam, dass das Weibsvolk eine Bedrohung war, da mahnte er: »Der Feind ist nicht der Sturm. Der Feind ist das Auge.«

Am Abend erhielt Willem das Schreiben mit dem Ratssiegel. Es überlief ihn kalt. Falka musste sterben. Da musste er an ein Sinnbild aus dem *Mundus Symbolicus* denken.

Ein Falke fliegt davon, ein langes Band flattert ihm nach, darauf steht geschrieben: *Schädliche Freiheit.* Denn der Falke ist in Lebensgefahr. Wenn das Band sich um einen Ast wickelt, hängt er sich zu Tode.

Nie hatte Willem sich so hilflos gefühlt. Er hing mit schädlicher Liebe an Falka. Trotz allem, was sie angerichtet hatte, war sie seine Liebe nicht losgeworden, das lange flatternde Band, das sie umbringen würde.

Er konnte nicht länger allein sein. Da holte er die Matrona herbei. Die alte Matrona konnte aus Eingeweiden die Zukunft lesen. Vielleicht konnte die neue aus seinem Herzen klug werden.

Die felsgesichtige Frau trat in den Salon ein.

»Setz dich hin und höre, was ich bedenke. Und gib mir Rat.«

Sie nahm Platz.

»Falka Auges Genius ist groß. Ich kann ihren Tod nicht gutheißen. Ich kann aber auch ihr Leben nicht gutheißen. Hat Gott sie begnadet oder der Teufel? Was ist deine Meinung dazu?«

»Tagundnachtgleiche«, kam von der Rauchstimme aus dem Schatten bei der Tür.

»Aha. Ich stimme zu. Nur befreit mich das nicht von meinem Wunsch, mich an ihr zu rächen und sie zu retten.«

»Von einem Wunsch ist man befreit, wenn er sich erfüllt.«

»Und von einem Wunsch mit zwei Köpfen?«

»Wenn der eine Wunsch stirbt, kann der andere nicht mehr leben.«

Jede ihrer Antworten war weise, doch keine war das Zünglein an der Waage.

»Sie ist mehr als ein Weib, das mir untreu wurde«, sagte Willem. »Sie ist meinesgleichen. Falka Auge ist die Tochter, die ich nie hatte. Nur sie trägt das goldene Kleid. Zeit gewährt alles. Zeit verzehrt alles. Sie ist hochgestiegen. Jetzt fällt sie. Ich will sie fangen. Sie will frei sein. Sie soll sterben. Ich will, dass sie lebt. Was sagst du dazu?«

»Man sagt, sie liebt ihr Schicksal«, sagte Ragga, »wie es auch fällt.«

Am Morgen des ersten Oktober zogen fünfzig Schergen mit Säbeln und Brecheisen in enger Keilformation zur Fabrik. Der Keilzug kam aus der Gasse auf den Fuhrplatz. Dort breitete er sich mächtig aus. Eine Front Männer stand vor der Festung. Auch wenn ihnen nach Sturmgeschrei war, wollten sie die Schönen nicht anbrüllen, sondern anbeten, damit sie willig die Pforten aufmachten. Die Schergen schauten auf die Fabrik. Sah man sie auch? Oder schliefen die Schönen? Sollte man mit Säbeln rasseln, um sie zu wecken? Plötzlich öffneten sich die Fenster. Die Kammern des Hagels taten sich auf.

Der Pfeilhagel machte dreiunddreißig Mann zunichte.

In gepresster Stille vernahm der Rat diese Niederlage. Die Schergen hatten sich in langer Linie gezeigt, als ginge es um ein Ehrenmanöver. Niemand konnte diese Torheit fassen. Das Ergebnis war ein Massaker. Und die schlimmste Frage stand noch unbeantwortet im Raum: Wieso waren die Klöpplerinnen bewaffnet?

Im Altweibersommer war jede Stunde eine goldene. Bernsteinfarbenes Sonnenlicht fiel durch das Blattwerk der Bäume. Lily sah Gregor in den Hof kommen. Sie schlug sich ein wärmendes Tuch um und trat hinaus. Sofort blieb er stehen. Mutig schritt sie auf ihn zu. Das milde, güldene Honiglicht schien ihr beizustehen. Die ganze Natur schwelgte in Güte.

»Die Klöpplerinnen haben Waffen«, sagte er ohne Umschweife. »Woher kommt das Arsenal?«

»Vom Recht, sich zu verteidigen.«

»Die Klöpplerinnen haben kein Recht.«

»Die Fabrik ist ihr Haus. Die Schergen wollten es angreifen.«

»Die Fabrik gehört Willem Tondernsen.«

»Falka hat die Vollmacht für die Fabrik.«

»Sie haben die Männer in einen Hinterhalt gelockt«, sagte Gregor.

»Das war kein Hinterhalt. Das war Notwehr.«

»Heimtücke war das!«

»David gegen Goliath war's, Pastor Siemssen.«

Ihre Blicke kreuzten sich wie funkensprühende Klingen.

»Wie sind die Waffen in die Fabrik gekommen?«, fragte er.

»Unter meinem Rock.«

Rot schwoll ihm der Kopf. »Durch deine Torheit sind sie jetzt unsere Feinde. Nur Falka sollte sterben. Jetzt sterben alle.«

Er ließ sie stehen und ging davon.

Lily sah ihm nach, bis sie fror. Dann lief sie mit der Kunde zu den Altweibern, dass ein Massaker an den Klöpplerinnen bevorstand.

Abends kamen die Ratsherren zusammen. Sie waren ein Kriegsrat. Sie sprachen nicht mehr von Klöpplerinnen. Das waren Furien. Bei Furien kannte man kein Erbarmen, es galt das Ziel ihrer Vernichtung.

Im Hof der Fabrik feierten die Klöpplerinnen ihren Sieg bei einem nächtlichen Festgelage. Ein Widderkopf war auf ein Schwert gespießt, das jede mal tragen durfte. In wilden Siegestänzen wurde der Gehörnte umkreist, wie ein Sturm sich um ein Auge drehte, und das Kreisen nahm auch nach Stunden noch kein Ende. Die Millas trugen Kränze aus Kletterwinden auf ihren Häuptern. Sie als Einzige tanzten in weißen Spitzen, alle anderen Mädchen tanzten in schwarzen Spitzen und trieben wie mächtige Sturmwolken umher, in denen weiße Blitze zuckten.

Der Fuhrplatz dagegen war ein Trog von hohler Totenstille.

Falka stand am Fenster des Lichtsaals. Einst hatte sie genau hier gestanden und wie jetzt hinabgesehen. Der Abendhimmel war feuerrot gewesen, der Platz war weiß von Lilien, und auf dem Platz lagen zerschmettert die Todmädchen. Jetzt hallten ihre Namen als Freudenrufe vom Hof zu Falka hinauf. *Ragga!!! Gulla!!! Gritt!!! Asta!!! Lucie!!! Norla!!! Milla!!!* Sie, die sich einst hier hinabstürzten, waren zu Heiligen emporgestiegen. Diese Nacht trug ein goldenes Kleid.

In dieser Nacht rollten Karren auf den Fuhrplatz.

Finstere Gestalten brachten sie in Stellung, luden Säcke ab und wuchteten die Karren mit vereinten Kräften um. Die Achsen ragten hoch wie ein Eisenzaun, der mit Brettern verbunden war und die Fabrik und den Fuhrplatz einhegte. Die Lücken zwischen den Karren wurden mit Säcken zugestopft, Schießscharten wurden geformt. Es dauerte eine Stunde, bis die Barrikade stand.

Der unvermeidliche Lärm holte die Bürger aus dem Bett. Schlafmützig kamen sie heraus und glotzten die Barrikade an. Pastor Siemssen wurde aus dem Schlaf geholt. Kurz vor Morgenanbruch kam er an die Barrikade. Viel Volk hatte sich davor versammelt und wartete auf ein Ereignis. Geisterhafte Nebelschwaden breiteten sich aus.

Die Furien wählten das Morgengrauen für ihr Erscheinen.

Von der Barrikade erhob sich eine Phalanx von Tollschönen. Am einzigen Durchschlupf traten zwei Tollschöne heraus und bewachten ihn mit Schwertern. Im knochenbleichen Morgengrauen blähten sich ihre schwarzen Schleier, als wären Schwäne durch die Luft geflogen und jäh gelandet. Wesen nicht von dieser Welt. Sie kamen aus dem Nichtmöglichen, dem Niedagewesenen. Die schwarzen Schwäne.

Ein Wispern der Furcht ging durchs Volk. Man stand vor einer Grenze zum Ungeheuerlichen und konnte nicht fassen, wie sie entstanden war, wie die Tollschönen sich in Wesen verwandeln konnten, die den Sirenen, Drachen, Greifen, Harpyien, Sylphiden, Himmelsengeln und Höllenengeln gleich waren, und alle diese geflügelten Dämonen waren vereint in der Furcht vorm schwarzen Schwan.

Siemssen ließ sich nicht schrecken, er kam auf die Tollschönen zugeschritten und herrschte sie an: »Was soll dieser Misthaufen mitten in der Nacht!«

Ein Schwert fauchte über ihn hinweg. Er flüchtete mit eingezogenem Kopf zurück in die Menge. Panisch tastete er seinen Schädel ab und guckte seine Hand an, ob Blut dran war. Kein Blut. Aber das Blut in den Adern gefror ihm wie noch nie. Er war längst in der Menge sicher, stand aber immer noch unter dem Fauchen der Klinge. Heimlich spähte er, ob man über ihn lachte. Da sah er den Mühlenknecht neben sich stehen. Der Mühlenknecht stand dem Gottesknecht zur Seite.

Mit Wucht bahnte sich ein Weibstrupp eine Schneise durch die Menge, zusammen waren es wohl dreißig Altweiber. Sie marschierten wie ein Rammbock auf die Barrikade zu. Ihre Gesichter waren grimmig. Ein Aufatmen ging durchs Volk. Die werden die Tollschönen versohlen.

Die Wächterinnen traten zur Seite und ließen die Altweiber

hindurch. Zur Verblüffung aller stiegen die Altweiber auf die Barrikade und stellten sich zu den Tollschönen. Von dort schauten sie gebieterisch auf das Volk.

Das Volk war still. Die Altweiber waren Wohltäterinnen, die Stiftungen unterhielten. Jetzt hielten sie zu den Tollschönen? Mit den Altweibern hatten die Klöpplerinnen einen mächtigen Beistand bekommen, der ihre Beseitigung schwierig machte. Die Klöpplerinnen waren wie hergelaufene Hunde nach Tondern gekommen, und wie Hunde konnte man sie notfalls totschlagen für ihre Meuterei. Aber die Altweiber konnte man nicht totschlagen. Das waren Ehrenbürgerinnen.

Das Volk begann sich zu zerstreuen. Der Tag forderte seine Pflicht.

Wie schwarze Ameisen schleppten die Tollschönen Holzstämme in den Bau. Sie gingen ganz selbstverständlich am Grenztor ein und aus, sie brachten Vorräte hinein, sogar lebendes Viehzeug, und niemand hinderte sie. Der Rat ließ sie gewähren, weil etliche Eheweiber von Ratsherren nun auf den Barrikaden standen. Es wurden Tatsachen geschaffen, die keiner verstand. Das Mannsvolk stand vor dem Geschehen und gaffte nur. Die Obrigkeit gab keinen Befehl zum Eingreifen. Hinter der Barrikade wurden emsig Palisaden gezimmert. Am Abend umgab ein Verteidigungswall die Festung.

Als der nächste Tag erwachte, stand eine feste Burg. Ein Teil des Weibsvolkes verschanzte sich darin, ein anderer Teil spazierte hinein und hinaus und besorgte seine Geschäfte wie eh und je. Das waren hauptsächlich die Altweiber und ihre Mägde, aber es schien, als wandelten auch zusehends mehr Tollschöne durch die Straßen, dass man sich fragte, woher die alle kamen?

Es war eine menschliche Schwäche, das Unvorstellbare für das Unmögliche zu halten. Vielleicht verblendete auch die Herrlichkeit des Altweibersommers die Männer dafür, dass mitten in Tondern eine ihnen feindliche Festung stand.

Den Namen Tondernsen trug die Fabrik nicht mehr, und bald nannte man sie auch nicht mehr Fabrik. Im Volk setzte sich ein neuer Name durch. *Das Haus der schwarzen Schwäne.*

Die ganze Natur war jetzt golden. Es gab wundervolle Mondabende.

In einem Mädchenreich sollten die Monde nach Mädchen heißen. Jeder Mond bekam einen Mädchennamen.

Januarmond soll *Raggamond* heißen, weil Ragga unsere allererste Kriegerin war.

Februarmond soll *Falkamond* heißen, weil Falka die Führerin unseres Mädchenreiches ist.

Märzmond wird *Omniamond*, weil das Mädchenreich über alles siegt.

Aprilmond wird *Astamond*, weil der April ein wildes Kind ist, das eine Mutter braucht.

Maimond ist *Luciemond*, weil der Mai frohsinnig und freundlich ist.

Junimond ist *Lilymond*, weil dann die Lilien blühen.

Julimond ist *Grittmond*, weil unser Sonnenkind nah bei Lily sein soll.

Augustmond ist *Rosalindmond*, weil sie im August das schwedische Heer in Pommern mit Pilzen vergiftete.

Septembermond ist *Millamond*, weil der September am schönsten ist.

Oktobermond ist *Gullamond*, weil sie ein achtarmiges Arbeitsmonster ist.

Novembermond ist *Norlamond*, weil sie düster und verwegen ist.

Dezembermond ist *Greensleavesmond*, weil sie sich einen König untertan und zunutze machte.

Zwölf Monde hatten jetzt Mädchennamen, nur für den dreizehnten Mond war noch keiner gefunden.

Neumond Gulla ging auf.

Die Natur trug einen goldenen Heiligenschein. Kein Gott konnte die Menschenseelen so berühren wie Mutter Natur mit ihren gloriosen Gemälden, ihrem Wechsel der Jahreszeiten und ihrem Wandel der Gestirne. Dies waren die Tage für den großen Dank an das Leben. Ein Letztes war jetzt in allen Dingen. Ein Ende mit Schwelgen.

Der goldene Tag ging zur Neige. Bald wird auf dem kahlen Baum die Krähe sich niederlassen zur Nacht.

43
DIE FESTUNG

In der rauchblauen Abenddämmerung machte sich Gregor zu einem Spaziergang auf. Es konnte der letzte schöne Spätsommerabend sein. Wenn er doch zu Lily hingehen könnte, aber die verhasste Falka Auge hatte zwischen ihn und Lily eine Barrikade gestellt. Lily und er waren Feinde, auch wenn sie sich nie verfeindet hatten. Mitten in der Stadt war jetzt eine Grenze, und dahinter war ein feindliches Reich. Er wollte aus der Stadt hinaus ins Freie, sich auf eine Bank setzen und den Trost der Nacht suchen.

Da kam eine Tollschöne um die Ecke auf die Gasse. Das Wesen wandelte vor ihm her wie eine schwarze Rauchsäule. Er verlangsamte seinen Gang und beobachtete ihren. Sie tändelte dahin. Der Schleier umschmiegte sie wie ein Geliebter. Er war aus ärmlichem Nesselgarn, aber er warf ein edles Glänzen über sie.

Überall schoren sich Mädchen jetzt kahl, um Haare für einen Schleier zu haben. Gregor schor sich zwar auch kahl, aber das war etwas ganz anderes. Er schor sich kahl für seine Pastorenwürde. Die Mädchen schoren sich kahl aus Wahnsinn. Sie wollten nicht mehr für Männer schön sein, sie wollten Tollschöne sein. Auch bei dem Mädchen vor ihm glänzte Menschenhaar im Schleier.

Sie ging in Richtung der Festung, und sie war jung, das schloss er aus ihrer Tändelei mit dem Schleier, viel zu jung, um Witwe sein zu können. Schon lange hatte er den Verdacht, dass diese jungen Frauen Trauerschleier trugen, ohne je einen Mann gehabt zu haben. Das war bislang unvorstellbar, und es bot keinen Trost, dass dann kein Mann mehr für den Schleier sterben musste, im Gegenteil, ihn befiel nun eine nie dagewesene Furcht vor diesen Unwesen. Als Tollschöne waren sie nur eine beunruhigende Abweichung von dem gewesen, wie eine Frau zu sein hatte. Aber als schwarze Schwäne verkörperten sie das Undenkbare, das er dennoch denken musste. Sie waren eine Invasion und würden bald die Männer vernichten.

Die Frau, die Gregor so zu denken gab, war ein Dorfmädchen und ein Aschenputtel. Eines Tages kam Ragga in ihr Dorf und brachte die Kunde vom Mädchenreich. Ragga brachte auch einen Schleier mit, den man den Himmlischen nannte, und einen Brief, wie er zu klöppeln war. »In Tondern«, sagte Ragga, »halten alle Mädchen zusammen. Alle Mädchen beschützen alle Mädchen, und jedes Mädchen ist sein Eigen.«

Mädchen waren schutzlos in der Welt. Das war in aller Vergangenheit so gewesen und konnte bis in alle Zukunft so bleiben, wenn nicht ein Mädchenreich auf die Welt kam. Eine Festung sollte es sein, in der das Weibsvolk in Frieden leben konnte.

»Die Klöpplerinnen von Tondern werden es zur Welt bringen«, war Raggas Versprechen. »Kommt alle her! Falka braucht noch viel mehr Mädchen für ihr Reich.«

Was hielt sie hier in ihrem Dorf? Eine Freundin hatte sie gehabt, aber die war gestorben. Das Mädchen beschloss, in die gelobte Stadt zu gehen. Sie schor sich das Haar und klöppelte einen Schleier, um ihn für ihre Freundin zu tragen. Dann verließ sie die Heimat. Weder Wölfe noch Räuber hielten sie von ihrem Weg ab. Endlich kam sie in Tondern an. Sie nahm den Schleier aus dem Bündel und umnachtete sich damit, um wie eine Tollschöne zu Falka Auge zu kommen. Dann gauchte sie im Abendblau durch die Gassen und war so verliebt in ihren Schleier, dass sie meinte zu schweben. Der Schleier und ihre tote Freundin hatten ihr den Mut gegeben, nach Tondern zu gehen, und hier war sie nun und schwebte wie ein schwarzer Schwan.

Sie war den ganzen Weg alleine gegangen und hatte dabei einsam abgerechnet mit der Welt, die schlecht war zu Mädchen.

Es verließen immer mehr Mädchen ihre Heimat. Sie verließen hier ein Dorf und dort ein Dorf und schlugen sich durch nach Tondern. Sie trauerten schon lange um sich selbst. Als Ragga kam, brachte sie nicht nur einen Trauerschleier mit, sondern ein Versprechen auf eine bessere Welt. Ragga führte ihnen vor Augen, dass das Mädchenreich die beste aller Welten war.

Jedes Mädchen hatte ein Todmädchen an seiner Seite, das wie ein Geist mit nach Tondern ging, ja sogar der Grund war, warum ein Mädchen es nicht mehr in seinem Dorf aushalten konnte.

Ich kann nicht mehr aushalten, was Männer uns tun.

Es hatte ein Mädchen gelebt, das an einem Fluss heimging. Ein Mann griff sie an, schändete und ertränkte sie, raubte ihr das Leben. Sie hatte eine Freundin gehabt, die nun ohne sie war, aber sich wie eine Gleiche fühlte und fortan Todesängste ausstand, wenn ein Mann hinter ihr ging.

Ich will nicht mehr ertragen, dass die Welt so ist.

Es hatten zwei Mädchen gelebt, sie waren Schwestern. Wenn eine von ihnen nachts hinausmusste, gingen sie immer zu zweit, um einander zu beschützen. Es kam die Nacht, als ein Rudel Männer sie angriff. Sie verschleppten die Mädchen und schändeten sie, danach hängten sie sie auf. Zwei Todmädchen hingen an einem Baum im Dorf Sonderborg. Sie hatten Freundinnen gehabt, die sie so sahen.

Ich hab eine Todeswut auf die Welt!

Ein Mädchen wollte einem Jungen sagen, dass er nicht der Richtige für sie war. Sie brachte es ihm behutsam bei und riet ihm, eine andere zu finden. Da stach er mit einem Messer auf sie ein und machte sie zu einem Todmädchen. Sie hatte eine Freundin gehabt, der sie alles sagte und die sich nun fragte, wie sie nein sagen sollte, damit ihr nicht das Gleiche geschah.

Sie war gut, und er machte sie tot. So ist die Welt, und ich hasse sie!

Eine junge Familie kam in eine Herberge am Meer. Die Eltern legten ihr kleines Töchterchen schlafen und nahmen noch eine Abendvesper in der Schänke zu sich. Als sie zurück in die Kammer kamen, war das Kind fort. Das ganze Volk machte sich tagelang auf die Suche, aber das Mädchen wurde nie gefunden.

Es wird wohl ein Todmädchen sein. Wir sind schutzlos in der Welt.

Einem Mädchen konnte ganz leicht das Schicksal widerfahren, dass es spurlos vom Erdboden verschwand. In der Gegend um Roskilde verschwanden im Laufe der Jahre immer wieder Mädchen. Eines Tages wurde ein Räuber in den Kerker geworfen. Als die Schergen sein Haus nach Diebesgut durchsuchten, entdeckten sie dort ein Verlies. Aus dem Verlies befreiten sie zwei halbverhungerte Mädchen. Im Acker fand man die Knochen von noch mehr Todmädchen, die im Verlies starben.

Die Welt ist grausam zu uns.

Jedes Mädchen grämte sich um ein Todmädchen, das auch sie hätte sein können. Sie waren eine Tagundnachtgleiche. In jedem Dorf, in jeder Stadt und auf jeder Insel gab es solche Tagundnachtgleichen aus einem Mädchen und einem Todmädchen. Wenn es still um die Todmädchen wurde und das Dorf sie vergessen hatte, blieben nur die Mädchen ihnen treu. Sie behüteten ihre Todmädchen und behielten sie als Schutzengel. Doch das half nichts dagegen, dass Mädchen schutzlos waren, weil kein Gesetz ihnen zu Hilfe kam, kein Auge um Auge. Bis die Raggas kamen, in jedes Dorf, in jede Stadt und auf jede Insel.

Das Dorfmädchen war in der Stadt von Falka Auge angekommen.

Die Mädchen standen in langer Schlange vor den Torhüterinnen. Alle wollten in die Festung hinein und Falka Auge sehen. Der Ansturm hatte etwas Andächtiges. Herdenweise wurden sie hereingelassen und Asta zugeführt. Mütterlich von ihr geleitet, traten die Mädchen in die Halle ein und sammelten sich vor Falkas

Bild. Es hatte einen neuen Rahmen bekommen, aber es war durch alle Wetter gegangen. Die Leinwand war wellig und brüchig und die Farbe an manchen Stellen abgeblättert. Dadurch erhielt das Bild den Anschein, aus uralten Zeiten zu kommen und nicht von dieser Welt zu sein. Sie sahen ein Fabelwesen aus einer jungen Frau und einem schwarzen Schwan. Das war ihre Erlöserin.

Leise und schlicht trat eine junge Frau an die Seite des Bildes. Sie stand da im grauen Kleid der Klöpplerinnen. Braunes Haar fiel lang an ihr herab. Ihr blasses Antlitz war wie eine makellose Perle.

»Bist du Falka Auge?«, fragte ein Mädchen scheu.

»Ja«, sagte Falka und knickste vor dem Mädchen.

Jede Stunde brachte neue Mädchen in die Halle hinein, jeder Tag schwemmte eine Flut von Furchtlosen nach Tondern. Sie kamen zu Falka, um zu klagen, und sie klagten die Welt an, in der Männer töteten und Mädchen starben.

Falka konnte nicht alle ihre Schicksale einzeln ergründen, nur für wenige reichte die Zeit. Aber wenn sie in großer Zahl vor dem Bild versammelt waren, brachte Falka immer Raggas Saat aus.

»Die Toten sind tot? Glaubt das nicht. Glaubt das nie. Die Toten sind unsere Nachtmahre. Wir sind ihre Nachtkammern. Sie hausen in uns, damit wir sie rächen.«

Was Falka ihnen sagte, hatten sie lang schon gewollt: Rache!

»Ihr tragt meine Trauerschleier für eure Todmädchen. Aber das ist nicht genug. Ich verlange mehr von euch. Ihr müsst sie tragen für unser Mädchenreich!«

»*JA!*«

»Tragt sie für eine Welt, die uns gehört!«

»*UNS!*«

»Männer sind unsere ärgsten Feinde!«

»*FEINDE!*«

»Wir sind im Krieg!«

»*KRIEG!*«

Alle namenlosen Todmädchen bekamen einen Namen. *Anonyma.* Nach ihnen wurde der dreizehnte Mond benannt. *Anonymamond.*

Der Krieg der schwarzen Schwäne kam so verhüllt, dass kein Mann ihn kommen sah. Aber viele spürten, dass er kam.

Till und Laust hielten Vesper in einem Unterstand, der ihnen Schutz bot vor dem Regen. Als sie fertig waren, wollte keiner so recht aufstehen und heimgehen, eine lähmende Trostlosigkeit erfasste sie.

»Landregen«, sagte Laust.

»Ja«, sagte Till.

»Sprühregen. Platzregen. Peitschregen. Gefrierregen. Schneeregen. Eisregen.«

Till sah Laust an.

»Fischregen«, sagte Laust bang.

Till reckte sich. »Ich geh nach Haus.«

»Wart noch.«

Till blieb sitzen.

»Ist nicht gut, wenn wir allein gehn«, sagte Laust.

»Ja.«

Sie schwiegen und sahen in den Regen. Nichts war mehr gut. Der Wurm nagte am Gebälk. Tondern ging aus den Fugen.

»Wie haben die ihre Männer getötet, was glaubst du?«, fragte Till auf einmal.

»Wenn ein Mann so richtig tief schläft, kann man ihn fesseln«, sagte Laust. »Dann wird er erstickt. Dann ist er im Schlaf gestorben.«

»Meinst du?« Till hatte einen leichten Schlaf, als könnten jederzeit die Schweden kommen.

»Oder sie tun ihm Gift ins Essen. Dann wird er krank. Dann ist er an einer Krankheit gestorben.«

Der Regen wurde immer schlimmer.

»Ich will hier kein Mädchen mehr haben«, sagte Laust. »Wo zehn von denen beisammen sind, ist eine Giftmischerin drunter. Von den andern neun würdst du doch auch nicht mehr wolln, dass eine für dich kocht.«

»Nein«, sagte Till.

»Die haben was gegen uns vor.«

Damit war es ausgesprochen: Kein Mann fühlte sich mehr sicher.

Willem Tondernsen fühlte sich schrecklich, ihn plagte ein Backenzahn. Früher ging man ins Hurenhaus. Die Kräuterhexen hatten Betäubungen aus dem Milchsaft vom Mohn. Beim Doktor musste man sich besaufen und litt trotzdem. Aber es half nichts. Er musste diesen Gang antreten.

In der letzten Zeit hatte er wie ein Eremit gelebt und sich von der Welt abgewandt. Seine einzige Gefährtin war die felsgesichtige Frau, die für sein Wohl sorgte. Die Matrona seines Hauses, in dem er hauste wie in einer Eremitage.

Er setzte den breitkrempigen Ratsherrenhut auf und trat hinaus in die Gasse. Es war frühmorgens und nieselte. Er ging unter dem Schutz der Stockwerke. Weil er mit gebeugtem Kopf ging, sah er nicht, wie ihm geschah. Der Hieb traf ihn von hinten.

Tollschöne überholten ihn, sie waren zu viert und wechselten fortwährend ihre Positionen, eine ging von links nach rechts, und zwei, die rechts gingen, wechselten hinüber nach links. Dabei mussten sie ihn angerempelt haben, denn sonst war niemand in der Gasse. In ihrem Fortschreiten klirrte Lachen, wie Sporen an Stiefeln klirrten. Sie gingen so weiter, eine hierhin, zwei dahin. Da ging Willem auf, dass sie liefen wie Klöppelfäden, kreuzen, drehen, kreuzen, drehen, kreuzen, drehen, Gräte! Das war der Hieb. Es schien ihm jetzt, als schimmerten Dolche unter den Schleiern.

Das waren die Glanzspuren der Haare, aber wusste er das genau? Wusste er, ob sie wirklich keine Dolche –

Jetzt hatte er es eilig, zum Doktor zu kommen. Als Erstes entblößte er seinen Rücken. Ob da eine Stichwunde war? Nein. Dann öffnete er den Mund. Der Doktor fand eine Eiterbeule, die zu spalten war. Während sein Patient sich betrank, ließ der Doktor sich aus über das Wesen der Geschlechter, wozu ihn die Anatomie inspiriert hatte.

»Jeder Mensch hat ein Bergwerk aus Blutadern in sich drin. Die Adern sind Stollen. Das Herz ist die Pumpe, die das Blut antreibt.« Der Doktor fand, dass der Kreislauf des Blutes das Wesen der Männer beschrieb. »Bergwerk, Pumpe, Stollen. Das sind wir.«

»Aha.«

»Das Wesen der Weiber gleicht einem Nervenbündel. Ein Nerv sieht aus wie ein Krake, der alle achte von sich streckt und mit allen anderen Kraken tuschelt. Das ist eine Verschwörung, was die treiben.«

»Wissen Sie auch, woher die Liebe kommt?«, fragte Willem.

»Vom Herzen jedenfalls nicht, das ist nur eine Pumpe. Doch es gibt ein gewisses Organ, das für die Liebe zuständig ist. Unsere Kanone.«

»Wen wundert's.«

»Die Frau ist ja von Natur aus böse. Wir gießen unseren guten Samen in ein böses Weib. Ich vergleich das mit der Eingießung des Heiligen Geistes in eine Hexe. Erst dann kann das Weib lieben, sonst nicht. Die gute Wirkung hält bis zur Monatsblutung an, dann lässt man sowieso die Finger von ihr, aber danach muss ein neuer Einguss erfolgen, sonst wird die Frau böse. Was sie ja von Natur aus ist. Also immer fröhlich drauf.«

»Fröhlich?«

»Was die Weiber so Schändung nennen, ist nach meinem Dafürhalten eine gute Maßnahme, die das böse Weib mit Liebe tränkt.«

Nun griff der Doktor zum Spaltwerkzeug. Willem verkrampfte

sich und litt. Der Doktor presste einen Fingerhut Eiter aus, aber den Zahn konnte Willem behalten.

Als er auf dem Heimweg war, kamen vier schwarze Schwäne auf ihn zu. Das Quartett kam vom Markt und schleppte Lauchstangen. Willem drückte sich an die Hauswand.

Als sie an ihm vorbeigauchten, zog die Linke eine Lauchstange aus ihrem Bündel und fegte damit seinen Hut vom Kopf.

Sein Herz galoppierte wie ein durchgehendes Pferd, es wollte ihm aus der Brust springen! Einem Mann den Hut vom Kopf zu stoßen, das war, als brachte man ihn hinterrücks um. Willem konnte nicht fassen, dass ihm dies zustieß. *Was kommt noch? Was noch!* Schickte Falka bald Meuchelmörderinnen aus?

Sein Hut lag in der Gosse. Rasch hob er ihn auf, bevor ihn jemand so sah – enthauptet. Willem stand unter einem Giebel und schaute auf seine Fabrik, die jetzt das Haus der schwarzen Schwäne war und von Tollschönen bewacht wurde, die im Nieselregen standen, im Glanzlicht der Furcht vor ihnen. Der Machtbereich der Festung reichte schon weit über die Barrikade hinaus, bis zu der Stelle, an der er stand, ein machtloser, gedemütigter Mann. Falkas Reich schwoll an wie eine Eiterbeule.

Nun, wo kein Zahnschmerz mehr in ihm grollte, spürte er den Groll auf sich selbst, weil er dies zugelassen hatte. Er zürnte sich, dass er Falka immer noch liebte, trotz ihrer Machträusche und Niedertrachten.

Wie hitzig sein Herz schlug. Er musste es vereisen, damit die Wonnenknospe, die er darin herangezüchtet hatte, erfror.

Bald nach seinem schlimmen Erlebnis lud Willem Tondernsen den Pastor und den Richter in sein Haus. Er bot Tabak an, und die Matrona brachte Wein. Dann kam er zur Sache. Es sei nicht länger zu dulden, dass aus seiner Fabrik ein Mördernest wurde. Wenn man nicht in Tondern dagegen vorging, werde er den König um Unterstützung bitten. Das sei sein Ernst.

Der Richter seufzte. Wie konnte man Weibsvolk ernst nehmen?

»Es hat dreiunddreißig Schergen getötet«, erinnerte ihn Willem.

»Die Torheit hat sie getötet«, sagte der Richter. »Sie haben sich ja wie Zielscheiben dargeboten.«

Der Pastor fragte mit scharfem Ton, warum man immer noch auf die Politik des Abwartens setzte?

»Weil Geduld weiser ist als Gewalt«, antwortete der Richter. »Weil von Spitzenklöpplerinnen, Milchmädchen und Waschweibern keine Gefahr ausgeht.«

»Das reden die Altweiber den Ratsherren ein«, sagte der Pastor. »Die sind doch längst mit den Tollschönen im Bunde.«

»Mein Weib ist mit mir im Bunde«, sagte der Richter nachdrücklich.

»War Ihr Weib auch auf der Barrikade, als man mir beinahe den Kopf abschlug?«, fragte der Pastor inquisitorisch.

»Nein, sie schlief in ihrem Kabinett. Aber sie hat die Fabrik besichtigt und sich eine Meinung gebildet.«

»Aha? Und welche?«, fragte Willem.

»Es ist nach wie vor eine Klöppelfabrik. Die Mädchen erachten sie als ihr Eigen, das ist wohl so. Aber sie tun dort nichts anderes, als was sie eh und je dort taten. Sie klöppeln Spitzen.«

»*Ich* bin der Besitzer. Es ist *meine* Fabrik. Ich will mein Eigentum zurück.«

»Tja«, machte der Richter. »Ich will nicht Schleswig zurück.«

»Was ist das für ein Vergleich?«, fragte Willem.

»Unser neuer König wird sich genauso damit abfinden müssen, dass Schleswig Schweden gehört, wie unser alter. Wir wollen hier in keinen Krieg geraten wegen Schleswig, sondern in Ruhe und Frieden leben.«

»Ich soll mich damit abfinden, dass mir meine Fabrik geraubt wurde?«

»Sie befindet sich noch immer an ihrem Platz«, sagte der Richter. »Sie ist uns nicht geraubt worden, sie ist das Juwel unserer Stadt. Nach der Kirche natürlich, Herr Pastor.«

»Diese Eiterbeule vergiftet die ganze Stadt. Man ist nicht mehr sicher auf den Straßen!«, rief Willem. »Ich verlange, dass die Stadt dafür sorgt, dass meine Fabrik von der Meute befreit wird.«

»Sollen wir mit Kanonen auf Spitzenklöpplerinnen schießen?«, fragte der Richter.

»Ja«, sagte der Pastor.

»Dann müssen wir auch mit Kanonen auf unsere Eheweiber schießen. Sie haben keins, Herr Pastor, gottlob, aber ich«, sagte der Richter.

»Falka Auge hat Martin ermordet, ist das schon vergessen? Sie macht noch alle Mädchen zu Mörderinnen, wenn wir ihr nicht Einhalt gebieten. Sie macht auch Ihr Eheweib geisteskrank, Herr Richter.«

»Herr Pastor, ich weiß, dass Sie Frauen im Allgemeinen nicht sehr wohlwollend zugeneigt sind, mal milde ausgedrückt«, sagte der Richter. »Sie sehen in jedem Weib eine Törichte oder eine Geisteskranke, aber das ist Hochmut, und das muss Ihnen mal einer sagen.«

»Ich achte die Frauen!«

»Ja, wie eine Herde Säue.«

Zornesrot schwoll dem Pastor der Kopf. »Sie wollen die Mädchen nicht angreifen. Dafür nehmen Sie in Kauf, dass unsere Stadt unter die Räuber fällt.«

Der Richter bedachte dies einen Moment. Dann sagte er: »Tja, ich will nicht, dass die Mädchen sterben. Denken Sie mal an die Wirkung, die so ein Massaker hätte. Wir beschädigen das Ansehen unserer Stadt, unseres Landes und unseres Königs.«

»Und wenn es Männer wären?«, fragte Willem.

»Es sind aber leider Gottes Mädchen.«

»Es sind Furien!«

»Und wenn sie gegen uns Krieg führen?«, fragte der Pastor.

»Euripides gab vor zweitausend Jahren eine heute noch lehrreiche Parole aus«, antwortete der Richter. »*Der Weise meidet den Krieg. Aber wenn der Krieg kommt, fürchtet der Tapfere ihn nicht.*«

Das Treffen endete unverrichteter Dinge.

Ein Wehmutsschleier überzog die Tage, und die Menschen, die das Herbstgold vergehen sahen, bedachten, dass sie sterblich waren.

Wenn Falka darüber nachdachte, wie der Tag sich zusehends früher verdunkelte und der Sonnenbogen abnahm, sah sie in der Natur eine Macht am Wirken, die die Abwechslung liebte. Nichts bleibt auf ewig, aber es gibt die ewige Wiederkehr. Die ewige Herkunft der Jahreszeiten tröstet über den ewigen Hingang.

Ein Jahresumlauf kommt mit der Wintersonnenwende an sein Ende. Zweimal im Jahr ist Tagundnachtgleiche. An allen anderen Jahrestagen ist Ungleichheit zwischen Tag und Nacht. In der Natur wechselt Blühen mit Welken. Überall in der Welt folgt auf den Aufstieg der Untergang. Tag verwandelt sich in Nacht. Nur der Tag der Männer wird nie zur Nacht.

Dänemark war einmal ein großes Reich und ist nun ein kleines Reich. Russland ist ein kleines Reich und will ein großes Reich sein. Schweden ist ein großes Reich und soll ein kleines Reich werden. Überall wird das Bestehende bedroht von seiner Wandlung. Nur das Reich der Männer hat ewigen Bestand.

Ein Jahr löst das andere ab. 1693. 1694. 1695. 1696. 1697. 1698. 1699. Sogar ein Jahrhundert endet einmal und ein neues beginnt. Aber an der Herrschaft der Männer ändert sich seit Jahrtausenden nichts. Hatte denn in all den Tausenden von Jahren noch nie ein Weibsvolk es gewagt, dem ein Ende zu bereiten? Es lebten doch zu allen Zeitaltern gleich viele Frauen und Männer auf der Welt. Aber nie kam der Wendepunkt, der das Weltreich der Männer herabzog in den Untergang, damit ein Mädchenreich hinaufstieg an den Zenit.

Es musste immer ein Krieg kommen, damit die Welt sich wandelte. Aber wann kam er? Der neue König fing bestimmt keinen Krieg mehr so kurz vor dem Winter an. Der Zorn legte sich nun zum Winterschlaf.

Dann müssen wir eben den Krieg anfangen, dachte Falka. *Den Krieg des Weibsvolkes gegen das Mannsvolk.*

In der Vollmondnacht versammelten sich die Klöpplerinnen im Hof. Sie feierten das erste Mondfest ihres Mädchenkalenders.

»Mond Gulla!«, rief Falka.

»*MOND GULLA!*«, riefen alle.

Sie waren alle eines Sinnes. Ganz Tondern sollte ihr Haus werden.

»Nächsten Neumond holen wir uns das Mädchenreich! Mond Norla!«

Ein aufrauschender Kriegsschrei: »*MOND NORLA!*«

Unverzüglich begannen die Vorbereitungen. Die Raggas zeichneten den Stadtplan von Tondern auf ein Leinentuch. Sie unterfütterten das Tuch mit Filz und hängten es im Lichtsaal auf. Dann besprachen sie, in welchen Häusern welche Eheweiber wohnten. Die Astas sollten mit ihnen Freundschaft schließen.

Sie wählten die Astas für die Aufgabe aus, weil die Astas tiefgründiger waren als die Lucies, obwohl diese viel leichter Freundschaft schlossen. Die Lucies glichen den springenden Lachsen, die in den Wellen in ihrem Element waren. Die Astas waren mehr wie Wale, ihr Element war die Seelentiefe. Wenn ein Weib wollte, dass etwas zum Klatsch wurde, erzählte es das einer Lucie, die damit über die Wellen sprang. Aber wenn ein Weib einen tiefen Seelenkummer hatte, vertraute es den am ehesten einem Mädchen an, das wie eine Mutter war.

Die Astas machten sich ans Werk. Sie verdingten sich als Mägde, wo immer grad Tagelöhnerinnen gebraucht wurden. Die Rüben mussten vor dem ersten Frost ausgegraben werden, das war reine Frauenarbeit. Beim Wühlen in der Erde entstanden Bindungen zwischen den Frauen. Die Astas wussten bald, welche Frau einen Mann hatte, der bei ihr in Ungnade stand. Beim Heimgang vom Feld waren die Astas gute Zuhörerinnen. Die aufgebrachten Frauen beschwerten sich ausgiebig bei ihnen über ihre Männer, und die Astas boten ihren mütterlichen Rat an. Vielleicht würde eine neue Haartracht helfen? »Soll ich dir schöne Locken machen?« Die Ehefrau wehrte das verdrossen ab. Locken für den Saukerl? Sie hatte keine Zeit für so was. »Dein Leben ist für den Saukerl«, sagte Asta. Da kam sie ins Grübeln.

Es war nicht jede so einfach zu locken. Viele Ehefrauen hegten ihr Misstrauen gegen jede andere Frau. Im Gehäuse des Argwohns löffelten sie die Giftbrühe der Eifersucht. Sie waren am schwersten zu erobern, aber wenn Asta sie einmal erobert hatte, waren sie ihrer einzigen Freundin hörig.

Im Grunde war jede Ehefrau mutterseelenallein. Die Astas füllten einen leeren Platz in ihren Seelen. Etwas nunmehr Unbegreifliches hatte sie ins Elend ihrer Ehen verstoßen. Sie waren doch einmal Mädchen gewesen. Jetzt waren sie nur noch Mägde für ihren Mann.

Die meisten Astas waren nie etwas anderes als Mädchen gewesen. Sie hatten nie das Bett mit einem Mann geteilt. Sie kamen als Jungfern in die Fabrik und waren jetzt Jüngerinnen von Falka Auge. Sie fanden es vollkommen natürlich, keinen Mann zu haben, und wunderten sich, wie es überhaupt dazu kommen konnte, dass man eine Ehefrau wurde, wenn ein Mädchen doch ein Mädchen bleiben und sein Schicksal lieben konnte.

Die Ehefrauen konnten das auch nicht mehr so recht erklären. Der Saukerl hatte ihnen schöne Augen gemacht, dann hatte er ihnen ein Kind gemacht. Jetzt hausten sie mit dem Stinktier unter einem Dach.

Die Astas umgarnten die Ehefrauen mit den zwei Wünschen, die alle hatten: Frieden und Freiheit.

Am schlimmsten war, wie die Männer den Nachtfrieden störten. Wie sie im Dauergetöse schnarchten. Das empörte die Astas. Die Männer raubten ihnen den Schlaf? Das war ja schlimmer, als einem Mädchen die Unschuld zu rauben.

Ehefrauen, die das Schnarchen ihrer Männer immer erduldet hatten, schimpften sich jetzt in Furor. »Ich wollt ihn schon mal dafür umbringen«, erbosten sie sich. Aber dann sahen sie verzagt in ihre Hände.

Die Astas wiegelten sie auf. Sie waren nicht an ihre Ehemänner gebunden. Sie konnten abtrünnig werden. Sie hatten ja auch einst ihr Elternhaus verlassen, um in die Ehe zu ziehen. Ebenso konnten sie auch die Ehe verlassen. War das Mädchenreich nicht viel besser als ihre Ehe?

Die Ehefrau fragte Asta, woher sie den Mut nehmen sollte.

»Ein Mädchen verliert viel von seinem Mut, wenn es zur Frau wird. Und wenn es eine Ehefrau wird, muss sie allen Mut aufgeben. Die Ehe ist eine Entmutigung«, sagte Asta.

»Du bist so frei«, sagte die Ehefrau.

»Weil ich mein Eigen bin.«

»Ich möchte auch mein Eigen sein.«

Die Freundschaft mit Asta ließ sie einen neuen Honigmond genießen. Bei ihr fühlte sie sich daheim. Bei ihrem Mann war sie schon lange nicht mehr daheim. Aus dem Schmeichler war ein Grobian geworden, darum wurde sie zu einer Vettel, weil sie den Grobian vergrämen wollte. Es sollte ihm alle Lust an ihr vergehen. Wie ihr schon lang alle Lust an ihm vergangen war. Jede Frau, die wie eine Vogelscheuche aussah, war durch Asta bald eine Furie.

Bei einer hingegen, die ihren Mann noch liebte, aber schon unter ihm litt, war es eine schwere Überzeugungsarbeit, sie zur Femerichterin über ihn zu machen. Sie glaubte nämlich, dass Mann und Frau gleich waren. Erst die Welt brachte die Gleichheit ins Wanken, drückte die Frau nieder, erhob den Mann und trieb beide auseinander. Doch wenn sie als Liebende der Welt den Rücken kehrten, waren sie wieder im Einklang und teilten sich das Bett als Unzertrennliche.

Diesen Glauben trieb Asta ihr aus.

Warum war sie dann so unglücklich? Warum sah sie aus wie eine zerfledderte Grazie? Hatte ihr Mann sie so zugerichtet?

Da schlug sie die Hände vors Gesicht und weinte.

Asta saß bei der törichten Frau, die an den Falschen geraten war, und schickte sie zu sich selbst zurück. »Du brauchst keinen Ehemann, du hast ein eigenes Schicksal. Das Schicksal verschont oder schlägt zu, aber es ist nicht mehr dein Mann, der das tut.«

Endlich hatte sie begriffen. Mann und Frau konnten keine Gleiche sein. Sie waren verschieden wie Tag und Nacht. Nur Mädchen waren eine Gleiche.

»Du kannst eine Herrin sein. Du kannst Mädchen um dich scharen wie Schätze. Es kommen jetzt viele nach Tondern. Sie suchen ein Obdach und schwesterlichen Beistand. Sie nehmen dir auch die Mühsal mit den Kindern ab. Nimm sie zu dir. Werde ihre Herrin.«

»Aber mein Mann?«

»Werde ihn los.«

»Wie soll das gehen …?«

Das Mädchenreich war bereit, sie zu empfangen.

In der Festung tupften die Astas roten Siegellack auf jedes Haus, wo es zum Femegericht gekommen war. Überall dort war eine Frau damit einverstanden, dass die Moiren in der Allerseelennacht zu ihrem Mann kamen. Der Stadtplan sah aus wie ein blutbespritztes Totentuch.

44
DIE ALLERSEELENNACHT

Mitternachts versammelten sich die Klöpplerinnen im Lichtsaal vor dem Totentuch. Im Schein der Kerzen lagerten sich die Mädchen davor hin, und über die Wellen ihrer Leiber legte sich Flammenglühen. Das war das Bild, das Falka sah, als sie mit den Norlas hereinkam. Sie sah die Morgenröte ihres Mädchenreichs.

Die Norlas umstanden Falka wie ein Wespennest und bebten vor Tatendrang, gleich auszuschwärmen. Jede dachte an das Böseste, was ein Mann ihr getan hatte und wofür sie sich nun rächen konnte. Alle hatten einmal ein Leben gehabt, das von einem Mann zerstört wurde. Sie lebten nur noch für den Hass, sonst hatten sie nichts. Dass sie zu Rachegeistern wurden, aber der Zerstörer ein gutes Leben hatte, war teuflisch, darum hassten sie die Welt, die so etwas zuließ. Sie klöppelten die weißen Spitzen mit der Weißglut des Hasses. Ihre Düsternis war den anderen Mädchen nicht geheuer. Wie Fallgruben und Abgründe waren sie und wurden gemieden. Jede Norla hielt sich für das einsamste Geschöpf auf Erden. Dann kam Falka Auge und rief sie zu einem Stamm zusammen. *Ihr seid Norlas. Feindselige sollt ihr sein! Kriegerinnen!*

Falka hob das goldene Tablett hoch. »Mond Norla!«

Die Norlas hoben ihre Dolche. »*MOND NORLA!*«

»Heute ist Allerseelennacht! Tötet die Feinde!«

»*DIE FREUDE IST GROSS!*«

Die Norlas verließen die Festung und fächerten sich für ihre Beutezüge auf. Wie Fledermausschatten wehten sie an den Häusern vorbei. Sie strebten sternförmig auseinander dem Stadtrand zu. Von dort aus wollten sie über Tondern kommen und das Mannsvolk hinwegraffen, bis sie am Mittelpunkt der Stadt alle wieder aufeinandertrafen, bei der Kirche, und sich gemeinsam den Pastor holten. Und seinen Nacktkopf auf dem goldenen Tablett Falka Auge überreichten.

Die Geburt des Mädchenreichs lag nun in ihrer Hand. Das Leid, das seit Urzeiten das Los des Weibsvolkes gewesen war, sollte mit dieser Nacht enden.

So war es geplant, aber nichts war gewiss. Sie wussten nicht, ob ihnen zur verabredeten Stunde die Türen auch wirklich offen standen.

In den Ehebetten lagen die Frauen wach und fragten sich, ob sie die Tür auftun sollten. Mehr mussten sie nicht tun. Nur hinaustreten zu den Sternen. Wenn sie wieder hineingingen, war der Mann im Haus tot.

Wie soll das gehen …?

Die drei Moiren kommen zu ihm, hatte Asta gesagt. Sie nehmen seinen Lebensfaden, bestimmen sein Ende und schneiden ihn ab. Nicht anders, als wenn sie mit der Lichtschere den Docht der Kerze schnitt.

Jetzt zauderten sie auf einmal, den Moiren die Tür aufzutun. Es fielen ihnen lauter Dinge ein, um die ihr Mann sich kümmern musste. Um sein Bienenvolk, um sein Viehzeug, um die Familie.

Sollten sie einer unbekannten Zukunft die Tür öffnen? Sie fürchteten sich vor dem Unbekannten. Aber ihr Mann war auch zum Fürchten.

Sollten die Moiren hereinkommen …? Sie mussten ja nicht selber sein Blut vergießen, nur zur vergossenen Milch der Sterne hinausgehen.

Am Feldrand blieben die Norlas stehen. Sie stellten sich zum Brunnen zusammen und sahen in die Tiefe ihrer rachehungrigen

Seelen. Dort war das Böse, das ein Mann ihnen getan hatte. Jede dachte an einen Zerstörer, an seine Vernichtung, an das Nichts. Das Nichts ist das Auge aller großen Stürme.

Die dritte Stunde der Nacht war da. Die Norlas zogen in Tondern ein. In ihren schwarzen Schleiern waren sie die Allerseelennacht, die über das Mannsvolk kam.

Sie kamen ans erste Haus. Drei Moiren trennten sich vom Trupp und gauchten zur Tür. Die Tür war zu. Sie gauchten zum nächsten Haus. Die Tür war angelehnt. Die Moiren schlichen hinein. Im Flur stand ein Weib und wies ihnen mit einem Fingerzeig den Weg. Lautlos wehten sie in die Kammer. Der Mann lag in einem Alkovenbett. Sie stellten sich davor und hoben die Dolche. Und taten, was Moiren tun. Der Mann war dahin.

Sie wehten hinaus und schlossen sich dem Zug hinten an zum nächsten Haus. Ein Schuh hielt die Tür offen. Die drei Moiren, die jetzt den Zug anführten, gauchten hinein. Als sie ihn fanden, töteten sie ihn. Hinaus und ins nächste Haus hinein zum Wespenstechen.

Die Häuser standen ihnen offen. Es war schnell getan. Die Dolche durchstießen die Männer im Schlaf. Keiner wusste, wie ihm geschah. Es war ein friedliches Sterben. Der Tod der Männer war ihrem Schlaf so gleich, dass sie seines Eintretens gar nicht gewahr wurden. Eingebettet in den Glauben, dass sie ihres Lebens sicher waren, schliefen sie sanft in ihren Tod hinüber. Sie machten den Fehler, das nie Dagewesene für undenkbar zu halten.

Wie auf den Speichen eines Rades zogen die Töterinnen durch die Gassen. Sie rückten aus allen Richtungen von außen nach innen vor, um sich am Ende ihrer Mordzüge alle zusammen um den ovalen Platz zu scharen, wo in der Mitte von Tondern die Kirche stand.

Zu jeder Stunde konnte das Reich Gottes kommen.

Gregor wachte beim ersten Schlag an seine Tür auf. Es kam selten vor, dass zu so früher Stunde jemand ihn brauchte, aber er war sofort bereit. Er zog die Kutte über sein Nachthemd und ging an die Tür.

»Wer?«

»Lily. Mach mir auf.«

Er öffnete. Sie schlüpfte hinein und drückte die Tür mit ihrem Rücken zu. »Sie kommen. Du musst weg. Sie wollen dich töten.« Lily krallte die Faust in seine Kutte und stieß ihn von der Tür weg und hielt sich dabei an ihm fest.

»Wer will mich töten?«, fragte er.

»Die schwarzen Schwäne.«

Er war nicht einmal besonders erstaunt.

Sie holte ein Bündel unter ihrem Mantel hervor und drückte es gegen seine Brust. »Nimm meinen Schleier.«

Es war der Schleier, den sie zu Martins Beerdigung getragen hatte.

Gregor ging zum Fenster und sah hinaus.

Der Kirchplatz lag menschenleer in der Nacht.

Auf einmal blähte sich die Nacht wie ein Ballon. Aus der Gasse quoll eine schwarze Woge. In Scharen wandelten sie auf sein Haus zu. Er wich zurück, er glaubte nicht, was er sah. Eine unmenschliche Masse von Nachtmahren.

»... *flieh*«, flüsterte Lily.

Er lief mit ihr in die Sakristei, nahm den Eisenring mit den Kirchenschlüsseln vom Haken und schloss die Tür zur Kirche auf. Sie schlüpften in den Altarraum.

Als er die Tür zusperrte, klirrte ein Fenster. Die Nachtmahre drangen ins Pastorenhaus ein. Gregor und Lily duckten sich hinab und kauerten reglos an der Wand. An den Bleiglasfenstern der Kirche streiften Schatten vorbei. Es sah so aus, als rollte eine Seeschlangenbrut ihre Tentakel um das Gotteshaus.

»Gott, hilf uns«, flüsterte Gregor und legte sich flach auf den Boden. Sie krochen auf den Bäuchen zur Krypta. Er drehte den Schlüssel. Die Pforte in die Totenwelt tat sich auf. Gregor nahm Lily an die Hand, als sie die Stufen hinabstiegen.

In der Krypta waren sie stockblind. Beim Vorantasten hielt Gregor sich an den Zinksärgen fest und Lily sich an seiner Kutte. Spinnweben streiften sie wie Geisterhauch. Gregor streckte die Hand nach vorn ins schwarze Nichts und ertastete mit der anderen Hand entlang der Sarkophage den Weg durch die Gruft. Unter ihren Schuhen knirschte Muschelkalk. Irgendwann stieß seine Hand an Gestein. Hier war die Treppe nach oben, nach draußen. Bei den uralten Steinen hielten sie einander umarmt.

»Du hast mein Herz«, flüsterte Lily.

Sie küsste ihn. An dem Gemäuer konnte sein Leben für immer stehen bleiben, denn alles war gewonnen. Küssend erlebte er eine Liebe, die im Anbeginn vollendet war. Sie konnten in diesem Schlupfwinkel bleiben, sich immerfort küssend, doch die Töterinnen brachen in die Kirche ein und würden gleich in die Krypta kommen.

»Leg den Schleier an«, flüsterte Lily. Sie selbst umnachtete sich auch.

Schwarz verschleiert stiegen sie aus der Krypta hinauf. Die Tür, aus der sie ins Freie traten, lag in einer Grotte. Die Nachtmahre waren überall. In Haufen standen sie, in Heerscharen schwärmten sie umher. Der Kirchplatz brodelte von Töterinnen, wohin sie sahen, auch direkt über ihnen. Gregor wich zurück in die Krypta.

Lily riss ihn in die Nacht hinaus. Sie gauchte im Schleier, den man den Himmlischen nannte, durch die tödliche Masse. Gregor wandelte ihr nach. Der Wind fuhr in ihre Schleier. Es wehte sie fast vom Kirchhof, so einfach war die Flucht.

Die Norlas kehrten zurück in die Festung. Sie schmetterten die Dolche auf einen Haufen und ließen sich feiern. Ein Wespenschwarm war über Tondern hergefallen und hatte die Männer totgestochen.

Falka trat an den Stadtplan, auf dem rote Tropfen aus Siegellack an den Häusern prangten. Sie öffnete ein Holzkästchen, das voller Gräten war.

Die Norlas stachen eine Gräte in jedes Totenhaus.

In die Kirche stachen sie keine Gräte. Der Nacktkopf war entkommen. Das goldene Tablett blieb leer.

Gregor lag im Bett. Mit Grauenbildern von dem, was ihn heimgesucht hatte, trieb er einem Alptraum entgegen. Eine Schweineherde donnerte über ihn hinweg. *Wir sind Legion.*

Er spürte kaum noch, wie Lily ihn zudeckte. Gar nicht mehr, wie sie sich neben ihn legte.

45
DAS AUTODAFÉ

Nichts ist ewig unter der Sonne. In der Allerseelennacht fegte ein Sturm die Allmächtigen hinweg.

Die toten Männer mussten aus den Häusern geschafft werden, bevor der Morgen graute. Das übernahmen die Astas, die für die häusliche Ordnung zuständig waren. Sie sollten auch die zugezogenen Mädchen auf ihre neuen Heime verteilen. Wenn man sie besser kannte, würden sie einem Stamm zugeteilt werden.

Das überlebende Mannsvolk wurde grob aufgeteilt in drei Gruppen. Männer, die jemand von Herzen liebte und behalten wollte, mussten geschont werden. Sie waren »Lieblinge«.

Männer, die Kenntnisse und Fähigkeiten besaßen, die man benötigte, waren »Nützlinge« und sollten anständig behandelt werden. Sie waren Untertanen des gesamten Weibsvolkes und Allgemeinbesitz. Damit sie gefügig waren, sollten sie verwöhnt werden.

Alle übrigen waren »Schädlinge«. Man musste davon ausgehen, dass sie nach Rache und Aufruhr trachteten. Sie waren eine Gefahr für das Mädchenreich, darum musste man sie unschädlich machen, also ihren Willen brechen und ihre Kraft durch schwere Arbeit schwächen, bis sie zu Nützlingen wurden oder notfalls sterben mussten.

Die Unterteilung der Männer in »Lieblinge«, »Nützlinge«, »Schädlinge« oblag den Lucies. Die Lucies sollten den Männern beibringen, dass sie den Frauen wichtig waren, damit sie ihr Schicksal als Untertanen liebten. Sie sollten sie davon überzeugen, dass sich nichts an ihrem Schicksal änderte, aber vieles besserte. Sie waren keine Gefangenen und keine Sklaven, sondern der achte Stamm. Sie brauchten nicht traurig zu sein. Wo Lucies herrschten, herrschte Frohsinn.

Ihre größte Eroberung in der Nacht war die Waffenkammer. Das Arsenal war in Frauenhand.

Der Tag brach an. Drei Müllerknechte warteten an der Mühle. Sonst war der Meister immer als Erster da. Sonst waren sie um die Zeit zu acht. Till, Laust und ein Bursche namens Ivor standen müßig herum. Es war nicht ihre Art, ohne Befehl des Meisters was anzupacken. Till grub den Schuhhacken in die Erde. Ivor gähnte aus vollem Mund. Er war der Jüngste, kaum vierzehn Jahre. Laust schlenderte um die Mühle herum. Ivor schlief im Stehen.

Eine Schar Klöpplerinnen kam übers Feld auf die Mühle zu. Sie gingen in Keilformation wie Graugänse.

Till kniff die Augen zusammen. Er rief nach Laust. Laust kam an seine Seite.

»Was wollen die?«, fragte Till.

»Zu uns«, sagte Ivor andächtig.

Die Mädchen gingen vor der aufgehenden Sonne. Das Licht lag in grellen Scherben und Splittern auf dem taunassen Feld.

»Wolln die uns umbringen?«, fragte Laust.

Nun, wo einer es ausgesprochen hatte, konnte es durchaus so sein. Sie sahen einander an. Keiner wollte weglaufen vor den Mädchen.

In ihrem Gleichschritt wirkten sie wie Soldaten. Ivor winkte. Keine winkte zurück. Till hörte, wie Laust leise knurrte. Das war nicht gut. Irgendwas war hier nicht gut. Dass der Müller nicht hier war, war nicht gut. Und die anderen Knechte auch nicht. Wo waren die alle? Tills Augen verengten sich zu Schießscharten, aus denen er ins Visier nahm, was da in großer Überzahl heranrückte.

Die Mädchen erklommen den Hügel, auf dem die Windmühle stand. Ein kleines Blondchen ging an der Spitze der Keilformation. Der Keil wurde breiter. Als die Mädchen oben anlangten, stülpte er sich um zum Kreis, und mit einem Mal waren Till, Laust und Ivor eingekesselt.

Das Blondchen knickste.

»Du, du und du. Wir möchten euch mitnehmen.«

Laust war halb am Grinsen, halb am Knurren. »Was hast denn vor?«

Die Blonde schlängte ihre Hand um Ivors Hals und sang:

»*Holder Knabe,*

Unglücksrabe.«

Plötzlich hatte Ivor einen Dolch an der Kehle.

»Du und du.« Sie meinte Till und Laust. »Hände nach hinten. Sonst schneid ich eurem Freund ein Lachen in den Hals, hihi.«

Till legte widerstandslos die Hände auf den Rücken und ließ sich fesseln. Laust ebenso. Dann wurde Ivor gefesselt.

»Danke schön.« Die Blonde knickste.

Till schaute sie an. Sie hatte blaue Kulleraugen und einen Kussmund.

»Du bist süß«, hörte er sich sagen.

»Du willst wohl mein Liebling sein.«

Er lächelte sie an, denn etwas in ihm ahnte, dass es um sein Leben ging, und er wollte nicht sterben.

Sie sonnte sich in seinem Lächeln und äugelte mit ihm. »Ich merk mir dich. Wie heißt du?«

»Till.«

»Lucie.«

»Darf ich dich was fragen, Lucie?«

Sie trat nah vor sein Angesicht und machte ihren Kussmund auf. »Frag.«

»Warum liebt ihr uns nicht mehr? Die Mädchen die Männer?«

»Wir lieben unser Schicksal.«

»Ein Schicksal kannst du nicht küssen. Ein Schicksal hat keinen Arsch. Ein Schicksal hat keinen Schwanz.«

Er sah keine Erinnerung an Arsch oder Schwanz in Lucies blauen Kulleraugen. Sie war eine Jungfer oder wusste gar nicht mehr, wie das war, Küssen. Er wusste ja selber nicht mehr, wie das war.

Lucie erklärte Till, dass sie jetzt gebunden waren, und führte ihn ab.

Falka musste etwas bekommen, was nur Omnia ihr geben konnte. *Unser Nachtkammertraum hat sich erfüllt.* Der Tod hatte sein Werk getan: die große Manndränke. Und Omnia sollte es gutheißen.

Doch ausgerechnet Omnia hatte den Norlas in der Allerseelennacht nicht die Tür aufgemacht. Falka war sich gar nicht sicher, ob Omnia ihr jetzt die Tür aufmachen würde.

Bei ihr waren sechs Norlas. Sie packte den Eisenring und rammte ihn gegen die Tür von Michael Martensens Haus.

Omnia tat die Tür auf. Ihr Gesicht war wächsern. Ihr Blick ging zu den Norlas.

»Lässt du uns rein?«, fragte Falka.

Stumm hielt Omnia die Tür auf. Falka zog mit den Norlas ein.

Zutraulich fasste sie nach Omnias Hand. »Zeigst du mir dein Haus? Ich war noch nie hier.«

Omnia wurde krumm. Die Norlas standen mit Dolchen im Flur.

»Gehn wir irgendwo hinein?«, fragte Falka liebenswürdig.

Omnia nahm sie mit in ihr Zimmer. Überall kringelten sich Löckchen, musizierten Engelchen. Die Decke war ein hellblauer Himmel, an dem die vier Winde in die Gewänder von vier Grazien bliesen. Omnia führte sie zu einem Sitzgebilde, das wie eine Locke geschwungen war. Dort ließen Falka und Omnia sich nieder. Obwohl sie Seite an Seite saßen, sahen sie in andere Richtungen. Das hatte den Vorteil, dass sie sich nicht in die Augen sehen mussten. Sie waren von Ohr zu Ohr. Omnia musste zuhören und gehorchen.

»Tondern ist jetzt ein Mädchenreich«, begann Falka. »Unsere Freundinnen im Himmel bejubeln es. Die Freude ist groß! Rühmen wir ihre Namen. Asta!«

»Milla«, sagte Omnia.

»Norla.«

»Lucie.«

»Ragga.«

»Gritt.«

»Gulla.«

Nur Omnia und Falka kannten die Todmädchen, als sie noch lebten. Für alle anderen waren sie Stammesmütter mit Heiligenlegenden. Nur in ihrer beider Erinnerung waren sie so wie einst zu ihren Lebzeiten.

»Jetzt sind es Tausende Raggas, Astas, Millas, Lucies, Norlas, Gritts und Gullas. Eine Myriade Mädchen«, sagte Falka. »Sie müssen alle irgendwo unterkommen. Wie viele willst du hier aufnehmen?«

»Das ist nicht mein Haus«, sagte Omnia leise.

»Es ist dein Haus. In einem Mädchenreich hat ein Mann kein Haus.«

Omnia saß still, nicht einmal Atmen war von ihr zu hören.

Schließlich fragte Falka: »Wo ist er?«

»Lass ihn mir«, bat Omnia.

»Wir müssen ihn mitnehmen«, sagte Falka sanft.

»Er kann das Mädchenreich ausbreiten, Falka. Mit seinen Kutschen kommt ihr überallhin. Er kennt in Dänemark Weg und Steg. Er kann dir nützlich sein.«

»Er ist nicht nützlich. Du musst ihn hergeben.«

»Lass ihn mir«, bat Omnia wieder.

»Er ist ein Martensen«, sagte Falka streng. »Er ist einer von denen, die uns gemartert haben.« Doch sie hatte bei ihren Worten ein schlechtes Gewissen, denn sie konnte diesem Mann keine böse Tat vorwerfen.

»Gemartert? Mit was? Er war niemals grausam, blutrünstig oder roh zu einem Mädchen.«

»Mit Gleichgültigkeit.«

»Gleichgültigkeit ist keine Marter.«

»Doch, Omnia. Gleichgültigkeit ist die gesittete Rohheit der

Reichen. Wenn wir Klöpplerinnen leiden, bis wir vom Dach springen, ist es ihnen gleich. So wie die Schweden blutrünstig sind und die Männer grausam, sind die Reichen gleichgültig. Wer das Böse hinnimmt, tötet ebenso wie der, der es tut. Es ist das Gleiche.«

»Du darfst nicht alle Männer so abtun. Es gibt auch gute.«

»Deiner ist ein Schädling«, sagte Falka.

»Nein! Er ist gut. Er ist ein herzensguter Mann.«

»Du willst ihn behalten, weil du habgierig bist. Da muss man ihn dir ja grad wegnehmen zu deinem Besten.«

»Habgier ist deine Sünde, Falka Auge. Du hast dein Mädchenreich. Du hast alles.«

»Alles hab ich erst, wenn Dänemark ein Mädchenreich ist.«

»Er ist mein Alles«, sagte Omnia.

»*Du* bist Alles. *Omnia* ist Alles.«

»Nichts, nichts, nichts, ohne ihn bin ich nichts.«

»Du bist die Hohepriesterin des Mädchenreichs. Die Tollschönste!«

»Ich bin sein.«

»Wie kannst du das sagen, nach all dem, was wir zusammen erreicht haben?«

»Du hast deins erreicht. Alle Mädchen sind dein. Du bist reich. Ich hab nur ihn. Lass mir meine einzige Liebe«, flehte Omnia verzweifelt.

»In einem Mädchenreich wird niemand mehr einen Mann lieben. Liebe wird ein großer Gesang sein, den wir für *uns* singen.«

»Ich habe euch gerühmt. Lass ihn mir als Lohn.«

»Das Mädchenreich ist der Lohn«, sagte Falka streng.

Omnia rutschte vom Sitz. Auf den Knien kroch sie um die Goldlocke herum und warf sich Falka zu Füßen. »Ich flehe um Gnade für ihn. Lass mir mein Liebstes.«

Erschrocken sah Falka auf die Freundin hinab, die unterworfen vor ihr am Boden lag, wie kein Mädchen mehr in ihrem Reich daliegen sollte, erniedrigt für einen Mann.

Falka fuhr hoch. »Allein dafür töte ich ihn.«

Sie stieg über Omnia hinweg und schritt hinaus.

Die Norlas hatten Michael Martensen in seinem Versteck aufgespürt und gefangen genommen. Falka ging, ihn sich anzugucken.

Er saß im Weinkeller, in Fesseln.

So viele Worte über diesen Mann. Sie fand ihn nichtssagend.

Die Norlas führten ihn ab.

Die Karren brachten immer mehr Leichen. Die Gullas zogen sie von der Ladefläche und schleiften sie zu einem Haufen. Um die Leichen auf den Haufen zu türmen, mussten sie zuerst mal selber da draufklettern. Auf einem Leichenhaufen stehend, mit den Füßen in den Toten, hievten sie die Leichname hoch. Acht Brennhaufen wuchsen auf dem Feld, und sie hatten noch Leichen für mehr als zwanzig Brennhaufen. Die Leichen waren bitterkalt und bretthart und bleischwer. Die Gullas mussten Gewaltiges wuchten und wuchten und wuchten.

Die Männer alle zu begraben, wurde verworfen. Nach der ersten geschaufelten Grube sahen die Gullas ein, dass sie das nicht schafften. Ein Feuer brannte von selbst. Die Erde tat sich nicht von alleine auf.

Das ganze Feld war bedeckt mit Leichen. Diese Leichen mussten sie aus der Welt schaffen. Warum lösten sich tote Menschen nicht einfach auf? Warum mussten sie einem so zur Bürde werden? Nackte Männer lagen vor Mädchen, die noch nie bei einem Mann gelegen und noch nie einen angefasst hatten. Jetzt mussten sie Hunderte anfassen. Damals der Fischregen war schlimm gewesen. Aber das hier war schlimmer.

Man hätte die Nützlinge dazu zwingen müssen, meinten einige. Aber dann hätte man sich die Nützlinge zu Feinden gemacht anstatt zu Untertanen. Untertanen waren gefügig. Feinde waren gefährlich. Wenn die Nützlinge die Leichenhaufen ihrer toten Artgenossen sähen, kämen sie in Furor. Darum mussten die Gullas es tun. Jeder Stamm tat das Seinige. Sie als Scheusale waren für die scheußlichsten Arbeiten ausersehen.

Die Gullas wollten die Leichen am liebsten wieder auf die Karren laden und wegfahren, um sie weit von Tondern entfernt abzuladen in irgendeiner Einöde. Aber Karren, auf denen sich Leichen stapelten, oder Leichen, die in der Einöde lagen, konnten die Aufmerksamkeit auf das lenken, was in Tondern vorging. Sie sollten die Leichen nicht weiträumig verteilen, wo jeder über sie stolpern konnte, sondern dafür sorgen, dass sie zu Asche vergingen.

Eine hatte eine kühne Idee: Sie konnten das Fleisch doch einpökeln. Die Männer waren alle noch frisch. Vielleicht mundeten sie ihnen ja. War es nicht ratsam, all das Fleisch über den langen Winter zu essen, anstatt es in drei Tagen zu verkohlen? Aber nicht sie waren die Köchinnen des Weibsvolkes, die Astas bestimmten, was gegessen wurde. Ein paar Gullas gingen zu ihnen hin. Sie schlugen vor: »Wir essen sie auf.«

»Ihr seid Monster«, sagte Asta, »aber wir nicht. Wir sind Klöpplerinnen. Keine Kannibalen.«

So standen die Gullas allein vor den Fleischbergen. Sie hielten Brandfackeln an die Leichenhaufen.

In der Allerseelennacht saß Willem Tondernsen im Sessel und rauchte, als die Nachtmahre kamen. Er wurde von ihnen umzingelt. Er rauchte weiter. Was half es, wenn er die Contenance verlor? Mochte der Tod zu einem alten Mann kommen. Wenn es sein musste, war er bereit zu sterben, mit einer Pfeife, in der Virginiatabak glomm und der Rauch sich zum Himmel kräuselte wie bald seine Seele.

Ragga kam herein. Die Felsgesichtige befahl ihm, ihr zu folgen.

»Wohin soll ich gehen?«

»Ins grüne Zimmer, gnädiger Herr.« Ihre Höflichkeit war in Stein gemeißelt.

»Darf ich Tabak mitnehmen und meine Pfeife?«

»Ja.«

»Auch meine Laute?«

»Ja.«

Mit den Dolchweibern im Rücken folgte er Ragga. Sie erklärte ihm, dass er ihr Gefangener war. Wenn er schrie, würde man ihn zur Ruhe bringen, notfalls zur Totenruhe. Das grüne Zimmer werde bewacht. Als er drin war, schloss sie es zu.

Sogleich riss er das Fenster auf. Obwohl er den Ausblick aus dieser Höhe kannte, hatte er doch gehofft, dass er aus dem Fenster klettern könnte. Er konnte allenfalls in den Tod springen.

Willem Tondernsen konnte sich nicht erinnern, je in einer Lage gewesen zu sein, wo er einen Hilfeschrei tat. Sein ganzer Stolz war dagegen. Er räusperte sich wie vor einer Rede. Und entsann sich wieder der Totenruhe, die ihn erwartete, wenn er schrie. Da blieb er still.

Als Gregor aufwachte, duftete das Zimmer nach Zedernholz. Er fühlte sich wie in König Salomos Palast. Er war ausgeruht und in Sicherheit. Auf dem Tisch standen ein Krug und eine Waschschüssel. Auf dem Stuhl lag ein Bündel Kleidung. Er stieg aus dem Bett und ging zum Fenster, er wollte frische Luft hereinlassen, aber das Fenster war mit einem komplizierten Geschnür zugebunden. Gregor sah auf ein Feld, dahinter war Wald. Ihm kam die gestrige Nacht in den Sinn. Der Schrecken, der Kuss. Er war bei Lily.

In Vorfreude auf sie wusch sich Gregor über der Schüssel. Sie hatte sogar an eine Zahnbürste gedacht, aber nicht an ein Barbiermesser.

Die Sachen, die sie ihm hingelegt hatte, waren von schmeichelhafter Qualität. Sie mussten Martin gehört haben. Martin und er hatten die gleiche Größe. *Die gleiche Frau*, dachte er.

Gregor trat aus der Kammer und ging den Gang hinunter. Auch hier sog er Zedernholzduft ein, vermischt mit Zitronenduft.

Lily kam aus ihrer Kammer. Sie trug ein hellgrünes Kleid im Stil der *Très riches heures*, das Tuch war bekannt als »drap vert gay«, das fröhliche, sittenlose Grün. Lily stand vor ihm wie eine Holdselige des Monats Mai aus dem Stundenbuch des Herzogs von Berry. Sein Herz schlug höher. Sie machte eine einladende Geste in ihre Kammer hinein. Er bückte sich, weil der Eingang niedrig war, aber er verneigte sich auch vor der Glücksstimmung, die in ihm war.

Sie starrte auf seinen Kopf. »Du hast Haare?«, fragte sie verdutzt.

Erschrocken richtete er sich auf. Sie hob den Arm und streichelte sein Haupt. Es war rau von Stoppeln. »Du hast – Haare.«

»Bitte schweige darüber.«

»Warum lässt du sie nicht wachsen?«

Es kostete ihn Überwindung. »Sie sind rot wie Kupfer«, gab er zu.

»Oh, das muss schön aussehen«, sagte sie. »Ich möchte dich liebend gern mit Haaren sehen.«

»Das wird nicht geschehen. Es steht mir nicht zu Gesicht.«

»Was du in meinen Augen bist, ist schöner, als was du in deinen Augen bist«, sagte sie.

Ihre Augen und seine Augen hielten stille Zwiesprache.

»Speisen wir?«, fragte sie.

Lily hatte einen Tisch gedeckt mit Brot, Schinken, Apfelmus. Sie goss Schwarzbier ein, und ihr zitterte dabei die Hand. Gregor wollte ihr behilflich sein. »Nein, du tust nichts.« Während sie noch Eier herbeitrug, trat er an ihren Bücherschrank. Als er sie gefunden hatte, sagte er kühn: »Die Geliebten meiner Geliebten: Heraklit und Homer.«

Plötzlich wehte ihn ein übler Geruch an. Er legte den Kopf schräg, als studierte er die Buchrücken, und schnüffelte dabei unauffällig an seinen Achseln. Nein, von ihm kam der Geruch nicht.

Lily bat ihn an den Tisch.

»Wo sind deine Kinder?«, fragte er. »Ich hör sie draußen nicht.«

»Im Schulsaal. Sie lernen.«

»Was denn?«

»Ich hab ihnen Geduld aufgetragen. Sie sollen sich so lange still mit etwas beschäftigen, bis ich komme.«

Ihre Stimme zitterte ein wenig.

»Lily.«

»Ja?«

»Danke.«

Sie errötete. Da roch er es wieder. Er sah Lily an. Sie war schamrot. Sollte er das Fenster öffnen? Oder so tun, als wenn es den üblen Gestank nicht gab.

Spielten die Kinder mit *Feuer*? Er sprang auf und lief zum Fenster, doch es war auch so zugeschnürt wie in seiner Kammer. Zurück zum Tisch, wo Messer lagen.

»Nein!«, schrie sie. »Lass es zu!«

Zu spät. Die Gestankwoge des Leichenfeuers quoll herein. Lily machte schnell das Fenster wieder zu. Ihre Hand blieb um den Riegel gekrallt.

»Was brennt da?«, fragte Gregor.

»Gestern Nacht – sind viele – gestorben.«

Er begriff jetzt, dass er nicht der Einzige war. »Die haben noch mehr? – Wen noch?«

»Viele«, sagte Lily nach draußen hinaus.

»Ich muss den Rat zusammenrufen.«

»Es gibt keinen Rat mehr«, sagte Lily.

»Was?«

»Es gibt ihn nicht mehr.«

»Was heißt das –? Etwa – tot?«

Sie nickte schwach.

»Gestern Nacht?«

Sie nickte noch einmal, deutlicher.

»Der Richter – ist er tot?«

»Ja.«

»Der Doktor? Der Vogt? Der ganze Rat?«

»Vermutlich.«

Er starrte sie an. »Das wusstest du?«

Sie war still.

»Du hast es gewusst? Als du zu mir kamst – hast du es gewusst? Und mir nichts gesagt? Und keinem andern?«

Schamröte stieg ihr ins Gesicht.

»Ich hätte die Sturmglocke geläutet!«

Sie blieb still. An den Riegel gekrallt.

Ihm wurde übel. Er brauchte Luft. Doch die war verpestet mit Toten.

»Wie kannst du dein Volk so verraten?«

»Ich hab mein Volk nicht verraten! Ein Weib verrät kein Weib. Das Weibsvolk hat gestern Nacht die Stadt erobert. Dabei ist – Mannsvolk gestorben wie bei jedem Krieg.«

»Du wusstest, was uns droht? Und hast niemanden gewarnt?«

Sie schwieg.

Sein Herz jagte. Lily war verflucht. Verflucht war sie! Ihm half sie und den anderen nicht? Dann war ihre Hilfe eine Gräueltat.

Er sah auf das Messer in seiner Hand, stieß einen Schrei aus wie noch nie in seinem Leben und schleuderte es gegen die Wand.

Sie zuckte, aber sie hielt dem Schrei stand, sie sank nicht nieder, sie zerfiel nicht in Schande, sie verbarg nicht einmal ihr Gesicht.

»Ihr Tollschönen macht aus den Toten ein Freudenfeuer?«

»Es ist ein Autodafé.«

Das Wort machte ihn stumm. Es kam von: *actus fidei*, Glaubensakt. Sie verbrannten die Männer als Ketzer. So glaubte Lily. So glaubte das ganze Weibsvolk.

»Was soll aus Tondern werden?« Er sah nach draußen, als würde er in einer Grabhöhle sein.

Lily ließ den Riegel los und nahm seine Hand. »Du musst hierbleiben. Draußen töten sie dich.«

»Soll ich hier – eingesperrt sein?«

»Ein Mönch hat in seiner Zelle den Himmel.« Sie legte seine Hand an das Maigrün ihres Busens. »Du hast mich.«

Die Feuer brannten drei Tage. Die Gullas schufteten Tag und Nacht. In Wogen von Asche stocherten sie mit Forken in verkohlten Leichen. Aus platzenden Bäuchen schossen Salven von explodierenden Fetten auf sie. Das war das Schlimmste, was Männer ihnen je getan hatten.

46
DAS SCHICKSAL

Till, Laust und Ivor wurden in das Haus des Richters gebracht. Dort waren schon viele Männer zusammengepfercht, und es sollten im Laufe des Tages noch mehr werden. Alle wussten, dass der Richter tot war. Sie waren rechtlos. Das Gesetz war in Weiberhand.

In Tills Kammer lungerten dreißig Männer herum und ergaben sich dem, was kommen mochte, sie dösten oder spielten Karten. Till, Laust und Ivor ließen sich nieder, den kleinen Ivor nahmen sie in ihre Mitte. Sie waren jetzt eine Schicksalsgemeinschaft, die nichts trennen konnte.

Vorm Fenster stand eine Kastanie. Im Garten lauerten Dolchweiber.

Sie verbrachten den Tag mit Nichtstun. Das ließ sich aushalten. Die Männer lagen herum wie faule Kater. Laust schnarchte, und Ivor fiepste beim Schlafen. Till wachte. Obwohl er keinen Ausweg wusste, fand er sich doch nicht damit ab, hier gefangen zu sein. Die anderen schon.

Am Abend trugen wahre Schönheiten Krüge mit Bier und Wurstbrote zu ihnen hinein. Sie entschuldigten sich bei den Männern für die Verhaftung. Sie sollten sich keine Sorgen machen. Man hatte noch Wichtiges mit ihnen vor. Bis dahin mussten sie hier verweilen. Sie sollten es als eine Gelegenheit zur Muße nutzen und in sich gehen.

Da hatte man schon viel weniger Sorge, dass man an den Strick kam.

Als es Nacht wurde, rochen sie Feuer. In der Ferne war der Himmel rot. Sie rochen, dass das Feuer Fleisch verzehrte. Wer auch immer da brannte, sie nicht, sie waren noch wichtig.

Das Bier, die Wurstbrote und die Schönheiten hatten genügt, um dreißig Männer zu besänftigen. Drei Nächte lang war der Himmel rot von den Opfern der Allerseelennacht.

Es fing an zu schneien. Schneeflocken sanken auf Ascheflocken. Am dritten Tag holten Dolchweiber sie raus. Die Männer wurden paarweise zusammengebunden und abgeführt.

Draußen gingen sie auf weicher Asche. Die Asche färbte den Schnee grau, und sie färbte die Seelen der Männer grau. Die Stadt der weißen Spitzen war aschgrau geworden.

Keiner wusste, was für ein Schicksal ihn erwartete. Sie waren die letzten Überlebenden und gingen auf der Asche der Erloschenen.

»Sind wir die einzigen?«, fragte Laust beklommen.

Die Frage beantwortete sich, als sie auf den Marktplatz kamen. Er war voll von gefesselten Männern und umherstreifenden Dolchweibern. Die Männer standen in langen Reihen. Tills Zug stellte sich in die letzte Reihe.

Sie sahen sich um und versuchten herauszufinden, wer hier fehlte. Wer war alles tot? Sie sahen in junge Gesichter. Nur junge Männer standen hier, ledige Jünglinge und Halbwüchsige. Nur ihresgleichen. War dies der letzte Rest des mächtigen Mannsvolkes von Tondern?

»Unser Müller ist tot«, sagte Laust plötzlich. »Und der Pastor.«

Der Pastor – Till wurde von Entsetzen ergriffen.

Der Schrei einer Graugans hoch über ihnen starb langsam dahin.

»Ich schwör dir, Laust, alter Wikinger …« Till kämpfte mit Tränen, dann hatte er sich wieder in der Gewalt. Heiser setzte er seinen Schwur fort: »Ich steh nicht auf deiner Asche, wenn du tot bist. Dann bin ich auch tot. Das schwör ich dir, Freund.«

»Till. Alter Teutone. Uns kann nichts trennen.«

Ein Zug nach dem anderen wurde von den Dolchweibern ins Rathaus getrieben, zuletzt setzte sich auch ihr Zug in Bewegung.

Sie kamen in den Goldenen Saal.

»Da wird ja sogar das Wildschwein vornehm«, sagte Laust.

Die Männer schauten und staunten. Ihr finsterer Groll wurde von goldenem Glanz übertrumpft. Über sich sahen sie ein Himmelsgewölbe mit feisten Engeln, die auf goldenen Instrumenten ritten. Das Rathaus gehörte den Gebietern der Stadt. Sie waren nur Gehorsame. Knechte und Tagelöhner. Dass sie nun hier versammelt waren, hatte etwas von einem Narrenfest. Verkehrte Welt.

Auf die erhöhte Bühne kam eine Schar Klöpplerinnen geschritten. In stolzer Front stellten sie sich auf. Falka war nicht dabei, aber alle waren wie Falka, schlicht, streng, unerbittlich. Eine trat vor.

»Wir sind der Zwölferrat der Stadt Tondern«, sagte das Mädchen. »Wir sind Raggas! Wir regieren!«

Sie hatte die wohlklingend dunkle Stimme einer Anführerin, der man lauschte, wenn sie sprach. Ragga ließ ihren Blick gebieterisch über die Männer schweifen wie über ein geschlagenes Heer.

»Das Weibsvolk hat gesiegt!«

Im Mannsvolk kam wieder dunkler Groll auf.

»Es hat gesiegt über seine und eure Unterdrückung. Wir haben euch befreit von euren Schindern. Unter den alten Herren wart ihr geknickt. Unter unserer Herrschaft sollt ihr gedeihen wie junge Schösslinge in Mutter Erde. Wir wollen, dass ihr strotzt vor Kraft!«

Die Männer sahen sich untereinander verblüfft an.

Ragga sprach: »Wir sind Neulinge der Macht. Aber das Weibsvolk hütet von alters her das Herdfeuer des Hauses. Die Altmänner waren Brandscheite. Wir haben mit ihnen ein Freudenfeuer entfacht für euch und uns! Das Feuer macht alles neu. Es macht aus euch Herren und aus uns Herrscherinnen!«

»Was redet die?«, fragte Till.

Ragga sprach: »Zu unserem Leidwesen sind nun viele Berufe ohne einen Meister. Wir haben euch heute zusammengerufen, um geeignete Meister zu finden.«

Hatten sie das richtig gehört? Das Mädchen wollte sie zu Meistern machen?

Ragga sprach: »Es wird so vorgehen: Ich rufe eine Tüchtigkeit aus. Wer sich für ihren Meister hält, soll die Hand heben. Wir benötigen Maurer. Eine Stadtmauer sollt ihr für uns bauen. Wer das Bauhandwerk beherrscht, soll sich melden.«

Es gingen viele Hände hoch.

»Ich freue mich über so viele tüchtige Baumeister«, sagte Ragga. »Der Lohn wird euch erfreuen.«

Die Maurer freuten sich, es wurde gelacht.

»Wir benötigen einen Müllermeister.«

Lausts Hand fuhr hoch.

Till riss ihm den Arm runter.

Laust riss sich von Till los und hopste mit hochgerissenem Arm in die Höhe. »Ich bin Müller! Laust! Müllermeister Laust!«

Laust ging über die Asche der Erloschenen hinweg zu seinem Glück. Der Müller war tot. Er war der Müller. Die Mühle gehörte jetzt ihm. Laust leuchtete. Er war Müllermeister! Zehn Knechtjahre, die er noch vor sich gehabt hatte, waren verbrannt in einer Nacht. Welch ein Freudenfeuer! Die Raggas vollbrachten ein Meisterwerk.

Till war aschfahl. Laust wechselte zum Feind über.

Vier Dolchweiber gingen mit ihnen. Das waren Meuchelmörderinnen, aber Laust machte ihnen Komplimente.

Eine schreckliche Ernüchterung kam über Till. Am Fesselstrick folgte er Laust, während Laust zu seiner vierflügeligen Geliebten eilte. Laust liebte sein eigenes Schicksal mehr als seinen einzigen Freund.

Das Schicksal war der Meister über den Menschen.

Das war bei Falka so gewesen, und bei Laust war es jetzt wieder so. Für die Liebe zum Schicksal ließen sie Ehe und Freundschaft zu Asche vergehen. Die Treue zum Gefährten oder Geliebten währte auf Zeit. Die Treue zum Schicksal währte auf Ewigkeit.

Ein Dolch zerschnitt den Strick, der Till und Laust zusammenband. Laust lief mit ausgebreiteten Armen auf die Mühle zu. Er drückte sich an ihren Sockel und küsste sie.

»Meine Windgöttin!«

Willem Tondernsens Haus füllte sich mit Klöpplerinnen.

Er hörte das Trappeln ihrer Füße. Sie trugen lange Bänke hinein, um dicht an dicht beisammenzusitzen. Das Weibsvolk verhielt sich wie ein Bienenvolk, das die Bedrängnis liebte. Es hegte seine Klöppelkissen wie Waben und fütterte die jungen Spitzen mit Seidenfäden, damit sie wuchsen und schöne Schleier aus ihnen schlüpften.

Sie klöppelten im Akkord. Das kam von: *d'accord.* Wer einverstanden war mit seinem Schicksal, mühte sich mit Freuden. Das Freudenfeuer der Begeisterung machte alle Mädchen zu emsigen Klöppelmaschinen. Doch Maschinen waren nicht geheuer, waren seelenlose Unwesen, die unermüdlich schufteten und unendliche Kräfte hatten.

Maschinen waren die Zukunft. War dies die Zukunft? Eine Legion von Maschinenmädchen?

Ragga war nun seine Herrin. Die Felsgesichtige gewährte ihm oft die Gunst ihres Erscheinens. Sie war um sein Wohlergehen besorgt. Er war ihr Gefangener, aber er lebte in fürstlicher Verbannung. Er las Bücher. Er spielte Laute. Er hatte Langeweile. Er war nicht tot.

War der Würfel gefallen? War die Welt so, wie Falka sie wollte?

Kalt war der Knochenmond des Winters.

Das Fenster vereiste.

Das Letzte, was ihm von seinem alten Leben blieb, war das Bild der Spitzenklöpplerin von Jan Vermeer. Ein Mädchen, das in Reichtum und Frieden lebte und sich mit dem Klöppeln von Spitzen vergnügte.

Das Bild ließ ihn sehen, wie viel er für das Weibsvolk getan hatte. Er hatte die Elenden in den Lichtsaal gesetzt. Er hatte sie Meisterwerke fabrizieren lassen, die Ruhm und Reichtum des Landes waren. Er hatte ihnen ein Leben in Frieden gegeben.

Das alles sah er in dem Bild. Er sah, dass sein Leben gut aufgehoben war in der Güte dieses Bildes. Und nicht nur sein Leben, auch sein Zeitalter war darin gut aufgehoben. Das gab ihm Trost. Wenn sein Zeitalter einmal vergangen war, so wie das Zeitalter der Medici vergangen war, konnte die Spitzenklöpplerin von Vermeer es in seiner makellosen Reinheit bewahren, so wie die Venus von Botticelli das Zeitalter der Medici ohne einen Makel bewahrte.

Falka hatte es ihm dagelassen. Nicht ohne Grund, glaubte er. Sie ließ es hängen, weil ihre Sehnsucht daran hing, dass er Gutes von ihr glaubte. Er sollte an das Gute in ihr glauben. Er sollte sehen, was sie Gutes im Auge hatte. Eine Zukunft im goldenen Kleid. Dafür hing das Bild hier. Damit er Falkas Vision sah. Das reiche Mädchen auf dem Bild war ihr Sinnbild für das Mädchenreich. Sein Falke spähte in ein goldenes Zeitalter.

Eines frühen Morgens stieg Falka auf den Kirchturm. Unter ihr lag die Stadt in der Nacht. Sie hatte sie erobert.

»Aaahhh! Falkaaahhh!«

Sie wartete nun auf das Grauen.

Als das Grauen kam, traten die Häuser hervor. All die vielen Häuser gehörten jetzt den Mädchen. Die ganze Stadt Tondern war das Haus der schwarzen Schwäne. All das war ein Mädchenreich. Es stieg aus dem Dämmer. Aber Falka sah auch, wo ihr Mädchenreich endete. In den Wäldern um Tondern.

Der Krieg, auch wenn er nur eine Allerseelennacht dauerte, war der Vater aller Dinge. Er zerteilte die Zeit in ein Vorher und ein Nachher. Nachher war Tondern eine andere Stadt als vorher. Der Krieg machte alle Dinge neu.

Das Weibsvolk hatte über das Mannsvolk gesiegt. Ein Zwölferrat aus Raggas regierte die Stadt und organisierte die Dinge. Die Neulinge der Macht bauten Herrschaft auf.

Die Doktorstube übernahmen drei heilkundige Altweiber.

Das Fuhrunternehmen wurde von Lucies weitergeführt.

Eine Schar Millas machte eine neue *Verwunschene Grotte* auf.

Die Männer litten kaum unter ihrer Entmachtung, denn die meisten hatten dasselbe oder ein besseres Los. Der Hufschmied schmiedete. Der Schlachter schlachtete. Der Holzschnitzer schnitzte Kufen für den Winter. Manch ein Mann dachte im Stillen, dass diese jungen Raggas sich besser auf Politik verstanden als die alten Weißbärte.

Es wurde mit dem Bau einer Stadtmauer begonnen. Die Männer fanden sich besser entlohnt als früher. Jeder Mann kam in einen Kreis von zehn Mädchen. Auch wenn er deren Untertan war, kam er sich vor wie der Hahn im Korb.

Den Gott aus der Bibel gab es nicht mehr. Die Kirche wurde eine Klöppelfabrik.

Die Todmädchen waren jetzt Göttinnen. Nach ihrem Ebenbild waren die Mädchen erschaffen. Die Todmädchen herrschten im Himmel, und die Mädchen herrschten auf Erden.

Der Krieg beschleunigte den Lauf der Dinge rasant, denn sein Wesen war das Ungestüme. Dinge, für die der Frieden Jahre brauchte, um sie zu beginnen, nahm der Krieg sofort in Angriff. Sogar die Gewöhnung an das Neue, die im Frieden langwierige Zeit brauchte, geschah durch den Krieg sofort. Schnell wie ein Donnerblitz stand eine neue Regierung. Der Krieg hetzte. Man musste staunen, dass es nur sieben Tage waren, in denen das Mädchenreich erbaut wurde.

Der Fluss war zugefroren. Wie Wiesel huschten die Eisläufer dahin. Wer keine Gleitkufen hatte, spazierte andächtig durch eine weißfrostige Welt. Ganz Tondern war zum Winterschauspiel auf dem Eis, und alle waren Eiskinder.

Lily und Omnia wanderten am Ufer.

»Warum trägst du keinen Trauerschleier?«, fragte Lily.

»Ich bin eine Nachtkammer.«

»Du darfst dich nicht so fühlen.«

»Ich fühl mich so bis ans Ende meiner Tage«, sagte Omnia.

»Nein. Alles, was man fühlt, fließt. Es fließt von uns fort.«

Unter dem Gewölbe der Brücke begeisterte sich eine Schar Gritts daran, wie höhlendunkel ihre Kinderstimmchen hallten. »*Muuuhuhuh!*« Alle muhten durcheinander, dann stimmten sie einen Gesang an.

»Sie singen.« Entzückt zog Lily Omnia mit auf die Brücke. Sie stützten die Arme auf das Geländer und neigten die Köpfe, um dem Gesang zu lauschen. Die Gritts sangen ein Wiegenlied:

»Mama hat mich lieb.
In der Wieg ich lieg.
Papa stirbt im Krieg.
Mama, bei uns ist Fried.«

»Sie sind glücklich«, sagte Lily und ließ ihren Blick schweifen.

Der Himmel war weiß, der Fluss bunt vom Menschenvolk. Von alters her zog es aufs Eis, um in den Neuanfang zu rutschen. Es war ein großes, glitzerndes, gemeinsames Erleben, an dem die Erloschenen keinen Anteil hatten. Mit Eiskufen fauchte man die Toten an, dass sie verschwinden sollten. Eiskinder waren grausam, sie sausten schneidig über die Vergessenen hinweg und freuten sich ihres Lebens.

Die Gritts kamen unter der Brücke hervor und schlitterten davon. Auf einmal fühlte Lily, dass Gritt an ihrer Seite war wie eine unsterbliche Lebenskraft. Das kleine Kind hielt Lily eine launische Treue. Es hatte sein Ziel erreicht und Lily zum Sinn ihres Lebens geleitet. Die kleine Muse war der gute Geist des Gritthauses. Ohne ihr Wirken hätte es Lilys Werk nie gegeben, aber das Schleifchen, das sie zusammenband, wurde lockerer. Jetzt hatte Gritt ein heftiges Sehnen. Eislaufen war ihr das Liebste.

Lauf ihnen nach, Gritt. Spiel mit den Eiskindern.

Das kleine Todmädchen, das nur Lily sah, lief den Gritts hinterher. Die Gritts blieben stehen und warteten, als wenn sie spürten, dass noch eine zu ihnen wollte. Sie standen geduldig da, bis Gritt bei ihnen war, dann tollten sie allesamt davon.

»Das Mädchenreich war Falkas Hoffnung. Für die Gritts wird es ein Haus sein«, sagte Lily.

»Falka hat all die unschuldigen Männer umbringen lassen.« Omnia brach einen Eiszapfen ab.

»Wir haben alle auf einen Krieg gehofft«, sagte Lily. »Dass der Krieg uns die Arbeit des Tötens abnimmt. Weil der Krieg nicht kam, mussten die Frauen tun, was eigentlich die Arbeit des Krieges ist: Männer töten. Sieh es mal so, Omnia. Wenn ein Krieg gekommen wäre, wäre Michael im Krieg gestorben.«

»Er wär nicht im Krieg gestorben. Er war reich.«

»Dann sieh uns an. Wir zwei: Ich, die Reichste der Reichen. Du, die Ärmste der Armen. Falka hat uns zu Gleichen gemacht.«

»Und unsere Männer tot.«

»Glaub mir, das fließt dahin, das fließt immer weiter weg, wie ein Stück Holz im Fluss. Mehr ist ein toter Mann nicht. Ein Stück Holz, das davontreibt. Eines Tages ist es weg.«

»Nein. Er ist eingefroren in mir«, sagte Omnia.

»Jetzt noch. Aber das taut. Wie der Eiszapfen in deiner Hand. Für den Eiszapfen ist es Tod, zu Wasser zu werden, da kannst du auch den betrauern.«

»Du hast Martin nie geliebt«, sagte Omnia.

»Wer wen am meisten liebt, weiß das Schicksal, bevor wir es wissen. Das Schicksal ist weise und weist uns den Weg. Es will das Beste für uns, auch wenn wir das nicht immer so sehen. Du musst dem Schicksal vertrauen, Omnia, dann geschehen wunderbare Dinge. Auch du wirst wieder lieben.«

»Ich konnte ihn nicht beschützen«, sagte Omnia.

Der Eiszapfen war zerronnen.

Frühmorgens hackte Lily das Eis im Brunnen auf. Sie ließ sich diese Arbeit von niemandem nehmen. Es bereitete ihr eine köstliche Wonne, wenn das Eis unter den Axthieben brach. Sie brachte Eimer um Eimer ins Haus, wie eine Wassermühle war sie im Gange. Dann setzte sie den Kessel aufs Feuer. Wenn das Wasser heiß war, goss sie es in eine Waschschüssel und trug sie in Gregors Kammer.

Er sagte eisig, dass sie sein Zimmer nicht mehr betreten sollte, er würde sich das Wasser, das er brauchte, selber holen.

»Wenn das, was du sagst, nicht schöner ist als die Stille, dann schweig lieber.«

Am nächsten Morgen brachte sie ihm wieder das Wasser hinein. Und am übernächsten. Und so fort.

Von da an sagte er, wenn sie reinkam: »Lily.« Eisig, aber schöner als die Stille.

Wenn er die Wahl gehabt hätte zwischen Gehen und bei Lily zu bleiben? Aber das Wetter ließ ihm keine Wahl. Nach der Allerseelennacht kam der Winter. Es fing an zu schneien und hörte tagelang nicht mehr auf. Gregor musste bleiben.

Er begegnete Lily fortan wie ein steinerner Gast. Wie ein Standbild, das nicht sprach und das man nicht ansprach. Er wollte in der Kammer überwintern, bis es wieder wärmer wurde. Es war nicht seine Schuld, dass er hier lebte. Es war ihre.

Er hatte Lily gesagt, dass er sie nicht haben wollte. Nicht ihr Herz, nichts von ihr.

Aber das ließ sich nicht halten. Sie brachte ihm jeden Morgen Wasser vom Brunnen, Essen, warme Kleidung und Bücher.

Er las in der Bibel, er las Homer und Heraklit, sogar Dornröschen. Er war nun selber ein Dornröschen. Sein Leben lag im Winterschlaf. Für Lily war er eine Dornenhecke. Für die Welt war er tot.

Die Welt, die er kannte, war tot.

Das war nichts Neues unter der Sonne. Alles verging. Troja verging. Der Tempel verging, der Palast verging, der Turm verging, ohne dass die Geschlechter, die in diesen vergänglichen Gebäuden hausten, einen Lebensbeweis hinterließen. Aber für Gregor war das etwas Neues. Doch das durfte nicht – *o Gott* – auch auf Gottes Haus zutreffen.

Lily brachte das Abendessen.

»Wer ist jetzt Pastor?«, fragte er.

Sie wunderte sich über diese Frage. »Niemand.«

»Tondern hat keinen Pastor?«

»Nein.«

»Wer segnet euch dann?«

»Unser Segen sind die Spitzen.«

»Dann ist die Kirche verlassen?«

»Sie ist eine Fabrik«, sagte Lily leise.

»Ihr seid gottlos.«

»Wir haben Göttinnen.«

»Lass mich allein.«

In Tondern gab es keinen Gott mehr. Gregor brauchte Zeit, um das zu fassen. Er wollte verzweifeln, wenn er an die Zukunft dachte. Eines fernen Tages werden die letzten Gläubigen durch die Ruinen des Christentums irren auf der Suche nach einem Gottesbeweis. Und die vom Teufel Besessenen werden die Welt regieren.

Der Alltag nahm wie eh und je seinen Lauf. Es wurden Hühner gerupft und Rüben gekocht. Ein Müllergeselle namens Ivor brachte Mehl. Die Kinder spielten.

Die Vogelfänger stellten ihre Fallen auf. Sie tränkten die mannshohen Gestelle mit Pech und hängten Köder dran. Von seiner Kammer sah Gregor, wie die Vögel zu den Ködern flogen. Sie landeten im Pech. Sie hingen an ihren Schwingen wie Gekreuzigte und kamen nicht mehr los. Tauben. Wachteln. Amseln. Am markerschütterndsten schrien Krähen in ihrer Not. Bei den ersten Pechvögeln kämpfte Gregor noch an gegen den Drang, hinauszulaufen und sie zu retten. Doch je mehr es wurden, umso weniger berührte ihn ihr Schicksal. Er gewöhnte sich sogar an den Anblick des gefiederten Gestells. Die Vogelfänger plünderten es ab und trugen den Fang durch Tondern. An breiten Bügeln hingen Vögel, wispernd und raschelnd. Lily kaufte Dutzende. Die Pechvögel ließen Gregor einsehen, wie es sein konnte, dass Lily das Mannsvolk seinem Schicksal überließ. Aber es quälte ihn unaufhörlich, dass die Menschen Gott verließen. Ohne Gott war der Mensch ein Pechvogel und hatte im Tod keinen Retter.

Die Winterfreude verging den Eiskindern, als Gevatter Frost gehässig wurde. Es begann mit einem Hagelschlag. Eine Schar Millas traf das Bombardement auf dem Feldweg. Sie warfen sich im Kreis zu Boden und krochen einer der anderen unter den Rock, um ihre schönen Köpfe zu schützen.

Vom Hagel ging die Sage, dass er der gewalttätige Bruder vom Frost war. Der Hagel verprügelte die Menschen für den Spaß, den sie mit dem Frost hatten. Wenn der Hagel auf einen losging, wusste man, dass der Spaß vorbei war.

Ein Winter konnte ein Land ebenso erbarmungslos heimsuchen wie ein Krieg. Eine feindliche Urgewalt zog über das Land und ließ alles in Eis erstarren. Der Eiswind heulte wie ein Wolf. Am Firmament rollte der Mond wie ein Schneeball durch die Sturmnächte.

Das Mädchenreich war eine Wintergeburt in eisiger Kälte. Nun, wo es auf der Welt war, feuerte sich eine Urgemeinde an. Das Feuer ihrer Begeisterung loderte hellauf! Sie feierten, dass sie es vollbracht hatten. Ihr Mädchenreich war so klein in der Welt, aber sie fühlten sich groß. Sie waren Falkas Legion! Der ganze Norden Europas lag in Dunkelheit, aber sie fürchteten sich nicht, dass jemand ihr kleines Mädchenreich leuchten sehen und sein Lebenslicht austreten könnte, im Gegenteil, sie brannten darauf, noch mehr Städte, Dörfer und Inseln zu entfachen. Ihr Glück sollte überall im Lande leuchten! Sie waren das größte Volk der Welt! Das Weibsvolk!

Und so gaben sie ihre Kriegskunst weiter von Dorf zu Dorf, von Stadt zu Stadt und von Insel zu Insel. Dafür waren die Lucies zuständig, deren Flüsterpost sich wie ein Spinnennetz über das Land legte. Von Tondern bis Skagen liefen Neuigkeiten. Die Frauengemeinde jedes Ortes wurde in Stämme eingeteilt. Die Millas als Verführerinnen, die Astas als Trösterinnen, die Norlas als Töterinnen. Die Raggas rühmten das Mädchenreich, und die Lucies sangen vom Krieg. Die Gritts sollten eine leuchtende Zukunft haben und die Gullas die Leichen beseitigen.

Das Weibsvolk bereitete sich auf die Eroberung des Landes vor. Wenn Dänemark ein Mädchenreich ist, wird es seine Tentakel nach Schweden und Schleswig ausstrecken, und wenn der Norden Europas erobert ist, wird das Weibsvolk den Weltkreis ins Auge nehmen.

Was soll aus uns werden? Lily und Gregor vermieden es, über die Zukunft nachzudenken. In den Raunächten blickte man ohnehin in die Vergangenheit. Die alten Riten und Sagen machten, dass ein Frieden bei ihnen einkehrte, vielleicht auch nur eine Waffenruhe.

Dass sie vom Schicksal füreinander bestimmt waren, war bestimmt ein Märchen. Lily und Gregor erzählten es sich nicht. Sollte Lily Gregor erzählen, dass sie Falka von Herzen dafür dankte, dass Martin tot war? Sollte Gregor Lily erzählen, dass er die Allerseelennacht segnete, in der Lily ihn geküsst hatte?

Sie sprachen über vieles in den langen dunklen Winterstunden, aber über ihr Schicksal nicht. Sie umrankten einander mit Gedanken, die manchmal miteinander rangen. Sie waren sich oft uneins und sahen die Welt mit so unterschiedlichen Augen, dass es kaum dieselbe Welt sein konnte, und doch gehörten sie in diesen geschiedenen Welten zusammen wie Tag und Nacht, Himmel und Erde, Mann und Frau.

Ihre Liebe war lange vermummt gewesen, jetzt war sie aussichtslos und tödlich bedroht. Es stand so viel zwischen ihnen, alle Toten der Allerseelennacht, aber der Kuss überwand sie alle. Der Kuss war in ihren Augen, wenn sie sich ansahen, aber sie taten so, als würde keiner den anderen lieben, und vielleicht war daran auch etwas wahr. Lily liebte Gritt, und für Gritt wollte sie das Mädchenreich. Gregor konnte in einem Mädchenreich nicht überleben, und Lily konnte ihn nicht für immer verstecken. Noch ging es, noch wusste niemand, dass er in dieser abgelegenen Kammer hauste. Aber wie lange noch? Eines Tages musste er sie verlassen, entweder weil er zu Tode kam oder weil es ihm gelang zu fliehen. An beides versuchte Lily nicht zu denken. Sie ließ das Schicksal da sein, wo es war: im Ungewissen. Wenn wieder ein Tag überstanden war und sie in ihren getrennten Kammern zu Bett gingen, hoffte sie, dass auch der nächste Tag Gregors Leben rettete.

Gregor hoffte auf das Ende des Schreckens. Irgendwann musste der König zwangsläufig von den Zuständen in Tondern erfahren. Tondern war eine Handelsstadt und keine abgelegene Insel. Es war nur eine Frage der Zeit, dann würde das Königliche Heer kommen.

Lily und Gregor verschwiegen sich ihre Gedanken, um den anderen zu schonen, aber beide wussten, dass der Untergang unausweichlich war. Nur wenn sich blitzartig ihre Liebe zeigte, erkannten sie, dass eine höhere Macht bei ihnen war. In solchen Momenten tanzten sie auf Eis. Zum Teufel mit den Toten der Allerseelennacht. Sie waren Eiskinder ihres Glücks. Der Blitz der Liebe leuchtete nachthimmelhell. Dann kam der Donner. Dann kam die Schuld. Lilys Geist war in einer Grabhöhle. Gregors Herz war eine Mördergrube. Zur Hölle mit uns!

Sie hofften, dass das Schicksal gnädig mit ihnen war.

Sie wussten nicht, wie es an ihnen wirkte.

Das Schicksal liebte Gregor und Lily. Wenn sie glaubten, keine Hoffnung mehr zu haben, ließ es die Nacht rauschen, als käme auf den Flügeln des Windes ein Falke geflogen. Mit rauschenden Schwingen ließ sich der Raubvogel bei ihnen nieder. In seinen Fängen hing ihr Schicksal. Sie mussten es nur noch lieben.

Der Zwölferrat rief die Lucies ins Rathaus. An einer langen Tafel saß die Regierung von Tondern mit Falka Auge in der Mitte. Hinter der Tafel war eine Landkarte von Dänemark ausgespannt.

Falka erhob sich und hielt etwas Winziges hoch.

»Das ist eine Gräte in meiner Hand. Zum Zeichen unseres Sieges steche ich sie jetzt in Tondern hinein.«

Was sie tat. Als alle jubeln wollten, legte sie den Finger an den Mund und gebot ihnen, still zu sein. Dann ergriff sie einen Holzkasten und hielt ihn triumphierend hoch.

»In jede Stadt, die wir erobern, wollen wir eine Gräte stecken. Hier drin sind tausend Gräten!«

Wild schüttelte sie den Kasten. Die Gräten rasselten.

Jetzt brach der Jubel aus!

Falka setzte sich nieder. Eine Ragga erhob sich und übernahm das Wort.

»Ihr Lucies habt dem Weibsvolk in ganz Dänemark berichtet, wie wir Tondern erobert haben, damit sie das Gleiche tun. Das Weibsvolk ist gewonnen für das Mädchenreich. Ihr müsst es nun gewinnen für den Krieg.

Wir haben nur eine Nacht, um das Mannsvolk im Schlaf zu besiegen.

Der Winter ist uns günstig. Wir haben ein Meer von Frost um uns. Wir sind von einem Panzer aus Eis umschlossen. Die Norlas bewachen unsere Grenzen. Kein Mann darf erfahren, was in Tondern geschehen ist. Das Mannsvolk muss ahnungslos im Schlafe sterben.

Wir lieben unser Schicksal. Männer lieben wir nicht. Wir opfern sie mit reinem Gewissen.

Wir sind das größte Volk der Erde. Das Weibsvolk! Wir haben alle Menschen geboren und wollen über alle Menschen gebieten.

Das Weibsvolk will über den Weltkreis gebieten!

Es ist die Jahrhundertnacht! Die Nacht der Großen Manndränke! Wenn das Mannsvolk im Bett liegt, schlägt seine letzte Stunde. Es wird 1700 nicht erleben. Am Neujahrstag ist Dänemark ein Mädchenreich! Und Falka Auge ist unsere Königin!«

47
DIE JAHRHUNDERTNACHT

Wer dachte, der letzte Tag des Jahrhunderts würde in feierlicher Stille durch die Sanduhr rinnen, sah sich getäuscht. Ein Eissturm nahm den Menschen die Aussicht auf eine gleißende Sternennacht. Der Hagel peitschte fast horizontal. Bei so einem Unwetter sagte man, es wehte Wildschweine. Das waren die Geburtswehen des neuen Jahrhunderts.

Der letzte Tag. Wie sollte man ihn würdigen? Am ehrwürdigsten ging man so mit ihm um, als wäre es wirklich der letzte Tag. Nicht nur des Jahrhunderts, sondern auch des eigenen Lebens.

Die letzte Nacht. Wer in der Jahrhundertnacht zusammen ist, ist im Zauberbann der höchsten himmlischen Mächte. Eine Nacht, in der sich zwei Jahrhunderte küssen, wird erst in hundert Jahren wiederkommen.

Draußen fauchte der Sturm. Alle Fenster waren verrammelt. Lily saß auf Gregors Schoß. Sie hatte ihren Arm auf seine Schultern gelegt und er seinen Arm um ihren Rücken. In Lilys Schoß lagen seine und ihre Hand innig gefaltet, wie eine Blüte, die sich zur Nacht schloss. Ihre Liebe war ein langer Weg gewesen. Aber die Liebe ist langmütig und belohnt sie mit dem Gefühl, am Ziel zu sein.

Sie waren still, nur das Fauchen des Sturms war zu hören, und ihre Gedanken waren gleich: *Wir werden uns vereinigen. Wie wird es sein? Wir werden nackt sein. Ob ich ihm gefalle? Ob ich ihr gefalle? Es ist die Jahrhundertnacht. Es ist unsere Liebesnacht. Lily&Gregor.*

»Gleich küssen sich zwei Jahrhunderte«, sagte sie.

»Wir wollen uns in beiden lieben«, sagte er.

Sie lehnten ihre Stirnen aneinander und sanken in die Nacht.

Es war Falkas Nacht. Sie saß hoch in einer Sänfte. Die Mädchen trugen sie im Sturm durch Tondern. Trommlerinnen gingen der Sänfte voran. Ein langes Heer folgte. Jedes Mädchen hatte sich ein weißes Auge auf die Stirn gemalt. Als Falka sich aus der Sänfte beugte und nach hinten schaute, folgten ihr Myriaden von Augen.

»KRIEG!«

Der Ruf soll das Weibsvolk anfeuern! Das Königreich muss fallen in dieser Nacht. Die Große Manndränke muss glücken. Doch nichts ist gewiss. Wird der Krieg der Vater eines Mädchenreichs in Dänemark? Werden Melkerinnen und Krämerinnen genauso zusammenhalten wie Klöpplerinnen? Oder halten sie ihren Männern die Treue?

»KRIEG!«

Der Kriegszug war so lang, dass Falka sein Ende nicht sehen konnte. Ihre Legion legte sich rund um Tondern wie ein Brautgeschmeide.

Sie lehnte sich wieder in die Sänfte hinein. Alle Füße stampften zum Trommelschall.

»KRIEG!«

Da war die Mühle mit den Windflügeln. Als Falka sie sah, dachte sie an Till und an seine Flöte. Der Frühling bleibt nicht ewig grün. Doch Till soll am Leben bleiben und vielleicht mal daran denken, dass er ihr sein Leben verdankt.

»KRIEG!«

Falkas Legion zog an der Kirche vorbei. Der Pastor war ihren Fängen entkommen. Wie gerne hätte sie den Nacktkopf auf dem goldenen Tablett liegen sehen. Eine von diesen Stunden sollte seine letzte sein. Aber sie ist auch einverstanden damit, dass er geflohen ist und sie ihn immer noch fangen und töten kann.

»KRIEG!«

Die Sänfte schaukelte an Willem Tondernsens Haus vorbei. Falka dachte an ihre Ritte auf seinen Schultern. Er war ihr Sonnenkönig. Nichts ist ewig unter der Sonne. Aber er ist immer noch ein hoher Herr, und sie hat große Pläne mit ihm.

»KRIEG!«

Falka dachte an den Zaren von Russland und an die Sonnenblumen von Rawa. Nutze die Stunde, sie kommt nicht mehr. Sie waren ein Auge und ein Sturm, und ihre Nacht war ein Weltenbrand, *aaahhh!*

Peter war ihr letzter Mann gewesen, Peder war ihr erster. Die Zeit mit Männern war kurz. Sie fühlte eine bernsteinfarbene Heiterkeit, wenn sie an ihr Leben dachte.

Sieben Jahre vor siebzehnhundert kam sie nach Tondern.

Morgen wird sie zwanzig Jahre alt.

Das Schicksal war ihr immer gewogen.

Die Männer waren wie das Wetter.

Peder war der Nebel.

Till war der Regen.

Willem Tondernsen war die Sonne.

Der Zar war der Sturm.

Falka war durch alle Wetter gegangen. Sie liebte ihr Schicksal.

Ein Mann gab ihr alles, und das war Martin Martensen. Als er in den dunklen Gang kam, begann ihr großer Gesang. Diese Stunde war ihr günstig. Sie will es ihm reichlich lohnen. Morgen wird er der Stammesgott der Männer, die dann noch am Leben sind.

»KRIEG!«

In Städten, Dörfern und auf Inseln schwärmen die Töterinnen jetzt wie Wespen durch die Jahrhundertnacht.

Ihr Liebster schlief. Lily vermummte sich gegen die eisige Nacht.

Der Hof war bestoben mit Neuschnee. Der Brunnen stand wie ein Windschutz im Sturm. Lily kam unter sein Dach. Sie schlug das Eis mit der Axt auf und holte einen Eimer Wasser hoch. Den Eimer hielt sie so, dass sich im Wasser der Mond spiegelte, ein Sichelhauch hinter Sturmwolken.

»Er weidet mich auf einer grünen Aue. Er führt mich zum frischen Wasser. Er erquickt meine Seele. Sein Stab tröstet mich. Er salbt mich mit Öl. Er schenkt mir voll ein. Ich will bei ihm bleiben immerdar.«

Lily goss das Mondwasser in den Brunnen und ging wieder ins Haus.

48
DAS MATRIARCHAT

Anno 1700

Als der König im neuen Jahrhundert erwachte, galt sein erster Gedanke dem Federbuschhelm, den er trug, als er als junger Prinzenknabe seine erste Parade ritt. Das Ross hieß *Abglanz*. Das Volk jubelte. Nun trug er die Krone, er war der König von Dänemark. Was würde dereinst sein Abglanz in der Geschichte sein?

Der Kammerherr trat ein. Er meldete die Ankunft des Staatssekretärs. Es sei in der Jahrhundertnacht zu Unruhen gekommen, deutete er an.

Eine Stunde später trat Frederik ins Konferenzzimmer, wo der Staatssekretär seiner harrte. »Was für Unruhen?«

»Das Weibsvolk führt einen Vernichtungsfeldzug gegen uns.«

Blitzschnell durchforschte der König sein Hirn nach einem Volk, das so ähnlich klang, wie er es vernommen hatte. Hatte er richtig gehört? »Welches Volk attackiert uns?«

»Die weibliche Hälfte unseres.«

»Weiber?«

»In der Jahrhundertnacht, überall zur selben Stunde, überfallartig. Wir bekommen stündlich neue Hiobsbotschaften. Hier ist aufgelistet, wo das Weibsvolk ungehemmt mordet.« Er reichte Frederik ein Papier.

Der König trat mit der Liste ans Fenster. Er übersah eine Kolonne von Städten, Dörfern und Inseln. »Und was wollen die Weiber?«, fragte er ungläubig.

»Ein Matriarchat.«

»Was ist das?«

»Ein Land, wo Weiber über Männer herrschen.«

»Gibt es das?«

»Es gab noch nie ein Matriarchat. Nicht seit Menschengedenken.«

Frederik sah aus dem Fenster. »Ist das eine Revolution?«

»Es ist mehr ein Vandalensturm«, antwortete der Staatssekretär.

»Wie ist dagegen anzugehen?«, fragte der König.

»Mit der Mobilisierung des Heeres.«

»Gegen Weiber?«

»Sie haben ganze Landstriche erobert.«

»Weiber?«, fragte der König noch einmal.

»Majestät. Sie töten Männer im ganzen Land. Kopenhagen ist noch nicht betroffen, aber die Zunftstädte und viele Dörfer. Da herrschen Furien mit blankem Terror. Wir wissen von Leichenverbrennungen, und wo sie sie nicht verbrennen, da fressen sie die Männer auf.«

Schreckensbleich sah der König seinen Staatssekretär an.

»Erkennen Majestät nun, dass es nötig ist, zu handeln?«

Musste er ein Heer bei frostklirrender Kälte ausrücken lassen zu einem Winterfeldzug? Schwunglos sagte er: »Das Weibsvolk wird bekämpft. Wie gehen wir vor?«

Der Staatssekretär trat zum König ans Fenster. »Ich schlage vor, da anzugreifen, wo es angefangen hat. Das Matriarchat ist eine Hydra mit tausend Köpfen. Anstatt ihr die tausend Köpfe abzuschlagen, werden wir sie ins Herz treffen. Wir entsenden unser Heer nach Tondern, weil dort die Anführerin ist. Die Frau heißt Falka Auge und regiert von Tondern aus ihr Matriarchat.«

»Falka Auge«, sann der König. »Ist das die, von der die schwarzen Schleier kommen?«

»Ja, Majestät. Sie war auch hier am Hofe und in Rawa.«

»Ich erinnere mich nicht an sie.« Er erinnerte sich nie an Frauen.

»Sie ist auch nicht eindrucksvoll. Eine dürftige Person. Aber sie wird getragen von einem enormen Ruhm. Das Weibsvolk ist ihr in Massen hörig und gehorsam. Es gibt ein Bildnis von ihr, wo man ihre gewaltige Wirkung erahnen kann. David von Krafft, der sie gemalt hat, sagt, dass sie die unheimlichste Art Mensch war, die je vor ihm saß.«

»Was weiß man noch über sie? Woher kommt so jemand?«

»Als Mätresse von Willem Tondernsen ist sie hochgekommen.«

»Der.« Frederik sah ihn vor seinem inneren Auge. Die Frau sah er nicht.

»Majestät stimmen zu, dass wir Tondern angreifen?«

Der König seufzte gequält.

»Was denken Majestät?«, fragte der Staatssekretär.

»Sie sprechen immer von Weibern, von Furien, aber in Tondern leben kleine Mädchen.«

»Die Zähne des Drachens.«

»Ich soll eine Schlacht gegen kleine Mädchen befehlen?«

»Wir können uns den Feind nicht aussuchen. Wir müssen den Feind ausrotten. Wenn Tondern fällt, ist das Matriarchat vorbei.«

»Seien Sie still.«

Der König versank in Nachdenken.

Der Staatssekretär wartete geduldig.

Frederik schüttelte den Kopf. »Der Blutsäufer von Tondern. Das ist mein Abglanz. Das wird die Geschichte über mich schreiben.«

»Hoheit, die Geschichtsschreibung weiß nichts von Eurer Schlacht.«

»Das kann man nicht verheimlichen.«

»In diesem Fall schon. Tondern wird fallen am 18. Februar. Weil der 18. Februar auf den 1. März fällt. Die elf toten Tage der Kalenderreform. Der 18. Februar ist verdunstender Tau. Wenn die Sonne aufgeht, ist es der 1. März.«

»Aber der 1. März?«, fragte der König unsicher.

»Der 1. März wird für das Seine sorgen. Wir haben es mit dem 18. Februar zu tun.«

»Dann soll noch so viel Zeit vergehen?«, fragte der König.

»Ein Sprichwort sagt: Wer zu früh kommt, friert.«

»Ich verstehe«, sagte der König. »Der Kriegsminister soll kommen.«

Als würden in Windeseile Glückssträhnen geflochten, so mäanderte die Kunde vom Kriegsglück von Norden nach Süden. Die Glückssträhnen kamen als goldener Zopf in Tondern an. Das Weibsvolk zog an einem Strang. Es hatte aus Dänemark ein Mädchenreich gemacht.

Die Landkarte von Dänemark wurde mit Gräten gespickt. Nur Kopenhagen und acht weitere Städte widerstanden als einsame Inseln der großen Verwandlung.

Ein Jubelsturm brach los! Die Mädchen waren so erregt von ihrem Kriegsglück, dass sie zu einer bacchantisch tobenden Masse wurden. Trunken vom Sieg liefen sie durch die Straßen. »*WIR ALLE!*«, jubelte es von überall, »*WIR ALLE!*« Sie küssten sich im Siegesrausch, sie weinten Freudentränen, und viele rannten ungeachtet der Kälte mit blanken Brüsten durch die Gassen und ließen ihre Hemden wehen als Siegesfahnen. »*WIR ALLE!*« Aber da waren auch viele, die den Sieg so still begingen, wie man nur seine geheimsten Triumphe erlebt, sie dankten den Todmädchen, die ihnen geholfen hatten, und schauten sich mit großen Augen die unbändige Festfreude um sie herum an. Es war der schönste Tag ihres Lebens, und von diesem Tag an würde das Leben nur noch schön sein.

Am Himmel ging der dreizehnte Mond auf. Mond Anonyma.

Unter diesem Mond wurde Falka Auge zur Königin.

Alle Mädchen im Festsaal schauten auf Falka, als sie im goldenen Kleid auf die Bühne trat. Mit ihr kamen die schönsten Millas, sie gingen in hauchzarten weißen Schleiern wie Nebelnymphen.

Im Schwung ihrer Euphorie wäre Falka am liebsten geflogen, zur Decke des Goldenen Saals hoch, wo Engel auf Harfen ritten. *Aaahhh! Falkaaahhh!* Sie hatte den Krieg gewagt und den Krieg gewonnen. Doch die Dankbarkeit zog sie hinunter zu den Wurzeln des Sieges, zu den Mädchen im Saal.

Sie sind im Element der Macht, zum ersten Mal in ihrem Leben, zum ersten Mal seit Menschengedenken. Mächtig ist das Mädchenreich. Es lässt in allen Mädchen das Gefühl stolzer Größe aufkommen. Jedes Mädchen ist eine Eroberin. Asta die Große. Norla die Große. Milla die Große. Gulla die Große. Lucie die Große. Ragga die Große. Gritt die Große.

Falka erkor ein Kind aus, nahm es an die Hand und führte es ehrwürdig hinauf auf die Bühne. Dort kniete sie nieder und küsste der kleinen Gritt die Füße.

Eine Milla trat hinzu und überreichte dem Kind die Krone, die aus Gold war und einen bodenlangen schwarzen Schleier hatte, den die Millas hielten.

Das Kind setzte Falka die Krone aufs Haupt.

»*Lang lebe unsere Königin*«, riefen die Millas.

»*LANG LEBE UNSERE KÖNIGIN!*«

Falka erhob sich – und war Königin des Weibsvolkes von Dänemark.

Was würde die Zukunft über sie sagen?

Sieger sagen, der Siegestaumel ist nur ein Momentum, ein höchstes Gelingen der Gegenwart. Dann durchweht die Zukunft den Moment. Die Klöpplerinnen von Tondern haben für alle Mädchen die Zukunft erobert.

Als Spitzenklöpplerin hatte Falka immer eine Vision vom vollendeten Schleier. Jetzt hat sie eine Vision von den Anonymas der Zukunft, die in Glanz und Gloria leben werden.

Alle Mädchen schauten wie Falka zum Himmel des Goldenen Saals hoch und spannen geistige Fäden zu den Anonymas der Zukunft, die so beglückt zu ihnen herunterblicken wie die Engel auf den Harfen und Geigen und Lauten. Nicht nur für sich haben die Spitzenklöpplerinnen gesiegt, auch für die Anonymas der Zukunft, damit sie ihr Schicksal lieben werden. *WIR ALLE haben ein Mädchenreich zur Welt gebracht! Das wird die Zukunft über uns sagen.*

Lily sah nur Gregor. Gregor sah nur Lily. Alles an ihr war schön. Alles an ihm war schön. Die Welt betraf sie nicht, weil sie einander alles waren. Lily war die Quelle aller Glorie. Gregor war aller Dinge König.

Sie staunten über ihre Liebe wie Kinder über ein Märchen. Dass sie sich gefunden hatten, solch einen Schatz. Sie fühlten sich reich, obwohl sie nichts hatten außer sich. Draußen herrschte die Feindseligkeit des Winters.

Dänemark war ein Mädchenreich geworden. Lily wusste nicht, wie sie es Gregor beibringen sollte, denn es zerschlug seine Hoffnung, dass der Schrecken einmal ein Ende haben würde. Darum ließ sie ihn in dem Glauben, dass nur Tondern in Falka Auges Hand war.

Oh, wie stolz Lily war, wenn sie an Falka dachte. *Sie hat ihr Ziel wahrhaftig erreicht. Ein Ziel, so unerreichbar wie der Mond.*

Wenn Lily am Brunnen stand und der Mond sich im Eimer spiegelte, bat sie Frau Holle, das Mädchenreich zu behüten. Es war so viel größer und wichtiger als ihr kleiner eigensüchtiger Wunsch. Sie bat Frau Holle nie darum, dass Gregor am Leben blieb, denn sie hegte die Hoffnung, dass Falka ihm gnädig sein würde, eines Tages, wenn sie um sein Leben bat. Lily glaubte, dass Falka eine gute Königin war.

Auch wenn Omnias Beispiel ihr keine Hoffnung ließ.

Aber in Lily war jetzt ein Hoffnungskeim entstanden.

Eines nächtlichen Morgens ging Lily zum Fluss. Zu Eis erstarrt lag er da, und der Mond hellte die Nacht auf. Lily schlug die Axt ins

Eis. Sie hackte, bis sie meinte, dass es gut so war. Dann hievte sie die Eisscholle ans Ufer. In dem Loch, das sie zurückließ, schwappte schwarzes Wasser, und der Mond schien darauf zu tanzen.

Als der Morgen graute, weckte sie Gregor. Er sollte hinaus kommen, die Sonne ging auf.

Er hatte das nur im Schutz der Nacht gewagt, nie bei Tagesanbruch. Doch er vertraute ihr und trat an Lilys Hand hinaus auf den frostigen Hof. Lily ging mit ihm zum Brunnen. Dort hing an Stelle des Eimers eine Eisscholle über der Tiefe. Lily stieß sie an. Die Eisscholle kreiselte am Seil und warf ihm glitzernd das Licht der aufgehenden Sonne zu. Sie glich in ihrer Form einem Säugling.

Lily zog sie an ihr Herz. »Wir bekommen ein Eiskind.«

Sie ließ die Eisscholle los, damit sie zu ihm schwang und an sein Herz prallte. Gregor fing sie und drückte sie an seine Brust. Ungläubig sah er Lily an. *Wirklich?* Lily lächelte. Versunken streichelte er das Eis, dann küsste er es. Lily kam zu ihm, und er küsste sie, und sie küssten das Eis, das von ihrer Liebe schmolz oder mit ihnen verging in Freudentränen.

Das grüne Zimmer war Willem Tondernsens Garten im Winter. Hier trotzte er dem Frost wie ein alter Baum. Der Mond nahm zu und nahm ab. Eines Morgens kam Ragga, die Felsgesichtige, herein und teilte ihm mit, dass heute Neumond Ragga war und er ein freier Mann. Er sollte sich barbieren lassen. »Asta kommt gleich.«

»Kannst du das überhaupt?«, fragte er Asta, als sie kam.

»Ich hab mein Lebtag Schafe geschoren, du Hammel.«

So wurde Willem Tondernsen zum ersten Mal in seinem Leben von einem Mädchen barbiert. Hinterher war sein Kinn glatt wie Marmor, und er bekam auch einen Haarschnitt. Er fragte Asta, ob sie jetzt der Barbier von Tondern war. Das Mädchen sagte stolz: »Jawohl.«

Er durfte ein Bad nehmen. Ragga legte ihm Kleidung hin, ein

Hemd mit opulenten Spitzenvolants, ein Wams aus Fell, Beinkleider in Türkis. Da wusste er, dass er für Falkas Besuch hergerichtet wurde.

Sie trat ein mit ihrer eigenen Schlichtheit. Kälte wehte ihn an, als sie ihren Umhang abwarf.

»Aha, mein Falke ist wieder da«, sagte er. Die Hand streckte er ihr nicht entgegen.

Sie sah zum Vermeer, als tauschte sie mit dem Bild ein Geheimnis. »War sie dir eine angenehme Gefährtin?«

»Ja.«

»Du kannst dir eine richtige Frau suchen oder mehrere. Du bist frei. Tondern ist voller Frauen. Du kannst dir ein Haus aussuchen, wo du mit ihnen wohnst.«

»Dies war mein Haus. Du warst meine Frau.«

Sie lächelte darüber hinweg. »Du musst einen Spaziergang durch Tondern machen. Du wirst staunen, wie schön es ist.«

»Schön?«

»Niemand leidet.«

»Ja. Weil sie tot sind.«

»Die Männer sind glücklich. Wir sind gut zu ihnen. Du wirst es selbst sehen. Hier ist die beste aller Welten. Sie wird dir gefallen.« Draußen schlug der Kirchturm die dreizehnte Stunde. Falka hob den Arm zum Fenster und sagte: »Ich zeige nur die heiteren Stunden.«

Sie kam in seinen Winter hereingeweht wie Frühling. Und wie die Göttin des Frühlings legte sie ihm einen Blütenteppich hin.

»Du bist auch weiterhin ein hoher Würdenträger«, sagte Falka.

»Aha.«

»Du sollst unser Fürsprecher beim König sein.« Sie schlug die Augen zu ihm auf, ihr Bittebittebitte-Blick.

»Ich.«

»Du verhandelst mit dem König von gleich zu gleich. Er kennt dich.«

»Er kennt mich nicht mehr. Ich bin aus der Zeit seines Vaters. Es ist ein neuer König.«

»Das Mädchenreich ist auch neu.«

Sie sah zufrieden aus dem Fenster, und als sie ihn wieder ansah, strahlte sie im Triumph. Eine blendende Siegerin stand da, hinter sich hatte sie die eroberte Stadt.

»Mein Geschlecht ist endlich an der Macht. Das Haus der schwarzen Schwäne.«

Er schwieg.

»Schwäne sind die Könige unter den Vögeln«, sagte sie stolz. »Und Falken sind die Krieger. Sei du unser Gesandter und erklär dem König: Wir haben ein großes Heer. Er soll uns nicht als schwaches Volk sehen. Wir haben eine Legion fleißiger Töterinnen. Das soll er wissen. Und er soll wissen, dass nicht nur Mädchen für mich sind, auch Männer. So Edelmänner wie du.« Sie tat einen anmutigen Hofknicks.

Willem rieb sich verlegen das Kinn, denn sie wilderte schon wieder in seinem Herzen.

»Wir senden dich nach Kopenhagen zu Friedensverhandlungen«, fuhr Falka fort. »Sag dem König: Wir sind Feindselige, wenn er als Feind kommt. Und Friedliebende, wenn er bleibt, wo er ist. Er soll uns fürchten und sich fügen. Dänemark ist ein Mädchenreich. Sein Reich ist nur noch in Kopenhagen.«

Sie war närrisch. »Muss ich jetzt darauf antworten?«, fragte er.

»Nein. Aber über das nachdenken. Und über noch was.«

Er wartete.

»Wir wollen ein Reich sein und reich sein«, sagte Falka. »Wir wollen dich als Finanzminister. Sei unser Sonnenkönig.«

Sie blickten einander an. Der Augenblick trug ein goldenes Kleid.

»Ich bin ein freier Mann, sagtest du.«

»Ja.«

»Dann werde ich durch Tondern gehen und mir ein Urteil bilden.«

Die Stadt war eine Jungfer in Weiß. Baisers aus Schnee lagen auf den Giebeln, noble Eiszapfen hingen an den Erkern.

Willem ging zur Fabrik. Die Barrikaden waren fort. Der Lichtsaal war blitzhell, er warf einen triumphierenden Schein über den Platz und in die Gassen.

Er ging zur Kirche. Schon von weitem sah er dasselbe strahlende Licht. Sie klöppelten wahrhaftig in der Kirche.

Er sah sich überall um und sah eine strahlende Stadt. Das Haus des Richters war ein Krämerladen mit Namen *Luxuria.*

Willem Tondernsen hatte immer gelebt, als wenn ihn Leid und Tod nichts angingen. Er konnte nichts dagegen machen, dass er dieser blühenden Stadt sein Wohlwollen entgegenbrachte.

Auf dem Markt glitzerten Fische eingebettet in Mulden aus Schnee. Das Leben hatte den Glanz des Geldes. Münzen wurden aus Beuteln geschüttet. Sollte er mit Falka handelseinig werden? Ihm die Fabrik rauben, aber ihn zum Finanzminister machen, das war die Treue des Falken. Sie brachte ihm mehr Beute zurück, als sie ihm weggenommen hatte.

Er sah nur Frauen in den Marktbuden, doch es lebten auch Jünglinge in Tondern, und alle hatten etwas Neuartiges an sich. Er überlegte, was es war. Erst als ein Gespann Kutschpferde vorbeirasselte, kam Willem drauf. Das Neue war, dass diese Jünglinge sich vor den Karren des Weibsvolks spannen ließen und stolz waren auf ihre Karriere.

Jetzt regierte hier ein neuer Emporkömmling weiblichen Geschlechts. Eine Jungfer als Triumphator. Und mitten auf dem Marktplatz, wo früher der Zuchtmann stand, prunkte nun als Denkmal ein schwarzer Schwan. Der Schwan war aus einer Masse von Kerzenleuchtern geschmiedet und glänzte im Lack, als wäre er mit Pech übergossen. Wie der Hausgott von Tondern ragte er auf, aber in seiner gewaltigen Nacht stand er auch da wie ein grausamer Götze des Matriarchats, der Angst machen konnte.

Willem ließ sich auf dem Sockel des Denkmals nieder. Er fühlte sich wie der Letzte seiner Art. Der letzte lebende Altmann. Hier herrschte eine neue Weltordnung.

Jungfer in Weiß. Stadt der weißen Spitzen. Willem saß ihr zu Füßen. Er war der Mann der weißen Spitzen. Er konnte nicht anders, als zu den Spitzenklöpplerinnen zu halten und ihr Schicksal zu teilen.

Derweil zog das Königliche Heer nach Süden. Es kroch wie ein Lindwurm über die Landstraßen, es schlich durch ein Land, das im Winterschlaf lag. Eine große Stille umgab das Manöver, als wenn da kein Kriegsheer unterwegs war, sondern ein Pilgerzug.

Im kältesten Winter machte sich ein Heer auf? Die Raggas versetzten die Norlas in Gefechtsbereitschaft. Die Norlas bildeten Kampftruppen, die sich mit Waffen aus dem Arsenal ausrüsteten. Die Maurer wurden von ihnen angetrieben, damit die Stadtmauer stand, wenn das Heer kam.

Die Astas legten Vorräte an. Jetzt bedauerten sie, dass sie nicht so viel Pökelfleisch hatten, wie erforderlich war, um eine lange Belagerung zu überstehen. Sie hätten auf die Gullas hören sollen, in der Not frisst man alles. Aber sie waren ja nicht in Not, sie waren neugierig. Da rückte ein Heer heran. Sollte etwa der Krieg kommen? Der Krieg, den sie alle liebten? Dann war das Heer ihr Glück.

Die Mädchen glaubten, dass es an Tondern vorbei nach Schleswig zog. Sie wollten ja selber Schleswig erobern, wenn auch erst im Frühling, und das Weibsvolk bis dahin mobilisieren. Am 21. März war Tagundnachtgleiche, dann sollte der Tod über das Mannsvolk von Schleswig kommen. Wenn aber vorher schon der Krieg kam, konnten die Frauen geruhsam bleiben und die Hände in den Schoß legen. Dann tötete das eine Mannsvolk das andere, und das Weibsvolk freute sich daran.

Sie wollten das Mädchenreich nach und nach in alle Länder bringen. In zehn Jahren konnte das vollbracht sein. Dann würden sie mit den Weibsvölkern der ganzen Welt verbündet sein zu einem Chor und einem großen Gesang, und es wäre Weltharmonie auf Mutter Erde.

Aber nun rückte ein Heer heran.

Die Lucies kundschafteten es aus. Es ließ sich viel Zeit und lagerte manchmal für Tage an einer Flussaue. Die Raggas wurden aus dem gemächlichen Vorrücken nicht schlau. Zog das Heer gen Tondern? Dann zog es gegen das Mädchenreich in die Schlacht. Zog es gen Schleswig? Dann zog es gegen Schweden in den Krieg. Tondern oder Schleswig? Um nach Schleswig zu gelangen, musste das Heer an Tondern vorbei. Nach Schätzungen der Lucies hatte es die Größe von fünftausend Mann.

Omnia schlug an Lilys Tür, sie hatte ein schäbiges Wolltuch um wie ein Moosweiblein. Lily trat heraus.

»Die Soldaten des Königs kommen! Fünftausend Mann!«, rief Omnia.

»Sei ruhig«, herrschte Lily sie an. »Die Kinder hören dich.«

»Die wollen zu uns. Die werden uns töten.«

»Wir siegen«, sagte Lily fest.

»Gegen solch ein Heer?«

»Wir haben Töterinnen.«

»O ja, von schlafenden Männern.«

»Du wirst keinen Zweifel an unserm Sieg säen«, befahl Lily ihr scharf.

»Die Mädchen sollen glauben, dass sie gewinnen können? Gegen fünftausend Mann?«

»Irgendwann müssen die auch mal schlafen.«

»Lily, das ist eine Streitmacht. Wir müssen uns ergeben. Reue zeigen. Dann tun sie uns nichts.«

»Du bist feige wie eine alte Vettel. Und siehst auch so aus.«

»Eine alte Vettel wollen die nicht schänden. Dich schon.«

Lily schlug stolz die Fäuste gegeneinander. »Wir sind eine Legion.«

»Du liebst Falka, darum kannst du nicht an ihr zweifeln«, sagte

Omnia. »Alle liebt ihr Falka für ihr Mädchenreich. Aber wo ist euer Reich, wenn alle Mädchen dafür sterben?«

»Geh du nur weiter in Trauer, ich geh vom Sieg aus.«

Omnia ging davon, krumm wie eine Sichel.

Lily kehrte ins Haus zurück.

Gregor stand auf der Treppe. »Fünftausend Mann? Stimmt das?«

Lily stieg die Treppe hinauf, sie stieg stumm an ihm vorbei, und er sah ihr beklommen nach.

Sie verschwand in der Hofmeisterkammer. Dort sank sie auf einen Stuhl. Sie wollte ihre Fäuste gegeneinanderschlagen und dem, was auf Tondern zukam, mit Herzensmut begegnen, aber in ihrer Angst ließ sie ihr Gesicht in die Hände sinken und weinte hilflos hinein.

Gregor kam zu ihr.

Sie hörte auf zu weinen, denn sie wollte nicht, dass er sah, wie sie Falka liebte und wie ihr Herz am Mädchenreich hing. Aber er hatte es doch gesehen.

Er ließ sich bei ihr auf dem Boden nieder und lehnte sich an sie. »Mein Leben lang habe ich Krieg gegen meine roten Haare geführt«, sagte er. »Nun haben meine Haare doch den Krieg gewonnen. Weil du sie liebst.«

Seine Haare hatten das Farbenspiel eines wärmenden Feuers. Lily legte ihre eiskalten Angsthände auf sein Haupt und ließ sich von seinen Worten trösten. Auch Falka konnte den Krieg gewinnen. Weil Lily sie liebte.

Omnia war entschlossen, die Mädchen zu warnen, damit so viele wie möglich das Weite suchten, bevor das Heer die Stadt einkesselte.

Sie ging zu den Norlas.

Die Norlas lebten in den eisigen Regionen der Rache. Sie waren im Diesseits und im Jenseits zu Hause, und es war ihnen gleich, welchen von beiden Aufenthaltsorten sie künftig bewohnten.

Hauptsache, sie töteten so viele Männer wie möglich. Männer abzuschlachten war ihnen eine Fleischeslust.

Sie ging zu den Astas.

Die Astas wollten die fünftausend als Winterfutter verwerten. Diesmal sollte nichts umkommen. Sie dachten überhaupt nicht daran, dass sie selber umkommen konnten.

Sie ging zu den Lucies.

Die Lucies waren wie immer fröhlich und fürchteten sich nicht. Wie Homer den Krieg um Troja besungen hatte, wollten sie den Krieg um Tondern besingen.

Sie ging zu den Gullas.

Die Gullas waren ihren Herrinnen in allem blind gehorsam.

Sollte Omnia zu den Gritts gehen? Den kleinen Kindern sagen, dass das Mädchenreich wie eine Spuckeblase platzen konnte? Sie ließ es.

Sie ging zu den Millas.

Die Millas würden die leidvollsten Opfer der schändenden Soldaten sein. Aber die Millas wähnten sich nicht in Gefahr. Sie wollten sich nicht einmal hässlich machen. Denn sie waren der Goldschatz von Tondern. Sie wurden bewacht von allen Mädchen und von allen Männern.

Die Stämme hielten zusammen. Nur Omnia war eine Stammeslose. Ein loses Fädchen.

Sie wurde wieder krumm. Sie duckte sich wie einst.

So ging sie zu Falka.

Lange hatten sie sich nicht gesehen, aber als Falka hörte, dass Omnia zu ihr wollte, ließ sie sie kommen.

Falka sah nicht aus wie eine Königin, sie blieb schlicht ihr Eigen. Aber sie wohnte jetzt im Rathaus, zusammen mit den Raggas, die im Zwölferrat waren. Und sie empfing Omnia im Goldenen Saal, um ihr Ehre zu erweisen.

»Scheint die Sonne wieder über uns beiden?«

»... ja.«

»Was möchtest du?«

Omnia wurde krumm. »Es kommt zu uns. Das Heer. Oder was glaubst du?«

»Ja«, sagte Falka. »Es kommt zu uns.«

»Und du willst es schlagen?«

»Wir werden es schlagen.«

»Fünftausend Mann? Falka!«

»Wir sind fünftausend Mädchen. Das ist eine Gleiche.«

»Die sind viel stärker als wir.«

»Ach, Omnia, es kommt nicht auf Stärke an, das weißt du doch selber. Wir siegen mit Niedertracht, Hinterlist und Heimtücke.«

»Was wollt ihr denn tun?«

»Das überlass man uns.«

So in die Schranken gewiesen, verzagte Omnia und sank noch mehr in sich zusammen. Doch dann raffte sie sich zu einem Widerwort auf. »Wie viele Mädchen müssen sterben?«

Falka presste die Lippen aufeinander.

»Wie viele müssen sterben, damit du dein Mädchenreich behältst?«

»Das ist keine Habseligkeit«, sagte Falka streng. »Das Mädchenreich ist unser Schicksal. Es gibt kein anderes Schicksal mehr für uns. Wir können nicht zurück. Nur nach vorn in die Vorsehung. Die Vorsehung will, dass das Mädchenreich auf die Welt kommt. Hör das, Omnia: *Auf die Welt!* Hier ist erst der Anfang. Tondern ist die Urgemeinde. Von hier aus soll es sich über die ganze Welt verbreiten. Ich folge dieser Vorsehung, weil das mein Schicksal ist. Ich bin die Erlöserin.«

Omnia gab auf.

Till hatte dem Apfelbaum versprochen, dass er hierbleiben würde, bis Martins Tod gerächt war. Aber er konnte sein Versprechen nicht halten. Bald würde hier Schreckliches geschehen, und er wollte nicht dabei sein, wenn die Mädchen geschändet und geschlachtet wurden.

In der Neumondnacht trafen sich Till und Laust an der Mühle. Till konnte nicht von hier fortgehen, ohne einen letzten Versuch zu machen, auch Laust dazu zu bewegen. Laust kannte sein Vorhaben. In kargen Worten hatte Till es dem Freund angekündigt. Hier war für ihn kein Bleiben mehr.

Till legte sein Bündel ab und setzte sich zu seinem Freund. Laust hatte ein kleines Abendmahl vorbereitet. Sie aßen ihr letztes Brot und tranken ihr letztes Bier zusammen.

Dann machte Till den letzten Versuch: »Komm mit.«

Laust kratzte sich am Kopf. »Ich leb hier gut als Nützling.«

»Alter Wikinger«, sagte Till. »Was willst du bei den Weibern?«

»Weiber«, sagte Laust.

»Weiber gibt es überall.«

»Aber nicht diese.«

»Diese gibt es nicht mehr lang«, sagte Till.

»Ich halt ihnen meine Treu.«

»Mir hältst du nicht Treu? Deinem Freund?«

»Till, alter Teutone. Ich hab zehn Mädchen, die die Meinen sind. Besser krieg ich's nie mehr.«

»Willst du echt ein Weibsknecht sein?«

»Ich wollt mal in die Neue Welt«, sagte Laust nachdenklich. »Nach Amerika ausreißen. Aber vor Wasser hatte ich Angst. Wochenlang auf See, nein. Ich bin kein Wikinger. Ich bin Müller. Aber weißt du, was ich denke?«

»Was?«

»Das hier ist die Neue Welt.«

»Mag sein.«

»Hier hast mein Rat«, sagte Laust. »Geh nicht weg. Geh zu der Lucie, die dich beäugelt hat. Werd ihr Liebling. Oder werd Nützling wie ich, dann haste zehn Frauen, die dich verwöhnen.«

Sollte er dem Freund sagen, was Männer im Krieg taten? Till blieb still. Sie saßen noch einen Moment zusammen. Dann stand Till auf und ergriff sein Bündel. Laust trottete noch ein Stück mit. An der Kreuzung von Mühlenweg und Feldweg umarmten sie sich.

Till bebte die Stimme. »Leb wohl, Freund.«

»Leb wohl, Freund.«

Sie ließen sich los.

Till ging in die Nacht.

Es war die Neumondnacht Falka.

Februar war ein Drecksmonat. Der Boden durchweichte vom Tauwetter. Mutter Erde saugte sich an den Soldaten fest. Sie mussten ihre Füße aus dem Schlick rupfen und gleichzeitig auf tückischem Glatteis gehen, das unter dem Schlick lauerte. Der Morast machte Golems aus ihnen, Monster aus Lehm. Stumpfsinnig stapften sie durch die Exkremente, die der Februar vor das Königliche Heer hinschiss.

Wenn sie im Feldlager ihre lehmverkrusteten Kleider aufbrachen wie Käferpanzer, entblößten sie junge Leiber mit spielenden Muskeln. Sie wuschen sich am kalten Bach und jagten nackt ins Zelt unter die wollne Decke. Mit der Erschöpfung menschlicher Wesen sanken sie einander in die Arme. Jünglinge, die nach Mädchen seufzten, schmiegten sich wie Mädchen an Jünglinge. Die Generalität nahm keinen Anstoß daran. Sie waren Soldaten, und neben dem Sold verdienten sie auch Glück. Die Männerliebe war das Leibrecht des Soldaten. Kein ziviler Mann durfte ihr offen frönen, aber für das Militär hatte sie enorme strategische Vorteile. Jeder Soldat, der einen Liebling hatte, besaß den Angriffstrieb einer Löwenmutter. Und die Lieblinge kämpften wie Gladiatoren, damit die Löwenmutter ihnen später die Wunden leckte.

Drei dem eigenen Geschlecht zugeneigte Könige in Folge hatten die Männerliebe nobilitiert. Alle erfüllten ihre Pflicht im Ehebett und fanden das Vergnügen beim männlichen Eros. König Frederik IV. schien auch nicht aus der Art zu schlagen.

In der vornehmen Gesellschaft war es eine offene Empfehlung, einen Jüngling an einem Mann reifen zu lassen, damit er sich am männlichen Ideal des Triumphators bildete, anstatt sich im weiblichen Sündenpfuhl wie ein Wildschwein zu suhlen. Zu diesem Zweck sandte man ihn in die Armee.

Seit in Dänemark Frieden herrschte, zeigte die Königliche Armee ihre Potenz nur noch bei Ehrenmanövern. Sie saß auf hohem Ross im glanzpolierten Harnisch, und über den Helmen wippten Federbüsche. Keiner der jungen Soldaten hatte je einen lebendigen Krieg erlebt. Sie kannten nur tote Kriege, die auf Papier geschrieben standen. Der Februar gab ihnen einen ersten Eindruck vom Krieg. Das Königliche Heer stampfte durch den Morast. Die Wolken verdüsterten sich zu grollenden Ungetümen. Ein kalter Guss ging auf sie nieder. Sie froren und fluchten. Sie waren in Mutter Erdes Wildschweinpfuhl.

Zur gleichen Zeit setzten sich aus Städten, Dörfern und von den Inseln Kampftruppen von Norlas in Bewegung. Sie schnitten sich die Haare zu Helmen und schwärzten ihre Gesichter mit Ruß. In verwegenen Banden zogen sie querfeldein gen Tondern.

Nach neun Tagesmärschen traf Till auf das Königliche Heer. Er blieb am Wegrand stehen und schaute die Vorüberziehenden an. Das waren die fünftausend gegen Falka. Sie hatten die verwitterten Gesichter von Haudegen, die durch alle Wetter gegangen waren. Till versuchte in den Gesichtern zu lesen, ob sie zu Gräueltaten fähig waren. Was würde dieser oder jener den Mädchen antun? Und seltsamerweise kam ihm dieses eine Mädchen in den Sinn, das ihn gebunden hatte. Lucie mit den Kulleraugen und dem Kussmund. Auf einmal wusste er, dass er zurückmusste. Er war ein Hirte, und Lucie war ein schwarzes Schaf, das er retten musste.

Till kam an die Seite eines Soldaten.

»Ich will mit euch gehen.«

Der Soldat horchte Till gründlich aus. Dann brachte er ihn zu einem anderen Soldaten.

»Martensen! Er will dem Heer dienen. Hat mir grad erzählt, er war der Kutscher von deinem Bruder.«

»Du willst in den Krieg?«

Vor Till stand der Letzte der Gebrüder Martensen. Sein Gesicht war gezeichnet von Rachedurst. Tills Hände wurden nass, sein Leben glitt ihm aus den Händen. Er wollte nicht in den Krieg, er wollte das Morden verhüten, aber er sagte »ja« und wurde mitgenommen.

49
DIE SCHLACHT

Der Goldene Saal des Rathauses war geschmückt, als ginge es um ein Fest ohnegleichen. Kandelaber erleuchteten ihn, und die kostbarsten Waffen aus der Schatzkammer prunkten von den Wänden. Das Feuer und die Schwerter machten den Goldenen Saal zu einem Tempel für den Kriegsgott Mars. Er war gefüllt mit Mädchen.

Ragga trat auf die Bühne und sprach:

»Fußsoldaten. Damit haben wir es zu tun. Es gibt keine Kavallerie. So kann man nicht Schleswig angreifen. Wenn nicht noch Verstärkung auf dem Seeweg naht, sind sie gegen uns auf dem Marsch. Der König von Kopenhagen hält uns für schwach, darum schickt er Schwächlinge gegen uns in den Kampf. Wir haben sie ausgespäht und können euch sagen, wie sie aussehen: zarte rosa Schweinchen. Wir schlachten sie! Lasst uns in die Schweine fahren!«

»*LASST UNS IN DIE SCHWEINE FAHREN!*«, brüllte der Chor.

»Wir werden ein Wunder tun. Die Tötung der fünftausend!«

»*DIE TÖTUNG DER FÜNFTAUSEND!*«, echote der Chor.

»Unsere Norlas töten wie Nachtmahre! Unsere Lucies kämpfen wie Löwen! Unsere Millas machen das Pfeilgeschwader! Wir sind Legion!«

»*WIR SIND LEGION!*«

Schwarze Vögel flatterten auf die Bühne, es waren Gritts auf den Schultern von Norlas. Die Norlas hielten Schwerter, die Gritts machten Flügelschläge, alle in schwarzen Spitzen. Jede

Gritt sah aus wie ein geflügelter Genius des Krieges, der einer großen Kriegerin das Geleit in die Schlacht gab. Sie füllten die Bühne wie ein rauschender Schwarm von Nachtmahren. Dann teilte sich die Masse, und in der Mitte entstand eine Schneise. Die Norlas kreuzten die Schwerter über der Schneise.

»*KRIEG!*«

Alle Schwerter stellten sich hoch.

Falka Auge schritt hindurch. Von ihrem Haupt stieg ein majestätischer Schwanenhals aus schwarzen Spitzen empor, er türmte sich in stolzem Bogen hinauf und neigte sein Schwanengesicht hinunter zum Volk. Ein Sternenschleier umwehte sie. In ihrer linken Armbeuge lag ein goldener Ball, der aus den Haaren der Millas geklöppelt war.

Falka sah auf ihre Legion. Alle Mädchen im Saal waren Kriegerinnen. Sie trugen Tarnanzüge aus schwarzer Spitze und hatten sich bewaffnet mit Säbeln, Dolchen, Schwertern, Pfeilen und Sicheln, den lautlosen Waffen der List. Sie waren die Vorhut. Erst mit der Nachhut würden Feuerwaffen zum Einsatz kommen. Wie Nachtmahre wollten sie das Heer überfallen und es schon im Schlaf vernichten. Jede musste mindestens zehn Männer schaffen, dann war das Königliche Heer, wenn die Schlacht begann, zusammengeschmolzen. Falka sprach:

»Die Nacht des Kampfes ist gekommen. Wir werden dem Königlichen Heer eine Nacht bereiten, die es nicht überleben wird. Das Blut der Männer wird eine Morgenröte sein!«

Falka fühlte eine Kraft, als könnte sie die Erdkugel heben. Überall auf der Erde lebten Frauen und konnten die Macht übernehmen nach dem Vorbild der Klöpplerinnen von Tondern.

Auf einmal dachte Falka an ihre drei Schwestern, die sie seit ihrer Hochzeit nie wieder gesehen hatte, und sie fragte sich, warum sie nicht nach Tondern gekommen waren? Ihr Name war doch so berühmt in ganz Dänemark, dass ihre Schwestern ihn bestimmt gehört hatten. Es sei denn, sie konnten nicht kommen. Da wusste Falka, dass ihre drei Schwestern Todmädchen waren.

Ein stilles Entsetzen befiel sie. *Sie sind tot.* Das durfte sie nicht denken, nicht so kurz vor der Schlacht, da durfte sie nicht an tote Mädchen denken. *Sie sind nicht tot, sie sind nur noch nicht da.* Falka nahm sich zusammen und sprach wie eine Königin:

»Kämpft für unsere Gritts!

Kämpft für alle Anonymas der Zukunft!«

Sie warf den geklöppelten Ball in das Heer der Kriegerinnen.

»Kämpft für den goldenen Ball der ganzen Welt!«

Es war die Nacht des Vollmonds Falka. Wie herumgeisterndes Gras, so schlichen sie sich an. Jede Kriegerin trug einen Tarnanzug aus schwarzer Spitze. Damit das Weiß in ihren Augen nicht zu sehen war, hatten sie Masken auf, durch deren Gespinste sie spähten. Auch Männer gingen mit ihnen. Lieblinge und Nützlinge erwiesen ihren Herrinnen Kampftreue. Geräuschlos federten ihre Schritte durch den Auenwald. In langen Reihen und ausgedehnten Schwarmlinien flochten sie sich um die Bäume wie deren im Wind schwankende Ebenbilder. Ihre schwarzen Gefieder imitierten die Nachtschatten der Pflanzenwelt in vollkommener Mimikry. Sie rückten an wie Tannen im Mondschein, wie eine wuchernde Finsterwand. Unter dem Auge des Falkamonds lagerte das Heer an der Flussaue. Eine Legion von Nachtmahren nahm es in die Fänge. Mit Flügelschwingen hüllten sie das Lager ein wie ein Raubvogel ein Rebhuhn. Die Zelte waren dicht an dicht aufgebaut. Im Mondschein brannten keine Fackeln. Die Stunde der Schlacht war da.

Sie standen still wie Bäume und beteten zu ihren Stammesgöttinnen. *Norla, lass uns siegen. Lucie, lass uns lachen. Milla, gib uns den goldenen Ball der ganzen Welt.* Und sie beteten zum Falkamond, dass er für das Reich ihrer Königin in der Stunde der Schlacht schien.

Aaahhh! Falkaaahhh! Seidensanft wie der Wind Zephyr wehten sie auf den Flügeln der Nacht in das Schlaflager des Feindes, wehten wie ein Luftzug in die Zelte. Federleicht landeten sie bei den Schlafenden. Ihre Armschwingen schlugen hoch und nieder, mit schlitzenden Krallen. Sie sichelten Kehlen auf.

Aus dem tiefen Humus des Waldbodens kam Tills Bewusstsein an die Oberfläche. Das Blitzen eines Säbels riss ihm die Augen auf. Etwas Schreckliches riss ihn in seine Klauen. Till fuhr jäh aus dem Schlaf auf. Er hörte Schreie und Röcheln. Der Angriff kam aus dem Nichts. Sein Blick schärfte sich für die Finsternis. Im wühlenden Tumult sah er einen schwarzen Alp. Der Alp hockte bei einem Mann und schlug ihm die Klaue in den Hals. Till packte sein Schwert. Der Alp sprang ihn an. Till stieß sein Schwert in das Untier, riss es raus, schlitzte die Zeltwand auf und wühlte sich hinaus ins Freie.

Draußen tobte eine Schlacht. Die Männer leuchteten. Nachtmahre fielen sie an und hackten mit Schlitzkrallen auf alles ein, was hell war. Man sah sie nicht kommen, es waren gefiederte Finsternisse. Sie sprangen ihre Opfer an und schlitzten sie auf, sie fielen mit den Sterbenden nieder und waren schnell wieder auf den Beinen, federten hoch und erdolchten den nächsten. Wie Mordstolle stürzten sie sich auf die Männer und rissen ihnen die Leiber auf. Völlig überrascht von dem heimtückischen Angriff hatten die meisten Männer bei der Flucht aus den Zelten ihre Waffen dort vergessen und waren wehrlos. Sie mussten zu den Zelten, zu den Waffen! In einer Woge stürmten sie dorthin. Ein Pfeilgeschwader attackierte sie. Wer sich nicht auf den Boden warf und kroch, war eine bleiche Zielscheibe und fiel.

Till streifte ein Pfeil. Die Schützin spannte erneut den Bogen, da fauchte sein Schwert. Sie war tot. Das waren keine Ausgeburten der Hölle, das waren Mädchen, die sie massakrierten. Das Schwert in beide Fäuste gekeilt, raste Till zu einem Kampf, wo drei Mädchen einen Mann niederdolchten. Er setzte zwei außer Gefecht. Die dritte entging seinem Angriff und tauchte unter ihm hinweg, so schnell, als wäre ein anderes Mädchen plötzlich hinter ihm aufgetaucht. Wie ein Wolf mit Reißzähnen sprang sie ihn an. Till duckte sich, warf sie im Schwung über seine Schulter, schmetterte sie auf den Boden und bohrte das Schwert in ihren Leib. Als er es rauszog, dampfte es von warmem Blut.

Die Zelte waren niedergetrampelt. Die Schlacht trieb immer neue Wirbel aus. Till blickte schaudernd in einen Todeswirbel hinein, er sah Männer und Todmänner und abgeschlagene Teile. Sie lagen da so hell wie Wasserlachen, die den Mondschein spiegelten. Die Nachtmahre waren noch getarnt, wo ihre Spitzen zusammenhielten, aber wo sie zerrissen, konnte man sie sehen. Ein Mädchen stand mit nackter Haut im Tumult und wollte den zerrissenen Schlupfwinkel wieder um sich ziehen. Till stürzte sich auf sie. Sie fiel und schimmerte wie Todwasser.

Drei Alpe tänzelten federleicht und furchtbar auf ihn zu. Im Nu war er umzingelt. Ihre Sicheln hackten von drei Seiten nach ihm. Till stach und schlug blindwütig nach allem, was schwarz war und sich bewegte. Die Mädchen sichelten in den Kreis, aus dem Till nicht rauskam. Wenn er eine zurückschlug, griffen die anderen ihn von hinten an. Er musste sich wie ein Kreisel drehen und drehen und drehen und sie mit dem Schwert auf Abstand halten, aber sie kreuzten und kreuzten und kreuzten mit ihren Schlitzkrallen in sein Kreisen. Ihm wurde schwindlig, da drosch ein Mann in seinen Kampf. Er säbelte eine weg, wollte die zweite wegsäbeln, da kam die dritte ihm zuvor und sichelte ihn weg. Till haute mit dem Schwert zu. Sie bog sich wie ein Schilfrohr, und sein Schwert bohrte sich tief in den Mann. Als er vornüberkippte, zog er Till das Schwert aus der Hand.

Till hatte kein Schwert mehr, und zwei Sicheln rasten auf ihn zu. Er gab sich auf. Nein! Mit einem Wutschrei keilte er sich einen Spalt in sein unausweichliches Ende und sprang durch. Till entwischte in panischer Flucht. Die Sichlerinnen hetzten ihm nach. Sie gaben ihn nicht auf, sie waren schnell, holten ihn ein und sichelten von beiden Seiten nach seinem Hals. Wich er der einen aus, gelangte die andere fast an seine Kehle. Wie Raubvögel streckten sie die Fänge aus, um die Wurzel aller Übel auszumerzen: den Mann.

Haken schlagend brauste er durch die Schlingen ihrer Treibjagd. Till rannte um sein Leben. Etwas Mächtigeres als Todesangst peitschte ihn an, etwas wie Todeshass. Die Sichlerinnen jagten ihn im Beuterausch. Till hasste sie so, als triebe er sie in den Tod, nicht sie ihn. Da stolperte eine und fiel. Till stolperte über sie und fiel. Die andere fiel über ihn. Sie waren zusammen gefallen wie drei Würfel aus einem Würfelbecher, und eine Sichel lag vor seiner Hand. Er packte sie. Der silberne Blitz fuhr dem Mädchen ins Genick. Die andere bäumte sich hoch, ihr letzter Blick sah Till, sie war wehrlos und grabsteinweiß. Till hob die Sichel und haute sie durch ihren Hals. Sie war ein Kind ohne Kopf.

Mit der Sichel in der Hand taumelte Till davon, er war weitab vom Gefecht und konnte nicht mehr. Sein Geist wurde immer noch von den Nachtmahren gejagt, aber sein Körper gab auf. Till setzte sich auf den Waldboden und grub mit der Sichel Furchen in die Erde. Die Schlacht war nicht mehr seine. Von fern glich sie dem schwarzen Trichter eines Wirbelsturms.

50
DER LEVIATHAN

Als der Morgen graute, kamen sie zurück. Sie schleppten ihr nacktes Leben und die Verwundeten in die Stadt. Ungläubige Augen sahen auf ihren Einzug. Das konnten nicht die kriegerischen Norlas sein, nicht die pfeilschnellen Millas, nicht die singenden Lucies. Ein Gespensterzug rückte ein. Man sah ihnen an, wie die Schlacht durch ihre Seelen pflügte. Sie waren verzweifelt, sie gingen tief gebückt. Auf ihren Rücken lasteten Mädchen, die vor Schmerzen schrien oder von allen Sinnen waren.

Die Astas nahmen ihnen die Verwundeten ab. Wohin sie alle legen? Sie trugen sie in die Kirche. Zurück blieb ein erschöpfter Haufen von ein paar Hundert. Kommen noch mehr? Nein. Es kommen nicht mehr.

Die Überlebenden mussten Antwort geben. *Wer hat gesiegt?* Es kam keine Antwort.

Ein Trupp Astas machte sich auf zum Schlachtfeld.

So weit das Auge sah, lagen dort Leichen. Sie lagen da in Knäueln, in Nestern, in die Erde gestampft und wie hochgetürmte Eisschollen. Erschüttert standen die Mädchen vor dem Leichenmeer. Niemand hatte gesiegt. Das Heerlager war zum Gottesacker geworden.

Am anderen Ende des Feldes rührte sich etwas. Ein Trupp Männer kam an die Stätte. Es war auch nur eine kleine Schar, und was sie da sah, ließ sie nicht weitergehen. Nur ihre Augen gingen über das Feld, so weit sie zu sehen vermochten, bis sie, wo das Totenreich endete, die Mädchen stehen sahen.

Männer und Mädchen sahen einander über das weite Feld hinweg an. In derselben reglosen Bestürzung waren sie eine Gleiche des Grauens.

Wie ließ sich ein Sieg ernten von diesem Gottesacker? Sollten sie die Unmengen von Toten trennen und zählen? Die Astas brachte die Trauer fast um, aber sie ließen sich ihr Unglück nicht anmerken. Sie standen da wie die stolzesten Kriegerinnen.

Wenn es keinen Sieger gab in der Schlacht, dann musste eben einer den Sieg an sich reißen. Fragend sahen sich die Mädchen an. *Machen wir das?* Als eine nickte, griff sich jede zwei tote Männer und schleifte sie fort.

Vom Königlichen Heer war ein jämmerlicher Haufen übriggeblieben. Das waren die Krieger. Die anderen waren Kadaver. Unvorstellbar, dass die Lebenden und die Toten einmal zur gleichen Art gehörten. Sie wollten die Toten unter die Erde bringen, aber der gefrorene Boden ließ das nicht zu. Da warfen sie sie in den Fluss.

Danach zogen sie nach Tondern.

Dort zeigte das Weibsvolk seine ganze Niedertracht. Es hatte Männer grausam geschändet und vor die Stadtmauer gelegt. Die Königlichen Krieger lagen nackt auf ihren Bäuchen. Ihre Rücken waren zu tiefen Kratern ausgehöhlt, die Rippen steil nach oben aufgeklappt, damit sie wie Flügelgerippe hochragten. Die Toten sahen aus wie das, was ein Falke von seiner Beute übriglässt.

Falka kam in die Kirche. Was sie dort sah, ließ sie verzweifeln. Überall lagen Mädchen. Die Astas kümmerten sich um sie, aber es waren zu viele hoffnungslos verwundet. Sie litten und starben, Seite an Seite, eng aneinandergeschmiegt. Falka wollte mit ihnen sterben, doch sie durfte nicht. Sie durfte nicht einmal weinen in dieser Unheilsstunde, denn die Sterbenden durften nicht wissen, dass alles verloren war.

Alles – verloren – und kein Jubel, kein Reich, nur diese Mädchen, die mit dem Tod rangen und deren Augen brachen – für Falka Auge. Sie wollte ihnen doch das Leben schenken ohne das Leid. Ein Leben, das ihr Eigen war, und jetzt verloren sie es eine nach der anderen. Da lagen Lucies und Millas und Gullas und ganz viele Norlas. Im Sterben klammerten sie sich aneinander, als wollten sie keine zurücklassen.

Ragga kam an Falkas Seite. »Sage ihnen von unserem Sieg.« Das war ein Befehl.

Wie konnte Falka das tun? Sie hatte sie in die Schlacht geschickt. Die Schlacht war verloren. Aber das durfte nicht das Ende sein. Für kein Mädchen hier durfte die Hoffnung untergehen.

Falka stieg auf die Kanzel. Sie sah auf eine Morgenröte aus Blut, und ihr wollte das Herz brechen. Weil sie nicht wusste, zu wem sie um Hilfe flehen sollte, sah sie das Auge an, das an der Spitze des Altars war. *Auge! Ich bitte dich um Gnade!* Was immer Gnade war, so ganz hatte sie es nie verstanden, aber es war eine Gabe im Elend, ein Geschenk in der Not. Alle, die hier lagen, waren in Sterbensnot.

Falka sprach zu den Sterbenden, damit sie ihr Schicksal liebten.

»Wir haben gesiegt! Das Königliche Heer ist vernichtet! Dank euch!

Für einige von euch steht die Ankunft im Himmel bevor. Aber das soll euch nicht von uns trennen. Jedes Mädchen ist ein Haus, in dem ein Todmädchen lebt. Bald seid ihr eine Legion von Nachtmahren, und dann seid ihr mächtiger als zu Lebzeiten! Ihr seid Göttinnen! Mit Göttinnen wie euch an unserer Seite sind wir unbesiegbar. Die Schlacht ist gewonnen! Das Weibsvolk wird auch den Krieg gewinnen! Wollt ihr uns mit eurer Himmelsmacht zum Sieg führen?!«

»DIE FREUDE IST GROSS!«

Es wehten Gerüchte und bald Legenden durchs Land, dass eine Legion von Spitzenklöpplerinnen das Königliche Heer besiegt hatte. Von Dorf zu Dorf sangen die Lucies von der Freude der

Kriegerinnen in Tondern. Man munkelte, dass dies nicht auf natürliche Weise zugegangen war, sondern mit Hexenkunst. Die Klöpplerinnen hatten Zauberstäbe, mit denen sie nur auf die Männer zeigen mussten, und sie fielen tot um. Und das war noch nicht alles. Sie waren mit Nachtmahren aus dem Totenreich in die Schlacht gezogen: mit Schwertlärmerin Norla, mit Schöntöterin Milla, mit Totlacherin Lucie, mit Knochenknirscherin Asta, mit Grausamgehirn Ragga, mit Drachenmonster Gulla, mit Gritt, dem Kind ohne Kopf. Der Feind sollte wissen, dass er gegen Rachegeister kämpfte, die von keinem zu töten waren, denn sie waren schon Todmädchen. Sie warfen ihre Schleier wie Fischnetze übers Königliche Heer und zogen große Fänge in die Unterwelt. So ging der Gesang durchs Land.

»FREUDE!«

Es war ihre letzte List, die Männer zu täuschen, so wie die Sirenen es taten mit ihren Gesängen.

»FREUDE!«

Es war ein verzweifelter Chor in letzter Not, der versuchte, durch Wunsch und Wunderglauben den Sieg herbeizusingen.

»FREUDE!«

Die Wahrheit war: Sie waren am Ende.

Von den Norlas starben die meisten, von den Lucies und Millas viele, von den Astas und Gullas wenige, von den Raggas und Gritts keine.

Es starben auch Lieblinge und Nützlinge.

Laust starb in der Schlacht.

Mond Falka nahm ab. Wie ein erbarmungsloses Sinnbild stand er am Himmel. Jede Nacht verlor er mehr von sich.

Alles war verloren.

Aber Falka versank nicht im Leid. Diesmal war etwas anders als damals, als die Huren starben. Diesmal starben Kriegerinnen, und Kriegerinnen starben nie sinnlos. Sie starben für einen höheren Sinn.

Falka hatte so einen höheren Sinn, und vielleicht war es das, was sie davor bewahrte aufzugeben. Sie hatte schon viele Menschen in ihrem Leben verloren. Vater und Peder. Die Freundinnen in der Fabrik und die Freundinnen im Hurenhaus. Aber auf wundersame Weise kamen alle wieder.

Für Peder kam Till.

Für Vater kam Willem Tondernsen.

Und für zehn Freundinnen kam eine ganze Legion wieder.

Darum hielt sie sich an die Hoffnung: *Wir kommen wieder!*

Es waren noch viele Mädchen am Leben, und sie hatten immer noch Tondern als ihr Haus. Nach den Verlorenen konnte eine neue Fülle wiederkommen. Aus Dörfern, aus Städten und von den Inseln.

Und wenn der Mond auch schwand, wurde er doch wieder voll.

Und in der dunkelsten Nacht wurde der Neumond geboren.

Aber die Nacht wurde noch dunkler.

Der König ließ eine gigantische Streitmacht aufstellen. In einem gewaltigen Kraftakt wurden zehntausend Soldaten auf Schiffe gebracht. Die Mobilisierung der gesamten Heeresstärke hatte es so in Dänemark noch nie gegeben. Zugleich setzte sich ein Kavallerieregiment von fünftausend in Bewegung. Frederik IV. ritt an der Spitze, als ginge es zur Wolfsjagd. Graue Wolfshunde rudelten um sein Ross.

Der KRIEG ist erwacht.

Lange und tief hatte der Frieden ihn eingeschläfert und ihn vergessen lassen, was er ist: die ewige Heimsuchung. Nun brüllt er vor Wut über die Aufstände im Lande, die ihn um den Schlaf gebracht haben. Wo er einmal wach geworden ist und Wut hat, erhebt er sich zu seiner ganzen Größe des Schreckens. Er ist der Leviathan, vor dem die Angst tanzt. Er kommt über die Welt wie das Ende der Welt.

Das Königliche Heer belagerte Tondern, damit kein Weib der Rache entkam.

Die Mädchen verhärmten von dem Horror, der hinter ihnen lag, und der Hoffnungslosigkeit, die sich um sie legte.

Als sie hörten, dass eine Streitmacht von fünfzehntausend auf sie zurückte, erkannten sie, dass sie verloren waren. Im Auge des Untergangs waren sie alle eingeschlossen in einer Nachtkammer, und das Feuer raste auf sie zu.

51
DAS VERMÄCHTNIS

Die Stadt war eingekesselt. In den Wäldern um Tondern stand das Heer und wartete auf Verstärkung. Nachts fackelte es bedrohlich durch die Bäume. Es blieb nur eine Gnadenfrist, bis der Angriff kam. In dieser Gnadenfrist begruben die Mädchen die Todmädchen. Sie begruben sie, als pflanzten sie eine Saat aus Drachenzähnen in die Erde. Sie gaben ihr Mädchenreich nicht auf. Sie wollten bis zum letzten Atemzug dafür kämpfen. Und wenn sie alle geschlachtet wurden, dann würden sie als Nachtmahre wiederkommen.

Der Zwölferrat empfing Willem Tondernsen. Er war der weise Nestor von Tondern. Die Raggas erteilten ihm das Wort.

Willem machte ihnen klar, dass es für die Mädchen keine Hoffnung gab zwischen selbstmörderischem Kampf und sicherem Untergang. Sie konnten sich nur ergeben und auf die Gnade des Königs hoffen. Aber es wird keine Gnade für Falka Auge geben.

»Sie muss fort«, sagte er.

»Sie will mit uns sterben«, sagte Ragga.

»Ihr habt fleißig wie Bienen für euer Mädchenreich geklöppelt. Spitzen sind euer Honig. Falka ist eure Königin. Ihr lasst eure Königin sterben?«

Die Raggas schwiegen. Aber ihre Augen blieben auf ihn gerichtet, als hofften sie, dass aus der Hoffnungslosigkeit seine Hilfe käme, obwohl er der Feind ihrer Stammesmutter Ragga gewesen war.

Er versprach ihnen, alles, was in seiner Macht stand, für Falka zu tun.

Dann verlangte er, mit Falka zu sprechen.

Ihr Spukgesicht war ein Schock. Sie stand im Lichtsaal inmitten der Tische, auf denen Klöppelspitzen zu Schleiern heranwuchsen. Bis ins Mark vom Leid gezeichnet, wirkte sie auf ihn wie eine jener Heiligen, die gerädert wurden, in Türmen verschmachteten, sich martern ließen für ihren großen Gesang.

Jetzt war ihr großer Gesang eine Totenklage.

Er dachte an ihre hochfliegenden Pläne. Wie sie die düsteren Wolken ihres Lebens durchdrang und falkenprächtig ihre Beute erjagte. Wie sie im Fluge der Jahre Spitzen auf Spitzen häufte. Wie ihr Ruhm wuchs und ihr Mädchenreich wahr wurde. Keine Gier trieb sie an, nur der Genius einer Spitzenklöpplerin.

Jetzt war sie in tiefer Verdammnis und litt Höllenqualen. Er sah, dass sie lieber tot sein wollte als besiegt.

Wenn sie nicht mehr an ihren Genius glaubte, musste er das für sie tun. Dann musste er die treibende Kraft sein.

»Du musst aus Tondern weg. Ich will dich fortbringen.«

»Hier bleibe ich. Hier ist mein Haus«, sagte sie fest.

»Hier ist dein Grab«, sagte er.

»Dann ist es hier.«

»Du wirst hingerichtet.«

»Ich lasse die Mädchen nicht allein.«

»Sie haben Hoffnung. Du nicht.«

»Welche denn?«, fragte Falka.

»Wenn sie dir abschwören, wird der König ihnen gnädig sein«, sagte Willem.

»Niemals tun sie das.«

»Sie beraten das. Die Raggas besprechen meinen Plan, wie sie sich und dich retten können.«

»Wir lassen uns nicht trennen. Unsere Schicksale sind verbunden«, sagte Falka.

»Lass sie los. Um ihrer Leben willen. Lass sie auf Gnade hoffen und geh mit mir fort.«

»Nein.«

Falka stand vor ihm wie die Königin eines verbrannten Reiches, die nicht aus den Ruinen fliehen wollte. Die Schleier bauschten sich um sie wie Aschewolken. Sie wankte und hielt sich an einem Klöppelkissen fest, wo ein Schleier spross, den ein Mädchen angefangen hatte, das sein Leben verloren hatte. Sterbenstraurig berührte Falka den zarten Flaum. »Ich will zu den Meinen. Den Todmädchen.«

Die Raggas kamen herein, zu zwölft. Eine sprach zu Falka:

»Wir haben beschlossen, dich in seine Hände zu geben und auf dein Leben zu hoffen. Behüte unsere Hoffnung.«

Das war ein Befehl.

Falka streckte die Hand aus, doch Ragga trat aus ihrer Reichweite und ging mit den anderen hinaus, ohne sich noch einmal umzusehen.

Etwas in Falka gab nach, sie sank ohnmächtig um.

Willem sprang vor und schloss sie in seine Arme. Ihm war zumute, als würde er einen jungen grünblättrigen Baum aus der Erde reißen, in der sein Schicksal wurzelte.

Er hatte sich nicht getäuscht. Die Klöpplerinnen wollten Falka retten wie ein Bienenvolk seine Königin. Ganz leicht lag sie in seinen Armen und war in ein Tuch gehüllt wie ein Totenbündel. Die Raggas geleiteten ihn bis zur Stadtmauer. Dort drehte Willem sich noch einmal zu ihnen um und stand vor den zwölf zu seinem Versprechen.

Dann ging er in das Niemandsland, wohin man die Toten trug.

Er wusste nicht, ob Falka besinnungslos war oder sich ohnmächtig ihrem Schicksal ergeben hatte. Ganz leise summte er *Greensleaves* für sie. Er summte sich in den Glauben hinein, dass er seine Grünblättrige ungesehen aus Tondern hinausbringen konnte.

In Wahrheit war er sich gar nicht sicher, ob er überhaupt bis zu

Lilys Hof kam. Der Hof lag außerhalb der Stadtmauer, aber innerhalb des Belagerungsrings, den das Königliche Heer um Tondern gezogen hatte. Immer häufiger krachten Schüsse aus den Wäldern. Der König war mit seinen abertausend Kriegern im Heerlager angekommen. Der Angriff stand kurz bevor.

Jemand, der ein Totenbündel über ein Feld trug, war in diesen Tagen ein gewohnter Anblick. Das Heer erlaubte den Belagerten, seine Toten zu begraben. Aber niemand konnte sicher sein, dass er nicht dabei erschossen wurde.

Doch unangefochten kam er in Lilys Hof. Er trat gegen die Tür.

»Wer ist da?«, fragte sie von drinnen.

»Willem.«

Die Tür tat sich auf. Er drang ins Haus mit Falka in seinem Arm.

Lily erschrak.

Er suchte nach einem Platz, wo er sie hinlegen konnte. »Mach mir ein Zimmer auf«, sagte er erschöpft.

»Lass sie nicht hier«, sagte Lily. »Sie ist hier in Gefahr.«

»Sie ist überall in Gefahr.«

Willem ließ sich auf kein Palaver ein, er trug Falka die Treppe hinauf.

Lily lief ihm hinterher. Oben stellte sie sich ihm erneut in den Weg und wollte ihn aufhalten. »Ich kann sie nicht aufnehmen.«

»Muss ich sie auf den Boden legen?«, fuhr er sie an. »Lily, verdammt! Hilf uns in der Not.«

Da gab sie nach und machte eine Kammer auf. Er legte Falka in ein Bett. Ob sie ihn noch einmal ansah? Er küsste sie auf die Stirn. Sie tat die Augen nicht auf. Er küsste sie auf den Mund. Er wollte ihr noch eines sagen.

Aber das würde er Lily sagen müssen.

Lily presste sich gegen die Tür, als würde sie sie vor einem Feind versperren.

»Wo hast du dein Brautkleid?«, fragte er.

»Mein Brautkleid?«

»Wo ist es?«

Es war ihm ernst. Sie fragte nichts mehr, sie ging voraus. Sie stiegen die Treppe wieder hinunter. Lily führte ihn zu der Truhe, sie hatte sie lange nicht geöffnet, nun tat sie sie auf. Als Lily ihr Brautkleid sah, wusste sie nicht mehr, ob es ihrem Leben mehr Glück oder mehr Unglück gebracht hatte. Es war so weiß, ach, so weiß, dass es sie strahlen und weinen ließ.

Willem kam an ihre Seite und legte den Arm um sie.

»Lily. Ich werd zum König gehen und für die Klöpplerinnen um Gnade bitten.«

Sie erschrak. »Weiß er, dass du Falka mächtig gemacht hast?«

»Ich will, dass er mich gefangen nimmt.«

Ihre Augen weiteten sich vor Angst.

»Dann musst du kommen«, sagte Willem.

»Ich?«

»Du nimmst die Kutsche und fährst zum König, um mein Leben zu retten. Du ziehst das Brautkleid an.«

»Willem. Der König schlägt dir den Kopf ab.«

»Aber einer Braut schlägt er keinen Wunsch ab.«

»Der König wird mich gar nicht empfangen. Was stellst du dir vor? Wie soll ich dich retten?«, fragte Lily verzweifelt.

»Du rettest Falka. Sie werden Falka überall suchen, aber nicht unter deinem Brautkleid. Du fährst mit ihr durch den Belagerungsring. Wenn es sicher ist, lässt du sie raus.«

Sie verstand.

»Es wäre leichter, Lily, wenn du einen Bräutigam dabeihättest.«

Sie versprach: »Ich werd einen haben.«

Er zog einen versiegelten Brief hervor. »Das ist mein Vermächtnis. Nach meinem Tod gehört die Fabrik dir, Lily. Du sollst sie in die Zukunft führen.« Er gab ihr den Brief.

In Lilys Augen traten Tränen.

»Bring Falka in Freiheit.«

»Ja«, schwor sie.

Willem legte seine Hand auf das Brautkleid, als segnete er es. »Sag ihr von mir: *Vivere memento.* Vergiss nicht zu leben.«

»Ich will's ihr sagen.«

Er küsste Lily auf die Stirn und nahm Abschied.

Ihm war gar nicht dunkel zumute, als er ins Dunkel ging. Lily brachte das in Vergessenheit geratene Brautkleid endlich wieder an den Tag. Er wünschte, er könnte das sehen.

Als es still geworden war, weil sie nach unten gegangen waren, kam Gregor auf den Flur und trat in die Kammer ein. Leise machte er die Tür hinter sich zu.

Da lag die Leibhaftige. Falka Auge. Ihr Perlengesicht war so rein wie ein Tautropfen. Dieser makellosen Stirn war das Matriarchat entsprungen.

Von der Tür, wo er stand, bis zum Bett, wo sie lag, waren es ein paar Schritte. Sie war todgeweiht, und ob sie durch seine Hand sterben würde oder durch das Schwert, musste er jetzt entscheiden.

Da krachten ferne Salven von Schüssen!

Falka tat die Augen auf. In einer dunklen Kammer war sie, und da stand ein Mann. Schwach konnte sie erkennen, dass sein Haupt rötlich war. Da stand ein Mann mit einem Bluthaupt. Plötzlich war alles wieder da, wie mit einem Faustschlag. Die Mädchen hatten die Schlacht verloren. Das Mädchenreich war verloren. Alles war verloren, und ein Todmann war gekommen. Er trug ein edles Gewand. Sie erschauderte bang, als hätte eine Glocke in ihrem Inneren einen Gong getan. Martin Martensen war gekommen, um sie zu holen.

Wie er einst zu ihr in den dunklen Gang gekommen war, wo er durch ihre Hand sterben musste, kam er nun in dieses dunkle Zimmer, wo sie durch seine Hand sterben musste. *Eine Gleiche,* dachte Falka. *Auge um Auge.*

Sie ließ sich vom Bett herunter und kniete nieder. Da sank er auch auf die Knie.

Schüsse!!!

Falka erschrak so, dass sie zu ihm kroch und sich an ihn klammerte. Ihr Mädchenreich wurde totgeschossen. »Bittebittebitte, behüte die Mädchen. Nimm mich dafür, aber rette sie alle!«

Sie wurde gestreichelt von den Spitzen der Ärmelmanschetten, als er seine Hände um ihren Hals legte.

Willem Tondernsen war am Belagerungsring. Ein Spalier von Soldaten hinderte ihn am Weitergehen. Wer er sei und was er wolle?

Er sei der Gesandte des Zwölferrats von Tondern, er überbringe dem König die Kapitulation der Stadt. Willem zeigte ein gesiegeltes Schreiben vor. Das hatte er verfasst und von den Raggas unterzeichnen lassen. Es machte den erhofften Eindruck. Ein Soldat führte ihn weiter.

Er hatte noch nie so eine Garnison gesehen. Zelte und grob gezimmerte Unterstände reihten sich, so weit das Auge sah. Ströme von Kämpfern, Rössern und Wagen wurden durch das Lager gepumpt. Das war ein Leviathan. Das biblische Seeungeheuer hatte sich Thomas Hobbes als Sinnbild für die Staatsgewalt auserkoren. Es sollte den Menschen das Fürchten lehren. Der Mensch war ein Gewalttier, das von Gier, Hass und Wahn angetrieben wurde. Die Gewalt des Menschen musste von der Gewalt des Staates unterdrückt werden, sonst drohte der Krieg aller gegen alle. Der Leviathan war ein Drache mit drei Köpfen: Kapital, Gewalt, Forschung. Diese Trias herrschte über das Volk. Das Kapital knechtete das Volk. Die Gewalt knüppelte es. Die Forschung bildete es. So züchtete sich der Staat gefügige Untertanen. Und alle tollen Hunde schlug er tot.

Hobbes hatte den *Leviathan* gleich nach dem Dreißigjährigen Krieg geschrieben. Zu jener Zeit galt das Buch als die Bibel der Staatskunst. In seiner Jugend las Willem Tondernsen es als Bibel des Kapitalismus. Da war der Kapitalismus der Leviathan. Er unterdrückte die Menschen. Er peitschte sie zur Fron in der Fabrik. Und alle tollen Hunde dressierte er zu Arbeitstieren.

Der Soldat brachte Willem zu einer Kommandantur. Er stellte ihn unter Bewachung und nahm sein gesiegeltes Schreiben mit.

Nach einer Weile trat ein anderer Soldat auf ihn zu, der ihm vage bekannt vorkam. Willem erhob sich zur Ehrbezeigung. Sie salutierten voreinander. Der Soldat fragte: »Willem Tondernsen?«

»Der bin ich.«

»Ich bin Markus Martensen.«

»Markus.« Willem hatte den ältesten Bruder, der bei der Königlichen Garde war, seit Jahren nicht mehr gesehen.

»Ich vernahm, dass Sie die Massaker in Tondern überlebt haben.«

»Ich bin am Leben«, sagte Willem.

»Mein Bruder Michael …?«

»Er ist tot.«

Markus' Zähne malmten. Dann sagte er: »Die Freude ist groß.« Das war hasserfüllt gesprochen.

Einen Moment hielten sie Stille zum Gedenken.

»Wie haben Sie überlebt?«, fragte Markus.

»Ich bin aus alter Zeit. Wie die Pyramide. Die Pyramide übersteht ein Erdbeben, das ein Parlamentsgebäude zerstört.«

Ein langer Zug Packpferde kam an ihnen vorbei. Der scheppernde Lärm machte jede Unterhaltung unmöglich. Sie mussten warten, bis die Kolonne vorüber war.

»Was wird mit Tondern geschehen?«, fragte Willem.

»Uns in die Hände fallen«, sagte Markus.

Willem sah sich um: »Das ist ein großes Garnisonslager.«

»Ja«, stimmte Markus zu.

»Sieht aus, als wenn Krieg ist.«

»Es ist, wonach es aussieht.«

»– Aha.«

Es verschlug Willem die Sprache. Dann fand er wieder zu Wort: »Der König will gegen Spitzenklöpplerinnen Krieg führen?«

Belustigt über diese Frage antwortete Markus Martensen dem

alten Mann. »Mit den Spitzenklöpplerinnen amüsieren wir uns bis zum Krieg.«

Willem verstand mit Entsetzen, dass Tondern das breitbeinige Einfallstor nach Schleswig war.

Ein Einspänner hielt neben ihnen. Ein ranghoher Militär stieg ab.

»Wer ist Willem Tondernsen?«

»Ich bin Willem Tondernsen.«

»Der König empfängt Sie.«

Er stieg auf den Einspänner. Die Fahrt ging durch ein ungeheures Soldatenbabel. Willem packte das Grauen, denn er wusste jetzt, was hier vorging. Dänemark mobilisierte zum Krieg.

Gregor kam die Treppe herunter, als Lily in Herzensangst um Falka hinaufwollte. Sie stoppte unten. Er stoppte oben. Zwischen ihnen war eine verhängnisvolle Stille, in der sie nichts voneinander wussten.

Ihre Augen flehten ihn an. *Falka* …?

»Ich kann nicht töten.«

Sie stieg zu ihm hoch und umschlang ihn.

»Das Böse durch Gutes besiegen, das kann ich«, sagte er.

»Ich liebe dich.«

»Deine Liebe ist aus zwei Hälften, Lily. In der einen liebst du Falka, in der anderen liebst du mich.«

»Wenn du mir hilfst, sie wegzubringen, bin ich ganz dein.«

»Was muss ich tun?«, fragte er.

Das Zelt des Königs war eine Berserkerhöhle. Willem trat ein. Man ging hier auf Bärenfellen. Generäle waren um den König geschart. Zu seinen Füßen lag eine aschgraue Wolfshündin von eindrucksvollen Ausmaßen.

Willem harrte, bis er zum König geführt wurde. Sein Siegelschreiben lag vor Frederik auf dem Tisch. Der König bedeutete Willem, sich auf einen Weidenstuhl zu setzen, der ächzte, als Willem sich niederließ.

Frederik trug ein Pelzwams, darunter ein Spitzenhemd. Geklöppelte Kaskaden umspielten Hals und Brust. Er war binnen eines Jahres vom Kronprinz zum Kriegskönig geworden. Mit scharf vorgestreckter Hand erteilte er Willem das Wort.

»Majestät. Tondern ergibt sich.«

»Das lasen wir soeben.«

»Ich bitte um Gnade für die Klöpplerinnen.«

»Hatten die nicht vor, die Männer aus der Welt zu meucheln?«

»Sie sehen ihren Frevel ein und sind bestürzt.«

»Ha!«

Die Wolfshündin hob den Kopf.

»Was machen wir mit den Furien?«, fragte der König seine Leithündin. »Machen wir eine Hexenhatz?«

»Ich möchte etwas vorschlagen«, sagte Willem.

Wieder fuhr die Hand des Königs auf ihn zu wie ein Schwert.

»Ich bin Kapitalist«, sagte Willem Tondernsen. »Ich bekenne mich zu einer Welt, wo Geld fließt, nicht Blut. Tondern ist die zweitreichste Stadt im Königreich, Majestät. Die Spitzenfabrikation füllt Eure Kriegskasse. Wenn Tondern zerstört wird, ist das wie der Verlust eines Heeres.«

»Das Matriarchat wird zerstört«, sagte der König.

»Dann zerstört Ihr ein fleißiges Bienenvolk, das unseren Wohlstand produziert. Majestät. Erlaubt mir, Euch etwas zu zeigen.«

Willem zog seinen Ring ab, den er trug, seit er der Mann der weißen Spitzen wurde. Er hielt ihn dem König hin. Die Wolfshündin richtete sich auf und stelzte zu Willem. Sie beschnüffelte die Gemme im türkisen Edelstein. Der König warf einen Blick darauf. Ein feistes Kind lenkte einen Pflug.

»Das ist der Eros der Schaffenslust«, erklärte Willem. »Schaut, Hoheit, sein Liebespfeil zeigt auf den Pflug, den Bienen ziehen. Das Pflügen wird leicht, wenn es beflügelt ist von Schaffenslust. Das Weibsvolk liebt die Arbeit.«

»Aber nicht die Männer«, sagte der König.

»Es hat kapituliert. Wir müssen es nicht mehr fürchten.«

»Du schmierst mir Honig ums Maul, Bienenfreund. Jeder Mann, der mit einem Weib schläft, muss den Tod fürchten.«

»Majestät. Das Weibsvolk liegt am Boden.«

»Er muss den Schlaf fürchten!«

»Im Krieg muss ein Mann den Mann fürchten«, sagte Willem.

»Mann gegen Mann, das ist ein Kampf, in dem ein Mann siegen kann. Aber ein Mann kann nicht gegen den Schlaf siegen. Er muss schlafen. Diese Frauen haben ihre Männer im Schlaf getötet. Männer, die im Vertrauen auf eheliche Treue mit ihnen das Bett teilten. Noch nie zuvor hat ein Volk mit solch einer Niedertracht getötet wie das Weibsvolk von Tondern!«

Der König wischte das Kapitulationsschreiben vom Tisch.

Die Hündin sah Willem verwittert an. Da sprach er zu ihr.

»Ich war ein Leviathan«, sagte Willem. »Aus Zorn erhoben sich die geknechteten Mädchen gegen mich und alle Männer. Ich will dafür büßen. Aber ich bekenne: Ich bin vom Matriarchat überzeugt. Es ist in grausamen Geburtswehen zur Welt gekommen, aber es kann sich zu etwas Gutem entwickeln. Es hat eine große Liebe zur Arbeit und eine kühne Schaffenslust. Es will sich eine Zukunft pflügen. Wenn Ihr ihm eine Zukunft gebt, werdet Ihr Reichtümer ernten, Majestät.«

Die graue Wolfshündin trottete zu ihrem Herrn zurück und legte sich unter ihm nieder. Der König sagte zu ihr:

»Der Mann hat mich überzeugt, ihn aufzuhängen.«

Die Klöpplerinnen versammelten sich im Lichtsaal. Sie hatten viele Gefährtinnen verloren und konnten ohne die Gestorbenen nicht mehr zusammenhalten. Zu viele Fäden hatten die Moiren abgeschnitten. Der Schleier war durchlöchert von Todmädchen. Sollten sie sich selber töten, um dem Schlimmsten zu entgehen? Oder im Kampf sterben, wenn sie ohnehin sterben mussten? Sie saßen beisammen in den letzten Stunden des Mädchenreichs. Gegen so eine gewaltige Streitmacht waren sie verloren. Es war der Moment gekommen, wo sie vor Furcht nicht weiterwussten. Nur Lucie gab das Mädchenreich nicht auf. Sie lachte und sprach:

»Wir sind groß! So groß, dass eine Streitmacht von fünfzehntausend kommen muss, um uns zu schlagen! Der Feind muss uns fürchten. Mit seiner Größe ehrt er uns. Wir und der Feind sind eine Gleiche. Wir sind so groß wie fünfzehntausend Mann! Noch nie gab es so ein mächtiges Mädchenreich! Wir sind lange nicht am Ende, denn wir sind fliegende Samen im Wind. Wir säen jetzt unsere Unsterblichkeit, hihi. Tondern ist unser Troja.«

Falka saß auf dem Bett und sah in die Nacht. Sie suchte ihren Mond. Er war nicht mehr da. Doch sie war noch da. Und Lily war bei ihr.

»Mein Mond ist vergangen.«

»Er schöpft im Dunkeln neue Kraft«, tröstete Lily. »Heraklit hat gesagt: Es ist Tag und Nacht, Winter und Sommer, Fülle und Hunger, Krieg und Frieden. Alles steigt und fällt.«

»Nichts bleibt vom Mädchenreich übrig.«

»Das ist nicht wahr«, sagte Lily. »Wir haben uns erhoben gegen die Männer, wir haben ein Reich geschaffen, das uns gehört. Das Wissen um diese Tat wird für immer in der Geschichte verankert sein. Wir sind ein Hoffnungsreich für alle Frauen, die einmal dasselbe wagen werden. Das ist dein Vermächtnis.«

»Ich wollte uns erlösen«, sagte Falka.

»Das hast du. Wir sind erlöst. Zum ersten Mal auf Erden sind Frauen und Männer eine Gleiche. Du wolltest mehr. Wir alle wollten mehr. Aber Gleichheit ist die beste aller Welten.«

»Aber die Mädchen ...«

»Vielleicht war das Mädchenreich nicht für uns vorgesehen. Andere Mädchen werden ernten, was wir säten. Das Brautkleid war auch nicht für mich vorgesehen. Es sollte nie für mich sein. Sie haben es für dich getan, Falka Auge. Ich erhielt es nur, um es für dich zu hüten. Tausend Lilien und eine Myriade Apfelblüten wurden damals geklöppelt für dein Leben.«

»Die Klöpplerinnen sind mein Leben.«

»Du bist ihr Liebstes. Wenn du am Leben bleibst, vermachst du jeder Klöpplerin einen goldenen Faden Hoffnung. Lass ihnen die Hoffnung, dass du lebst und eines Tages wiederkommst.«

Falka versank in Gedanken. Sie dachte an Millas Zopf. An goldene Fäden. An die Liebe, die ein goldenes Kleid trägt. Vielleicht konnte sie noch einmal ein Wunder klöppeln.

»Ich will es versuchen«, sagte Falka.

Lily und Falka blieben zusammen, bis der Morgen graute.

Am Morgen wurde Willem Tondernsen sein Todesurteil überbracht.

Schuldig des Hochverrats am König.

Schuldig an den Kriegsverbrechen des Matriarchats.

Vollstreckung des Urteils am Abend des selbigen Tages um sechs.

Tod durch den Strang.

Ob er eine Frage oder eine Bitte hatte?

Er hatte ein Bittgesuch in Schriftform verfasst, das man so schnell wie möglich seiner Nichte Lily Martensen überbringen möge.

Am Morgen schnitt Falka sich die Haare ab. Als es getan war, legte sie ihren Zopf wie ein Brautgeschmeide um Lilys Hals.

»Ich will dir mein Haar schwören.«

Einen Ring trug Lily als Weib eines Mannes. Ein Zopfgeschmeide trug sie als Weib eines Weibes. Sie war beides. Weib eines Mannes und Weib eines Weibes.

Die Kinder rafften die weißen Spitzen hoch. Lily schritt im Brautkleid über den Hof. An ihrer Hand ging Falka. Welch ein Gegensatz zwischen ihnen beiden. Lily im schönsten Brautkleid, das die Welt je sah. Falka in den Lumpen eines Knechts.

Das Brautkleid war gesegnet. Und die Schuld, die Lily jahraus, jahrein gequält hatte, war in Gnade verwandelt. Lily ging in Gnadenspitzen.

»Falka. Dies gibt Willem dir mit auf den Weg: Vergiss nicht zu leben.«

»Ja, ich will.«

Lily stieg in die Kutsche. Sie bauschte ihr Brautkleid. Falka hatte ihre Habe in einem Bündel und genug Geld im Saum, um sie in ein neues Leben zu schicken.

»Wir wünschen uns Glück«, sagte Falka schlicht.

Lily hob die Spitzen, und Falka kam unter ihre Fittiche.

Als sie versteckt war und nichts mehr sehen konnte, stieg Gregor auf den Kutschbock.

Sie fuhren hinaus. Die Kinder winkten ihnen nach.

Die Kutsche kam vor dem Kontrollposten zum Stehen. Gregor zeigte das Bittgesuch von Willem Tondernsen vor und sagte: »In der Kutsche sitzt eine Braut. Sie hat ihre Hochzeit unterbrochen, als sie hörte, dass ihr Onkel im Arrest des Königs ist. Sie will um Gnade bitten.«

Die Soldaten schauten in die Kutsche. Da saß tatsächlich eine Braut.

»Wo ist ihr Bräutigam?«, fragte einer.

»Ich bin es«, sagte Gregor.

Sie ließen die Kutsche passieren.

Weit von Tondern entfernt hielt er an. Hier in dieser Einöde ließ er Falka Auge entfliehen. Aber er wollte es sich nicht nehmen lassen, dass sie erfuhr, wer ihr das Leben rettete.

Sie kroch unter den Spitzen hervor und ergriff eine Hand. Sie sah auf.

»Geh.«

Gregor Siemssen und Falka Auge, die so lange in Feindschaft verbunden waren, ließen sich los.

52
DER KRIEG

Tondern war sturmreif. Das Heer flutete hinein. Niemand stellte sich ihnen entgegen, niemand lief vor ihnen davon. Die Straßen waren menschenleer. Das Heer marschierte in eine Geisterstadt.

Auskragende Stockwerke verdunkelten die winkligen Gassen, dass fast noch Nacht in ihnen herrschte. In jedem Dusterwinkel konnte ein Kind ohne Kopf stehen, eine Schöntöterin lauern, eine Schwertlärmerin zuschlagen, eine Knochenknirscherin einem den Hals umdrehen, eine Grausamgehirnte sie alle in ein Inferno schicken. Diese Stadt war verpestet mit Geistern. Überall rechneten die Männer mit Arglist und Tücke. Jedes Haus war ein Hexennest.

Sie drangen in die Häuser ein und stießen ihre Bajonette in alles, was weich war. Sie rissen Kleider an sich, schlitzten sie auf und schleiften sie durch den Straßendreck. Sie durchsiebten Federbetten, knüppelten Teller aus den Schränken und droschen auf Töpfe ein. Sie zerschossen und zerscherbten, aber sie fingen kein einziges Weib, und auch nicht die Herrscherin, die sich irgendwo verkroch und die sie bis in die letzten Höhlen verfolgen sollten.

Der Häuserkampf gegen die Geister kostete Stunden. Aber sie zogen den Eroberungsring immer enger zusammen.

Das Rathaus ergab sich kampflos.

Waren die Weiber in der Kirche und beteten? Sie drangen in das Gotteshaus ein und standen in einem Lazarett. Die Strohlager waren noch da, aber es lag keiner mehr drin. Es roch streng nach Weihrauch, und doch kam der Geruch des Todes hindurch.

Am Ende konnten die Furien nur in der Fabrik sein. Aus allen Richtungen kamen sie auf das Herz der Finsternis zugerückt.

Sie feuerten Salven auf die Festung!

Im Schwarzpulverdampf stürmten sie wie eine Woge über den Platz und brachen in die Festung ein.

Unten durchkämmten sie die Räume.

In massiger Formation kamen sie die Treppe hinauf.

Sie stießen die Tür zum Lichtsaal auf.

Eine gewaltige Menge Mädchen saß gesittet an Arbeitstischen und klöppelte Spitzen. Auf dem Boden lagen noch Unmengen von Mädchen wie ein grauer Teppich. Alle hielten sich umschlungen.

Die Soldaten drängten in den Saal, jeder wollte sich ein Bild machen.

Das waren die Furien?

Wer die fleißigen Jungfern so sah, wie sie ihr Leben den Spitzen weihten, der wollte glauben, dass die Welt ihnen dafür Dank schuldete.

Lily wollte im Garnisonslager bleiben, bis sie zum König vorgelassen wurde. Sie entschied, dass Gregor nicht bei ihr bleiben sollte, sondern den Klöpplerinnen beistand.

So kehrte Gregor nach Tondern zurück. Der ersten Soldateska, auf die er traf, stellte er sich als Pastor von Tondern vor. Er fragte, welcher Tag heute war, denn mit dem heutigen Tag war das Matriarchat beendet.

Es sei der 26. Februar. Eigentlich. Aber nach neuester Zeit ist heute der 9. März.

Die Kalenderreform. Die hatte er ganz vergessen.

»Wo sind die Klöpplerinnen? Was geschieht mit ihnen?«, fragte er.

Er erfuhr: Jeder Soldat hatte außer dem Sold Anspruch auf 1 Pfund Fleisch, 2 Pfund Brot, 1 Maß Bier und 1 Mädchen.

Gregor erhob Protest: »Die Mädchen stehen unter dem Schutz

der Kirche! Unter meinem Schutz! Es wird sie kein Soldat anrühren!«

Der ganze Haufen lachte ihn aus. »Der Pfaffe hat's geglaubt! Leute, in Deckung! Sein Feuerkopf explodiert!«

Was Gregor Siemssen daraufhin tat, war unter seiner Würde, aber er bat um ein Barbiermesser. Beim Gejohle der Soldaten schor er sich den Kopf kahl.

Mit kahlem Schädel kam er in die Kommandantur, die sich im Goldenen Saal des Rathauses eingerichtet hatte. Hier hatte er es mit Männern zu tun, die das Sagen hatten. Gregor war ein vollkommen anderer Mann als der rothaarige Pfaffe. Machtvoll ergriff er das Wort. In einer Stadt, in der es keine Regierung mehr gab, war er das Oberhaupt. Er verlangte in der Causa Willem Tondernsen eine Rehabilitierung. Aber in der Kommandantur wusste keiner was von einer Causa Willem Tondernsen.

Dann bestimmte Gregor, was mit den Klöpplerinnen geschehen sollte. Und so geschah es. Auf dem Marktplatz wurde ein Scheiterhaufen aufgeschichtet.

Es war unmöglich, die Mädchen ohne Gewalt voneinander zu trennen. Sie waren wie Zusammengewachsene. Wenn man eine anpackte, hing die ganze tausendköpfige Hydra an ihr und hielt sie fest. Die Soldaten griffen zu Knüppeln. Sie schlugen Stücke aus der Masse, wie man Eis zerhackt, und es war ihnen egal, wenn sie einer die Knochen brachen. Wer losließ, wurde rausgerissen. Die Klöpplerinnen wehrten sich wie toll, als man sie aus dem Lichtsaal schleifte. Sie tobten wie Fische, die man aus ihrem Element zog.

Hatte man sie aber aus dem Lichtsaal rausgeschafft, gaben sie das Kämpfen auf und wurden gefügig. Im Bunde mit ihren Gefährtinnen waren sie Löwinnen, aber als die Männer sie einzeln im Griff hatten, ließen sie sich wie Lämmer führen.

Sie wurden aus der Fabrik ins Freie getrieben. Draußen mussten sie sich zu einem langen grauen Elendszug aufstellen. Unter einem grauen Himmel marschierten sie zum Marktplatz. Die Soldaten zwangen sie, sich im Halbrund um den brennenden Scheiterhaufen aufzustellen. Das Feuer warf sein Flackern auf die zerfetzten und zerrissenen Überreste des Mädchenreichs. Es war Gewisper unter den Mädchen, und als die erste einen Klagelaut ausstieß und sich der Jammer fortpflanzte, riss ein Scherge ein Mädchen aus der ersten Reihe, hielt ihr seinen Säbel an den Hals und brüllte: »Schweigt!« Brutal stieß er das Mädchen wieder in die Reihe zurück. Fortan waren alle still, aber die Angst schrie aus ihren Augen.

Ein Pferdekarren näherte sich. Auf dem Karren stand Pastor Gregor Siemssen wie ein Gladiator. Er fuhr in die Arena ein.

Der Nacktkopf. Die Mädchen waren schockstill.

Der Karren kam zum Stehen. Der Pastor ließ die Besiegten auf sich wirken.

Dann warf er seine Worte wie Brandfackeln auf sie.

»Verdammt sind eure Todsünden! Verdammt sind eure Bluttaten! Ihr habt eine Satansfinsternis aus Spitzen geklöppelt! Ich lasse eure Werke zu Asche werden! Seht!«

Er hob ein ganzes Bündel Schleier aus dem Karren und warf es ins Feuer.

»Ich verbrenne eure Sünden! Verbrennt! Verbrennt! Verbrennt!«

Er schaufelte Bündel um Bündel aus dem Karren und schleuderte sie auf den Scheiterhaufen, damit sie verbrannten.

»*Pfui!*« Plötzlich fingen die Kleinsten an zu spucken. Sie spuckten auf das Feuer, sie versuchten den Scheiterhaufen auszuspucken.

»Haltet sie in Zucht!«, warnte er die anderen.

»*Hihi!*« Da kam auch bei den anderen freche Unverschämtheit auf.

Das Feuer seiner Worte erlosch. *O Gott, lass sie nicht lachen.*

Männer im Krieg fackelten nicht lange, die schmissen die Mädchen bei lebendigem Leib ins Feuer. Gregor sah, dass die Soldaten darauf brannten, mit den Hexen Schluss zu machen. Seine Stimme dröhnte über den Platz: »Tut endlich Buße!«

»*Krieg!*«, schrie ein Stimmchen.

Und dann alle: »*KRIEG!*« »*KRIEG!*« »*KRIEG!*«

Ihre Kriegsrufe waren das Öl, das sie ins Feuer gossen. Die Mädchen wussten nicht, welcher Gefahr sie sich aussetzten. Sie spuckten und lachten, als brannte da kein Scheiterhaufen, in dem sie alle qualvoll zu Tode kommen konnten.

Gregor dachte an die zweiundsiebzig Frauen von Mora. Er hatte es nie verstanden, nie, wie man so viele so grausam töten konnte. Doch als er den lodernden Hass auf den Gesichtern der Soldaten sah, wusste er, dass die Stunde des Teufels da war.

Da stürmte ein Weib in die Mitte. Es brach in die Knie und tat einen wild gellenden Schrei. »*Aaaaaaaaaaaaaaaaaahhhhhhhhh!*«

Der Chor verstummte. Auf allen vieren kroch das Weib und schrie wie ein leidendes Tier! Es schrie, als würden ihm Gedärme aus dem Leib gerissen. Es schrie, als wenn es auf seinen Gedärmen dahinkroch. Es schrie zum Erbarmen! Die ganze Arena schaute auf sie.

Plötzlich richtete sich die tragische Kreatur auf. Sie wand sich empor und wurde so groß, dass sie sich vor ihrer eigenen Größe verneigen musste. Sie beugte das Haupt und den Nacken nieder und wurde krumm wie die Sichel des Neumonds, die hinter ihr am Himmel stand.

Kein Mann konnte sagen, wie ihm diese Frau erschien. Ob sie alt war wie eine Greisin oder jung wie eine Nymphe. Ob sie eine Riesin war oder ein Krüppel. Ihr Leib war klapperdürr wie ein Strunk ohne Blätter, aber ihr Mund war eine Paradiesfrucht. Sie hatte nur ein Totenhemd an, aber das Totenhemd sah toll an ihr aus. Knie und Hände bluteten ihr, sie streckte sie in grotesker Art von sich, ganz verdreht und verkreuzt wie in einem Martyrium. »Ich verfluche mich! Weil ich Falka Auge liebte! Ich verfluche die Liebe, wenn sie uns zu solchen Kreaturen macht! Furien und Moiren.«

Sie hinkte an der vorderen Mädchenreihe entlang.

»Wir wollen wieder Grazien werden. Wir sind reumütig!«

Einige Mädchen stießen sie empört weg, aber an diese Mädchen klammerte sie sich und schien ihnen etwas einzuflüstern, bevor sie sie wieder losließ.

»Wir schwören Falka Auge ab!« Sie hinkte weiter und strich dabei mit der Hand über jedes Mädchen in der atmenden Wand. »Wir schwören Falka Auge ab!«

Der Groll war noch da, aber nicht mehr so geballt wie noch eben, es gab nun Löcher im Groll, wo die Mädchen ganz still waren.

Das lange Geschöpf hinkte denselben Weg wieder zurück und streifte abermals über seine Mitgeschöpfe. »Wir schwören Falka Auge ab!« Sie streichelte allen über die Herzen, bis sie sie hatte und alle eine Verschwörung wurden.

»*WIR SCHWÖREN FALKA AUGE AB!*«, echote der Chor.

»Wir erflehen euer Erbarmen!«

»*WIR ERFLEHEN ERBARMEN!*«

»Verbrennt unsere Sünden!«

»*VERBRENNT UNSERE SÜNDEN!*«

Sie hinkte zum Karren und hob die Arme empor. Mit dem Blut an den Händen sahen sie aus wie Brandfackeln.

»Gib mir meine Sünden!«, verlangte sie.

Der Pastor gab ihr zwei große Bündel Trauerspitzen. Sie drückte die beiden an ihr Herz. »Mein Liebstes, mein Liebstes«, und warf sie ins Feuer. Sie streckte die dürren Arme nach dem Feuer aus, in dem ihre Liebsten verbrannten, und sank beim Karren zu Boden, wo sie sich räderte, indem sie die Arme um die Speichen wand. Sie und die Mädchen mussten zusehen, wie ihre Sünden verbrannten. Einige Schleier flogen mit Feuerschweifen davon. Im Flug vergingen sie zu Asche. Das Feuer holte am Ende alle.

Von der Kommandantur wurde befohlen, dass die Klöpplerinnen wieder in die Fabrik gebracht werden sollten. Nach all der Mühsal, sie dort rauszukriegen, mussten die Soldaten sie nun wieder reinbringen. Die Fabrik war in dieser Nacht ihr Gefängnis und wohl noch in vielen Nächten, bis man sich über ihr weiteres Schicksal im Klaren war.

Aber vorher war Weibsnacht.

Die Männer stellten sich zu einem Tunnel auf. Die Mädchen wurden zu einer Schlange formiert und mussten gleich da durch. Omnias Kopf ragte aus der Schlange heraus. Sie sprach den Mädchen Mut zu.

»Wir waren klug, uns zu verstellen. Falka wäre stolz auf unsere List. Fürchtet die Männer nicht, ihre Leben hängen an seidenen Fäden. Sie ziehen alle in den Krieg und sind bald tot. Lassen wir ihnen die Freude an uns. Wir werden viele Trauerschleier für sie klöppeln in Zukunft.«

Es ging los. Die Schergen trieben sie in den Tunnel und durch einen Alptraum. Die Tunnelwände wogten, sie rückten auf sie zu, drückten sich an sie. Überall griffen Wüstlinge nach ihnen, rissen sie zu sich, rissen ihre Kleider auf und rieben ihre groben Hände an ihrer nackten Haut.

Einer packte Omnia. Er schleppte sie in eine Ausstülpung, wo noch mehr Männer nach ihr greifen wollten, aber sie war jetzt sein Besitz.

»Ich hab dich gesehen, Medea. Das warst nicht du, oder? Du hast ein Schauspiel geboten, ja …?«

Omnia machte den Mund auf und schloss ihn gleich wieder.

»Du bist eine große Tragödin«, sagte der Mann bewundernd.

»Und wer bist du?«

»Mika. Wir sind eine Schauspieltruppe. Kennst du das Königliche Hoftheater in Kopenhagen? Das sind wir. Aber diese Tage spielen wir hier. Solang der König hier ist. Komm zu uns. Werd Schauspielerin! Du hast eine Zukunft.«

Er hatte etwas Gewinnendes.

Er gewann sie.

»Ich komm, sobald ich kann. Mika.«

»Ich warte auf dich. Medea.«

Sie schieden voneinander.

Der Tunnel war nicht mehr lang. Das Licht am Ende war ihr Mond. Er ging auf.

Mika und Medea. Sie konnte sich noch nicht als große Tragödin am Hoftheater in Kopenhagen sehen. Doch sie hatte Zuversicht.

Das Haus der schwarzen Schwäne war zerstört. Die Mädchen waren gerettet. Und er war ein Savonarola gewesen. Gregor war wunschlos glücklich. Er schrieb in das Kirchenbuch:

Anno 1700. 9. März

Halleluja!

Von heut an gilt in Tondern die gregorianische Zeit.

Die Stunden verrannen. Willem Tondernsen saß in einem Unterschlag bei der Schmiede, gebunden an Eisenketten. Gewaltige Schlachtrösser wurden beschlagen. Hämmer klangen auf Hufeisen. Der Blasebalg trieb Feuer empor. Die Luft roch nach Weltenbrand.

Ein Weib in weißen Brautspitzen war hier vollkommen fehl am Platz. Und doch malte er sich aus, wie Lily hier erschien und ihm sagte, dass er begnadigt war. Das Leben wollte nicht von ihm lassen. Es klammerte sich an ihn mit all seiner Hoffnung, dass er hier bleibe auf Erden.

Lass mich! Lass mich! Lass mich! Lass mich!

Er hoffte längst nicht mehr. Das Urteil war zu vernichtend. Aber das Leben hoffte. Das Leben, das Atem war und Herzschlag und Angst und Gebet. Wenn das Leben doch endlich von ihm ließe. Er war doch wirklich nicht der beste Mensch gewesen. Aber das Leben liebte ihn. Und Willem Tondernsen liebte das Leben. Vielleicht war dies die größte Liebe, auf die man auf Erden hoffen konnte. Die Liebe zwischen dem Menschen und seinem Leben. Wie es auch ist, das Leben. Wie er auch sei, der Mensch. Gut oder schlecht, verdammt oder gesegnet.

Eisenketten waren nichts gegen die Liebe, die einen Mann an sein Leben fesselte. *Lass mich! Lass mich! Lass mich! Lass mich!*

Lily kam nicht. Sie kam wohl nicht einmal bis zum König durch. Sie konnte ihn nicht retten. Das konnte er verkraften, auch wenn das Leben in ihm darüber untröstlich war. Aber es quälte ihn, dass er nicht erfuhr, ob Falka gerettet war. Er bat um ein Zeichen.

Die Dämmerung setzte ein. Die Soldaten kamen, um ihn zu holen.

Sie führten ihn in den Wald.

Er musste auf ein Fass steigen. Die Eiche, unter der das Fass stand, hatte starke Äste. Ein wahrer Henkersbaum.

Ein Reiter kam von hinten und stülpte ihm einen Sack über den Kopf.

Den Krieg musste er nicht mehr erleben. Willem Tondernsen hatte in einem goldenen Zeitalter des Friedens gelebt.

Ein Strick wurde ihm um den Hals gelegt, er kitzelte im Nacken wie Falkas Schoßhaar. Wahrhaftig, es fühlte sich genauso an. Wenn dies ein Zeichen von seiner Wonnenknospe war? Dann war sie vogelfrei.

Sie war der Falke auf dem Gobelin seines Lebens.

Der Falke flog auf, kreiste ins Himmelstürkis und schweifte davon.

Willems letzter lebender Gedanke wusste nichts vom Tod.

Alas my love!

53
DAS ENDE

Nach der Eroberung durch das Heer wurde die Stadt der Spitzen zur Garnisonsstadt. Aber bevor die Soldaten die Häuser bezogen, hatte die Suche nach Falka Auge Vorrang. Die Suchtrupps durchkämmten jeden Winkel, sie stemmten Falltüren und Truhen auf, sie verwüsteten Keller und Dachkammern nach ihrem Unterschlupf.

Gleichzeitig wurden Kunstschätze geraubt. In der Grube des Gemetzels ist die Kunst ein Trost. Für seinen Musentempel in Kopenhagen wählte der König ein Bild. *Die Spitzenklöpplerin* war das goldene Schlussbild des Friedens.

Der Krieg gegen Schweden beginnt. Die Gunst der Stunde will, dass sie es mit einem achtzehnjährigen Schwedenkönig zu tun haben. Karl ist kein Alexander der Große. Karl ist ein schlafender Löwe. Sie brüllen den Löwen jetzt wach! Alle gegen einen! Schweden hat so viele Feinde, dass es niemals alle besiegen kann. Wie ein Wolfsrudel wollen die Verbündeten den schwedischen Löwen in Rage bringen und ihm keine Ruhe lassen, bis er aufgezehrt ist von ihren Angriffen. Und wenn es zehn Jahre dauert. Und wenn es zwanzig Jahre dauert. Die Allianz aus Dänemark, Russland, Sachsen und Polen reißt ihn in Stücke.

Am 11. März erklärt Dänemark Schweden den Krieg. Um vier Uhr in der Früh verlässt das Heer Tondern. Mit Fahnen und Standarten zieht es ins Herzogtum Schleswig ein. König Frederik IV.

reitet an der Spitze der fünfzehntausend Mann, die zurückerobern sollen, was sein Vater einst verloren hatte.

Als Antwort schickt König Karl XII. von Schweden ein Heer von achtzigtausend Mann gegen Dänemark in den Krieg.

Ein Totentanz beginnt sich zu drehen. Heere winden sich durchs Land. Männer sind im Krieg. Der Krieg presst sie zu einer lebendigen Masse, die in der Hitze der Schlachten dem Tod entgegenschmilzt. Wo Heere einander umschlingen und Männer einander abschlachten, kreuzen und drehen die Moiren die Lebensfäden und schneiden sie ab.

Es ist der 21. März. Till sitzt vor der Windmühle im Sonnenuntergang. Das Tagewerk ist getan. Er weiht der Tagundnachtgleiche sein ganzes Schauen.

Till ist jetzt Müllermeister. Und Tondern ist wieder eine Mädchenstadt. Zaghaft wagen sie sich hervor, die Besiegten, und nehmen in Angriff, was die Natur ihnen an Aufgaben stellt. Pflügen und Säen.

Das Leben geht weiter. Und irgendwie, man kann nicht sagen, wie es kommt, ist es ein Geben und Vergeben. Die Mädchen geben ihr Bestes, und die Männer vergeben ihnen ihr Böses.

Die Klöpplerinnen haben eine Schlacht verloren, aber am Ende haben sie doch ihren Krieg bekommen. Der Krieg wird sie stärken, und sie werden sich diese Stärke nie mehr nehmen lassen.

Auf dem Acker ziehen zwei Mädchen im Abendlicht einen Pflug. Eine dritte lenkt ihn und wirft die Saat aus. Das Dreiergespann singt. Als die Säerin ihm zuwinkt, hebt Till die Hand. Es ist ein Gruß an das Leben, das friedvolle.

Falkas Sinne spüren das Meer. Sie sieht die weiten Marschen vor sich, sie riecht Salz und Tang. Aus dem Dunst der Ferne kommt ein Glitzern. Da zerfließt die Welt.

Sie geht über Wiesen. Sie bahnt sich ihren Weg durch wogendes Schilfrohr. Es ist Abend geworden, als sie am Meeresboden ankommt.

Sie ist wieder im Element ihres Ursprungs.

Falka geht auf dem Meeresboden, dem tiefsten Weg, den es auf der Welt gibt. Er führt sie zum Sternenhimmel, denn sie geht, bis die Nacht da ist.

Über ihr steht ein Torbogen aus Sternen. Unter ihr tun die Würmer in den Nachtkammern ihr ewiges Werk.

Falka denkt an ihr Leben in Tondern. Es wurde ihr vom Schicksal geschenkt, aber sie wäre diesem Leben auch nachgejagt, wenn es vor ihr geflohen wäre, sie hätte mit den Fängen eines Raubvogels nach diesem Leben gegriffen und es an sich gerissen. Welch ein Leben sie erbeutet hat! *Aaahhh! Falkaaahhh!*

Sie hat nicht vor, ihr Leben auf dem Meeresgrund zu vergessen. Sie lässt nur ihr Werk bei den Würmern, weil es eine Gleiche ist. Würmer wälzen den Meeresboden um, wie Falka es mit dem Mädchenreich tun wollte. Alle Mädchen, die in Nachtkammern hausten, sollten das Reich als ihr Haus haben.

Es wurde getan.

Das gilt.

Der Krieg wird nun ihr Werk vollenden. Das Reich der Würmer wird auch in diesem Krieg siegen wie seit Urgezeiten.

Mit der Ankunft der Flut geht Falka zurück.

Sie kommt an den Strand.

Nie mehr wird sie Falka Auge sein. Aber sie wird ein Auge auf sich haben. Sie wird das Grauen sehen und ihr Schicksal lieben.

ENDE

Jelle Behnert
Liebe Steine Scherben
Roman
251 Seiten
ISBN 978-3-351-05006-1
Auch als E-Book erhältlich

Drei sind einer zu viel

Eigentlich ist es ein ehernes Gesetz: Johann und Tilda, Tilda und Johann. Das Baumhaus in Tildas Garten hat Johanns Vater gezimmert, also wird es nicht mehr lange dauern, bis Johann dort mit ihr schlafen wird. Der wartet nur noch auf eins: Schamhaare. Doch dann bricht alles aus den Fugen. Das Land versinkt im Terror der RAF, Tilda schreibt Liebesbriefe an Andreas Baader und bringt dann einen älteren Jungen mit, der genauso aussieht, Sebastian. Johann weiß: Paar ist eine Sache für zwei. Ohnmächtig den Gegebenheiten ausgeliefert, reift in ihm ein gewaltsamer Plan: Mach kaputt, was dich kaputt macht. Denn drei sind einer zu viel.

Trial and Terror, Ohnmacht und Gewalt, wie ein Junge, ein Mädchen und ein ganzes Land gleichzeitig die Unschuld verlieren, verbindet Jelle Behnert zu einer messerscharfen Geschichte. So hat die bleiernen Jahre der späten Siebziger noch niemand erzählt.

»Jelle Behnerts Debütroman besticht durch liebevollen Witz, durch einen eigenen Sound.« Tobias Becker, KULTURSPIEGEL

Regelmäßige Informationen erhalten Sie über unseren Newsletter. Jetzt anmelden unter: www.aufbau-verlag.de/newsletter

Blumenbar